邁向多元他者
當代中華新士林哲學及其發展

周明泉　主編

輔仁大學出版社

Toward Multiple Others
Contemporary Chinese Neo-Scholasticism and Its Future

Edited by
Ming-Chuan CHOU

Fu Jen Catholic University Press

前言

天主教輔仁大學哲學系與天主教學術院於二〇一九年七月十日至十一日，假輔仁大學倬章樓四樓聖保祿廳共同主辦《邁向多元他者：當代中華新士林哲學及其未來展望學術研討會暨沈清松教授七秩冥誕追思紀念會》。會後，各篇投稿論文經過至少兩位專家學者的匿名審查通過，才誕生這本論文集。

二〇一七年八月三十日，何佳瑞老師提議要幫沈清松教授舉辦七秩壽辰學術研討會，於是在沈老師回台期間，我跟老師約了會面時間。於二〇一八年二月六日下午四時，何佳瑞老師、林淑芬老師與我三人一同前往老師家拜訪。在茶敘間，沈老師同意我們在二〇一九年七月十日在輔仁大學為他舉辦七秩華誕的學術研討會。然而，先生於二〇一八年十一月十四日子時蒙主寵召、安息主懷，享壽七十。二〇一八年十一月十九日上午十點，其家人與摯友在多倫多市 St. Basil 教堂為沈清松教授舉行殯葬彌撒。同時段，多倫多大學為表達對沈清松教授驟然離世的惋惜與不捨，分別在三個校區（Simcoe Hall, Uof T Mississauga and U of T Scarborough）降下半旗以示哀悼。沈清松教授的骨灰由其遺孀劉千美教授及其公子沈昀佑先生隨身扶抱，於二〇一八年十二月十日的清晨五點三十分抵達桃園國際機場，目前暫厝於北市大直天主教墓園。二〇一八年十二月十三日下午二時至四時，國立政治大學哲學系於校內百年樓一樓會議室舉行追思紀念會，當日邀請全系師生、系友與學界友人一同緬懷沈清松教授的學術志業與功蹟，感念其恩澤與對台灣學術界的卓越貢獻。天主教輔仁大學哲學系於二〇一八年十二月十四日上午十點，假輔大淨心堂二樓為沈清松講座教授（Vincent 弟兄）舉辦追思彌撒，由輔大校牧林之鼎神父主禮，劉丹桂主教與吳終源副主教等十位神父共祭，沈清松教授的家屬與親友，以及學界先進與他的學生們，兩百餘人一起懷著信心，共同參與彌撒聖祭，祈求天主垂顧沈清松教授的靈魂，擁抱他進入天國，參與天國的聖筵。

目前任教於美國華盛頓卡斯卡迪亞學院（Cascadia College）的沈敬亭教授，當日在追思彌撒上道出對其父親的行誼之追憶，字句真誠懇切、令人動容。期間，她深刻地勾勒出沈清松教授的家世背景，她說：「我的父親沈清松，聖名 Vincent，一九四九年七月十日出生於雲林縣斗南鎮新厝里。其父沈福全公，聖名瑪竇，知書達禮、研習漢學與中醫，相當重視子女教育；母張氏彩蓮，聖名安東尼亞，溫婉賢淑，相夫教子，育有九名子女。我的父親在家中排行第二，是家中的長子。上有長姊玉梅，下有秋桂、柏楊、錦惠、志光、佩昌、德蘭等弟妹七人。沈家家風淳厚，父慈子

孝，兄友弟恭，一家和氣融融。父親自幼聰穎過人。思考敏捷、過目不忘。祖母曾說，父親誕生的那天，窗外北斗七星徹夜明亮，照耀窗前，而誕生的嬰兒的胸前竟也羅列北斗七星的印記。祖母相信父親是北斗七星中的文曲臨世。沈家原本篤性佛教，祖父十四歲畢業旅行途中買了一尊觀音像，全家祭拜二十幾年之後，卻被一位來訪的神父指出這是路德聖母像。於此同時，父親的外祖父，由於湯一煌神父的帶領，一家先後領洗成為天主教徒。祖母受其父感召，也率領眾子女們成為天主教徒。那時的父親，年僅十歲。受洗成為天主教徒的祖母，一心奉子女於上主台前。一九六一年父親十二歲，受林紹昌神父引領進入台北若瑟小修院，並就讀於天主教主徒會創辦的恆毅中學。父親在校成績優異，每每代表學校參加各項校際比賽，帶回許多獎牌獎盃，為校增光。中學畢業後，父親以第一志願考取輔仁大學哲學系，並進入校旁的聖多瑪斯大修院。從中學直到大學三年級的九年期間，父親在師長的帶領下，學習拉丁文、希臘文，和哲學、神學，奠立了他日後以天主教思想為基礎的終身神學、哲學思維之途。我的父親終身感念教會的教育與栽培，不曾忘懷，他每日祈禱，一生默默為教會奉獻。尊奉基督的信仰，成為他慷慨外推思想理論與實踐的開端」。

時光飛逝，轉眼之間，我們的老師沈清松教授已經離開我們兩周年了。但是，莊嚴隆重的追思彌撒仍舊歷歷在目。藉此，我要再度感謝輔大哲學系、輔大文學院宗輔室以及輔仁大學校牧室共同籌劃沈清松講座教授 Vincent 弟兄追思彌撒相關事宜。除此，輔大哲學系系友會贊助當日餐點與午餐全部費用，沈清松講座教授的指導學生們主動集資，共同贊助追思彌撒的各項費用，感謝各位學界先進與同門的慷慨：承蒙黃允中導演贊助追思彌撒攝影與後製全部費用，王佳煌教授慷慨贊助新台幣壹萬元、余國良教授壹萬元、林慧如教授壹萬元、林偉信教授壹萬元、楊開煌教授壹萬元、楊智雄總經理壹萬元、李碧雯學姐伍千元、李彥儀教授伍千元、周明泉教授伍千元、洪嘉琳教授伍千元、陳運星教授伍千元、鄧元尉教授伍千元。在彌撒結束後，贊助餘額，我也補足壹萬元之後，以沈清松教授的名義捐給輔大淨心堂。

回顧先師的一生，其為人慷慨大度，學貫中西，治學細膩嚴謹，思辨縝密周全，論述清晰明瞭，文采載德載道，不耽溺於理論之玄思，或桎梏於實踐之技用。先生總以社會文化的工作者自居，對於東西方哲學與文化整合的工作推動，不遺餘力。晚近，先生有感於全球化後民族格局之變革，對內，關懷著台灣文化的發展並研究當前台灣重要問題的趨勢變化，例如：台灣精神之提昇、中華現代性之探究，以及針對海外華人的花果飄零、離散的生命意義之剖析與關注等等；對外，則針對當代西方思潮之詮釋與批判，深化基督宗教（尤其是天主教）的在地化研究，以及天主

教與其他宗教在後世俗的社會中，應當如何發揮積極性功能與角色，進而提出極具原創性與啟發性的新概念，例如：對比、外推、形成中的自我、相互外推、可普性、多元他者、慷慨的倫理與政治等，進而開啟中華新士林哲學跨文化研究的新向度，促使中華新士林哲學關係存有學的理論轉向，著實開顯中華新士林哲學理論研究的新向度。

不過，為何稱之為中華新士林哲學，而不是台灣新士林哲學呢？我們就西方哲學史的發展而言，任何企圖汲取或結合不同思想體系對士林哲學進行創造性地詮釋或融通，進而開啟士林哲學理論新向度的人，他們所建構的理論應當被冠上一個「新」字，都應該被視為發展新士林哲學的一支。明清時期天主教傳教士利瑪竇將士林哲學引入中華文化與中國哲學對話，沈清松教授沿用耶穌會所使用的「中華省」這個區分概念，將士林哲學與中國哲學進行結合、融入中華文化元素的學派稱之為中華士林哲學。中華士林哲學就是一種新士林哲學。他說：「士林哲學的發展，在歷史上綿延不絕，自中世紀的士林哲學，到近代出現的新士林哲學，到與中國哲學互動而有中華士林哲學，可謂西方哲學史、中西思想交流史乃至中國哲學史上不可忽視的哲學傳統。值得注意的是：中華士林哲學是一個源遠流長，自利瑪竇迄今已有四百餘年的學派，且是西洋哲學史上第一個由西方中世紀起的士林哲學與其他思潮融合而有的新士林哲學，也是中國哲學領域中，第一個融合的思想體系與流派」。[1]根據沈清松教授見解，融合士林哲學與中國哲學的中華士林哲學的傳統，在台灣天主教輔仁大學獲得繼承與發展，如于斌、羅光與李震等人的積極貢獻，將中華士林哲學進一步發展成為中華新士林哲學，積極處理中華新士林哲學與中華現代性的出路問題。之所以稱之為中華新士林哲學而不是台灣新士林哲學，因為在他看來，台灣迄今尚未誕生本地化的哲學，因此也就沒有所謂台灣哲學與士林哲學融通的問題，所以使用台灣士林哲學或台灣新士林哲學這些名稱，對他來說，是有待斟酌與值得再商榷的。[2]

換言之，沈清松教授所承繼的學思傳統就是中華新士林哲學的學統，其始於明清天主教時期。誠如劉千美教授所言：「建構與思考中華新士林哲學的前景，是沈清松一生思想的核心議題之一」。當下，我們立基於沈清松教授已經鋪蓋好的道路之上，理當齊心為當代中華新士林哲學的未來發展貢獻一已之力。本書以下所收的二十二篇學術研究成果，除了三篇主題演講之外，分屬四大子題，即：中華新士林

---

[1] 沈清松，《士林哲學與中國哲學》（北京：商務印書館，2018），頁 3-4。
[2] 參見何佳瑞主編，《臺灣士林哲學口述歷史》（新北：輔大書坊，2015），頁 68-69。

哲學的發展趨勢，相互外推與多元他者，跨文化哲學與宗教交談，以及文本詮釋與對比重構。儘管，我們對於承繼與建構當代中華新士林哲學的選材取向有所不同，然而，我們共同環繞著沈清松教授所倡導的「慷慨外推，邁向多元他者」之實踐理念。在這樣的思維脈絡下，本書架構與主要論點呈現如下：

在黎建球教授的主題演講稿〈天主教的愛與融合——紀念沈清松教授七秩冥誕〉一文中，其試圖以天主教的愛與融合為題，呼應沈清松教授所提倡的「慷慨外推」之實踐力量，以茲紀念。他說：「愛天主的基礎是我們對於祂的隸屬性，愛他人的基礎是我們與他們的共同性，只是我們不應該忘了我們的個體性與位格性，愛應該是個體與個體之間的共融（communion）」。黎建球教授主要立基於形上學的視野角度，主張他愛與自愛並不是兩種完全對立的愛情，相反地，他愛無法離開自愛，他愛必需扎根於自愛。最後，他援引聖博納的神學理念，強調始終是天主先愛我們，好使人靈得到幸福。因此，人必需努力邁向天主，與天主合一。由此推知，愛的精神就是由內而外，從天主的賜予到外在的表現乃是一種慷慨外推的力量。

在陳德光教授的演講稿〈沈清松教授對天主教思想本位化的貢獻——追述與懇談〉一文中，他主要論述沈清松教授對天主教思想本位化，尤其中華新士林哲學與神學本地化方面的貢獻。接著，陳德光教授根據對密契主義與空論的研究成果提出「回推」的概念，希望與沈清松教授的「外推」概念產生對話。但是陳德光教授於文中強調，我們不應該把「外推」與「內推」僅依照字面意思作二元對立的解釋。他建議應該以「空」、「有」之論的架構，討論「外推」與「回推」的議題。最後，陳德光教授認為，沈清松教授對天主教思想本地化的努力，致力中華新士林哲學或天主教學派的推展，已經可以媲美吳經熊、羅光等前輩，開創天主教與中華文化對話的先河。沈清松教授以他的外推理論，在宗教交談、現代性等議題上，使天主教思想融入世界性學術殿堂，再從士林哲學伸展到神學反省，促進天主教思想的本位化。

劉千美教授在其主題演講稿〈慷慨外推與多元他者：沈清松與中華新士林哲學〉一文中指出，「慷慨外推」與「多元他者」是沈清松作為當代中華新士林哲學研究者，在朝向綿延不絕之意義所臨現之存在與具有多元文化性質的經驗主體的終極張力間，針對中西思想跨文化界域交談的可能性，所提出的理論與實踐之途。就「慷慨外推」而言，劉千美教授強調，慷慨外推是存有綿延不絕活動力的根本。她引用台大出版社出版的沈清松教授遺著《形上學》一書中的部分段落，闡釋中華新士林哲學如何以跨文化交談、亦即以相互外推的方式，面對 20 世紀人類所面對的各種存在問題，如環境、生態、罪苦、終極真實等恆在的議題，以及沈清松教授如何從整

體論、有機論、歷程論三個層次，解析中國哲學思想中宇宙論的外推精神。就「多元他者與形成中的自我」而言，劉千美教授重申，沈清松教授並不否定近代主體思想的重要性，只不過必須將之放在具體的存有論當中，把主體性想成關係性的，而且感應著多元他者，並且從自我做為純粹與絕對的主體性，轉移向「形成中的自我」（self-in-the making）來思考主體性的問題。最後，劉千美教授在文末針對終極真實的生命意義加以詮釋，她援引沈清松教授另一本尚未出版的遺著《為生民立命》加以闡明。在她看來，士林哲學與中華文化的跨文化相遇，由於注入了邁向他者、慷慨胸襟與外推精神，促成中華文化中的超越與內在、仁愛與正義、外推與建構的動態對比與均衡發展。

第一部份的主題是「中華新士林哲學的發展趨勢」，總共收錄了四篇論文：在潘小慧教授的〈德行、多元他者與慷慨——沈清松的倫理學論述〉一文中，其以「德行」、「多元他者」與「慷慨」這三個核心概念梳理了沈清松教授的慷慨倫理之學說。她強調，雖然沈清松從未出版過以倫理或道德為主命名的倫理學專書，也似乎未撰寫以倫理學體系建構為名的論文，但不代表他沒有對倫理學有系統性的看法。沈清松教授明白指出倫理學在現代世界的優位性，並預言今後倫理學將成為「第一哲學」。潘小慧認為，沈清松的倫理學，由於其基督宗教信仰的背景，也展現與其他中華新士林哲學學者相同之處，即基本上融合了中國哲學與西方哲學，特點在於以其衡平之理性融合新的思潮，與時俱進。最後，潘小慧教授贊同沈清松教授的見解，也就是每一個文化都必須在自己本文化中尋找資源，人之所以能進入他者的世界，是因為假定了在不同世界中存在著某種動態的存有學關係。這個世界以及倫理，不再是保守封閉的世界與倫理，而是可以相互同情理解甚至外推的，所以沒有絕對的普遍倫理，有的是可普化的倫理。

在曾慶豹教授的〈中國哲學史有天主教哲學嗎？——沈清松與明清天主教哲學初探〉一文中，他企圖重新梳理西洋傳教士來華所帶來的思想，以及明清傳教士們在與中土儒生及佛教僧侶論辯中，理解到他們在中國思想語境中對天主教思想進行闡釋，所形成獨樹一格的「天學」。他明確指出，沈清松後期的著作《從利瑪竇到海德格》和《士林哲學與中國哲學》嘗試補上這一段，把中國哲學放回到世界哲學史中重新理解，明清天主教哲學在中西哲學各自的脈絡中，形成各取所需的精彩和輝煌。天學帶來了本體的外推以及實踐的外推，為中國哲學開啟了終極向度，中國天主教徒做出了傑出的貢獻，也創造了清代的實學，形成中國哲學的轉向，另外，理學所代表的中國思想傳到了歐洲，激起啟蒙運動。這些都是天主教哲學以一種特殊的「天主教現代性」（Catholic Modernity）改變了中西方哲學。在曾教授看來，沈

清松教授提出明清天主教哲學的三個外推，無疑地是為我們思考明清天主教的思想提供了一個極富參考價值的基本框架，為我們初步廓清了明清天主教哲學的基本輪廓。然而，沈清松教授未竟之功，也為當代中華新士林哲學提出新挑戰，這項考驗必須要從明清天主教開始，只有重拾慷慨與外推，中西方士林哲學才可能真正走向他者。

在何佳瑞教授的〈初探外推理論超越封閉主體性的當代意義〉一文中，其鋪陳了沈清松教授如何全面且積極地面對、處理並且克服近代哲學以來以及現代性中所面臨的封閉主體性的問題。何佳瑞教授認為，「外推」的首要意義，就是要走出自我封閉、走向多元他者。從哲學思潮的發展觀之，走出自我、破除自我的封閉性本身，就是從現代性轉向全球化時代思潮的紐帶。換言之，人一出生就是在多元他者之中，並在其中發展、成長、追求意義並且自我完美和實現。當自我在多元他者中時，同時也彰顯了多元他者早已經在自我之中了。藉此，她強調自我與他者的共在與共構關係。因此，人是不可能自我封閉的。正因為人總是向他人、向世界、向實在開放，人才有追求更高的真理，達至更大的可普性的可能。總之，于該文中，她從人的自我認識來闡述沈清松教授的外推理論對於自我封閉性的破除；慷慨外推推動主體走出自我、走向他者，走向陌生，朝向和諧共容、相互豐富的世界。

在周明泉教授的〈論當代中華新士林哲學的關係存有學之轉向：以沈清松的天主教社會哲學為例〉一文中，其主要證成沈清松教授的天主教社會哲學思想具有關係存有學的轉向。在他看來，沈清松教授透過愛的關係存有的先在性與必要性，強調自我與他者之間不僅是共在的在世存有，更是具有社會的關係性存有。可見，沈清松教授在天主愛德的關係存有學基礎上，企圖將「慷慨外推、邁向多元他者」轉譯為可理解的跨文化語言與對象，並具體發展成為具有可普遍化與可實踐性的現代規範性的行動準則，使道德規範能在真實生活的歷史脈絡中，發揮其指引行動的有效性實踐力量；使當代中華新士林哲學不再只是基督教會的特殊意識形態，而是所有人類都能擁有的共同財富，進而重新賦予當代中華新士林哲學新的生命力，一方面強化教會社會訓導的福傳功效，並為華人地區基督教信仰團體提供符合社會正義的合理論述與論據。另一方面，也企圖豐富當代中華新士林哲學的社會實踐向度。

第二部份的主題是「相互外推與多元他者」，總共收錄了五篇論文：在王佳煌教授的〈外推與多元他者：超越主體性與互為體性的文化認同〉一文中，他強調沈清松教授建構的外推與多元他者論，可以解決哈伯瑪斯溝通行動理論、傅柯的知識―權力構成主體與自我的技術論述、薩依德對東方主義的批判，以及霍爾的離散黑人文化認同論述之中的主客二元對立問題。因為在他看來，沈清松教授的慷慨外推

與邁向多元他者，以及對比哲學與建構實在論，可以涵攝與統合中西思想的哲學體系，克服上述思想家、理論家的缺點與問題，進而逐步克服西方主體性的膨脹，超越哈伯瑪斯抽象的互為主體，揚棄抵抗壓迫與霸權的執著，肯認與瞭解多元他者。這樣的哲學體系從較高的視野觀看世界，但也由下而上，從各個主體之間的語言翻譯、轉譯、（宗教）交談著手，彼此相會，同感同理，設身處地幫對方著想，進入對方的世界。這樣主體性就不會過度膨脹，互為主體也不會是抽象的溝通範疇，而是有血有肉的人與團體彼此互動，超越立基於主體性與互為主體性的文化認同情境與格局，走向慷慨外推，肯認多元他者的存在與價值。

在譚明冉教授的〈多元他者、外推與感通：沈清松論儒家哲學對西方現代困境的補救〉一文中強調，沈清松教授透過多元他者、外推和感通等概念為現代化困境提供良方解藥。不過在他看來，「走出自我，邁向多元他者」只相當於張載的「大心」或開闊心胸知見的過程，還沒有達到莊子「坐忘」的「離形去知，同於大通」。因此，沈清松教授才進一步使用「感通」來超越主客對立。「感通」指人與人、人與物之間的感應。這種感應使我們能夠重視他人、他物的存在，從而開展出仁、義、禮等道德情感和規範。這種感應之所以發生是因為萬物是相互關聯的，是一個有機的整體。對他而言，沈清松教授的睿智在於以萬物一體、天人合一超越西方的人類中心主義，要求人們在發展科學與民主之時，不但要「以人為目的」，更要以人與自然的和諧共榮為目的。通過認可多元他者的存在，以感通的方式體悟萬物的渾然一體，去除人類過分關注自我而生的自私和盲目。

鄧元尉教授在〈沈清松的多元他者與列維納斯的第三者之對比〉一文中，嘗試將沈清松教授的多元他者與列維納斯的第三者進行對比，以期重新理解他者與主體的哲學意涵。鄧元尉教授認為，沈清松教授提出多元他者是為了重建主體的多元他者，列維納斯提出第三者則是為了挽救他者的第三者。在他看來，沈清松教授所表述的主體與他者之關係是相互豐富的動態關係。不過他強調，我們唯有先具備某種原初的慷慨，相互性才有可能獲得建立，相互豐富也才得以可能。這種原初的「慷慨之德」，其原初性更在「他者」此一形上學概念和「外推」此一知識論策略之前，此一論點也延續了列維納斯將倫理學視為第一哲學的說法。最後，鄧元尉教授以為，列維納斯的第三者概念的諸般含義中，諸他者最為接近沈清松教授的多元他者概念，不過他進一步以他者的他者補充沈清松教授多元他者的概念。因為，他者的他者作為守護他者的他異性與超越性，不僅成為能夠接納陌生他者的社群之倫理基礎，也成為他者的陌生性的終極來源與終極保證。

在林淑芬教授的〈鄂蘭的「新生」概念與多元他者——以《愛與聖奧古斯丁》

為起點〉一文中，其援引沈清松教授所提出的多元他者之概念，針對鄂蘭的核心概念「新生」，如何成為多元性的存有學基礎加以闡釋，並且揭示鄂蘭關於共存、平等、多元性、共通感等概念的真諦。在她看來，作為存在的事實，新生概念體現了人的多元性境況；作為存有學的基礎，新生以行動切入世界，宛如第二次的出生，同樣伴隨著多元他者的在場，行動之所以卓越，在於它具有開顯性，開顯了「誰」，而這個「誰」乃是在世存有——與多元他者共存，在不斷地遭逢、互動中形成的。因此，當我們面對現代性所帶來的世界疏離，自我必須向世界中的多元他者開放，與不斷到來的新來者共同以行動切入這個世界，中斷習性化的因果現象，方能為人類共存帶來「新開端」，而此新開端的可能性在於內在精神生活受世界之愛所引導，向世界中的多元他者開放。

林慧如教授在〈敘事醫學：從臨床敘事瞥見多元他者的面容〉一文中，其立基於沈清松教授多元他者的概念，針貶現代醫學陷入以「疾病為中心」的邏輯困境。她認為，敘事醫學得以恢復醫學的人文深度，促使醫學系學生日後在臨床實踐中能夠瞥見多元他者的面容，使醫病雙方在人性的真實接觸中產生連結，使醫學由「疾病為中心」轉向「病人為中心」的良好學習範式。誠如列維納斯所言，他者的在場，永遠具有一種不可把握的特徵。每一個「他者」之於自我、之於「我思」都是陌異性的。他者永遠不會為我們的理性所控制、理解與佔有，他者的出場必然對我的自發性造成質疑，他者的面容才是倫理學的最初起源與最終面貌。最後，林慧如教授強調，敘事醫學的訓練，得以使醫學系學生遇見病人的瞬間，瞭悟列維納斯所謂「他者的臨顯」之重要時刻。如此一來，醫學生們就能在與「主要照顧病人」的相遇中看見倫理的啟示：用一個更寬廣的視角看待病人與病痛、病人與醫師的關連，甚至看見自身身為醫者對於病人的責任，亦即，回應病人的要求，這便是醫學「以病人為中心」的最原初的倫理責任。

第三部份的主題是「跨文化哲學與宗教交談」，總共收錄了五篇論文：在關永中教授的〈與《雅歌》8:6-7 懇談愛的真諦〉一文中，他揭示《雅歌》的真諦，強調愛的本質在於珍惜愛者那獨一無二、不容取代的個體存有（Being as Ipseity），因為其他依附在這唯一個體的屬性總有消失的一天，不論聰明才智、容顏俊俏、家財萬貫，都不能與「真愛」的永恆不朽相比較。因此，我們作為靈智者，理應藉著愛來塑造更成全的團體，以愈發像似並冥合那至愛的終極根源，而至於無窮之世。金錢本身並非邪惡，但終究不能把它帶回天鄉，人更不應成為它的奴隸。凡以財神瑪門為偶像者，就無從徹底參透愛的真諦；人儘管賺得全世界，喪靈，何益！關教授藉此文本詮釋敬獻沈清松教授賢伉儷，祈願吾儕之愛，超出生死，融貫師友，達於永恆。

在周曉瑩教授的〈論臺灣新士林哲學對中西哲學會通的探索——以沈清松教授的「跨文化哲學」建構的策略為例〉一文中，其主張沈清松教授提倡的「跨文化哲學」之外推策略，不僅僅是解決中西哲學對話的問題，而且是建立在新人類生活基礎上的一種可普化的、被廣泛認同且能解開人類普遍困惑的新哲學。不過，她認為，真正需要「外推」的應是異質文化中具有特殊性的部分。因為導引我們走向多元他者的動力並不是發現他者與我們相同，而是探索彼此之間的差異以豐富原初的自我。對於異質文化無法可普化的特殊部分，周曉瑩教授自陳與沈清松教授的立場是截然相反的：沈清松教授的態度是反省和檢視，周曉瑩教授的態度是尊重與保護。最後，周曉瑩教授提醒我們，現實的跨文化交談不能從國際政治生態環境中抽離出來，必須將其還原到國家之間的利益較量當中。

李彥儀教授在〈當代中華新士林哲學視域中的「宗教交談」論述——以沈清松先生「相互外推」模式為核心的展開〉一文中，其透過天主教神學家尼特的宗教交談之主張，對比沈清松教授以相互外推為基礎的宗教交談，凸顯沈清松教授思想的特色與睿見。李彥儀教授認為，沈清松教授秉承當代中華新士林哲學的精神與底蘊，透過對比儒、佛、道、與基督宗教的人性論，從本體論層次肯定了人性本然之善，此本然之善為一原初的動力或能欲的欲望。此一原初動力或能欲的欲望是人人皆有的，從而也是人與人之間走出自我、走向彼此的可能，由此而說人與人之間的相互性，而此一相互性又恰恰預設了人與人的存在相關性。若將各宗教傳統及其彼此之間的關係放在這套理路與架構來考慮，那麼，各宗教因著原初的動力或能欲的欲望走出自我即是一個外推的過程，宗教之間走向彼此也就是相互外推的過程。正是因為宗教間的相互性與存在相關性，在宗教交談的各宗教，不斷透過彼此對比與相互外推，因而對自我與他者能有更深刻、更恰當的認識與理解，也因此都是「形成中的宗教」（Religion in the Making）。由此可見，沈清松教授為全球化時代的宗教交談開啟了新的理解視野與實踐之道。

在賴賢宗教授的〈守候上帝的存有之思：海德格與神學〉一文中，其闡釋海德格的存有之思以及他所影響的當代神學，以釐清東西方的跨文化溝通的神學的基本課題的相關背景，其所指向的論題乃是主要在於闡釋存有思想的曲折道路最後如何通達無自無的澄明而守候最後的神，如此可以到達與亞洲哲學、亞洲神學溝通的場域，用以闡明沈清松教授在多元的他者關於存有與神的問題之洞見的相關思想背景。賴教授強調，沈清松教授的本體外推與海德格存有思想具有密切關係，在他看來，沈清松教授對於海德格的存有思想的獨到詮釋為未來東西哲學的對話與宗教交談奠基更加穩固的基礎。除此，他在論文中更進一步主張沈清松教授所倡導的對比、外

推與交談等哲學理念，貼近超驗多瑪斯主義學派的主張。

在洪嘉琳教授的〈道教重玄學與佛教中觀學間的對比與交談：以成玄英與吉藏之方法論為例〉一文中，其借助沈清松教授的對比哲學與交談的外推策略，考察成玄英如何融攝佛教中觀學之語言乃至思維模式。在她看來，中觀學最成功之處在於語言外推，因為成玄英經常使用佛學用語來重新詮釋《老子》、《莊子》等經典內涵，其用心，無非意圖以佛學用語來與佛學家進行對話與交談。其次，她以四句論法為例，說明中觀學對重玄學未能達到徹底的實踐外推。最後，就本體層面之外推或融攝而言，重玄學固然與中觀學相似，都認為至高的真理或道是不可言喻的，但重玄學畢竟沒有放棄自家傳統的道論以迎合中觀學性空之思想。甚至在透過重重辯證、修養之後，成玄英也不會同意吉藏的「無得正觀」之說法；反之，成玄英會認為體道者之境界，是要能自在周旋於有無之間來發用，亦即以其境界來善待萬物的。至於何為最高真理或最終的實在，道教與佛教之歧見，恐怕不是中觀學與重玄學能夠解決的。

第四部份的主題是「文本詮釋與對比重構」，總共收錄了五篇論文：在徐光台教授的〈從對比與外推來理解明末中西自然哲學的遭遇〉一文中，其採用沈清松先生的對比與外推概念，來理解明末中西兩種迥然不同的「自然」概念與自然哲學傳統的相遇，重建中國氣的自然哲學的一些特性，並選擇某些問題來對比中西兩種不同的自然哲學傳統，以豐富吾人對氣的自然哲學傳統之認識。

在陳運星教授的〈儒家民本思想與現代民主思想的比較——兼述沈清松先生的《傳統的再生》〉一文中，其根據沈清松先生所著的《傳統的再生》一書，來思考儒家民本思想與西方民主思想的異同。他認為，沈清松教授在《傳統的再生》一書中闡揚的「再生」的隱喻意涵，企圖喚醒中國人珍視儒家思想而予以發揚光大。根據陳運星教授的見解，原始儒家思想與現代民主原理彼此是可以互濟互補的，除此，面對未來的全球化國際情勢的挑戰，中國的知識份子若能建構並實踐出古典儒家思想與現代民主原理互濟互補的創新之路，活化儒家文化資源，真正地做到創造性的詮釋與批判性的繼承，相信嶄新的、現代化的、自家本土性的「有中國儒家特色」民主政治新體系，將會是內聖與外王分別開出「兩路進行」、使內聖與外王「互為主體」、而且是「中西互為體用」的民主科學現代化道路。

陸敬忠教授以〈苦難與神聖他者：從約伯記談神義論之體系性與文化際詮釋學轉向〉一文悼念先師並感念其恩澤。在文中，陸教授首先凸顯《約伯記》中關於此神義論議題之聖經神學性轉向，即：從上帝之為絕對超越的神聖他者轉為神聖你者之為對話者以及受苦者本身之視域轉向，接著，他通過體系性詮釋學與文化際哲思

的方式來敘事基督宗教神義論，進而揭示神義論弔詭綜結之嶄新的體系性－文化際性－神學性解決構思之論述。

張永超教授在〈道的動態認知與形成中的自我——以先秦「知－道」為中心之論證及其改進〉一文中強調，沈清松教授由對比而外推，由「他者」而「邁向多元他者」以此來鞏固、規範和重建現代性之積極成果「主體性自我」。在他看來，只有基於神聖性終極他者這一維度的「主體性自我」重建，「實踐層面」、「語言層面」的自我才是有根底的、有靈魂的；惟有靈性的確立，倫理層面的「第二本性」和行為層面的「穩固本質」才是有依託的。由此形成的「知－道」模型則源自靈性自我的體認和建構自覺，主體性自我的確立與多元他者的關係是基於神聖超越性維度的「愛的關聯」，只有建基於超越性神聖之「道」這一「愛的光照下」，人與多元他者的關聯才是內在的，由此「邁向多元他者」才是一種自我封閉性的走出以及神聖開放性的回歸。

在黃崇修教授的〈心氣概念思維下孔子定靜工夫還原——以宋明儒者言說為視野〉一文中，其透過對〈子路〉、〈公冶長〉等文本內容進行爬梳，論證《論語》文本中具有中正、仁、義以及無欲概念之存在，並且進一步透過張載〈中正篇〉之解讀，發現到張載將該篇定靜論述邏輯與〈為政〉交相呼應，於是透過此論述路徑，筆者找到了〈為政〉之成德過程在定靜論述之可能。最後，其以「定靜」工夫作為研究孔子修養境界之主軸，發現到孔子三十至四十歲階段是以治氣顯體為主軸之中靜形正定靜型態，而五十至七十歲階段則能直顯本體而以從容中道之定靜型態為其特色。於是在此義理還原建構下，我們發現到孔子此二層工夫思維結構，著實影響到宋明儒者討論工夫建構之際「主敬」與「主靜」工夫之論述發展，也就是說，孔子的定靜工夫模式儼然開放了兩種實踐路線之整全性可能。

最後，這本論文集的出版，要特別感謝「于斌樞機主教天主教人才培育基金」的經費補助，輔大出版社廖芳瑜小姐詳盡出版資訊的提供，盧宣宇小姐嚴謹而有效率的執行編排，以及謝怡君助理細心協助的工作態度，使得本書能夠迅速以高品質的版本形態與讀者見面。本書的出版，著實為當代中華新士林哲學的承繼與發展提供豐富的知識饗宴，除了紀念沈清松教授逝世兩週年之外，更期待沈清松教授所提倡的「慷慨外推，邁向多元他者」的社會實踐訓令，能對讀者有所啟發。

周明泉

二〇二〇年十二月二十四日筆於龍潭居所

目次

第四編　文本詮釋與對比重構

Contents

Keynote Speech

I. Chinese Neo-Scholasticism and Its Future

II. Mutual Strangification and Multiple Others

III. Intercultural Philosophy and Interreligious Dialogue

IV. Text Interpretation and Contrastive Reconstruction

天主教的愛與融合——紀念沈清松教授七秩冥誕

黎建球

輔仁大學哲學系講座教授

內容摘要：沈教授的學術面向，基本上是以天主教為底基，融合了「中西」文化的精髓，開創了自己的學術主張，特別是他在最近推出「慷慨外推與多元他者」的主張，就是以天主教的愛與儒家推己及人的精神做為發展的內含，試圖找到彼此的融合之道。愛天主的基礎是我們對於祂的隸屬性，愛他人的基礎是我們與他們的共同性，只是我們不應該忘了我們的個體性與位格性，愛應該是個體與個體之間的共融（communion）。

聖博納認為，始終是天主先愛了我們，好使人靈得到幸福。而神聖、貞潔、甜蜜、溫和、愉快、誠實、知心及強烈的愛使靈魂與聖言「結合為同一精神」，如此人靈得以達至幸福的最高境界：「那與主結合的，便是與他成為一神」

關鍵詞：沈清松、天主教、愛、融合、聖博納

沈清松教授進輔大哲學系大學部時我已在唸研究所，對他沒什麼印象，只知道有一群程度不錯的修士來輔大唸書，開始認識他們是在我研究所畢業在輔大教書後，不但知道他們學習能力強，組織力夠，藝術方面也很行，不但帶動了他們班上的活力，也帶動了整個哲學系的氣氛，令人刮目相看；清松和佩榮在唸研究所時，開始參與了先知出版社的工作及現代學苑的編輯工作，並且按方東美教授的意見，改為哲學與文化，並請方先生題字。之後他們二人相繼出國唸書。清松回來之後在政大哲學系任教，開始了他的學術生涯，他不但在學術專業上大放異采，在學術活動上更是以友輔仁，令人有如如沐春風之感，我和他有非常密切的聯繫，彼此互助，互相支援；我在擔任中國哲學會秘書長時向羅光理事長推薦他為十大傑出青年，後來又推薦他繼羅光理事長之後接任中國哲學會理事長，他則在八年之後推薦我接續，之後他去了多倫多，我則在 2004 年接任輔大校長，有二次請他回輔大擔任講座教授，本來約好今年九月輔大以于斌樞機主教天主教人才培育基金會的名義，請他擔

任講座教授繼續作育人才，開創新的哲學楷模，但不幸，哲人驟逝，令人唏噓，不勝感慨。

沈教授的學術面向，基本上是以天主教為底基，融合了中西文化的精髓，開創了自己的學術主張，特別是他在最近推出的「慷慨外推與多元他者」的主張，就是以天主教的愛與儒家推己及人的精神做為發展的內含，試圖找到彼此的融合之道。

在紀念沈教授之時，本文試圖以天主教的愛與融合為題，做為續貂。

壹、天主教的愛

根據聖經中對愛的描述，是從舊約中梅瑟[1]在西奈山領受十誡[2]開始，十誡總歸兩句話：「愛天主，愛人」。我們瞭解愛的第一對象是自己，就是自己全人格的發展或成長。如果我的人格發展不出來，則無法產生愛人的行為，因此，天主教所強調的愛有二種：一是愛天主在一切之上，二是愛人如己。

一、先說愛天主

對有神論者來說，愛天主超過愛自己不僅僅是可能的，符合是自然律的，因為愛的基礎應該是人對於天主的隸屬關係。因為人不是十全十美的，不可能使自己的意志完全滿足，所以不可能是慾望的最終目標；意志慾望有限善只是因為它與無限的善有關係，是無限的善的分享的緣故。換句話說，我愛我自己，因為我與無限的

---

[1] 梅瑟（希伯來語：משׁה），基督教稱為摩西，是在舊約聖經的出埃及記等書中所記載的公元前 13 世紀時猶太人的民族領袖。史學界認為他是猶太教的創始者。他在猶太教、基督教、伊斯蘭教裡都被認為是極為重要的先知。按照以色列人的傳承，《梅瑟五書》便是由其所傳。《梅瑟五書》是《舊約全書》的前五卷，即《創世紀》、《出谷紀》、《肋未紀》、《戶籍紀》和《申命紀》五本。猶太人稱此五書為「托辣」（TORAH），即「法律」之意，因為五書的內容，多半以色列民的法律，因此，他們有時候亦稱它為「法律書」。由於這本書的來源和內容，都與梅瑟一生有密切的關係，故被稱為「梅瑟五書」。

[2] 十誡（希伯來語：עשרת הדיברות），根據《聖經》記載，是天主藉由以色列的先知和首領梅瑟向以色列民族頒布的律法中的首要的十條規定，這大概是公元前 1750 年的事情。以十誡為代表的梅瑟律法是猶太人的生活和信仰的準則，也是最初的法律條文。在天主教中有很重要的地位。這十誡是：I. 欽崇一天主在萬有之上；II. 毋呼天主聖名以發虛誓；III. 守瞻禮之日；IV. 孝敬父母；V. 毋殺人；VI. 毋行邪淫；VII. 毋偷盜；VIII. 毋妄證；IX. 毋願他人妻；X. 毋貪他人財物（摘自天主教聖經及教理）。

善的必然聯結，是無限的善的分享。多瑪斯（Thomas Aquinas, 1225-1275）[3]用部份與整體的關係來說明這事。他說：「愛天主勝過愛自己不僅對天使，即使對人，甚至對任何一個具有感性愛或自然慾望的受造物是自然的；我們看出，任何一個部份依著自然傾向，為了整體的利益而工作，即使這工作為部份本身來說是危險的，有害的。例如人會把手舉起來，去擋住那向他的頭部砍來的刀子。所以自然地，任何一個部份依它自己的方式愛整體勝過自己。因此也是自然地，一個好公民依著自然傾向與國民道德，為了公共福利而準備著犧牲自己的性命。天主是整個宇宙以及宇宙的各部份的共同福祉，所以任何一個受造物依著自己的方式自然地愛天主勝過愛自己」。[4]多瑪斯並沒有把我們對於天主的愛看成我們對於自己的愛的一個角度，而是相反地，他把我們對於自己的愛看成我們對於天主的愛的一個角度。理由是因為部份對於自己的愛應當隸屬於對於整體的愛；如今天主是最大的整體，所以我對於自己的愛應該隸屬於我們對於天主的愛。所以愛天主勝過愛自己不僅僅是可能的，而且是自然的。我們不難看出，愛天主勝過愛我們自己的那種他愛精神不是忘我的，因為它並不假定二元性。我們與天主的關係並不是對立的二元關係，而是部份與整體的隸屬關係，或受造物與造物主的分享關係。這關係也就是我們的對於天主的愛的基礎。我們愛天主勝過愛我們自己，因為天主是我們的整體，我們的來源。當我們愛天主勝過愛我們時，我們並沒有把自己忘掉或消失掉，相反，愛得愈深，聯繫（隸屬）得愈親密，分享得也愈豐盛。反過來看，因為我們是天主的部屬或分享，所以就我們所是的，我們以「喜悅的愛」（amor conplacentiae）在自己身上愛著天主。有如一位學生愛自己的學問也就等於愛老師的學問，因為他的學問是由老師那裡分享而來。但是我們是有限的而且是有缺乏的存有，所以在我們的不自私的自愛中常摻雜著慾望或希求，「博愛」（agape）[5]（caritas）[6]中常摻雜著「情愛」（eros）[7]：愛自己，同時希望自己愈來愈成全（一種高尚的願望）。

---

[3] 多瑪斯是中世紀偉大的哲學家。

[4] Quodlibets, I. Q.8

[5] Agape (Ancient Greek ἀγάπη, agápē) is "love: the highest form of love, charity; the love of God for man and of man for God."

[6] Benevolent feeling, especially toward those in need or in disfavor.

[7] In Greek mythology, Eros (Greek: Ἔρως, "Desire") was the Greek god of love. His Roman counterpart was Cupid ("desire"). Some myths make him a primordial god, while in other myths, he is the son of Aphrodite. He was one of the winged love gods.

二、再說愛人如己

前面我們已經指出，對於愛，多瑪斯所主張的是「物理觀」，認為「他愛」的基礎是「自愛」。意思是說，我愛他人是因為他人在某種方式之下與我是同一的或相似的；我愛他人等於在他人身上愛我自己。所以對多瑪斯來說，愛人的基礎是人與人之間的同一性（unity）或相似性（similitude）。[8]但是人與人之間的同一性或相似性在那裡？這問題在多瑪斯的形質論（hylomorphism）[9]中很容易找到答案：從物質因素來看，人與人之間各不相同；但是從形式因素來看，人與人之間是相同的，因為所有的人所具有的是相同的人性。愛的基礎就是這相同的人性：因為他人擁有與我相同的人性，所以我愛他人等於愛我自己。多瑪斯的這種對於愛的基礎的看法容易引起誤會，所以應加小心。先拿對天主的愛來說，多瑪斯強調的是部份對於整體的隸屬關係，或整體對於部份的涵蓋關係。這看法有危險，容易被誤解成泛神主義的論調，而抹殺人的獨立性與位格性。在有神論的眼中，人是天主所造，得隸屬於天主。但是不能忘了，人是有自由與位格的存有，是完整而獨立的個體。愛應該是個體與個體，位格與位格之間的共融，而不該僅僅是部份對整體的屈服。

三、再就人與人之間的愛來說

多瑪斯的看法很容易使人誤認為，我們所愛的是一個共同的人性，而不是特殊的個體。強調人的共同性或相似性是對的，因為我們大家都是人，都有相同的人性，所以我們才應該彼此相親相愛；我們不可能以友誼之愛去愛與我們不同本性的動、植物或非生物。但是我們不應該太強調人與人之間的共同性，以致忽略了每個人的個別性，因為我們所愛的是個別的張三或李四，而不是抽象而籠統的人性。所以當代哲學家強調人的主體性（subjectivity）和人與人之間的主體際性（intersubjectivity）。[10]

我們可以結論說，愛天主的基礎（或基本理由）是我們對於祂的隸屬性，愛他人的基礎是我們與他們的共同性，只是我們不應該忘了我們的個體性與位格性，愛應該是個體與個體之間的共融（communion）。所以由愛的基礎問題我們已進入了愛的性質問題。

---

[8] *Sunma Theologica*, I, IIa, 27, 3C.

[9] Hylomorphism (or hylemorphism) is a philosophical theory developed by Aristotle, which conceives being (ousia) as a compound of matter and form.The word is a 19th-century term formed from the Greek words ὕλη *hyle*, "wood, matter" and μορφή, *morphē*, "form".

[10] "Intersubjectivity" is a term coined by social scientists as a short-hand description for a variety of human interactions.

貳、天主教愛的特質

　　就愛的本身來說，愛的種類根據《格林多前書》[11] 13:4-7「愛是含忍的，愛是慈祥的，愛不嫉妒，不誇張，不自大，不作無禮的事，不求己益，不動怒，不圖謀惡事，不以不義為樂，卻與真理同樂：凡事包容，凡事相信，凡事盼望，凡事忍耐」。這又可分成：友誼的愛（或祝好的愛）與功利的愛；他愛與自愛；不自私的愛與自私的愛；自愛又可分成：自私的自愛與不自私的自愛。下面分成三小部份來討論愛的性質問題：首先我們把幾種愛之間的關係再略加說明，然後設法指出愛的整個結構，最後談談當代哲學家所強調的友誼問題。

一、愛與愛之間的關係

（一）友誼與情愛

　　無疑地，友誼與情愛是愛的兩種重要區別。前面已經說過，友誼的愛是為了對方而愛對方，而情愛則是為了自己而愛對方。但是嚴格地來說，友誼的愛具有相互性，即雙方彼此相愛。所以有人[12]不以友誼的愛，而以「純粹的愛」（pure love）或「直接的愛」（direct love）來與情愛相互對立，因為純粹的愛只是為了對方而愛對方，不管對方對我如何。也許有人要說：純粹的愛不就是前面所提過的祝願的愛？如果我們仔細地想一想，我們不難看出，這兩種愛並不完全等同，而且是後者假定前者，因為是我對於某某先有了純粹的愛，然後願他或祝他身心康泰，萬事如意。當然這兩種愛可能只是在性質上，而並不是在時間上有先後的分別，而且在純悴的愛中不可能不含有祝好之意，否則不是真正的愛情。所以嚴格地來說，祝願的愛是祝願對方得愛的一種，只是所祝願的不是自己的，而是對方的利。但是也看到，他愛最後還是建基於自愛。換句話說，純粹的愛不僅僅施之於他人，而且也施之於自己；由純粹的愛而發出的祝願的愛也不應該把自己排除掉。這裡我們得到一個重要的結論：祝願的愛並不完全與純粹的愛相對立，而是相反地，祝願的愛紮根於純粹的愛，因為我們所祝願的利益常是為著某一個主體。

---

[11]　《聖保祿宗徒致格林多人前書》（ΠΡΟΣ ΚΟΡΙΝΘΙΟΥΣ Α΄, Κορίνθιανς Α΄），是新約聖經的第 7 本書，也是保祿宗徒寫給格林多人的第二封書信，收錄在新約聖經的書信集當中，第一封先前的信已散佚。

[12]　Robert O. Johann, S. J., *The Meaning of Love* (Glen Rock, N.J.: Paulist Press, 1966).

（二）他愛與自愛

他愛與自愛並不是兩種完全對立的愛情，相反，他愛紮根於自愛。但是我們也指出過，從形上方面來看，他愛無法離開自愛，但是從心理方面來看，自愛往往是含蓄的，不明顯的，甚至不自知的。所以可以問：自愛能否算為真正的愛？好像它並不發自真正的認識作用（認識到自己）所以只能算是一種自發活動？對於這個問題我們可以回答說：含蓄的認識雖然不如明顯的認識，但也是真正的認識；自愛所依據的往往不是明顯的，而是含蓄的自我認識，即在我的精神活動中我含蓄地知道我是我，我應該發展我自己。他愛有時候也可能是不太明顯的，例如某人與我的生命有如此的密切關係，以致不需要我用明顯的行為來表達我的愛意，但是在一般情況中，他愛比自愛明顯的多，而且他愛首先浮現於我們的意識層面。就好比認識作用，認識他人先於明顯地認識自己，因為我們的認識作用首先被對象所吸引，藉著反省才由對象那裡折回來認識到自己。同樣，從意識層面來說，他愛先於自愛，首先注意到的對象是他人（或他物），由反省才知道愛他人的行為是我的人格的表現，我應當引以為喜（自愛）。還有一點是可注意的：不論是在他愛或自愛中，圖利（或祝好）的愛常紮根於純粹的愛。但是紮根的方式很不相同：在自愛中，因為愛的對象與愛的主體是同一個自我，所以純愛的對象（自我本身）只是含糊地浮現於意識層面，明顯且直接地呈現於意識面前的倒是那些貪圖的或希求的愛的對象；如健康、自由、環境等，而這貪圖或希求紮根於我們的本性傾向，如對食物的希求直接來自生理的組織，它們並非直接來自知識與意識，當然，希求一旦經過知識或意識的指引，它就有了嶄新的型態。相反，在他愛中，被愛是純愛的直接對象，佔首要地位；有時對他人所表示的愛情看來好像只是貪圖或祝好的愛的對象，而不是純粹的愛的對象，但事實上他人（純愛的對象）常是行動的客觀動機，因為歸根究底我們是在為「他本人」圖謀福利，而且這種圖謀精神並非直接來自我們的本性傾向，相反，它屢次應該克服我們的本性傾向。

二、愛的結構

從上面的種種分析中可以看出，愛不是一個單純的活動，而是一個相當複雜的結構。

美國心理學家佛洛姆（Erich Fromm, 1900-1980），[13]在他的著作《愛的藝術》中，認為愛包涵四種元素：照顧、責任、尊重、瞭解。照顧指的是『主動關懷你愛的人的生命與成長』，也就是做到最基本的生理與生命的照顧，以達到健康平安、對生命無害的狀態。因而若是一個人愛到可以不要自己與對方的生命，或是愛到做出傷害自己與他人的事，那這都不是真正的愛；責任指的是「準備好回應對方心理上的需要」，也就是在兩個人的互動中，可以感覺到心靈被滋養、情緒被照顧，也就是心理能處於平靜安定的狀態。所以若在關係中多感覺不安、恐懼與耗竭，就得仔細審視這是否是愛了；尊重指的是「讓另一個人以他本然的方式去生長、發展」，也就是能夠容許對方以自己本來的樣貌進入兩人的關係，兩人雖然在一起成為伴侶，但還是獨立的兩個人，需要互相體諒配合，但不是扭曲自己的本性來迎合對方的需要。因而如果另一半老是想要改造你合乎他的期待，控制你成為他的附屬品，那麼這也可能不是真正的愛，多半只是一種佔有；瞭解指的是「超乎對自己的關懷，以他人的處境來理解他人」，類似於同理的意思，也就是說不僅瞭解一個人表層的樣貌，更能夠瞭解他深層的狀態，而這就得拋開自己的立場與成見，嘗試進入對方的觀點中，重要的是，還得抱持著一種開放的態度：我們雖然試圖瞭解對方，但我們知道自己永遠都知道不可能完全瞭解對方。因為這樣謙卑的態度，才能讓我們有機會真正認識一個人的本質，於是若在關係中常感覺不被瞭解、或是不瞭解另一半，那也得檢視這段愛情關係。

佛洛姆認為愛是需要學習的，總以為只要找到一個正確的對象，完美的愛情就會自然而然順利發生，所以許多人忙著羅列擇偶條件、忙著搜尋理想情人，卻很少人去學習關於愛情關係的知識與實作技巧，因此，他以為成熟的愛是：「因為我愛你而需要你」，而不是「因為我需要你才愛你」。

（一）愛的內在結構

純粹的愛是為了對方而愛對方，所以他的對象是人的主體性（subjectivity）與位格性（personality）。[14]也就是說，因為對方與我同樣是具有獨立位格的人（是另一

---

[13] 美籍德國猶太人。人本主義哲學家和精神分析心理學家。佛洛姆畢生致力修改弗洛伊德的精神分析學說，以切合西方人在兩次世界大戰後的精神處境。他企圖調和弗洛伊德的精神分析學跟人本主義的學說，其思想可以說是新弗洛依德主義與新馬克思主義的交匯。弗洛姆被尊為「精神分析社會學」的奠基者之一。

[14] Personality 一般譯為人格或性格，指人類心理特徵的整合、統一體，是一個相對穩定的結構組織，並在不同時間、地域下影響著人的內隱和外顯的心理特徵和行為模式。西方語言中「人格」一詞（例如法文的 personnalité、英文的 personality），多源自拉丁文的 persona，即「面具」，暗示了「人格」的社會功能。但士林哲學則譯為位格，是指有理性的實體，比人格的指稱更符合靈魂中身心靈合一的原則。

個自我），所以我應當愛他，不應當把他當作為我的欲望的工具。奴隸制與種族的歧視就是因為沒有認清楚這一點，所以沒有把對方當作真正的人看待。對於情愛來說，一般人所解釋的是，為了愛自己而愛別人的自私行為，但是我們所解釋的意義比較廣泛，因為我們能夠貪圖自己的利益，也能夠圖謀他人的利益。但是在中文中「情」字常含有自私的味道，所以對他人來說，比較恰當的名詞是博愛的或祝福的愛。即使對於自己來說，合理的貪圖也不能算是自私行為。情愛繫根於自私的愛，因為追根究底我們是在為某某「主體」（他人或自己）圖謀福利。我們可以反過來說，情愛是純粹的愛的延伸或向外發展，因為是我們的真純的愛情促使我們去謀求主體的福利。純粹的愛是一種賞識行為（拉丁文：Complacentia，可譯為「喜悅」）：是我在對象身上發現（認識）某種美善或價值後而發出的欣賞、喜悅或黏著。這在一般父母對於子女的愛中顯得特別清楚：父母的心完全黏著於自己的子女，準備為子女犧牲一切。要是人人都能像父母那樣把他人看做愛的對象，這世界該是多麼的美好。

從形上方面來看，在這種純愛（心靈的黏著）中能發現三個構成因素：變化、結合與憩息。所謂變化是指從潛能到現實的過程；當心靈或意志還為發射出愛的活動以前是在潛能狀態，發射出以後就成了現實狀態。所謂結合就是感情上的黏著節礙者對於被愛者的心裡黏附。憩息是結合後所產生的喜悅狀態。這三個因素是三個不同的活動，抑或是同一個活動的三個不同的角度，學者們的意見不一。我們認為這不是一個重要的問題，所以不多討論。但是我們仍承認，愛的本質是情感的黏著或結合。純粹的愛是一種完全的內在活動，及他的起迄點都發生在意志或心靈之內。在認識作用的性質一節內，我們已經證實，認識作用是一種完全的內在活動。如今我們可以說，愛比認識更內在，因為他更與「自我」接近：高深的學問並不提高人的真正價值，唯有道德（即純粹的愛）才能使人成為「真人」、「完人」、「聖人」。純粹知識始終是外在的（還可以說是身外之物），所以可以傳授，但是愛，有如德行，是無法傳授的。我能向人解釋愛人與修養的理由，但是他愛不愛人，修養與否應該由他自己來抉擇。

（二）愛的外在結構

純粹的愛與情愛實際上是難以分解的，是一個愛的整個過程，因為如果我們真心誠意地愛一個人（純粹的愛），我們必然願望他（情愛）生活的愈來愈好。所以我們把這兩種愛看做同一個愛的兩個不同的層次。上面所講的是內在層次的結構，現在要談的是外在層次的結構：願望（Desire）、行動（action）、歡樂（joy）。

三、愛的活動

在認識活動中，認識是一種完全的內在活動，同樣的，愛也是一種完全的內在活動，但是同時又是外向的。

首先他必然希望對方有所知情：希望我所愛的人之道我在愛他。因為愛是願意對方存在得更完美。但是如果對方並不知到我瞭解他，愛慕他，因此就得不到被瞭解，被愛慕的喜悅，他的存在不能算是完美的。

再者愛是願意打破形體之間的距離而達到主體之間的心心相印。所以愛要達到的是對方的內心，但是如果愛不被對方所知道，那就沒有真正的達到對方的內心。另一方面，在這世界上，我們的愛情對象常是些不完的，有缺陷的存有。要是我們不設法去改善它們的缺陷，滿足他們的願望，我們的愛情不是真誠的。用聖多瑪斯的話來說，要是友誼的愛不激發不自私的圖利的愛（為被愛者圖謀福利）就不是真的愛。[15] 經驗告訴我們，我們需要別人的認同與支持，要不然我們是孤獨的，痛苦的。同樣，別人也需要我們的認同與支持，要不然他們是孤獨的，痛苦的。

所以純粹的愛必然激起情的或祝福的愛。要是我們不用行動去表現出來，情愛就不是真誠的，真正的愛。在現實環境中，愛應當由事實來證明，愛的效果不能只留在理想境界中，而應當去實實在在地推動，去完成。在內在的愛（包括純粹的愛與情愛）與外在的行動之間，「願欲」肩負著媒介任務。就其為內在作用來說，它與愛緊緊相連，就其為意向性存有（intentional being）[16] 來說，他指使及物活動。願欲的這種雙重特徵使他成為「內在」與「外在」之間的通道。由純粹的愛產生的願望（圖利的愛）一旦由外在行動達成之後，就產生歡樂的心理狀態（助人為快樂之本），相反，如果達不成，會產生不愉快的感覺。歡樂與上面所說的喜悅不同，因為喜悅是由對方的價值而引起的賞識心理，比如我看到一位天真爛漫的小孩，我心裡就感到喜悅；而歡樂是由我的實踐行為所產生的心理狀態，比如對那天真爛漫的小孩，我知道他家境清寒無法獲得足夠的營養，我就盡力去幫助他，後來見到他紅光滿面，活潑可愛，我就感到歡樂。

---

[15] *Summa Theologica*, I-IIac, 26, 4.

[16] 士林哲學譯為意向性存有。見 Thomas Aquinas, *Summa Theologica*, IV 82. "The impassibility of the bodies of the blessed after their resurrection."

參、愛與他者的融合
——在愛中重整靈魂——聖博納[17]《雅歌》講道集 83

聖博納（St.Bernard Clarvaux, 1090-1153）[18]是明谷[19]的創院院長、熙篤會神父、教會聖師、靈修著作家。在他的引導下熙篤會於歐洲獲得了崇高的聲響。聖博納的一生非常活躍，在他服務明谷隱修院 38 年間進行了一系列教會與修會改革。他在明谷弘揚了他的神學，對教會與社會產生了極大的影響，人稱 12 世紀上半葉為聖博納時代。[20]

一、關於聖博納

從聖博納的事蹟和自我認知來看。由於當時他所肩負的特殊使命，他的人格兼有多元性與對立性雙重特質。他自認在某種程度上像個時代怪物，既不像個神職人員，也不像個俗人；雖然穿著修士的會袍，但似乎已然放棄了隱修聖願的生活；人們對他所言所行感到擔憂甚至憎恨妒忌，他被視為一個入世的隱修士。[21]但事實上他對於世俗事物感到痛心，尤其是為教會癡心於俗務更感到心痛，他厭惡世俗權力；他認為教會應專注信眾的靈性生活，而不是統治。[22]

從他的著作與其思想觀之。他的思想傳遍世界各地，他是一位隱修士、一位神秘學家；「他的行動歸屬於他所生活的歷史時代，他的教誨屬於教會的神學」。[23]

《基督教大辭典》[24]把「基督宗教神秘主義」定義為：追求內在的與天主合一的

---

[17] 歷來都翻譯成伯爾納多或伯爾納鐸，筆者以其文雅及符合聖師之美名，故用博納。

[18] 聖博納約在 1090 年生於瑞士附近的法國勃艮第，1112 年和他其中 4 位兄弟、1 位舅父及 25 位朋友，一起進入熙篤隱修院。經過 3 年的靈修訓練，赫定院長派遣他到明谷建立一個新基地，以解決熙篤隱修院擠迫的情況。聖博納吸引聖召到熙篤會的影響力之大，他甚至被譽為「熙篤會的第二創始人」。

[19] Clara vallis 譯為「明谷」。

[20] 任達義編，《聖伯納多：十二世紀的偉人》（香港：永齡排字鑄字公司，1990）。

[21] 任達義編，《聖伯納多：十二世紀的偉人》，頁 1、91-92。

[22] 羅素，《西方哲學史》，張作成編譯（北京：北京出版社，2007），頁 95。

[23] 任達義編，《聖伯納多：十二世紀的偉人》，頁 1-2。

[24] 丁光訓、金魯賢主編，《基督教大辭典》（上海：上海辭書出版社，2010）。

感覺。[25]聖博納在他的《雅歌》講道集中描述的正是這種神秘經驗─新娘親近新郎[26]的體驗，即是按著自己的意願對天主的親密體味。這應是一位靈魂導師所專務的神功─感受新郎的臨在：「所以邀請成全的靈魂，是為叫他們檢查、改正、教育、拯救，因為正是為盡這個職務，天主才召喚了他，[…]。這項邀請本是愛德的內在感動，是天主因慈愛在人心中激起的熱火，催促我們急速奮起去拯救我們的弟兄，[…]。領導和教育人靈的導師，每次發現在自己所領導的人面前，有人受到了這樣情感內在的觸動，就可以斷定新郎已來到他跟前」。[27]

對聖博納而言，渴望人靈得救就是新郎臨在的標誌。這也許是聖博納的真實感受。他既是院長又是政治家，他的事務過於繁忙，根本沒有喘息之機，以至於精力消耗淨盡。「但他一心所注意的，是作一位普通修士和努力聖化自己；他最怕出離修院的緣故，就是怕不能全心專務神修和祈禱」。[28]

聖博納是否可稱為神學家呢？如果從作為中世紀典範的士林神學的角度出發，可以說他不是神學家，因為他沒有那一時代的神學專著。他的著作只包括書信、道理、論文和演講，這些都未呈現整體性的思想體系。[29]但人們一直把他當做靈修著作家。直到最近 60 年間的聖博納的研究中，吉爾松（Etienne Henry Gilson, 1884-1978）[30]首次給聖博納冠以「神秘神學家」的稱號。勒克雷爾（Leclercq Jacques, 1891-1971）[31]為聖博納創造了「神修神學」（spiritual theology）這一概念，這是一個專門的神學科目，它的興起既不在教會學院也不在大學，而是在修道院中；它是「出自隱修士為了隱修士的神學」（Theologie von Moenchen fuer Moenche），[32]這與特定的修道環境或經驗相關聯，然而它卻具有廣泛的通用性。聖博納神學的核心是基督宗教的拯救觀念，為了獲得救援，人必須「認識自我和認識天主」，並努力邁向天主，與天主合一。[33]這種神秘聯繫是內在的動力，同時也是他的思想中心。此外，對聖博納而言，

---

25 《基督教大辭典》，頁 536：「重效仿基督的品性，其神秘經驗的核心為體驗上帝的愛和聖潔，屬實踐型的神秘主義。代表人物有明谷的伯爾納鐸，阿西西的聖方濟各等。其達到神秘經驗的過程通常包括靜心、明性、入神三個階段。方法則包括默想、交談、倒空等」。

26 「新郎」的概念指的是基督，新娘─靈魂則是基督的教會及其信眾。

27 任達義編，《聖伯納多：十二世紀的偉人》，頁 58。

28 穆啟蒙，《天主教史》卷二（臺北：光啟出版社，2015），頁 114。

29 甘蘭，《神學詞語彙編》（臺北：光啟出版社，2005），頁 107；甘蘭，《教父學大綱》下，吳應楓譯（北京：上智編譯館，2007），頁 371-375。

30 法國哲學家、歷史學家，新多瑪斯主義主要代表之一。

31 比利時倫理神學家，天主教司鐸。

32 Koepf, *Mystik und Politik* (神秘主義與政治), p.120.

33 余碧平，《中世紀文藝復興時期的哲學》（北京：人民出版社，2011），頁 130。

為了達到這種神秘的體驗，人們必須從基本的經驗出發，而這基本的經驗來自於現實生活、聖經、宗教生活，特別來自於隱修院的苦修生活。[34]

至於人們是否想把聖博納當哲學家看待，取決於人們所運用的「哲學定義」。在聖博納生活的時代，神哲學思想還處於古代教父的傳統中，而聖博納亦榮膺最後一位「拉丁教父之名」。[35]那時的神哲學不分，因此所有的思想家同時是神學家，同時又是哲學家。[36]他們共同的態度即是盡理性所能及試圖闡明信仰真理，而對信仰的理性解釋當時被視為「真哲學」。[37]真哲學是普通人的知識，而非學者的；是漁夫的，而非掌權者的。[38]真哲學源自生活，是一種向好的生活方式，它是『真人生』。[39]而聖博納正是通過他的生活、藉助『精神操練』見證了他的哲學。他在默觀生活中，尋找天人的奧秘，自認理性的極限，但卻發現了自身的超越能力，人可借此能力慢慢超升到一種新境界」。[40]終能達至人生的最高境界：天人合一。

二、聖博納對愛的融合，雅歌的描述

第 83 篇講道將結束以「靈魂與聖言的親緣關係的解釋」為題材的主題，聖博納自己對這一主題效果做出了總結，即是為每個人靈都有益處。

聖博納列舉了一系列靈魂困境。在困境中，靈魂「被關在肉身的監獄或手足被捆綁」[41]（比如：罪惡、禁錮、流放、疑慮、擔驚、痛苦、憂悶、操勞與迷惑等），但由於她的肖像性和相似性，無論她多麼悲觀失望，也能賴天主的仁慈和被寬恕的希望，期盼去參加聖言的婚宴。[42]

聖博納從人學的視角出發，稱靈魂在各種困境中「被關在肉體內」和「手足被束縛」。[43]他有否對人的肉體一種消極的態度，尚不做判斷。但我們以信仰的角度可以領悟到，他還是相信人本性具有一定的能力。

---

[34] 余碧平，《中世紀文藝復興時期的哲學》，頁 129。

[35] 任達義編譯，《伯爾納鐸著作第一卷》中冊，注釋《雅歌》講道，頁 8。

[36] 鄔昆如，《西洋哲學史話》（臺北：三民書局，2004），頁 268。

[37] Theo Kobusch, *Philosophie des Mittelalters: Eine Einfuehrung* (Darmstadt: Primus, 2000), p.7.

[38] Theo Kobusch, *Geschichte der Philosophie Bd. 5: Die Philosophie des Hoch- und Spätmittelalters* (C. H. Beck Muenchen, 2011), p.55.

[39] Ibid.

[40] 鄔昆如，《西洋哲學史話》，頁 283。

[41] 任達義編譯，《伯爾納鐸著作第一卷》中冊，注釋《雅歌》講道，83,1。

[42] 同上註。

[43] 同上註。這點似乎和 Plato 的 "Soma sema" 相似。

聖博納於 82 章中做過如此評價，他認為靈魂不能藉助本性或自身的努力轉向善，[44]但在此處卻如此勸誡道，借著「度個聖善生活，盡心維護本性的崇高地位」。[45]他認為自身的努力也是本性的一個禮物。如果不努力，本性將被一層厚厚的鏽所遮蓋，這樣做是對造物主的極大不尊重。[46]因為，「天主的聖意，要把自己美善的印章，印在人靈魂上，使之永遠保存，經常提醒他，保持與聖言的相似，如有背離之處，遂即促使他，回歸正道」。[47]這是個良心法則，這法則引導人靈從新歸向聖言。接下來，聖博納提供了回歸的方法—愛。這是他的中心概念。一切的轉變都是隨愛而生：靈魂反歸正道、回心歸向聖言及在愛內靈魂由聖言重新塑造。[48]當靈魂愛聖言，有如被聖言所愛之時，[49]她就會漸漸地轉向聖言，並借著本性的相似性慢慢超升，重新恢復與聖言相似的面貌。此時靈魂所接受的不僅僅是一個與聖言所立的契約，而是一個擁抱。[50]

這是自信的愛，愛本來就是充滿自信的，愛絕非源於敬畏、恐慌與驚奇。當愛佔據了人心，一切情感都要服從它的支配。因為「愛人愛其所愛，其他一概不知」。[51]這種愛的聯繫遠勝於父母與子女之間親密關係。[52]愛是人對天主的最大舉措，愛使人「敬畏他如上主，孝敬他如父親，愛慕他如新郎」。[53]愛是一切的基礎，沒有愛的敬畏與孝敬是奴隸與殷勤的行為，此中必須加上「愛情的甘蜜」，[54]才會取悅天主，因為敬畏與孝敬本就歸於他。只有愛才是自給自足的，愛使自己稱心如意。[55]「我愛，因為我愛；我愛，以便我愛」。[56]愛也是天主對人類的獨有行為，人應以同樣的方式或至少相似的方式回報他的愛。[57]

接下來聖博納運用一系列比方來證實天人間只有愛是可互換的。其他的則不能，

---

[44] 任達義編譯，《伯爾納鐸著作第一卷》中冊，注釋《雅歌》講道，82,7。
[45] 任達義編譯，《伯爾納鐸著作第一卷》中冊，注釋《雅歌》講道，83,1。
[46] 同上註。
[47] 任達義編譯，《伯爾納鐸著作第一卷》中冊，注釋《雅歌》講道，83,2。Aristotle 所謂的 "Tabla Rasa"。
[48] 任達義編譯，《伯爾納鐸著作第一卷》中冊，注釋《雅歌》講道，83,2。
[49] 任達義編譯，《伯爾納鐸著作第一卷》中冊，注釋《雅歌》講道，83,3。
[50] 同上註。
[51] 同上註。
[52] 同上註。
[53] 任達義編譯，《伯爾納鐸著作第一卷》中冊，注釋《雅歌》講道，83,4。
[54] 同上註。
[55] 同上註。
[56] 同上註。
[57] 同上註。

諸如：天主向我發怒、天主斥責我、天主懲罰我、天主拯救我、天主支配我。[58]

聖博納認為愛有等級之分。這裡他只提及了兒女的愛和新娘的愛。他認為，繼承遺產的想法支撐著子女愛父母，但如果沒有遺產，也許愛就熄滅了。他稱這是不純潔的愛，因為有所希求。[59]相反，新娘與新郎的愛所尋覓的既不是希求其他事物，也沒有其他任何事物，他們拒絕所有其他的情感。[60]然而這一切都不能完整地表達聖言與靈魂之間的關係，因為聖言與靈魂之間存在著質的差異，有如「解渴的水泉與口渴的人」，[61]是無法相比。但既便是受造物與造物主無法同步前進，「受造物雖遠低於天主，不能以同等的愛，愛他的天主，但如果竭盡全力，不惜利用自己整個的本性愛天主，他的愛仍是完滿的。為此我們說，這樣的愛才配稱為新娘；愛達不到圓滿，得到的愛也不必圓滿。雙方一致同意，方可稱為圓滿的婚姻」。[62]

聖博納認為，始終是天主先愛了我們，好使人靈得到幸福。[63]而神聖、貞潔、甜蜜、溫和、愉快、誠實、知心及強烈的愛[64]使靈魂與聖言「結合為同一精神」，[65]如此人靈得以達至幸福的最高境界：「那與主結合的，便是與他成為一神」。[66]

從以上的敘述看來，愛的精神就是由內而外，從天主的賜與到外在的表現乃是一種慷慨外推的力量，也袛有在天主內的愛與行動才能達致天人一體、融合一致的結果。

參考文獻

丁光訓、金魯賢主編，《基督教大辭典》，上海：上海辭書出版社，2010。

甘蘭，《神學詞語彙編》，吳應楓譯，臺北：光啟出版社，2005。

甘蘭，《教父學大綱》下，吳應楓譯，北京：上智編譯館，2007。

任達義編，《聖伯納多：十二世紀的偉人》，香港：永齡排字鑄字公司，1990。

---

[58] 同上註。
[59] 任達義編譯，《伯爾納鐸著作第一卷》中冊，注釋《雅歌》講道，83,5。
[60] 同上註。
[61] 任達義編譯，《伯爾納鐸著作第一卷》中冊，注釋《雅歌》講道，83,6。
[62] 同上註。
[63] 任達義編譯，《伯爾納鐸著作第一卷》中冊，注釋《雅歌》講道，83,6；若 1,4。
[64] 任達義編譯，《伯爾納鐸著作第一卷》中冊，注釋《雅歌》講道，83,6。
[65] 同上註。
[66] 任達義編譯，《伯爾納鐸著作第一卷》中冊，注釋《雅歌》講道，6,17。

任達義編譯，《伯爾納鐸著作第一卷》中冊，注釋《雅歌》講道。

余碧平，《中世紀文藝復興時期的哲學》，北京：人民出版社，2011。

鄔昆如，《西洋哲學史話》 增訂二版，臺北：三民書局，2004。

穆啟蒙，《天主教史》卷二，臺北：光啟出版社，2015。

羅素，《西方哲學史》，張作成編譯，北京：北京出版社，2007。

Johann, Robert O., S. J. *The Meaning of Love*. Glen Rock, N.J.: Paulist Press, 1966.

Kobusch, Theo. *Geschichte der Philosophie Bd. 5: Die Philosophie des Hoch-und Spätmittelalters*. C. H. Beck Muenchen, 2011.

Kobusch, Theo. *Philosophie des Mittelalters: Eine Einfuehrung*. Darmstadt: Primus, 2000.

作者簡介：

　　黎建球：

　　　　輔仁大學哲學博士

　　　　輔仁大學哲學系講座教授

　　　　通訊處：24205 新北市新莊區輔仁大學倬章樓 4 樓

　　　　E-Mail：bernard-li@yahoo.com.tw

Catholic Love and Reconciliation—For the Seventieth Anniversary of Professor Vincent Shen's Birth

Bernard LI

Chair Professor, Department of Philosophy, Fu Jen Catholic University

Abstract: Professor Shen's academic scholarship is founded on Catholics incorporating the essence of both Chinese and western cultures; his own philosophical claims, especially "generous strangification" and "many others", integrate the Catholic idea of love and the Confucian spirit of "putting oneself in another one's shoes," attempting to reconcile them. We love the Lord because we belong to Him; we love others because of what we have in common with them. However, it should not be forgotten that everyone has his own individuality and personality, and love is the communion between individuals.

St. Bernard believed that the Lord gave His love to us before we love Him. Holiness, chastity, gentleness, happiness, honesty, understanding and powerful love makes one's soul and God's words "become one spirit", elevating the human spirit to the supreme state of happiness: "He that is joined unto the Lord is one spirit."

Key Terms: Vincent Shen, Catholics, Love, Reconciliation, St. Bernard.

沈清松教授對天主教思想本位化的貢獻
——追述與懇談[*]

陳德光

輔仁大學宗教學系教授
輔仁大學天主教學術研究院研究員
輔仁聖博敏神學院教授

內容摘要： 本文討論沈清松教授對天主教思想本位化，尤其中華新士林哲學與神學本地化方面的貢獻。文章內容有追述與懇談兩部分：前部分集中在天主教思想本位化與中華新士林哲學；後部分集中在教會本位化與神學本位化的問題。

本論文寫作動機為了引起更多天主教學術界人士對沈清松教授思想的注意，沈教授剛去世一年，加上筆者才疏學淺，思想有不周全與不成熟的地方。懇談重點，除了沈教授「外推」理論與天主教現代性問題的探討，特別著重「外推」與空、有之論的關係，以筆者過去發表有關「回推」的論述為參考。

關鍵詞： 沈清松、現代性、外推理論、回推理論、密契論、天主教本位化

壹、引言

沈清松教授（1949-2018）思想廣博，包括古今中外議題，本文範圍限定其對天主教思想本位化，尤其中華新士林哲學與神學本位化的部分。

依筆者觀察與了解，沈教授的人品、個性與思想的關係，大致有下列特色：關心時代（文化理論）、實際精神（新實在論）、慷慨大方（外推理論）、重視溝通

---

[*] 本文原發表於「邁向多元他者——當代中華新士林哲學及其未來展望學術研討會暨沈清松教授七秩冥誕追思紀念會」，新北：輔仁大學哲學系、天主教學術研究院主辦，2019 年 7 月 10-11 日。感謝主辦單位、與會者的發問與意見，受益良多。

（可普化）、恩召使命（新士林哲學的薪火相傳）。

自天主教梵諦岡第二屆大公會議（1962-1965，簡稱梵二）以來，天主教大學的神、哲學教育改變過往以拉丁語教學的傳統，向世界思想潮流全面開放。輔仁大學哲學系與輔大神學院成為第一個用中文教授天主教哲、神學的教育機構；沈教授在這時代背景接受培育，後來加入哲學教育的行列，與先輩一起整理、介紹現代天主教思潮，使同輩與後進更容易進入艱澀難懂的士林堂奧，沈教授功不可沒。尤其教授著作等身，指導後進不遺餘力，令人懷念。

相對於方東美、羅光等老師，沈教授的晚年是他們的中年後期。沈教授全力做研究，奔走各地發表、講學與開會，學術聲望如日中天，道出很多人的心聲；然而，靜悄悄地，沈教授的生命蠟燭已經提早燒盡。依照聖經《雅歌》對愛情的講法：「愛情猛如死亡，嫉愛頑如陰府」（歌 8:8）；[1]愛情從不嫌多，猶如陰府從不厭滿。沈教授的精神與愛火猛如死亡，鞠躬盡瘁、死而不已。

項退結（1923-2004）教授依德國哲學家海德格（Martin Heidegger, 1889-1976）意見，認為每一個時代的哲學有不同的基調（*Stimmung*, Pathos），例如：古代希臘哲學的驚奇、笛卡兒時代哲學的懷疑、兩岸華人個人生活的權利。[2]相形之下，筆者認為沈教授的基調是慷慨大方、追求溝通，化為「可普化」、朝向多元他者的「外推」理論。沈教授的生命情調，來自真、善、美、聖的境界，好一位「外推」的教士！

貳、追述——教會本位化與中華新士林哲學

一、教會本地化

論教會本地位問題，沈教授有兩篇代表著作，其一、應香港中文大學「基督教與中國文化講座」邀請於 2004 年的演講，後來結集成書：《對他者的慷慨：從外推精神看中華文化與基督宗教》；[3]其二、應輔仁大學天主教學術研究院邀請，作 2016年度該院國際學術研討會的主題演講，題目：「從外推策略看第三千禧年天主教本

---

[1] 《聖經》（香港：思高聖經學會，1968）。

[2] 項退結，《中國人的路》（臺北：東大圖書公司，1988），頁 430-433。

[3] 沈清松，《對他者的慷慨：從外推精神看中華文化與基督宗教》（香港：香港中文大學崇基學院，2004）。

土化」。[4]筆者當時擔任天主教學術研究院院長，有幸擔任沈教授主題演講主持人。

依沈教授意見，[5]「外推」原意是走出自己，走向外人或陌生人，有推己及人、「善推其所有」的意思；作為學術用語是在「建構實在論」（constructive realism）研究脈絡中提出，當作科際整合的知識論策略。「外推」不但適用於科學的微世界，也適用於文化世界和宗教世界中的互動。「外推」是互動與交流，而非整合，含有整合尚未完成的意思。

「外推」有三個步驟：語言的外推（linguistic strangification）、實踐的外推（pragmatic strangification）、本體／存有的外推（ontological strangification）。

語言的外推。一個微世界所堅持的命題（proposition）知識內容若為真，則至少應有一些共同可理解性，可以譯成另一種微世界可懂的語言。

實踐的外推。某一社會組織中所產生的科學理論，應可從該社會文化實踐脈絡中抽出，置於另一個脈絡之中，若能運作發展，表示它含有更多的真理，否則只適合某一脈絡而無法普遍化。

本體或存有的外推。並非單純從一個微世界到達另一個微世界的外推，而是把接近實在本身過程的迂迴或中介，外推到另一個微世界，其中有對語言或實踐的滋養。

（一）《對他者的慷慨》的內容大綱：

第一章——外推、基督宗教與中華文化

第二章——早期耶穌會來華外推策略哲學評析

第三章——外推與交談：一些當代策略的討論（包含現代性與天主教哲學）

附錄一——相逢在彼遠方：密契經驗的一些哲學問題

附錄二——蓮花與十字：佛教與基督宗教的交談

（二）「從外推策略看第三千禧年天主教本土化」的內容大綱：

壹、引言

貳、外推、內省與相互外推

參、從外推策略擇要檢討歷代天主教本土策略（景教、利瑪竇、于斌與羅光）

肆、第三個千禧年的特徵

伍、今後外推做法芻議

---

[4] 沈清松，〈從外推策略看第三禧年天主教本土化〉，《輔仁宗教研究》33(2016): 127-144。
[5] 沈清松，《對他者的慷慨：從外推精神看中華文化與基督宗教》，頁 3-5。

沈教授在著作中提出「外推」論的實例，其中包括：西方哲學，中國的儒、道、釋傳統，中華新士林哲學，兩篇著作的綱目代表其關心的主題與研究的成果。就筆者了解，教會本地化與教會神學院的關係密不可分，後者對沈教授的思想仍不夠注意。本段不進入細節討論，列出綱目對研究者有提綱挈領的作用。

二、中華新士林哲學

沈教授著有專書《士林哲學與中國哲學》，中華新士林哲學的討論集中在第三部分。內容大綱如下：[6]

第十一章——中華新士林哲學的肇始者（省思利瑪竇的互相外推策略）
第十二章——士林哲學「實體」概念的引進中國及其哲學省思
第十三章——當代中華新士林哲學與現代性困境的超克（現代性危機）
第十四章——百年中國哲學中羅光生命哲學的意義與評價
第十五章——新世局、新思潮與天主思想本地化：以中華新士林哲學為例釋
　　　　　　（現代性問題）

筆者淺見，沈教授論教會本地化與中華新士林哲學時，借重「外推」的理論作連貫的縱軸，配合歷史傳統的發展內容作橫線，其中包含現代性的議題，縱橫交織，脈絡分明，不忘適時作歷史的褒貶與評價，讓未來的研究者參考，有方東美老師做學問的精神與態度。

例如：景教由於對語言、實踐、存有外推失敗，傳教事業中斷；利瑪竇雖有語言外推的成就，但實踐與本體的外推依然不足。亞里斯多德實體形上學影響多瑪斯把天主視為最高實體（自立體）；影響所及，利瑪竇帶著實體神觀來華，雖接近儒家、卻無法與佛（實體的空）、道（實體的無）溝通。中華傳統慣於採用非實體或不拘實體的形上學。[7]沈教授言簡意賅，立場鮮明。

最後，與實體形上學有別，沈教授已有意發展關係存有學，與輔大神學院谷寒

---

[6] 沈清松，《士林哲學與中國哲學》（北京：商務印書館，2018），頁 341-501。
[7] 沈清松，《從利瑪竇到海德格：跨文化脈絡中的中西哲學互動》（臺北：臺灣商務印書館，2014），頁 86-87。

松教授提倡的關係形上學遙相輝映。[8]

參、懇談——教會本位化與本位化神學

一、「現代性」與「外推」的懇談

沈教授意識到其文化理論可以應用到教會本地化的反省議題上。筆者於 2017 年撰文參與討論，希望引起教內更廣泛的注意；[9]論文內容突顯天主教梵諦岡第二屆大公會議於 1962-1965 年召開的意義，有如趕上西方現代期（1760-1960）的末班列車，教會開始改變過去對現代世界的負面印象與意見。

簡要來說，梵二大致肯定融入現代文化的需要與意義，如果依沈教授現代性的四個特色作主題分析，梵二與現代性的相關例子，筆者論文中有下列對比：[10]

主體性（subjectivity）——每個人的受教權與教友參與教會的重視：《天主教教育宣言》第一號；《教友傳教法令》第二號。

表象性（representation）——本地化禮儀的改革的倡導：《禮儀憲章》第 37-40 號。

理性（rationality）——信仰與理性的溝通：《牧職憲章》第 29 號；聖經解釋採文學類型法：《啟示憲章》第 12 號。

管制性（domination）——人類一家和平理想的揭示：《牧職憲章》第 3 與 92 號。

其實，一方面現代性四個特色的優點還要深化與廣化，涉及教會內部改造的問題；另一面，現代性雖有優點，現代性特色的過度發展卻產生弊端，教會於梵二前對現代性的擔憂不無道理。筆者認為沈教授的「外推」理論可以提供對治現代性弊端的論述，下面是筆者最近的理解與說明提供參考，其中有聖、美、善、真（輔大精神）的對照。

8　周明泉，〈論當代中華新士林哲學的關係存有學之轉向：以沈清松的天主教社會哲學為例〉，《邁向多元他者——當代中華新士林哲學及其未來展望學術研討會暨沈清松教授七秩冥誕追思紀念會論文集》（未出版），頁 178-191；谷寒松，〈從實體形上學到關係形上學——與項退結教授的形上學對話〉，《神學論集》153(2007): 363-390。

9　Chan Tak-Kwong, "The Essence of Faith and Paradigm Change: Catholicity and the Wisdom of the East," *Lumen: A Journal of Catholic Studies* 5.1(2017): 28-43, esp. pp.34-35.

10　《梵諦岡第二屆大公會議文獻》（臺北：天主教教務協會，2013）。

（一）主體性——位格的外推（聖）

基本上，現代期的主體性可淪為個人主義，能以「外推」理論對治，「外推」可以突顯主體性的位格部分。

雖然沈教授的「多元他者」涵蓋人類以外、大自然的部分，但人類或位格還是沈教授討論的中心。

沈教授多次引用耶穌的話：「我可把這一代比作甚麼？他像坐在大街上的兒童，像其他的兒童喊叫說：『我給你們吹了笛，你們卻不跳舞；我給妳們唱了哀歌，你們卻不搥胸』（瑪 11:16-17）。耶穌責斥同時代的一些人，對從天主來的恩賜視而不見。沈教授認為非位格的概念只能帶來冷漠的世界，基督宗教的神卻有位格的特性。[11]

此外，沈教授提出恩典的觀念，引用馬丁‧布柏（Martin Buber, 1879-1965）的意見，以禮物（非佔有）的方式解釋「道可傳不可授」（《莊子‧大宗師》）的意思。[12]該書原文作：「夫道有情有信，可傳而不可授」，指大道的無形無象；筆者認為中華傳統也有「恩」的經驗與表達，例如：「天地君親師」稱為五恩，其中就有師恩一項。

依基督宗教的「有神論」特色，位格神與恩寵的關係更為明顯，傳統神學強調聖神的恩賜。當然，基督宗教的問題依然存在，例如：神論仍有偶像崇拜的危險，十誡有明文禁止（出 20:4-5）；此外，當法律主義、理性主義當道的時代，基督宗教容易忘掉其恩寵與位格的奧秘源頭。

傳統哲學以波其武（Boethius, 480-525）為例，認為「位格是一個以理性為本性的個別實體」（persona est rationalis naturae individua substantia）；沈教授補充位格有自律性與關聯性的重點。[13]

總之，現代性問題與物化、制度化、或非位格化（impersonal）有關；實則，人類行為的動機除了合理，更多來自位格的感動。沈教授認為位格有自律性與關聯性的特色，其中整合了多瑪斯、海德格、拉岡，以及中國古典儒學的特色。

（二）表象性——語言的外推（美）

現代期的表象性有淪為偶像崇拜的危險，能以「外推」理論對治；因為「外推」包含語言的部份，語言的外推（含翻譯）以傳達真理為依歸，把表象性導入正軌，

---

[11] 沈清松，《對他者的慷慨》，頁 100。

[12] 沈清松，《從利瑪竇到海德格：跨文化脈絡中的中西哲學互動》，頁 260。Martin Buber, *Reden und Gleichnisse des Tschuaang Tse* (Leipzig: Im Insel-Verlag, 1922).

[13] 沈清松，〈人的位格、愛與正義：高科技時代的倫理基礎與實踐〉，《輔仁宗教研究》32(2016): 195-224，尤頁 218。

捨棄偶像（idol）、突顯聖像（icon）的作用。

對語言的批判，莫過於密契主義的觀點，工具性理性與工具性語言有其限度，不易談論豐富意義的人生。沈教授在密契經驗討論中，強調密契經驗語言與表象的作用。引用聖奧古斯丁在《懺悔錄》第九章記載和母親在家中花園窗邊的談話，剎那間經歷到靈魂的飛昇，超越物體、諸天，直到靈魂深處，「碰觸到神的智慧」，然後在一聲嘆息中，回到「有起頭有結尾的語言」。[14]

總之，密契經驗本身雖然超越語言，卻借重語言的表象，開彰聖境，充分發揮語言的表象作用。換言之，真理就在空、有之間。

筆者認為，中華文化傳統也有對比之處，例如老子《道德經》廿一章：「道之為物，惟恍惟惚」，卻其中：有象、有物、有精、有信；另外，唐代詩人王維《漢江臨眺》詩句：「江流天地外，山色有無中」的美學意境，可資對照。

（三）理性——本體的外推（真）

現代的「理性」也能淪為工具理性，忘卻理性求真的目標。沈教授提到希臘教父馬西摩（Maximus Confessor, ca. 580-662）的名言：「整個人要成為神，以神變成人的恩典而神化」，思想重點在完整的人，體現耶穌所肯定的人性中有神性的觀點（若 10:34-35）。[15]

筆者補充，艾克哈大師（Meister Eckhart, 1260-1327/8）以馬西摩的話表達天主願意讓人分享祂全部的神性。[16]這就是理性追求的最終目標，與天主（存有自身）相遇與結合，超越理性的人本目標與因果法則。

（四）宰制性——實踐的外推（善）

沈教授認為現代性問題在於把「表象性」與「理性」往弊端發展，表象與理性變成偶像與智巧；因此，管制造成「宰制性」的世界。

相對於孔漢思（Hans Kueng, 1928- ）提倡「全球倫理」（universal ethics），沈教授提出「可普化倫理」（universalizable ethics）。[17]筆者推斷，「可普化」反映一種更開放的態度，強調重點在大家不斷地追求意義、溝通、生命實踐的「復全之道」；避免以真理之名，行霸凌之實，人人號稱實踐真理，世界卻成為愛好真理的戰場。

最後，沈教授依海德格的意見，提到「日常性」與「平庸性」，作為當代哲學

---

14 沈清松，《對比、外推與交談》（臺北：五南圖書出版公司，2002），頁 557-558。
15 沈清松，《對比、外推與交談》，頁 573。
16 陳德光，《艾克哈研究》（新北：輔大書坊，2016），頁 92。
17 沈清松，《對比、外推與交談》，頁 465-476。

的一個平實的起點。[18]美國學者卡普托（John D. Caputo, 1940- ）近作《上帝的苦弱》，提出相近的觀點：傳統神學中「萬能者天主」（Pantocrator），是終極世界的形象，而人間世界卻是接近卑微，同甘共苦與慈悲寬恕的天主。[19]這些思想對當前追求強勢主導與宰制爭霸的世界，有晨鐘暮鼓的警醒作用。

二、「外推」與「回推」的懇談

筆者曾於 2013 年發表論文〈被捨棄的耶穌與超脫的精神——盧嘉勒與艾克哈靈修思想對話〉，其中有「回推」（regress）的概念與討論。筆者聲明，不應把「外推」與「內推」就字面意思作二元解釋，因為撰寫「回推」的原意並沒有針對「外推」作對立理解；「回推」來自筆者對密契主義與「空論」的了解，希望與「外推」產生對話的作用。[20]

在此，筆者建議以「空」、「有」之論的架構，討論「外推」與「回推」的議題。

西方教會現代化過程已經發現傳統神學重視「有」、忽略「空」的弊端，一些學者已經提倡應從「有」論走向「空」論或密契主義。[21]例如：哲學家海德格主張「存有的遺忘」、「存有學差異」（ontological difference），神學家拉內（Karl Rahner, 1904-1984）認為：明日的基督徒應是一位神祕者。[22]

（一）「外推」與「空」、「有」之論

沈教授的「外推」理論中不難發現有「有論」的部分，以于斌校長（1901-1978）

---

[18] 沈清松，《對比、外推與交談》，頁 538-539。

[19] John D. Caputo, *The Weakness of God. A Theology of the Event* (Bloomington: Indiana University Press, 2006), pp.23-41. 約翰‧卡普托，《上帝的苦弱：一個事件的神學》（臺北：臺灣基督教文藝出版社，2017），頁 39-72。

[20] 陳德光，〈被捨棄的耶穌與超脫的精神〉，《哲學與文化》40.10[473](2013): 5-24，尤頁 8。上述文章經過改寫與翻譯，以 Regress Theory 為題，出版在沈清松教授主編的英文學刊：Chan Tak-Kwong, "Kenotic Theology: A Perspective from 'Regress' Theory Traced in the Thought of Chiara Lubich and Meister Eckhart," in *Chinese Spirituality and Christian Communities: A Kenotic Perspective*, Chinese Philosophical Studies 31, Christian Philosophical Studies 17, ed. by Vincent Shen (The Council for Research in Values and Philosophy, 2015), pp.9-30.

[21] 陳德光，〈臺灣士林哲學——密契理論篇〉，何佳瑞主編，《臺灣士林哲學理論發展》，（新北：輔大書坊，2015），頁 137-182、180。

[22] 武金正，《人與神會晤：拉內的神學人學》（臺北：光啟文化事業，2000），頁 112。Karl Rahner, *Schriften zur Theologie*, vol.7 (Benziger, 1960), p.22.

敬天祭祖為例說明，其中包括：祭儀語言的外推、孝道實踐的外推、尊天本體的外推，[23]三者都屬於一種「有」，也就是實現的層面。

「論外推」與「空論」的關係，沈教授引用羅光校長（1911-2004）的意見，認為中華士林哲學的批判性在於其否定之路（negative way），也就是「空論」的傳統；對西方思想有批判的作用，對宗教思想有破除偶像的作用，對中國思想也有相同的作用。

此外，沈教授對「空論」的意見反映在其對密契經驗的論述中。[24]沈教授論位格與超位格的關係時，認為天主既有位格又超越位格：一方面天主具愛與意志，又是宇宙法則的源頭；另一方面天主與人共融，在密契經驗中失去位格性。

沈教授論位格與超位格的問題，與天主教神學家張春申神父（1929-2015）論位格（位際）範疇與一體（超位際）範疇有相似之處與對比的可能。[25]張神父認為位格範疇強調分別性，一體範疇是位格範疇的超越，觀點與沈教授相同。

張神父以聖事神學，說明位格範疇著重主禮者／領受者、當事者／旁觀者的分別性；一體範疇著重人人在天主前的共融性與平等性。筆者補充，位格範疇雖有各司其職的優點，卻易引起比較與不平心理，為什麼禮儀的主角不是我：主教／神父、新郎／新娘、往生者／倖存者；一體（超位格）範疇強調每個人在天主恩召之前的共通與相同。

最後，筆者綜合「外推」與空、有之論的關係。歸納沈教授意見有二：一方面認為真理介乎兩者之間，空與有、語言與緘默、位格與超位格；另一面似乎更強調從空、無到實有，從可能到實現的關係。

（二）「回推」與「空」、「有」之論

筆者的「回推」來自密契主義的否定式神學（negative theology, apophatic theology）的語言特色。奧斯定（Augustine of Tagaste, 354-430）曾表達：[26]如果天主是不可言喻的，那麼連「天主」的名字也不應該採用，只能緘默以對。

歷史言之，西方神學自狄奧尼修（Dionysius Areopagite, ca. 500）以降，對天主的論述有採用「依神」（空論）與「依人」（有論）的二分法；然而，二分法不易連貫，其中有斷裂處。

---

23 沈清松，〈從外推策略看第三千禧年天主教本土化〉，《輔仁宗教研究》33(2016): 136-138。
24 陳德光，〈臺灣士林哲學——密契理論篇〉，何佳瑞主編，《臺灣士林哲學理論發展》，頁 170-173。
25 張春申，《中國靈修芻議》（臺北：光啟文化事業，1977）。
26 On Christian Instruction, 1: 6.

事實上，「否定」的希臘語 apophasis 由 apo 與 phasis 組成，有 un-saying 或 speaking-away 的意思，相應於「肯定」的希臘語 cataphasis 由 cata 與 phasis 組成，有 with-saying 或正面鋪陳的意思。兩者合起來去懂，就是當正說、說話、開講的時候，需要說反、說穿、講開的意思。因此，依否定式神學「後設語言」（meta-language）的反詰特色，論神語言的「回推」：先有「正」命題，後有「反」命題，再從「反」命題到「合」命題；每次「回推」塑造新語言，進入新境界，一次比一次更接近真理的源頭。[27]

中世紀密契論艾克哈大師（Meister Eckhart, 1260-1327/8）曾說：「因此讓我們求神，能免卻於神」（Therefore let us pray to God that we may be free of God，德文道理 52 號），就是表達「正」命題（求本真的神），與「反」命題（免卻表象的神），二者在祈禱中得到整合，「回推」到更深的天主或「神元」（Godhead）。[28]

筆者論「回推」的意思，以唐代詩人王維（699/701-761）詩句比擬，就是「行到水窮處、坐看雲起時」所表達最終境界；宋代青原惟信禪師，對悟道過程三層的體驗說法：[29]見山是山、見山不是山、見山還是山，可茲對照。

最後，「回推」與空、有之論的關係。「空」論除了使「有」論獲得一個批判（特別自我批判）的機制與機會，另外有兩個重點：提供「有」論一個「合一」（Unum, oneness）的基礎，以及一種「無所求」（without why）、灑脫、自然、空靈的境界。

（三）「外推」與「回推」

依筆者觀察，沈教授的「外推」著重在「形成中的自我」（self-in the making）的特色。例如：當沈教授提到海德格批評笛卡爾主體哲學的時候，指出後者認為人是在此存有（Dasein），以開顯存有作為其存在的本質；其後，話鋒一轉，沈教授強調我們仍不能因此忽略了人是正在形成中的自主的主體。[30]

筆者論「回推」的重點在「發現中的自我」（Self-in discovery），發現自己或大家都「已然」在源頭的真理當中；除了對天地人「已然一體」的覺醒，同時產生一種自然、從容、無求、空靈的美感與精神。

事實上，沈教授「外推」理論也有「已然在他者中」的想法，包含在「形成中

---

[27] 陳德光，《艾克哈研究》，頁 117。Michael A. Sells, *Mystical Languages of Unsaying* (Chicago: University of Chicago Press, 1994), pp.1-13.

[28] 陳德光，《艾克哈研究》，頁 127。

[29] 明・瞿汝稷集，《指月錄》卷廿八。

[30] 沈清松，〈人的位格、愛與正義：高科技時代的倫理基礎與實踐〉，《輔仁宗教研究》32(2016): 213。

的自我」之內,基於天主聖三是關係性的存有,而人類是依天主肖像創造的道理。換言之,沈教授的「外推」已經包含筆者「內推」的意思,只是沈教授的意見獲得筆者不同角度的認同與補充。

筆者淺見,「空」論或「已然一體」的經驗,能激發更大的「外推」力量,一方面破除偶像,另方面激發更大的慷慨。天主子女既然發現已然在天主之內,充滿靈性的滿足,對生命遭遇自然不會有所吝嗇,有所懼怕,包括生命的順逆,以及福音所講的被打右臉、被奪內衣、被迫走千步(瑪 5:38-42)都不計較;當然,從「有」論的立場,可以討論這些遭遇的合理性,但是不一定能有答案。

最後,回應沈教授關心時代,追求溝通與可普性;筆者認為,如果過於強調「有」論,自己擁有天主、擁有真理,別人沒有天主、沒有真理,就容易造成衝突與紛爭;事實上,「天主屬於大家」(有論),比不上「大家屬於天主」(空論)來得正確。未來的神學應基於被天主擁有、被真理擁有的慷慨情懷,在空性的天主與合一的源頭內(傳統神學的聖父),從事「外推」策略,使教會思想的本地化更上層樓。

肆、結論

沈清松教授留下來太多的東西給大家去仔細閱讀、了解與發現,本文只是目前對他的「外推」思想所作的一個小小的詮釋。

此外,沈教授對天主教思想本地化的努力,致力中華新士林哲學或天主教學派的推展,已經可以媲美吳經熊、羅光等前輩,開創天主教與中華文化對話的先河。[31]沈教授以他的「外推理論」,在宗教交談、現代性等議題上,使天主教思想融入世界性學術殿堂,再從士林哲學伸展到神學反省,促進天主教思想的本位化。

最後,本文的寫作原先來自沈教授的邀請。筆者與沈教授來自相同的教育環境,分別在哲學與神學的工作領域。筆者揣摩,沈教授晚年有把「外推」思想應用到天主教本地化的心願。逝者已矣,未竟之功,有賴大家牽成。

---

31 當代中國哲學分期中,包括中國天主教學派。參項退結,《中國人的路》,頁 254。

參考文獻

沈清松，〈人的位格、愛與正義：高科技時代的倫理基礎與實踐〉，《輔仁宗教研究》32(2016): 195-224。

沈清松，〈從外推策略看第三禧年天主教本土化〉，《輔仁宗教研究》33(2016): 127-144。

沈清松，《士林哲學與中國哲學》，北京：商務印書館，2018。

沈清松，《從利瑪竇到海德格：跨文化脈絡中的中西哲學互動》，臺北：臺灣商務印書館，2014。

沈清松，《對比、外推與交談》，臺北：五南圖書出版公司，2002。

沈清松，《對他者的慷慨：從外推精神看中華文化與基督宗教》，香港：香港中文大學崇基學院，2004。

谷寒松，〈從實體形上學到關係形上學——與項退結教授的形上學對話〉，《神學論集》153(2007): 363-390。

張春申，《中國靈修芻議》，臺北：光啟文化事業，1977。

陳德光，〈被捨棄的耶穌與超脫的精神〉，《哲學與文化》40.10[473](2013): 5-24。

陳德光，〈臺灣士林哲學——密契理論篇〉，何佳瑞主編，《臺灣士林哲學理論發展》，新北：輔大書坊，2015，頁 137-182。

陳德光，《艾克哈研究》，新北：輔大書坊，2016。

項退結，《中國人的路》，臺北：東大圖書公司，1988。

Chan, Tak-Kwong. "Kenotic Theology: A Perspective from 'Regress Theory' Traced in the Thought of Chiara Lubich and Meister Eckhart," in *Chinese Spirituality and Christian Communities: A Kenotic Perspective*. Chinese Philosophical Studies 31, Christian Philosophical Studies 17. Ed. by Vincent Shen. The Council for Research in Values and Philosophy, 2015, pp.9-30.

Gutheinz, Luis. "A Metaphysical Dialogue with Professor Thaddaeus Hang—From the Metaphysics of Substance to the Metaphysics of Relation," *Universitas: Monthly Review of Philosophy and Culture* 32.9[376](2005.9): 23-47.

作者簡介：

陳德光：

比利時魯汶大學神學（宗教學）博士

輔仁大學宗教學系教授、

天主教學術研究院研究員、

輔仁聖博敏神學院教授

通訊處：24250 新北市新莊區中正路 510 號 輔仁大學宗教學系

E-Mail：034270@mail.fju.edu.tw

Professor Vincent Shen's Contribution to the Inculturation of Catholic Thoughts—Review and Discussion

Joseph Tak-Kwong CHAN

Professor, Department of Religious Studies, Fu Jen Catholic University

Research Fellow, Fu Jen Catholic University Academia Catholica

Professor, Fu Jen Faculty of Theology of St Robert Bellarmine

Abstract: This article is about Professor Shen's contribution to the inculturation of Catholic thoughts, especially to Chinese neo-scholastic philosophy and the localization of theology. Divided into review and discussion, the former part of the article focuses on Chinese Neo-Scholasticism and the inculturation of Catholic thoughts, while the latter part is about the inculturation of the church and theology.

This article is written to raise Catholic scholars' attention to Professor Shen's thoughts. Since Professor Shen passed away merely a year ago, and the writer has still more to learn, this article is not so comprehensive and mature. In the part of "discussion", we inquire on Professor Shen's theory of strangification and the modernity of Catholics with special attention to the relationship between strangification and the theory of nothingness and being with references to the writer's discourses on "reversion".

Key Terms: Vincent Shen, Modernity, Theory of Strangification, Theory of Reversion, Mysticism, Inculuration of Catholics

慷慨外推與多元他者：沈清松與中華新士林哲學

劉千美

多倫多大學東亞學系教授

內容摘要：建構與思考中華新士林哲學的前景，是沈清松一生思想的核心議題之一。他認為當代中華新士林哲學開端於晚明西方傳教士來華與中華文化相遇之際，既承襲西方中世紀以來存有學體系的思維，更受益於中華文化，尤其儒家思想，對人的生命意義與道德實踐的關懷，以及道家利生的宇宙／自然觀。對他而言，中華新士林哲學的未來發展，不僅是理性思維的認知體系的建構問題，更在於以經驗作為可指向終極真實之存有的完成行動力的實踐。慷慨外推與多元他者，是沈清松作為當代中華新士林哲學研究者，在朝向綿延不絕之意義所臨現之存在與具有多元文化性質的經驗主體的終極張力間，針對中西思想跨文化界域交談的可能性，所提出的理論與實踐之途。本文簡要摘述清松先生作為中華新士林哲學研究者和思維者，所提出的慷慨外推、多元他者、形成中的自我等核心概念的思想內涵，作為尋索隱匿在他已出版和未出版的文字間的思維的蹤跡。

關鍵詞：沈清松、慷慨外推、多元他者、形成中的自我、中華新士林哲學、贈予之德

壹、前言

2019 年 7 月輔仁大學哲學系和天主教學術院共同主辦「邁向多元他者——當代中華新士林哲學及其未來展望」學術研討會，會議主題演講原本是由沈清松擔任，主講《形成中的自我與邁向多元他者：論中華新士林哲學的未來展望》，並慶祝他七秩[華]誕。但沒有想到他卻在 2018 年 11 月突然離世，主辦單位問我可不可以替他講這個場次，我當時覺得義不容辭，便答應下來，恍然以為只是暫代。這幾個月整理清松先生的遺稿、文件、書籍、檔案，閱讀他大量隨手註記的筆跡，和他已出

版的一篇一篇的文章、一本一本的書籍，彷彿他還鮮活地臨在，等著聽取我閱讀後的回應。從他的研究紀錄、收藏的書籍、參與的各類學術活動、撰寫的文章，往來的書信，看見他涉獵的研究範圍、關懷的議題都相當的廣泛而深刻，涵蓋科技、人文，社會、藝術、宗教，以及中西跨界各種議題的探詢。在一篇受訪的專文中他曾感念受業的師承，尤其碩士論文指導老師方東美先生的中國哲學精神和大乘佛學思想、博士指導老師賴醉葉（Jean Ladrière, 1921-2007）的科學哲學、理性與信仰的融合及其高潔的學者風範；也感念他在輔仁大學和魯汶大學受教過的許許多多的老師，例如輔仁大學葛慕藺（Rev. Fr. Michel G. M. Keymolen, 1907-1977）、柴熙（Fr. Albert Czech, 1902-1993）、項退結（1923-2004）、趙雅博（1917-2015）、鄔昆如（1933-2015）、錢志純（1926-2009）、李震等和魯汶大學（Université catholique de Louvain）的 Alphonse De Waelhens（1911-1981）、Georges Van Riet（1916-1998）、Suzanne Mansion（1916-1981）、Jacques Taminiaux（1928-2019）、Ghislaine Florival（1929-）等；除了受業的師承，他總是以書為師、以友為師、以古人為師、更以天、以自然為師，甚至以卑微弱小者為師。他常引聖多瑪斯的話，直言心靈越豐富的人，越能在弱小卑賤的萬有中見其美好。清松先生一生總是在學習、在聆聽，在聆聽中思考、寫作和行動。一方面那是出自他從年幼起便在天主教士林哲學慷慨思維與靈修行動的薰陶，另方面則是出自一種天生的無私的慷慨性格，使得他的日常生活即使忙碌，卻悠閒而怡然自得。

在諸多研究活動中，建構與思考中華新士林哲學的前景，是清松先生一生思想的核心議題之一。他認為當代中華新士林哲學開端於晚明西方傳教士來華與中華文化相遇之際，並認為自利瑪竇（Matteo Ricci, 1552-1610）以降所啟動的中華新士林哲學，是西方士林哲學與外部思想體系形成的第一個新士林哲學，甚至早於歐洲 19 世紀出現的新士林哲學三百餘年，既承襲西方中世紀以來存有學體系的思維，更受益於中華文化，尤其儒家思想，對人的生命意義與道德實踐的關懷，以及道家利生的宇宙／自然觀。他說，「士林哲學的發展，在歷史上綿延不絕，自中世紀的士林哲學，到近代出現的新士林哲學，到與中國哲學互動而有中華士林哲學，可謂西方哲學史、中西思想交流史乃至中國哲學史上不可忽視的哲學傳統」。[1] 在他看來，中華新士林哲學的未來發展，不僅是理性思維的認知體系的建構問題，更在體察於眾生萬有以相互豐富的體驗作為可指向存有完成之行動力的實踐。綜而言之，在他筆下的中華新士林哲學所承襲的 perennial philosophy（永恆哲學）的精神，並不只在

---

[1] 沈清松，〈自序〉，《士林哲學與中國哲學》（北京：商務印書館，2018），頁 3-4。

於提出放諸四海皆準的永恆學理，而在於所探索、思考的議題，具有跨界的、普遍的／或可普遍的特質，並在於以哲學思維不斷走出封閉自我的限定、尋求相互外推、差異對話的可能性的行動。基本上，慷慨外推與多元他者是清松先生作為當代中華新士林哲學研究者，在朝向綿延不絕之意義所臨現之存在與具有文化性質的經驗主體的終極張力之間，針對中西思想跨文化界域交談的可能性，所提出的理論與實踐之途。

以下簡要摘述清松先生作為中華新士林哲學研究者和思維者，所提出的「慷慨外推」、「多元他者」、「形成中的自我」等核心概念的思想內涵，作為尋索隱匿在他已出版和未出版的文字間之思維的蹤跡。

貳、慷慨外推之道

一、慷慨是贈予之德

清松先生所謂的外推，意指一種走出自我封閉，走向多元他者的行動。他指出，外推的行動出自「慷慨」。他認為，就倫理學而言，慷慨是贈予之德，不同於社會學家毛斯（M. Mauss, 1872-1950）的《禮物》[2]中所說的送禮行為。贈予不同於送禮，因為送禮是屬於以社會構成原則為基礎的相互性（reciprocity）行為，蘊含著回禮；而贈予卻純屬不求回報的給予，贈者白白給予，而受者也白白接受。贈予是慷慨真正的精神，超越近代強調社會關係的相互性，並為相互關係奠立倫理基礎。他說：「外推與慷慨的對象是他者，人若心中沒有他者，則毫無倫理可言，遑論慷慨」。[3]他並提出「形成中的主體」（self-in the making）和多元他者（many others / multiple others）的禮物思維，以增補近代主體性概念與後現代抽象他者（L'autre, l'alterité）思維中的不足與限定。

他指出，在走出自我、走向他人的行動中，含有一種原初慷慨，這是構成相互性關係的必要條件。他認為，慷慨的實踐始於內心盈溢的意向，完成於與各不同的對方交談的行動。他並且區分「主動的慷慨」與「被動的慷慨」之別。所謂「主動

---

[2] 參見 M. Mauss, *Essai sur le don, in Sociologie et anthropologie* (Paris: Les Presses Universitaires de France, 1968)；M. Mauss, *The Gift: The Form and Reason for Exchange in Archaic Societies* (New York : Routledge, 1990)。

[3] 沈清松，《對他者的慷慨：從外推精神看中華文化與基督宗教》（香港：香港中文大學崇基學院，2004），頁 10。

的慷慨」是一種德行和行動，藉以超越個人的親密性、熟悉性與自我圈限，走向陌生人，走向多元他者，以自己最好的價值、想法與言論，作為無需回報的贈禮，為了豐富他人的理智與靈性生命，毫無優越感的與他人共用。而「被動的慷慨」，也就是所謂的好客之道（hospitalité）。這種慷慨是接待一名陌生人或他者，讓他／她感到自在，以隨適的態度使他／她感到愉快，全神貫注地傾聽於他／她的慷慨。這種被動的慷慨是列維納斯（E. Levinas, 1906-1995）與德希達（J. Derrida, 1930-2004）所強調的美德。[4]

以存有學而言，原初慷慨更深刻的根源是出自終極真實本身以及人對於終極真實的經驗。而清松先生認為密契和靈修，是獲取慷慨泉源的強而為之的途徑。他把「密契」定義為「與終極真實密切契合的直接經驗」，而「靈修」則是「自我修養與成全的概念與做法，甚至能到達與終極真實的結合」。[5]他指出，由於對於終極真實有各種不同的表達方式，例如：道家的道，中國大乘佛學的空或一心，儒家的天、或中、或誠、或仁體，基督宗教的三位一體天主或上帝等，也因此而各有各的種種不同的密契論和靈修學，雖然它們在概念和實踐上可能有些重疊或交互可通之處。經由原初慷慨的相互外推，兩種文化的靈修與密契經驗得以越過藩籬、相互學習、相互豐富。

他以基督宗教為例，解說慷慨外推的行動：「就歷史動力而言，基督宗教的傳教事業，由猶大省傳到希臘、羅馬，再到西歐，再到世界其他各地，以及中國與亞洲其他各國，這是一個個慷慨自我走出，不斷外推的歷程，同時基督宗教也不斷地落實為各文化中的內在成分，成為其中的創造力」。[6]他認為，基督宗教是一個既邁向他者而又道成肉身，既不斷落實為各文化的內在動力，又不斷超越各文化的藩籬的宗教。他說，「基督宗教所能帶給中華文化最重要的精神與動力，是藉著注入邁

---

[4] 參見 Vincent Shen, "Passivity and Generosity in Christian Mysticism and Chinese Spirituality," Speech delivered at the International Conference on *Union with God: St. Teresa of Avila and Contemporary World*, held at Baptist University, Hong kong, 18-19 December 2015, pp.106-107。關於 Derrida 的好客理論，可以參考 J. Derrida, "Hospitality, Justice and Responsibility: A Dialogue with Jacques Derrida," in *Questioning Ethics: Contemporary Debates in Philosophy*, ed. by R. Kearney and M. Dooley (London: Routledge, 1998), pp.65-83。J. Derrida, *Adieu to Emmanuel Lévinas* (Stanford: Stanford University Press, 1999). J. Derrida, *Of Hospitality. Anne Dufourmantelle Invites Jacques Derrida to Respond* (Stanford: Stanford University Press, 2000).

[5] 參見 Vincent Shen, "Passivity and Generosity in Christian Mysticism and Chinese Spirituality," Speech delivered at the International Conference on *Union with God: St. Teresa of Avila and Contemporary World*, p.109。

[6] 沈清松，《對他者的慷慨：從外推精神看中華文化與基督宗教》，頁 3。

向他者、胸懷慷慨與外推的精神，促成中華文化中的超越與內在、仁愛與正義、外推與建構的動態對比與均衡發展」。[7]

二、慷慨外推是存有綿延不絕活動力的根本

外推 strangification 一詞，譯自 Verfremdung，雖是清松先生在 1993 年參與維也納建構實在論（Konstruktiven Realismus, constructive realism），開始使用的語彙，但對他來說，慷慨外推是存有綿延不絕活動力的根本，也是許多中西思想的基礎，例如士林哲學先驅聖多瑪斯所提出，理智先認識到外在對象，由裡到外，再認識自己的思想進路。又如，現象學所謂「意向性」，指的是意識都是先「意識到什麼」（conscious of）。而在儒家來說，就是「推己及人」、「恕者善推」的概念。他尤其常提到孟子所言：「推恩足以保四海，不推恩無以保妻、子」。[8]對他來說，外推不只是如 Friedrich Wallner 所謂建構實在的知識論新範式，更是每一個思維、體驗的主體不斷走出自我、朝向差異的多元他者開放所進行的活動，包括認知、道德、藝術創作、宗教的活動。[9]從士林哲學觀點來看，存有是一個不斷變化、創新、開顯的存在活動，至於存有者，則是存在活動具體實現與活動在多元他者關係網絡中的主體。而士林哲學作為一種實在論的哲學，尤其重視經驗，特別是感官經驗對人的知識的重要性及其所揭露對象的實在性。聖多瑪斯特別強調：「凡在理智中者，莫不先經感官」（Nihil in intellectu guod prius non in sensu）。[10]不過，經驗不能僅限於認知，道德經驗也是經驗，當然美感經驗、宗教經驗也是經驗，其動力甚至可指向存有的完成。

他認為中華新士林哲學除了回顧中世紀以來的士林哲學的思想內涵外，尤其應該反思並吸納傳統中華文化的倫理、道德、自然、詩學、宗教各種不同的論述，以跨文化交談、亦即以相互外推的方式，面對 20 世紀人類所面對的各種存在問題，如環境、生態、罪苦、終極真實等恆在的議題。

以環保的議題而言，他指出，中國哲學有許多值得參考的重要觀念，例如，道家不以人為中心來看待自然，卻顯示人與自然的親切關係的宇宙觀。對於老子所謂

---

[7] 同上註。

[8] 孟子，《孟子‧梁惠王上》。

[9] 參見 Vincent Shen, *"Daxue*: The Great Learning for Universities Today," *Dao: A Journal of Comparative Philosophy* 17.1(2018): 19。

[10] Thomas Aquinas, *Quaestiones disputatae de Veritate*, q.2 a.3 arg.19.

「人法地，地法天，天法道，道法自然」。他提出新解並指出，所謂「人法地」的「地」是指環境。地既是大地，也是狹義的自然環境，其中包括陽光、水圈、大氣圈、岩石圈等所形成的維生體系，及在其中興起的生物圈。所謂「人法地」是指人應該效法或遵從自然環境的法則，亦即認識生物圈和維生體系的法則，並根據這些法則來生存，而不是去加以破壞。其次，「地法天」的「天」，是指廣義的自然、整體宇宙的法則。人的維生體系與生物圈，只不過是整體宇宙中一個非常渺小的角落。它必須完全遵循整體宇宙的法則。天體的運行，不論是太陽系、銀河系或是整個宇宙的運動，連同那些在我不知道的地方產生的力量、引力或是撞擊，對於大地都有很大的影響。「地法天」意味大地環境不是唯一的判準，因為大地環境最後也還要遵從宇宙的規則，以整體宇宙為法。而法的意思不只是一機械論式、決定論式、刻板的法則，而更在於肯定宇宙有某種法則、某種規則性在。所謂「法」的意思，是指效法、依循、學習這樣一種規則性。「天法道」指整體宇宙和存有學的層面的聯合，指整體宇宙的運行是來自於「道」生生不息的存在活動。所謂「道」就是這生生不息的存在活動。天之所效法、所依循的規則，是來自於道。「道」是生生不息的存在活動，按照老子的看法，道在自我分化和複雜化的過程當中，產生了整個宇宙中的萬物。所以「天」須以「道」為法。至於「道法自然」並不是在「道」上面又設立另一個「自然」的概念，而是指「道」是「自其本然」，是表示「道」的法則是來自於它自身。[11]

三、中國哲學思想中宇宙論的外推精神

清松先生並且從整體論、有機論、歷程論三個層次，解析中國哲學思想中宇宙論的外推精神。

首先，他認為中國哲學傳統所講的整個自然與人是個整體，狹義而言，是環境與人的整體；廣義而言就是宇宙。他指出，莊子所謂的「天地與我並生，萬物與我為一」，或「道通為一」的思想，唯有在這整體裡才有可能。道貫串了整個宇宙、自然，是一個整體論的想法。儒家對於自然的整體看法，是透過人可以感動天地而論。人有仁心、仁德，會擴而張之，發揮同情相感的力量。《易經》所謂的君子之德：「與天地合其德，與日月合其明」，便是透過人的感通來擴及整體。人的力量甚至可以擴大到與物渾然合一的狀況。清松先生認為，程明道所說的「仁者渾然與

---

[11] 這段話出自沈清松遺著《形上學》一書，臺大出版社出版中。

物同體」，在於發揮人的力量來與物同體，這還是以人為中心來擴大的。至於道家說的「道通為一」，則是一個宇宙論式的整體，而儒家反倒是從人中心的想法。雖然王陽明也說：「大人者，天地萬物為一體者也」，但大體上，這樣的肯定都是從人感通的能力擴充而言。清松先生的看法是，不論是由自然本身出發、從宇宙出發來講整體，或是由人的感通的力量出發來講整體，都是一種整體論，都是從宇宙萬物是相通的、能夠合一的論點而言的。

其次，從整體論引申出有機論的思想，亦即整體與部份之間相互依存、息息相通、相互影響。所謂有機論，指各種自然現象彼此間存在著一種內在的聯繫，彼此感通，並相互影響。天文、氣象、地理、動植物、人類等等，都會相互影響。中國傳統醫學最顯示這一點，《黃帝內經》說：「南方生熱，熱生火，火生苦，火生心，心生血，血生脾」。這種想法主要是從醫學裡最容易看出有機論的表現。不過，有機不只是表現為陰陽五行相互在身體的影響，而且也有某種系統論的表現。方以智《周易時論合編‧繫辭上》中提出：「統在細中，有統統，有統細，有細統，有細細，差別不明，則無以開物成務」。就有機體而論，這樣的想法，提供《黃帝內經》奠定理論的基礎。陰陽五行按其性質而動，顯示在醫學的人身有機論，雖只是其中一部份，卻是整個系統的有機論當中最值得看的一個想法。

第三、就歷程論而言，中國哲學所看到的事物並不是實體，而是把整個自然視為生生不息、變化不已的過程，而且這過程是不斷在相互轉化之中。易傳說：「一陰一陽之謂道，繼之者善也，成之者性也」。就是指過程的循環推移。方以智曾表示，變化本身是一個輪轉的過程，不過「輪轉」只是一個思考變化的模式，事實上歷程並不僅限於這一模式，「歷程」的意義更大，是宇宙是不斷生生不息、變化不已的過程。

四、外推精神與藝術創作

也是在這樣慷慨外推的思維下，清松先生從中國生生不已的外推自然觀，進一步解析中華文化以自然外推為基礎的創作詩學與山水精神。他認為自宗炳以來中國山水畫論、山水畫作蘊著以「道開顯於山水」的形上學和宇宙論的思維與行動，這點意味著道在自然中的流動與開顯，顯現為空間、四時、雲氣。而人在自然山水中與道相互往還，而有所頓悟。他指出，四季輪替所代表的時間，對於山水的呈現至為要緊，若不是春、夏、秋、冬的時序輪替，山水哪能有多重變化，心靈也不能因此而有不同感應，也就不會有劉勰所謂春日遲遲，秋風颯颯，情往似贈，興來如

答的感悟。[12]他認為，在中國哲學中，無論儒家或道家，都主張在自然之中瀰漫著生生不息的創造力，人應從中汲取以為自己創造活動的根源。例如，《易經》「大哉乾元，萬物資始，乃統天。雲行雨施，品物流行」，這段話顯示乾元是促成雲行雨施，品物流行的偉大創造力。簡言之，中國哲人都體會到，人應感受自然創造力，從其中獲得靈感，藉以振作自己的生命，積健為雄，發而為人的創作活動。他並且引《樂記》的話：「天高地下，萬物散殊，流而不息，合同而化，而樂興焉」。解說樂／音樂藝術的創作根源，指出樂之所以為六藝之一，是因為樂是來自人能體會在天高地下，萬物散殊之中川流不息的創造力，並把人的心靈與之合同而化。也就是說，在個人的生命合流於自然生命之時，才產生了音樂。他認為，不僅音樂如此，詩亦如此。一如《詩緯·含神霧》所言：「詩者天地之心」。音樂或詩或人的其它創造活動，皆應以人之生命合於宇宙的生命，始能展露所秉承創造力的泉源，展現同樣的機趣。在如此的自然觀之下，人的創作須講究「生意盎然」，旨在結合天地之間創造不息的生命。即便當代藝術的議案未精神，他也認為，雖然當代人從過去的自然世界，進入科技世界，但無論是什麼樣的世界，皆需經過人精神創造的轉化，使成為宜人的生活世界，然而，一個可游可居的宜人生活世界，對於中華文化而言，總是一個人的精神可與自然親切互動的世界。他最愛引用劉勰的話：「山沓水匝，樹雜雲和，目既往還，心亦吐納。春日遲遲，秋風颯颯。情往似贈，興來如答」。[13]他認為，中華文化中人與自然的親切互動，正是「情往似贈，興來如答」的微妙關係。

對清松先生而言，這正是中華新士林哲學在汲取中國自然觀的外推思想中，面對當代的科技環境問題，可借鏡之處，例如從《孟子》和〈中庸〉所言「知性」、「盡性」的觀點，探討人何以能認知並開顯萬物的本性問題，思考如何以技術善盡萬物之性，如何在與自然親切、微妙的互動歷程中，營造人間的居住與存在的政治、社會、倫理、藝術甚至宗教信仰的問題。

---

[12] 參見 Vincent Shen, "Translatability, Strangification and Common Intelligibility: Taking Chinese Landscape Painting and Philosophical Texts as Examples," in *Why Traditional Chinese Philosophy Still Matters*, ed. by M. D. Gu (New York: Routledge, 2018), pp.108-110。沈清松，〈空間、山水與雲氣：對中國山水畫論與古代宇宙論的哲思〉，《哲學與文化》39.11[462](2012.11): 77-94。
[13] 劉勰，《文心雕龍·物色》。

參、多元他者與形成中的自我

最後，關於多元他者的思想。基本上，清松先生「多元他者」概念的提出，主要針對的是近代哲學的主體性與後現代的抽象他者。他認為，歐洲近代性所假定的主體哲學，在於主張人的主體性，無論其經驗或先驗的結構與動力，是人的思維、道德、權利、與價值創造力的行動主體的哲學立場。他認為，即使後現代思想家，如拉岡（J. Lacan）、雷味納斯（E. Levinas）、德希達（J. Derrida）、德勒芝（G. Deleuze）等人，實際上完成了從主體向他者的轉移，即使他們彼此仍有些微差異，但「他者」仍然是一哲學的抽象物，並假設了自我與他者之間二元的對立。[14]

他也批評「互為主體」的概念，他認為「互為主體性」只是近代主體性概念的延伸和擴充：「我是主體，而我也承認你是一主體，但這仍然是隸屬於歐洲現代性的精神」。他指出，在歐洲近代哲學裡，黑格爾早已經有了互認（Anerkennung）的概念。然而，這一觀念仍然忽略除了你我以外還有別人或多元他者，各有其語言，各有其獨特的面容與其人格。為此，單是從主體性往互為主體性移動是不夠的。正是由於這個理由，後現代才提議移往他者。

為此，他進一步提出多元他者的概念，他說：「我主張用另一語辭『多元他者』替代之，因為若想到，我們人是出生、成長在多元他者之中，並且對多元他者負有責任，要健康多了。所以，我提議以多元他者替代之」。[15]不過，即使如此，清松先生並不否定近代主體思想的重要性，他說：「主體性仍是歐洲近代性最重要的遺產之一，如果我們要維繫人的人權與尊嚴，也不能忽視之」。只不過，「必須將之放在具體的存有論當中，把主體性想成關係性的，而且感應著多元他者」。並且從自我做為純粹與絕對的主體性，轉移向「形成中的自我」（self-in-the making）來思考主體性的問題。

清松先生所提出的「形成中的自我」，是指「自我仍在形成的過程當中，當我們有創造性的道德行動或藝術創作或為大眾立功之時，有創造才會形成自我，且一旦自我形成了，便又立刻邁向新的形成過程了。在如此觀點下，當然也仍有某種主體性，然而是形成中的主體，且富於關係性和感應性。例如，孟子所言『反身而誠，樂莫大焉』的道德經驗，是在自我必須不斷進行外推的多元他者之間，來進行反身

---

[14] 參見沈清松，《對他者的慷慨：從外推精神看中華文化與基督宗教》，頁 10-11。

[15] Vincent Shen, "Globalization, the Spirit of Christianity and Intercultural Dialogues—Towards an Ethics of Original Generosity and Strangification," *Lumen: A Journal of Catholic Studies* 1.1(2013): 55.

而誠的」。就此而言，即使是在藝術的體驗中，如中國山水畫論中，以山水顯道的思維，意味著「形成中的自我，與多元他者相關且回應多元他者，甚至回應終極真實，也就是天或道體」。

清松先生指出，在生活中的每一時刻中，我們從未真實面對純粹抽象的他者。我們都是生在具體的多元他者之中並且在其中成長。儒家所言的「五倫」、道家所言的「萬物」、佛家所言的「眾生」，率皆隱含「多元他者」之意。

首先，他從生命、語言和欲望三個角度來解說人作為多元他者的存在，以及人在多元他者的關係網絡中的健康的存有學意涵。他說：如果我們從哲學上來看主體性的構成，我們必須說，從一開始，在最基本的層次上，人就接受了來自多元他者的貢獻。生命便是其中最重要者，人的生命是來自父母所生，父母便是人的原初重要他者，而生命便是其贈與的禮物。此外，其他生命史上最重要的東西，無一不是來自他人。譬如說，語言對於我們用以構成一有意義的世界十分重要，其中包含「自我」這一語詞，都是來自多元他者和文化傳統。當我們還在幼兒階段，我們的父母和其他重要他者十分慷慨地、極有耐心地，同我們說話，藉此我們開始學習一種語言。為此我們可以說，語言也是多元他者餽贈的禮物。其次，如果我們追溯我們對於意義的欲望，則遠比語言還要原初，是來自身體內欲望的意義企劃。欲望指向他人他物，早在我們形成更成熟的心靈形式之前便已躍躍欲試。作為心靈形式之一的欲望，雖然必須提升到更高的心靈形式，如認知的、道德的、藝術的、甚至宗教的，然欲望終不可否認。由此可見，從我們人的最基礎存在形式起，便接受來自多元他者的貢獻，誠如生命、語言和欲望所作證的。

其次，他以 Paul Ricoeur 在 *Soi-même comme un autre*（《自性與他性》）一書中所提出的體驗的身體、生命敘事和倫理生活三個觀點，來解說多元他者性構成自我的三層意義，他指出：

第一、從體驗的身體開始，多元他者便有貢獻於自我的形成，在我們的知覺、情感與知覺運動中，皆會感受到有多元他者的蹤跡。我們的身體在其知覺、情感與運動中，經常都一直在與其他人、其他事物相關相繫。

第二、多元他者亦有貢獻於自我生命故事的形成。在我們每一個人的生命史中，總有多元他者介入我們的故事，以致形成迪爾泰所謂的「個人生命的整體相關性」。

第三、在倫理層面，我們總有意向和行動要與多元他者「在一個正義的制度中，度一個良善的生活」。簡言之，一個合乎倫理的生活總是與多元他者共度的共同善的生活。若沒有顧及到多元他者，根本就毫無倫理可言。只有當我們的思想和行動把多元他者納入考量，並且顧念彼此共同的善，這時才有倫理的向度可言。

也是在與多元他者的關係、應對中，清松先生提出「形成中的自我」（self-in-the making）的概念，反思自我與認同，自我與他者的三重辯證關係。

首先，他主張，多元的他者，不只是他人，更包含了無數的他人、自然和超越界。無數的他人涵蓋了他人的面容、他人的語言、他人的世界，以及他人不可替代、不可化約、甚至不可觸及的存在的奧秘。他說：「我認為，正因為一個個的個人皆有其差異，所以是多元他者，而不只是單純的他者。正如德希達所言，幾時我們在他人中發現其不可化約性、不可替代性、奧秘性，就宛如上帝在其中一般」。

其次，作為多元他者的自然，並不只是科技開發的對象，而是與自我生存與共的存在大地。而超越界作為多元的他者包含理想和神明。他認為：「所謂理想，具超越性的價值、是指生命意義所指向的，像真、善、美、和諧、正義等等這些價值，它們之所以是超越的，是因為它們在世間的實現總是局部而微小的，終究沒有完全的實現」。而神明則是形上學、或信仰中的終極真實，即使在遠方相遇，所有的呈現都不足以窮盡其奧妙。

第三，作為士林哲學的研究者，他重新以終極真實無私慷慨的行動，解讀中世紀視人為 *Imago Dei* 的概念，他認為，此說假定了「神在無私的慷慨中，走出自己之時，創造了萬物與人，甚至慷慨以自己的形象造了人，要人與祂一樣能自我走出，在超越中走向多元他者，不但肯定多元他者，而且不求回報地為多元他者的善而努力」。相應於聖奧古斯丁思維上帝在人身上的跡印的解讀。此外他並據以解讀中國傳統經典如道家文本〈恆先〉中的思維，認為恆（道）的原初慷慨與外推所帶出的創生力與創生過程，優先於〈太一生水〉藉著相互性帶來的創生過程；〈恆先〉的氣論展示了一個合乎整體宇宙的思考，至於對水過分重視的〈太一生水〉與〈水地〉則有大地中心或環境周遭中心的思考。存有學與宇宙論上的原初慷慨與外推，優先於人的相互性，並使相互性成為可能，甚至能完成於相互性，包含心靈上的相互感應。

肆、結語

對沈清松而言，如何在與多元他者相遇中解讀隱匿於萬有眾生的終極真實，是當代中華新士林哲學的一個議題，他認為從中華文化的角度言，這個問題與張載所言為生民立命的議題有關。而《為生民立命》這也是他的一本尚未出版遺作的書名，書中他首先討論身體、社會參與和靈修三層及其相互關係，進而從身命、群命、天命三個部分，探討自我作為多元他者論點。身命探討個體的生命意義；群命論及群

體生命的意義，把意義的動力溯至身體中的意義欲望，延伸至社會的溝通，以形成共同有意義的生活。最後天命的部分，討論終極的生命意義。這本遺作勾勒出沈清松以慷慨外推與多元他者的觀點論述當代文化的各項議題。對他來說士林哲學與中華文化的跨文化相遇與交談的意義，最重要的精神與動力，是由於注入了邁向他者、慷慨胸襟與外推精神，促成中華文化中的超越與內在、仁愛與正義、外推與建構的動態對比與均衡發展。中華新士林哲學正在創新發展中，嘆哲人其萎。本文簡要摘述，不足以呈現清松先生一生探究真理的豐厚思維萬分之一，謹為追尋先生在眾生萬有中與終極真實相遇之蹤跡而述說。

參考文獻

沈清松，《形上學——存有、人性與終極真實之探究》，臺北：國立臺灣大學出版中心，2019。

沈清松，《士林哲學與中國哲學》，北京：商務印書館，2018。

沈清松，《對他者的慷慨：從外推精神看中華文化與基督宗教》，香港：香港中文大學崇基學院，2004。

沈清松，〈空間、山水與雲氣：對中國山水畫論與古代宇宙論的哲思〉，《哲學與文化》39.11[462](2012.11): 77-94。

Aquinas, Thomas. *Quaestiones disputatae de veritate*. q.2 a.3 arg.19.

Derrida, J. "Hospitality, Justice and Responsibility: A Dialogue with Jacques Derrida," in *Questioning Ethics: Contemporary Debates in Philosophy*. Ed. by R. Kearney and M. Dooley. London: Routledge, 1998, pp.65-83.

Derrida, J. *Adieu to Emmanuel Lévinas*. Stanford: Stanford University Press, 1999.

Derrida, J. *Of Hospitality. Anne Dufourmantelle Invites Jacques Derrida to Respond*. Stanford: Stanford University Press, 2000.

Mauss, M. *Essai sur le don, in Sociologie et anthropologie*. Paris: Les Presses Universitaires de France, 1968.

Mauss, M. *The Gift: The Form and Reason for Exchange in Archaic Societies*. New York: Routledge, 1990.

Shen, Vincent. "*Daxue*: The Great Learning for Universities Today," *Dao: A Journal of Comparative Philosophy* 17.1(2018): 13-27.

Shen, Vincent. "Globalization, the Spirit of Christianity and Intercultural Dialogues—Towards an Ethics of Original Generosity and Strangification," *Lumen: A Journal of Catholic Studies* 1.1(2013): 53-74.

Shen, Vincent. "Passivity and Generosity in Christian Mysticism and Chinese Spirituality," Speech delivered at the International Conference on *Union with God: St. Teresa of Avila and Contemporary World*. Held at Baptist University, Hong kong, 18-19 December 2015.

Shen, Vincent. "Translatability, Strangification and Common Intelligibility: Taking Chinese Landscape Painting and Philosophical Texts as Examples," in *Why Traditional Chinese Philosophy Still Matters*. Ed. by M. D. Gu. New York: Routledge, 2018.

作者簡介：

　　劉千美：

　　　　比利時魯汶大學哲學博士

　　　　加拿大多倫多大學東亞學系教授

　　　　通訊處：University of Toronto, Department of East Asian Studies,

　　　　　　　　130 St. George Street, RL 14080,

　　　　　　　　Toronto, Ontario M5S 3H1 CANADA

　　　　E-Mail：johanna.liu@utoronto.ca

Vincent Shen's Philosophy of Generosity:
Dao of Strangification toward Multiple Others and the Self-in-the-Making

Johanna LIU

Professor, Department of East Asian Studies, University of Toronto, Canada

Abstract: Constructing and thinking the new visions of Chinese scholasticism is one of core issues Vincent Shen has concerned the most in his thought. Vincent Shen has assumed that it is in the period of late Ming, when European missionaries came to China, encountered with classical Chinese thought and culture, the philosophy of Chinese scholasticism started to emerge; having inherited the ontological thinking from Western medieval philosophy, Chinese scholasticism has been benefited as well from the Chinese philosophy of life, moral theory and practice of classical Confucianism and the cosmology of Daoism. Shen claims that the new visions of contemporary Chinese scholasticism consist not only in the epistemological construction of science, but also the experience as the practice of fulfilling being toward the Ultimate Reality. This article attempts to underscore the main themes Vincent Shen has significantly contributed to Chinese scholasticism, through reading the core concepts, generous stangification, many others/multiple others, and self-in-the-making, found in his published and unpublished works, and to trace the thoughts lying dormant in his writings.

Key Terms: Vincent Shen, Generousity, Strangification, Many others/ Multiple others, Self-in-the-Making, Chinese Neo-scholasticism, Ethics of Gift

德行、多元他者與慷慨——沈清松的倫理學論述

潘小慧

輔仁大學哲學系教授

內容摘要：中華新士林哲學基本上融合了中國哲學與西方哲學，特點在於以其衡平之理性融合新的思潮，與時俱進。在倫理學方面，側重倫理道德主體而非僅強調外在之道德行為；既保有主體性，亦關注自我與他者的關係；倫理既含具相互性，亦朝往可普性發展。本文以沈清松（1949-2018）教授的相關著作和期刊論文為據，嘗試整理建構出沈清松倫理學論述之精華理念。其中，「德行」、「多元他者」與「慷慨」可說是三個核心概念。所謂「德行」，沈清松以為可理解為「本有善性的實現」和「良好關係的滿全」；無論是儒家、佛教或基督宗教的倫理學，都是一種德行論倫理學型態。「多元他者」（many others）則是沈清松以此概念來代替後現代主義，尤其是法國的後現代主義者所侈言的「他者」（the Other）；對沈清松而言，實際在人類生活中環繞著我們的，並不是一抽象的「他者」，而是實實在在的多元他者，這在中國哲學裡也有其根源，無論儒、釋、道，講的都是多元他者，而不是抽象的、單純的他者。至於「慷慨」，源於「外推」，從語言的外推、實踐的外推，以至於本體的外推，從自我走出以至於邁向他者，對他者的開放，就是一種慷慨的表現。

關鍵詞：中華新士林哲學、倫理學、沈清松、德行、多元他者、外推、慷慨

> 「社會若不明哲學則盲，哲學若不入社會則空」。
> ——沈清松，《現代哲學論衡》，頁2。

> 「踏入21世紀，我們愈可以體會到倫理學在哲學中的優先性。
> 可以說，今後倫理學將是『第一哲學』」。
> ——沈清松，《沈清松自選集》，頁296。

壹、前言

沈清松（1949-2018）教授早在輔仁大學讀大學部和研究所碩士班時，就展現高超的理解與詮釋能力以及過人的哲學才情，而擁有「輔大才子」的美譽。1980 年盛夏，沈老師剛從比利時新魯汶大學獲得哲學博士學位，學成歸國到政治大學哲學系專任，筆者同年秋正好是東吳大學哲學系第一屆學生。筆者何其有幸，大一上學期的「西洋哲學史」課程，以及大二全學年「形上學」課程（1981-1982）都由大名鼎鼎、術德兼具的沈老師教授。沈老師講課凝神專注，從不廢話，談及形上之道的超越性時，眼神經常會朝向遠方，搭配些微手勢，儼然一位哲人。兩節課下來，筆者通常要寫滿六頁 A4 紙大小的筆記，當天晚上回到家，必須立刻又花兩個小時將之謄寫消化並整理在筆記簿上。

沈老師著作等身，學識淵博，氣度恢弘，慷慨友善，德智雙全，擁有美滿的婚姻與家庭，各方面的傑出成就並非同輩人能及的上的。沈老師是筆者的哲學啟蒙老師，也是筆者永遠敬愛的哲學大師！用沈老師的說法，對於沈老師這等師友的重要他者（significant others），[1]筆者既有所感，亦願藉此文的撰寫表達弟子無限的追念與謝意！

沈清松在比利時新魯汶大學的博士論文指導教授賴醉葉（Jean Ladrière, 1921-2007）曾經說過：「道德生活是對止於至善的一種召喚和邀請，而不是一種強加於人之物」。[2]賴醉葉對於道德生活與理性前景的關懷，提出「講道理」（*raisonnable*/reasonableness）和「合理性」（*rationnel*/rationality）的區分。[3]簡言之，「合理性」是指「在人類的智性作用中指向嚴格的有效性，用以指導人的知識與行動的作用」。主要凝聚於科學活動。至於「講道理」則是「人類理性更高的作用，其運用在認知與行動上都會指涉某一『整體』的向度，其所關涉的是意義的層面」。[4]沈清松受其師的啟發影響，以為此一區分對理解中國哲學十分有用。沈清松進一步詮釋講道理：「是一能夠指涉整體並向多元他者開放的理性能力與心靈狀態」、「是理性達成全

---

[1] 沈清松，〈建構體系與感謝他者——紀念朱子辭世八百週年〉，《哲學與文化》28.3(2001.3): 193-195。此文後收錄於沈清松，《沈清松自選集》（濟南：山東教育出版社，2005），頁 346-367。

[2] 沈清松，〈道德、理性與信仰——賴醉葉的思想〉，《士林哲學與中國哲學》（北京：商務印書館），頁 256-280、257。

[3] Jean Ladrière, "Le rationnel et le raisonable," in *Relier les connaissances. Le défi du XXIe siécle*, ed. by Edgar Morin (Paris: Editions du Seuil, 1999), pp.403-419.

[4] 沈清松，〈道德、理性與信仰——賴醉葉的思想〉，《士林哲學與中國哲學》，頁 261。

面自覺或自我了解的一種方式」，而講道理的作用「往往會擺盪於主體性的整體與實在界的整體兩者的張力之中。其實，講道理的理性必須兼顧兩者」。據此，沈清松以為「中國哲學強調講道理，而不依附於合理性的算計」。[5]因此，在理解與詮釋中國哲學以及其所開展出的倫理學時，沈清松特別能從整體性、整全性、對比式的寬廣視野予以融通的解析。

雖然沈清松從未出版過以倫理或道德為主命名的倫理學專書，也似乎未撰寫以倫理學體系建構為名的論文，但不代表他沒有對倫理學有系統性的看法。沈清松明白指出倫理學在現代世界的優位性，他說：「若說近代哲學是以知識論為優先，而20世紀哲學自海德格之後，是以存有學為優先，如今，踏入21世紀，我們愈可以體會到倫理學在哲學中的優先性。可以說，今後倫理學將是『第一哲學』」。[6]沈清松教授一生的學問當然不是短短一篇論文所能涵蓋統整，本文僅以沈清松的相關著作和期刊論文為據，從倫理學的視角嘗試整理建構出沈清松倫理學論述之精華理念。其中，筆者以為「德行」、「多元他者」與「慷慨」可說是三大核心概念，貫穿整個沈清松的倫理學論述。以下分別從「從虛無主義與規範解構到德行倫理學」、「從主體性邁向多元他者」與「從外推到慷慨的倫理」三方面闡述三個核心概念。

貳、從虛無主義與規範解構到德行倫理學

沈清松向來關心倫理議題，早期的著作，例如〈科技發展對倫理道德的影響〉[7]、〈科技的倫理問題〉[8]、〈資訊科技的哲學省思〉[9]等文和《解除世界魔咒》[10]一書關注科技倫理，〈從解構到重建——民國以來價值體系的變遷與展望〉[11]一文關注倫理價值體系。沈清松多次提及現代心靈的兩大困境，一是普遍瀰漫的虛無主義，一是社會規範的解構。所謂「虛無主義」，就是「生命裡沒有值得奉獻的理由，只追

5　沈清松，〈道德、理性與信仰——賴醉葉的思想〉，《士林哲學與中國哲學》，頁262。
6　沈清松，〈盈溢於主體性與相互性之外——對中西哲學「慷慨」之德的省思〉，《沈清松自選集》，頁296。
7　沈清松，〈科技發展對倫理道德的影響〉，《哲學與文化》9.3(1982.3): 30-39。
8　沈清松，〈科技的倫理問題〉，《哲學與文化》17.5(1990.5): 442-450。
9　沈清松，〈資訊科技的哲學省思〉，《哲學雜誌》18(1996.11): 134-155。
10　沈清松，《解除世界魔咒——科技對文化的衝擊與展望》（臺北：臺灣商務印書館，1998）。
11　沈清松，〈從解構到重建——民國以來價值體系的變遷與展望〉，《哲學與文化》28.12(2001.12): 1087-1108。

求眼前看得見的快樂與利益，而失去長遠的理想目標」。[12]所謂「解構」，就是「對原有、已構成的社會規範加以否定、加以解除。但在已有規範解構之後，又沒有任何具共識的新規範出現，以致社會失序，無所適從」。[13]四種規範學科當中，由於人心是行為的基礎與根柢，比起法律、禮儀和宗教，又以倫理最為適切與重要。因此，要選擇哪一種倫理學就是考驗現代人的重要功課。我們必須考慮哪一種倫理學思想才適合現代社會的心靈，才足以從根本來改變現代社會的處境？

　　沈清松檢視了效益論、義務論、德行論三種倫理學，最終選擇了德行論倫理學。沈清松說得好：

> 德行倫理學重視人本來具有良好能力的發揮，而且在發揮自我的過程中也注意良好關係的實現。在教育上，它重視倫理的判斷，知道在什麼樣的情況下判斷是非，而不只是遵守義務，重點是在能判斷是非善惡，培養實踐智慧（*phronesis*），並且養成長久的好習慣，也就是美德。道德判斷的訓練遠勝於義務的學習，良好習慣的培養遠勝強調自律。[14]

　　從語源來看，「德行」一詞來自希臘文的 ἀρετή（*arete*），本義是「卓越」（excellence），泛指事物美善的卓越；與「惡」作為「事物美善的闕如」正好對反。「德行」的拉丁文是 *virtus*，泛指完成某些合乎人性行為的能力及傾向。多瑪斯（St. Thomas Aquinas, 1224/5-1274）定義「德行」是「一種使人易於行善的習慣」；[15]多瑪斯也說過：「一個德行可使它的擁有者善，且使它的擁有者所做的事善」。[16]沈清松以為「德行」可歸納理解為「本有善性的實現」或「本有能力的卓越化」，[17]以及「良好關係的滿全」兩點；「本有善性的實現」是針對每個個人，「良好關係的滿全」則針對人與人、人際之間。人在世界上不可能獨活，所以除了個人道德必須講究外，也必須強調人與他者的相處與互動，這就是倫理。至於為什麼現代人所需要的倫理學，是德行倫理學呢？沈清松說：

12　沈清松，〈德行倫理學與儒家倫理思想的現代意義〉，《哲學與文化》22.11(1995.11): 976。此文後收錄於沈清松，《沈清松自選集》，頁 315-345。

13　沈清松，〈德行倫理學與儒家倫理思想的現代意義〉，《哲學與文化》22.11(1995.11): 976。

14　沈清松，〈德行倫理學與儒家倫理思想的現代意義〉，《哲學與文化》22.11(1995.11): 980-981。

15　St. Thomas Aquinas, *Summa Theologica*, trans. by Fathers of the English Dominican Province, (New York: Benziger Brothers, 1946), I-II, 55, 1.

16　St. Thomas Aquinas, *On Charity* (*De Caritate*), trans. by Lottie H. Kendzierski (Milwaukee, Wisconsin: Marquette University Press, 1984), a. 2.

17　沈清松，〈德行倫理學與儒家倫理思想的現代意義〉，《哲學與文化》22.11(1995.11): 981。

現代社會裡人人追求卓越，或許不會喜愛義務，但一定追求卓越；不一定喜歡規範約束，但一定需要良好的關係。[…]也唯有在良好關係中才能夠全面展開自我。現代社會需要自由、需要創造，這個精神可以與德行論倫理學的基本原則相互配合。所以從這個點看來，德行的倫理學是今天所需要的，尤其在時代正走進虛無主義的幽谷時。[18]

雖然儒家也看重自律與效益，但其倫理學型態更強調德行之要義，也因此，沈清松主張「我們不可再像以前一樣非要把儒家的倫理學解釋為義務論的倫理學」，而今「我們詮釋儒家倫理思想，必須還原出它的德行倫理學真義」。[19]事實上，無論是儒家、佛教或基督宗教的倫理學，都是一種德行論倫理學型態。

參、從主體性邁向多元他者

古希臘時就開始關注「認識你自己」的議題，近代哲學對於主體性的建立也有重大貢獻。由於理智和意志，使得人的本性具有道德性；由於人處於天地之間，使得人具有社會性，是群居的社會動物。人的道德性和社會性促使人不能自我封閉，只關心自身的處境，必須同時向「他者」（the Other）開放。自我封閉、只關心自身的處境或利益，這樣就個體人而言，即成為「自我（利己）主義」、「自我中心主義」或「個人主義」；就群體人而言，即成為「人類中心主義」。二者都易流於狹隘的個人、族群或類屬主義，會產生嚴重的缺陷或弊端，例如前者不利於社會運行，後者缺乏全球視野。所以，不能只是「我」、只有「我」。除了「我」，還有誰？還有「他者」。何為「他者」？凡「異於己者」即是「他者」，而且是「多元他者」（many others）。[20]「他者」在此並無任何貶義，然而「他者」在歷史中曾經是次等的，而且是負面的。

---

18 沈清松，〈德行倫理學與儒家倫理思想的現代意義〉，《哲學與文化》22.11(1995.11): 981。
19 同上註。
20 「多元他者」一詞為沈清松用語，廣見於沈清松著作，例如《跨文化哲學與宗教》（臺北：五南圖書出版公司，2012），頁 74。

一、「他者」曾經是次等的、負面的

在後殖民的理論中，西方人往往被稱為主體性的「自我」，殖民地的人民則被稱為「殖民地的他者」，或直接稱為「他者」。「他者」和「自我」是一組相對的概念，西方人將「自我」以外的非西方世界視為「他者」，將兩者截然對立起來。無論是黑格爾《精神現象學》中對「主人—奴隸」關係的分析，還是沙特（Jean-Paul Sartre, 1905-1980）在《存在與虛無》（*L'Être et le Néant*, 1943）一書關於「注視」這一節的說明，都強調了「他者」對於主體「自我意識」形成的本體論的重要意義。並且，二者都認為主體與他者之間的基本關係是衝突，而不是對話或其他。女權運動的創始人之一西蒙・波娃（Simone de Beauvoir, 1908-1986）在「女人是他者」的言語脈絡中也將「他者」視為一種負面詞和貶義詞。西蒙・波娃在《第二性》（*Le Deuxième Sexe*, 1949）一書說：

> 人性是男性的，男人就女人與他的相對關係來定義女人，而不是就女人論女人；女人不被看成自主的人。米胥樂（Jules Michelet, 1798-1874）說：「女人，一種相對的存在」。卞達（Benda）說的最武斷：「男人想自己時不需考慮到女人，女人則不能脫離男人只想自己」。[⋯]定義女人係以男人為標準、為對照：定義男人則無需考慮女性。女人是附帶的、無關緊要的，恰好是「不可或缺」的反面。男人是主體，是絕對的——女人是他者。[21]

的確，在父權制的歷史中，女性曾經以「他者」之姿被錯誤地對待，這也正是西蒙・波娃呼籲時代女性要擺脫掉「第二性」的歷史宿命。不單女性曾經是「他者」，在許多時候，每個人都可能淪為這個意義下被不公平對待的「他者」。西蒙・波娃繼續說：

> 任何群體要建立自我觀念時，都不免同時將相對於自身的群體塑造為他者。[⋯]沒見過世面的人把不屬於本村的人全當成行跡可疑的「外地人」：這一國的人把住在其他國家的人都當成「外國人」：反閃主義者認為猶太人是「不一樣」的，美國種族主義者認為黑人是「劣等」的，殖民者稱原

---

[21] 參見西蒙・波娃，《第二性》，歐陽子、楊美惠、楊翠屏譯（臺北：志文出版社，1999），頁 59-60。

住民為「土人」，特權階級稱無產者為「下層階級者」。[22]

一個人一生中只要有一次被視為「他者」的不愉快經驗，加上以其人之道還治其人之身的人性慣性模式，如此惡性循環的結果，這個世界就將永無寧日。

二、「他者」的正名

哲學家於是重新反思：從近代笛卡爾（René Descartes, 1596-1650）以降，以至於現代過度膨脹及強調的「主體性」概念的合理性為何？反思的結果是：揚棄「主體性」，而由後現代思潮所提出的「他者」所取代，「他者」概念儼然成為後現代最重要的正面貢獻之一。沈清松有意識地關注到這一點。其中，列維納斯（Emmanuel Levinas, 1906-1995）、德勒茲（Gilles Deleuze, 1925-1995）、德希達（Jacques Derrida, 1930-2004）等人都主張「他者」概念的重要性。根據列維納斯的分析，西方哲學的理論傳統不是遺忘了「存有」，而是完全遺忘了「他者」，成了一種「自我學」，一種典型的「消化哲學」。自我對他者的一貫態度始終是同化、消化、吞噬對方。因此，列維納斯進一步主張，哲學最重要的問題是倫理問題，倫理學才是第一哲學。而唯有承認他者，才有倫理可言；而且，唯有訴諸絕對他者，也就是上帝，才使倫理有最後依據。德勒茲則指出，「他者」包含了其他的可能世界，他人的面容，以及他人的言語。至於晚期的德希達認為，倫理的本質，在於對他者慷慨的、不求回報的「贈與」。[23]

這使筆者想到「照顧植物人」的例子，這可能是一輩子都不會有被照顧者／他者回應的「非對稱的情境」。如果堅守道德是為了獲得某種回報的話，那麼道德就不是道德。所以要真正地關懷他者，與他者相遇，就需要一種「非對稱的」倫理關係。中國儒家的孔子也明白指出「夫仁者，己欲立而立人，己欲達而達人」（《論語‧衛靈公篇》）的絜矩之道。人的自我完成絕不可能封閉在狹隘的自我世界裡，人是透過立人、達人、與他者的互動中，甚至是無法有相稱的回報情境中完成自己。這種自我實現，是人性的充分實現（仁者人也），是一種理想人格或品格的達致，這也就是孔子「為己之學」的中心意含。

所以筆者以為：當我們談論倫理時應反思「心中是否有他者？」若有，才有所謂倫理可言；若無，則頂多只是明智算計的考量罷了！據此，筆者一貫主張，當今

---

[22] 西蒙‧波娃，《第二性》，頁 60。
[23] 沈清松，《大學理念與外推精神》（臺北：五南圖書出版公司，2004），頁 68。

我們需要的公民道德是一種「心中有他者」或「為他者」的倫理學。這與沈清松倡議的慷慨的倫理不謀而合，沈清松的說法是：「人與他者的關係，構成了倫理的內涵，換言之，心中若無他者（otherness），則毫無倫理可言」。[24]

沈清松將倫理生活視為「一個陶成的過程，藉此提升人性中的可普化動力」、將倫理的陶成視為「一使人更人性化的普化過程（a universalizing process of becoming human）」。沈清松說：

> 倫理預設了「他者」以及人與他者的關係，並朝向他者探尋並分享可普化的價值。[…]我想，如果人在心中無他者，不承認有他者，亦不與他者互動，則根本毫無倫理可言。人的主體性的自覺與自我提升只具有道德的意義，然僅此尚不足以言倫理。在倫理中總有自我走出，走向他者的要求。倫理須承認差異，且經由互動而由差異邁向普化。[25]

沈清松不接受有所謂的單一的「普遍倫理」，建議可由經過溝通而被更多其他傳統所接受的「可普化倫理」（universalizable ethics）替代，也就是即使每一文化傳統彼此皆有差異，終究能透過相互溝通而展現自家文化傳統的可普化因素。[26]

三、「（多元）他者」的對象內容

前文提到，人的道德性和社會性促使人不能只狹隘的看到自我，即使宅在家裡的宅男宅女，只要他／她一上網連了線，他／她就開始在虛擬世界與其他網友有互動了。[27]人的道德性和社會性促使人也不能只看到我輩的「人」（人類），人或許是這個世界最聰明、最尊貴的物種（「最為天下貴也」），但絕對不是唯一的物種，「他者」包括了他人、自然界以及超越界。沈清松的說法是：「『他者』包含了他人、自然與超越界的理想和神明」，[28]至於超越界的他者或絕對他者可能是「老天爺、佛、阿拉、上帝、天主、無名之神，或是一切心靈虔誠終將相遇的遙遠彼方」。[29]因

---

[24] 沈清松，〈全球化、可普化倫理與宗教交談〉，《沈清松自選集》，頁 438、444。
[25] 沈清松，〈全球化、可普化倫理與宗教交談〉，《沈清松自選集》，頁 434-435。
[26] 沈清松，〈全球化、可普化倫理與宗教交談〉，《沈清松自選集》，頁 434。
[27] 網路的言論也是有喜怒哀樂的，也會牽動情緒甚至發為行動的，也應受倫理與法律規範。
[28] 沈清松，〈全球化、可普化倫理與宗教交談〉，《沈清松自選集》，頁 437。
[29] 沈清松，〈全球化、可普化倫理與宗教交談〉，《沈清松自選集》，頁 439。

此，沈清松以為「與他者的動態關係，構成了倫理與宗教」。[30]在倫理上，必須將他人視為一不可化約、不可替代，深藏奧秘的他者，否則連相互主體性都不可能。如果沒有絕對他者，人與他人的關係也難以成立。因此，沈清松以為「倫理問題最後終需與宗教連起來思考」。[31]這個觀點跟羅光等臺灣新士林哲學家觀點相合。沈清松進一步主張「向他者學習，藉以豐富自己[⋯]從他者得到自我超越，或說是得到救贖，這是倫理與宗教交談的共同原則」。[32]

　　由於「他者」並非單一的而是多元的，所以是「多元他者」。因此，自我要向「多元他者」開放包括：向他人開放（同屬人之存有之類屬）、向世界開放（包含物與自然界）、向超越界（上天或上帝）開放；具體而言，個體人由「自我」出發，層層擴大至「我和家人、朋友、近人」（近人）、「我和陌生人、遠方之人」（遠人）、「我和動物、植物及自然環境」、「我和人類創造的物質世界」、「我和超越者」。除了不自我封閉、只關心自身的處境外，還要在思、言、行三方面積極主動，有所作為。在思想觀念上，破除「唯我」或「我執」，接納他者、肯認他者亦為在世存有，甚至要將具「位格」（person）性的他者永遠視為目的而非手段工具；以此思想觀念為基，在言語論述上，尊重異己（民主精神）、感謝他者；在具體行動上，尊重他者、時時以他者為念（不自我中心）、回饋或回報他者。由於「水火有氣而無生，草木有生而無知，禽獸有知而無義，人有氣有生有知亦且有義，故最為天下貴也」。（《荀子·王制》）人也擔負起全球生態倫理的重責大任；人（類）如何對待動植物、如何與大自然相處、如何維護生態平衡等就成了個人人品的一部分，也成了人類不可推托的使命。因此，自我唯有當向多元他者開放之時，「人與諸存有之間適當關係的實現或滿全」[33]之時，才能真正成全與滿全自我，才能達致「整全的人」。「自我」與「多元他者」所形構的即是公民社會（civil society）的「我們」，即由「自我」出發，層層向外擴展的共同體「我們」。

---

30 沈清松，〈全球化、可普化倫理與宗教交談〉，《沈清松自選集》，頁439。
31 同上註。
32 同上註。
33 潘小慧，〈「善」的意義與價值——以孔孟哲學為例〉，《倫理的理論與實踐》（臺北：文史哲出版社，2005），頁59。

肆、從外推到慷慨的倫理

一、外推

「外推」（strangification）此一概念原由建構實在論的華爾納（Fritz Wallner）首先提出，作為科技整合的知識論策略，沈清松則又將「外推」發展至文化交流與宗教交談，作為全球化時代的文化互動策略，並將文明交談視為相互外推。中文的「外推」則原出自儒家的「推」概念。例如孔子所言的「推己及人」、[34]孟子所言的「故推恩足以保四海，不推恩無足以保妻子」[35]等。沈清松自言其「外推」意指一種「走出自我封閉，走向多元他者的行動，從自己熟悉的圈子走向陌生的外人，從一種文化脈絡走向另一種文化脈絡」。[36]

外推的第一個步驟是「語言的外推」（linguistic strangification）。此預設每一個學科或研究方案的發現或命題若含有真理，應可以用另外一個微世界可以懂的語言說出。外推的第二個步驟是「實踐的外推」（pragmatic strangification）或稱社會性的外推。是指在某一社會組織中所產生的科學理論，應可從該社會文化實踐脈絡中抽離，置於另一脈絡中，若還能運作發展，表示它含有更多真理，若行不通，表示它只適合於某一種社會文化實踐脈絡，無法普遍化。外推的第三個步驟是「本體的外推」（ontological strangification）或稱存有學的外推。沈清松修正華爾納的觀點，以為「本體的外推」是透過接近實在本身的中介，去進入另一個微世界；換言之，我們對實在本身的經驗，可以滋養我們的語言。[37]「外推」包含了「走出熟悉性」（defamiliarization）與「重新脈絡化」（recontextualization）。[38]

二、慷慨的倫理

沈清松以為外推的精神假定了自我走出，邁向多元他者的慷慨精神，相互性的

---

[34] 《論語·衛靈公》：「己所不欲，勿施於人」。

[35] 《孟子·梁惠王上》：「故推恩足以保四海，不推恩無以保妻子。古之人所以大過人者無他焉，善推其所為而已矣」。

[36] 沈清松，〈中華新士林哲學的肇始者：省思利瑪竇來華啟動的相互外推策略〉，《士林哲學與中國哲學》，頁 344-345。

[37] 沈清松，〈基督宗教、外推與中國化〉，《沈清松自選集》，頁 484-485。

[38] 沈清松，〈全球化、可普化倫理與宗教交談〉，《沈清松自選集》，頁 436。

倫理雖然基本但仍顯不足，應該要更上一層，以進於「慷慨的倫理」。[39]一般人對慷慨的直觀，包括不自私、不小器、大方、樂於分享等，沈清松在眾多德行中特別高揚「慷慨」之德，他界定慷慨是「一種無私的贈與之德」。[40]贈與不同於送禮，送禮意味著還要回禮，彼此是相互性的有來有往，或是基於禮貌習俗，或是基於人情義理。贈與則是純粹的給予，不求回報。這跟多瑪斯談的仁愛之德（愛德）一樣，都是白白的給予，白白的接受。唯有如此，才有所謂真正的慷慨。

慷慨的根源來自於哪裡呢？或者慷慨的原型是什麼呢？這是筆者的提法。筆者以為答案就是天主或上帝從無到有的創造。沈清松的說法如下：

> 創造來自慷慨的自我贈與。無論是藝術家創造作品，或是上帝創造世界，都是出自慷慨的行動。[…]我們總可以將神的創造理解為一在無私的慷慨中，走出自己，創造萬物與人的行動。[…]創造不是如黑格爾所言，來自上帝的缺乏與無聊，而是來自上帝存有的滿盈，來自上帝的慷慨贈與。[…]姑且名之為神的大愛。藝術家的創作也是如此。「慷慨」關係到藝術創作的本質，而無關乎藝術家本人的個性或品德。[…]當其創作藝術作品之時，皆有不容於己的慷慨，將靈感與技藝傾瀉而出，作品便是其慷慨的烙印與表記。[41]

沈清松在許多文本，以各種不同方式，持續闡述此一理念，以為「人與萬物皆應效法上帝，不斷自我走出，終究返回無限美好的存在」。[42]此外，沈清松以為「哲學文本的創作，也可說是出自思想、實踐與文字的慷慨」，[43]因此，中西哲學都有慷慨之德的資源。

以亞里斯多德的《尼各馬科倫理學》文本所展現的思想為例，慷慨不僅止於財物上的贈與之德（大方），還包含了心靈精神上的贈與之德（恢弘）。雖然亞里斯多德以蘇格拉底為恢弘最完美的典型，但沈清松認為亞里斯多德一生也體現了哲學

---

39 沈清松，〈道德、理性與信仰——賴醉葉的思想〉，《士林哲學與中國哲學》，頁278-279。
40 沈清松，〈盈溢於主體性與相互性之外——對中西哲學「慷慨」之德的省思〉，《沈清松自選集》，頁295。
41 沈清松，〈盈溢於主體性與相互性之外——對中西哲學「慷慨」之德的省思〉，《沈清松自選集》，頁297。
42 沈清松，〈道德、理性與信仰——賴醉葉的思想〉，《士林哲學與中國哲學》，頁279。
43 沈清松，〈盈溢於主體性與相互性之外——對中西哲學「慷慨」之德的省思〉，《沈清松自選集》，頁298。

意義的恢弘與慷慨，其中包含思想體系的恢弘與自我走出、無私贈與的慷慨美德。[44] 再以從主體我思出發的笛卡爾（René Descartes, 1596-1650）為例，他在最後一本著作《論靈魂的情感》（*Les Passions de l'âme*, 1649）一書中，花了最多的篇幅討論慷慨，也被其思想傳記作者高課洛格（Stephen Gaukroger）指出慷慨是笛卡爾倫理學中最重要的概念。笛卡爾所謂的慷慨，是要「輕忽自己的利益而對別人行善」，且善用人的自由意志，達致最高的自尊。於是，沈清松給笛卡爾的慷慨論一個「從自由主體到善利他者」的貼切讚譽。[45]中國儒家哲學的慷慨論可以孔子為代表，孔子不在意外在財富的得與失，志在「老者安之，朋友信之，少者懷之」[46]的宏願。雖然儒家重視相互性，孔子談到「寬」（寬則得眾）、「惠」（惠則能使人）的慷慨之德時，也有其相互性的內涵。然「修己以敬」、「修己以安人」、「修己以安百姓」[47]的層層擴充，顯示仁德超越相互性慷慨而有的普遍化動力與努力。至於道家哲學，沈清松推崇老子是「最重視慷慨的中國哲學家」，[48]老子所強調的普遍性不僅限於人間，而是以全體宇宙、全體存在為其視域，其慷慨「定位在道的屬性上，表現在道生萬物，養育萬物的大公無私，也表現在聖人的無常心，以百姓心為心，不斷慷慨給予，以身為天下的精神」。[49]總之，沈清松以為中西大哲們並不否定或輕忽人的主體性與相互性，更高揚慷慨之德超越了主體性與相互性，故名曰「盈溢」。此盈溢於主體性與相互性之外的慷慨之德，筆者以為正是沈清松所謂德行倫理學中最重要之德。

伍、結論

沈清松關心現實人生與社會，他的哲學一向都是入世的，他說過：「社會若不

---

[44] 沈清松，〈盈溢於主體性與相互性之外——對中西哲學「慷慨」之德的省思〉，《沈清松自選集》，頁 298-302。

[45] 沈清松，〈盈溢於主體性與相互性之外——對中西哲學「慷慨」之德的省思〉，《沈清松自選集》，頁 303-304。

[46] 《論語·公冶長》。

[47] 《論語·憲問》。

[48] 沈清松，〈盈溢於主體性與相互性之外——對中西哲學「慷慨」之德的省思〉，《沈清松自選集》，頁 313。

[49] 沈清松，〈盈溢於主體性與相互性之外——對中西哲學「慷慨」之德的省思〉，《沈清松自選集》，頁 309。

明哲學則盲，哲學若不入社會則空」。[50]倫理學作為一門實踐哲學，自有其為公共善努力的為善求知之性格。沈清松的倫理學，由於其基督宗教信仰的背景，也展現與其他臺灣新士林哲學／中華新士林哲學學者相同之處，即基本上融合了中國哲學與西方哲學，特點在於以其衡平之理性融合新的思潮，與時俱進。是否能找到一段話來總結沈清松的倫理學論述？沈清松說：

> 21世紀哲學思想的希望，就在於邁向他者無私的慷慨之時，避免落入思想的輕佻，進行負責任的體系建構，並且在作為近代世界寶貴遺產的「主體性」與後現代向「他者」的開放性之間，保持動態的平衡。[51]

筆者以為就是這段話，包含了「德行」、「多元他者」與「慷慨」三個核心概念，並且強調了開放性與動態的平衡。沈清松建議並鼓勵每一個文化，都必須在自己本文化中尋找資源，人之所以能進入他者的世界，是因為假定了在不同世界中存在著某種動態的存有學關係。這個世界以及倫理，不再是保守封閉的世界與倫理，而是可以相互同情理解甚至外推的，所以沒有絕對的普遍倫理，有的是可普化的倫理。[52]我們的原有的文化傳統倫理，經由溝通、對話及創造性轉化，讓更多其他文化傳統理解並接受，那麼我們就展現出我們自家倫理的可普化因素了。

參考文獻

西蒙・波娃，《第二性》，歐陽子、楊美惠、楊翠屏譯，臺北：志文出版社，1999。

沈清松，〈科技的倫理問題〉，《哲學與文化》17.5(1990.5): 442-450。

沈清松，〈科技發展對倫理道德的影響〉，《哲學與文化》9.3(1982.3): 30-39。

沈清松，〈從解構到重建——民國以來價值體系的變遷與展望〉，《哲學與文化》28.12(2001.12): 1087-1108。

沈清松，〈資訊科技的哲學省思〉，《哲學雜誌》18(1996.11): 134-155。

沈清松，〈德行倫理學與儒家倫理思想的現代意義〉，《哲學與文化》22.11(1995.11): 975-992。

---

[50] 沈清松，《現代哲學論衡》（臺北：黎明文化事業公司，1994），頁2。

[51] 沈清松，〈建構體系與感謝他者——紀念朱子辭世八百週年〉，《沈清松自選集》，頁367。

[52] 沈清松，〈全球化、可普化倫理與宗教交談〉，《沈清松自選集》，頁436。

沈清松，《士林哲學與中國哲學》，北京：商務印書館，2018。

沈清松，《大學理念與外推精神》，臺北：五南圖書出版公司，2004。

沈清松，《沈清松自選集》，濟南：山東教育出版社，2005。

沈清松，《現代哲學論衡》，臺北：黎明文化事業公司，1994。

沈清松，《解除世界魔咒——科技對文化的衝擊與展望》，臺北：臺灣商務印書館，1998。

潘小慧，〈「善」的意義與價值——以孔孟哲學為例〉，《倫理的理論與實踐》，臺北：文史哲出版社，2005。

顧燕翎、鄭至慧主編，《女性主義經典》，臺北：女書文化事業公司，2000。

Aquinas, St. Thomas. *On Charity* (*De Caritate*). Trans. by Lottie H. Kendzierski. Milwaukee, Wisconsin: Marquette University Press, 1984.

Aquinas, St. Thomas. *Summa Theologica*. Trans. by Fathers of the English Dominican Province. New York: Benziger Brothers, 1946.

Ladrière, Jean. "Le rationnel et le raisonable," in *Relier les connaissances. Le défi du XXIe siècle.* Ed. by Edgar Morin. Paris: Editions du Seuil, 1999, pp.403-419.

作者簡介：

潘小慧：

輔仁大學哲學博士

輔仁大學哲學系教授

通訊處：24205 新北市新莊區中正路 510 號 輔仁大學哲學系

E-Mail：005582@mail.fju.edu.tw

Virtue, Many Others and Generosity
—On Vincent Shen's Ethics

Hsiao Huei PAN

Professor, Department of Philosophy, Fu Jen Catholic University

Abstract: Chinese Neo-Scholasticism is basically a combination of chinese and western philosophies, characterized by merging equitable reason with new trends and progression. In terms of ethics, the emphasis of Chinese Neo-Scholasticism is on the moral subject rather than external moral behaviors only; the subjectivity is maintained without ignoring the relationship between the self and the other; the ethics is reciprocal and universalizable as well. Based on Professor Vincent Shen's related writings and papers, this article is to construct the essence of Shen's ethical discourses, to which the concepts of "virtue", "many others" and "generosity" are the key. Shen's idea of "virtue" is "the fulfilment of the inherent good" and "the completion of good relationships"; the ethics of Confucianism, Buddhism or Christianity is a kind virtue ethics. The idea of "many others" is Shen's substitution for the concept of "the other" boasted by post-modernists, especially the French post-modernists. In Shens' mind, those who surround us in real life are not the abstract "other" but rather the genuine "many others", which can be traced to Chinese philosophy, since Confucianism, Buddhism and Taoism all talk about many others instead of the abstract and pure "other", As for generosity, this idea originates from "strangification," that is, the linguistic strangification, the pragmatic stangification and even the ontological strangification; going from the self to many others and opening oneself to many others is a manifestation of generosity.

Key Terms: Chinese Neo-Scholasticism, Ethics, Vincent Shen, Ethics, Many Others, Strangification, Generosity

中國哲學史有天主教哲學嗎？
——沈清松與明清天主教哲學初探*

曾慶豹

輔仁大學哲學系教授

內容摘要：中國哲學史長期忽視明清天主教哲學的存在。然而事實上，中國哲學的明清篇章是不可能迴避或繞過天主教思想元素的，問題即取決於我們能否重新梳理出西洋傳教士來華所帶來何種思想，以及在與中土儒生及佛教僧侶論辯中，理解到他們在中國思想語境中對天主教思想進行闡釋，如何形成獨樹一格的「天學」。沈清松後期的著作《從利瑪竇到海德格》和《士林哲學與中國哲學》嘗試補上這一段，他提出明清天主教哲學的三個外推，無疑地是為我們思考明清天主教的思想提供了一個極富參考價值的基本框架，為我們初步廓清了明清天主教哲學的基本輪廓。

關鍵詞：中國哲學史、天學、外推

> 「權與天地，神人萬物森焉，神佑人，萬物養人，造物主之用恩，固特厚於人矣。原夫人稟靈性，能推義理，故小天地；又謂能參贊天地，天地設位而人成其能。試觀古人所不知，今人能知；今人所未知，後人又或能知；新知不窮，固驗人能無盡。是故有天地，不可無人類也。顧今試論天地何物，何所從有，何以繁生諸有，人不盡知；非不能知，能推不推，能論不論，奚從而知？如是而尚語參贊乎？不參贊，尚謂虛生」。
>
> ——李之藻，《寰有詮》序

---

* 本文為執行輔仁大學天主教學術研究院「明清天主教哲學」研究計劃之部份成果。特別要說明的是，沈清松教授於 2016 年到訪本系演講時，曾特別對哲學系同仁表達應該關注明清天主教傳教士的著作，建議我們要先收集相關的文獻以做準備。本系部份同仁留意到了此一提醒，於是兩年後成立「明清天主教哲學工作坊」，並由系上四位老師籌組相關研究議題及構想，並獲得本校天主教學術院的支持。工作坊希望在不久的將來能在哲學系的中國哲學史課程中分別開出兩門特色課程，以重申明清天主教哲學在中國哲學史上的重大意義和價值。

壹、中國哲學史的缺環（Missing Link）

學界對於中國哲學史的撰寫，尤其是明末到清初以至於之後清代哲學的發展，都明顯地忽視了 16 世紀「西學東漸」所帶來的影響。這一段時期所發生的學術或思想碰撞，一般都以中西文化交流幾句話帶過，甚至僅僅是簡單地介紹來華的傳教士，完全忽略他們的思想見識。事實上，由於「西學東漸」伴隨爾後引起「中學西傳」對西方文化的反饋，西方學界也同樣很少論及這段思想史，也就是關於「中學西傳」帶給歐洲以致於之後啟蒙思想的推進，也僅僅得到少數漢學家的重視。換言之，不論是「西學東漸」或是「中學西傳」，如何將此影響寫入中、西方哲學史的篇章之中，實是考驗著未來中、西哲學史撰寫者。

梁啟超曾在《中國近三百年學術史》中說到：

> 中國智識線和外國智識線相接觸，晉唐間的佛學為第一次，明末的曆算學便是第二次[…]明末有一場大公案，為中國學術史上應該大筆特書者，曰歐洲曆算學之輸入。[…]我們只要肯把那班人的著譯書目一翻，便可想見他們對於新智識之傳播如何的努力。只要肯把那時候代表作品——如《幾何原本》之類擇一兩部細讀一過，便可以知道他們對學問如何的忠實。[…]在這種新環境之下，學界空氣當然變換。後此清朝一代學者，對於曆算學都有興味，而且最喜歡談經世致用之學，大概受利（瑪竇）、徐（光啟）諸人影響不小。[1]

許多的學者研究清代實學，但卻未把它與清末以降西學的影響相論之，可見梁公的呼籲似乎並未獲得相當的回響，以致中國哲學史的明末清初哲學內容之撰寫未見有突破性的開展。經學大師劉師培的弟子、復旦大學的朱維錚實在是無法忍受此種學風，於是公開呼籲「走出中世紀」，自己也跳進來研究明清天主教，成功的編譯出版了《利瑪竇中文著譯集》，其弟子李天綱亦追隨其師的腳步，在「禮儀之爭」的研究上取得了突破性的成果。

事實上，1920 年代的華人學者曾把明清「西學東漸」、「中學西傳」運動引入到「文學史」、「文化史」領域，例如陳垣、馮承鈞、方豪等人。但是，他們的研究還沒有深入到「哲學史」部份，即使像伯希和、沙畹等歐洲漢學家，也同樣較少涉

---

[1] 梁啟超，《中國近三百年學術史》（北京：東方出版社，1996），頁 9。

及純觀念的思想性研究。直到 1935 年終於有了突破，陳受頤於北平《國學季刊》發表的〈明末清初耶穌會士的儒教觀及其反應〉一文，對耶穌會士介紹的儒家哲學做了深入的研究，這算是一個開始。1940 年，朱謙之在商務印書館出版《中國思想對於歐洲文化之影響》也打開了一個新局，首次系統論述了宋明理學之西傳。朱謙之的中國哲學史研究，不限於中文史料，能兼顧西文、日文文獻，貫通東西方哲學，因而也就能較詳盡地考察了理學（Neo-Confucianism）與歐洲近代哲學的關係。[2]之後，學界就未見有哪一本中國哲學史的寫作把明清天主教哲學當一回事。

截至目前我們所理解，稍微取得了突破的是羅光的中國哲學思想史寫作。《中國哲學思想史》第七冊「元明篇」第四章「明末哲學思想」，寫入了一節「西洋哲學的漸入」，內容含有兩篇文章：「利瑪竇和同輩耶穌會士」和「方以智」。羅光特別提到歐洲的士林哲學已在這個時候傳入，並且產生了影響，尤其是中國哲學開始留意靈魂學說，確實與傳教士對亞里斯多德的 Anima 之翻譯有關（畢方濟的《靈言蠡勺》）。尤有進者，最重要的莫過於是羅光在介紹方以智的部份時，特別突出了他如何受到西學的影響，這無疑是傳教士的思想工作取得了具體的成果，也是中國哲學經由西學的刺激引發思想轉向的例證之一。明清天主教哲學的影響與作用，說明了不能忽視其存在和價值。[3]

在之後第八冊的《中國哲學思想史》「清代篇」，羅光在某一章節底下附有一篇「天主教教士譯著中的哲學思想」，接著他再寫「考據學中的哲學思想」，其意旨在說明天主教思想對清代思想轉變和發展的影響。這樣一部中國哲學史的寫作，加入了明清天主教在中國哲學史中的段落，可以說是取得了很大的突破。也許是因為羅光的基督徒身份，他對中國哲學的理解，很容易被人誤認為刻意且主觀地加入了諸多士林哲學的元素，對此，他主動地在第八冊的「後記」中做了澄清，然而，正是這個澄清，更突出了他在該書的貢獻，儘管知道外界對他的撰寫總帶有偏見，

---

[2] 朱謙之，《中國哲學對歐洲的影響》（石家莊：河北人民出版社，1999）（原書名為《中國思想對於歐洲文化之影響》，上海：商務印書館，1940）。該書「以馬克思、恩格斯對 18 世紀兩種哲學革命之說為今書的指導思想，並力求應用歷史唯物主義方法研究各種問題」改寫後，大大地減弱了其學術價值，中間穿插了諸多沒有必要且也多為扭曲的評述，建議讀者找回舊版來參考較合宜。事實上，在此之前，謝扶雅已在《嶺南學報》上發表一篇題為〈萊布尼茲與東西文化〉一文，注意到「中學西傳」的效應，見本人主編，《謝扶雅全集》第二卷第三冊。

[3] 羅光，《中國哲學思想史（七）》（臺北：臺灣學生書局，1981），頁 599-617。民國時期思想史家稽文甫把傳教士及士大夫所為視為一派——西學派，且認為西學在晚明的萌芽給後來清代開啟的實學起了重大的啟發作用，見氏著，《晚明思想史論》（北京：中華書局，2017）。

但他仍把中國哲學史上，這一段從明末到清中葉天主教哲學對中國哲學發展所造成的影響，做了相當隱匿的處理。[4]無疑的，此舉也是反映了一種偏見，一種在中國漢民族中心主義底下的天朝史觀所導致的結果。

任何一種思想的突破和嘗試都是困難的。《中國哲學思想史》在那個時代的氛圍中已做了開始，而今是我們再將之往前推進的時候了，畢竟明清天主教思想的研究在這二十年來已有了重大的成果，不論研究的質或量上都有深邃的長進，所以我們現在把這個問題提出來：**明清天主教哲學在中國哲學史中定位為何？**也算是可以獲得相當有利的支持的。因而，廓清明清天主教思想的特質和基本問題，對中國哲學史的理解和研究將會是一件非常有意義的工作。[5]

無可諱言的，中國哲學史長期忽視明清天主教哲學的存在，正如歐洲哲學史忽視中世紀阿拉伯或伊斯蘭哲學一樣，同屬於學術史上的缺環。然而，目前西洋哲學史的寫作已明確的做出了改進，充份的了解到中世紀哲學是不能不包含阿拉伯或伊斯蘭哲學在內的，要不然，我們根本無法理解經院哲學的由來以及亞里斯多德復興所帶來的深遠影響。[6]同樣的，中國哲學的明清篇章，是不可能迴避或繞過天主教思想元素的，問題即取決於我們能否重新梳理出西洋傳教士來華所帶來的思想，以及理解到他們在與中土儒生及佛教僧侶論辯中，如何在中國思想語境中對天主教思想進行闡釋，形成獨樹一格的「天學」，這樣才足以說服人們留意到中國哲學史中存在著天主教哲學的事實。[7]沈清松後期的著作《從利瑪竇到海德格》[8]和《士林哲學與

---

[4] 羅光，《中國哲學思想史（八）》（臺北：臺灣學生書局，1981），頁 371-385。

[5] 鄒振環，〈漢文西書新史料的發現及整理與重寫學術史〉，載於《河北學刊》34.1(2014): 12-18。張西平，〈論明清之際「西學漢籍」的文化意義（代序）〉，收入《梵蒂岡圖書館藏明清中西文化交流史文獻叢刊（第一輯）》（鄭州：大象出版社，2014），頁 1-39。另見張曉林，《西學與晚明思想的裂變》（上海：上海人民出版社，2013）。

[6] John Marenbon (ed.), *Routledge History of Philosophy Vol. III: Medieval Philosophy* (London: Routledge, 1998).

[7] 舉列相關的代表作，如劉耘華，《詮釋的圓環——明末清初傳教士對儒家經典的解釋及其本土回應》（北京：北京大學出版社，2005）；劉耘華，《依天而立——清代前中期江南文人應對天主教文化研究》（上海：上海古籍出版社，2014）；吳莉葦，《天理與上帝——詮釋學視角下的中西文化交流史》（北京：宗教文化出版社，2014）；鄭安德，《明末清初天主教和佛教的護教辯論》（高雄：佛光山文教基金會，2001）。

[8] 《從利瑪竇到海德格》一書前半部是關於「西學東漸」，後半部則是「中學西傳」。關於後半部，是另一個問題的面向，這個問題即是通過了耶穌會士將中國經典翻譯回歐洲引起的反響，這個問題所思考的層面更為複雜，沈清松對於這一問題並未完全依循其外推策略三個層面逐一處理，所以從馬勒布朗斯開始經萊布尼茲對中國哲學做的回應，再經黑格爾一直到海德格，耶穌會士對此確實做出了偉大貢獻。

中國哲學》[9]嘗試補上這一段，已為我們初步廓清了明清天主教哲學的基本輪廓。

貳、何謂明清天主教哲學？

明清天主教哲學可以簡稱作「天學」，以別異於當時的理學和佛學。誠如邵輔忠在《天學說》所說的：「利瑪竇始倡天主之教，其所立言，以天文、曆數著，一時士大夫爭著嚮往之，遂名天學云」。[10]故此「天學」有兩個意涵，一是「事天之學」，另一是「曆算之學」，明清來華的耶穌會士們主要想向中國士人傳播天主，他們借助天文曆算之學為傳教之手段，天有天主亦有天文之意，可謂相得益彰，頗具理性神學之勢。李之藻編有《天學初函》，分「理篇」和「器篇」，前為天主之學，後為天文之計，其義甚明。

天學有通天，亦有敬天之意。來華耶穌會士慣常的手法即是以西方天文學來吸引士大夫和宮庭皇帝的關注，以此來達到傳播天主福音的目的。[11]換言之，天文不僅是一種西方科學的優越成果，更重要的是以天象作為一種自然（理性）神學的視角進入中國知識圈，是為傳教思想做準備，當然它更可以作為一種對話的起始和內容，這也有助於我們理解，何以明清天主教哲學在華形成過程中，其中歷經了與天主譯名有關的禮儀之爭，以及之後在欽天監中廣泛被挑起的曆獄之案，事實上，兩者都可以視作是天主教傳統的自然神學進路，但前者面對的是理論思想的經典詮釋之辯，後者則是科學和世界觀的權力之爭。[12]

沈清松把從利瑪竇開始，來華天主教教士和中國天主教教友所發展出來與天主

9　《士林哲學與中國哲學》確立中國哲學史上存在所謂的「中華新士林哲學」，上承自明末利瑪竇及其後學至民國後在臺灣秉承之士林哲學者如羅光等人。沈清松認為，中華新士林哲學是西方第一個中世紀士林哲學融合其他思潮形成的新士林哲學，以及在中國哲學史中第一個形成與西方學術融合的中華天主教哲學，由於與西方士林哲學不同，故可稱之為「中華新士林哲學」。該書的第三部份整理了「中華新士林哲學家」的問題意識和思想貢獻，過往沈清松很少談論到自己的學術傾向，本書標明了他個人也屬於此陣營，因此也可以說是一部思想性的宣言。

10　《天主教東傳文獻續編》第一冊（臺北：臺灣學生書局，1986），頁3。

11　韓琦，《通天之學——耶穌會士和天文學在中國的傳播》（北京：三聯書店，2018），頁12。

12　從曆法之辯到道統之爭是有根有據，楊光先《不得已》所挑起的問題，始終都成了天主教在中國發展過程中所面對的文化阻力的代表，即便單純如科學或天文學之類的傳播，都會引起恐懼和對抗。換言之，明清天主教任何時刻都要可能被指控「以夷變夏」的罪名，教案以及民教衝突即是「天儒衝突」下的產物，會通或對話之所以一直都是天學的內在問題意識，肯定是不能忽略其中存在著的張力。參見呂江英，《康熙初年的曆法之爭與儒耶衝突》（北京：中華書局，2015）。

教思想關係密切的成果，稱之作「中華新士林哲學」，這股在中國哲學史中形成的天主教哲學一直延伸到在臺灣的發展，一概地將他們稱之為中華新士林哲學之名下。[13] 這個說法稍嫌籠統，實際上，當代臺灣天主教哲學的發展究竟上承多少是來自於明清天主教哲學以降的問題仍有待廓清，當代臺灣天主教哲學除了羅光以外，大部份都未認真處理過明清天主教哲學，主要的原因是他們大多跳過了明清天主教哲學所直面向宋明理學的挑戰，直接回到原始儒家。[14]沈清松早期的思路基本也是這類走向，這種情況直到他去了多倫多大學才明顯發生轉向，開始將臺灣新士林哲學的方向引向明清天主教哲學。[15]

儘管明清天主教哲學可以被稱作「中華新士林哲學」，但是，為了與臺灣新士林哲學作出區別，還是把這一段明清時期由利瑪竇開始的天主教思想稱作「明清天主教哲學」或「中華士林哲學」較為恰當，主要的原因是將其置於中國哲學的思想史脈絡中，突出其在中國哲學史發展上的重大意義，另一則是將明清天主教哲學與在臺灣所形成的「臺灣新士林哲學」的問題意識作為明確的區分，以理解其不同的思想貢獻和創見，尤其是梵二作為普世天主教思想的發展意義而言，由於明清天主教尚未接受「現代性」等思想的刺激，因此言其為「新」，似乎是太早了。[16]

所謂的哲學，首先當然是與著述有關：到底哪些著述可以作為「中華士林哲學」的代表作？接下來才總結出哪些著作闡發了哪些思想，以及這些思想如何與明清時

---

[13] 沈清松，《士林哲學與中國哲學》（北京：商務印書館，2018），頁 341-342。

[14] 羅光的問題意識明顯地承接著利瑪竇而來，他曾於 1960 年著有《利瑪竇傳》，可以說是自覺地秉承利瑪竇的道路來發展他的思想。

[15] 中國天主教對於外在超越的思考，為他們創造出了一套本地化神學的建構，但是始終都停留在觀念的對比上，未能從思想史的經驗中來總結出天主教在中國語境中的問題意識，張春申、房志榮、陸達誠、傅佩榮等都做過了這方面的努力，然而，只有羅光從思想史的視角來真正把握到問題之所在，沈清松本人則未直接處理此問題，因他更關注的是現代性—科技主義，所挑起的人文後果。沈清松早期關注基督宗教與中國思想的會通，主要是一種概念的對比，後期更多深入思想史的文獻中把握到基督宗教與中國思想融通的經驗，主要是來自於他在方法上轉到外推。前者的思想成果見於《傳統的再生》（1992）一書。2000 年到了多倫多之後，更多關注在宗教交談上，見其 2004 年在香港中文大學崇基學院「基督教與中國文化講座」後集結出版的《對他者的慷慨：從外推精神看中華文化與基督宗教》（香港：中文大學崇基學院，2004）一書。

[16] 究竟明清來華的傳教士是引進了何種意義的現代性？沈清松無區別地把明清天主教以及晚清來華的新教傳教士對西方思想的引介皆理解為同一個現代性，仍是一個可以開放討論的問題，本人把天主教和新教不同階段引入華的西學分別理解為「第一次現代性」和「第二次現代性」，前者是中世紀晚期西方的學術，後者則是民族國家形成和工業革命後的西方學術，兩者的現代性意義是有別的。

期其他的學術傳統有所關聯。我們必須先在明清天主教中的傳教士及中國天主教徒的漢文著述中，確立哪些哲學典籍是在這個時期具代表性和富影響力的。一方面外國傳教士通過了漢文的書寫方式表述了西方的學問，以及通過漢文語詞的援用來重述西方思想觀念，嚴格來說，這些作品已不完全是西方的知識，它們更多是在一種新的語境中所再現的西學。另一方面，中國士大夫信教者和反教者的著述也呈現了對天主教思想的接受與反對，這些作品更多表現了對話和爭辯的結果，突出西學與中學之間的融合和張力。[17]換言之，我們必須先編輯代表著這個明清時期的天主教哲學著作，我們或可根據徐宗澤編著的《明清間耶穌會士譯著提要》相關分類，並模仿李之藻編的《天學初函》的「理篇」，編定一本《明清天主教哲學選輯》，內容不限於傳教士和中國天主教徒之作，也可以收錄相關的儒生的反教作品。[18]

其次則是思想範疇，何種思想範疇就代表其哲學主張和立場。顧名思義，天主教哲學就是與天主教有關的哲學，作為天主教哲學的根基，肯定是不能離開對天主的談論，不論從存有論或創造論來論之，也不論採用中國古代的「天」或「上帝」即或是現代意義的「終極實在」的語詞，這是所有聲稱作士林哲學之所以為士林哲學最核心性的思想之一。「天學」之所以為「天學」，此一「天」即是上帝或天主。明清天主教大量的引入西方天文學的知識，當然不是僅僅提供中國人新的天文學研究成果或解決四季耕作問題，換言之，傳教士到中國來不是為了當上朝庭的欽天監的，他們的身份表明他們是來傳播天主的福音的。

樊志輝的《臺灣新士林哲學研究》對於臺灣具天主教教友背景的學者研究西方哲學的成果，或以天主教立場（此六字可省）回應中國文化對他們的思想挑戰而提出本地化（于斌）、生命關懷（羅光）、虛無主義（李震）、科技迷思（沈清松）等學說，都定性為「臺灣新士林哲學」或「中國天主教哲學」。[19]然而，天主教哲學之所以為天主教哲學，其終極關懷仍在於與終極他者的對話，只有在此脈絡中才真正

---

[17] 反教言論的代表作包括《不得己》和《闢邪集》。
[18] 相關的書目可以參考法國漢學家費賴之（Louis Pfister）的《在華耶穌會士列傳及書目》。
[19] 樊志輝，《臺灣新士林哲學研究》（哈爾濱：黑龍江人民出版社，2014），頁 31-32。例如樊志輝說沈清松是「臺灣新士林哲學家」？究竟在何種意義上他可以視為是一位「士林哲學家」，以及又在何種意義上他又是一位「新」士林哲學家？沈清松在哪些觀念和思想上是秉持天主教哲學的立場，例如「多元他者」和「外推」是否可以找到天主教思想的來源，至今我們尚未見到一個比較有說服力的解釋，見《臺灣新士林哲學研究》，頁 349-366。

認識到其中所遭逢的問題所在。[20]

換言之，天主論是明清天主教最主要的核心。明清來華的傳教士，本其經院哲學的傳統，以理性的方式展開對天主存在的說明，他們援用三代典籍和孔子思想作為根據，把中國人曾經信仰過的「帝」或「天」與天主教的天主理解為同為一，「吾天主，乃古經書所稱上帝也」。[21]他們對中國古代典籍的詮釋引起了「原儒」與「後儒」的詮釋學爭辯，「歷觀古書，而知上帝與天主，特異以名也」。[22]

沈清松曾於中世紀哲學精神的譯者序中認為，中國哲學對士林哲學的排斥是不智的。他認為，中國哲學因以價值理想為中心，缺乏了存有學的探索，使價值易受到懸空，同時也削弱了其實踐方面的基礎。[23]在這種情況下，士林哲學提供的**本體外推**也就顯得特別重要。中國哲學比較鍾愛內在關係論，對於以天作為人心最內在的動力又作為其終極實在的耶穌會士，後者更能朝以他者來開放，故此沈清松指稱此種表現為一種所謂的慷慨。[24]

基督宗教是一個外推與慷慨的宗教。明清天主教哲學的基本精神即建基於此，所以儘管傳教士來華是帶有傳教的目的，但他們願意走出自己，與異文化交談，不論是翻譯西方的著作或以漢文著書論說，都表現著對他者的開放態度，其結果即是留下了大量的著述和文獻。[25]中國哲學的討論過往都忽略了這些著述在明清時期思想中的地位和價值，大都認為屬於國外漢學的研究領域，然而近期學界多方的努力和研究已突破了此限，尤其重申中國哲學史的書寫是不能迴避這一段學術史的重大影響力，從而也重新審視中國近代思想史的變化和軌跡。[26]

過去這半個世紀以來，陸續地出版了明清天主教的原始著作的之翻印，甚至，也有不少點校本及註疏本陸續的出版，可謂給「明清天主教哲學」研究帶來了方便，

---

[20] 中國天主教對於外在超越的思考，為他們創造出了一套本地化神學的建構，但是始終都停留在觀念的對比上，未能從思想史的經驗中來總結出天主教在中國語境中的問題意識，張春申、房志榮、陸達誠、傅佩榮等都做過了這方面的努力，然而，只有羅光從思想史的視角來真正把握到問題之所在，沈清松本人則未直接處理此問題，因他更關注的是現代性——科技主義，所挑起的人文後果。

[21] 利瑪竇，《天主實義》，收入朱維錚主編，《利瑪竇中文著譯集》（香港：城市大學出版社，2001），頁 25。

[22] 曾慶豹，〈明末天主教譯名之爭與政治神學〉，《道風》38(2013): 111-132。

[23] 沈清松，《士林哲學與中國哲學》，頁 508-509。

[24] 沈清松，《對他者的慷慨：從外推精神看中華文化與基督宗教》，頁 56-61。

[25] 沈清松，《對他者的慷慨：從外推精神看中華文化與基督宗教》，頁 36。

[26] 李天綱，《跨文化詮釋——經學與神學的相遇》（北京：新星出版社，2007），頁 92 及以下。

至少對推動這個領域的教學與研究取得了重大的刺激作用，畢竟文獻的彙整與點校是一切研究的起點。目前所知，已有以下重要的原始文獻的匯集出版，包括：《天學初函》（6 冊，李之藻編，1965）、《天主教東傳文獻》（1965）、《天主教東傳文獻續編》（3 冊，1966）、《天主教東傳文獻三編》（6 冊，1984）、《徐家匯藏書樓明清天主教文獻》（5 冊，1996）、《明末清初天主教史文獻叢編》（5 冊，2001）、《耶穌會羅馬檔案館明清天主教文獻》（12 冊，2002）、《法國國家圖書館明清天主教文獻》（26 冊，2009）、《徐家匯藏書樓明清天主教文獻續編》（34 冊，2013）、《梵蒂岡圖書館藏明清中西文化交流史文獻叢刊》第一輯（44 冊，張西平編，2014）。

　　近二十年來所形成的傳統漢文西書單一文本的標點注釋、傳教士個人漢文西書的彙編整理，以及明清之際漢文西書的分類整理工作，形成了一批高水準的文獻，均為如何清理這些重新發現和重新認識的漢文西書提供了重要的示範，也進一步在跨文化層面深入開展的漢文西書研究奠定了堅實基礎。相關重要文獻的點校或注疏本也陸續出版，如《利瑪竇中文著譯集》（朱維錚編譯，2001）、《明末清初耶穌會思想文獻彙編》（5 冊，鄭安德編，2003）、《明清之際西學文本（50 種重要文獻彙編）》（4 冊，黃興濤編，2013）、《明清天主教史文獻新編》（3 冊，周岩編注，2013），《晚明天主教翻譯文學箋注》（4 冊，李奭學編，2014）、《明清之際西方傳教士漢籍叢刊》（第一輯共 8 冊，第二輯共 8 冊，周振鶴主編，2013）、《利瑪竇明清中文文獻資料匯釋》（2017）等。

　　晚近中國的知識生產與明清以來的西學有著千絲萬縷的聯繫，研究中外文化關係史需要中外文獻的互證，已成為學術界的共識。明清之際傳教士的漢文著述及漢文西書等，表現著傳教士以異域旁觀者的視角，詳細描述了他們有關異域的各類所見所聞，給中國士大夫帶來了有關海外奇異世界豐富想像，尤其中國天主教士大夫的著述即是會通之作。中國天主教徒的作品有些也收入在上述的文獻彙編中，另外也見獨立的集子出版，計有：《徐光啟全集》（10 冊，2010）、《吳漁山集箋注》（2007）、《王徵全集》（2010）、《韓霖鐸書校注》（2008）、《明末天主教三柱石文箋注》（2007）、《畏天愛人極論——王徵天主教文獻集》（2014）、《天儒同異考——清初儒家基督徒張星曜文集》（2015）等，後兩本書是被收錄於本人主編系列叢書「漢語基督教經典文庫」之中。[27]

---

[27] 《從利瑪竇到海德格》中對夏大常有諸多的著墨，相較而言，夏大常的確是學界比較少留意到的一位中國天主教思想家。該書的第三講和第五講可以說是最為精彩的兩個篇章，讀者可多留意之。原先，沈教授已答應為本人所主編出版的「漢語基督教經典文庫」系列中負責編注《夏大常文選》，而今此願已無法實現，實為是對此系列的最大遺憾。

　　明清天主教哲學在中國發展的這個時期，不僅是中國開始接觸西學並將西學融入中學的大膽嘗試開始，同時也是推動將中學帶到西方並引起思想刺激作用的歷史時刻。不論西學東漸或中學西傳，它們都意味著一部世界哲學史的開始，中西方兩大哲學傳統的跨文化對話開始展開，無疑的，正是一種全球化或世界史的脈絡下新的思想風貌的形成。[28]

　　明清天主教哲學不僅對中國哲學史意義重大，更是與歐洲哲學史聯繫起來，形成世界哲學史或全球跨文化哲學的初啟，因而明清天主教哲學可以從兩個雙向平行的哲學發展，形成「西學東漸」和「中學西傳」交錯影響。沈清松把這一段中西哲學文化互動視作為全球化語境下的外推，其中宗教交談是作為相互外推中最富成果的一章。[29]

參、明清天主教哲學的基本框架

　　沈清松曾提及中國哲學可分作四期，第一階段為先秦時期；第二階段是從魏晉南北朝一直到隋唐；第三階段是宋明哲學時期；第四則是從利瑪竇開啟的中西文化互通的階段，此時西方的科學、哲學和宗教形塑了融合中西思想特色的哲學。[30]儘管他很早就留意到利瑪竇等人來華的重要性，且將其視作中國哲學第四階段的創啟者，但他尚未把研究的視角放到明清天主教哲學的研究上，直到 2000 年到加拿大接任秦家懿講座教授空出的教席之後，他才更多的把研究的目光放在思想史和文化交流史的視角中，以重新理解明清天主教思想的重要性，並且，更是從中去驗證其方法論上的外推，以及其在存有論上的多元他者在這段發生在明清思想史的事件。

　　沈清松以下這段話可以說是他之所以對這段思想史感到興趣的原因，這不僅僅是因為懷抱著對士林哲學遺產的繼承，而是為中西方哲學開啟新一輪對話和交流的歷史承擔，尤其作為承接中華新士林哲學的耕耘者而言更是勾勒出了天主教哲學的基本意向：

28　張西平，《絲綢之路——中國與歐洲宗教哲學交流研究》（烏魯木齊：新疆人民出版社，2010）。

29　沈清松，〈全球化、可普化倫理與宗教交談〉，收入《沈清松自選集》（濟南：山東教育出版社，2005）。

30　沈清松，〈哲學在臺灣之發展——1949 至 1985〉，《中國論壇》21.1(1985.10): 10-22。

天主教在明朝末年，為中國已然爛熟的內在性文明與主體性日趨膨脹的中國思想，帶來了他者的佳音，試圖以亞里斯多德和多瑪斯的溫和實在論，為這古老文明帶來理性的秩序與向他者開放的契機。其取亞里斯多德和多瑪斯的士林哲學傳統，與中國哲學傳統，尤其古典儒家相結合，因而奠立了爾後中華新士林哲學的發展。[31]

對明末的中國哲學界而言，耶穌會士的到來是一種他者的經驗，存在著擁抱他者和推卻他者的兩種態度。當然，耶穌會士是外來者，是他們主動走出自己，走向他者，雙方都存在著拒或迎的問題，這是中西哲學史上一次意義非凡的外推事件。「外推策略」是沈清松的理論發見，他將外推視為是一種面對全球化以及突破現代文明主體哲學的可能，分別以三方面來說明之：語言外推、實踐外推、本體外推。[32]根據沈清松的看法，任何一種思想的發展都必須以一種相互外推的方式來理解他人亦理解自己，從而也使彼此相互豐富，並為了達到相互合作的境地而努力。不論是思想或是文明，都必須走出自己迎向異己，所以，外推即是打破一種自己有多好的迷思，並發現自己的侷限，如此才能自省並豐富自身。

無可諱言的，學者對於要疏理出一條明清天主教哲學的思想理路，仍未有基本共識，論者談及此段天主教哲學時，主要方式仍採個別的思想家及其個別著作的介紹與說明，因而難以系統性地把握天主教哲學之全貌。沈清松無疑地是為我們思考明清天主教的思想，提出了一個極富參考價值的基本框架，此框架即為明清天主教哲學離不開的三項外推：語言外推、實踐外推、本體外推。[33]這三項外推根源於一種慷慨的思維，天主與人分享祂的造物與救恩，即是源於天主即是一位慷慨的天主，傳教士的遠到而來，正是對天主慷慨一種回應，即以慷慨的行動來回應天主的慷慨。

首先，傳教士所欲面對的是相互理解的問題，語言外推即是要說明傳教士的翻譯如何開啟了會通的基本路向實踐外推、本體外推。語言是交談的媒介，但它作為一種交談的開始，主要是說明了翻譯之必要為前提，因為所有的交談都意味著尋求理解，同時也意味著可分享性，耶穌會士從友愛的經營到西學的翻譯，都體現從語言交談到他者經驗互譯的努力。然而，語言也絕非是單向的，因為它同時也具有反身性，以此避免將自己陷於荒謬。以早期耶穌會士到達中國為例，中西互譯即是一種語言外推的表現，翻譯不會是簡化為一種使對方可以理解自己，事實上，它首先

---

31 沈清松，《士林哲學與中國哲學》，頁 413-414。
32 沈清松，《士林哲學與中國哲學》，頁 344-346。
33 沈清松，《對他者的慷慨：從外推精神看中華文化與基督宗教》，頁 38-39。

表達的即是一種自我理解，理解到自身的可能性條件，表現出自己是如何理解他人的。因此，當耶穌會士將西學譯作漢語時，他們正在理解漢語，理解通過何種漢語的語詞或內容可以相應的去傳達對西學內容的表達。作者通過了語言外推來解釋了耶穌會士的交友論、西學選取（亞里斯多德）、漢語語詞或概念的傾向（揚儒抑佛）等，以此來檢視這種語言外推的優與劣。

傳教士的翻譯可以用徐光啟的「會通」一詞來概括。顯然的，翻譯的詮釋學意味在於一種語言的復活與再造，這是漢語走向世界的開始，當外來者翻譯本地語言時，它即是拉近了彼此的距離。沈清松特別留意到亞里斯多德作為第一位選作系統性翻譯的哲學家，從《名理探》到《靈言蠡勺》，其旨在於耶穌會士認為亞里斯多德提供了一個從自然到人、到天主，從理論到實踐的系統性學問。所以，耶穌會士想經由自然天體的認識，以天文之學到通天之學，換言之，從自然到天主，從人學到天學，讓東西相遇、融通。[34]

所謂實踐的外推，即是考慮到語言的不同脈絡和經驗，這方面即表現為一種適應論。不同於語言外推的交往論，實踐的外推則推及到思想生活的層面，耶穌會士及其中國天主教士大夫以道德論述作為實踐外推所思考的問題，這方面即是以自然哲學之靈魂論作為開始的，這無疑的正是西方傳教士們的強項，至少就儒生而言，他們在實踐論的問題上並未真正考慮靈魂論的重要性，也因為在實踐論上以靈魂論為開端，也就此吸引了如徐光啟等人的皈依。換言之，耶穌會士以靈魂論的學說來豐富了中國人性論的思想傳統，從艾儒略的《性學觕述》、畢方濟的《靈言蠡勺》與夏大常的《性說》都是以靈魂論來說人性，從而也是最富成果之處。

《靈言蠡勺》是改寫亞里斯多德《靈魂論》之作，其旨是要和中國哲學人性論的對話，也藉此批判中國的自然哲學。[35]耶穌會士從利瑪竇到龍華民，對中國哲學中自然哲學的唯物立場多有批判，耶穌會士講講靈魂，其意要指向人性，前者是天學所強，後者則是中國哲學之要。沈清松以夏大常的《性說》來突出中國價值中心的善惡，以靈魂論來論證人性尊嚴，最終即是把人性的美好聯繫到天主的創造。沈清松推崇夏大常在吸納柏拉圖、亞里斯多德、奧古斯丁思想的成就，是中國士大夫天主教徒的一種理論選擇，認為他把人的能力中理智意志和記憶帶到中國人性論中，並把這三種能力理解為可以通往至善之途，是一種中西哲學合璧後的「天人合一」思想。沈清松精闢地翻譯夏大常的觀點說到：

---

34 沈清松，《士林哲學與中國哲學》，頁 351。
35 沈清松，《士林哲學與中國哲學》，頁 355-363。

天主是至高的善，我的身體沒有接近天主的門道，然而我的意志可以接近天主，天主可以作為我的意志伙伴。我的眼睛不見天主，但我的理智可以看見天主，天主就是我理智的伙伴。我的身形無法接觸天主，然而我的記憶卻能接觸天主，並且以天主作為我的伙伴。[36]

無疑地，在中國哲學的倫理語境中，此種視域為我們開啟了倫理的他者向度，這是中國哲學所欠缺的。由於傳統以來，人性向他者的內在動力未被中國哲學所闡發，人的內在性與超越向度的關聯正是中國天主教哲學的價值所在，「敬天愛人」在人性論中指向倫理的他者，也指和靈性（靈魂）他者。[37]

耶穌會士以其宗教思想的卓著而言，即在本體外推上的表現應該是最受到注目的，這方面也是最易引起中西方哲學爭論的焦點。關於本體外推，對天主教教士而言即是如何證明天主的存在，以及天主的屬性在中國思想傳統中可否找到相應於天主教思想的內容，從對中國經典的理解與詮釋到如何恰當的使用漢語來表達天主，引伸出來的即是關於譯名之爭的問題：「天主何？上帝也」。[38]

關於這個部份，《從利瑪竇到海德格》留意到了明末耶穌會士在詮釋或理解中國經驗時，一方面注意到了朱熹的「理」和佛教的「空」，接著即是爭論到底漢語有沒有一個相應的概念或語詞是與天主教經典中的 Deus 相容的。這方面的爭論已然不是一個語詞的選取的問題，而是究竟中國經典的宗教論述是否與天主教的本體論思想相容，以及對先儒與後儒的經典詮釋之問題（鍾明旦），也就是引起了上帝與太極、理之爭。[39]

「始制作天地萬物而時主宰者」，通過天文曆算學中與理神論相附應的有神論論證，經將靈魂論與人性學的結合把倫理修養指向終極他者。[40]傳教士的「補儒易佛」策略，也是明清天主教的重要課題之一，其中即涉略到「天佛」或「耶佛」之爭，也是非常的精彩，因為它涉及到人性論、靈魂論和有（無）神論的爭辯，同樣是中

---

36 沈清松，《士林哲學與中國哲學》，頁 364。該書在此段文字的註腳出處引用誤作《靈言蠡勺》，實應出自夏大常之作《性說》，原文見收入於《耶穌會羅馬檔案館明清天主教文獻》。
37 沈清松，《對他者的慷慨：從外推精神看中華文化與基督宗教》，頁 54-56。
38 馮應京，《天主實義·序》，《利瑪竇中文著譯集》，朱維錚主編，《利瑪竇中文著譯集》（香港：城市大學出版社，2001），頁 98。
39 沈清松，《從利瑪竇到海德格》（臺北：臺灣商務印書館，2014）。
40 反對天學的代表作《闢邪集》中有關〈天學再征〉一文中，對自然神學做出的反駁相當的精彩。

西會遇中無以迴避的。[41]

從西學的翻譯開始，明清天主教哲學即從語言的攝取到觀念的詮釋，西學已然不再是西方的學問，它們更多是代表普世價值，翻譯把陌生的成為熟悉的，把從西方來的變成屬於中國的。[42]傳教士熟悉經典詮釋的問題，因為基督宗教的信仰源於對經典的詮釋，他們對待儒家經典的立場上，與宋明理學家的立場殊異，所以引起詮釋衝突，形成原儒與後儒之爭，以及之後所謂的索隱派也是關於如何解釋經典的爭論。[43]從經典詮釋衝突到譯名之辯，再到禮儀之爭的中西政治神學之爭，成了明清天主教哲學最為顯白的話題。[44]

總之，明清天主教哲學的問題焦點即在於天主論，從天文、靈魂到心性，都是與超性之學（神學）有關，「斐琭所費亞」（Philosophia）與「陡琭日亞」（Theologia）是無法分開的。從語言外推到實踐外推，本體外推若是不成功，之前的外推也就顯得薄弱了，缺了本體外推，耶穌會士與非教友的士大夫所謂的相互理解或相互外推，都形成了各取所須。當然，這不是作為我們苛責傳教士的理由，相反的，這正是所有本體外推必然遭遇到的困難，亦反映了相互外推不論對耶穌會士或是中國士人而言，其兩方面的理解當然也就各異。本書在這個問題上，保持了相互外推的善良意志，至於因為本體外推所引起的禮儀之爭，則是較少獲得關注，中西文明除了互動，還有衝突，恐怕是所有外推都不能迴避。

肆、非結語

回到本文的開始，中國哲學史家應該認真思考是否存在著「明清天主教哲學」的提問。中華士林哲學不是民國才有的，較之更早的是，明清天主教哲學已然成為中華士林哲學真正的發端，天主教哲學的問題意識在明末就已形成，爾後經中國士大夫天主教徒，從清代到民國，都是沿著這個方向前進的。我們必須承認，明清的

---

[41] 鄭安德，《明末清初天主教和佛教的護教辯論》。

[42] 包括《幾何原本》的翻譯，在利瑪竇的意向中，主要是希望中國人也可以有理性推理的判斷能力，以作為進一步接受天主存在的證明。

[43] 可參見拙作〈明末天主教譯名之爭與政治神學〉一文。

[44] 禮儀之爭在中西方思想交流史上絕對是一件意義重大的事件，它把中西哲學的相互理解所引起的詮釋衝突表露無疑，當然它也意外地開啟了中國思想在歐洲所帶來的傳播和影響，參見謝子卿，《中國禮儀之爭和路易十四時期的法國（1640-1710）》（上海：上海遠東出版社，2019）。

天主教士大夫花了非常多的精力，即表現在本體外推上的成就，李九功的《慎思錄》、嚴謨的《天帝考》、張星曜的《天儒異同考》等人的著作，都是值得中國哲學史關注的，以形成名符其實的「明清天主教哲學」，而非僅僅被理解為只是「漢學」而已，因為對洋教士或西方學者而言也許可以堪稱之作「漢學」，然而對中國天主教而言，無疑地，它就是「哲學」或與理學和佛學有所區別的「天學」。

「天學」的代表性著作除了上面提到的利瑪竇的《天主實義》外，還有羅明堅的《天主聖教實錄》、龐迪我的《天主實義續篇》、博汎際的《寰有詮》、高一志的《寰宇始末》、孫璋（Alexandre de la Charme, 1695-1676）的《性理真詮》、艾儒略的《萬物真元》、《三山論學記》、孟儒望（Jean Monteiro, 1603-1648）的《天學略義》、《天學四鏡》、湯若望的《主制群徵》、方濟各會傳教士利安當（Antonio de Santa Maria Caballero, 1602-1669）的《正學繆石》以及教內的中國儒家士大夫的護教性著作，如楊廷筠的《代疑篇》、徐光啟的《辯學章疏》、邵輔忠的《天學說》、嚴謨的《天帝考》等著作。

李之藻在為《寰有詮》作序中的一段話可以代表明清天主教的基本精神，可以視作是天主教哲學在中國哲學中本體外推的關懷所在：

> 昔吾孔子論修身，而以知人先事親。蓋人即仁者也之人。欲人自識所以為人，以求無忝期親，而又推本知天。此天非指天象，亦非天理，乃是生人所以然處。學必知天，乃知造物之妙，乃知造物有主，乃知造物主之恩，而後乃知「三達德，五達道」。窮理盡性，以至於命。存吾可得而順，歿吾可得而寧耳，故曰「儒者本天」。[45]

沈清松的《從利瑪竇到海德格》把中國哲學放回到世界哲學史中重新理解，明清天主教哲學在中西哲學各自的脈絡中，形成各取所需的精彩和輝煌。天學帶來了本體的外推以及實踐的外推，為中國哲學開啟了終極向度，中國天主教徒做出了傑出的貢獻，也創造了清代的實學，形成中國哲學的轉向，另外，理學所代表的中國思想傳到了歐洲，激起啟蒙運動。這些都是天主教哲學以一種特殊的「天主教現代性」（Catholic Modernity）改變了中西方哲學。[46]如何在中西哲學語境中推進天主教

---

[45] 李天綱編輯／注疏，《明末天主教三柱石文箋注》（香港：道風書社，2007），頁 169。
[46] Charles Taylor 在《後世俗時代》中反思西方世俗化及其後果，提出了天主教現代性的主張作為回應。另可參見 Charles Taylor, "A Catholic Modernity?," in *Dilemmas and Connections: Selected Essays* (Cambridge, Mass.: The Belknap Press of Harvard University Press, 2011), pp.167-187。

現代性的意向是沈清松是未竟之功，也是給當代中華士林哲學所提出來的挑戰，這項考驗必須要從明清天主教開始，只有重拾外推與慷慨，中西方士林哲學才可能走向他者。

參考文獻

一、書籍

朱謙之，《中國哲學對歐洲的影響》，石家莊：河北人民出版社，1999。

利瑪竇，《天主實義》，朱維錚主編，《利瑪竇中文著譯集》，香港：城市大學出版社，2001。

吳莉葦，《天理與上帝——詮釋學視角下的中西文化交流史》，北京：宗教文化出版社，2014。

呂江英，《康熙初年的曆法之爭與儒耶衝突》，北京：中華書局，2015。

李天綱，《跨文化詮釋——經學與神學的相遇》，北京：新星出版社，2007。

李天綱編輯／注疏，《明末天主教三柱石文箋注》，香港：道風書社，2007。

沈清松，〈全球化、可普化倫理與宗教交談〉，《沈清松自選集》，濟南：山東教育出版社，2005。

沈清松，《士林哲學與中國哲學》，北京：商務印書館，2018。

沈清松，《從利瑪竇到海德格》，臺北：臺灣商務印書館，2014。

沈清松，《對他者的慷慨：從外推精神看中華文化與基督宗教》，香港：中文大學崇基學院，2004。

徐光啟，《天主教東傳文獻續編》第一冊，臺北：臺灣學生書局，1986。

張西平，《絲綢之路——中國與歐洲宗教哲學交流研究》，烏魯木齊：新疆人民出版社，2010。

張曉林，《西學與晚明思想的裂變》，上海：上海人民出版社，2013。

梁啟超，《中國近三百年學術史》，北京：東方出版社，1996。

嵇文甫，《晚明思想史論》，北京：中華書局，2017。

馮應京，《天主實義·序》，朱維錚主編，《利瑪竇中文著譯集》，香港：城市大學出版社，2001。

劉耘華，《依天而立——清代前中期江南文人應對天主教文化研究》，上海：上海古籍出版社，2014。

劉耘華，《詮釋的圓環——明末清初傳教士對儒家經典的解釋及其本土回應》，北京：北京大學出版社，2005。

樊志輝，《臺灣新士林哲學研究》，哈爾濱：黑龍江人民出版社，2014。

鄭安德，《明末清初天主教和佛教的護教辯論》，高雄：佛光山文教基金會，2001。

謝子卿，《中國禮儀之爭和路易十四時期的法國（1640-1710）》，上海：上海遠東出版社，2019。

韓琦，《通天之學——耶穌會士和天文學在中國的傳播》，北京：三聯書店，2018。

羅光，《中國哲學思想史（七）》，臺北：臺灣學生書局，1981。

羅光，《中國哲學思想史（八）》，臺北：臺灣學生書局，1981。

Marenbon, John (Ed.). *Routledge History of Philosophy Vol. III: Medieval Philosophy*. London: Routledge, 1998.

Taylor, Charles. *A Secular Age*. Cambridge, Mass.: Harvard University Press, 2007.

Taylor, Charles. "A Catholic Modernity?," in *Dilemmas and Connections: Selected Essays*. Cambridge, Mass.: The Belknap Press of Harvard University Press, 2011.

二、論文期刊

沈清松，〈哲學在臺灣之發展——1949 至 1985〉，《中國論壇》21.1(1985.10): 10-22。

張西平，〈論明清之際「西學漢籍」的文化意義（代序）〉，《梵蒂岡圖書館藏明清中西文化交流史文獻叢刊（第一輯）》，鄭州：大象出版社，2014。

曾慶豹，〈明末天主教譯名之爭與政治神學〉，《道風》38(2013): 111-132。

鄒振環，〈漢文西書新史料的發現及整理與重寫學術史〉，《河北學刊》34.1(2014): 12-18。

作者簡介：

　　曾慶豹：

　　　　臺灣大學哲學博士

　　　　輔仁大學哲學系教授

　　　　通訊處：24205 新北市新莊區中正路 510 號 輔仁大學哲學系

　　　　E-Mail：121022@mail.fju.edu.tw

A Preliminary Study of Vincent Shen's Works on Ming-Qing Catholic Philosophy

Kenpa CHIN

Professor, Department of Philosophy, Fu Jen University

Abstract: In the domain of Chinese philosophy, the significance of Catholic philosophy (which took its form during the Ming-Qing period in China) has yet to be fully recognized and appreciated. In fact, in the development trajectory of Chinese philosophy, the contribution of Catholic thought is too important to be ignored. In other words, Catholic philosophy has yet to acquire a legitimate place in the history of Chinese intellectual history. In order to address the stated issue, more comprehensive and in-depth studies need to be carried out in regard to the history of Chinese receptions of Western philosophy, and the development of "Heavenly studies" (*tianxue*) by the early Western Catholic missionaries. The two exceptional works by Vincent Shen in his later years: *From Matteo Ricci to Heidegger* and *Scholastic Philosophy and Chinese Philosophy* have laid a strong foundation for the field. Shen's proposal on the three strategies of strangification of Catholic faith has provided a feasible framework for further studies of Ming-Qing Catholic philosophy. It is through these inspiring works of Shen that a clearer outline of Ming-Qing Catholic philosophy takes its preliminary form.

Key Terms: History of Chinese Philosophy, Heavenly Studies (*tianxue*), Strangification

初探外推理論超越封閉主體性的當代意義[*]

何佳瑞

輔仁大學品牌與時尚經營管理學程暨全人教育中心副教授

天主教學術研究院副研究員

內容摘要：「外推」之首要意義，就是要「走出自我封閉、走向多元他者」。外推的概念本身，在闡述或延伸至任何的其他的、實踐的意義之前，它已經首先直指對於人之自我封閉性的克服。首先，以西洋哲學觀之，沈清松的外推理論從建構實在論而來，然其超越建構實在論的關鍵，卻可追溯到士林哲學中所見的人與實在之間彼此可親近、可感通的另一種實在論泉源。同時，透過人「原初的慷慨」和「欲望」這兩個概念，沈清松進一步將人與他者共構的存有學基礎，拓展到了倫理學上，使人的原初「慷慨之德」與後現代思潮和當代倫理學共同脈動。其次，以中國哲學觀之，沈清松看見了儒家欲將仁德普遍化至全體社會，並且不求回報的這種情操，正展現了一種源自於人的原初慷慨。沈清松尤重儒家的「仁」所表達的原初溝通力、感通力，它正是那無私的、願意首先走向多元他者之原初欲望的內在動力。最後，沈清松強調自我是一不斷地動態地形塑著自身的自我（Self in the making）。既使人想要自我封閉，那也是因為他已經先在向他者的開放性當中，這自我封閉才成為可能的。據此，本文指出，當我們說「我在多元他者中」時，多元他者實早已在我之中了。沈清松透過永遠指向他者、與他者不可分割的欲望，來奠定人對他者的這一開放性的哲學基礎，此一基礎既是認識論的，也是存有學的，更是倫理學的。外推的理論從根本上將人與他者聯繫在一起，並立基在一開放自我之上，邁向與多元他者和諧共容、相互豐富的世界。

關鍵詞：沈清松、主體性、士林哲學、外推、慷慨

---

[*] 本文為科技部補助專題研究計畫部分研究成果，計畫編號：MOST 108-2410-H-030-030-MY2。

壹、前言：現代性所面臨之封閉主體性的問題

> 對我而言，「外推」是一種走出自我封閉、走向多元他者、從熟悉走向陌
> 生的一種行動，這是一項完全合乎人性的活動，也遍在於人類的各種活動
> 之中，也因此能應用到各種各樣的溝通中，包括文化交流、宗教交談等。[1]

沈清松晚年的學術代表理論，即是他近年來不遺餘力提倡的「外推」
（strangification）理論。外推的理論融貫了沈清松數十年對於中西哲學的深刻洞察，
以及其自身的「體驗」，成就了「外推」思想在理論與實踐上的平衡、靜態結構與
動態變化上的兼容，以及中西哲學在傳承和創新上之融合與周延。作者有幸數次在
沈清松老師的課堂上和會議中，親身聽聞他多次闡述這一關於「外推」理論的思想，
並且因此而獲致了許多關於文化交流和宗教交談上的深刻啟發。

沈清松的外推理論不能以單一角度或單方面的視角窮盡其意涵，然由於論文篇
幅所限，本篇論文僅取外推理論「對封閉之主體性的克服」為主要關注的焦點，予
以論述，據此以揭示外推理論在中西哲學思想上的意義和價值。

我們可以在《對比、外推與交談》[2]一書中找到許多關於沈清松外推思想的論述。
在該書的序言中，沈清松說道：

> 我自從七十年代末期提出「對比哲學」的方法、歷史與存有的三層架構，
> 用以探討中、西哲學、科技與人文、傳統與現代等種種問題。到了八十年
> 代後期，又逐漸發揮「外推」的策略、方法及其哲學意涵，所處理的問題
> 範圍，從科技整合、文化交流，一直延伸到精神治療。到了九十年代，我
> 更將對比方法運用到宗教的交談上。[3]

筆者以為，從對比到外推再到交談，其中「外推」這一概念的出現，真正開啟
了沈清松之哲學思想全面且積極地面對、處理並且克服近代哲學以來以及現代性中
所面臨的封閉主體性的問題。

以西洋哲學史觀之，主體性的概念可謂是近代哲學的起點，它也是當代哲學無

---

[1] 沈清松，《跨文化哲學論》（北京：人民出版社，2014），頁 17。
[2] 該書由五南圖書出版公司於 2002 年初版，參見沈清松，《對比、外推與交談》（臺北：五
南圖書出版公司），2002。
[3] 沈清松，《對比、外推與交談》，頁 2。

法否認也無法拒絕的遺產，無論這項遺產所帶來的是好的，或是壞的影響。笛卡爾（Rene Descartes, 1596-1650）提出的「我思，故我在」，是一個標誌的象徵，它象徵了人類思想的主要關懷，從古典哲學中對宇宙的、形上的以及對人類全體的思考焦點，轉移到了人自身之上。主體性的發現與確立，成為了西方近代哲學的一個首要特徵。沈清松也曾指出，在知識理論上，哲學家指出了人是「認識」的主體（knowing subject），亦即人是作為一切知識起點和基礎的主體。在政治論述裡，思想家們強調了「權利」的主體；而在倫理道德的領域中，哲學家則著重於探究「價值」的主體。近代哲人們對於主體性之發展和探索的意義和價值是不可磨滅的，主體性是如此地令人親近，無怪乎黑格爾（G. W. F. Hegel, 1770-1831）曾經如此貼切地形容：

> 從笛卡爾起，我們踏進了一種獨立的哲學。這種哲學明白：它自己是獨立地從理性而來的，自我意識是真理的主要環節。在這裡，我們可以說到了自己的家園，可以像一個在驚濤駭浪中長期漂泊之後的船夫一樣，高呼「陸地」。[4]

主體性是家園，是陸地，是人的溫暖依靠。近代哲學所開拓的、不同於傳統的全新領域，凝聚成為現代性（modernity）中最強有力的支柱——主體哲學，它奠定了現代性的基礎，卻也為現代性帶來了困境。近代知識論中所發現的認知主體，必須是（而且也只能是）封閉在人的意識之中的，而這正是知識論中的亙古難題：人如何能跳出自身的意識之外，去認識另一個不同自己的客體？我們很清楚這個難題是如何困擾著胡塞爾（Edmund Husserl, 1859-1938）的。胡塞爾自己亦深知其方法論本身就蘊含著自我封閉的危機，[5]正如關永中所評述：

> 當「存而不論」一旦被提出以後，它所投擲的難題就是：我如何克服「獨我論」（Solipsism）的自我封閉。[…]對現象學家而言，只有「現象存有者」，才是「絕對存有者」。然而，這又與休謨所持之「現象論」（Phenomenalism）有何分別？這又與笛卡兒所陷入的「獨我論」有什麼兩樣？反正胡塞爾即使標榜了「意向性」，到底他的「存在存而不論」讓他所把握到的自我仍然是一個「封閉的主體」，而客體自身的存在，又不

---

[4] 黑格爾，《哲學史講演錄》第四卷，賀麟等譯（臺北：商務印書館，1978），頁59。
[5] 胡塞爾在 *Cartesian Meditations* 中特別針對現象學蘊含了獨我論（Solipsism）的問題提出辯護。參見 Edmund Husserl, *Cartesian Meditations: An Introduction to Phenomenology*, trans. by Dorion Cairns (Hague: Martinus Nijhoff, 1973), §42, pp.89-90。

能離開意識所及的現象來被肯定。[6]

可以想見，若要克服自我意識的封閉性，對於另一個外於自己的主體以及主體際性（Intersubjectivity，又稱互為主體性）的建構，將會是何等迫切的事。胡塞爾主體際性的提出，就是要處理主體間的「彼此建構」，以及眾主體如何「共同建構」世界等問題。他企圖透過主體際性概念的提出以消彌獨我論的困境，但很顯然，基於意識的封閉特徵，加之其對「存在存而不論」的假定，這個嘗試並不是那麼成功。海德格（Martian Heidegger, 1889-1976）從此有（Dasein）作為一個共存存有（being-with）的概念來涉入他人之存有，[7]相較之下，應是比較可取的作法：此有，就是一個共存存有。在這裡，既使不需要一個具體或實際的「他者」，此有在其存有學的結構上，已經呈現出了「他性」（otherness），正因為他自身的存有總是向他人開放。關於此點，我們稍後還會提及。

主體性的確立，以及對於主體理性能力的高舉，迎來了現代性的輝煌，然而，主體性封閉的問題卻從來沒有消失過，同時，對於主體理性的理解，也逐漸淪落並窄化為一種工具理性（這亦是後現代理論對於現代性的強烈批判之一）。面對全球化時代下迎面而來的他者、不同的文化，以及無窮無盡的多元性，當代的哲學家們再也不能無視這些問題。應如何在理論上和實踐上去面對和處理這個問題，實是我們所身處時代的當務之急。

正如我們在前言的一開始所引用的，沈清松對「外推」概念的直接表述，它向我們展示了，「外推」之首要意義，就是要「走出自我封閉、走向多元他者」。外推的概念本身，在闡述或延伸至任何的其他的、實踐的意義之前，它已經首先直指對於人之自我封閉性的克服。這個主題，正是本篇論文所欲探究的。我們首先將擇要闡述外推理論（尤其與主體相關的部分），再分別從士林哲學、西方哲學以及中國哲學的視角，耙梳外推理論對現代性中封閉主體性問題的克服，以及其理論架構中對於中西哲學的繼承與創新，據此展現外推理論所具有的時代意義和價值。

---

[6] 關永中，《知識論（二）——近代思潮》（臺北：五南圖書出版公司，2000），頁 222-223。

[7] Martin Heidegger, *Being and Time*, trans. by John Macquarrie & Edward Robison (New York: SCM Press, 1962), ¶25-¶26, pp.149-163.

貳、沈清松的外推理論

從哲學思潮的發展觀之，走出自我、破除自我的封閉性本身，即是從現代性轉向全球化時代思潮的紐帶。沈清松說：

> 人越只思考人自身，人的問題越不可解。為此，本人認為「外推」是解決人類困境與哲學問題的萬靈丹。所謂「外推」，便是——不斷自我走出，走向他人，走向社會，走向其他學科、其他文化，走向自然，走向理想與神聖的動力，其中蘊含著願意自我走出的原初慷慨，並藉此而在相互豐富中完成自我。[8]

在邏輯上，外推的實現，要走出自我在先，然後才能進一步與他人，以及他其他學科、其他文化相互交談、相互豐富；然而，在實際上，從自我的形成來看，自我並非一靜止不變的自我，其完成與形塑，一開始即是在他者之中，在各種學科、文化的交互影響下成形的。這兩者之間是否存在著衝突呢？事實並非如此，我們後續將會再度論及這兩個面向的並存與相輔相成。

外推的思想是與建構實在論（constructive realism）密切相關的。根據沈清松教授的理解，建構實在論的提出，是為面對邏輯實證論的難題，因為邏輯實證論探討意義的判準、經驗的指涉、邏輯、語言等等，卻獨獨不談論形上的問題，排除了對於實在（reality）和存在（existence）的一切討論。然而，維根斯坦（Ludwig Wittgenstein, 1889-1951）卻發現，語言的遊戲並非是自主的，而是對應著某種實際的生活，這一看法使得一些邏輯實證論者的觀點也產生了變化，邏輯學家們也不得不開始談論存有學的問題（ontology）。「舊維也納學圈排斥形上學及對實在的探討，是它的致命傷。雖然其後分析哲學對此不斷加以修正，但仍不理想。而這正是建構實在論所要改進的」。[9]建構實在論為重新探討實在問題，提出了所謂「兩重實在論」（two types of reality）：一是實在本身，另一是建構的實在（constructed reality）。由於認知活動最後都表述為語言，因此建構實在論強調語言的重要性，不同科學會建立不同的術語和不同的論述方式（如政治學、經濟學或社會學等皆有自身的論述系統），來接近實在，其結果是，每一科學都運用各自的語言、理論，建立並形成各自不同的

---

8 沈清松，《對比、外推與交談》，頁 2-3。
9 華爾納、沈清松，《建構實在論：中西哲學的中介》（臺北：時英出版社，2018），頁 34。

「微世界」（micro-world）。[10]

　　不同的語言、理論所建構的認知活動，總和起來，可以得到一個「建構的實在」。但是，需要注意的是，建構的實在，並非是實在本身。沈清松指出，建構實在論的這種實在的二分法，實際上頗有康德哲學（Immanuel Kant, 1724-1804）將現象與物自身二分的意味，不同的只是，建構實在論不談論康德的先驗自我（transcendental ego）及其與外在世界的對應關係。[11]據此，建構實在論避免談論實在本身，轉而關注於微世界之間彼此的溝通。關於此點，沈清松認為兩重實在論的做法仍有值得在檢討的地方。[12]但無論如何，「建構實在論認為：與其談論實在本身，不如讓諸『微世界』彼此相互溝通，相互學習彼此的語言。在兩重實在論的基礎上，科技整合的『外推』策略便由此產生了」。[13]

　　建立在兩重實在論之上、由科技整合之需求而發展出來的外推策略，正是屬於第一層次的外推——語言的外推（linguistic strangification）。每一學科、每一研究發現所堅持的命題，其內容若為真，當可翻譯成另一個微世界的語言，倘若無法翻譯，代表該命題的原則或方法有問題，需更進一步檢討之；倘若可翻譯，則代表其中蘊含了更大的、可普遍化的真理，此真理則可與其他的微世界共享。

　　第二層次的外推，即實踐的外推（pragmatic strangification），「是指在某一社會組織中所產生的科學，如果將它從該社會實踐組織的脈絡中抽離，置於另一社會實踐脈絡中，若還能運作、發展，表示它含有更多的真理；若行不通，則表示它只適合某一社會組織，本身有其限制，無法普遍化」。[14]在這個層次上，沈清松將實踐的外推擴大，亦即，實踐的外推將不再侷限於社會脈絡中的實踐，各文化世界之間的對話、交流，也能以實踐外推的方法來檢驗之。他表明，文化的外推，「是我本人對建構實在論的貢獻」。[15]正是在這裡，社會的外推擴大為文化的外推，使外推理論成為多元文化時代下的一個重要的、處理文化際性問題的策略。

　　第三層次的外推，是本體的外推（ontological strangification）。在我看來，這是最具有深刻性、獨創性以及建設性的一個外推層次。華爾納（F. Wallner）教授認為，在外推時，能從一個微世界（例如一個專業或研究方案所形成的知識與世界觀）轉

10　華爾納、沈清松，《建構實在論：中西哲學的中介》，頁 38-39。
11　華爾納、沈清松，《建構實在論：中西哲學的中介》，頁 41-42。
12　華爾納、沈清松，《建構實在論：中西哲學的中介》，頁 43。
13　華爾納、沈清松，《建構實在論：中西哲學的中介》，頁 43。
14　華爾納、沈清松，《建構實在論：中西哲學的中介》，頁 44。
15　華爾納、沈清松，《建構實在論：中西哲學的中介》，頁 45。

換到另一個微世界，可以彼此瞭解，這即形成了本體的外推。但沈清松指出，「這一說法仍存在某些問題。因為我們不能說，只要使用對方的語言外推，便可以從一個微世界進入到另一個微世界。[⋯]其實，不同專業和研究方案除了語言之外，往往有很大的困難彼此進入，這時，還需要另一步驟，也就是透過接近實在本身的中介去接近另一個微世界」。[16]當我們面對其他專業，甚至其他文化中難以理解的內核之時，我們可以自身對實在的體驗做為轉折（或中介），然後再進入另一個微世界。比如，我們可以「進入自然，再來看對自然的討論；或先進入社會，再來看對社會的討論。換言之，我們對實在的體驗，可以滋養我們的語言」。[17]透過這個對實在的迂迴，我們得以在體會實在本身的過程中重新去認識另一個語言系統中的表述，此時，我們才真正進入到了他人的微世界之中。此外，由於對實在本身的體會，我們也從其中獲得滋養，豐富了自身的語言。如果按照這一思路，在外推理論中，本體的外推其實是可以促進語言外推的，若更進一步推論之，語言的外推、實踐的外推，以及本體的外推，三者其實是可以相互滋養與推進的。有關外推理論，沈清松雖然總是從語言的外推為論述的起點，再論及實踐的外推，最後才論及本體的外推。但以其理論所預設之結構而言，本體的外推其實才是最首要的。正如建構實在論所出現的契機一樣，當維根斯坦言，「想像一種語言意味著想像一種生活形式」[18]之時，基本上已經提示了所有的語言都以某種方式指涉到了實在。如果建構實在論不接受沈清松所提出的本體的外推，那麼在避免談論實在本身的態度之下，它將無法真正面對並且超越原本邏輯實證論的困難。

在我看來，本體外推的啟發和貢獻，不僅僅在於它有益於文化的交談，它更促進了宗教的交談。在宗教中難以用語言的翻譯來達至理解的某些信仰內核，本體的外推將會是各宗教間交談的必要策略。在這裡，沈清松明確地指出，「他者並不侷限於他人，而且還可以包含他人、自然以及超越界」。[19]這是一種關於他者的全面性看法。沈清松所見的主體與他者的關係，是一種全面的關係，人作為關係中的存有，不僅僅是與他人有關而已，他也與自然、與「終極實在」（ultimate reality，或稱「終極真實」）密切相關。藉著本體的外推，「我們從一個微世界、文化世界或宗教世界出發，經由對於實在本身的直接接觸或經由終極實在的開顯的迂迴，進入

---

16 華爾納、沈清松，《建構實在論：中西哲學的中介》，頁45。
17 華爾納、沈清松，《建構實在論：中西哲學的中介》，頁53。
18 "To imagine a language means to imagine a form of life." 參見 Ludwig Wittgenstein, *Philosophical Investigations*, trans. by G. E. M. Anscombe (New York: Macmillan, 1969), §19。
19 沈清松，《對比、外推與交談》，頁12。

到另一個微世界、文化世界或宗教世界。尤其當在該傳統中具有某種宗教向度之時，或者當人們進行宗教間的對話時，這一階段的外推就顯得特別重要」。[20]基於這一看法，筆者以為，沈清松認為明朝利瑪竇（Matteo Ricci, 1552-1610）來華時，策略上的缺失，正是在於其進行本體外推之時，未能強調對終極真實的體驗，少了這一實在的迂迴，以至於在宗教的交談上錯失了更深層互動的機會。他說：

> 如果當時耶穌會士，除了引進了西方科學與理性論以濟補中華文化的不足
> 之外，而且更能與中國人士分享他們對終極真實的體驗與感懷，他們對隱
> 藏的天主的體會、宗教奧秘的體會，還有基督宗教所講的自由與關係的想
> 法等等，進一步邀請彼此來相互體會，再發為相互可懂、設身處地為對方
> 著想的言論，或許天主教能和道家、佛家有更為深入的交流。[21]

以上的論述，僅簡略地勾勒了外推理論的起源與架構。外推理論的出現最早是與建構實在論相關的，然而，在沈清松這裡，外推理論從簡單的語言外推、社會外推，擴展到了文化外推以及本體外推。事實上，在文化外推與本體外推的層面上（尤其是本體外推），沈清松已經超越了建構實在論的框架。獲得這項進展與突破，乃基於沈清松本人對中西哲學、文化的深刻體會和理解，因此其外推理論不能僅僅從建構實在論的角度來探討。外推理論最珍貴的要義，來自於沈清松擷取中西哲學深刻洞見融於一爐，才進一步發展成為外推理論的全部內涵與輪廓。

從語言外推，到實踐外推，再到本體外推，這不僅意味著外推理論所應用的領域擴大，更重要的是，外推理論已然在哲學思想的發展中，起到了承先啟後的作用，從現代性的困境中，通往了全球化時代之哲學的積極實踐。外推理論將主體帶入了與他人、與自然、與文化，以及與終極實在之關係的互動之中。在探討外推中主體與他人、自然，乃至與終極實的關係在之前，主體必須首先要走出自我，走向他者，走向陌生，這是外推理論的核心基礎。主體**為何**要走出自我，走向他者呢？基於以人的意識為研究起點所造成的主體封閉性（意識總是「我的」意識）的困難，主體**如何**能夠走出自我，走向他者呢？本文所關注的，正是這個在外推理論中所蘊含的破除自我封閉的哲學基礎，這個基礎關乎於沈清松所強調的，人的原初慷慨和原初欲望，在下一個部分，我們將從士林哲學與西方哲學的視角來闡述外推理論對封閉

---

[20] 沈清松，《跨文化哲學論》，頁 17。
[21] 沈清松，《從利瑪竇到海德格：跨文化脈絡下的中西哲學互動》（臺北：臺灣商務印書館，2014），頁 87。

主體性的克服，一方面指出外推理論在此一論題上對於士林哲學、西方哲學思想的繼承，另一方面指出和其超越於傳統的創新意義。

參、外推理論對封閉主體性的克服：
沈清松對士林哲學與西方哲學的繼承與超越

一、有關實在論

士林哲學最為人所熟知的哲學觀點，就是它一直以來所堅持的實在論立場。為了克服邏輯實證論的困難，實證論者繞了一圈，又再次回到了建構實在論的妥協方案。然而，建構實在論儘管假定了實在本身的存在，但卻僅承認人所認知的只有建構的實在，至於實在本身，仍舊是無法被探索的領域。這或許正是一般的建構實在論者，難以邁出腳步，進而開展本體外推的一項阻礙因素。

實在本身之**完全不可親近**，這一點對於沈清松而言是難以成立的。在我看來，正是基於他對於士林哲學實在論的體會以及自身對於實在的體驗，促使他能夠成功擺脫建構實在論的一種二元實在觀。當他說，「我們對實在的體驗，可以滋養我們的語言」之時，他已經承認了實在本身的存在，並且承認我們對其是有所體驗的。康德的現象與物自身二分，[22]基本上是一種「一刀切」的做法，士林哲學並不假設這種絕然的二分，儘管它明白人不能像神或天使一樣，以智的直覺直接掌握實在本身，但這一點也不妨礙我們去親近實在。士林哲學的一貫立場是「知識始於經驗」，沒有感覺經驗，我們不能形成知識，然而，以身體提供的種種感官經驗為基礎的認識，並非是人的負擔或者阻礙，反之，靈魂與身體的結合是一份合乎人性的結合，[23]靈魂的能力配合人的感性功能來達到認識，是人最正常、最自然的認知方式。

「知識始於經驗」的看法，與實在論有什麼關係呢？強調所有的知識都是以感官經驗為基礎，並且在認知的過程中總要不斷地返回與感官經驗密切連結的感性圖像（phantasm），這是因為士林哲學假定了**實在是首先透過人的感官經驗向我們揭**

---

[22] Immanuel Kant, *Critique of Pure Reason*, trans. by Norman Kemp Smith (London: Macmillan, 1961), pp.257-275. 康德在其中陳述了現象（Phenomena）與物自身（Noumena）二分的基礎和理由。

[23] Thomas Aquinas, *Summa Theologica*, I, Q.76, a.5; Q.89. a.1. 本文主要參考 Fathers of the English Dominican Province 的英譯版本。

露的。揭露這個概念，在理解士林哲學實在論的認識論上很重要，因為揭露，代表了實在是**可通達的**，儘管這個實在對人的揭露必須透過人的感官經驗才能做到。據此，主張人認知的主要對象是觀念（或認知者心靈中的心象[species]）的一種表象主義看法，是與士林哲學格格不入的。[24]因此，在多瑪斯看來，心象或觀念並非理解之對象，而是理智賴以達致理解的途徑。儘管人的理智需要透過從感官經驗抽取出心象的這個轉折，才能理解外物，但是理解本身仍是直指外物的，亦即直指外於我的實在：實在才是被認知的對象，而不是心象本身，否則，我們的知識將會全部只是對觀念的認知而已。

現在，回到沈清松所提出的本體的外推來看，如果不是將實在看做是可通達的，那麼我們經過對本體之體驗的轉折，就不可能成為我們進入其他微世界的中介。因為既然微世界 A 不可通達實在，微世界 B 也不可能通達實在，那麼從 A 微世界到 B 微世界，就難以透過實在而有相通之處，更難以透過實在而彼此理解，彼此豐富。如果我們承認實在能夠向我們**揭露**什麼（儘管這種揭露不能窮盡實在的所有面向），揭露本身就已經戳破了實在本身和現象之間的窗戶紙。說到底，實在本身與建構之實在之間的絕然二分線，是人劃出來的。質言之，實在若非一開始即是**可認知的、可通達的**（儘管在人身上，這份通達並非直接的，也非全面的），那麼從一開始，人就沒有任何理解實在的可能。

基於此，我們可以看見沈清松對於二重實在論的批判，他說：

> 本人並不接受華爾納將實在本身與建構的實在二元對立的看法，我另立生活世界作為兩者的中介，也因此形成實在本身、生活世界與建構的實在三環相扣的實在觀。[…]實在本身和建構的實在這兩者已是既差異又互補的。[25]

生活世界打開了二重實在之間的通道，它是實在向我們揭露的場域，據此，建構的實在才有了立足之地。說實在本身和建構實在之間是既差異又互補的，這是因為實在的揭露並不是完整的或全面的，因此，不同微世界之間所建構的實在，都只是部分地說出了關於實在的真理或內容。據此，沈清松對於普遍性的看法也有了修

---

[24] Thomas Aquinas, *Summa Theologica*, I, Q.85, a.2. 在此，多瑪斯提出的問題是：「從感性圖像中抽出的可理解心象，是否就是我們理智所理解的對象？或只是達至理解的途徑？」多瑪斯否認了將心象當成理解的對象，並認為心象只是理智藉以認識外物的途徑。

[25] 華爾納、沈清松，《建構實在論：中西哲學的中介》，頁 75-76。

正，他表明，「哲學的突破雖在理念上指向無限的普遍性，然而，只有理念上的普遍性，或說只有指向普遍性的意向，並不代表人在實際上真正實現了普遍性」。[26]因此，人類所能做的，就是在實踐中不斷地提煉語言、概念、詮釋和理解，藉以朝向於**更大的普遍性**推進。換句話說，我們其實是處在於一個追求更高的「可普性」（universalizablility）的過程之中。

為沈清松而言，人是不可能自我封閉的，正因為人總是向他人、向世界、向實在開放，人才有追求更高的真理，達至更大的可普性的可能。士林哲學的實在論所表達的一種人與實在之關係，堅定地表明了人之認識總是直指外物，直指實在的，而**實在之可通達性的另一外面，正是人之不可封閉性**。沈清松的外推理論從建構實在論而來，然其超越建構實在論的關鍵，卻可追溯到士林哲學中所見的人與實在之間彼此可親近、可感通的另一種實在論泉源。士林哲學的實在論也許並不新穎，但是其中關於人和實在之關係所揭露的真理，值得我們重視。沈清松更在此一基礎上，進一步提出生活世界的中介來打破實在本身與建構實在之間的分界，又提倡可普化概念以取代過去的絕對普遍性概念，這些皆是他在繼承傳統之上的創新洞察，實為珍貴。下一個部分，我們將從人的自我認識來闡述外推理論對於自我封閉性的破除，在其中，我們可以見到外推理論對於士林哲學以及西方哲學更多的繼承與創新。

二、有關自我認識以及意識封閉性的破除

關於人的自我認識，士林哲學很早就指出了意識的一項特徵，亦即，人只能透過認知外物的轉折來認知自己。多瑪斯說：「我們的理智之認知自己，並不藉著自己的本質，而是藉著自己的活動」。「蘇格拉底和柏拉圖是藉著其理智的行動而知覺到自身的這個事實，才得知自己有一理智的靈魂」。[27]既然人必須透過理智的活動才能有自我的理解，而理智活動在我們意識之中的呈現，又沒有一刻不是與對象一道的（這是我們意識之本性，因為它總是指向外物），那麼，結果只能是，人「不單須藉心象來認知外物，而且還須藉著把握心象與意向外物之活動來認知自己」。[28]

在我看來，士林哲學這一關於自我認識的洞見，正表明了人總是向世界的開放的以及人的不可封閉性，人沒有一剎那的認知（包括對自己的認知），不是與世界一起的。換句話說，人的認知和存有，總是與他者、他物共在的，而非真空中的存

---

[26] 沈清松，《對比、外推與交談》，頁461。

[27] Thomas Aquinas, *Summa Theologica*, I, Q.87, a.1.

[28] 關永中，《知識論（一）——古典思潮》（臺北：五南圖書出版公司，2000），頁282。

在，甚至，人對自我的認識也必須經由對外物認識之轉折而得。由此觀點來看，胡塞爾所強調的意向性——「意識即對外物的意識」（consciousness is consciousness of something outside）的說法，即是關於「人之認識總是向世界開放」這一事實的現代版表述。然而，正如之前所述，由於一個人的意識總是自己的（封閉於自身之內），意向性雖表明了意識與外物之不可分割，然胡塞爾透過「存在的存而不論」將一切外物的實有吊銷，致使對外物的一切認識，最終仍不過是對「現象存有者」的認識而已。這意味著，原本意向性一詞所表達的人在意識上與世界的不可分割，終究難逃「只是現象」而「無關實在」的危機。

海德格離開了認識論的視角，直接從存有學進入來探討人的存有以及存有本身。它一開始就從人存有的角度肯認了人與世界的不可分割，亦即，人是一在世存有（being-in-the-world）。就像人的意識的每一剎那都離不開外物，同樣的，人的此有在其存有的每一剎那中都離不開世界。海德格的論述，更好地從存有的角度，清楚地表明了人在其存有的結構中，向世界中之物（以及向他人）開放的特徵。人的此有，就是一「在存有」（being-in，或稱「在之中」），[29]他永遠是在世界之中，依寓於世界中，質言之，他的基本存有狀態，就是融身於世界並與世界統一在一起。在於他人的關係之上，此有對在世界中的他人的瞭解是不費吹灰之力的，這是因為此有有一個「共存存有」（being-with）的存有學結構。這是說，此有和他人是共存的。共存是什麼樣的概念呢？共存指的是此有與他人一直是相互瞭解的（無論其瞭解是對或是錯，但總是瞭解）。瞭解不是指此有和他人在一個可度量的空間中一起並列，既使此有不與他人共存於實際的空間中，這種瞭解仍然在。瞭解也不是從推論而來，不是因為我們看到別人的身體，推演出其身體中有一個像我一樣的心靈（如胡塞爾那般），再肯定他是另一個此有，與我共存。此有與他人相互瞭解，是不費吹灰之力的，不用推論，不需觸碰。

> 共存的意義基本上是指互相瞭解，但這不是說，人際間總是正確瞭解對方的，而是說，即使他們互相誤解，那也是由於他們的存有是可以互相瞭解或互相開放的，否則人不能誤解別人。[30]

「共存存有」是此有的一項基本存有學結構。就這樣，在胡塞爾那裡曾是不可

---

[29] Martin Heidegger, *Being and Time*, trans. by John Macquarrie & Edward Robison, ¶12, pp.78-86.

[30] 陳榮華，《海德格存有與時間闡釋》（臺北：臺大出版中心，2006），頁77。本書第五章對於海德格「共存存有」概念，有相當易於理解且詳盡的闡釋，請參見頁73-85。

跨越之關於存在與實有的可疑性（致使他不得不「存而不論」的方式來處理之），在海德格這裡，都不再是問題了，因為他不再以意識為起點，而是從人的存有出發，直陳此有與世界、與他人、他物不可分割的存有學結構，昭示出人之存有總是向他者開放的、不可磨滅的基本特徵。「與其揚湯止沸，不如釜底抽薪」，所指者大約正如此境。

上述有關人的自我認識，以及胡塞爾和海德格從意識到存有的轉變，與外推理論中破除自我封閉、走向他者的意旨，有何關聯呢？在我看來，沈清松的外推思想，事實上已經在士林哲學、胡塞爾的意向性，以及海德格的存有學結構之上，更進一步地往前推展了。我們將從外推理論中所蘊含的「原初的慷慨」和「欲望」這兩個層次來說明這一點。人之原初慷慨的概念，已經將海德格在存有學上所揭示的人的開放性，以及人與世界／他者不可分割的特徵，拓展到了倫理學上，沈清松說：

> 無論「他者」作為一個形上學的概念，或「外推」作為一個知識論的策略，兩者都假定了倫理學上的慷慨之德。對他者的肯定，召喚我們走出自我封閉的主體性，邁向他者，不將他者化為自我的建構物，這一肯定本身就含有對他者的原初慷慨，優先於任何相互性。至於外推，也一樣要求自我走出，走向他者，以他者可以懂得語言來講述自己的主張，並慮及彼此不同的實踐脈絡，就其實，也是一個出自慷慨的行為。[31]

換句話說，沈清松反思到，除了人在意識上與外物之共構，以及人在存有上與世界（包含世界中之他人、他物）之共構外，人向世界之開放性背後，早已有著一種倫理上的慷慨之德為其基礎，據此，人才能在此慷慨的基礎之上，首先走出自我，走向他者。為他者而言，這是我不求回報的白白地贈予；同理，他者亦走出自我，走向了我，為我而言，這亦是他者白白給予我的、不求回報的贈予。這裡所展現出的，是一種慷慨的真精神，它超越了停留在一種相互性（reciprocity）之上的倫理原則。易言之，即便是倫理學上相互性原則的成立，也總要有一方首先慷慨地自我走出，方能成就（先有慷慨，才有相互性可言，原初慷慨優位於倫理中相互性的金律）。沈清松首推慷慨之德，是其重要的創見之一。同時，他還曾經指出：「雷味納斯（Emmanuel Levinas）認為，哲學最重要的問題是倫理問題；倫理學才是第一哲學。然而，唯有承認他者，才有倫理可言。[…]德勒芝（Gilles Deleuze）則指出，『他者』包含了其他的可能世界，他人的面容，以及他人的言語。至於晚期的德希達（Jacques

---

31 沈清松，《對比、外推與交談》，頁298。

Derrida）認為，倫理的本質，在於對他者慷慨的、不求回報的『贈與』」。[32]由此可見，慷慨之德的提出，亦與後現代思潮和當代倫理學共同脈動。

然而，人為何要「首先」自我走出呢？如禮物一般的、不求回報的慷慨贈予，是如何可能的？「欲望」的概念在此起到了關鍵性的作用。沈清松表明：

> 欲望是人邁向意義的最原始的動力，可謂吾人最原初的意義企向。欲望雖是人邁向意義的最原始動力，不過，人的欲望是呈現於機體兼體驗的身體的場域之中。既然如此，機體兼體驗的身體也就被視為是邁向意義的第一個企向所興起的場所。從現象學觀點來看，身體可以視為是欲望藉以呈現的現象學場域（champs phénoménologique），在身體這場域中呈現了無人邁向意義的最初雖無意識、但活躍著的欲望。[33]

原初的慷慨，在總是指向他人、他物的欲望之中，找到了其最原始的動力，這個原始動力是我們能不求回報地走向他人的基礎。在上述的引文之中，我們可以見到沈清松對於人之欲望的看法，是與多瑪斯、胡塞爾對於意識意向性的理解，彼此相通的：在意識之中，人透過意向性而必然地與他人、他物聯繫在一起；在存有和倫理向度之中，人更立基在欲望對原初意義的企向之上而走出自我，走向他者。沈清松亦曾引用拉岡（Jacques Lacan, 1901-1981）所言，「欲望是他者的語言」。[34]顯示出其對欲望和他者之關係的見解，也考察了當代心理學的研究。

至於沈清松將欲望的原初動力安置於人體驗的身體中的看法，基本上已融入了其他現象學家如梅洛—龐蒂（Maurice Merleau-Ponty, 1908-1961）對身體意向性的看法。沈清松批判呂格爾（Paul Ricœur, 1913-2005）的自我詮釋學過於遷就語言分析，忽視了更為基礎的身體向度，亦由他對身體的觀點延伸而來。[35]

除此之外，沈清松更進一步闡發他對於欲望的理解，他指出：

> 在我看來，人是初生、成長並發展於多元他者的脈絡之中，且生來具有指向多元他者意義的動力。[⋯]關於人的原初意欲，法國哲學家布隆德（M.

---

[32] 沈清松，《大學理念與外推精神》（臺北：五南圖書出版公司，2004），頁 68-69。

[33] 華爾納、沈清松，《建構實在論：中西哲學的中介》，頁 184。沈清松將身體視為企劃意義之欲望的原初場域，相關論述亦可見於沈清松，《對比、外推與交談》，頁 186。

[34] 沈清松，《對比、外推與交談》，頁 127。「如拉岡所謂的，欲望是他者的語言，是他者在我內說話」。參見沈清松，《跨文化哲學論》，頁 63。

[35] 沈清松，《呂格爾》（臺北：東大圖書公司，2000），頁 168。

Blondel, 1861-1949）稱之為「能意志的意志」（volunté voulante），以有
別於已經意欲的「所意志的意志」（volunté voulue）。我認為，稱之為「意
志」恐怕仍嫌太早，在這之前應還有欲望同樣欲求意義，所以我稱這原初
動力為「能欲望的欲望」（desiring desire）（簡稱「能欲」），以有別於
「可欲望的欲望」（desirable desire）（簡稱「可欲」），與「所欲望的
欲望」（desired desire）（簡稱「所欲」），共計三層，以有別於布隆德
的兩層。[36]

　　沈清松關於三層欲望的看法，來自於其自身的體認和創發。此一見解，基本上
也與他對中國哲學的理解相關。我們將留待下一章節進一步論述。

　　綜而論之，外推理論對於封閉主體性的克服，以慷慨之德和人的原初欲望為核
心，推動主體走出自我，走向他者，走向陌生；其內涵兼容了士林哲學的實在論、
建構實在論，又涉及了現象學、後現代理論以及當代倫理學、心理學之思潮，其中
既有繼承，更有創新。然而，篇幅所限，我們只能在此打住，並將論述的焦點轉移
至外推理論中所蘊含的中國哲學思想。

肆、外推理論對封閉主體性的克服：
沈清松對中國哲學的融合與創新

　　原初慷慨和欲望之概念的提出，是外推理論得以走出自我，走向他人的關鍵。
它們是外推理論破除主體之封閉性的哲學理論基礎。追求意義、指向他人、他物的
原初欲望，使人無法封限在自身之中，正如同認識論中意向性總是指向外物，在存
有學中此有總是與世界統一在一起，而在倫理領域裡，人在其原初欲望的指向中，
更不可能離開他人、他物來建構意義。然而，我們並不能將人的原初慷慨和欲望之
概念，完全歸於沈清松在西方哲學脈絡下所發的創見。他對於慷慨之德和欲望概念
之洞見，有很大程度亦是來自於他對於中國哲學思想的體會。

　　沈清松指出，在慷慨之德上，孔子也曾說「恭、寬、信、敏、惠」，其中「寬」、
「惠」與慷慨有關，但「寬則得眾」（待人寬厚就能得到別人支持）、「惠則能使
人」（給人好處就能差遣人），顯示出這裡的慷慨仍屬於一種「相互性」層面的慷

---

[36] 華爾納、沈清松，《建構實在論：中西哲學的中介》，頁 186-187。

慨。但究竟而言，「在儒家對『社會關係』與關係性美的的看法中，『相互性』是至為重要的考量。不過，孔子所主張的美德，並不僅限於相互性，而更進一步朝向普遍性發展的不懈的動力。就孔子而言，此一動力來自『仁』。如果說，朝向普遍性的推進正是慷慨之真諦所在，則儒家的慷慨動力，就在於仁德的普遍化」。[37]如孔子「老者安之，少者懷之，朋友信之」的宏願，其中老少安懷，是仁德擴及普遍性的表現。沈清松又舉一例：子路問君子，孔子首先回答「脩己以敬」，進而是「脩己以安人」，最後是「脩己以安百姓」。這裡表現出了「個人內在之德逐漸地擴充到全體社會，使全體社會都能同享安樂，這一仁德的普遍化，是儒家超越相互性的慷慨之所在」。[38]沈清松看見了儒家欲將仁德普遍化至全體社會，並且不求回報的這種情操，其中所蘊含的慷慨，已經超越了立基在相互性之上索取回報的慷慨，其不求回報的贈與，正展現了一種源自於人的原初慷慨。

　　沈清松亦從本體論、宇宙論的向度，得見道家的慷慨。「對於道家哲學而言，慷慨是定位在道的屬性上，表現在道生萬物、養育萬物的大公無私，也表現在聖人的無常心，以百姓心為心，不斷慷慨給予，以身為天下的精神」。[39]不過，值得注意的是，沈清松雖然重視不求回報的原初慷慨，但他並不因此而貶低一種相互性的倫理，他說，

> 慷慨雖可盈溢於主體性與相互性之外，但不必因此而否定或忽視主體性與相互性。氣度恢弘而不知絜矩之道，慷慨贈與而無傷主體自由。兩者之間對比的動態張力，或許正是互動與創造的活力所在。[40]

　　沈清松對欲望的看法，亦與中國哲學關係密切。本文在此進一步闡述他的三層次的欲望論，此段引文明顯地展示了他對欲望之看法融入了中國哲學的要素：

> 原初欲望或能欲由於是在我身中指向他人、別物的原初動力，基本上是不自私的，是人自我走出的原初慷慨，或可稱之為人的「本心」。人的本心在己是一慷慨自我走出的動力，然其動也，必指向他人或別物的善，誠如孟子所言「可欲之謂善」。於是由「能欲」轉為「可欲」從此欲望有了方向，是欲望之出發，可稱為「初心」。及其因為特定需求，如飢則欲食，

37　沈清松，《對比、外推與交談》，頁 309。
38　沈清松，《對比、外推與交談》，頁 310。
39　沈清松，《對比、外推與交談》，頁 311。
40　沈清松，《對比、外推與交談》，頁 315。

渴則欲飲，或因習性而更有其他偏好，則有了明確而特定的對象，其所欲求的對象或所欲，是特定而有限的，並且人在努力獲取，以及享受該對象之時，很可能轉向自我封閉、甚至變成自私的，從此才有朱熹等人所謂「去人欲」問題。換句話說，欲望在己為能欲，其初發為可欲，都不是自私的，而是自我走出朝向他人、別物之善的原初慷慨；然而，當其定著於某一對象，再努力獲取該對象，甚至再享用該對象之時，主體會傾向於自我封閉，變成是自己的，也因而可能轉成是自私的。這時變需節制之德，甚至去欲之功。[41]

不僅如此，沈清松更從中國哲學中發展出了其創新的看法。他強調「恕者善推」，標舉出了儒家所表述的一種與他人共構的開放的倫理關係。沈清松主張，儒家的「仁」（仁即是「自覺」和「感通」），[42]作為人原初的、與他人溝通和感通的能力，是外推的可能性條件。[43]"Strangification"一詞，對照於中文翻譯——「外推」，本身已有中國哲學思想的淵源。

事實上，沈清松將抽象的「他者」改為「多元他者」的洞察，也與他對中國哲學的理解有關。他說：「事實上，我是用『多元他者』一詞來代替雷味納斯（Emmanuel Levinas）、德里達（Jacques Derrida）、德勒芝（Gilles Deleuze）等人所謂的他者（the other）」。[44]沈清松認為，我們都是出生於多元他者之間，並在其中成長發展。「他者」是一抽象之詞，在人的實際處境中，我們從未面對一個單純而抽象的他者。欲望之所指，也是多元的他者，其原初的動向正是走出自我封閉，走向實際的、具體的多元他者，而不是走向一個隱然與我對立的、抽象的他者概念。一句話，我們從來都是在真實的、具體的多元他者之中。沈清松曾明確指出，中國哲學中，「儒家的『五倫』、道家的『萬物』和中國大乘佛學所言的『眾生』，都無可否認地蘊含了『多元他者』的含義」。[45]中國哲學一直以來重視體驗的真理，沈清松對具體、實際的「多元他者」的觀察，顯然是與其所體會到的、重視實踐和體驗之中國哲學密切相關。

在對封閉之主體性的克服上，我願將論述聚焦於沈清松對儒家之「仁」概念的

---

[41] 華爾納、沈清松，《建構實在論：中西哲學的中介》，頁187。
[42] 沈清松，《大學理念與外推精神》，頁16。
[43] 沈清松，《跨文化哲學論》，頁20。
[44] 沈清松，《跨文化哲學論》，頁63。
[45] 沈清松，《跨文化哲學論》，頁22。

理解。他認為，儒家的重點雖然關注在人身上，以人為宇宙的中心，但仍朝向自然的動態發展開放，認為人和多元的他人、自然和天都有內在相關性，並且互相感通。「這種自覺、感通和實在界的內在關係性，孔子用『仁』概念來表示，視為是終極實在開顯和人的原初溝通能力的本體論基礎」。[46]儒家這種自覺、覺他乃至與終極實在相通的能力，使人不可能自我封閉。仁所表達的原初溝通力、感通力，不正響應了沈清松所言之無私的、願意慷慨地首先走向多元他者、指向多元他者之原初欲望的內在動力嗎？

　　總結而言，沈清松對於中國哲學思想的闡發和創新並不僅止於此，然本文聚焦在與外推理論之內涵相關的部分，故恐難以詳述其貢獻，亦無法給出完整的論述。即便有關外推理論中所融合的中國哲學思想要素，也可能有筆者疏漏之處，但不論如何，行文至此，外推理論中蘊含了豐富的中國哲學之思想和啟發，以及沈清松立基於其上，並進一步融合了中西各家之學說，提出了自身的創新洞察，這一點已是毋庸置疑的了。

伍、結論：我在多元他者中且多元他者亦在我中

　　在結論的部分，我們要思考的問題是：究竟是我在多元他者之中？抑或是多元他者在我中呢？沈清松的外推核心概念正是要走出自我，走向他者。關於自我的概念，他認為自我的內涵是動態的，他總是強調自我是一"Self in the making"。這是一個不斷地動態地形塑著自身的自我。[47]然而，自我是在哪裡形塑自身的呢？是在多元他者之中。人一出生就是在多元他者之中，他在其中發展、成長、追求意義並且自我完美和實現。然而，當我們看見人在多元他者中與他者互動而自我形塑之時，我們要如何去說明人在多元他者中的形塑之所以可能的原因呢？亦即，我們要如何去說明人「能夠」走出自我，並走向他者，「讓」他者與我互動以完成自我之形塑呢？這難道不是因為人本來就是對他者開放的，並且在他將他人、他物視為對立於自己、有別於自己的他者之前，就已經首先承認了他者與自身的共在、共構，然後

---

[46] 華爾納、沈清松，《建構實在論：中西哲學的中介》，頁 129。

[47] 雖然本文旨在指出沈清松外推論破除主體自我封閉的哲學進路，然而，這不意味著沈清松認為主體應該完全取消，不予任何無立足之地。相反地，沈清松認為，主體仍是近代文明給予人類最重要的遺產。主體與他者有一種對比張力，既有斷裂，又有連續，不可因為有此轉移而取消彼此。參見沈清松，《對比、外推與交談》，頁 14。

他才能去拒絕它、將它看成是對立的嗎？我想說的是，既使我們想要自我封閉，那也是因為我們已經先在向他者的開放性當中，這自我封閉才成為可能的。所以，當我們說「我在多元他者中」時，多元他者又何嘗不是早已在我中了呢？

沈清松透過永遠指向他者、與他者不可分割的欲望，來奠定人對他者的這一開放性的哲學基礎，此一基礎既是認識論的，也是存有學的，更是倫理學的。因此，人立基於其本性（這本性早已將人置於一種開放性之中），人與他者正如我們本有的欲望一般，是共在的，我們越是發現自我的本性中所具有的那指向他者的動力，那麼當我們越是我們自己時，我們就越與他者在一起。外推的理論從根本上將人與他者聯繫在一起，由此直接杜絕任何封閉自我之論述，並立基在一開放自我之上，邁向與多元他者和諧共容、相互豐富的世界。

沈清松之外推理論，廣納百川，冶中西哲學於一爐，系統周延而意義深遠。本文所述，雖在「克服封閉主體性」之論題上盡力闡明外推理論對中西哲學的繼承與創新，卻仍然僅是整個外推理論可論述內涵之一隅而已。在本文的最後，我將此文獻給已歸天鄉的恩師，並在此表達我作為學生對沈清松老師最深的敬意。

參考文獻

沈清松，《大學理念與外推精神》，臺北：五南圖書出版公司，2004。

沈清松，《呂格爾》，臺北：東大圖書公司，2000。

沈清松，《從利瑪竇到海德格：跨文化脈絡下的中西哲學互動》，臺北：臺灣商務印書館，2014。

沈清松，《跨文化哲學論》，北京：人民出版社，2014。

沈清松，《對比、外推與交談》，臺北：五南圖書出版公司，2002。

陳榮華，《海德格存有與時間闡釋》，臺北：臺大出版中心，2006。

華爾納、沈清松，《建構實在論：中西哲學的中介》，臺北：時英出版社，2018。

黑格爾，《哲學史講演錄》第四卷，賀麟等譯，臺北：商務印書館，1978。

關永中，《知識論（一）——古典思潮》，臺北：五南圖書出版公司，2000。

關永中，《知識論（二）——近代思潮》，臺北：五南圖書出版公司，2000。

Aquinas, Thomas. *Summa Theologica*. I, Q.76, a.5; Q.89. a.1. Trans. by Fathers of the English Dominican Province.

Husserl, Edmund. *Cartesian Meditations: An Introduction to Phenomenology.* Trans. by

Dorion Cairns. Hague: Martinus Nijhoff, 1973.

Heidegger, Martin. *Being and Time.* Trans. by John Macquarrie & Edward Robison. New York: SCM Press, 1962.

Kant, Immanuel. *Critique of Pure Reason*. Trans. by Norman Kemp Smith. London: Macmillan, 1961.

Wittgenstein, Ludwig. *Philosophical Investigations*. Trans. by G. E. M. Anscombe. New York: Macmillan, 1969.

作者簡介：

何佳瑞：

輔仁大學哲學博士

輔仁大學品牌與時尚經營管理學程暨全人教育中心副教授、

天主教學術研究院副研究員

通訊處：24205 新北市新莊區中正路 510 號 輔仁大學倬章樓 4 樓

E-Mail：072900@mail.fju.edu.tw

Openness Towards Others in Vincent Shen's Strangification Theory: An Inquiry on How Strangification Overcomes the Enclosed Subjectivity

Katia LENEHAN

Associate Professor, Ma Program in Brand and Fashion Management & Holistic Education Center, Fu-Jen Catholic University

Associate Research Fellow, Fu Jen Academia Catholica

Abstract: The meaning of "strangification" is "going out of the enclosed-self toward many others." The concept of "strangification" first and foremost refers to overcoming one's self-enclosure before being extended to other practical meanings. From the perspective of western philosophy, Shen's theory of strangification derives from constructive realism; however, it transcends the original constructive realism and this transcendence can be traced to another tradition of realism found in scholasticism, in which one and the reality are intimately interconnected. Moreover, through the concepts of "original generosity" and "desire," Shen extended the ontological foundation one built with many others to ethics, pulsating with the thought of post-modernity and contemporary ethics. Secondly, from the perspective of Chinese philosophy, Shen regarded the Confucian spirit of universalizing benevolence throughout the whole society yet without asking for rewards as a manifestation of the original generosity of man. He especially emphasized the original communicative and corresponding powers entailed in Confucian "benevolence," which is one's internal drive as an original desire to selflessly go outside of oneself and go towards many others. In the end, this paper indicates that Shen conceives oneself as a self-in-the-making, a self dynamically and continuously in the process of self-shaping. Even if I intend to be self-enclosed, it is precisely because I have been first in an openness towards others and through this openness my self-enclosure becomes possible. Therefore, when we say that "I am among [multiple] others," does it not mean that others have long entailed in or intertwined with me in the first place? Shen lays a philosophical foundation of the openness towards others through an original desire which is always pointing to others in search of meaningfulness. This foundation is epistemological, ontological, and as well ethical. Strangification theory essentially and fundamentally connects man with others, it thereby directly rejects any possibility of closed-subjectivity, and based on an openness, one is able to step into a pluralistic yet harmonious world of mutual enrichment among multiple others.

Key Terms: Vincent Shen, Subjectivity, Scholasticism, Strangification, Generosity

論當代中華新士林哲學的關係存有學之轉向：以沈清松的天主教社會哲學為例

周明泉

輔仁大學哲學系副教授

內容摘要： 于本文，筆者主要以沈清松教授的天主教社會哲學為例，證成當代中華新士林哲學具有關係存有學的轉向。首先，筆者將沈清松的哲學區分為對比哲學、慷慨外推與宗教交談三個發展階段。其次，筆者將透過沈清松的天主教社會哲學的思想，證成當代中華新士林哲學已經對關係存有學的轉向有所關注。最後，在筆者看來，沈清松立基於天主愛德的關係存有學基礎之上，成功地將「慷慨外推、邁向多元他者」轉譯為可理解的跨文化語言與主題對象，並具體發展成為具有可普遍化與可實踐性的現代規範性的行動準則，使其能在我們的真實生活世界中，發揮指引行動的有效性與實踐性的力量。

關鍵詞： 中華新士林哲學、天主教社會哲學、關係存有學、慷慨外推、邁向多元他者、對比哲學、宗教交談

壹、前言

　　義大利耶穌會士利瑪竇（Matteo Ricci, 1552-1610）於 1583 年底達廣東肇慶，以士林哲學的深厚底蘊與中國哲學（尤其是儒學）進行文化交流、對話與融合。明末天主教三大支柱徐光啟（1562-1633）、楊廷筠（1562-1627）與李之藻（1565-1630），加上天啟進士王徵（1571-1644）為中華新士林哲學第一代的四賢人，加上艾儒略（Giulio Aleni, 1582-1649）、畢方濟（Francesco Sambiasi, 1582-1649）、龐笛我（Didace de Pantoja, 1571-1618）還有夏大常與德沛等人，肇始了中華新士林哲學的學統與日

後發展的方向。[1]天主教輔仁大學在臺復校，承繼了利瑪竇以降促使中西文明會通，東聖西賢一脈融通的使命與學思理路，進而使當代中華新士林哲學得以在臺持續發展，為中華現代性的困境提供解決方案與實踐策略，誠如陳德光教授所言：「天主教輔仁大學自 1961 年在臺復校後，便以士林哲學作為天主教學術思想的核心與基礎。曾任輔大校長的于斌樞機主教、羅光總主教、李震神父、黎建球教授，以及多位哲學系教授，如王臣瑞神父、曾仰如神父、袁廷棟神父、錢志純神父、張振東神父等，都有豐富的著述。並且以士林哲學精神融通中國哲學孕育出中華新士林哲學的體系」。[2]

第二代的中華新士林哲學家們，本著開放的人文主義胸襟，以超越主體性的精神，疏通了士林哲學與中國哲學之間的隔閡。無論是吳經熊（1899-1968）大使的《正義之源泉》調和了聖多瑪斯的自然法與孔孟儒學的人性論，或是于斌樞機主教（1901-1978）所提出的三知論，在教育、文化與宗教方面有整體而深入的洞見，或是羅光總主教（1911-2004）對中國哲學與士林哲學之融會，將其統攝於形上基礎的生命哲學之中，或是李振英（別號：李震）神父（1929 出生）對宇宙論的關心，以及對人性的超越性之關注，為我們指出一條超克理性主體困境的思路，當然還有項退結（1923-2004）教授的《人之哲學》，其以主導主題的研究方法為中國哲學尋找出路，使中國固有的文化傳統，得以通貫天主教信仰與士林哲學，最終以真與善為其依歸。就此而言，當代中華新士林哲學的哲人們針對現代性主體哲學的思維侷限，無論在形上學、人性論、倫理學、教育哲學、法律哲學、修養論、方法學或是其他基本哲學問題方面，已經建構出一套既內在又超越的哲學體系。[3]沈清松教授（1949-2018）總結地說：「中華新士林哲學是以超越的精神和向多元他者開放的精神，克服現代性主體封閉的危機」。[4]

沈清松教授為當代中華新士林哲學第三代的主要代表性人物之一，一生以社會工作者自居。其所建構的天主教社會哲學理論與思想，不僅探討人的主體如何運用其本質能力實現其自身存有，或強調人與存有的理論與實踐關係，同時也著重於存有關係的先在性與優先性及其開展的可能性條件之探究。因此，在筆者看來，當代

---

[1] 相關中華新士林哲學第一代代表性人物學說之簡介，本文礙於篇幅無法詳細鋪陳，故請參閱沈清松所發表的〈中華新士林哲學的肇始者——省思利瑪竇來華啟動的相互外推策略〉一文，收錄於氏著，《士林哲學與中國哲學》（北京：商務印書館，2018），頁 341-388。

[2] 陳德光，〈序文 2〉，何佳瑞主編，《臺灣士林哲學口述歷史》（新北：輔大書坊，2015），頁 iii。

[3] 參見沈清松，《士林哲學與中國哲學》，頁 446。

[4] 沈清松，《士林哲學與中國哲學》，頁 426。

中華新士林哲學具有關係存有學的轉向。於本文，筆者主要以沈清松教授的天主教社會哲學為例，證成當代中華新士林哲學具有關係存有學的轉向。首先，筆者將沈清松的哲學區分為對比哲學、慷慨外推與宗教交談三個發展階段。從中我們可以推知，沈清松教授透過跨文化與跨學科領域的研究方法，以開放性的哲學思維，提倡和諧外推的可普遍性原則，進而得以慷慨地邁向多元他者，著實辯證性地開展自我與他者之間有限與無限，特殊與普遍的存有關係。其次，筆者將透過沈清松的天主教社會哲學的思想，證成當代中華新士林哲學已經對關係存有學的轉向所有關注。對筆者而言，沈清松教授的主要貢獻之一，在於使當代中華新士林哲學進行關係存有的轉向，使中華新士林哲學得以與時俱進，擺脫主體哲學的窠臼。最後，筆者將進一步主張現代性自我欲擺脫工具理性的宰制，以及處境牢籠或社會系統的制約，唯有在愛的關係存學脈絡之中，自我才能重新尋獲本真的根源。在筆者看來，沈清松立基在天主愛德的關係存有學基礎之上，成功地將「慷慨外推、邁向多元他者」轉譯為可理解的跨文化語言與主題對象，並具體發展成為具有可普遍化與可實踐性的現代規範性的行動準則，使其能在我們的真實生活世界中，發揮指引行動的有效性與實踐性的力量。

貳、沈清松教授發展中華新士林哲學思想的三個階段

根據沈清松教授的主張，16 世紀利瑪竇與古典儒家所進行的文化交談與融合，不僅是中國哲學第一次與西方哲學透過交流與對談的方式所形成的哲思體系，同時也為中華新士林哲學奠立適切的在地化或本土化的發展方向。不過，「利瑪竇入華，本應承繼救世濟人的慈善事業，然當時忙於教義上的釐清與補儒、濟儒之事，未能實踐天主慈善的傳統」。[5]當代中華新士林哲學理當承繼利瑪竇未竟之使命，立基於關係存有論，進一步雜揉士林哲學與中華儒、釋、道三家的「仁愛」、「慈愛」與「慈悲」之理念，以期衍生天主教社會哲學本土化或在地化的基本原則。儘管當代中華新士林哲學在第二代主要學者，于斌、羅光、李震、項退結及其他天主教學者的努力下，為中華現代性的困局，帶來超脫的契機。尤其，羅光總主教所建構的形上生命哲學，早已意識到現代性主體自我膨脹的困境與自我封限的危機，因而能建

---

5 沈清松，〈天主教社會哲學的形上基礎及其本地化〉，收錄於《天主教社會哲學專題》，沈清松、周明泉專題主編，《哲學與文化》45.8[531](2018.8): 22。

立一套既內在又超越的哲學體系。可惜，他們對當代思潮與世界格局的變化未能多加著墨，使其研究成果雖然成功地融合傳統士林哲學與中國哲學，但是未能與時俱進，尚留有待補強之處。[6]

羅光總主教的大弟子黎建球校長（1943 出生）立基於形上生命哲學的結構與觀點之上，發展其人生哲學。在其擔任輔大哲學系系主任與輔大校長期間分別成立士林哲學研究中心、天主教學術研究院以及創立輔仁學派，晚進更為了推廣基督宗教的諮商與輔導，特別設立了臺灣哲學諮商學會，為中華新士林哲學得以在臺永續發展貢獻良多。在他看來，過去神父們「對傳揚天主教的教義很有助益，但是對於訓練一個人去面對現代社會、世界再去發展、反思的面向則顯然不足」。[7]在筆者看來，第二代的中華新士林哲學家們發展理論的侷限在於，他們依舊是站在主體哲學的思想脈絡中。儘管，羅光總主教的形上生命哲學與谷寒松（Gutheinz Luis, born 1933）的關係形上學，已經開始謀求解放現代性主體封限危機之理路，然而他們對於超越性的救恩論與神學性三位一體的教義鋪陳遠高於天主教社會實踐向度的探討，也未能提供建構現代性自我與提供自我實現的具體有效的策略。筆者認為，有關天主教社會理論之建構，將由當代中華新士林哲學第三代學者沈清松教授加以完備與健全。

沈清松教授研究領域相當廣泛，其自述從就讀天主教輔仁大學哲學系起，便開始關注士林哲學的發展。他一開始想從形上學的超越屬性面向來做中西比較，一直到赴魯汶大學留學，研究方向擴大到現象學與當代西洋哲學，晚年則致力以跨文化哲學的角度來審視士林哲學與中國哲學的基本概念。[8]由此，筆者將沈清松教授建構當代中華新士林哲學體系之學思轉折區分為以下三個階段：

一、對比哲學與對比方法的思索與發展

第一階段（1980-1990）為對比哲學與對比方法的提出與應用：沈清松教授在《解除世界魔咒——科技對文化的衝擊與展望》一書中自述，對比方法與對比哲學是他從撰寫博士論文以來，所思索與發展出的哲學方法。[9]此方法的提出是為了取代一般

---

[6] 參見沈清松，《士林哲學與中國哲學》，頁 498。

[7] 〈訪談黎建球教授〉，收錄於何佳瑞主編，《臺灣士林哲學口述歷史》，頁 47。

[8] 請參照沈清松，〈論中世紀與新士林哲學研究的走向與展望〉，收錄於氏著，《士林哲學與中國哲學》，頁 299；以及〈訪談沈清松教授〉，收錄何佳瑞主編，《臺灣士林哲學口述歷史》，頁 62-63。

[9] 沈清松，《解除世界魔咒——科技對文化的衝擊與展望》（臺北：時報文化出版事業公司，1984），頁 3。

所謂的比較研究法，和修正過分強調否定性的辯證法，並希望能夠兼顧思想與存在中各種因素的差異性和統一性、斷裂性和連續性，以便作為今後任何不同因素、思想與文化傳統相遇與交談，對照與會通，甚至進行綜合與創新的根本觀念和步驟。[10] 1981 年，沈清松教授於《哲學與文化月刊》發表了〈方法、歷史與存有：一種對比哲學的哲學思考〉一文，提出對比哲學的方法、歷史與存有的三層架構，用以探討中、西哲學、科技、傳統與現代等種種問題，本文後來被收錄在《現代哲學論衡》一書的第一章。自此，對比哲學與對比方法，不僅成為沈清松教授進行學術研究與建構理論體系的主要途徑，也為士林哲學融通中國哲學提供有效的研究進路與方法。

在此學思階段中，沈清松教授出版的第一本專書《解除世界魔咒》，就是應用對比哲學與方法處理科技與人文、西方文化與中國文化之差異性和統一性、和傳統與現代的連續性和斷裂性。[11]除此，貫穿第二本專書《現代哲學論衡》的研究方法，也是應用對比哲學作為處理傳統與現代，中華文化與西方文化之銜接與融合問題的基本架構，並同時，引進西方當代重要思潮，諸如當代語言哲學、結構主義、A. Whitehead 的科技哲學與形上學，E. Husserl 的現象學、M. Heidegger 的存有學與 H. G. Gadamer 的哲學詮釋學與 J. Habermas 社會批判理論等。在《為現代文化把脈》一書中，沈清松教授以文化醫師的身份，藉由對比哲學的方法為現代中華文化把脈，並針對科技日益發展所衍生出的現代社會的問題，諸如科學與人文，社會與倫理，教育與學術，文化與哲學等提出診斷，探究出現代性中華文化的病理病因，進而提供治病良方，以期建立合乎時代的道德新秩序。

在《物理之後：形上學的發展》一書中、沈清松教授同樣以動態的對比方法，鋪陳西方形上學的發展，自古希臘的 Aristotle，中世紀的 St. Thomas，歷經近代的 Kant、Hegel，到當代的 Whitehead 和 Heidegger，重構各家形上學的系統要義，並指陳其彼此的傳承性和創新性，相互距離和共同隸屬，以便顯露出西方哲學的根本脈絡。在《科技、人文價值與後現代》一書中，沈清松教授在現代科學與人文價值的對比脈絡中、探討中國人價值重建的問題，其欲透過後現代主義的耙梳，謀思超克現代主義弊端之可能性。沈清松教授雖然肯定後現代主義覺察到現代主義的困境，不過他強調後現代主義僅是伴隨現代主義的一個文化思想潮流，即針對現代世界裡的文化、科學與思潮進行否定性、批判性或質疑性的思維活動。因此，他主張，中國人價值的重建，雖然可藉助後現代主義思潮的矛盾否定與批判反省，使人們注意

---

[10] 參見沈清松，《解除世界魔咒——科技對文化的衝擊與展望》，頁 9-10。
[11] 沈清松，《解除世界魔咒——科技對文化的衝擊與展望》，頁 5。

到人我之間的差異與對立，但是中國人價值的重構無法僅透過拆解和諧、否定與批判而重建其合法性與正當性，中國人價值僅能透過尊重多元性，和諧的綜合的方式，以泯除異相，消融差別。自此，我們可以體察到沈清松教授的學思旨趣，已經從現代主義逐漸轉向到後現代主義的發展趨勢。

二、外推策略的提出與擴充到宗教交談的領域

第二階段（1991-2000）為外推（Verfremdung / Strangification）策略方法及其哲學意涵的提出。沈清松教授在這階段所要處理的問題範圍，從科際整合、文化交流，一直延伸到精神治療。2002 年，沈清松教授將在這時期間近十年來的學術研究成果選編出版，他將書名訂為《對比、外推與交談》，可說是這個學思階段的集大成之作。「對比」、「外推」與「交談」正是沈清松教授學思轉折的三個重要的關鍵性概念。2005 年，本書以《沈清松自選集》為名，由山東教育出版社出版簡體字版本。在本書中，沈清松教授明確地表明自己將對比哲學與外推的方法，進一步運用到宗教的交談之上。

所謂「外推」是走出自己，走向他者，走向別異的行動。這個概念原是 Fritz Wallner 與沈清松教授等建構實在論者為關切科際整合所提出的知識論策略。所謂建構實在論，是歐洲晚近形成中的新思朝，主要是為了克服原先維也納學派的困境而興起的新維也納學派。沈清松教授也是重要成員之一。1994 年，他在維也納大學出版了《儒家、道家與建構實在論》（*Confucianism, Taoism and Contructive Realism*）一書，正式將外推概念從科際整合的方法，擴張到跨文化交流與互動之上。從不同學科之間的外推，擴大為不同文化之間的外推，這點正是沈清松教授對建構實在論的主要貢獻。[12]

在我們的生活世界當中，我們除了由不同學科、不同語言所構成的不同微世界之外，還有由不同生活、不同價值、不同習俗所構成的不同文化世界，以及由不同宗教信仰、不同終極實在、不同教義、教規與禮儀所構成的不同宗教世界。儘管自我與他者具有不同的微世界、文化世界與宗教世界，然而沈清松教授認為，我們一樣可以透過語言習取（language appropriation），達成相互理解甚至相互豐富。[13]所謂的語言習取概念，簡單說就是學習其他學科或文化群體的語言，並為己所有，藉以成為自我走出與進行外推的語言媒介。

沈清松教授指出，將外推概念應用到宗教交談的具體實踐步驟如下：首先，進

---

[12] 沈清松，《對比、外推與交談》（臺北：五南圖書出版公司，2002），頁 63。
[13] 沈清松，《對比、外推與交談》，頁 478-479。

行語言外推（linguistic stangification），也就是指每一宗教傳統應該可以用另一個宗教傳統可以理解的語言，說出自己的主張，即使這過程會有不可避免的意義流失；接著，進行實用主義的外推／實踐的外推（pragmatic stangification），也就是將自己的信仰設身處地置於另一宗教產自的社會脈絡；最後，進行存有學的外推（ontological stangification），也就是指經由實在本身的迂迴，進入另一微世界、文化世界或宗教世界之中。[14]簡言之，外推就是要求不自限於自己習以為常的範圍，而要求自我不斷走出熟悉性，不斷向他者開放，不斷重新脈絡化。在多元文化或宗教之間，我們可以透過外推進行文化交流或宗教交談，共同汲取各種文化或宗教中的價值理念或靈修資源，開啟人類智慧，撫慰人心，同時也可相互合作，共同促進人類價值與倫理的重建。就此而言，外推策略成為解決人類現代性困境與哲學問題的靈丹。[15]

　　總之，在此學思階段，沈清松教授將對比哲學與外推方法拓展到宗教交談的領域。宗教交談是不同文化與宗教透過相互外推以求相互理解與相互豐富的過程，因此在此階段，他更加積極地處理儒家、道家、佛家與基督宗教之間的對比與會通。他認為：「天主教是一個善於外推的宗教。[⋯]天主教能帶給中華文化最重要的精神與動力，是由於注入了邁向他者、慷慨胸襟與外推精神，促成中華超越與內在，仁愛與正義、外推與建構的動態對比與均衡發展，而不在於個人的自我意識」。[16]由此可見，沈清松教授不僅承繼第二代中華新士林哲學家們的使命，同時也為中華新士林哲學開闢理論與實踐的新向度。他所提倡的對比哲學與方法，相互或慷慨的外推，以及邁向多元他者等概念，對於當代思潮，無論是現代主義、後現代主義或是全球主義都有正面回應與批判反省。

　　值得一提的是，在沈清松看來，「後現代最主要的正面貢獻之一，是『他者』的提出與發展，替代了近代以來的『主體』概念，從此人應向他者開放並關懷他者」。[17]因此在《人我交融：自我成熟與人際關係》、《傳統的再生》、《追尋人生的意義——自我、社會與價值觀》或《臺灣精神與文化發展》中，「不但從自我認識、自我發展與自我超越轉向他者而面對後現代之挑戰，更進而透過溝通理論由他人而近你我關係，以解消後現代從多元而終極分化之危機傾向，已然將傳統與現代之對比外推

---

[14]　沈清松，《對比、外推與交談》，頁 479。
[15]　沈清松，《對比、外推與交談》，頁 2。
[16]　沈清松，《對比、外推與交談》，頁 513。
[17]　沈清松，《對比、外推與交談》，頁 11。

至後現代」。[18]不過，對沈清松教授而言，自我或主體的概念，是近代哲學的重要遺產。因此，他強調現代性的理性主體並沒有消失或失去，他認為，你我都是在形成中的自我，因此是一個「形成中的自我」。這樣的一個自我唯有回到關係存有學的脈絡中方能存在、發展與形塑其自身。

三、透過跨文化哲學的脈絡，慷慨外推邁向多元他者

第三階段（2000-2018）主要立基於中華新士林哲學的傳統，倡導中華現代性的概念，迎接後現代、全球化與未來的挑戰。在此學思階段，沈清松教授一方面處理天主教哲學或士林哲學，在中華文化或臺灣文化的脈絡中的在地化問題。另一方面，面對全球化的挑戰，他主張以「多元他者」（many others）概念取代 J. Lacan、G. Deleuz、E. Levinas、J. Derrida 等人所謂的「他者」概念。因為人在實際存在中，皆是生活並成長於多元他者之間，而且中華文化傳統，無論儒家所言「五倫」、道家所言「萬物」、佛家所言「眾生」，皆屬多元他者。此外，針對後現代的相對主義困境，沈清松教授主張發揮儒家「恕者善推」、「推己及人」之意，透過語言外推、實踐外推與本體外推，架通不同的微世界、文化世界與宗教世界；並藉著相互外推，在全球化過程中與多元他者達至相互了解與相互豐富，[19]進而開展中華現代性的理念。

在這個學思階段中，沈清松教授透過以下幾本著作開展他的理論體系，在《對他者的慷慨：中華文化、基督教與外推》一書中，他首先質問著：為何天主教早於盛唐時代就已經傳入中國，卻無法像佛教那樣，成為中國文化中的重要組成因素，甚至一度黯然消失於中土呢？明末耶穌會來華，雖然在中西文化交流上貢獻良多，但是它究竟有沒有為中華文明的真正需要對症下藥呢？[20]接著，他在書中透過「十字蓮花」的新解，揭示儒家的「推己及人之恕道」、道家的「通天下一氣」以及佛家的「緣起性空」內蘊動態關係存有學之開展線索。

不過，沈清松教授強調，儒釋道所發展的動態存有論，還需要十字打開，在橫切面上延伸出與他人與自然的關係，在縱貫面上發展出與終極他者的關係，宛若景教十字蓮花所象徵圖騰意涵。因為，在他看來，從中通外直，不蔓不枝，崇高聖潔，

---

[18] 參見陸敬忠、曾慶豹主編，《從對比到外推——沈清松教授祝壽論文集》（新北：臺灣基督教文藝出版社，2009），頁 15。

[19] 沈清松，《中華現代性的探索：檢討與展望》（臺北：政大出版社，2013），頁 xviii。

[20] 參照沈清松，《對他者的慷慨：中華文化、基督教與外推》（香港：香港中文大學崇基學院，2004），頁 63-64。

普渡眾生的蓮花中開出十字，意味著中華文化得以銜接基督宗教所傳來的他者福音，進而以十字提升蓮花，使中華文化能真正慷慨地邁向多元他者，向終極他者開放而自我提升。[21]最後，沈清松教授主張，「面對今後的挑戰，基督宗教必須在教義上、倫理上、牧靈上、教會組織上與成德之方上，更為強調原初慷慨、利他的仁愛、向他者開放，並透過更為恢弘而不失精密、繼承傳統又與時俱進的『外推』工作，繼續推動中華文化的創新工作」。[22]

在《跨文化哲學與宗教》一書中，沈清松教授在多元文化脈絡下，討論跨文化哲學。他強調，跨文化哲學研究的真正目的，是使不同哲學傳統在互動中提煉出超越特定文化限制的可普化元素，並在文化交流中相互辯證與彼此豐富。因此，他認為中華現代性文化也應該跨出自身文化框架，擺脫傳統的自閉症，邁向多元他者的文化脈絡之中，以達至相互豐富，進而共同尋求可普化的規範性倫理原則。在《從利瑪竇到海德格》一書中，沈清松教授提及，他口述這本著作的構思，就是從跨文化哲學的觀點，介紹並評價耶穌會士如何引進亞里斯多德學說入中國，又如何介紹孔子與四書五經進入西歐，以及雙方此後在思想上，哲學上的互動與演進。[23]誠如劉千美教授所言《從利瑪竇到海德格》一書，便是一本有關中西文化在近代思想史的脈絡中，如何跨越文化差異而彼此互動、交談與相互豐富的論述著作。[24]不容否認，口述著作本身，本來就有其侷限與困難之處，但是我們從本書鋪陳結構可以很明確地看出，沈清松教授已然宣告中華現代性與中華新士林哲學將邁向全球化跨文化的研究時代。

在〈從西方現代性到中華現代性的探索與展望〉一文中，沈清松教授堅定地強調，中華文化要能形成自己的現代性，一方面繼承與創新自己的文化，另一方面，必須面對全球化格局與後世俗化社會所產生的新挑戰。那麼什麼是中華現代性呢？沈清松教授說：「中華現代性所要主張的是一開放的主體性，是與多元他者可達相互豐富的主體。[…]可見中華現代性所強調的主體性，不是一個像『靈魂』或『我思』那樣的主體，而是一形成中的主體，創造性的主體、關係中的主體與對多元他者慷慨的主體」。[25]至此，沈清松教授關於形成中的主體或自我之描述，無論是在多元他者中的主體或在關係存有中的自我，我們已經可以清楚意識到，中華新士林哲學

21 參照沈清松，《對他者的慷慨：中華文化、基督教與外推》，頁 100-101。
22 沈清松，《對他者的慷慨：中華文化、基督教與外推》，頁 64。
23 沈清松，《從利瑪竇到海德格》（臺北：臺灣商務印書館，2014），頁 XII。
24 劉千美，〈從利瑪竇到海德格一書之導讀〉，收錄於沈清松，《從利瑪竇到海德格》，頁 III。
25 沈清松，〈從西方現代性到中華現代性的探索與展望〉，收錄於氏主編，《中華現代性的探索：檢討與展望》（臺北：政大出版社，2013），頁 xii-xxiv。

未來發展的方向，已經轉向去建構立基於愛的關係存有學之上的天主教社會哲學。

在《建構實在論：中西哲學的中介》一書中，沈清松教授持續發揮中華現代性的開放主體與形成中的自我的概念。他認為，我們正生活在一個全球性的多元文化時代。所謂的全球化，他定義為：「一個跨越界域的歷史進程。在此過程中，人的欲望、內在關聯性與可普性在整個地球上實現出來，並在現今與不久的將來體現為擴張至全世界的市場、跨國際的政治秩序和文化的全球在地化」。因此，在全球化的歷程中，不同的哲學與宗教傳統都必須自我走出，走向多元他者與之相逢與對話。在他看來，西方哲學與中國哲學共同關切點就是可普性（universalizability）概念。雖然西方哲學本身關注的是理論的可普性，而中國哲學則關注的是實踐的可普性，但兩者目標都是可普性。對此，中西哲學具有會通之可能，因為理論和實踐可以被看作是相輔相成的。就某種意義上來說，理論與實踐，雖不相同但又互補，從而形成了中西哲學上的一項重要的結構性對比。[26]最後，他將相互外推視為跨文化哲學的可行策略。[27]

在《士林哲學與中國哲學》一書中，我們更加深刻地讀出，沈清松教授總結自身無可規避，理應承擔起發展當代中華新士林哲學的使命與責任。他明確地主張，我們在跨文化脈絡中應該承繼利瑪竇來華所搭建起的外推策略，喚醒原始儒家中未被重視的「推」之概念，使中華新士林哲學與中華現代性文化彼此欠缺相互外推的理論向度，能夠透過友誼交談的平等模式加以彌補，以期達至中西文化相互豐富。不過，當代中華新士林哲學欠缺與時俱進的研究發展，諸如缺乏社會、政治與法律方面的研究探討，以及面對後現代、全球化與未來的挑戰無法提供有效的行動綱領與策略等。在筆者看來，沈清松教授已經在《返本開新論儒學》一書中，立基於中華現代性的開放主體立場，在關係存有學的脈絡中，致力提倡慷慨外推，邁向多元他者的實踐正途，為我們提供超越現代性封閉自我的實踐訓令與行動綱領。除此，他透過重新審視儒學「為己之學」與「為人之學」，以作為儒家為學與做人的根本態度，進而探究儒學如何面對後現代、全球化與未來的挑戰，如何能與其他文明相互交流，以期建構出符合中華現代性的新典範。

然而，任何文化系統都無法單極宰制世界哲學現代性新典範的形構過程，同樣地中華現代性的發展也是如此。因此，我們不能像觀光客一般，在陌生的文化領域之中，僅搜尋自己熟悉的部分，進而以不倫不類、膚淺且獨斷地描述方式定位他者。

---

26 請參考沈清松，《建構實在論：中西哲學的中介》（臺北：時英出版社，2018），頁 123。
27 請參考沈清松，《建構實在論：中西哲學的中介》，頁 130。

我們應該以相互理解與溝通對話的模式，解消陌生、差異與誤解，進而豐富自我與他者之間的關係。換言之，世界各文化體系僅能透過溝通模式，彼此交流、對話或溝通進而相互理解，以期共構與制定出足以面對未來現代化、世界化與全球化的社會挑戰的替代性新思維、新理論的典範。

基於上述，我們可以將沈清松教授的學思第一階段（1980-1990）視為其建構理論體系之醞釀期，在此期間，他奠立了中國哲學與士林哲學會通的對比性研究方法；第二階（1991-2000）為理論體系建構的發展期，在此階段，他將對比哲學與外推方法拓展到宗教交談上，一方面積極處理儒家、道家、佛家與天主教的對比與融通，另一方面在關係存有學的脈絡中，確立中華現代性開放自我與終極實在（終極他者）之間既內在又超越的關係；第三階段（2000-2018）則是理論的體系成熟期。在此時期，他以動態的關係存有學視角，為中華現代性與中華新士林哲學提供迎接後現代化、全球化與後世俗化挑戰的行動綱領與有效的實踐策略。至此，我們可以清楚無論是「在多元他者中的主體」或「在關係存有中的自我」，關於「形成中的主體」概念之強調，已經促使中華新士林哲學轉向關係存有學。

總而言之，沈清松教授透過跨文化與跨學科領域的研究方法，以開放性的哲學思維，提倡和諧外推的可普遍性原則，進而得以慷慨地邁向多元他者，著實辯證性地開展自我與他者之間有限與無限，特殊與普遍的存有關係。沈清松教授學術的最重要地貢獻，在於使當代中華新士林哲學進行關係存有的轉向，使中華新士林哲學擺脫主體哲學的窠臼，邁向多元的他者，進而強調在自我與他者之間的關係意識之先在性與優先性。不過，中華新士林哲學如何使天主的聖愛、儒家的仁愛、道家的慈愛與佛家的慈悲得以透過文化交流或宗教性交談具體落實其本土化或在地化，以及如何能使中華現代性自我得以擺脫工具理性的宰制，以及處境牢籠或社會系統的制約與束縛，使其得以重新進入愛的關係存學脈絡之中，進而肯認多元他者的他在性以及超越性終極他者，重新尋獲自我的根源、自我重新認識、自我形塑、自我認同與自我實現呢？這些都是天主教社會哲學在華的本地化所應該持續關注的問題，也是承繼與復興中華新士林哲學的重要任務與使命。

參、沈清松教授的天主教社會哲學

當代天主教教會在全球化的後民族格局與後世俗化社會中，面對暴力、仇恨、剝削、排擠與歧視等不公不義的社會事實，該如何扮演好宗教性的社會角色與承擔

起相對應的社會責任？誠如教宗 Leo XIII 所言，有關社會生活的問題方面，天主教教會從不放棄她發言的權利。天主教的《教會社會訓導彙編》蒐集歷任教宗所頒佈的社會訓導或通諭，揭示天主教福音救恩的計畫與目標，欲以福音的力量改變社會現實，藉著福音的光照，表達天主教教會的社會訓導，闡釋了人與社會的關係，以期培育、引導與支持基督徒在社會中行動，具體體現天主教社會哲學的思想精髓。誠如梵蒂岡第二屆大公會會議文獻《論教會在現代世界牧職憲章》（*Gaudium et Spes*, [GS]）所言：「教會在各時各地應享有真正自由，以宣揚信德及有關社會的教義，在人間順利地執行其任務，並發表其攸關倫理問題的判斷；如果在人們的基本權利及人靈的得救要求時，在政治的事件上，教會亦發表其判斷。教會依照不同時代及環境，只運用一切符合福音精神及公共福利的方法」（GS:76）。Joseph Höffner（1906-1987）將當代教會上述所提倡的天主教社會學說定義為：「社會哲學（源自在本質上具有社會性渴望的人類本性）與社會神學（源自基督宗教神聖美好的秩序）所獲得關於人類社會的本質與秩序，以及關於根據不同歷史情況所衍生出的規範與秩序任務的全部知識」。[28]

　　具體地說，天主教的教會社會訓導不僅關注社會規範性秩序的取向與原則，同時對社會秩序的結構也有諸多著墨，其所探究之領域，除了宗教社會與世俗化社會之外，也涉及到後世俗化的社會，其所探討之課題，包括人與社會之本質與相互之間的關係，社會規範或法律、自然權利與社會正義，婚姻與家庭，勞動與職業，經濟與國民生產，教會與國家（民族國家、國際組織與後民族國家格局）之間關係等等。綜言之，天主教的社會訓導，主要根據基督福音來評判社會事實，並提供符合福音人性尊嚴觀點的社會行為準則，使基督徒瞭解在各種不同的社會情況中所應承擔的責任。沈清松教授認為，天主教的《教會社會訓導彙編》富藏天主教社會哲學的思想。

　　在〈天主教社會哲學的形上基礎及其本地化〉一文中，沈清松教授指出，《教會社會訓導彙編》首章不僅昭示天主對人類愛的計畫，同時也「昭示了天主教社會倫理及其本土化的基本原則，是慷慨的政治哲學，是仁愛的社會哲學，是基於由慷慨生出相互性，由仁愛生出正義，由關係的存有論生出相對自主性。這種基本形上思考上的相似性，正是紮根於終極真實與人性的深處；而其間的差異，更可顯示各自形上學與人性論的不同面向。相似中有差異，相異中有互補的對比情境，正是文

---

[28] Joseph Kardinal Höffner, *Christliche Gesellschaftslehre* (Erkekenz: Altius Verlag, 2011), S.22.

明交談最重要的資源所在」。[29]究極言之，天主教的社會訓導指出人類應根據天主的愛以為終極的動力，並遵行愛天主愛人的誠命，且將這一愛的真理開顯為具體的社會政策與行動。

在文中，沈清松教授進一步指出，天主愛德「是一切創造行動、慷慨贈與的根源，因而產生了愛的相互性」。[30]這樣的見解，不僅肯定了天主愛德的根源性與基礎性，同時將天主愛德視為一種原初的慷慨，由於天主愛德的原初慷慨之自我走出（外推），著實開展了天主愛德的關係存有學，也形構了天主教社會哲學的核心理念，他說：

> 天主創造世界就是出自祂原初的慷慨，而且上帝在自我走出，走向萬物，並在創造萬物之後，帶領萬物自我走出，走向更高更美的存在，直到有理性、有自我意志的人類出現；本乎此，人也應不斷慷慨自我走出。然而，不幸的是，人也會選擇自我封閉，甚至不在乎與多元他者的關係，自我封限在自主性的強調，甚或在自私自利或僅只自省的自我之中。基督的降生，正是一種慷慨的自我走出，祂甚至為了多元他者而犧牲性命，為人類立下萬古長存的慷慨典範，將人從自我封閉的主體中救贖出來。人與萬物接應效法上帝，不斷自我走出，終究返回無限美好的存在。[31]

由此看來，原初慷慨的自我走出，就是天主愛德的外推，就是天主愛德的關係存有學之開展，慷慨外推，邁向多元他者，進而衍生你我之間或自我與他者之間的相互性的存有關係，將人類從自我封閉的主體中救贖出來，以天主救贖為號召，以聖神恩寵助佑人，推動人返回天主。不過，「外推的行動出自慷慨」。[32]因此，慷慨具有存有學上與邏輯學上的優先性：

> 慷慨優先於相互性（reciprocity），並成立相互性。譬如說，A 和 B 要成為相互的，必須或是 A 先慷慨走出自己，走向 B，或是 B 慷慨走出自己，走向 A，才能建立相互性，可見在存有學上和邏輯上，慷慨都優先於相互性。為此，我主張，在存有學，邏輯學乃至倫理學、政治哲學、經濟哲學，

---

[29] 沈清松，〈天主教社會哲學的形上基礎及其本地化〉，《哲學與文化》45.8[531](2018.8): 22。

[30] 沈清松，〈天主教社會哲學的形上基礎及其本地化〉，《哲學與文化》45.8[531](2018.8): 9。

[31] 沈清松，〈道德、理性與信仰——賴醉葉的思想〉，收錄於氏著，《士林哲學與中國哲學》，頁 279。

[32] 沈清松，《對他者的慷慨：從外推精神看中華文化與基督宗教》，頁 9。

慷慨對於相互的優先性，並透過相互性來實現。這點完全合乎天主教所啟示的真理。[33]

由上推知，沈清松教授將「慷慨」視為天主教社會哲學或愛的關係存有學開展的形上學基礎；將「外推」作為原初慷慨的自我走出或天主愛德的關係存有開展的根源性動力；將「邁向多元他者」看成可以形成自我與他者之間的相互性，或使不同文化之間的交流與互動，建立文化間際的相關性，或使天主愛德在華實現本土化之必要條件。值得一提的是，邁向多元他者，不僅意謂著對他者他在性的肯定，同時也預設「形成中的自我」（self in the making）概念。自我走出，邁向多元他者，意謂著自我與他者彼此相互肯認。無跡絕於他者的自我，亦無緣絕於自我的他者；誰若是懸置與他者的關係，誰的自我關係也將被懸置。因為，自我只有在與他者的關係中才能找到自己，誠如 G. W. F. Hegel（1770-1931）在《精神現象學》中所言：「自我意識只有在另一個自我意識中才能獲得它的滿足」，[34]也如 Axel Honneth（born 1949）在《忍受不確定性之痛》一書中，所進一步理解詮釋的表述，即「在他者之中在己存有」（im-Anderen-bei-sich-selbst-Sein）或「在己存有在他者之中」（bei-sich-selbst-Sein-im-Anderen）。[35]所以，自我不再將他者視為自我實現或自由精神開展的限制或阻礙，而是把他者看作是自我實現，體現個人自由精神的前提。

在筆者看來，天主教的《教會社會訓導彙編》所提供的倫理行動實踐原則或說天主教社會哲學所探究的社會正義的價值或原則，其理論基礎奠基於超驗的關係存有學之上。沈清松教授所建構的天主教社會哲學思想，欲將關係存有學的概念視為闡釋真實的社會關係之先在基礎，進而將天主教社會哲學看作是一門開展天主社會愛德的關係存有學，促使當代中華新士林哲學的研究理路產生關係存有學的轉向。具體的說，沈清松教授所建構的天主教社會哲學所考察的社會現實的最基本單位，不是單獨的實體或封閉的主體，而是由自我與他者所交織的真實與開放的「實存關係」。因此，愛德的關係存有學的開展，並不是如神學家 Gerhard Ebeling，將其視為實體的存有學關係，也不是一種類似 Hegel 的主體性存有學關係之主張。雖然 John D. Zizioulas 將存有視為一種共融關係已經貼近我們的所強調的關係之共在性，不過他的思想依舊在主體存有學的關係脈絡下發展。對筆者而言，德國 Tübingen 大學的

---

[33] 沈清松，〈天主教社會哲學的形上基礎及其本地化〉，《哲學與文化》45.8[531](2018.8): 10。

[34] G. W. F. Hegel, *Phänomenologie des Geistes*, in Hauptwerke in sechs Bänden (Hamburg: Felix Meiner Verlag), S.108.

[35] Axel Honneth, *Leiden an Unbestimmtheit* (Stuttgart: Philipp Reclam Jun., 2001), S.31, S.46.

系統神學家 Christoph Schwöbel（born 1955）在 2002 年所出版的《上帝在關係中》，以及其在 2011 年出版的《上帝在交談中》，對關係存有學的討論，既不是採用實體存有學角度也不是採用主體存有學的立場，而是回歸基督宗教的人類學傳統，也就是在天主教三位一體的思維脈絡中，探究在關係之中的存有（Sein in Beziehung），這樣的學說理路比較貼近沈清松教授的觀點。就此而言，中華新士林哲學立基於愛的關係存有學實現了天主教社會哲學的典範轉移，即以關係存有學的優先性取代實體存有學與主體存有學。

除此，在天主聖三的奧蹟啟示光照下，天主教社會哲學以真實的關係作為詮釋人性的形上學前提，並啟示人類合一的可能性。誠如 Peter Knauer SJ 在〈關係存有學〉一文中所言：「關係存有學是以真實性關係為其基本範疇」。[36]那麼，什麼是天主教的《教會社會訓導彙編》所指稱的真實性的關係呢？如若望福音第一章所言：「太初即聖道（Logos），聖道與天主同在，聖道與天主原是一而二，二而一」。Martin Buber 在其著作《我與你》（*I and Thou*）將「太初即是聖道」（In the beginning was the word）改寫為「太初即是關係」（In the beginning is relationship）。[37]由此可見，太初既是聖道，也是天主在宇宙世界中最真實的存有關係之開展。誠如，在天主教的《教會社會訓導彙編》中所揭示：人是天主依照自己肖像所創造，是天主造他成為有形可見的人，好使他能度社會生活（創 2:20, 23）這是天主存有自身的顯露與愛的關係存有的開展，也是沈清松教授的天主教社會哲學的核心主張：慷慨外推、邁向多元他者。

進一步地說，人在自我與他者的關係之中生活、成長，自我認識與自我整全。因此，在超驗性關係存有學的脈絡中，人類被理解為社會性的存有。由於天主將我們安置在存有關係的共融事實之中，自我無可避免地要向他者開放，自我與他者之間的互動以及朝向與他者統合的關係，我們從天主聖三這個奧蹟典範可以獲得啟示與理解：「為叫他們合而為一，就如我們原為一體一樣」（若 17:22）。由於「人依其內在本性而言，便是社會性的；人如與他人沒有關係，便不能生活下去，亦不能發展其優點」。因此，人必須慷慨地自我走出，邁向多元他者，因為人只有在與他者的共融關係中，也就是在一個「你」面前，與其交談與對話，自我才能理解自己。於是我們可以深刻明白到，真正的向他者開放並不等於傾向離心的分散，而是深度的互相滲透。這也是來自愛與真理的普遍人性經驗。總之，天主與人都在存有關係

---

[36] Peter Knauer SJ, "Relationale Ontologie," in *Dios clemente y misericordioso*, Javier Quezada del Río (coord.) (México D. F.: Universidad Iberoamericana Ciudad de México, 2012), p.19.

[37] Martin Buber, *I and Thou* (New York: Free Press, 1937).

之中，社會正義才可能在社會愛德的關係存有中被落實，社會愛德才可能在真理的關係存有中被實踐。我們才可能達至天主教式的和諧關係與秩序，即：「每個人都互為肢體」。

既然，天主按自己肖像創造了人，同時奠定了人的超越性尊嚴，也助長他那與生俱來向多元他者開放，向絕對他者靠近的傾向，以及自我超越與提昇的渴求。在超驗與先在的存有關係的預設下，每個自我都能在存有關係中開展其關係，都能自由與自主地與他者建立起互為主體性的關係。不過人們若要在關係存有中獲得真正的發展，那麼就必須將人和天主之間的存有關係視為先在的基礎。因為「我們的愛德不是我們自然就有的，也不是靠自然的能力所能得來的，而是靠聖神的賜予或灌輸；聖神是天主父及子的愛，在我們內分有祂，就是受造的愛德」。[38] 僅當人們全面地認識到有關人的真理時，才能使我們超越、使我們企向存有的圓滿；僅當人們向超越與無限的領域開放時，人們才能憑著理性和意志意識到自身的有限性，進而尋求無限或超越力量的輔助，以期超克自我的思維框架與社會脈絡，進而與普遍秩序建立緊密的聯繫，朝向終極目標或天主本身。我們最終可以在每個人身上認出天主，以及在天主內認出每個人；因為，天主是每一個人的終極目標與整全。由此，筆者認為，沈清松教授所提出的「慷慨外推、邁向多元他者」的理念，不僅可成為天主教社會哲學的形上基礎，同時也可以成為當代中華新士林哲學的社會實踐之訓令。

肆、結論

最後，沈清松教授主張，我們若要思考當代中華新士林哲學與現代性的出路問題，那麼中華天主教會應當慷慨的自我走出，邁向多元他者，發揮自身的交談精神，調和天主的聖愛與儒家的仁愛，道家的慈愛與佛家的慈悲，進而立基於天主愛德的關係存有學脈絡中，發揮仁愛之心、道的慷慨與慈愛，並迴向給多元他者。基於上述，我們不僅意識到當代中華新士林哲學的發展已經轉向為立基於愛的關係存有學的天主教社會哲學，同時也體察到天主教理當自我走出，不斷外推，不斷在地化與脈絡化的必要性，這是天主愛德必須落實在本土社會條件成為具體社會政策的必要性，也是從無條件的慷慨外推到構成相互性盟約或社會規範的必要性歷程。

---

38 聖多瑪斯・阿奎那，《神學大全》第八冊（臺南：碧岳學社／高雄：中華道明會，2008），頁 22，第二十四題第二節。

　　總之，沈清松教授透過愛的關係存有的先在性與必要性，強調自我與他者之間不僅是共在的在世存有，更是具有社會的關係性存有。也就是說，沈清松教授不僅肯認他者他在性與關係存有的先在性，更強調關懷關係的建構性倫理實在以及其作為推動道德行動的根源性。可見，沈清松教授在天主愛德的關係存有學基礎上，企圖將「慷慨外推、邁向多元他者」轉譯為可理解的跨文化語言與對象，並具體發展成為具有可普遍化與可實踐性的現代規範性的行動準則，使道德規範能在真實生活的歷史脈絡中，發揮其指引行動的有效性實踐力量；使當代中華新士林哲學不再只是基督教會的特殊意識形態，而是所有人類都能擁有的共同財富，進而重新賦予當代中華新士林哲學新的生命力，一方面強化教會社會訓導的福傳功效，並為華人地區基督教信仰團體提供符合社會正義的合理論述與論據。另一方面，也企圖豐富當代中華新士林哲學的社會實踐向度。

參考文獻

何佳瑞主編，《臺灣士林哲學口述歷史》，新北：輔大書坊，2015。

沈清松，〈天主教社會哲學的形上基礎及其本地化〉，收錄於《天主教社會哲學專題》，沈清松、周明泉專題主編，《哲學與文化》45.8[531](2018.8): 5-25。

沈清松，《士林哲學與中國哲學》，北京：商務印書館，2018。

沈清松，《中華現代性的探索：檢討與展望》，臺北：政大出版社，2013。

沈清松，《建構實在論：中西哲學的中介》，臺北：時英出版社，2018。

沈清松，《從利瑪竇到海德格》，臺北：臺灣商務印書館，2014。

沈清松，《解除世界魔咒——科技對文化的衝擊與展望》，臺北：時報文化出版事業公司，1984。

沈清松，《對比、外推與交談》，臺北：五南圖書出版公司，2002。

沈清松，《對他者的慷慨：中華文化、基督教與外推》，香港：香港中文大學崇基學院，2004。

陸敬忠、曾慶豹主編，《從對比到外推——沈清松教授祝壽論文集》，新北：臺灣基督教文藝出版社，2009。

聖多瑪斯‧阿奎那，《神學大全》第八冊，臺南：碧岳學社／高雄：中華道明會，2008。

Buber, Martin. *I and Thou*. New York: Free Press, 1937.

Hegel, G. W. F.. *Phänomenologie des Geistes*. Band 2. In Hauptwerke in sechs Bänden. Hamburg: Felix Meiner Verlag, 2015.

Höffner, Joseph Kardinal. *Christliche Gesellschaftslehre*. Erkekenz: Altius Verlag, 2011.

Honneth, Axel. *Leiden an Unbestimmtheit*. Stuttgart: Philipp Reclam Jun., 2001.

Knauer, Peter SJ. "Relationale Ontologie," in *Dios clemente y misericordioso*. Javier Quezada del Río (Coord.). México D. F.: Universidad Iberoamericana Ciudad de México, 2012.

作者簡介：

周明泉：

德國慕尼黑哲學學院哲學博士

輔仁大學哲學系副教授

通訊處：24205 新北市新莊區中正路 510 號 輔仁大學哲學系

E-Mail：081047@mail.fju.edu.tw

On Relational Ontological Turn of Contemporary Chinese Neo-Scholasticism: An Example of Vincent Shen's Catholic Social Philosophy

Ming-Chuan CHOU

Associate Professor, Department of Philosophy, Fu Jen Catholic University

Abstract: In this paper, I mainly take Professor Vincent Shen's catholic social philosophy as an example to prove that the contemporary Chinese Neo-Scholasticism has shown a trend towards relational ontological turn. First of all, I will divide Vincent Shen's philosophical thinking into three stages of development: contrastive philosophy, generous strangification, and interreligious dialogue. Secondly, I will justify through the thought of Vincent Shen's catholic social philosophy that the contemporary Chinese Neo-Scholasticism has been a focus on relational ontological turn. Finally, in my personal opinion, Vincent Shen's catholic social philosophical foundation is based on the relational ontology of God's love and charity. He successfully translated the "generous strangification, toward many others" into an understandable cross-cultural language and subject, and it can develop into a modern standard with universalizability and practicability, so that this ethical norm can produce the effective and practical power of guiding activities in our real world of life.

Key Terms: Chinese Neo-Scholasticism, Catholic Social Philosophy, Relational Ontology, Generous Strangification, Toward Many Others, Contrastive Philosophy, Interreligious Dialogue

外推與多元他者：
超越主體性與互為體性的文化認同

王佳煌

元智大學社會暨政策科學學系教授

內容摘要：沈清松教授建構的外推與多元他者論，可以解決哈伯瑪斯溝通行動理論、傅柯的知識—權力構成主體與自我的技術論述、薩依德對東方主義的批判，以及霍爾的離散黑人文化認同論述之中的主客二元對立問題。哈伯瑪斯的互為主體性概念仍嫌抽象，傅柯的主體性論述對互為主體的論述不足。薩依德的東方主義與霍爾的黑人文化認同仍鎖在主體性、自我與他者的二元架構之中。外推與多元他者論超越主體性與互為主體性，有助於建構微世界相互交疊與兼容並包的文化認同。

關鍵詞：外推、建構實在論、對比哲學、主體性、互為主體性、東方主義

壹、導言

現代的中華民族有許多傑出的哲學家，他們立基於中國傳統思想，引進西方的哲學思想，開班授課，著書立說，培養出許多新世代的哲學家與思想研究者。然而，在當代的大中華文化圈，能夠綜合中西哲學思想，開創及獨立且集其大成的哲學家，並不多見。

沈清松教授就是這樣一位能夠涵攝諸子百家，建立廣博思想體系的華人哲學家。早在 20 世紀七〇至八〇年代，沈師就已綜合中西哲學的觀點，推演新的哲學方法論，提出對比哲學（Philosophy of Contrast）。1980 年代末期，沈師進一步發展出外推論（Strangification, *Verfremdung*）。[1]進入 21 世紀，沈師更融合西方基督宗教、建構實在論（Constructive Realism）與中國儒釋道思想，建構外推論與多元他者（multiple

---

[1] 周曉瑩，〈試論沈清松教授的「外推」策略〉，《哲學與文化》42.7(2015): 109-122。

others）的哲學體系。

沈師的對比哲學、外推與多元他者的思想演化與體系內涵，不只是一家之言，更可以與當代西方社會理論的核心概念相互對比，超越以主體性（subjectivity）、互為主體性（intersubjectivity）為核心的二元框架，為兼容並包的文化認同（cultural identities）建立厚實的思想基礎。

西方哲學與社會理論以主體性與互為主體性為自我（我群）與他者的二元（文化）認同框架，爭辯不休。哈伯瑪斯（Jürgen Habermas）的溝通行動理論（Theory of Communicative Action）對西方主體哲學的批判，以及互為主體性（intersubjectivity）的倡議，激發許多肯定、批評與修正的研究論著。傅柯（Michel Foucault）對知識—權力構成主體、關注自我（caring for oneself）與自我的技術（technologies of self）等論證，在國內外哲學與社會（學）界引發「時髦」的熱潮。薩依德（Edward Said）對東方主義（Orientalism）的解構與批判，引發許多學術研究的套用、批評與修正。霍爾（Stuart Hall）身為英國文化研究伯明罕學派（the Birmingham School）的宗師，他所闡釋的（離散黑人）電影語言與文化認同論探討的文化認同議題，在當代文化認同論證當中的地位，也值得檢視。

這些哲學家、思想家的理論均自成一家之言，啟發一連串的後續研究與辯論，文獻與論述之豐，令人目眩神迷，但他們的論述與觀點，各有長短。我們需要一個宏觀的、整合的哲學體系，以簡馭繁，才能綜觀其理論觀點，克服其局限與缺點。

沈師的外推哲學與多元他者論，就是這樣一種哲學體系。沈師從對比哲學開始，逐步演進，融合中西哲學思想，以中華文化為主體與立足點，融和基督宗教、建構實在論與外推論，以多元他者的概念集其大成。誠如《中庸》〈序言〉所言：「不偏之謂中，不易之謂庸[…]中散為萬事，末復合為一理。放之則彌六合，卷之則退藏於密」。對比、外推與多元他者，可說是集中西思想大成、兼容並包的哲學體系。

本文結構安排說明如下。第一節是導言，說明本文論旨。第二節綜述沈師對比哲學、外推思想與多元他者的思想精華。第三節簡述哈伯瑪以互為主體性為主軸的溝通行動理論，早期傅柯對知識—權力構成主體，以及晚期傅柯對自我的技術與關注自我的論證。第四節摘述薩依德東方主義與霍爾的（黑人）文化認同論述。第三節與第四節的內容是為第五節對比外推、多元他者論與主體性、互為主體性，以及第六節外推、多元他者與文化認同提供討論的基礎。第七節是結論，歸納本文內容重點。

貳、對比哲學、外推與多元他者

　　周明泉綜述沈師學思歷程的發展，分成三大階段，包括對比哲學與對比方法的思索與發展（1980-1990）、外推策略的提出及擴張到宗教交談（1991-2000），以及透過跨文化哲學脈絡的慷慨外推，邁向多元他者，具體而微地呈現沈師思想體系的演進過程。對比、外推與交談三者，乃沈師畢生思想體系建構與發展與轉折的三大關鍵概念。透過這三大關鍵概念的引導，將中西哲學、宗教思想與中西醫學統合到全面的、廣博的思想體系與行動架構之中。[2]

　　對比哲學不是象牙塔中的冥想推論，而是入世的哲學觀點與方法。對比是指同與異、配合與分歧、採取距離與共同隸屬之間的互動。種種關係之中的存有與因素相互影響與激發，屬於某個共同情境與現象的場域，產生共振與演進的韻律。對比是經驗成長的方法，歷史進展的律則，存有的韻律。就方法意涵而言，對比哲學的研究歷程包括共時性的（synchronic）結構對比（structural contrast）與貫時性的（diachronic）動態對比（dynamic contrast），彼此交互作用。在研究現象、研究歷程與最終理論成果之中，均有結構對比與動態對比的雙對關係。就歷史意涵而言，對比哲學讓我們比對古今中外的歷史事件、案例、過程與因果，發現歷史進展的對比表現，找出西方理性中的普遍性與自身文化理性中的特殊性，兼容並蓄，超越西方文化科技理性、形上理性、主奴關係的操縱控制，確立交談與相遇的先決條件。存有（Being）是存有者（being）的根基：各個存有者之間是形器的對比（ontic contrast）；歷史是各個存有者意識到形器對比而不斷超越的歷程，是為超越的對比（transcendental contrast）；存有學的對比（ontological contrast）包括狹義的存有學對比（存有與其開顯、創造出來的存有者與歷史之間的對比）與廣義的存有學對比（包括狹義的存有學對比，以及存有作為開顯與創造的原動力、存有與存有者及其歷史之間的對比、存有者的形器對比與歷史的超越對比朝向充量和諧的運動）。總之，對比哲學以中國傳統哲學的思想為本，發掘其中結構對比（萬物負陰而抱陽）與動態對比（一陰一陽之謂道）的思維，結合西方哲學思想（結構主義、黑格爾辯證法、海德格思想等），發展出兼具方法學、歷史哲學與存有學的對比哲學體系。[3]

　　提出對比哲學之後，沈師進一步建構外推論與多元他者論，超越西方哲學與社

---

[2] 周明泉，〈慷慨外推、邁向多元他者的沈清松教授〉，《漢學研究通訊》38.1(2019): 35-42。
[3] 沈清松，《現代哲學論衡》（臺北：黎明文化事業公司，1990），頁 3-25；沈清松，《對比、外推與交談》（臺北：五南圖書出版公司，2002），頁 17-18。

會—文化思潮中長期的主體—客體、自我與他者、施為者或能動性（agency）與結構二元對立問題。沈師身為新維也納學派（New Vienna School）的成員，參與發展建構實在論，提出外推的知識論策略與方法，超越原先僅用於科際整合的格局，延伸到文化之間的互動，其要旨是走出自己、走向他者與別異。[4]

外推的知識論策略分為三個循序漸進、逐漸升高的層次：語言外推（linguistic strangification）、實踐外推（pragmatic strangification）、本體外推（ontological strangification）。語言外推是溝通與瞭解的第一步，關鍵在於翻譯、轉譯觀念與意義。從科學理論的脈絡抽離與置換，推廣到文化實踐的時空轉換。實踐外推是把某一社會產生的科學、價值觀、風俗習慣抽離其原本的社會脈絡，移置到另一個社會脈絡，看看它們能否充分運作，觀察它們受到什麼樣的限制，論斷其普遍化的程度與可能性。本體外推或文化外推，則是從一個微世界或建構的實在走向另一個微世界或建構的實在，接觸不同的微觀實在，具體生活在另一個世界當中。外推不只是同理心，同理心仍有局限。廣義的外推是要走出熟悉的脈絡，走向他者與陌生脈絡的行動與歷程，亦即走出熟悉（defamiliarization）與再脈絡化（recontextualization）。在這三個層次的外推當中，首要是語言習取（language appropriation），學習其他學科或文化的語言，為己所用，再接近該社會或進入該實在，這樣才能走出自我，並透過語言，將自己的主張、價值、觀念翻譯給其他文化、微世界或宗教的人聽。佛教進入中國的過程當中的「格義」，可謂語言習取的範例。翻譯或交談不免會有意義的流失，但正是透過翻譯與詮釋，才能推動相互理解、相互外推、相互豐富。[5]這三個層次恰與對比哲學的三個層次相互呼應：經驗成長的方法、歷史進展的律則、存有的韻律。外推可說是對比哲學不斷昇華的結果。

不斷外推的最高境界，就是肯認多元他者。外推是多元他者的知識論策略，建構實在論則為外推與多元他者的各種微世界結合，提供存有學或本體論思考的基礎。多元他者論是綜合西方主體性、互為主體性、他者（the Other）、當代哲學思潮與中國傳統哲學思想遺產的思想體系與實踐綱領。[6]

從笛卡兒（René Descartes）「我思故我在」（Cogito, ergo sum）的思考以降，主體性在西方哲學與社會科學中即一直占有主導的地位。歐洲的主體性偏重智識，缺乏對他者的肯認，也缺乏走向他者的開放與積極。胡賽爾（Edmund Husserl）的現

---

[4] 周明泉，〈慷慨外推、邁向多元他者的沈清松教授〉，《漢學研究通訊》38.1(2019): 35-42。
[5] 沈清松，《對比、外推與交談》，頁 19-22、131-132、147-153、467-469、476-480。
[6] 華爾納（Fritz Wallner）、沈清松，《建構實在論：中西哲學的中介》（臺北：時英出版社，2018），頁 38-41、138-139。

象學、哈伯瑪斯的溝通行動理論提出的互為主體性，看似修正過於強調主體性的弊病，也比主體性更進一步，但互為主體性的視野仍有局限，因為它只是認知到個體與個體、你我的存在與差異，忽略或淡化其他個人、事物（飛禽走獸、人文與自然環境）與你我共同構成的生活世界。後現代論述（Postmodern discourses）標舉的他者，試圖解決偏重智識主體的問題，但仍預設自我與他者之間的二元對立與矛盾。後結構主義（Poststructuralism）哲學家所提的他者，為了解決過分偏重主體性的問題，提出他者這味猛藥，卻忽略了他者並非單一孤立的，而是有許多參照對象，包括人、事、物、時間與空間的結構對比與動態對比，或是形器對比、超越對比與存有學的對比。中國哲學也有主體性，但這種主體性是道德的與藝術的，是在關聯到與回應多元他者之時，透過道德與藝術行動顯現出來。多元他者秉持儒家仁恕並舉、道家「萬物」、佛家「眾生」的精神。「仁」從五倫出發，擴展為人與人、人與物、人與天的內在關係與感通，面對並回應多元他者。「恕」指涉外推這種方法，推己及人，逐層從自身推向家庭、社群、國家與天下（「推恩」、「善推其所為」）。「仁」是積極的、有所為（「我欲仁，斯仁至矣」）。「恕」則是消極的、有所不為（「己所不欲，勿施於人」、「絜矩之道」）。仁恕並舉，可以解決自我與多元他者之間動態的緊張關係。因此，自我並不是「實體的自我」，而是「形成中的自我」。人在多元他者間出生、成長，並構成自我。多元他者兼顧自由與關聯在人性中的結構對比與動態對比，可以處理抽象他者概念過度推演所產生的弊病。[7]

參、哈伯瑪斯論互為主體性、傅柯論主體與自我轉變

一、哈伯瑪斯論互為主體性

哈伯瑪斯指出，傅柯對人文科學與主體哲學之間糾纏的關係提出有力的批判：這些科學想要透過一個尋求知曉自我的主體，避免矛盾的自我主題化（contradictory self-thematization）中的置疑糾纏（aporetic tangles），結果卻深陷於科學主義的自我物化之中。然而，傅柯沒有好好思考自己的研究途徑的置疑法，因此沒看出來他自己的權力理論，與根植於主體哲學的人文科學落入一樣的命運。盧曼（Nicklas Luhmann）

---

[7] 沈清松，〈休閒與自由：在科技產品與多元他者網絡中的論述〉，《哲學與文化》37.9 (2010):
91-104；沈清松，〈為己之學與為人之學：從後現代重新審視〉，《二十一世紀》160(2017):
67-79。

建構的一般社會理論，也就是系統理論（Systems Theory），並未將社會學導向科學的路上，而是繼承已經被拋棄的哲學，也就是主體哲學的術語與問題框架。[8]

麥卡錫（Thomas McCarthy）指出，哈伯瑪斯為了回應當代法國後結構主義對理性（reason）的激進批判，重新檢視、重建現代性的哲學論述。他的路徑是用理性理解為溝通行動（reason understood as communicative action），一勞永逸地否定以主體為中心的理性（subject-centered reason），亦即以溝通行動的互為主體典範，取代意識的典範及其主體哲學。[9]安德森（Amanda Anderson）則認為，哈伯瑪斯主張以互為主體克服主體為中心的典範與系統理論在理論上、倫理上的挫敗之間的僵局。日常生活中的溝通行動本有其相互理解的潛能，但西方思想的邏各斯中心主義（logocentrism）與理性強而有力的工具性（instrumentality），對這種潛能構成系統的扭曲。哈伯瑪斯有系統地分析工具理性宰制的歷史條件與社會影響，也試圖在互為主體關係的語言理解之中，找到溝通理性的模型。不過，這種溝通理性的理論若要做為民主或多元政治的基礎，還需要實質的修正，如參考女性主義的批判（一般化他者性與具體他者性；感性的互動，如同理、關心、親密等）。換言之，面對女性主義等眾多批評與各種修正的主張，哈伯瑪斯的溝通理性與互為主體性仍有相當的局限。[10]

二、傅柯論主體與自我轉變

大致來說，傅柯前期的著作與論述，如知識的考古學（archaeology of knowledge）與權力的系譜學（genealogy of power），都圍繞在主體如何被知識與權力的體制所構成。但到了後期，傅柯轉向權力的生成面（constituting）、關注自我（care for oneself）與自我的倫理學。後期的傅柯汲取古希臘羅馬哲學與基督宗教的自我技術，轉向另類主體性、非基督宗教主體性與自我轉化的工夫探討。[11]

傅柯把技術（technologies）分為四種：生產的技術、符號系統（sign systems）

8　Jürgen Habermas, *The Philosophical Discourse of Modernity: Twelve Lectures*, trans. by Frederick G. Lawrence (Cambridge, Massachusetts: The MIT Press, 1990), pp.294-295, 368.

9　Thomas McCarthy, "Introduction," in Jürgen Habermas, *The Philosophical Discourse of Modernity: Twelve Lectures*, trans. by Frederick G. Lawrence, pp. vii-xviii.

10　Amanda Anderson, *Tainted Souls and Painted Faces* (Ithaca and London: Cornell University Press, 1993), pp.206-207, 224-225.

11　何乏筆，〈哲學生命與工夫論的批判意涵：關於晚期傅柯主體觀的反思〉，《文化研究》11(2010): 143-167。

的技術、宰制（domination）的技術、自我的技術（technologies of self）。這四種技術彼此相關，但每種都與某種宰制相關，都牽涉到某種個人的訓練模式與調整，不僅獲得某種技能，更是態度的轉變。前兩者主要是研究科學（知識）與語言學，傅柯自認比較關心後兩者，致力於挖掘支配與自我的知識組織的歷史。宰制他人的技術與自我的技術之間的接觸，可稱為統治性（governmentality）。傅柯自覺早期可能太過注重支配與權力的技術，因此後期的興趣愈來愈傾向自我與他人的互動，以及個人支配、自我的技術（一個人如何對待自己）。此一轉向聚焦於照顧自己（take care of yourself）與關注自我（concern with self）。這種自我的詮釋學（hermeneutics of self）則是源自古希臘—羅馬哲學，以及西元第 4 到 5 世紀，亦即後期羅馬帝國的基督教精神性（Christian spirituality）。[12]

　　後期的傅柯要尋找的是權利與自由之間的動態平衡關係。主體不只是被權力構成的，更有其自由的條件，主體可以在權力關係構成的關係網絡當中發揮其能動性。權力拘束主體，但權力也依賴自由、依賴抵抗。抵抗與關注自己的行動，都是主體的自由與能動性的表現。[13]後期的傅柯對自我轉變的論述，調整並修正他早期的主體性概念，但似乎未觸及太多互為主體性的問題。

肆、東方主義、離散黑人與文化認同

一、東方主義與文化認同

　　薩依德的《東方主義》（*Orientalism*）是後殖民論述或後殖民主義的經典之一。根據他的剖析，近代、現代歐洲的東方主義論述是一種自我主體至上的權力關係，是排除性的他者化（exclusive Othering）。這種想像的東方與東方化（Orientalizing）的論述，凸顯歐洲優越的主體，將東方邊緣化，成就歐洲或西方自己的主體性與文化認同。[14]

　　薩依德的東方主義論述，批判地分析西方帝國主義的文本，揭露西方如何透過書寫的宰制與文本的再現，將東方東方化，持續地生產、再生產、傳播有關東方的

---

[12] Michel Foucault, *Technologies of the Self: A Seminar with Michel Foucault*, ed. by Luther H. Martin, Huck Gutman & Patrick H. Hutton (Amherst: University of Massachusetts Press, 1988), pp.18-19.

[13] Neve Gordon, "Foucault's Subject: An Ontological Reading," *Polity* 31.3(1999): 395-414.

[14] Edward Said, *Orientalism* (New York: Vintage Books, 1978), pp.5-8.

意象。這些意象（刻板印象）直接、間接為帝國主義、殖民主義服務，合理化帝國與殖民統治，鞏固西方文化的一體性與凝聚性，建立西方優越—東方低劣的文化階層。[15]東方主義論述的三個主軸是東方的缺席、本質化的東方，以及東方與西方的二元區分。缺席是東方存在於認知與論述中的要件。本質化的東方回過頭來加諸於所謂的東方文化與社會，用本質化的論述指涉實體的東方社會與文化，並且排除不屬於本質化東方的認知、現象與屬性。東方的缺席與本質化不斷強化西方與東方的二元對立，西方指向東方的他者化，實際上很難指涉到具體的東方。[16]

　　東方主義到中國或第三世界國家的「理論旅行」，引發許多重要的議題，產生各國對自身後殖民情境的問題意識與文化認同的研究，包括文學理論與文學批評、理論建構與解構，也產生許多精彩的論著與作品。[17]不過，德里克（Arif Dirlik）質疑，東方主義可能不只是歐美單邊對「東方」的概念化時空安排與知識的發展，甚至可能還是西方的東方學者與東方知識份子、學界的共謀，是歐洲現代性與其他現代性之間接觸區（contact zones）的產物。也就是說，東方主義在西方與東方型塑、結構化的各種文化認同，可說是兩方的知識份子、學界交流與交互作用而成的。不但西方的東方學者自我東方化（如學習與翻譯東方的語言，以了解東方的宗教、社會與文化等），連東方的知識份子也自我東方化（self-orientalizing）。[18]

　　張興成也指出，東方主義不只是西方的單向書寫，更透過全球化與思潮引介，在非西方國家與世界形成另一種文化霸權，形成「東方人的東方主義」（orientalism of the Orientals），也就是接受東方主義的論述，認同西方的普遍主義，或是西方作為普遍的參考架構，接受自身文化與社會的特殊性，並據此建構論述體系，發展出文化民族主義，壓制內部的差異與異議。日本發展出的日本東方主義，一方面認同西方的普遍性與自身的特殊性，另一方面又把自己的特殊性普遍化，結果就是以「大東亞共榮圈」為訴求，企圖透過侵略戰爭（自認為道德戰爭），改造中國等東亞國家，追求東亞的現代化。在當代則是透過東方主義，確認民族文化差異與文化民族主義，形成所謂的文明衝突論，或是毫無批判與省思，即接受全球資本主義。如此

---

[15] 宋國誠，《後殖民論述：從法農到薩依德》（臺北：擎松圖書出版公司，2003），頁 291-296。

[16] 邱德亮，〈沒有東（方）的東方主義〉，《文化研究》10(2010): 75-85。

[17] Arif Dirlik, "Chinese History and the Question of Orientalism," *History and Theory* 35(1996): 96-118；宋國誠，〈後殖民理論在中國：理論旅行及其中國化〉，《問題與研究》43.1(2000): 1-37；張興成，〈跨文化實踐中的東方主義話語〉，《二十一世紀》71(2002): 64-72。

[18] Arif Dirlik, "Chinese History and the Question of Orientalism," *History and Theory* 35(1996): 96-118.

一來，文化認同就不只是保衛、確認自身社會與文化的認同，而是主體性的膨脹，缺乏互為主體性的思考，遑論尊重、肯認他者與多元文化的價值。[19]

二、霍爾論離散黑人的文化認同

霍爾是英國文化研究中伯明罕學派（源自伯明罕文化研究中心 Centre for Contemporary Cultural Studies）的奠基者之一。霍爾生於英屬牙買加的首都京士敦（Kingston），他的多重種族血統（蘇格蘭、非洲裔、葡萄牙裔猶太人）與離散身分（diasporic identity），讓他的文化認同論述充滿許多轉折與複雜度。

霍爾觀察 1980 年代英國的黑人電影與視覺藝術，認為黑人的文化政治（cultural politics）正經歷重大的轉變，從再現的關係（relations of representation）轉向再現的政治（politics of representation）。他所說的再現，並非單純的反映，而是再現機制的構成（constitutive）效應，試圖挑戰、抵抗既有的再現統治體制（regime of representation）。黑人電影與視覺藝術，一方面挑戰歐洲中心主義之中白人建構的批判的文化理論（後結構主義、後現代主義、心理分析、女性主義等），另一方面也試圖顛覆既有的本質化、單一的黑人主體與黑人經驗。黑人電影與視覺藝術的新再現政治或新文化政治，對族裔（ethnicity）發動意識型態的爭辯，重新理論化差異（difference）的概念。族裔的論述要質疑西方中心主義與普遍主義的論述，並與英國的民族主義、大不列顛的帝國主義脫鉤，解構黑人主體與黑人經驗的本質主義論述，剖析他們在英國的處境背後的政治經濟、社會、文化脈絡，探索黑人概念與性別、階級之間的關聯。這種族裔政治（politics of ethnicity）強調每個人處在不同的位置，各有特殊的經驗與文化，並依據這些差異而發聲。

> 黑人的經驗是離散的經驗（diaspora experience），文化的離散化（diaspora-ization）的後果是顛沛流離、再結合與混雜、切割與混合（cut-and-mix）的過程。[20]

延續這個思維軸線，霍爾在加勒比海新電影的論文中強調認同是構成的，（加勒比海或現代黑人的新）電影並非如實反映文化認同，而是透過電影這種再現形態，構成文化認同與新的主體，看到並認知到自身歷史的不同部分，建構認同點（points

---

[19] 張興成，〈跨文化實踐中的東方主義話語〉，《二十一世紀》71(2002): 64-72。
[20] Stuart Hall, "New Ethnicities," *Anglistica* 1.1-2(1997): 13-25.

of identification），這些位置即是文化認同。主體與文化認同的位置，隱含的是發聲的位置（position of *enunciation*）。發聲、言語、書寫的主體並不是固定或一成不變的，而是透過書寫、發聲而生產出來的。發聲與書寫，總是在特定的位置上（positioned）。電影的發聲或再現，是個從未完結的過程。文化認同的權威與原真（authenticity）因此不是答案，而是有待反覆思索、探討或問題化（problematise）的對象。文化認同不一定是單一、本質化的，或是有個共同過去與祖國、家鄉的固定實體，倒很可能是不斷成為（becoming）與存在的（being），其中有許多斷裂與不連續。唯有如此，才能充分、深入地理解殖民經驗（the colonial experience）造成的創傷性格。黑人（奴）或其他被殖民者，如何被殖民者與宰制者的文化權力再現為研究與知識上的單一他者。這種單一的他者，無法認識、理解加勒比海的黑人（奴）後裔及其散布，各自有其主體。這些主體與世界體系的都會中心協商其政治、經濟、文化的依賴關係，也與其他拉丁美洲國家人群彼此定位（positioning）與再定位（re-positioning），形成多樣化的、不斷生產的離散經驗、離散認同（diasporic identity），以及離散美學（diasporic aesthetic）。[21]

霍爾也檢視論述的（discursive）與心理分析的認同化或同一化概念（identification），採用反本質論或非本質論的認同概念。這種認同概念是策略的、位置性的（positional）。這種認同概念指涉的自我，並非穩定的核心，沒有從頭到尾穩定的、循序漸進的歷史階段。諸認同（identities）從未統一成一個整體，在晚期現代甚至分割碎裂，在各種差異中多重建構，彼此交會或對立，一直處於改變與轉變的過程之中。認同的問題實際上是在成為的過程（process of becoming）中，運用歷史、語言、文化資源。認同是在論述內部構成的，而非在再現之外構成。認同是在特定論述形構（discursive formations）與實踐中的歷史與制度所在（institutional sites）之中產生出來的，也是在特定權力樣態（modalities of power）的運作中產生的。認同是標記差異與排除的產物，也是透過差異，以及與他者的權力關係建構出來的。認同是一種相遇點與縫合點：一邊是論述與實踐試圖把我們召喚到特定論述的社會主體位置，另一邊是產生主體性的過程（把我們建構為可以言說的主體）。換言之，認同是對主體位置的暫時依附點，主體位置則是論述實踐為我們建構而成的。[22]

總之，霍爾論述的文化認同、離散認同，是建立在差異與混種（hybridity）的概

21　Stuart Hall, "Cultural Identity and Diaspora," in *Identity: Community, Culture and Difference*, ed. by Jonathan Rutherford (London: Lawrence & Wishart, 1990), pp.222-237.

22　Stuart Hall, "Introduction: Who Needs 'Identity'?" in *Questions of Cultural Identity*, ed. by Stuart Hall & Paul Du Gay (London/Thousand Oaks/New Delhi: Sage Publications, 1996), pp.1-6.

念之上，拒斥帝國主義與霸權的族裔型態（forms of ethnicity）。他所說的文化認同，不是依據本質與純粹來界定，而是肯認異質與多樣，更貼近移民與移居的歷史經驗與克里奧化（creolization）的過程，強調不同的位置、不同的經驗、不同的觀點。[23]

伍、外推、多元他者與主體性、互為主體性

一、外推、多元他者與哈伯瑪斯的互為主體性

　　哈伯瑪斯的溝通行動理論以互為主體性的概念批判西方哲學長遠的主體性傳統，但許多學者指出，他的溝通行動理論與公共領域論述，仍是立基於以主體為中心的理性（subject-centered reason）。他的論證導引出來的互為主體性是很抽象的，也是非常形式主義的。他的溝通行動理論認定：普遍的主體應該從事有目的的對話與道德的省思，透過理性對話，構成一種普遍的集體主體。許多學者批評這種主體實質上是一種身心二元論，放大心智的作用，淡化有血有肉的身體與日常生活對理性溝通的助力與阻力，結果就是去身體化的與理想化的公共領域，也不會注意到日常生活中有血有肉的他者。相對而言，巴赫汀（Mikhail Bakhtin）的日常生活哲學聚焦於人們在世間一舉一動的實踐意義，自我與他者共同的存在與參與。哈伯瑪斯抱持的認知論述，無法完全掌握巴赫汀重視的日常生活社會互動與共同參與。[24]

　　不過，這只是從一個層面指陳哈伯瑪斯主體性與互為主體性的問題。沈師指出主體性這個西方現代性四大特質之一的根本問題：主體運用理性，建構表象（表象化，第二個特質），控制人與事物，再加上理性化過度膨脹（第三個特質），工具理性凌駕於價值理性，理性產生的大敘事化約所有的社會活動與目的，結果就是造成宰制（第四個特質）。互為主體性的概念，基本上是近代主體性的延伸，只是消極地承認彼此都是主體，相互肯認，但這只是最低限度的要求，並未積極地相互學習。例如，只是尊重原住民的主體性，沒有從他們身上學習原住民文化中的人際關係，與大自然和諧共處的生活風格，或是原住民的世界觀。關鍵在於彼此開放，相

[23] Cristina-Georgiana Voicu, *Exploring Cultural Identities in Jean Rhy's Fiction* (Warsaw and Berlin: De Gruyter Open Ltd, 2014), p.19.

[24] M. E. Gardiner, "Wild Publics and Grotesque Symposiums: Habermas and Bakhtin on Dialogue, Everyday Life and the Public Sphere," in *After Habermas: New Perspectives on the Public Sphere*, ed. by Nick Crossley and John Michael Roberts (Oxford: Blackwell Publishing, 2004), pp.30-32, 42-43.

互學習與相互豐富，這樣才不會限於主體性與互為主體性，而是透過慷慨外推，邁向多元他者。[25]

對比哲學、外推與多元他者論指出主體性與互為主體性的根本問題。主體性膨脹往往造成對自然與社會的過度控制、剝削與壓迫，互為主體性只是消極地、象徵性地超越主體性，並未積極地、實質地肯認多元他者的存在與意義。哈伯瑪斯的溝通行動理論預設的互為主體性，難以導出多元他者的認知與理解。沈師的外推與多元他者，避免主體性的膨脹，主張主體應透過語言外推了解他者，並透過實踐與本體的外推，超越抽象的互為主體性，體會、感覺到有血有肉、活生生的多元他者，這是哈伯瑪斯以語言溝通互為主體性的論述未能覺察的境界。

哈伯瑪斯主張透過論述倫理與系統分析，解決理想言談情境主客觀的結構限制因素與力量，透過互為主體的溝通，達成相互的理解與共識，但他的解決方案強調兩種對立立場之間的事實、論據與辯論，以尋求共識的過程。他所提出的四個要件都太過理想化，未能考慮到使用的語言、追求的利益、遵循的規範等根本差異，都會阻礙共識的形成。語言、實踐與本體的外推，可以解決這些問題，但哈伯瑪斯的溝通行動理論只約略到語言外推的層次就停止了，未再往語言獲取與微世界的層次推進。[26]外推哲學雖主張語言外推與溝通，但隨後須繼之以實踐與本體的外推，這就避開西方理性主義與歐洲中心（或特定中心）單一價值與觀點的毛病，不會只是執著於語言溝通等形式條件，能夠以更開放的態度與行動，接納、欣賞、理解不同的文化主體與他者。外推不只是語言的翻譯與溝通，更透過身體與世界的外推實踐，走出語言的限制，走出自己的局限，走向對方的世界。外推的境界遠高於純粹的語言理解。

透過語言、實踐與本體的外推，從實質上著手，理解對方的思維，進入對方的生活世界，促成微世界的相互融合或交疊，這樣溝通行動才有可能達到互為主體與相互理解的境界與層次。世界上很多爭端，主要還是各自執著於核心的觀念、信仰與價值。程序、形式與語言交談、翻譯的溝通過程，只是前提之一，並不能保證彼此能夠徹底、實質地相互溝通與深入理解。哈伯瑪斯似乎預設只有一種生活世界，但實際上應該是有很多種不同的生活世界，他們的價值、信仰與觀念彼此不同，也就是有很多種微世界與世界之中的他者。光是預設單一的他者，只是討論溝通的程序與形式，無法貼近日常生活的實況。建構的實在論承認每個成員或互動者各有其

---

[25] 沈清松，《從利瑪竇到海德格：跨文化脈絡下的中西哲學互動》（臺北：臺灣商務印書館，2014），頁 4-5、27-34。

[26] 華爾納（Fritz Wallner）、沈清松，《建構實在論：中西哲學的中介》，頁 51-54。

文化背景與知識預設，但強調要透過語言外推、交談與翻譯讓對方理解，這種理解不是強迫對方接受自己的想法與主張，也不是預設平等的立足點，而是要繼語言外推之後，透過實踐與本體外推，打破地位高低的差異，走向對方的文化背景與生活世界，促成微世界的交疊與融合，這個層次比單純地互為主體要高的多。

二、外推、多元他者與傅柯的自我轉變論

席拉托（Tony Schirato）等人指出，傅柯論述的自我技術，是要讓人調控個人身體、思想與行為。透過關心自我的過程，人們能夠達成相當的提升、快樂、純淨與智慧。自我的技術是要活出真實，說真話，被真實改變。透過書寫（日記）與口語（懺悔等），可以瞭解自我。源自古希臘羅馬與早期基督教的關心自我，可說是一種倫理，而且不是只為自己，進一步要透過適當的社會關係，與他人和諧相處。個人追求完美的自我提升，也是為了讓社會更好。主體不再只是論述、制度與權力關係的產物。自我的技術可以主導主體的構成，自我的倫理實踐，或是存在的藝術，可以再造我們抵抗、挑戰權力的結構，成為更好的主體，與自我、他人共存共榮。[27] 不過，後期的傅柯並未說主體從此就可以擺脫權力與知識的制約與型塑，主體與權力可說是處於辯證的關係。[28]

傅柯後期對主體與自我轉變的論述，與沈師的外推論在形式上若合符節，但根源與實質內涵則有很大的差異。傅柯論述的自我技術源自古希臘羅馬與早期基督教的觀念，以自我技術連結自我與他者、主體與社會，重心還是在於自我與主體性。因此，許多人批評傅柯的毛病在於他的論述過度自我導向（overly self-oriented），偏向尼采式的自我斷言（Nietzschean self-assertion），缺乏互為主體的認知。但是，也有人認為，傅柯其實是對話的哲學家（philosopher of dialogue）。他與哈伯瑪斯都拒絕接受康德（Immanuel Kant）的超驗主體觀，也都拒絕主體的哲學。如果說哈伯瑪斯發展出溝通行動的互為主體典範，那麼傅柯則是從系譜學考察知識與論述的構成方式，建構歷史對話（historical dialogue）的典範：對話是批判的理據，不是訴求康德式普遍性的道德規範，也不是追求哈伯瑪斯理性共識的判準，而是透過歷史的對話與開放的對話，發掘那些控管我們行為的規範，體認到主體沈浸在對話之中，以及尋求轉變我們的存在的可能性。對話讓我們看到主體與各種論述的局限，從中探

---

[27] Tony Schirato, Geoff Danaher & Jen Webb, *Understanding Foucault* (London/Thousand Oaks/ New Delhi: Sage Publications, 2000), pp.128-130, 150-152.

[28] Neve Gordon, "Foucault's Subject: An Ontological Reading," *Polity* 31.3(1999): 413-414.

索抵抗宰制的可能性與追求社會進步的路徑。[29]

傅柯認知到主體與論述的有限性，主張開放的對話，這似乎有點接近外推論的思維。但比起外推論，在境界上恐怕仍有一段距離，畢竟傅柯還是停留在西方哲學的脈絡之中。比起康德的主體與哈伯瑪斯的互為主體，傅柯另闢蹊徑，試圖處理不同主體之間的對話關係，尋思非烏托邦式的未來發展方向，主體的影子還是很明顯的。相對地，外推論是綜合中國傳統思想與華爾納聚焦於科際整合研究的外推知識論策略。沈師將外推的知識論策略擴展到跨文化與宗教交談，並結合中國傳統思想。儒家的「仁」著重本體層面的溝通與感通，「恕」者善推，是同理心與外推的行動能力。感通是外推的可能性條件，恕道則逐層外推，將外推提升到本體層面。仁的感通肯定良知的存在與默會共識的向度，先於語言與論辯共識，沒有良知、默會共識與原初慷慨，言語論辯就會流於各說各話，共識是不可能的。道家的老子所說的「既得其母，以知其子。既知其子，復守其母」，則喻示在本體論上透過實在本身的迂迴，作為進入其他世界的先決條件。透過「觀」的過程來把握實在本身，在已經開顯的諸世界互動（子）與實在本身（母）之間互動。[30]

後期傅柯關注自我，探討自我的技術，似乎並未特別強調互為主體與他者的論述。相對地，外推論既重視主體的能動性、外推層次的遞移，也強調多元他者的存在。外推論不受限於西方現代性的觀點，也不限於文學與藝術的作者觀念。語言外推是主體之間互動的第一階段，但更重要的是接下來的實踐外推與本體外推，因為這兩者不只是承認其他主體的存在，更重要的是嘗試進入其他主體的（生活）世界，感同身受。外推強調的不是抵抗與壓迫，而是彼此的慷慨與包容。抵抗、挑戰、批判意識型態、文化霸權或實質的政經宰制，也許是主體翻轉的必經歷程或第一步，但翻轉與顛覆之後，還是要建構共好的社會關係。共好的社會關係是基於中國哲學中鼓勵的外推與交談，以多元他者取代抽象的他者。多元他者的概念與論述，不會只看到傅柯所說的權力對主體的構成與宰制（監視、圓形監獄、微權力 micro power、生物權力 bio-power、統治性），而是超越西方哲學與社會學理論之中長久的主體與結構二元對立的思維模式。也許傅柯的論述中有些互為主體的思維，但建構實在論與多元他者可說是超越哈伯瑪斯互為主體與傅柯主體關注自我、抵抗權力的格局，不只是消極地承認他者的存在，也不只是對話與交談，更是肯認與尊重有血有肉、

[29] Christopher Falzon, "Foucault, Philosopher of Dialogue," in *Foucault and Philosophy*, ed. by Timothy O'Leary & Christopher Falzon (Oxford: Blackwell Publishing, 2010), pp.222, 231-232, 241-243.

[30] 華爾納（Fritz Wallner）、沈清松，《建構實在論：中西哲學的中介》，頁 131-138。

活生生的各種他者，並且走向他者、同理他者、進入對方的世界。誠如周明泉所言，外推論主張走出自我的框架，重新檢視自己，全面地反省自我、自我他人之間的關係，然後回到自我，追求自我的提升。此時的自我，已經不是那個原來可能有偏見、局限的自我，而是體認到自我與他者之間的差異，並且能夠尊重他人差異與萬事萬物特質的自我。自我、主體與多元他者透過語言、實踐與本體的外推，逐步地相互理解與成就。[31]

陸、外推、多元他者與文化認同

一、外推、多元他者與東方主義的文化認同

　　薩依德在〈東方主義再思〉（Orientalism Reconsidered）一文中主張：要針對東方主義論述背後的歷史主義（historicism）、普遍化（universalising）與本質化主義的普遍主義（essentialist universalism），一一將其瓦解與去中心化。但他不贊成只是用本土主義的情緒，以及支持這種情緒的意識型態來戰鬥，這正是許多第三世界反帝國主義常常掉進的陷阱。光是回收使用老舊的馬克思主義或世界史（world-historical）的說詞也沒什麼用。批判東方主義與歷史主義，需要政治與理論的思考，把問題定為在宰制與分工，以及分析中沒有理論的、烏托邦的，沒有追求自由的面向。薩依德在結論中強調，去中心化、批判歷史主義與普遍化，導出多種觀眾或閱聽人、多重地域、多重經驗，導向非（non-）與反總體化（anti-totalizing）與反系統化（anti-systematic），但又可能為活動與實踐（praxis）提供去中心化的組合基礎。相對於主流、威權的系統，這些活動與實踐是相對的、對抗的、邊緣的。其分析的政治與實踐意義是終結宰制的與壓迫的知識系統。[32]

　　宋國誠指出，薩依德並未沈溺於阿拉伯世界被西方國家殖民的歷史悲劇之中，成為永遠的受害者，而是主張文明的對話，避開文明的衝突等對抗式的對壘。不過，薩依德的解決方案，主要還是集中在文學作品的文本分析、文學理論、文化研究之上，也特別強調要對抗壓迫與宰制的體系。但是，如此一來，溝通、欣賞、包容、同理等外推的路徑就會受限。[33]

---

[31] 周明泉，〈慷慨外推、邁向多元他者的沈清松教授〉，《漢學研究通訊》38.1(2019): 38。

[32] Edward Said, "Orientalism Reconsidered," *Cultural Critique* 1(1985): 102-106.

[33] 宋國誠，《後殖民論述：從法農到薩依德》，頁 284-285。

　　由此觀之，外推與多元他者論，讓我們看到「西方」與「東方」學術界、知識份子建構東方主義過程當中的共謀關係，多半集中在主體性與自我、我群文化認同的辯論與爭執，只是從壓迫、剝削、宰制的概念來看，仍然是借用或批判外來的理論觀點（包括批判薩依德對東方主義的概念化），承襲或針對東西二元對立與帝國主義壓迫剝削、殖民主義受害與抵抗的歷史意識。這樣局限在語言的交鋒與「西方」、「東方」世界之間的立場歧異，思考空間受到相當的限制，難以發展出更宏觀的思想體系與格局，不容易從不同學科與不同世界的理解之中，發展出立足於自身歷史與社會的現代性觀點。

二、外推、多元他者與霍爾的（黑人）文化認同

　　霍爾質疑本質論的文化認同，強調文化認同的建構性、歷史文化脈絡與權力關係。他從非本質論與建構論的觀點界定文化認同，認為主體與文化認同都是在特定的位置上發聲與書寫。被殖民的、離散的主體透過電影等媒介書寫與發聲，由此連結想像的與實際的歷史經驗與社會脈絡，重新塑造、思考主體及其位置。主體與文化認同既是不斷產生的過程，也是特定時間點與地方的產物。霍爾基於其族群身分、文化背景與脈絡，特別強調黑人及其後裔、不同的受壓迫、被宰制與離散的歷史經驗。

　　霍爾解析的文化認同，接續後殖民主義、後結構主義的思維脈絡，其批判分析有相當的價值與解構的效應，但「大破」之後必須繼之以「大立」。霍爾對英國黑人及新世代黑人電影工作者作品的分析，主要是針對黑人電影影像再現的主體性與批判性。他也以公共知識份子的角色，批判並剖析英國社會中的種族政治與社會經濟不平等的問題。然而，由於 1990 年代末期的政府補助資金大幅縮減、「第四台」（Channel 4）多元文化主義部門與 BBC 非洲—加勒比海單位的裁撤，黑人獨立製片的電影事業漸走下坡，難以為繼。霍爾對黑人電影所寄望的另類主體性、離散與後殖民的文化認同，乃至於對不列顛性（Britishness）、英國的族裔與種族不平等、種族意識型態，以及整個政治與社會經濟的背景，再也無法透過影像、視覺、實驗的電影語言等，表達出來。[34]影像的再現，固然能夠凸顯被殖民者在去殖民化之後的主體性與文化認同的重建，但英國黑人（獨立製片的）電影在 1980-1990 年代的興衰起落，顯示影像的再現，特別是只是聚焦於黑人及新世代黑人在都市社會中的邊緣化與他們遭遇到的社會問題，發展上還是有相當的局限。

---

[34] Sam Harman, "Stuart Hall: Re-reading Cultural Identity, Diaspora, and Film," *Howard Journal of Communications* 27(2016): 124-125.

這並不是否定霍爾的論述與 20 世紀末期英國黑人電影工作者的努力，而是認為外推哲學與多元他者的提法，可以指出一條重建文化認同的康莊大道。中國、中華民族過去也曾經飽受西方帝國主義侵略與殖民主義的壓迫，甚至淪為孫中山先生痛陳的「次殖民地」，臺灣更遭到日本帝國主義五十餘年的殖民與剝削。離散、後殖民主義、後現代主義、後結構主義的思潮在兩岸也多有學者引進與闡釋，但外推與多元他者論強調的是更積極的態度與思維，不能再沈溺於過去殖民主義壓迫之下的自戀與悲情。引入西學固然有其價值，但更重要的是要超越鸚鵡學舌與純粹比較的格局，致力於匯集中西文化與思潮，推動跨文化的核心思想互動、互譯與對談，彼此學習，截長補短，不斷地自我提升。不但自我要提升，也要肯認實實在在的他者，避免自我與抽象他者、主體與純粹客體之間的對立。一方面以儒家的五倫之道、佛家的眾生說、道家的萬物論，確認、鞏固多元他者的存在與重要性。另一方面，也要習取西方現代性的優點，以及後現代主義對現代性弊病的針砭，超越現代性的困境，建構不斷發展與增富的中華現代性（Chinese Modernities），在全球化過程中持續地與多元他者互動、交談與對話、彼此學習。[35]

柒、結論

本文首先綜述沈師所提對比哲學、外推與多元他者論的要義，指出沈師的思想體系自始即融合中西哲學思想之長，建構立足於中華民族文化的哲學體系。接著摘述哈伯瑪斯主張的溝通理性與互為主體性的論旨，早期傅柯論主體被知識─權力構成與後期傅柯論自我轉變的技術，薩依德對東方主義的解析與批判，霍爾對（離散黑人）電影語言與文化認同的論述。這些思想架構與理論各有其立場、觀點與見地，但不可否認的是，他們的論述各有其缺點或局限，各式各樣的批評與修正所在多有。哈伯瑪斯揚棄主體性哲學，但他的互為主體性是抽象的。後期傅柯專注於自我的修養與技術，對互為主體性與他者的肯認有不足之處。這樣的互為主體性與主體性所建構出來的文化認同，很難促成微世界、生活世界之間的交疊與相互理解。薩依德指出「西方」的東方主義展現出排除性的主體性，也扼殺互為主體性的文化認同，但也有人批評他的「東方」觀點忽略「東方」學術界與知識份子的自我東方化文化認同。霍爾試圖確認電影語言（與視覺藝術）建構離散黑人文化認同的可能性與路

---

[35] 沈清松，《從利瑪竇到海德格：跨文化脈絡下的中西哲學互動》，頁 1-4。

徑，但畢竟還是集中在後殖民主義文化霸權的被壓迫經驗，不容易往上攀升到更高的思想格局。

　　本文認為，外推與多元他者，以及背後支撐的對比哲學與建構實在論，可以涵攝與統合中西思想的哲學體系，克服上述思想家、理論家的缺點與問題，建構更寬廣的思想體系。外推的知識論策略以對比哲學與建構實在論為基礎，探討如何透過語言外推、實踐外推與本體外推，逐步克服西方主體性的膨脹，超越哈伯瑪斯抽象的互為主體，揚棄抵抗壓迫與霸權的執著，肯認與瞭解多元他者。這樣的哲學體系從較高的視野觀看世界，但也由下而上，從各個主體之間的語言翻譯、轉譯、（宗教）交談著手，彼此相會，同感同理，設身處地幫對方著想，進入對方的世界。這樣主體性就不會過度膨脹，互為主體也不會是抽象的溝通範疇，而是有血有肉的人與團體彼此互動，超越立基於主體性與互為主體性的文化認同情境與格局，走向慷慨外推，肯認多元他者的存在與價值。

參考文獻

何乏筆，〈哲學生命與工夫論的批判意涵：關於晚期傅柯主體觀的反思〉，《文化研究》11(2010): 143-167。

宋國誠，〈後殖民理論在中國：理論旅行及其中國化〉，《問題與研究》43.10(2000): 1-37。

宋國誠，《後殖民論述：從法農到薩依德》，臺北：擎松圖書出版公司，2003。

沈清松，《現代哲學論衡》，臺北：黎明文化事業公司，1990。

沈清松，《對比、外推與交談》，臺北：五南圖書出版公司，2002。

沈清松，〈休閒與自由：在科技產品與多元他者網絡中的論述〉，《哲學與文化》37.9(2010): 91-104。

沈清松，《從利瑪竇到海德格：跨文化脈絡下的中西哲學互動》，臺北：臺灣商務印書館，2014。

沈清松，〈為己之學與為人之學：從後現代重新審視〉，《二十一世紀》160(2017): 67-79。

周明泉，〈慷慨外推、邁向多元他者的沈清松教授〉，《漢學研究通訊》38.1(2019): 35-42。

周曉瑩，〈試論沈清松教授的「外推」策略〉，《哲學與文化》42.7(2015): 109-122。

邱德亮，〈沒有東（方）的東方主義〉，《文化研究》10(2010): 69-102。

張興成，〈跨文化實踐中的東方主義話語〉，《二十一世紀》71(2002): 64-72。

華爾納（Fritz Wallner）、沈清松，《建構實在論：中西哲學的中介》，臺北：時英出版社，2018。

Anderson, Amanda. *Tainted Souls and Painted Faces*. Ithaca and London: Cornell University Press, 1993.

Dirlik, Arif. "Chinese History and the Question of Orientalism," *History and Theory* 35.4(1996): 96-118.

Falzon, Christopher. "Foucault, Philosopher of Dialogue," in *Foucault and Philosophy*. Ed. by Timothy O'Leary & Christopher Falzon. Oxford: Blackwell Publishing, 2010, pp.222-245.

Foucault, Michel. *Technologies of the Self: A Seminar with Michel Foucault*. Ed. by Luther H. Martin, Huck Gutman & Patrick H. Hutton. Amherst: University of Massachusetts Press, 1988.

Gardiner, Michael E. "Wild Publics and Grotesque Symposiums: Habermas and Bakhtin on Dialogue, Everyday Life and the Public Sphere," in *After Habermas: New Perspectives on the Public Sphere*. Ed. by Nick Crossley & John Michael Roberts. Oxford: Blackwell Publishing, 2004, pp.28-48.

Gordon, Neve. "Foucault's Subject: An Ontological Reading," *Polity* 31.3(1999): 395-414.

Habermas, Jürgen. *The Philosophical Discourse of Modernity: Twelve Lectures*. Trans. by Frederick G. Lawrence. Cambridge, Massachusetts: The MIT Press, 1990.

Hall, Stuart. "Cultural Identity and Diaspora," in *Identity: Community, Culture and Difference*. Ed. by Jonathan Rutherford. London: Lawrence & Wishart, 1990, pp.222-237.

Hall, Stuart. "Introduction: Who Needs 'Identity'?," in *Questions of Cultural Identity*. Ed. by S. Hall & P. Du Gay. London/Thousand Oaks/New Delhi: Sage Publications, 1996, pp.1-17.

Hall, Stuart. "New Ethnicities," *Anglistica* 1.1-2(1997): 13-25.

Harman, Sam. "Stuart Hall: Re-reading Cultural Identity, Diaspora, and Film," *Howard Journal of Communications* 27.2(2016): 112-129.

McCarthy, Thomas. "Introduction," in Jürgen Habermas, *The Philosophical Discourse of Modernity: Twelve Lectures*. Trans. by Frederick G. Lawrence. Cambridge, Massachusetts:

The MIT Press, 1990, pp. vii-xvii.

Said, Edward. *Orientalism*. New York: Vintage Books, 1978.

Said, Edward. "Orientalism Reconsidered," *Cultural Critique* 1(1985): 89-107.

Schirato, Tony, Geoff Danaher & Jen Webb. *Understanding Foucault*. London/Thousand Oaks/New Delhi: Sage Publications, 2000.

Voicu, Cristina-Georgiana. *Exploring Cultural Identities in Jean Rhy's Fiction*. Warsaw and Berlin: De Gruyter Open Ltd, 2014.

作者簡介：

王佳煌：

美國密西根州立大學社會學博士、

政治大學中山人文社會科學研究所法學博士

元智大學社會暨政策科學學系教授

通訊處：32003 桃園市中壢區遠東路 135 號

元智大學社會暨政策科學學系

E-Mail：wanghcia@saturn.yzu.edu.tw / wanghcia@gmail.com

Strangification and Multiple Others: Cultural Identities Transcending Subjectivity and Intersubjectivity

Chia-Huang WANG

Professor, Department of Social and Policy Sciences, Yuan Ze University

Abstract: The author contends that the epistemology of Strangification (*Verfremdung*) and the discourse of multiple others as a comprehensive philosophical system developed by Professor Vincent Shen could solve the binary dilemma of subjectivity and intersubjectivity thinking underlying the Theory of Communicative Action by Jürgen Habermas, the discourses of constitution of the subject by knowledge-power and technologies of self by Michel Foucault, the critique against Orientalism by Edward Said, as well as the diasporic Black cultural identities by Stuart Hall. The intersubjectivity underlying the Theory of Communication is abstract while Foucault's discourse on self-transformation underemphasizes the dimension of intersubjectivity. Said's critique against Orientalism and Halls' discourse of diasporic Black cultural identities revolve around subjectivity-self and the Other. The philosophical system of Strangification and multiple others help to transcend the binary of subjectivity and intersubjectivity, and construct inclusive cultural identities based on intermingling micro worlds.

Key Terms: Strangification, Constructive Realism, Philosophy of Contrast, Subjectivity, Intersubjectivity, Orientalism

多元他者、外推與感通：
沈清松論儒家哲學對西方現代困境的補救

譚明冉

山東大學易學與中國古代哲學中心暨哲學系教授

內容摘要： 通過中西比較，沈清松教授分析了儒家哲學為什麼沒有發展出科學和民主，又如何有助於人類走出現代化困境。他提出多元他者、外推和感通等概念，試圖論證儒家的仁和人格提升或許是走出現代化困境的良方。他以中國哲學的萬物一體、天人合一超越西方的人類中心主義，要求人們在發展科學與民主之時，要以人與自然的和諧共榮為目的。通過認可多元他者的存在，以感通的方式體悟萬物的渾然一體，去除人類過分關注自我而生的自私和盲目。

關鍵詞： 現代性、儒家、感通

當牟宗三還在汲汲地通過「良知坎陷」開出民主和科學時，[1] 薩特（Jean-Paul Sartre）和海德格（Martin Heidegger）已經在反思科學和民主所帶來的宰制、疏離和虛無主義等弊病，要求回到人的存在本身，去發掘人生的意義。發現這種「現代性」的認識時差，先師沈清松教授試圖以比較的視野，分析儒家哲學為什麼沒有發展出科學和民主，又如何有助於人類走出現代化困境。他提出多元他者、外推和感通等概念，試圖論證儒家的仁和人格提升或許是走出現代化困境的良方。

沈師的「多元他者」是對德勒茲（Gilles Deleuze）的「他者」概念的補充。他認為，「他者」包含與主體對立的觀念，仍是從人本位、人自主的角度看待他人。而「多元他者」則是對萬物的開放和接受，包含了自然、他人與超越界的上帝、神靈等。[2]沈師的目的在於用「多元他者」的概念超越西方的主客對立，破除西方的人類中心主義。

沈師將「外推」作為向多元他者開放的手段。所謂「外推」，就是「是走出自

---

[1] 牟宗三，《現象與物自體》（臺北：臺灣學生書局，1990），頁 121-127。
[2] 沈清松，《返本開新論儒學》（貴陽：孔學堂書局，2017），頁 316。

己，走向他者，走向別異的行動」。[3]它要求人們不自限於自己一向的範圍，而要不斷向他者開放，「用他者可理解的語言說自己的主張，考量不同於己的實踐脈絡」，克服相對主義。[4]既然在外推的過程中仍然心涵他者，則說明在外推階段，沈師尚不能避免人我二元，沒有達到「物我一體」的境界。「走出自我，邁向多元他者」只相當於張載的「大心」或開闊心胸知見的過程，還沒有達到莊子「坐忘」的「離形去知，同於大通」（《莊子·人間世》）。

沈師或許認識到了「外推」的不足，進一步用「感通」來超越主客對立。觀沈師的文意，「感通」指人與人、人與物之間的感應。這種感應使我們能夠重視他人、他物的存在，從而開展出仁、義、禮等道德情感和規範。這種感應之所以發生是因為萬物是相互關聯的，是一個有機的整體。他說：「古典儒家對於內在感通之說，和重視人性的看法，加上西方民主所重視的合理與客觀之制度，終將能超越民主在今日所遭遇之（自私和冷漠）困境」。[5]

運用這些概念，沈師分析了科學、民主和儒家哲學的優缺點，從三個方面論證了儒家可以補救現代性的不足。1. 儒家提供的價值體系和所重視的人的最高的可完美性，使人的生活有值得奉獻的理由，不致由於工具理性之膨脹，使得生命意義被漂白盡淨。2. 儒家的內在感通將柔化民主制度的過度理性化、客觀化之趨勢。3. 原始儒家既然認為整體宇宙為一個生生不已的創造歷程，人在其中亦應參贊天地化育，並積極推動之，則此種想法應可及於制度本身的修改與創新。[6]

壹、現代化的特質和弊病

沈師將現代性歸結為四個方面：主體性、表象性、理性和宰制性。這四個方面可以用主體性統攝之。正是主體性導致現代性的三大弊病：宰制、人情疏離和價值虛無主義。

---

3 沈清松，《返本開新論儒學》，頁 34。
4 沈清松，〈全球化脈絡下的人格教育：視野與結構、動力與發展〉，《市北教育學刊》59.4(2018): 3-45。
5 沈清松，《返本開新論儒學》，頁 141。
6 沈清松，《返本開新論儒學》，頁 140-141。

一、主體性

沈師說，自從笛卡爾以「我思故我在」道出人是認知的主體，「主體」便成了西方各個哲學流派的基石。「人作為認知、權利和價值的主體」這一基本肯定，是整個近代文化及其中科學、藝術、社會制度、政治制度的根本精神所在」。[7]主體性在西方現代生活中最具體的體現就是對個體和人權的尊重。在民主之奠基人洛克的眼中，個人是一切權利與義務的唯一真正之主體。[8]

對個體的尊重和保護不但將西歐人從教會和封建領主的農奴制中解放出來，而且也在世界範圍內掀起了尊重個體、反對以集體或國家為藉口壓迫個體的熱潮。但是，在朝鮮、阿拉伯等國家的人們還在為個體尊嚴奮鬥之際，西歐和北美卻走向了個人主義氾濫的地步。英國前首相柴契爾夫人說：「在自由的名義下，一切東西都要讓位。自由腐化為淫逸。[…]英國治安的惡化，正是保守黨過分強調個人主義的後果」。[9]

針對個人主義及其所宣導的人權和自由在當前世界的尷尬地位，沈師評論說：「尊重個人是整個現代生活的根本原則，但是它往往會走向兩個極端。第一個極端就是走向自私自利，另外一個極端就是變成盲目的群眾」。[10]個人主義走向自私自利容易理解，但是，為什麼會形成與「強調個性」相對立的「盲目的群眾」呢？沈師說：「因為個人在面對自己的自由之時，必須抉擇與承擔，然而一般人往往會浸沒在群眾的非理性中去逃避責任」。[11]用王夫之的話加以證實就是：「乃憂其獨之不足以勝，貸於眾以襲義而矜其群」。[12]意思是，普通人沒有獨立的人格和判斷力，常常借助於人群來增加自信。然而，使普通人失去獨立判斷的深層原因則是西方社會的制度化。西方的民主制度雖然保證了個體的平等和人權，但是它的機械控制卻將每個人變成大機器中的一小螺絲，使個體常常失去自己作為權利、價值主體的地位。[13]

---

[7] 沈清松，〈在批判、質疑與否定之後——後現代的正面價值與視野〉，《哲學與文化》27.8(2000): 705-716。

[8] 沈清松，《返本開新論儒學》，頁 130。

[9] 引自"Thatcher Hits Out at Licentious, Permissive Society," *The Straits Times* 27(1996.9)。

[10] 沈清松，《返本開新論儒學》，頁 118。

[11] 同上註。

[12] 清‧王夫之，《船山全書》第 11 冊（長沙：岳麓書院，1996），頁 325。

[13] 沈清松，《返本開新論儒學》，頁 118。

二、表象性

表象性是現代性另一種表現形態。在近代世界中，人以自己為主體，以自然世界為客體，而主體透過建構種種表象來表現自我、知識或控制客觀世界。在認知上，無論印象、概念、理論，都是表象，人藉以認識世界，甚至進一步控制它。於是乎表象變成主、客之間的重要中介。[14]表象最重要的作用就是代表，以符號代表客觀世界。波柏（Karl Popper）說：「科學家在嘗試解釋物理世界或心靈世界時，必須訴諸於由理論、符號與象徵所構成的第三世界」。[15]換言之，科學和技術的普及引領人類生活在科學家所建構的「符號世界」之中，使得人們離真實的自然界越來越遠，找不到自己存在的意義。

三、理性

現代性是一「理性化」的歷程。近代西方人認為，人的理性能力是人探討世界、對待世界，促成人類進步的根本依據，不必，也不能再訴諸於上帝作為理據。[16]但是，哈伯瑪斯（Jürgen Habermas）則認為理性化的歷程是走向有規律的控制。[17]理性化之所以走向控制，是因為理性的探求以人為主體，以自然世界為客體，試圖通過把握客體的規律來控制客體。這種控制來源於用表象符號建設的「符號世界」。人們生活在這個符號世界中，完全被它決定了，於是出現了「主體已經死亡」或「作者死亡」。包瑞亞（Jean Baudrillard）在《符號的政治經濟學批判》一書中提出：「『死亡』[…]就是與實在脫離關係，且所有價值不必再指向實在。如果所有的價值都不必訴諸實在，則價值僅在於符號與符號彼此之間交換的關係」。[18]可見，理性建立的符號世界反過來限制了主體的活動，將主體變成這個符號世界的奴隸。這可以說是主體性的背反，也是主客二分的理性分析的必然結果。

---

14 沈清松，〈在批判、質疑與否定之後──後現代的正面價值與視野〉，《哲學與文化》27.8(2000): 705-716。

15 Karl Popper, *Objective Knowledge* (Oxford: Oxford University Press, 1972), pp.153-161.

16 沈清松，《返本開新論儒學》，頁 41。

17 沈清松，〈在批判、質疑與否定之後──後現代的正面價值與視野〉，《哲學與文化》27.8(2000): 705-716。

18 同上註。

四、宰制性

由於主體運用理性建構表象，用來控制事物與人們，於是形成了宰制性。這種對自然的控制，隨著人類對萬物規律的更多把握而逐漸加強。當這種方法也被用來探討人類社會和人類的行為的規律時，就建立起規範人類的社會制度。這種制度不但控制了當權者的肆意妄為，也控制了普通人的自由創造和主體能動性。於是，個體成了社會機器的一個螺絲釘，可以為任何人所代替，個人失去了主體性和存在價值，於是造成人生價值的虛無主義。

貳、儒家哲學與現代性之關係

沈師通過解釋儒家哲學何以不能開出民主和科學，精闢地論述了儒家哲學與現代性的關係。但是，他同時又暗示，正是這些缺點反而又彌補了科學與民主的不足、成了解決現代性危機的良藥。

沈師首先從中西哲學的不同價值取向解釋儒家哲學為什麼發展不出科學。西洋哲學是起始自一種「驚奇」（wonder）態度的結果，導致科學知識的理論建構；然而中國哲學乃肇端於一種「關懷」（concern）態度，如此則會走向指引人的命運的實踐智慧。[19]西方哲學因為驚奇於萬物的生滅，而去探求其本原，以增進對世界的理解。中國哲學更關注於人類如何在萬物中生存。雖然因為生存的需要也宣導「格物」，但是由於中國哲學的道德至上主義，格物往往被理解成在事事物物上發現道德意涵。在沈師看來，這種「驚奇」與「關懷」的差異，「亦說明了何以中華文化在儒家主導下，並未產生西方近代意義的科學」。[20]

沈師接著以現代科學的三要素為座標，來分析儒家哲學為什麼發展不出科學。其一，「中國傳統科學」沒有數理邏輯。中國古代那些類科學理論主要地建基在直觀和思辨的想像之上，這樣或許有益於洞悉人生和社會的全貌，但畢竟是缺乏了方法學上的精確性和邏輯上的嚴密性。[21]其二，中國傳統科學缺乏控制良好的系統性實驗。中國古代的經驗資料都是以一種雖詳細但是被動的觀察建立的，鮮少嘗試任何

---

[19] 沈清松，《返本開新論儒學》，頁 142。
[20] 沈清松，《返本開新論儒學》，頁 144。
[21] 沈清松，《返本開新論儒學》，頁 148。

有系統的實驗，或對吾人的認知採取任何主動的人為控制。[22]孔子雖然要求「多識鳥獸草木之名」，但是他關懷的重點多投注到有意義的人間世界，並不關心無意義的自然世界。在孔子看來，自然世界是要依合乎事物的本性與合於人的本性的規範來加以組織，而不是要用任何技術程式來予以控制。[23]其三，中國傳統科學缺乏知識論反省和科學哲學的傳統。儒學並未構想任何演繹／否證，歸納／證明之類的互動關係。就儒學而言，統一性的模式是經由倫理實踐的過程，訴諸終極依據，因而進行精神的整合。「實踐」被理解為個人與群體在生命歷程中積極參與、實現人性的行動，至於技術上的問題，也都必須在此倫理實踐的脈絡中重新定位，予以考慮。[24]

如果說科學是理性對自然界的建構，民主制度則是理性對人類社會的重建。科學強調孤立地對待和分析自然物；民主則孤立地尊重個體之人。科學重視客觀的體系，用實驗來控制自然物；民主則訴諸客觀的社會制度來控制個人。這樣，民主之於人類社會，正是科學之於自然界的映照。儒家哲學開不出科學，當然，也不可能開出民主。沈師說，民主有三個原理：其一，要尊重每一個人的價值與權利，因為所有人都是生而平等的。其二，個人與個人、個人與群體、群體與群體之互動，須透過制度的中介來進行。其三，制度本身可以經由社會成員合理的討論來加以修改，而不必訴諸暴力來予以全盤否定或推翻。[25]以此原理為標準，沈師揭示儒家哲學為何未能為後世立下民主之基。

首先，儒家缺乏西方近現代對個體生而有之的生存權利、價值和尊嚴的保護。儒家重視的是「道德的民主」，也就是孟子的「人皆可以為堯舜」，而不重視政治上的民主。[26]其次，儒家沒有建立起客觀的強有力的制度。孟子雖然說：「徒善不足以為政，徒法不足以自行」（《孟子‧離婁上》），但是，孟子更重視仁心的發用和擴充，不重視結構本身的理趣及其客觀性。[27]荀子重視制度，但是，「（荀子）沒有純粹從組織的結構面、邏輯面來加以考慮。也因此，其制度的合理性與客觀性論述，仍然缺乏理性結構的基礎」。[28]換言之，荀子並沒有提出如何限制權力的方法或制度，因而，他所宣導的明分使辟、物資分配就不能夠得到有效地貫徹。第三，儒家學者缺乏修改或批評制度的意識。孔子認為周代禮制是不需更改的。孟子雖然認為暴君

---

22 沈清松，《返本開新論儒學》，頁 148。
23 沈清松，《返本開新論儒學》，頁 149-150。
24 沈清松，《返本開新論儒學》，頁 151。
25 沈清松，《返本開新論儒學》，頁 130-132。
26 沈清松，《返本開新論儒學》，頁 163。
27 沈清松，《返本開新論儒學》，頁 137。
28 同上註。

應當更換，但是他並沒有反思君主制度的合理與否。荀子提到「從道不從君」，但是他仍然是在君主制度的框架內匡正君主的過失，並沒有修改制度的意識。根據以上分析，沈師雖然沒有明說，但是可以推測，他並不認為儒家哲學能發展出現代式的民主。

其實，我們還可以補充說，儒家重情感，不能客觀地看待外物；強調愛有差等，不能平等地對待他人；重視整體性和關聯性，不能孤立地看待外物。這都決定儒家不可能客觀地、孤立地、平等地對待自然物或他人，不可能進行科學實驗或尊重人權。儒家雖然重視理性，但這個理性是情理，是處理事務時的分寸感，是《中庸》所說的喜怒哀樂之中節，而不是康德或西人所崇尚的純粹理性或認知理性。由此而來，雖然儒家的禮和法是理性的建構，但是它們必須服務於人情，而不能像民主制度一樣客觀而無情。聖人「緣人情而制禮」（《史記·禮書》），其後果就是在人情或人欲的需要之際，當權者可以超越或變更法度，無視法律和制度。

但是，正是因為制度和禮制得不到完全的尊重和遵守，或者說，制度的控制性的微弱，儒家使個體的能動性獲得了發揮的空間。個體雖然受到君親的壓迫，但是個體的角色是可以改變的，個體無論靠資歷或者靠聰明才智都可以上位。今日的臣子可以變成明日的君親。西方的科學與民主雖然尊重個體，但是其以理性建制起來的制度卻具有絕對性。在理性的規律面前，個體性和多樣性被扼殺，個體成為了制度的奴隸。正像蘇隆德（Ronald de Sousa）所言，一部機器動物和一位康德式天使的共同點是什麼？我可以將它們歸結為，完全的決定性。前者是由於機制，後者是由於理性。[29]據此，沈師感慨道：「對於合理而客觀的制度之重視，卻使得制度本身過度按自主的邏輯膨脹，使得科層組織或官僚體制對於個人產生控制的現象。[…]個人被納入體系，被制度化了，成為大體系中的一個零件，喪失其為知識、價值與權力的主體地位」。[30]這解釋了為什麼西方現代化以來，個體獲得了人權和民主，卻走向了人情疏離和人生無意義的虛無主義。

參、儒家哲學對西方現代性弊病的救治

沈師認為，儒家的「個體的可完美性」或「道德的民主」可以糾正價值的喪失

---

[29] 蘇隆德（Ronald de Sousa）著，馬競松譯，沈清松校訂，〈情感的合理性〉，《哲學與文化》32.10(2005): 35-66。

[30] 沈清松，《返本開新論儒學》，頁140。

或虛無主義，使個體有值得奮鬥的目標。儒家的仁或感通可以改善民主制度的過度理性化、客觀化。通過個體的主觀努力，使人在任何制度裡面生活有意義。

所謂「個體的可完美性」就是個體德行的完滿實現的潛能。這種個體德行的完滿以「立德、立功、立言」為理想，將個體的價值實現和生命意義巧妙地融合在對家國的貢獻之中，使每一個個體在奉獻中成就自身。於是，個體的自我在獲得對方接受的同時，也向對方敞開心扉，避免了個體主義帶來的自私冷漠和價值虛無主義。

所謂「以仁或感通來改善民主制度的過度理性化、客觀化」，就是用儒家哲學對人類生命意義的重視、對萬物一體和人與人、人與自然之和諧的強調來克服現代性帶來的宰制、虛無和人情疏離。儒家不但認為人類社會是有生命意義的，而且認為整個自然界都是充滿了生命。大到飛禽走獸、小到一草一木都不僅僅是一種無情的客體，而是有生命的有機體、與人類的生命在不斷地互動之中。所以，當旁人問周敦頤「窗前草為何不除？」答曰：「與自家意思一般」。[31]意思是，我與萬物都是生命，我也應該像珍惜自己的生命一樣，珍惜愛護它們。

其具體方法就是承認「多元他者」，發揮儒家的仁恕之道，以外推的方式，站在他人的角度思考問題。沈師非常欣賞胡塞爾的主體間性和夥伴關係，要求人們以同理心（empathy）去體會他人的性格。[32]他更接受呂格爾的思想，指出他者乃自我之為自我的背景，自我為他者開放而成其意義、合乎倫理的生活。[33]主體與他者是相反相成的。唯有走向他者才能完成主體，也唯有主體漸趨成熟，始會致力他者之善。[34]

沈師將走向他者稱之為外推。外推的第一步就是交談。交談的前提是從良知出發，與對生活世界的共同關懷而先有一種默契。在通過交談達到和諧共識之後，沈師推出他的「實踐的外推」。所謂實踐的外推，就是把某一種文化脈絡中的思想和文化價值，移入到另一種文化中，看是否能行，以檢測其有效性。[35]但是，筆者認為，這種移入，必須經過再詮釋。問題是，經過再詮釋和適應新的文化脈絡，原文化的思想也不再保持其原貌，甚至大相徑庭。例如，「自由」之作為西方的價值，強調的是個體的獨立自主。但是，在五四時期將之引入中國時，卻變成了破壞家庭關系的利器。沈師引《五四與中國》說：「在北大文學院大門口，我遇到一個朋友，他

---

[31] 宋‧程顥、程頤，《二程遺書》（上海：上海古籍出版社，2000），頁112。
[32] 沈清松，《返本開新論儒學》，頁24。
[33] 沈清松，《返本開新論儒學》，頁9。
[34] 沈清松，〈在批判、質疑與否定之後——後現代的正面價值與視野〉，《哲學與文化》27.8(2000): 705-716。
[35] 沈清松，《返本開新論儒學》，頁60。

身邊的女朋友把頭髮剪短了。『請問貴姓？』我問他。她瞪我一眼，然後叫道：『我沒有家姓！』有些人寫信給他們的父親說道：『從某月某日我不再認你為我父親，我們都是朋友，互相平等。』」[36]據此，南樂山（Robert Cummings Neville）警告道：「創造對話[…]將西方對於價值所在的人類主體性與被認為價值中立的客觀世界之間的區分，導入了儒家。西方的德行倫理學僅是一個從主體這邊建立規範倫理學的嘗試[…]而沒有認真考慮在倫理環境中事物的價值」。[37]言外之意，沈師必須考慮移入文化對新文化的改造，以及對自身的改造。

沈師的最終訴諸是儒家的仁。所謂「仁」，可以視為是人與人之間、人與自然之間，甚至人與天之間的動態相感相通：既是個人倫理生活的先驗基礎，也是宇宙和諧的終極依據。由「仁」生「義」。而所謂「義」，就代表了倫理規範、道德義務、道德判斷，甚或有時代表吾人對此道德義務的覺識。由「義」生「禮」。所謂「禮」，是指行為的法則，或宗教與政治的儀式，甚至亦意指社會制度。[38]這樣，「人從內在感通，轉變為道德規範，再由道德規範變成行為準則，可以說是儒家思想使人在任何制度之下活得有意義的方法」。[39]

推而廣之，沈師聲言，人必須在儒家的人文主義脈絡中去發展科學和技術。儒家思想中的人文精神，並不只是被動地向宇宙現象學習，或只在模擬自然，而是主動地在宇宙中有所感悟，並且進一步發揮人精神上的努力，來轉化宇宙，點化自然。所謂「觀乎人文，以化成天下」，就是要發揮人自身的精神成就，透過人的道德努力和藝術心靈來改造周遭的自然世界，使其變成合乎人性要求的生活世界。[40]在這種視域下，科學技術不應被視為宰制自然和社會的工具，而應該是協調人與自然、人與他人的手段。

可見，沈師以儒家哲學改造科技的策略是：人必須成為科學與技術的主人，而不是科技的奴隸。所有科技的進步，都必須為人性潛能的展開與實現而服務。人類生命的意義應該優先於數學與實驗架構的嚴整。所有科學與技術的發展皆須經由人性重新思考，以便將它們吸納進入中華文化的創造動力之中。通過人與人、人與自然的互動，破除現代化的宰制，而代之以協調。通過盡己之性、盡人之性、盡物之

---

[36] 沈清松，〈從解構到重建：民國以來價值體系的變遷與展望〉，《哲學與文化》28.12(2001):1087-1108；引自周策縱等著，《五四與中國》（臺北：時報出版公司，1979），頁160。
[37] 沈清松，〈從跨文化哲學觀點看鄔昆如教授的比較倫理學〉，《哲學與文化》43.9(2016):41-54。
[38] 沈清松，《返本開新論儒學》，頁154。
[39] 沈清松，《返本開新論儒學》，頁123。
[40] 沈清松，《返本開新論儒學》，頁161。

性，以贊天地之化育，而不是主宰控制天地。

肆、中華文化中理性和主體性的角色再認識

沈師認為中華文化屬於講理（reasonableness）的學問。但是，儒學在致力於「講理」的同時，忽略了其自身的「理性」潛能。儒學正是由於此一理性方面的缺陷而未能產生現代式的科學。[41]無獨有偶，牟宗三也說：

> 知體明覺之感應（智的直覺，德性之知）只能知物之如相（自在相），即如其為一「物自身」而直覺之，即實現之，它並不能把物推出，置定於外，以為對象，因而從事去究知其曲折之相。[42]

「知體明覺」相當於孟子和王陽明的良知。牟宗三的意思是，傳統文化重視良知的直覺體認、物我一體，而忽視了物我對立的認知理性，所以開不出科學。比較起來，沈師與牟宗三皆認為傳統文化忽視了認知理性的潛能。但是筆者疑惑，傳統文化又何嘗忽略之？又何須「坎陷」而再開出之？

一個最明顯的反例就是《周易》卦爻系統的建構。這個建構類似於西方用表像、概念建構的符號世界。其目的也是用來控制或預測自然和社會的發生過程。這個系統一直存在於中華文化之中。雖然孔子提出「觀德義」，以塑造占筮的倫理特色，但是基於《周易》的象數學仍然得到長足的發展，以致邵雍可以提出元、會、運、世預測宇宙。

當然，直接體現古代哲學的認知理性的更在於老莊對求知的批判、荀子對認知的肯定和宋儒對格物的解釋。老莊相信自然有其自身的法則，人類應當順應之，而不是用自己的思慮去妄作。他們之所以反對思慮妄作，是因為他們發現，人的認知能力是有限的，而道或宇宙萬物是無限的。人認識到的東西永遠是局部的、片面的，從而否定了認知理性的有效性，轉而訴諸直覺或感通。老子說「不出戶，知天下，不窺牖，見天道。其出彌遠，其知彌少」。（《老子》第47章），莊子則直接訴諸「虛室生白」和「心齋」。（《莊子·人間世》）儘管如此，荀子在繼承了老莊的虛靜和自然之後，還是提出了「虛壹而靜」（《荀子·解蔽》）的認識理論。他要以人

---

[41] 沈清松，《返本開新論儒學》，頁151。
[42] 牟宗三，《現象與物自體》，頁121。

的認識能力去把握天道，從而「制天命而用之」。（《荀子・天論》）從這個角度看，科學理性在中國古代並沒有被忽略。到了宋代，朱熹更以《大學》為底本，倡言格物。其一物自有一理、萬物皆有理的主張，確實「誤導性的」導致後代學子重視客觀物理。比如，王陽明等人的格竹子之理就是明證。

因此，中國文化中並不是沒有發展出認知理性，而是在如何用上與西方人分道揚鑣。中國人將認知置於對人生意義的追求或者道德修養的從屬地位。結果，雖然中國古代時而有耀眼的發明創造，但是皆被列為雕蟲小技而不加重視。中國人重視的是成聖、成賢之道，是如何完成個人在宇宙或人類社會中的價值和意義。《莊子・天地》的抱甕老人不是不知道桔槔在灌溉時可以提高效率。可是，他重視的是修心，是去除機械、機事、機心，以保持心地的純白無私。這說明，中國古人早就認識到了認知理性的存在和作用，而是考慮到其對人生心靈的攪擾而有意將之擯除。

與認知理性相關的就是主體性。西人將主體凸顯出來，強調主體的自主性，和與客體的對立；中國哲學則強調主體與外界的關聯性。主體一方面是獨立的、自主的，但同時主體性的完滿實現則需要通過與客體的互動融合，通過超越主客分離、達到主客合一。

莊子首先肯定每個個體都是獨特的和完滿自足的，只要順著自己的本性作為，就能完美自身。但是，他發現，人有了思慮心知之後，往往不能順應本性發展，而是被外在的、世俗的名利是非所左右，從而導致中道夭折。於是，莊子要求發揮人的主體性和能動性，達到更高層次的覺解。證之以「坐忘」：顏回在忘卻仁義、禮樂之時，都是認知主體在發揮其能動性。等達到「坐忘」，才連主體一併忘卻，這就是「離形去智，同於大通」。這種境界表面上與「塊不失道」相似，但是它卻是通過主體的自覺達到的新境界，是與慎到的「無知之物」不同的。

類似的，孟子雖然高揚反求諸己，但是他的「浩然之氣」卻是貫通天地、超越自我的。他的「盡其心也，知其性也，知其性則知天」（《孟子・盡心上》）最終也是超越主體，達到天人、物我的合一。《中庸》的盡其性、盡人之性、盡物之性，以致於「贊天地之化育」的過程也是一個從自我、主體外推到他人、萬物的過程。隨著這個外推的擴大，主體性也包容的越來越大，最終「與天地合其德，日月合其明，鬼神合其吉凶」（《易傳・繫辭上》），而超越主體。

這種思想被宋明儒生發展成通過主體性的自覺，體悟到「仁者渾然與物同體」[43]的境界。這與西方近代的主客對立形成鮮明的對比。因此，沈師所說的人格的完美

---

[43] 宋・程顥、程頤，《二程遺書》，頁112。

本身應當是主體性的發展過程。這個發展最終在天人合一、物我合一中達到主體性的完滿，但是這種完滿本身又是對主體的自我、自私的超越。

儒家和道家對主體性的弘揚，特別是對成德的期許，本身就是對聖賢的要求或束縛。它要求聖賢以天下為己任，超越自我，通過服務天下以實現生命的意義。它期許所有的執政者要麼像堯舜禹那樣無私奉獻；要麼像許由、泰氏那樣無欲無為。然而，他們只看到了高揚主體性、成聖成賢的光輝面，而沒有發展出用制度來控制私欲的膨脹。他們雖然宣導「虛心」「寡欲」，但是由於他們不重視制度的建構或維持，斥禮為「道之華」和「亂之首」，或者堅持聖人可以「緣人情以制禮」，他們為主體性帶來的私欲也留下了極大的活動餘地。其政治後果就是聖賢執政，民眾沐浴在和風細雨之中；暴君執政，民眾掙扎在水深火熱之中。

伍、對沈師「能欲」的理解和補充

沈師似乎把「能欲」（desiring desire）作為了感通的基礎。他將「能欲」視作「本心」：「原初欲望或能欲由於是指向他人、他物的原初動力，基本上是不自私的，是自我走出、指向多元他者的原初慷慨，或可稱之為人的『本心』」。[44]他接著將這個「本心」等同於「無心之欲」，說：「此一『能欲』早就以原初型態存在於人的身體和無意識，是一尚未轉為有意識的動力，可謂『無心之欲』，為此，我不稱之以『慾望』，而以『能欲』稱之」。[45]

沈師的論述，一方面將「能欲」等同於王陽明的本心或良知。良知本身無惡，只有在沾染於外物時才產生惡。同樣，「本心（也就是能欲之欲），以及其最初向善之初動、初心（也就是可欲之欲），都是不自私的。只有當欲望固定在某對象或對象群之時，也就是所欲之欲時，才會開始轉成自私的」。一個人要「從不自私的能欲出發，開顯為可欲與所欲，本此原初慷慨，發揮仁愛精神，不斷進行外推與內省，層層穿透，日新又新，乃至止於至善」。[46]

另一方面，他又將「能欲」等同於欲望。「在人的身體中孕育並形成了人的原初意欲，做為人追尋意義的基本動力。人的原初意欲，在無意識層面可稱為『欲望』；

---

[44] 沈清松，〈全球化脈絡下的人格教育：視野與結構、動力與發展〉，《市北教育學刊》59.4(2018): 3-45。

[45] 同上註。

[46] 沈清松，《返本開新論儒學》，頁 58。

俟其浮到有意識層面，則可稱為『意志』，其實皆是同一個走向可欲之善的動力。[…]為此，我不稱之以『慾望』，而以『能欲』稱之」。[47]他舉例說：人與人之間的感通，首先表現為男女之相感相悅，有了愛情，因而嫁娶，成為夫婦。[48]這是把男女相悅的性欲當作了「能欲」，當作了感通的基礎。在評價孟子的四端時，他認為「四端」都是人內在原有的向善之性。這種內在向善之性會自然而然地發用，一旦遇上任何相關事件，比如小孩落井，便會立刻趕往救援。這時，人們是想不到自私的念頭的。只要把這本有善性加以擴充、發展，便可達致實現，成為德行。[49]

為了保證「能欲」不自私，沈師將「能欲」置於先驗的層面，說：「至於第一層樓，則是先驗的『能欲』；而所謂 need 與 want，只是『能欲』在經驗中的表現。所謂『先驗』意指『先於經驗而又使經驗成為可能』」。[50]這樣一來，沈師就走向了康德的先驗範疇，而離開了「良知」的即內在即超越的特性。

沈師的「能欲」很可能借鑒了蘇隆德對欲望和情感的研究。蘇隆德說：「如果情感是本性的記號，那麼欲望就應該是客觀的、普遍的」。又說：「情感從中產生的原始性向，並不是情感」。[51]這個「本性的記號」或「原始性向」就是人類的生存本能，或儒家所說的生意。從其維持生命的角度，它是善的、無私的，可以說是沈師「能欲」的原型。據此，我們就可以將沈師的「本心」和「欲望」統一起來，將二者皆歸於「生存本能」或「生意」。這種生存本能體現在夫婦之道就是男女相悅；體現在《孟子》之中就是惻隱之心或仁，和人之同欲同好。正是因為這種生意的貫穿，人與人、人與萬物才能相互感通，達到程顥所謂的「仁者渾然與物同體」的境界。

當然，這種感通或外推更有其本體論的根據，這就是莊子的「通天下一氣也」。（《莊子‧知北遊》）既然天地萬物本來是一體的，當然我的情感、我的仁心可以感通天下萬物，這反映在孔孟那裡就是心安和惻隱，在程顥、王陽明那裡就是一體之仁。

總之，沈師是以中國傳統的人文主義重新審視現代性的。這種人文主義與後現

---

[47] 沈清松，〈全球化脈絡下的人格教育：視野與結構、動力與發展〉，《市北教育學刊》59.4(2018): 3-45。

[48] 沈清松，《返本開新論儒學》，頁 287。

[49] 沈清松，《返本開新論儒學》，頁 189。

[50] 謝林德、汪履維、沈清松、但昭偉、林建福，〈全球化脈絡下的人格教育：視野與結構【回應與討論】〉，《市北教育學刊》59(2018.4): 47-64。

[51] 蘇隆德（Ronald de Sousa）著，馬競松譯，沈清松校訂，〈情感的合理性〉，《哲學與文化》32.10(2005): 35-66。

代思想家對現代性的批判不謀而合。沈師的睿智在於以萬物一體、天人合一超越西方的人類中心主義，要求人們在發展科學與民主之時，不但要「以人為目的」，更要以人與自然的和諧共榮為目的。通過認可多元他者的存在，以感通的方式體悟萬物的渾然一體，去除人類過分關注自我而生的自私和盲目。聯繫到目前新冠肺炎肆虐全球，沈師的建議更值得我們重新思考如何利用科技、如何協調人和萬物的關係。莊子說：「知天之所為，知人之所為者，至矣！[…]知人之所為者，以其知之所知以養其知之所不知，終其天年而不中道夭者，是知之盛也」。（《莊子・大宗師》）人類是到了反思何者當為、何者不當為、為理性劃定一個範圍的時候了。

參考文獻

牟宗三，《現象與物自體》，臺北：臺灣學生書局，1990。

宋・程顥、程頤，《二程遺書》，上海：上海古籍出版社，2000。

沈清松，〈全球化脈絡下的人格教育：視野與結構、動力與發展〉，《市北教育學刊》59.4(2018): 3-45。

沈清松，〈在批判、質疑與否定之後——後現代的正面價值與視野〉，《哲學與文化》27.8(2000): 705-716。

沈清松，〈從解構到重建：民國以來價值體系的變遷與展望〉，《哲學與文化》28.12(2001): 1087-1108。

沈清松，〈從跨文化哲學觀點看鄔昆如教授的比較倫理學〉，《哲學與文化》43.9(2016): 41-54。

沈清松，《返本開新論儒學》，貴陽：孔學堂書局，2017。

周策縱等著，《五四與中國》，臺北：時報出版公司，1979。

清・王夫之，《船山全書》第 11 冊，長沙：岳麓書院，1996。

謝林德、汪履維、沈清松、但昭偉、林建福，〈全球化脈絡下的人格教育：視野與結構【回應與討論】〉，《市北教育學刊》59(2018.4): 47-64。

蘇隆德（Ronald de Sousa）著，馬競松譯，沈清松校訂，〈情感的合理性〉，《哲學與文化》32.10(2005): 35-66。

"Thatcher Hits Out at Licentious, Permissive Society," *The Straits Times* 27(1996.9).

Popper, Karl. *Objective Knowledge*. Oxford: Oxford University Press, 1972.

作者簡介：

譚明冉：

北京大學哲學博士、多倫多大學東亞系博士

山東大學易學與中國古代哲學中心暨哲學系教授

通訊處：250100 山東濟南山大南路 27 號 山東大學哲學與社會發展學院

E-Mail：mingrantan@hotmail.com

Many Others, Strangification and Communion: Vicent Shen's View on Confucian Remedy to the Crisis of Modernity

Mingran TAN

Professor, Center for Zhouyi and Ancient Chinese Philosophy / Department of Philosophy, Shandong University

Abstract: From a comparative perspective, Professor Vincent Shen analyzes why Confucianism has failed to develop science and democracy, and argues that this failure in turn can help people to step out the crises that modernity has caused. He proposes such concepts as many others, strangification and communion, and suggests that humaneness and moral improvement will be a remedy for the crises of modernity. He transcends Western anthropocentricism with the unity of the myriad things, Heaven and man, and recommends people to guide science and democracy with the harmony between man and Nature. He believes that through the recognition of many others and the communion with the myriad things, man will be able to get rid of selfishness and blindness that anthropocentricism has caused.

Key Terms: Modernity, Confucianism, Communion

沈清松的多元他者與列維納斯的第三者之對比[*]

鄧元尉

輔仁大學宗教學系助理教授

內容摘要：中華新士林哲學向來批判封閉的現代主體性，沈清松則將後現代思想的洞見與侷限納入視野，以「多元他者」與「慷慨主體」為核心重建中華現代性，為中華新士林哲學開創新局。對他者概念的引用和改造，可說是這條思想路線的重要環節。他者概念之躍上哲學舞臺，原是後現代思想的貢獻，列維納斯可說是此一概念最重要的闡釋者。不過，緣於他者概念的限制，沈清松提出多元他者取而代之，列維納斯則透過第三者加以補充。本文嘗試在中華新士林哲學的思想路線上，藉由多元他者與第三者之對比，透過一個相互詮釋的過程，以慷慨主體的建立以及對他異性的守護為核心，重新理解他者與主體的哲學意涵。

關鍵詞：沈清松、列維納斯、他者、多元他者、第三者

壹、前言

本文嘗試在中華新士林哲學的思想脈絡下，藉由與列維納斯（Emmanuel Levinas, 1906-1995）的第三者（the third party）之對比，來闡述沈清松教授所提出之多元他者（many others）的哲學意涵。中華新士林哲學是天主教哲學本地化的成果，代表人物包括于斌與羅光等人；沈清松主張應從跨越現代性困境的角度來進行評價，著眼於這些學者如何面對現代性所致之主體封限的危機。[1]不過，隨著後現代思潮的風起雲湧，萌生出新的時代記號，也對天主教哲學產生新的挑戰。在沈清松看來，現代性是一需要超越但不能拋棄的寶貴遺產，中華新士林哲學應更積極篤定地回應梵蒂

---

[*] 筆者在政治大學哲學系跟隨沈清松老師研習哲學近十載，並在沈老師的指導下，以列維納斯的政治思想為題撰寫博士論文。如今哲人已遠，謹以此文紀念那段依循先師引領而在茫茫哲海中冒險前行的美好時光。

[1] 沈清松，《士林哲學與中國哲學》（北京：商務印書館，2018），頁417-418、446。

岡第二次大公會議所揭櫫之「關心現代人、超越現代性」的典範；因此，如何在文化交流與宗教交談中延續梵二精神，獲得一種得以避免西方現代性弊端的中華現代性，便成了中華新士林哲學待努力的任務。[2]

後現代思潮所致力闡述的他者（the other）概念是此一思想路線的重要環節，列維納斯是他者概念躍上哲學舞臺的重要推手，他藉此質疑現代性的主體中心傾向，沈清松則在吸納後現代之現代性批判的基礎上提出多元他者，以彌補他者概念之不足，同時超克西方現代性與後現代思潮之侷限。值得注意的是，列維納斯自己也察覺到他者概念的限制，提出第三者概念加以補充。那麼，同樣作為對他者概念的推進，這兩條理路有何異同？筆者認為，也許可以透過二者之對比來挖掘多元他者的理論特質，祈能有助於中華新士林哲學之開展。

貳、「多元他者」的基本特徵

沈清松曾多次提及多元他者，茲舉一處為例：

> 中國哲學鼓勵外推和交談，從而達到在多元他者之間的充量和諧。我用「多元他者」這一概念來取代由拉岡、列維納斯、德希達、德勒茲等人提出的「他者」這一後現代概念。雖然他們的看法仍各有不同，但對我而言，「他者」僅是一抽象哲學名詞。在我們的實際生活中，我們從沒有任何時刻面對著抽象的「他者」。相反的，我們都是出生在、成長在多元他者之中。儒家的「五倫」、道家的「萬物」和中國大乘佛學所言的「眾生」，都無可否認地蘊涵了「多元他者」的涵義。[3]

他者概念若過於抽象，則無法連結到日常生活所實際與之相遇的諸般他者，導致他者哲學淪為形上思辨；他者概念若與自我對立，則會產生取他者捨自我的思想傾向。一種遠離生活並捨棄主體的哲學，並不是中國哲學應走的路，對沈清松來說，中國哲學所面臨的大問題仍是現代性的衝擊、習取以及超越。[4]正是為了超越現代性，克服現代性所奠基其上的主體哲學，沈清松肯定列維納斯等後現代哲學家以他

2　沈清松，《士林哲學與中國哲學》，頁 484-486、499-501。
3　沈清松，《跨文化哲學與宗教》（臺北：五南圖書出版公司，2012），頁 31-32。
4　沈清松，《跨文化哲學與宗教》，頁 3。

者超克主體性過度膨脹的弊端。[5]然而，這不代表要拋棄主體與現代性的成就。如何談論一種新的現代性，既不囿於固有的主體哲學，也不陷入後現代主義對主體的否定，就成了中國哲學的課題，也於焉成為中華新士林哲學的課題。

現代性與主體仍是必須保存的珍貴遺產，多元他者的提出可說是為了建立起經過他者哲學之修正的主體觀，一種「走向他者而不與他者對立的主體」。在此一主體觀底下，主體與他者的關係是「相互豐富」。[6]這是一種動態的相互性，彼此皆走出自身，沈清松以「慷慨」稱之。事實上，先有某種原初的慷慨，相互性才得以獲得建立，相互豐富也才得以可能。[7]若少了慷慨，「多元他者」一語即有可能被誤解為只是在肯定人類社會所有個體處在某種多元共存的狀態，雖有「多元」、卻無「他者」，易與「多元主體」甚至「多元個體」這類用語混淆。多元他者作為後現代哲學反思現代性的下一步，仍保有此一反思所揭櫫之他者向度，慷慨即是此間關鍵。

以慷慨為基礎，沈清松要重建那已形同廢墟的現代主體性，他特別是在跨文化哲學的論域中將此一重建工作銜接起對中華現代性的省思。中華現代性試圖立足中國哲學傳統，既能吸納西方現代性在開發主體性方面的成就，又不致落入主體性過度膨脹或是被徹底拋棄這兩個極端。此一思想議程的關鍵是將為己的封閉主體轉為慷慨致力於多元他者之善的開放主體。[8]只要能將慷慨主體與多元他者融入中國哲學，即有望使中國哲學銜接起反思現代性與重建主體性的時代任務。

參、「第三者」的基本特徵

列維納斯的第三者概念曲折含糊，其確切內涵向來備受學者的討論。基本上，第三者也是他者，但被賦予了特定的理論任務，在此，筆者從其歧義用法中擷取出三種與多元他者較為相關的含義，分別是「諸他者」、「另一位他者」與「他者的他者」。

5　沈清松，《跨文化哲學與宗教》，頁 353。
6　沈清松，《從利瑪竇到海德格：跨文化脈絡下的中西哲學互動》（臺北：臺灣商務印書館，2014），頁 5。
7　沈清松，《跨文化哲學與宗教》，頁 165。
8　沈清松，〈從西方現代性到中華現代性的探索與展望〉，收於沈清松主編，《中華現代性的探索：檢討與展望》（臺北：政大出版社，2013），頁 xxiii-xxiv。

一、第三者作為諸他者

　　列維納斯在《整體與無限》（*Totality and Infinity*）將第三者刻畫為諸他者（the others），也就是透過他者面容來凝視自我者，此一凝視開展出公共世界，把自我放入**社會關係**中。在此，第三者意味了諸他者所共享的人性，意味了蘊涵在面容中的人性向度，此一整全人性作為一道命令，一則不可化約的言說運動，透過他者之眼注視著自我並發出公義的呼聲。[9]

　　第三者召喚自我關切特定他者：孤兒、寡婦、陌生人；他們向來是希伯來先知呼籲以色列百姓去關切的社會弱勢。此一對行動的召喚揭露了自我與他者的關係是一種動態的關係，一種定向（orientation）關係，不可逆地從自我出發走向他人。[10]此一定向關係把所有人結合成一個友愛社群，其特質是：一方面，在其中所有人都擁有屬於自身不可化約的獨特性；另一方面，所有成員都有共同來源，出自同一位父親，列維納斯以「一神論」稱之；[11]此一共同來源最終為第三者帶出了家庭的含義，以「我們」的形式來連結自我與他者，[12]如此便使第三者概念隱約指向同一血緣的猶太民族在流亡歷史中以家庭為單位的寄居狀態。

二、第三者作為另一位他者

　　列維納斯在《存有之外》（*Otherwise than Being*）為第三者賦予另一層意涵：另一位他者（another other）；此刻，有兩位他者同時出現在自我面前，其間的利害關係迫使自我要從原初的倫理關係轉進到派生的認知關係，並由此展開以正義為名、以判斷為基的**政治關係**：「從他者（他是我的鄰舍）也是相對於另一位他者（他也是我的鄰舍）的第三者此一事實，誕生了思想、意識、正義與哲學」。[13]

　　思想、意識、正義與哲學，都是以共時化的方式使對象同時呈現，從而可以對之進行比較和判斷，而這預設了自我對其之看視。正是第三者，這第二位他者，使得最初的他者成為可見的對象，從而使自我得以在對不可比較者的比較中進入表象之

---

[9] Emmanuel Levinas, *Totality and Infinity: An Essay on Exteriority*, trans. by Alphonso Lingis (Pittsburgh: Duquesne University Press, 1969), pp.212-213.

[10] Emmanuel Levinas, *Totality and Infinity: An Essay on Exteriority*, p.215.

[11] Emmanuel Levinas, *Totality and Infinity: An Essay on Exteriority*, p.214.

[12] Emmanuel Levinas, *Totality and Infinity: An Essay on Exteriority*, p.280.

[13] Emmanuel Levinas, *Otherwise than Being or Beyond Essence*, trans. by Alphonso Lingis (Pittsburgh: Duquesne University Press, 1981), p.128.

域。在此，第三者的現身並沒有取消自我與他者的倫理關係，但調節了此一關係。[14]

自我與他者的倫理關係是不對稱的，他者帶來自我的無限責任，反之則否。自我與第三者的關係必須以此一倫理關係為前提，因為第三者也是一位他者；然而，第三者迫使自我同時面對兩份無限責任，原初的絕對不對稱性便有相對化的需要，亟須仰賴正義以及以其為基礎所建立的國家遂行判斷，這裡存在吞噬他者的風險，從而出現了一條從「責任」走向「難題」的道路。[15]

列維納斯要透過第三者談論一種以倫理關係為前提的政治制度，他認為這優於那種以所有人對抗所有人為前提而形成的政治制度。[16]哲學家的工作在於直面政治關係傷害他者的風險並試圖化解之，第三者於焉成為哲學之思的起點。思想源出於他者的召喚，卻又必須在第三者之域進行修正，這便為自我帶來難題，陷於舉棋不定（ambivalence）的狀態，一種模稜兩可、進退失據的處境，這就是進行哲學思考的處境：

> 哲學被召喚去思索「舉棋不定」[…]它始終是在所說（the said）中共時化
> 那種在自我與他者的差異中的歷時性，它也始終是言說（the saying）的
> 僕人，言說意味了自我與他者間的差異乃是「為他者的自我」[…]。哲學
> 是在愛的服事中那愛的智慧。[17]

哲學智慧始終是一種共時性的所說，它將歷時性的倫理言說加以共時化，從而可以在思想中同時呈現自我與他者，對不可比較者進行比較，這裡存在著化約他異性的風險；然而，哲學究其本質卻是服務於他者，以對智慧的熱愛進入愛的服事，以共時性服務歷時性，以所說服務言說，以比較服務不可比較者。此一看似矛盾的兩難困境，正是伴隨著他者而現身的第三者所為自我帶來的存在處境。

三、第三者作他者的他者

前述兩種含義在第三種含義中結合起來，第三者在此意指「他者的他者」（the other of the other），也就是列維納斯作品中始終若隱若現的上帝，更確切說是上帝

---

[14] Emmanuel Levinas, *Otherwise than Being or Beyond Essence*, pp.158-159.

[15] Emmanuel Levinas, *Otherwise than Being or Beyond Essence*, pp.158-161.

[16] Emmanuel Levinas, *God, Death, and Time*, trans. by Bettina Bergo (Stanford: Stanford University Press, 2000), p.183.

[17] Emmanuel Levinas, *Otherwise than Being or Beyond Essence*, p.162.

的蹤跡。上帝除了以一神論的名義成為諸他者共同性的來源外，更在另一位他者所涉及的正義中扮演重要角色，列維納斯直陳，正是藉由上帝之助，意識的共時化行動才得以成為正義的所在，而意識在建立政治關係的同時也始終指涉到上帝。[18]在自我與他者以及第三者的關係中：

> 上帝並未作為所謂的對話者而捲入其中：在超越的蹤跡裡，在祂性（illeity）中，有一種互惠關係將我與其他人連結起來。正是上帝的經過（passing）[…]使不可比較的主體復原為一位社群成員。[19]

正是上帝（祂並不顯現，只是經過並留下一抹痕跡）使自我得以進入與第三者的關係中，上帝在此有兩個作用：一方面，祂透過他者之眼觀看一切，審視自我，讓自我、他者、第三者得以成為同一個社群的一份子被共同考量；另一方面，上帝自身則始終不能被看到，持存為此一社群的他者。換言之，上帝使自我的意識、思想、共時化運作得以可能，但上帝自身又持存是那不可被共時化者。這樣一位上帝當然也是他者，卻與其他類型的他者有別。祂是正義之源，但祂自身不能成為正義考量的對象；祂召喚出意識和思考，但祂自己又始終在思考和意識之外。上帝就是「他者的他者」，是每一位他者持續是他者的緣由；他者之所以不會因為第三者的介入而不再成其為他者，正是這位他者的他者之故。如此一來，上帝就是自我在他者與第三者面前遭逢難題的真正原因，那個舉棋不定的處境就是上帝為自我留下的不斷出現復又消逝的問號，以此等方式在吾人意識中留下祂的蹤跡。[20]

肆、「多元他者」與「第三者」的初步對比

第三者與多元他者的根本區別是：多元他者是用來代換他者，第三者則否。這難道不意味了我們更應該將多元他者對比起列維納斯的他者概念嗎？筆者的看法是，第三者本質上依舊是他者，但列維納斯提出這個概念是為了解決因為他者而提出的課題，這一方面可以避免思想對他者之原初他異性的干擾，另一方面也使得第三者隨著所觸及課題的不同面向而被賦予不同含義。據此，筆者傾向於把第三者的

---

[18] Emmanuel Levinas, *Otherwise than Being or Beyond Essence*, pp.160-161.

[19] Emmanuel Levinas, *Otherwise than Being or Beyond Essence*, p.158.

[20] Emmanuel Levinas, *Otherwise than Being or Beyond Essence*, pp.161-162.

諸般特質視為原本就蘊涵在他者中，是為了解決特定課題而在理論上從後者獨立出來，再以「第三者」之名籠統概括起來；故此，當我們從第三者切入，也就是從他者所引發的問題回頭探問他者概念所蘊涵的相關內涵。在這意義下，將第三者與沈清松的多元他者進行對比，一方面是將多元他者所涉及的問題域透過第三者而追問於列維納斯的他者概念，另一方面也是追問多元他者作為對他者的取代又應如何避免取消他者的他異性。

多元他者帶出了什麼課題？沈清松認為，吾人不可隨後現代主義妄言主體之死，所要對付者乃是那種過度膨脹導致沒有為他者存留餘地的主體；但「自我─他者」的概念抽象與二元對立卻有可能過度看重他者而輕視主體，這是他者概念之侷限，故他以具體的多元他者替換抽象的他者，進而思考主體如何在慷慨中開展出與諸般具體他者間的積極關係。據此，多元他者的課題可說是如何重建健全的主體性。列維納斯的第三者也是為了落實他者之具體性，但他更強調此一落實之艱難：當倫理關係落實到生活中，就必然要面對第三者及其所意味的一切，自我須投入隨著第三者而開展的意識與思想之域，尋思如何面對此一政治性的兩難處境。第三者突顯出他者倫理內蘊之對自我的質疑和挑戰並將其徹底化，揭示出自我在這世界上舉棋不定的兩難處境。據此，第三者的概念任務更像是寧可犧牲主體在思想上的安適自在、也不可取消他者之他異性。

據此，筆者姑且大膽提出一個略嫌化約的對比：**沈清松提出多元他者是為了重建主體，列維納斯提出第三者則是為了挽救他者**。兩人都帶有文化動機：列維納斯必須挽救他者，因為這概念指向他念茲在茲的猶太受難者；沈清松繫念重建主體，也就是中華現代性賴以奠基的健全主體性。基於此，「重建主體的多元他者」與「挽救他者的第三者」的後續對比可呈現為兩個環節：首先，我們把焦點放在透過多元他者而獲得證立的主體上，再透過第三者的對比來延伸其意涵；其次，我們把焦點放在透過第三者而得以持存的他者上，再透過多元他者的對比來加以澄清與擴充。

伍、多元他者與第三者對比中的主體

當沈清松以多元他者取代他者，同時也是以自我與多元他者間既斷裂又連續的對比張力取代自我與他者間抽象的二元對立。在他看來，對比中的主體仍處在成形的過程，主體的成形意味的是從為己的主體轉為慷慨致力於多元他者之善的主體，主體因此也是創造性的主體與關係中的主體。創造力是主體得以成形的重要動力，

沒有創造，就沒有主體；而沒有慷慨，就沒有創造。[21]這裡存在著一種原初的「慷慨之德」，其原初性更在「他者」此一形上學概念和「外推」此一知識論策略之前，此一論點也延續了列維納斯將倫理學視為第一哲學的說法。[22]

沈清松透過中西哲學的對比幫助我們釐清慷慨之德的思想線索，他不僅在亞里斯多德（Aristotle, 384-322 B.C.）那裡找到慷慨之德在古典哲學中的論述資源，更在笛卡爾（René Descartes, 1596-1650）那裡看到，即使是咸認要為封閉的現代主體性負責的笛卡爾，在其思想中依然存留某種他者向度。沈清松也在孔子那裡看到慷慨之德如何成為超越相互性、達於普遍仁德的契機，[23]更透過老子闡述慷慨之德的本體論與宇宙論向度，於此，慷慨之德乃是立基於「道」，且為萬物生化歷程的基本動力，亦是主體獲得證立的主要原理：

> 道實乃一慷慨自我走出之力，由生成之歷程產生萬物與人，並由復歸之歷程而使萬物與人不斷自我走出，體現德的慷慨，返回道中。[…]人所能成就之德，就在於完全與道合一，依從於道，並分享其自動自發的存有活動。[…]聖人體現道的慷慨，謙沖地使自己成為道的過站，去除人類中心，摒除主體執迷，並且以道的豐盛為自己慷慨的依憑。[24]

可以說，使主體在為己到為他的轉化中逐漸成形的創造性，即是立基於道之慷慨創化萬物的歷程，而使主體致力於他者之善的慷慨之德，也即是對此一慷慨創化歷程的體現。這樣一種懷抱慷慨之德的主體與列維納斯的主體有何異同？讓我們從《整體與無限》序言中的一段話談起：

> 本書要將主體性呈現為對他人的迎接，呈現為接待。在接待中，無限的觀念臻於完全。因此，意向性——在其中思想依舊是一種對對象的符應——並未在意識的基本層次上來界定意識。一切作為意向性的認識行動，已然預設了無限的觀念。[25]

這裡有兩個重點：第一，列維納斯要提出一種在對他人的接待中成形的主體，

---

[21] 沈清松，〈從西方現代性到中華現代性的探索與展望〉，《中華現代性的探索：檢討與展望》，頁 xxii-xxiv；《跨文化哲學與宗教》，頁 354。

[22] 沈清松，《對比、外推與交談》（臺北：五南圖書出版公司，2002），頁 298。

[23] 沈清松，《對比、外推與交談》，頁 305-307、310、315。

[24] 沈清松，《對比、外推與交談》，頁 312-313。

[25] Emmanuel Levinas, *Totality and Infinity: An Essay on Exteriority*, p.27.

這一點與沈清松一致。第二，在對他人的接待中，主體心中的無限觀念將臻於完全，此一觀念被視為先於一切認識行動；這說法值得進一步追究。

　　無獨有偶的，列維納斯也透過笛卡爾思想內蘊之他者向度來闡述接待他者的主體，他從笛卡爾那裡借來「無限的觀念」，要強調自我與他者之關係的某種前後顛倒的思想現象，以此澄清「我思」的特質。我們先有了無限的觀念，才可能思考無限者，但無限的觀念實為無限者所置放入吾人心中的，因此，我們是藉由結果思考原因，卻又必須在這樣的思考中讓思考的原因成為思考的結果。這樣的思想現象創造出一個主體，擁有內在的獨立時間結構，這就是與世界分離的存有者「我思」，「我思」原本是被迎接的，正是這樣的迎接才使其作為思想而得以可能，卻在思想展開的剎那將自身思想為是一個使所有其他事物得以獲得展現的原初接待者。[26]無限者就是他者，吾人之所以能夠擁有他者的觀念從而接待他者，也只是因為他者先接待了自我，並在這樣的接待中使那個原本是接待之原因的他者向自我顯現為是被自我所接待的結果。

　　沈清松以道家的語彙從全面的視角描述一幅宏大的圖景：在本體論上是以慷慨之道對自我的接待為先，自我再參與此一歷程而接待多元他者；列維納斯則在現象學的傳統中專注於分析在意識轉折的瞬間所發生的事情，那是在主動性被創發出來的被動的瞬間，那是思想、意識、「我思」誕生之所在。二人皆強調創造，但沈清松著眼於被創造的主體對創造歷程的參與，列維納斯則強調創造的神蹟正在於被創造的主體乃是被造為有自由拒絕造物者、同時又有自由質疑它被賦予的自由，而這就是道德的起點：

> 創造的神蹟並不在於成為一個從無生有的受造物，而是在於它產生了一個能夠領受啟示、學習它是受造的、並質疑它自己的存有者。創造的神蹟在於創造出一個道德的存有者。[27]

　　在此一自我質疑中，「我思」覺察到它自身並不真正是絕對地自我證立的，它來自於一個起源事件，這個起源事件把他者概念放在主體中，使主體成其為主體並意會到它擁有接待他者的自由、能力與責任。對列維納斯來說，他者概念就是指向這概念本身獲得萌生之際的那個事件。在自我僅能隱約覺察自我意識昇起的瞬間，某個我們只能以「他者」名之的現象出現了。正因為這是一個處於意識邊界處的臨

26　Emmanuel Levinas, *Totality and Infinity: An Essay on Exteriority*, p.54.
27　Emmanuel Levinas, *Totality and Infinity: An Essay on Exteriority*, p.89.

界現象，尚非吾人所能連結於任何具體事物，他者才會如此抽象。沈清松的多元他者已然指向具體事物，列維納斯的他者則非具體指涉，它是那個在道之創發主體、使主體能夠以慷慨之德接待多元他者的銜接處的現象，是沈清松所言主體謙沖覺察自己乃是道的過站的那個瞬間，在此，無論是道對主體的慷慨創化還是主體對多元他者的慷慨開放，都是他者現象的內在環節，這兩個環節緊密相扣，作為被動性與主動性連結的樞紐，主體就是從此一道的過站中現身。

就如同吾人必須從無限的觀念思考無限，我們也總是必須從對他者的接待覺察到他者對自我的接待。因此，吾人正是在對多元他者的慷慨接待中體認到道對自我之慷慨接待，在自我的主動性中覺察到其間蘊藏之被動性，這情況就像是：當自我以其慷慨之德迎向多元他者時，持續自我質疑：「我究竟何德何能，竟能接待多元他者？」我們能夠多徹底地進行此一追問，也就能夠多徹底地趨近於自我從無限他者或慷慨之道浮現的片刻。

那麼，浮現出來的又是怎樣的主體？沈清松指出，這是一種可以致力於多元他者之善的主體，需要培育慷慨之德，沈清松曾以亞里斯多德的「恢宏」（magnanimity）稱之。[28]相較之下，列維納斯的主體則陷於「負疚」的深沈陰暗，背負對他者的無限責任，甚至要為他者之死負責；此一主體心懷憂懼，耽恐是否有任何人因為自我未盡到某種責任而死去，在每一場葬禮上感到彷彿是自己殺死了這個人。[29]這是對於自我的某種「無過失的罪疚」（guilt without fault）的覺察，[30]是一種先於任何具體罪行的原初負疚感，與沈清松的原初慷慨有天壤之別。對沈清松來說，多元他者的現身乃是益加豐富了慷慨主體參與善之創化的契機；對列維納斯來說，第三者的現身則是使得那個要為他者之死負責的負疚主體益加捲入這世界大大小小的罪惡中，作為同時要為他者和第三者負責的主體，他不知道為追求正義所作的任何評估、比較、抉擇，是否為任何一位他者帶來傷害，如此一來，第三者乃是愈加確認了主體的負疚處境：

> 責任的無限性所意味的，並不是它實際上的巨大沉重；而是它本是一種不
> 斷增加的責任；義務在其實現中乃是愈益增加。我越多實現我的義務，我

---

[28] 沈清松，《對比、外推與交談》，頁 300-301。

[29] Elisabeth Weber, *Questioning Judaism: Interviews by Elisabeth Weber*, trans. by Rachel Bowlby (Stanford: Stanford University Press, 2004), p.78.

[30] Emmanuel Levinas, *Is It Righteous to Be?: Interviews with Emmanuel Levinas*, ed. by Jill Robbins (Stanford: Stanford University Press, 2001), p.52.

的權利就越少；我越是正義，便越是負疚。[31]

這也是為什麼列維納斯不斷引述杜思妥也夫斯基（Fyodor Dostoyevsky, 1821-1881）在《卡拉馬助夫兄弟們》（*Brothers Karamazov*）寫下的這句話：「**我們每一個人都在所有人面前虧負了所有人，而我又比其他人虧負得更多**」。[32]

筆者並不認為慷慨主體與負疚主體是衝突的，如果說，對負疚主體而言首要的道德籲求是「所有人虧負所有人，而我又比其他人虧負得更多」，那麼，對慷慨主體來說就是「所有人慷慨以待所有人，而我又必須比其他人更加慷慨」，甚至那個「更多」或「更加」就是慷慨本身的表現。列維納斯曾界定正義意味了更多的正義，正義永無止境，我們總是可以要求更加正義；[33]現在我們可以說，為達到此一「更多」所需要的就是慷慨之德，**慷慨就其自身即意味了更多的慷慨**；慷慨並不保證正義，但沒有慷慨則顯然無正義可言。在現實世界，自我需要實踐正義的判斷，決定誰比較需要得到慷慨；這世界總有人仍未得到足夠的慷慨，慷慨以待這些人就成了自我的責任與虧負。

負疚感本身並非動力因素，而是一種存在體認，若要在第三者開展的世界中具體實現正義的行動，仍有賴慷慨之德的推動。列維納斯讓我們明白的是，慷慨之德並不以一種自足的、清白無辜的先驗主體為起點，而是以負疚主體為起點；在那個從道之慷慨創化到慷慨主體之成形的片段，存在著某種虧負，有待此一剛成形的主體以其慷慨加以償還。慷慨之德是主體能夠開始有所償還的可能性條件，但不能使主體不再負疚，因為債務是愈償愈多的，於是，慷慨成了一項純粹的責任，「慷慨之德」須以「慷慨之責」來體現。在這意義下，我們遇到慷慨之德的悖論：**愈是慷慨的人，愈加感到自己欠負於他人，對他者負有愈多的責任。**

陸、多元他者與第三者對比中的他者

列維納斯透過第三者帶進意識與思想，為保護他者與意識的分離；他者必須始終保持為不能被意識所再現者，以持存其他異性。據此，我們就不能事先設想他者為某個對象、然後不斷追問他者的具體指涉為何；他者意味的就是在意識生成的邊

---

[31] Emmanuel Levinas, *Totality and Infinity: An Essay on Exteriority*, p.244.

[32] Emmanuel Levinas, *Otherwise than Being or Beyond Essence*, p.146.

[33] Emmanuel Levinas, *Totality and Infinity: An Essay on Exteriority*, p.245.

界上、在意識整體被突破的裂痕中、在被動性連結至主動性的瞬間所發生的關係事件。列維納斯的他者哲學愈到後期愈顯他者作為臨界現象的特質：他者轉瞬即逝，宛若幽靈，甚至只是一縷輕煙、一粒灰塵，小到「比現象更少」，以致於每當自我聽聞他者之聲、想要開門接待，他者早已消逝無蹤，自我也總是要為此耽延負疚。[34]這是早在主體生成之前就已注定的耽延，他者經過自我卻從不駐留其間，自我總是出現得太晚，只能把抓他者經過後留下的足跡；一旦自我想要呈現他者，他者就總是以第三者的型態現身，並因此而被那個原本是由他者所觸發的意識所收納與再現。**第三者意味的就是當我們要以意識去呈現他者時所實際現身者。**

列維納斯不可能取消他者，他者的原型是那些已然在大屠殺中化為煙塵的親友。但作為哲學家，他必須以思想去表達這些促發其思想者，因此他必須處理思想與他者的關係，這層關係也總是以難題和舉棋不定的形式出現，因為他既有絕對責任以其哲思見證民族受難經驗，但也總感到其思想在這沉痛歷史前的無能為力，猶豫於他那被召喚進行的思考工作是否反而會回頭化約他者之他異性。這就是「他者」這個概念之所以為「他者」的原因。他者召喚思想、卻又始終拒絕被思想穿透；在思想之前，他者必然幽暗晦澀、絕非清澈明朗。

第三者的提出，就是他者之思的理論成果，使那不可顯現者成為可顯現的，使那外於存有者進入存有。第三者就是他者在意識中的相關項，使他者可以被思考，縱然遮蓋他者但並不取消他者。就如同事物之顯現部分並不會取消不顯現的部分，而是共同構成事物的同一性，顯現的第三者與不顯現的他者也共同構成整個他者現象的同一性。第三者讓自我有可能思考他者而保留其他異性，就如列維納斯論及「上帝」這位他者時所言，第三者讓我們既可以說出「上帝」這個詞，又保留了上帝不可言說的神性，保留上帝無限的祂性。[35]

第三者是用來保護他者的他異性，當此一概念任務反映為一種道德籲求時，就是被列維納斯視為首要道德律令的「不可殺人」。[36]第三者所帶出的課題就在於指出他者之他異性可能被取消的方式，同時也指引出守護他者之他異性的方式。以下，讓我們依循第三者的三種含義，在與多元他者的對比中討論守護他者的方式。

---

[34] Emmanuel Levinas, *Totality and Infinity: An Essay on Exteriority*, pp.88-89.

[35] Emmanuel Levinas, *Otherwise than Being or Beyond Essence*, p.162.

[36] Emmanuel Levinas, *Totality and Infinity: An Essay on Exteriority*, pp.198-199.

一、第三者作為諸他者：守護他者的普遍性

當第三者意指諸他者時，自我與他者進入以家庭為原型的社會關係，結成具有共同性的友愛社群。在此，他異性可能被取消的形式是自我與諸他者被迫進入數量上的多重性（multiplicity），每個人都只是整體中的不同單元，並不具備各自的獨特性。列維納斯的解決方案是提出一種他者的多元主義（pluralism），在其中每一個人都保有獨特性。[37]第三者作為諸他者所體現出的普遍人性，可以確保所有人彼此平等而不被化約入單一整體，對普遍人性的關注於焉成了拯救他異性的方式，並敦促自我優先接待亟待救援的孤兒、寡婦、陌生人。倘若先於相互性的慷慨之德如前所述乃是確保走向他者的動力，它就已然足以確保不使多元他者化約為社會裡的諸多單子。在這意義上，慷慨也就成了展現普遍人性的方式。

二、第三者作為另一位他者：守護他者的陌生性

當第三者意指另一位他者，則涉及與他者的政治關係，這層關係構成自我在雙重無限責任前絕對負疚的處境，他異性受到的威脅被理解為是一種在意識和思想中不可避免的困境。吾人不可能不去思想，於是這個無以逃避的困境構成了自我的兩難，在這兩難中，即便自我對於自身作為負疚主體有所體認，並致力於以思想去服事那不可思想者，但他者之失去他異性已然是此一思想行動本身內蘊之風險。

在筆者看來，列維納斯的「思想」確實讓這風險成真了，在一次與以巴問題有關的訪談中，論及以色列政府捲入其中的屠殺事件，面對以色列政府以猶太大屠殺的名義自我辯護時，列維納斯沒有挺身捍衛巴勒斯坦人，而是幫以色列政府講話；當訪問者質疑他：「**對以色列人來說，難道首要的『他者』不正是巴勒斯坦人嗎？**」他的回應是：「**我對他者的定義全然不同。他者乃是鄰舍，他不必然與我有血緣關係，但他也可以有血緣關係**」。[38]

很明顯的，那些經由親緣關係而被視為「我們」的第三者，作為「我群中的他者」，成為列維納斯個人的首要關切，召喚其無限責任；但在「我們」之外的第三者，作為「他群中的他者」，則被置於正義的考量下，而且，很有可能其正義最終仍須讓位給對我群中的他者的無限責任。對列維納斯來說，他者所要求的無限責任

---

[37] Emmanuel Levinas, *Totality and Infinity: An Essay on Exteriority*, pp.121, 201.

[38] Emmanuel Levinas, *The Levinas Reader*, ed. by Seán Hand (Oxford: Blackwell Publishers Ltd, 1989), pp.291-294.

有著親疏遠近之別；理論上二者應被平等對待，但列維納斯卻以「親近他者也是我的他者」為託詞來證成他選擇親近他者、忽視陌生他者的實際思想行動。第三者至此已成為列維納斯的思想能否跨越其猶太背景而達致普遍性的試金石，如果他確實在通往普遍性的思路上停步，關鍵應是未能正視他者的陌生性。

核心課題是：我們該如何在第三者的現身場域保有陌生他者的他異性？多元他者的概念或可有所啟發。第三者的諸般含義中，諸他者最為接近沈清松的多元他者，我們可依循諸他者的邏輯，貫徹對普遍人性的追求，同時謹慎避免限縮在親密他者中，藉由我群的擴大，將「我們」的範圍向外延伸，把陌生他者漸次包容進原本由親密他者組成的友愛社群。問題在於當多元他者彼此衝突，該如何在追求正義的同時保有每一位他者的他異性，特別是陌生他者的他異性？筆者認為，如列維納斯那般只闡述負疚主體並不夠，我們需要更積極的主體概念，如沈清松所說的慷慨主體，甚至是以此為基礎而形成的慷慨社群，這個社群尋求一種可以吸納陌生性的普遍性。在此，沈清松提出的可普化倫理（universalizable ethic）與外推（strangification）值得重視。他反省孔漢思（Hans Küng）為宗教交談議程設定的全球倫理，認為單一的普遍倫理並不存在，改以可普化倫理取代，主張一個倫理傳統愈能普化就愈有價值，即使彼此互有差異，但終能相互溝通而展現自身的可普化因素；至於可普化倫理的實現，則須透過外推，這意味了走出熟悉性並走向陌生性。[39]於是，在慷慨主體走向他者的行動中，以外推和可普化為策略，這在概念上同時蘊涵了對普遍性的追求與對陌生性的吸納，可望成為一個接待陌生他者之友愛社群的建構原則。

三、第三者作為他者的他者：守護他者的超越性

一種「守護陌生他者的他異性」的友愛社群，其可能性條件何在？這問題帶我們走到第三者的最後一種含義：他者的他者或上帝的蹤跡。在列維納斯看來，正是上帝的經過使自我還原為社群的一員，此處有兩個重點：一方面，上帝的蹤跡意味了上帝路過自我與他者相遇的場域，並且透過他者之眼觀看這一個相遇事件，上帝以其對自我與他者的看視使社群得以成形；另一方面，上帝始終是社群的他者，究其本質是不可能被自我取消他異性的，即使自我運作整體化邏輯來化約所具體相遇的他者，上帝也以其超越性始終抵制此一化約，上帝成了他者的他者，成了他者那絕不可被取消的他異性的深度，成了他者之陌生性的終極來源與終極保證。結合這

---

[39] 沈清松，《對比、外推與交談》，頁 466-468。

兩方面的特質，上帝於焉成為自我與他者結合的「我們」之所以能夠是一個接納陌生他者之社群的基礎。

何以致此？關鍵仍在於意識。化約他異性的風險來自於作為另一位他者的第三者迫使諸他者進入意識之域，但上帝則超越自我的一切意識並回頭意識自我的一切。「不可知的上帝知道一切」，這是他異性獲得守護的最終條件。正是因為我們僅能依稀追尋其蹤跡的上帝反倒如實地寓身於他人肉體之中，自我那想要判斷一切的思想本身也就因此成為被判斷者；此一關係的倒轉使得自我絕不可能化約任何一個人的他異性，即便是殺害他亦然。上帝，作為所有受欺壓者的申冤者，暗中洞察一切並守護一切，就如沈清松在論述「上帝之知」時所言：「*真正存在於上帝的認知中，獲得祂有情有義、鍾愛欣賞的判斷者，是個人的生命史與群體的發展史*」。[40]如此一來，一個慷慨主體與一個慷慨社群的成形與發展，在上帝之知中成為祂所喜愛和判斷的對象，超越自我的意識與思想，也因此超克了自我在其思想中產生的化約他異性之風險。

柒、結語

當我們將上述對比成果反映回中華新士林哲學時，可以意味什麼呢？中華新士林哲學是天主教哲學與中華文化結合的成果，列維納斯曾經討論過文化相遇中涉及的他者問題，在他看來，在他者成為文化性的他者之前，已然是文化本身的他者，也就是說，他者原初是不帶任何文化形式的。[41]「文化」是主體藉由語言性的詮釋照亮存有整體，並將被詮釋的事物理解為整體之一部分、從而將之積聚起來的過程。[42]在這意義下，一切加諸於他者身上的文化行動都被視為是一種暴力，唯有能夠對此一暴力向度有所覺察並加以反思的文化，一個容讓「文化本身的他者」質疑主體自身文化行動的文化，才有可能成為一種接待「文化性的他者」的文化，主體也才能在這過程中成為一個接待文化他者的文化主體。[43]

---

[40] 沈清松，《跨文化哲學與宗教》，頁 283。

[41] Emmanuel Levinas, *Collected Philosophical Papers*, trans. by Alphonso Lingis (Pittsburgh: Duquesne University Press, 1998), pp.95-96.

[42] Emmanuel Levinas, *Collected Philosophical Papers*, pp.78-79.

[43] Emmanuel Levinas, *Entre Nous: Thinking-of-the-Other*, trans. by Michael B. Smith & Barbara Harshav (New York: Columbia University Press, 1998), pp.185-187.

　　這對於進行文化外推的慷慨主體所意味的是：正因為文化行動先天蘊涵了對他者的暴力，就須更謹慎地意識到在外推過程中可能產生的整體化風險。當吾人藉由「我群」的擴大而吸納陌生性時，是否反倒因此而取消了他者的他異性？在此一普遍化的進程中，我們是真正邁向一種保留所有他異性的多元主義，還是也在遂行某種整體化的企圖？正是這樣的問題意識，帶動了他者哲學在解構主義脈絡下的推進，守護他異性的關鍵環節是：在意識中為那未曾進入意識的他者留下一席之地。德希達（Jacques Derrida, 1930-2004）指出，推動列維納斯哲學的是一種終末論，但此一終末論涉及的並不是任何特殊經驗，而是「經驗本身」，也就是「朝向他者前進」這件事本身；此一進程要抵達的並不是任何特定的哲學，而是一個「問題」，標示出吾人經驗中某種被挖空的空間（hollow space），這個空間不僅被理解為向他者開放，更是開放行動本身。[44]這個空間的基本特質就是缺乏具體性，在尋求自身特殊性的普遍化時，也須尋思自身**具體性的倒空**（empty）。[45]

　　解構主義的推進對我們的討論有兩層意義：第一，我們不應該預先設想和固著於陌生他者是誰。任何對於「他者是誰」的回答都會帶來具體性，進而開展出基於此一具體性的特定思路；這是無法逃避的思路，因此它必須持續將他者視為一個恆久的問題，不去企求任何一勞永逸的答案。

　　第二，無論我們如何回答他者的「問題」，最重要的課題都是回頭思索自我要成為怎樣一個主體才足以接待他者。要讓「保有陌生他者的他異性」這件事情成為我群的建造方案，而這要求我們在自身內創造出容納他者的空間，形成一個可以預先為任何他者留下位置的社群。

　　如果「具體性的倒空」是一項基本原則，這或許為「慷慨之德」提供某種想像：一個慷慨的主體，不只是把自己所擁有的某種具體事物贈予他者，也包括自我倒空來承納他者。這樣一個虛己的自我並不會墮入虛無，也非毫無作為，這裡存在著主動與被動的辯證：自我是被動地成為一個主動者，是被創造為一個擁有自由意志的主體；但自我又主動地成為被動者，自由地交付出自己的自由。至於此一自我交付的結果是什麼則交由上帝來決定，自我不會知道他在上帝目光中的評價，但這並不打緊，重要的是謙沖自抑，成為「道的過站」。

　　沈清松認為，上帝與道乃是東西方對終極實在的不同表述，二者綜然有差異，

---

[44] Jacques Derrida, *Writing and Difference*, trans. by Alan Bass (Chicago: The University of Chicago Press, 1978), p.83.

[45] John D. Caputo, *The Prayers and Tears of Jacques Derrida* (Bloomington: Indiana University Press, 1997), pp.188-190.

但有一點是相通的，就是上帝與道皆以慷慨來創造萬物或化生天地。[46]源出於上帝或道的慷慨，創化自我並接待自我，使自我得以接待他者，最終又在第三者的現身中使自我意會到接待之源。慷慨是一切以主體性與相互性為前提的道德規範之源，如沈清松所說：「**慷慨雖可盈溢於主體性與相互性之外，但並不因此而否定或忽視主體性與相互性，氣度恢弘而不失絜矩之道**」。[47]在主體性與相互性之前，有一道一以貫之的慷慨之流，盈溢於相互性與主體性之外。這是慷慨的超越向度，個體自我在這當中成形復又消逝；儘管個體的生與死是交織在一起的，但群體性的「我們」則處於愈加豐富的進程。這裡證立了一種主體性，是自我個體不再存在卻仍昂然挺立的主體性；那個奉獻自身、慷慨以對所有他者的主體，儘管死去、化為塵土，卻仍活在繼承同一慷慨之流的人們當中。

參考文獻

沈清松，《士林哲學與中國哲學》，北京：商務印書館，2018。

沈清松，《從利瑪竇到海德格：跨文化脈絡下的中西哲學互動》，臺北：臺灣商務印書館，2014。

沈清松，《跨文化哲學與宗教》，臺北：五南圖書出版公司，2012。

沈清松，《對比、外推與交談》，臺北：五南圖書出版公司，2002。

沈清松編，《中華現代性的探索：檢討與展望》，臺北：政大出版社，2013。

Caputo, John D. *The Prayers and Tears of Jacques Derrida*. Bloomington: Indiana University Press, 1997.

Derrida, Jacques. *Writing and Difference*. Trans. by Alan Bass. Chicago: The University of Chicago Press, 1978.

Levinas, Emmanuel. *Collected Philosophical Papers*. Trans. by Alphonso Lingis. Pittsburgh: Duquesne University Press, 1998.

Levinas, Emmanuel. *Entre Nous: Thinking-of-the-Other*. Trans. by Michael B. Smith & Barbara Harshav. New York: Columbia University Press, 1998.

Levinas, Emmanuel. *God, Death, and Time*. Trans. by Bettina Bergo. Stanford: Stanford

---

[46] 沈清松，《跨文化哲學與宗教》，頁 259-260。

[47] 沈清松，《對比、外推與交談》，頁 315。

University Press, 2000.

Levinas, Emmanuel. *Is It Righteous to Be?: Interviews with Emmanuel Levinas*. Ed. by Jill Robbins. Stanford: Stanford University Press, 2001.

Levinas, Emmanuel. *Otherwise than Being or Beyond Essence*. Trans. by Alphonso Lingis. Pittsburgh: Duquesne University Press, 1981.

Levinas, Emmanuel. *The Levinas Reader*. Ed. by Seán Hand. Oxford: Blackwell Publishers Ltd, 1989.

Levinas, Emmanuel. *Totality and Infinity: An Essay on Exteriority*. Trans. by Alphonso Lingis. Pittsburgh: Duquesne University Press, 1969.

Weber, Elisabeth. *Questioning Judaism: Interviews by Elisabeth Weber*. Trans. by Rachel Bowlby. Stanford: Stanford University Press, 2004.

作者簡介：

　　鄧元尉：

　　　　政治大學哲學博士

　　　　輔仁大學宗教學系助理教授

　　　　通訊處：24205 新北市新莊區中正路 510 號　輔仁大學宗教學系

　　　　E-Mail：129691@mail.fju.edu.tw

Contrast of Vincent Shen's Many Others and Levinas' the Third Party

Yuan-wei TENG

Assistant Professor, Department of Religious Studies, Fu Jen Catholic University

Abstract: Chinese Neo-Scholasticism has criticized the self-enclosure of modern subjectivity. For further development of Chinese Neo-Scholasticism, Vincent Shen attempts to reconstruct Chinese modernity in terms of two concepts: many others and generous subject. The key step may be the reference and transformation of the concept of the other which is the contribution of postmodern thought. Levinas can be said to be the most important interpreter of the concept of the other; however, because of the limitation of this concept, Vincent Shen proposes to replace it with many others, and Levinas himself also supplemented it with the third party. Following the path of Chinese Neo-Scholasticism, this paper attempts to re-understand philosophical implications of the other and the subject through the contract of many others and the third party, so that we can think about how to establish a generous subject and protect the other's alterity.

Key Terms: Vincent Shen, Levinas, The Other, Many Others, The Third Party

鄂蘭的「新生」概念與多元他者
——以《愛與聖奧古斯丁》為起點*

林淑芬
國立政治大學華人文化主體性研究中心博士後研究員

內容摘要：「新生」（natality）是鄂蘭承繼自奧古斯丁思想的概念，不但作為她自己思想的核心，對她後來對於公共領域的理解也具有特別的意涵。「新生」的脈絡和意涵建立於 1929 年原版的論文中，在《人的境況》中，「新生」一詞被正式提出，1960 年代修訂、1996 年出版的論文修訂版《愛與聖奧古斯丁》中，再度使用「新生」一詞。奧古斯丁強調「藉由出生，進入世界」作為人類創造性的模式和自由的先給予條件，此一概念使鄂蘭挑戰海德格以「死亡或有死」（death or mortality）作為行動的泉源。換言之，若沒有奠基於「新生」的自由，就沒有在世界中的人的行動，政治領域（公共空間）也隨之消失。

在該書中，鄂蘭特別關注基督宗教之愛的彼岸性（otherworldly demand）與社會生活的此岸性（this worldliness of social life）之間的張力，而從 1929 年著眼於奧古斯丁論愛的概念起，鄂蘭的思想就審慎地展現一種對世界的承諾與保持批判的距離之間的模糊張力。這種模糊張力似乎來自奧古斯丁思想的啟發，甚至有學者稱之為「俗世的奧古斯丁主義者」，主張回到鄂蘭思想的起點——《愛與聖奧古斯丁》，才能連結早期的《極權主義的起源》、《人的境況》、六〇年代在美國的著作，以及最後的著作《精神生活》。在本文中，筆者將嘗試論述「新生」作為鄂蘭承繼自奧古斯丁的核心概念，如何成為其政治思想的主軸——多元性（plurality）的存有學基礎，既是既予的事實性，同時也是開端的可能性，而不論是既予的事實性或開端的可能性，都關聯於世界中的多元他者。

關鍵詞：新生、死亡、記憶、開端、多元性、他者、世界

---

* 此論文撰寫為臺灣教育部高教深耕計畫特色領域中心之「華人文化主體性研究中心」經費補助（經費代碼 108H21）。

> 將世界—人類事務的領域從通常的、「自然」毀滅中拯救出來的奇蹟，最終是
> 新生的事實，行動能力存有學地扎根於新生的事實。換言之，是新人的出生和
> 新的開始，是因為降生才可能的行動。只有對此能力的充分體驗，才能賦予人
> 類事務以信心和希望，而信心和希望這兩個作為人存在的根本特徵，卻被古希
> 臘人完全忽視了[⋯]，對世界的信念和希望也許在福音書宣布的「福音」中可
> 以找到它最榮耀、最簡單的表達：「一個孩子降生在我們中間」。
>
> ——《人的境況》，頁 247。

　　「一個孩子降生在我們中間」是對「新生」（natality）最簡單的表達，「新生」所蘊含的「開端」（initium）是行動的泉源，為這個世界帶來新的可能性，將世界從自然消亡的必死之中拯救出來，成就其不朽。「新生」是鄂蘭（Hannah Arendt）承繼自奧古斯丁（Augustine）思想的概念，不但作為她自己思想的核心，對她後來對於公共領域的理解也具有特別的意涵。「新生」的脈絡和意涵建立於 1929 年原版的論文中，在《人的境況》中，「新生」一詞被正式提出，1960 年代修訂、1996 年出版的論文修訂版《愛與聖奧古斯丁》中，再度使用「新生」一詞。奧古斯丁強調「藉由出生，進入世界」作為人類創造性的模式和自由的先給予條件，此一概念使鄂蘭挑戰海德格以「死亡或有死」（death or mortality）作為行動的泉源。換言之，若沒有奠基於「新生」的自由，就沒有在世界中的人的行動，政治領域或公共空間也隨之消失。

　　鄂蘭的學術生涯開始於她寫作《愛與聖奧古斯丁》，而這本完成於 1920 年代的著作早於被認為對其政治理論具有決定性影響力的政治事件。該書中，鄂蘭特別關注於基督宗教之愛的彼岸性（otherworldly demand）與社會生活的此岸性（this worldliness of social life）之間的張力，而從 1929 年著眼於奧古斯丁論愛的概念起，鄂蘭的思想就審慎地展現一種對世界的承諾與保持批判的距離之間的模糊張力。這種模糊張力似乎來自奧古斯丁思想的啟發，《愛與聖奧古斯丁》的編輯者史考特認為，鄂蘭受奧古斯丁的影響並不下於海德格（Martin Heidegger）和雅斯培（Karl Jaspers），甚至可稱之為「俗世的奧古斯丁主義」，[1]並主張回到鄂蘭思想的起點——《愛與聖奧古斯丁》，才能連結早期的《極權主義的起源》、《人的境況》、六〇年代在美國

---

[1] Joanna Vecchiarelli Scott, "Hannah Arendt's Secular Augustinianism," *Augustinian Studies* 30.2(1999): 293-310.

的著作，以及最後的著作《精神生活》。在本文中，筆者將嘗試論述「新生」作為鄂蘭承繼自奧古斯丁的核心概念，如何成為其政治思想的主軸——多元性（plurality）的存有學基礎，是既予的事實性，又具備著開端的可能性，而不論是既予的事實性或開端的可能性，都關聯於世界。

壹、對奧古斯丁的詮釋：
世界作為目的自身、記憶、「新生」的開端意涵

　　「新生」的意涵首先出現在《愛與聖奧古斯丁》中。鄂蘭從基督宗教的誡命「愛人如己」出發，試圖透過奧古斯丁，追問鄰人與我是什麼樣的共存關係？「愛人如己」的前提是「自愛」（amor sui, self-love），意指我與自己的關係。鄂蘭首先呈現奧古斯丁的「自愛」有兩個並不一致的意涵：一種毫無疑惑的自愛是出於有次序的聖愛（caritas），而另一種「自愛」卻是困惑的自我追尋——「我成了自己的問題」（quaestio mihi factus sum, I have become a question to myself）。前者將自己、鄰人、世界均視為朝向超越的、永恆的上帝的工具，用奧古斯丁的術語來說，只有造物者應該為人所「享用」（frui, enjoyment），受造物只是為造物者而存在的「使用」（uti, use）；然而，另一種自愛的概念卻是奧古斯丁透過《懺悔錄》所揭示的：造物者內在於自我之內，內在自我（inner self）是造物者、自我、鄰人，乃至於時間深不可測的奧秘所在。造物者內在於我，「我」乃是為其自身的目的，超越的來源在我之內，不在我之外，「愛人如己」意味著推己及人，視鄰人為其自身之目的。「我」並不明確、自足，相反地，「我」是我自己的問題，因為在我之中有祂者，乃至於他者。

　　鄂蘭分析，根據奧古斯丁，人必然是依賴的（dependent），如果人有什麼本性的話，那便是人被定義為缺乏自足性（lack of self-sufficiency），必須透過愛有所連結。[2]斯多亞學派（the stoic）和新柏拉圖主義將愛理解為「欲求」（craving）或渴望（desire）。當愛作為渴望時，它指向未來。我們渴望一個事物，對該事物的擁有帶給我們幸福或愉悅，但是得到我們所渴望的事物並不能給予我們愛的確定性（security of love）。將愛理解為渴望，隱含著這樣一個問題：愛與對於失去的懼怕（fear of losing）是不可分的。人類幸福的困擾在於，總是被懼怕所包圍：關鍵不在

2　Hannah Arendt, *Love and Saint Augustine* (London: The University of Chicago Press, 1996), pp.23-24.

於沒有，而是在於如何「安全地」擁有。此一恐懼只有當我們所欲求的對象是永遠不會消失的永恆時才得以消除，也唯有如此，我們才能獲得真正的自由。「聖愛」（caritas）和「欲愛」（cupidity）的區分從而是欲求對象的區別，永恆相對於世界，具有絕對的優位性。然而，當我們將自由理解成對永恆的喜愛更甚於世界時，我們僅僅將世界當成工具，只有上帝才是因其自身之故而被愛（for His own sake）。對於這一點，鄂蘭暗示著「世界之獨立的『客觀性』已經被遺忘」，因為我們不再珍愛它，而只是將其隸屬於我們主觀的目的。[3]所有對世界的關切、與世界的關係，都被放在絕對的未來的觀點之下，而此一觀點認為，對永恆聖愛（caritas）的欲求無限地高於所有世界之物。世界與人並不為其自身而存在，而是為了外在於自身的超越永恆而存在。這種觀點產生一種「愛的次序」，在這個次序中，我們現今的存在不過是所有事物中的一個事物，被安設在其他現存物中。[4]鄂蘭認為這種現象是一種「世界的相對化」（relativization of the world），以及我們每一個個人的相對化，從超越塵世的聖愛觀點來看，我們每一個人都不過是這個從屬世界的一部分。在這個愛的秩序中，「自己」、「鄰人」相對於永遠不會消失的最高目的——永恆的上帝，只是「使用」，而非「享用」。

　　不同於斯多亞學派和新柏拉圖主義將愛指向永恆的未來，鄂蘭接著論述「自愛」的重點由「所預期的未來」（anticipated future）轉向「所記憶的過去」（remembered past）。我們在收斂心神的回想中（recollection）回顧「一個超越的、超現世的過去，亦即，人類如此存在的起源」，[5]而不是在對永恆至福的欲求中投射一個「超越的、超現世的未來」。沒有使人類在收斂心神中回想起自己根源的回憶（memory），「人的存在一如世界的存在一樣，根本是消亡的」，[6]「回憶」在此成了「不朽」的關鍵。在美國版的修訂稿中，鄂蘭增加了下述文字：「一如欲望相應於死亡，記憶（remembrance）相應於出生（birth），最終能平靜對死亡的恐懼的不是希望（hope）或是欲望（desire），而是記憶與感恩（gratitude）」。[7]這兩種關於自愛的意涵與同一主題有關：人的不確定感。立基於愛的秩序的「自愛」概念，以外在的、永恆的、

---

[3] Hannah Arendt, *Love and Saint Augustine*, p.37.

[4] Ibid.

[5] Hannah Arendt, *Love and Saint Augustine*, p.48. 「記憶」所指並非我們日常生活中對於具體過去的回憶，而是朝向超越的、超現世的過去，換句話說，朝向人類存在的根源。本文將remember 譯作「記憶」，memory 譯作「回憶」，recollection 譯作「收斂心神的回想」，所指皆為存有學意義上朝向存在的本源。

[6] Hannah Arendt, *Love and Saint Augustine*, p.51.

[7] Hannah Arendt, *Love and Saint Augustine*, p.52.

超越的上帝來賦予其確定性，而另一種自愛的意涵是來自奧古斯丁《懺悔錄》中所提這位內在於我之內的上帝：「藉由回憶，造物者在人裡面，回憶激發人欲求幸福和永遠持續的存在。[8]『因為除非祢在我之內，也就是，在我的回憶內，否則我便無由存在。』」[9]超越的上帝內在於我之內，「我成了自己的問題」。換言之，問題不在別處，問題正是在於我。鄂蘭在此將海德格的此有轉換成了奧古斯丁的尋道者，存有成了造物者，超越的可能性、確定性的賦予不假外求，一如奧古斯丁所言，除非回到內在的領域，尋道者始終不安。她認為，「所記憶的過去」才能使存在獲得整全：「賦予存在統一與整全的，是記憶，而不是對未來的預期。[…]人的記憶發現人類存在的雙重「在前」（before）[10][…]這是為什麼回到人的起源同時也可以被理解為對人之終點的預期」。[11]鄂蘭藉由奧古斯丁強調，返回「所記憶的過去」，過去與未來同時在前，造物者、自我、與他者都在「所記憶的過去」中，死亡不再是孤獨的個人事件，而是共同的命運：「所有人共同分擔了相同的命運。個人在世界上不是孤獨的；他有命運的同伴[…]他的整個生命被視為明確的命運境遇——必死的境遇」。[12]被拋（出生）意味著事實性，人總是被境況化的存有者，面對著不確定的未來，我們如何超越被拋的境況，建立共同的存有？造物者的內在化使得超越的可能內在於記憶。在「所記憶的過去」中，我們發現了新的、普遍共享的社群原則——這個原則透過「道成了肉身，住在我們中間」，向我們揭示：「仿效的可能性，因此也就是自由地選擇上帝恩典的可能性[…]，直到基督透過在世上歷史性的暫居才將這個恩典向所有世人揭露出來。雖然選擇的自由將個人從世界召回，切斷他與人類的本質社會連帶，所有世人的平等，一經設定，就不能被取消。在這個過程中，平等接受了新的意義——鄰人之愛。然而，此一新意義指明了在共同體中人們共存的改變，從必然發生的、理所當然的，到自由地選擇與充滿義務」。[13]道成肉身的救贖使人有仿效基督，超越人之境況的可能性，我們可以以平等待鄰人，視其為目的自身，建立新的共同體，此一共同體的形成不是出於既有世界的事實性，而是出於自由的選擇。有關社會生活建構的這部分主要是奠基在她對奧古斯丁俗世之城（civitas terrena）與上帝之城（civitas Dei）的理解，她用前者作為世界既予性的原型，後者則作為道德共同體

8　Hannah Arendt, *Love and Saint Augustine*, p.49.

9　Ibid. 鄂蘭引自 Augustine, *Confessions*, I, 2，2。

10　筆者理解這雙重「在前」（before），指的是在過去與未來的面前。

11　Hannah Arendt, *Love and Saint Augustine*, p.55.

12　Hannah Arendt, *Love and Saint Augustine*, p.100.

13　Hannah Arendt, *Love and Saint Augustine*, p.102.

的「開端」的原型。由此可見，鄂蘭是由一種前政治的概念脈絡首次顯現了後來政治著作的主要主題：人類社會經驗「多元性」的共同基礎、公共生活的「開端」等。

透過該書，我們發現，鄂蘭從 1929 年起，到後來清楚地轉向政治，「鄰人的相關性」亦即關於共存、平等、多元性、共通感的問題一直持續主導著她的思想。奧古斯丁所開展的內在生命的國度為她提供了超越、辯證的動態架構，以《人的境況》為代表的前期政治思想著力於從存有者的層次呈現人的多元性（外在的多元性），以《精神生活》（*The Life of the Mind*）為代表的後期思想則是放在人之多元性的存有學構成（內在的多元性）上，奧古斯丁神秘的、未知的內在世界領域為她提供相當的思想資源，而正是在此神秘、未知的內在世界的基礎上，透過思我（thinking ego）的撤離世界——回返自我的動態過程，在被給予的世界啟動創新。重新詮釋奧古斯丁所獲致的世界作為目的自身表現在《人的境況》中，「新生」作為事實性的存在，乃是在世存有，以世界為家卻不為世界所限，透過協同行動，不斷來到世界的新人啟動著世界的更新；奧古斯丁的內在自我、記憶中的他者、開端的存有學基礎表現在後期《精神生活》中，揭示行動作為開端，其存有學基礎在於以記憶為基底的內在多元他者的對話與共構。在解構奧古斯丁關於愛的概念的兩種衝突性論證的同時，鄂蘭以奧古斯丁自己作為新生的範例：奧古斯丁以保羅的基督宗教聖愛概念重新詮釋新柏拉圖主義的遺產，聖愛根源於人類生活的事實性之中，並賦予徹底的尋道者在世界之中作為代理人的力量。

貳、「新生」：世代生成世界中的多元他者

「新生」所蘊涵在世界中成為開端的意涵首先在《愛與聖奧古斯丁》中揭示，在《極權主義的起源》（1951）的末段則暗示了這條思想線索：

> 但是仍然存在著一種真理，歷史的每一次終結必然包含著一個新的開端；這種開端就是一種承諾（promise），是終結所能夠產生的唯一「信息」（message）。開端在變成歷史事件之前，就是人的最高能力；從政治角度來說，它與人的自由是一致的。奧古斯丁說：「人被創造，一個開端形成」（Initium ut esset homo creates est—that a beginning be made man was created）。這個開端由每一次新生（new birth）來保證；這個開端確實就

是每一個人。[14]

　　這條思想線索在《人的境況》（1958）中得到更為完整的呈現，「新生」（natality）一詞被正式提出。在《人的境況》一開始便提及，「出生和死亡、新生（natality）和有死（mortality）是人存在最為一般的境況」，[15]人類積極生活（vita activa）的三種活動——勞動（labor）、工作（work）和行動（action）都與此二者密切相關。就自然生命的一面來看，此二者指明了人的在世存有的事實：生命經由出生，被給予人們世界，一如它經由死亡，被從人們世界中取走；但就人文生活的一面來看，人雖然會死，卻具有超越的可能性，能在所承繼的世界中啟動更新，成其為不朽。此一能力即為新生所具有的「開端」（initium）能力。因此，雖然「勞動確保了個體生存，而且保證了人類生命的延續，工作和它的產物——人造物品，為有死者（mortals）生活的空虛無益和人壽的短促易逝，賦予了一個持久長存的尺度。而行動，就它致力於政治體的創建和維護而言，為記憶，即為歷史創造了條件。勞動、工作以及行動，就它們都承擔著為作為陌生人來到這個世界上的、源源不絕的新來者，提供和維護世界，為他們做規劃和考慮的責任而言，他們三者都根植於新生」。[16]由此可見，人作為有死者，被拋來到的這個世界，乃是一個世代生成、繼往開來的世界。不同於其他的存有者，人有「開端」的能力，能夠反思地走出原來的世界，與他者遭逢、交往、行動，乃至於啟動世界的更新，此一具有個別性與自發性的開端，乃是開始嶄新的、不可預期的事物的能力，是人類自由的根源，而開端的能力乃蘊含於新生——「作為陌生人來到這個世界上的、源源不絕的新來者」。由此可見，對鄂蘭而言，新生與其是一種能力，毋寧是一項事實，而一如自然生命帶來某種新事物——新的、獨特的人類存有者，行動也帶來某種新事物，行動本身就是開端：「我們以言說和行動讓自己切入人類世界，這種切入就像人的第二次出生（second birth），在其中我們確認且承擔起自己原初的身體表象此一赤裸裸的事實」。[17]正是在此基礎上，鄂蘭說道：「行動的能力存有學地扎根」於「新生的事實」。[18]行動的能力存有學地扎根於「新生的事實」意味著，行動的開端確認了人存在的事實，或者，反過

---

[14] Hannah Arendt, *The Origins of Totalitarianism* (San Diego, Calif.: Harcourt Brace Jovanovich, 1994), p.479.

[15] Hannah Arendt, *The Human Condition* (Chicago & London: The University of Chicago Press, 1998), p.8.

[16] Hannah Arendt, *The Human Condition*, p.9.

[17] Hannah Arendt, *The Human Condition*, p.247.

[18] Ibid.

來說，人的存在蘊含著能在。就在他以言行切入人類世界時，他發現了自己的有限性與可能性。換言之，「新生」具有雙重意涵：（一）從第一次出生到第二次新生之間，是從自然生命的有死到行動生命的不朽的過程；（二）作為第二次新生的行動，一如第一次的出生，從來不是宛如面對死亡時的孤獨一人，而是處於有他人在場的共存關係中。前者意味著，人是歷史性的存有者，他是在時間的流變中對抗著終會到來的死亡，承擔起存有的命運，以行動切入世界來成就不朽；後者意味著，作為第二次的新生，政治的行動是協同行動，人的自由不是此有的存有，而是共同存有者的共存。總的來說，正因為人是被拋於世的時間存有者，無時無刻面臨著包括死亡在內的各種不確定性，要擺脫不確定性，唯有訴諸共存的世界。在此脈絡下，行動的開端便不是如極權主義一般虛構意識型態的圖像，而是訴諸協同行動，協同行動是人類共存的顯現。

如前述，在原版的《愛與聖奧古斯丁》中，「新生」的意象表現於透過基督的「道成了肉身，住在我們中間」向我們揭示開端的可能性：「新的、普遍共享的社群原則」來自內在於我們內在領域的共存關係——上帝、自我、鄰人，此原初的共存關係，以鄰人之愛返回世界，「指明了社群中人們共存的改變，從必然發生的、理所當然的，到自由地選擇與充滿義務」。由此可見，在《愛與聖奧古斯丁》中，「新生」的「開端」是透過基督在世界中改變社群的共存關係得到揭示，此第一義的「開端」，到了《人的境況》轉成了第二義的「開端」：透過行動者在世界中的協同行動來揭示。

> 人藉由出生，成為 initium——新來者和開創者，人能開端啟新，被激勵行動。奧古斯丁在他的政治哲學中說：「起初，人被造，在此之前沒有人」。（[Initium] ergo ut esse, creatus est homo, ante quem nullus fuit.）這個開端不同於世界的開端；這不是某物的開端，而是某人的開端，這人就是開端者本身。由於人的被造，開端的原則進入了世界本身，當然，這只是用另一個方式說，自由的原則被造於人被造之時，而不是在人被造之前。[19]

這段引文出自於《上帝之城》第 12 卷第 20 章，奧古斯丁強調，上帝能夠創造從未創造過的新事物；而在該段落中，依照奧古斯丁的原意，開端者是基督，是聖言。然而，鄂蘭卻將這兩個想法抽離其脈絡，進而與她自己對人類自由的反思結合：首先，鄂蘭認為，開端蘊含著自由，意指人類事務不受限於因果律的可預期性，且

---

[19] Hannah Arendt, *The Human Condition*, p.177.

必須與生命過程的必然性脫鉤；其次，相較於奧古斯丁認為基督是開端者——鄂蘭認為，在所有存有者中，唯有人具有開端的能力。鄂蘭在《精神生活》中援引奧古斯丁的觀點，指出自然物的受造是 principium，但人的受造是 initium，這兩個概念指出人的雙重性：既是被造，又具有主動的創始能力；就人作為受造的自然生命而言，他「發生在這世界裡，就只能是一個相對的開端（relatively first beginning）」，但仍是一「絕對性的開端，不是在時間上，而是在因果性上」，他能夠在事件中給出一個絕對的開端，開始一系列無限的（ad infinitum）的自然後果。鄂蘭稱為「（人之）自由的相對地絕對自發性」（freedom of a relatively absolute spontaneity）。[20]

人是 initium，他是以新來者的姿態進入多元的世界，而他本身也由多元性構成。他既是開端（arche），也是目的（telos）自身，此一 telos 是內在於人之中的 imago dei（神聖形象）。奧古斯丁以人的靈魂結構——記憶（memory）、理智（intellect）、意志（will）來類比神聖的三一（聖父、聖子、聖靈），鄂蘭則以思考、判斷、意志作為人的內在三種心能，當人撤離表象世界，返回內在領域時，他意識到了內在的多元性。職是之故，intinum 作為人的受造原則，標示著人的開端能力蘊含於內在的共存之中，並且在外在的共存中展開。[21]換言之，從人的被造來看，人是由多元性的共存關係所構成，也以多元性的共存關係顯現於政治世界中，前者涉及行動者，後者涉及了行動，即 initium 的兩個面向。

首先，我們先論述「開端」的行動面向：協同行動。

鄂蘭承繼了海德格對自由的理解，將自由（此有）視為行動「宛如深淵般的根基」（abyss-like ground），拒絕由理性、自然或甚至推論理性所提供的標準，試圖在沒有根基的情況下思考政治行動和判斷。在《極權主義的起源》中，她曾言簡意賅地說道：「開端在變成歷史事件之前，就是人的最高能力；從政治的角度來說，它與人的自由是一致的」。令人不安的是，如果行動意味著創始、開端的話，那麼，個人或少數人的單獨行動所造成極權主義的意識型態與恐怖又該如何解釋？面對少數人統治及自由的無根基性問題，鄂蘭特別強調政治自由是發生在多數人之間：「言

---

[20] Hannah Arendt, *The Life of the Mind* (New York: Harcourt Brace Jovanovich, 1981), Willing, p.110.

[21] 鄂蘭引用奧古斯丁的《論三位一體》，認為「友誼」是內在三一互為表述關係（mutually predicated relatively）的範例。她也認為，友誼中的平等化會讓人們變成共同世界中平等的夥伴，一同建構出共同體，並述及亞里斯多德的結論是，將共同體聯合起來的，似乎是友誼。Hannah Arendt, *The Life of the Mind*, p.98. Cf. Hannah Arendt, *The Promise of Politics* (New York: Schocken Books, 2005), p.17.

說與行動發生在人們之間」，即言說與行動都與這個「之間」有關。[22]因此，可以說，沒有多元性，就沒有政治自由。這個世界性的、實際的自由不同於哲學家們所預設的「意志自由」（freedom of the will）：「（哲學傳統）透過將自由概念從其原初的領域——一般人類事務的政治領域轉移到內在的領域——向『自我省察』（self-inspection）開放的領域，已經扭曲（而非釐清）了在人類經驗中被給予的自由概念」。[23]政治自由的存在不但歷史地先於哲學傳統對於內在自由的偏見，而且這樣的自由要求「與其他人同行」。換句話說，每一個自由的人都可以透過言說與行為切入（insert）這個世界，[24]有如第二次的出生，這個切入不是出於必然性與有用性，而是出於他人在場的激發（stimulated）——我向他人顯現我是「誰」，這個作為「誰」的我不是靜態的、既成的、自我籌劃的，而是在言說行動中將自己的故事，織進既有的故事網絡，卻又在說故事中重新賦予故事意義的人。

其次，則是「開端」的行動者面向——人作為開端者，是歷史性的存有者。

在《上帝之城》中，initium 原指基督。對照《愛與聖奧古斯丁》的若干描述，我們發現，鄂蘭似乎將奧古斯丁「人可以透過仿效基督為社群的共存帶來更新——透過仿效基督，成為開端」的神學觀點在後來的著作中直接轉化為人是開端，這無疑是相當大膽地對「道成肉身」的神學觀做了哲學的詮釋。作為「人存在最為一般的境況」，「有死」和「新生」是偶然的、不確定的，如此這般存在的偶然性及存有的深淵或無根基性（ the abyss or ungroundedness of Being）標示著人的有限性（finitude），卻也指向人的「不被限定」（in-finite）——人的可能存有。傳統形上學在「無限」的脈絡下對「有限」進行理解，傾向於認為「無限」是永恆的、不變的，而「有限」則是時間與變動。因此，「有限」是一種剝奪，「無限」則代表滿全和完美。然而，不同於傳統形上學的思考，當面對「無限」時，「有限」的存在經驗作為一種指引（indication），指向「有限」並非完全被限定，或許在這一點上，我們可說承繼了神學傳統的遺緒——關於「無限」的思考或經驗並未隨著上帝之死而消失。換言之，我們在經驗自身的限制（limits）時，與「有限」遭逢，但是我們之所以經驗到這些「限制」，是因為我們想要越過它們，正因如此，我們與之抗衡。進一步而言，使我們成為有限的，是時間，我們在時間中隨時面臨因死亡而消無的威脅，然而，使我們「不被限定」的，卻也是時間，因為我們是在時間中開創可能

---

[22] Hannah Arendt, *The Human Condition*, p.182.

[23] Hannah Arendt, "What is Freedom?," in *Between Past and Future: Eight Exercises in Political Thought* (New York: Viking Press, 1968), p.143.

[24] Hannah Arendt, *The Human Condition*, p.148.

性，並非在永恆中。在《存有與時間》中，海德格揭示時間意識使人成為「能在」，亦即時間的視域賦予人存有的意義，鄂蘭承繼了海德格對「歷史性」（Geschichtlichkeit, historicality）的理解，即「歷史性」是人存在的基本特徵，人在理解過去時，也融入了他們對當前及對未來的可能性的理解，換言之，關於過去的意識構成部分的自我。雖然海德格在《存有與時間》中用了大部分的篇幅處理朝向死亡的存有，但他對於被拋於世的評價卻可以用來說明「新生」：被拋於世使我們成為歷史的存有者，這要求我們透過決定（或者不決定）如何接受前人所流傳下來的一切來回應。如果死亡讓我們脫離世界，不論是進入天堂或地獄、被遺忘或成為已是，出生卻是將我們引入不是出自我們所造的世界和我們不可能參與造作的過去。職是之故，行動的創始性無法與被拋的歷史性脫鉤。鄂蘭的歷史思考（historical thinking）方式是讓歷史現象透過時間向被動的而非超越的觀察者顯現自身。[25]「開端」的兩個面向指向了行動的創始性與行動者的歷史性，即：走向多元他者，在世代生成中協同行動。

正是在這一點上，人類事務領域蘊含著原初的驚奇。在人類事務領域中，總不斷有新來者加入，不斷引發無法預期、不可逆的自發性行動，我們面對著未知的命運，也面對著無法改變的過去。鄂蘭呼籲，本真的政治哲學必須面對此一原初的驚奇，因為它緊密連結於行動的自發性與人的歷史性：

> 本真的政治哲學最終不能只出於趨勢的分析、部分的妥協和重新詮釋；它也並非出自對哲學本身的反抗。就像所有其他哲學的分支一樣，政治哲學只能源自於原初「驚奇」（thaumadzein）的驚嘆與不可思議，從而產生探詢的衝動（亦即相對於古代的教導），試圖了解人類事務與人類行為的領域。[26]

在對傳統形上學的批判中，海德格觀察到「驚奇」的創始性格的沉淪，但他對於本真驚奇的基本性格，即對於投入「能夠創始」的情韻感染狀態幾乎毫無察覺，他將驚奇的沉淪狀態等同於不斷追求新鮮的好奇心，卻未注意到另一種被畏怯

---

[25] Anne O'byrne, "Philosophy and Action: Arendt," in *Natality and Finitude* (Bloomington and Indianapolis: Indiana University Press, 2010), p.80; Jacques Taminiaux, "*Bios Politikos* and *Bios Theoretikos* in the Phenomenology of Hannah Arendt," trans. by Dermot Moran, *International Journal of Philosophical Studies* 4.2(1996.9): 215-232.

[26] Hannah Arendt, *Essays in Understanding 1930-1954: Formation, Exile, and Totalitarianism*, ed. and with an introduction by Jerome Kohn (New York: Schocken Books, 1994), p.445.

（Scheu）所貫通感染的「能夠創始」和「獻身投入世界」的本真的驚奇，[27]它開展
於人類事務的領域——政治世界，而這一點為鄂蘭所強調。此一本真的驚奇是面對
無法通達者所產生的好奇心和畏怯，「好奇心」是一種對事物的主動朝向，然而，
面對事物本身不可通達的不確定性時，好奇心為畏怯所滲透，表現為一種克制自持
與尊重，黑爾德（Klaus Held）以此來詮釋面對政治世界的不確定性而有的尊重與畏
怯的情韻。政治世界是人類事務的領域，不可通達者除了待商議、無法交由專家解
決的公共事務本身之外，更重要的是，協同行動的人們。人作為開端者，同樣被畏
怯的驚奇所貫通，此乃來自於時間的恩賜——面對時間，人總是被動的，人無法掌
握自己的未來，也無法決定自己的被拋，這一點由海德格所指出，但不同於海德格，
鄂蘭認為，正是因為這種面對時間的驚奇，激起人的好奇與畏怯，轉為一種「能夠
創始」、「獻身投入世界」的高昂情韻，即「新生」的強調。就這一點來看，人之所
以「能在」（Seinsmöglichkeit），能以行動來創始，是因為人有時間意識——人是歷
史的存有者。人因其時間性而成為有限的、歷史的存有者，卻也因為時間的饋贈而
超越其有限性。

　　就「開端」的行動者面向而言，一如出生揭示了孩子，行動乃揭示了行動者，
或者正如一般所言，行動是自我開顯（self-disclosure），惟所開顯者，並非個人主義
式的、向未來擘劃虛構圖像的自我，毋寧是具有歷史與世界意識的自我；就「開端」
的行動面向而言，乃指超越事件的因果性連結，創始新開端。若我們將這兩面向結
合起來，即：行動的創始無法脫離開端者所處身的世界與歷史處境。行動本身作為
開端，雖是指向未來的某個時刻，但行動者卻是宛如羅馬的雙面神祇般，同時面對
著過去與未來，「過去」構成了行動者自我，因此，行動不是由無生有的開端，「過
去」是「未來」的潛隱狀態，「未來」是行動者對「過去」的更新。換言之，「開
端」的創始義不能脫離過去共存的經驗——過去的傳統、文化等，即政治的創始是
從人類共存的過去中被實現出來的。人總是在嶄新與平常、驚愕與習慣之間懸浮擺
動，此乃人類存在的時間性之特性。[28]在既承繼過去又眺望未來的當口，我們無法預
期行動的結果，也無法預期他人的行動，這使我們對諸如此類的不可通達者懷著一
份好奇與畏怯，而這份好奇與畏怯則轉為政治世界中的尊重。現代社會中絕大多數
事務由專家來決定，專家政治的取向是工具性的指引，然而，卻只有在遇到不可決
或有疑義的公共事務時，本真的政治才出現。在商議的過程中，因好奇與畏怯情韻

---

27 黑爾德，《世界現象學》，孫周興編，倪梁康等譯（臺北：左岸文化），頁 184。
28 黑爾德，《世界現象學》，頁 232。

的牽引，對自己，我們願意謙卑自抑，對他人，我們不吝給予尊重。行動等待時間所給予的適當機會來臨，而行動者則面對嶄新與平常、驚愕與習性，要改變還是不要改變的兩造拉扯。

如此看來，相較於海德格強調未來的時間視域，鄂蘭似乎更強調「過去」的時間視域，然而，這並非是說未來是過去的複製、歷史是循環的，抑或是「未來」是被習性化所決定。因為人是獨特的存有者，我們每一個人都隸屬於一種「活生生的存有者所處的弔詭境況：雖然是表象世界的一部分，卻擁有一種能力[…]思考的能力，使心智能從世界撤離，卻又不完全離開或超越表象世界」。[29]在《精神生活》中所揭櫫的思考能力是人能夠超越境況，不為境況所限的能力，此一能力被鄂蘭視為成為一個完整的「人」的能力。思考活動解構既定的風俗習慣，重新賦予習性意義，使「過去」重新發用，不是以一種重複的方式，而是以一種完全不同的新的方式。

參、開端如何可能：向多元他者開放的精神生活

從《愛與聖奧古斯丁》起，鄂蘭便開始關注「世界」與「開端」的主題，在《人的境況》中，則區分了「地球」與「世界」，前者指自然的限制，後者指由人造物所構成的世界，即人文世界，正如卡諾凡（Margaret Canovan）所言：「她所展望和重視的這個世界，顯然更多的是一個文化客體和文化環境的世界，而不是一個工程技術的世界」。[30]換言之，行動的偉績必須透過工作的製作過程，成為文化的一部分，但文化不是凝滯的，它必須透過行動予以不斷的更新，而這個行動是在多元性的顯現空間中進行的，構成這個顯現空間的多元性不僅止於共時性的同代人之間，同時還包括歷時性的世代之間。既然行動者具有扎根於文化的事實性，又有超越文化、更新文化的可能性，那麼，行動者的條件為何？在最後一部作品中，鄂蘭從開端的行動面向轉向行動者面向，《精神生活》論述思考、意志、判斷三項人類心能，從人的內在領域探討行動者的條件，揭示人類自由的內在條件乃是來自於向他者的開放。

鄂蘭將人的精神生活分為思考、意志、判斷三部分，意志對應於外在的行動，是行動的個別性原則，行動的自發性、創始性與意志心能有關，從而它也與自由有

---

29 Hannah Arendt, *The Life of the Mind*, p.45.
30 Margaret Canovan, *Hannah Arendt: A Reinterpretation of Her Political Thought* (Cambridge: Cambridge University Press, 1992), p.109.

關。然而，意志有其內在的缺陷，根據鄂蘭的分析，「我要」（I will）始終受到自我的箝制：它永遠走不出自我的範圍，永遠受到自我的約束，因此，「把自由等同於人的意志能力在政治理論中造成了致命的惡果，直到今天，它也是我們幾乎自動把權力等同於壓迫，等同於對他人的統治的原因」。[31]簡言之，當自由變成自由意志的時候，古代的行動轉成了意志─權力（will-power），自由也從作為一種顯現在行動中的存在狀態轉向了選擇的自由（liberum arbitrium），而成了與他人無關，乃至於最終征服他人的主權（sovereignty）概念──一個自由意志的理念。[32]奧古斯丁解決意志無能的方式是透過聖愛的注入，即來自祂者的愛，那麼，鄂蘭要如何解決意志的衝突所帶來的不安呢？

思考─判斷的形成開啟了向他者開放的向度。如前所述，鄂蘭在博士論文《愛與聖奧古斯丁》美國版的修訂稿中加入了下述文字：「一如欲望相應於死亡，記憶相應於出生，最終能平靜對死亡的恐懼的不是希望或是欲望，而是記憶與感恩」。將這段文字對照鄂蘭論思考的要旨可知，不論是代表著上帝聲音的良知或是康德的道德定言令式都不如我們所想像的具有道德的自明性。絕對的、普遍的、外在的道德判準無法為每個處於個別狀況中的獨特個體提供是非的判準，以及我該怎麼做的答案。因此，關係到每個獨特個體的道德問題，歸根究柢，既不在於我和周遭人共有的風俗和習慣，也不在於來自上帝或是來自人的理性的命令，而是取決於我針對自己所做的決定，即我的良知之聲在思考的二合一對話中，意識（consciousness）被激活：「就我自己而言，道出這種『我意識到我自己』（being-conscious-of-myself）的情形時，我便不可避免地是二合一[⋯]人類意識暗示著差異性與他者性[⋯]因為這個自我——這個『我是我』在同一當中體驗到了差異性[⋯]，意識不同於思考，但若無意識，思考便不可能。思考在其過程中所實現的，是意識中既有的差異性」，[33]良知（conscience）也隨二合一的對話而被喚醒。鄂蘭強調蘇格拉底式的思考，並揭示其所蘊含的內在多元性，對鄂蘭而言，其所以具有多元性，乃在於往返表象世界與內在自我之間，思考不是靜態的沉思，而是動態地往返於自我與多元他者的交織網絡之間。她在《精神生活》（The Life of Mind）中，以記憶作為基底，將人的思考心能

---

[31] Hannah Arendt, "What is Freedom?," in *Between Past and Future: Eight Exercises in Political Thought*, p.161.

[32] Hannah Arendt, "What is Freedom?," in *Between Past and Future: Eight Exercises in Political Thought*,, p.162.

[33] Hannah Arendt, "Thinking and Moral Considerations," in *Responsibility and Judgment* (New York: Schocken Books, 2003), ed. and with an Introduction by Jerome Kohn, pp.184-185.

向判斷心能解放出來，因為思考是我與我自己的對話，而這個「我」承載著記憶，在面對著未來的當下，重構著過去的自我，這個自我不是獨立的、單一的，卻是始終有他者注入其中的。我與我自己的對話是一個追問、拆解的過程，這個過程帶來對習性或風俗的解構，當規定性意義的常規不復存在時，思考解放出了康德意義下的反思判斷，藉由個殊性的範例、故事，形成一般性的原則。

每個行動者同時也是歷史事件的旁觀者，對事件或故事進行理解，而理解本身作為一種判斷形式，乃是從所涉及或相關的觀點來重新創造一個共同的實在（shared reality）。歷史判斷透過以敘事的行動再現（represent）共同世界的多元性，來揭示共同世界的本性是透過不同觀點所構成。關鍵在於，再現的敘事（representational narrative）是一種能「站在他者立場」的能力，但這並不是同感或同情他者，而是透過他者的眼光重新創造表象的世界。歷史判斷或者可以稱之為旁觀者的判斷，是一種歷史的理解，此一理解構成我們在公共領域行動的條件，而公共領域行動的結果，又帶來新的歷史理解。由此可以看出，歷史記憶、歷史判斷（理解）與公共領域的行動之間互相辯證的動態過程。

思考—判斷與言說行動的辯證依賴於一種讓位，而這樣的讓位是由世界之愛所引導的，不斷地走向世界中的多元他者。在此脈絡下，行動或文化的更新並不以主體的籌劃為優位，而是從肯認共同體的過去而展開對未來的承諾。敘事作為一種行動，因為時間的間距而具有揭示意義、產生故事、形成歷史的特性與能力，而此一行動必須有賴於精神生活的恢復方得以保證自由而富有創造性的生命，一如在晚期著作中所表明，她將精神生活視為向他者開放的領域。

從《愛與聖奧古斯丁》開始，鄂蘭凸顯彼岸與此岸之間的張力，透過聖愛內在，讓世界與永恆的維度脫鉤，聖愛根源於人類生活的事實性之中，並賦予徹底的尋道者在世界之中作為代理人的力量，透過仿效基督，更新世界或社群。在這階段，鄂蘭確立了「世界」與「開端」兩個主題。《極權主義的起源》之後，逐漸確立「開端」與「新生」的關聯，每一個新生命都蘊含了開端的可能性：作為存在的事實，新生揭示了人之多元性的境況；作為存有學的基礎，新生以行動切入世界，宛如第二次的出生，同樣伴隨著多元他者的在場，行動之所以卓越，在於它具有開顯性，開顯了「誰」，而這個「誰」乃是在世存有——與多元他者共存，在不斷地遭逢、互動中形成的。對鄂蘭而言，面對現代性所帶來的世界疏離，必須向世界中的多元他者開放，與不斷到來的新來者共同以行動切入這個世界，中斷習性化的因果現象，方能為人類共存帶來「新開端」，而此新開端的可能性在於內在精神生活受世界之愛所引導，向世界中的多元他者開放。

參考文獻

黑爾德（Klaus Held），《世界現象學》，孫周興編，倪梁康等譯，臺北：左岸文化，2004。

Arendt, Hannah. *Between Past and Future: Eight Exercises in Political Thought*. New York: Viking Press, 1968.

Arendt, Hannah. *Essays in Understanding 1930-1954: Formation, Exile, and Totalitarianism*. Ed. and with an introduction by Jerome Kohn. New York: Schocken Books, 1994.

Arendt, Hannah. *Love and Saint Augustine*. London: The University of Chicago Press, 1996.

Arendt, Hannah. *Responsibility and Judgment*. Ed. and with an Introduction by Jerome Kohn. New York: Schocken Books, 2003.

Arendt, Hannah. *The Human Condition*. Chicago & London: The University of Chicago Press, 1998.

Arendt, Hannah. *The Life of the Mind*. New York: Harcourt Brace Jovanovich, 1981.

Arendt, Hannah. *The Origins of Totalitarianism*. San Diego, Calif.: Harcourt Brace Jovanovich, 1994.

Arendt, Hannah. *The Promise of Politics*. Ed. and with an Introduction by Jerome Kohn. New York: Schocken Books, 2005.

Canovan, Margaret. *Hannah Arendt: A Reinterpretation of Her Political Thought*. Cambridge: Cambridge University Press, 1992.

O'byrne, Anne. *Natality and Finitude*. Bloomington and Indianapolis: Indiana University Press, 2010.

Scott, Joanna Vecchiarelli. "Hannah Arendt's Secular Augustinianism," *Augustinian Studies* 30.2(1999): 293-310.

Taminiaux, Jacques. "*Bios Politikos* and *Bios Theoretikos* in the Phenomenology of Hannah Arendt," trans. by Dermot Moran. *International Journal of Philosophical Studies* 4.2(1996.9): 215-232.

作者簡介：

　　林淑芬：

　　　國立政治大學哲學博士

　　　國立政治大學華人文化主體性研究中心博士後研究員

　　　通訊處：11664 臺北市文山區木新路二段 37 號 8 樓

　　　E-Mail：kerstin@nccu.edu.tw

Hannah Arendt's Concept of Natality and Plural Others

Shu-Fen LIN

Postdoctoral Fellow, Research Center for Chinese Cultural Subjectivity, Taiwan

Abstract: The concept of natality is Arendt's appropriation of St. Augustine's thought. It is not only as her core theme but also as the key role played in the public sphere. The context and implication of natality was developed in her original dissertation *Der Liebesbegriff bei Augustine* in 1929. Natality as Arendt's terminology was directly raised in her prominent writing *The Human Condition* and has been modified during the trail of Eichmann period. And then, it appears in the revised dissertation *Love and Augustine*. As St. Augustine said, *[Initium] ergo ut esset, creatus est homo, ante quern nullus fuit* ("that there be a beginning, man was created before whom there was nobody"), natality is the condition of human being's creativity and freedom. By the help of St. Augustine, Arendt contrasts her own contention with her mentor Heidegger's and claims it is natality rather than mortality could be as spring of the action. Without freedom grounded upon natality, there is no individual's action in the world and wherein political sphere occurs.

Arendt concerns with the conflict between otherworldly demand and this worldliness of social life in Christian love. She always deliberately stresses on the implicit tension between promise to this world and distance herself from it due to St. Augustine's inspiration. Thereupon some scholars call her secular Augustinian and contend to trace her intellectual journey to the start point in order to connect with her later writings. In this essay, the author will try to demonstrate how Arendt re-interprets natality of St. Augustine to be as ontological ground for plurality which is core phenomenon of the political. Not only as given factuality but also as possibility of new beginning, natality is rooted in the world and toward many others.

Key Terms: Natality, Mortality, Initium, New Beginning, Plurality, Other, World

敘事醫學：從臨床敘事瞥見多元他者的面容[*]

林慧如

高雄醫學大學人文與藝術教育中心副教授

內容摘要：醫學原本是複雜靈活的助人藝術，但百年以來經歷多重巨大改變，醫學教育開始遵循自然科學典範，注重實證研究及分析推理，原本綿密的師徒傳承風氣變得式微，一貫式床邊教學也轉變為「課室」與「臨床」兩階段式學習。而人性相關的主題，如醫學倫理、醫病溝通及醫學專業素養，在現代教育的分類學下被分割破碎，形成知識、技巧與態度等各自獨立的單面向訓練。人文學之脈絡性與複雜性等學習條件不受重視。以醫學倫理為例，在生物醫學議題的推理訓練中，倫理情感等人性思考成為多餘的插曲。長久以往，人們對於醫學倫理的認知與想像多只侷限醫療兩難議題與醫學倫理原則。

為改善日趨形式僵化的形式推理，我們在醫學大學連續多年開設敘事醫學倫理課程。我們發現實習醫學生所創作的敘事文本，均能表現比以往倫理教案更為成熟的人文向度，包括：更能完整地表達個人的倫理體驗、深化對倫理困境的思考，並表達出人性共同的倫理價值，因而令讀者產生共鳴。由此觀之，臨床敘事能促使學習者在臨床實踐中瞥見多元他者的面容，敘事醫學是使醫學由「疾病為中心」轉向「病人為中心」的良好學習範式。

關鍵詞：敘事醫學、醫學倫理、醫學人文、多元他者

壹、問題意識：臨床中被忽略的敘事問題

2005 年，個人以哲學人背景進入醫學大學服務，此後十數年間陸續參與醫院「醫學倫理委員會」與「醫事法律小組」等服務，實地接觸臨床倫理教育及相關事務，從中發現醫學倫理或醫學法律等各種難題背後，除了倫理與法律的理論知識之外，

---

[*] 致謝：感謝科技部醫學教育學門補助計畫「人性思考融入臨床推理：以多觀點文本建構臨床倫理之學習基模」（107-2511-H-037-009 -）之進行。

往往牽涉臨床中被忽略的「敘事」課題。「臨床敘事」本身是一個豐富而待開發的人文田野，但是它往往受到一些習以為常的理論所遮蔽或誤導，因此專業人員的倫理思路經常被各種指引打斷而顯得支離破碎。例如有關醫療的重大決策，在華人社會中，個人作為家庭中的一個成員，很少是全然獨立為自己做下重大決定。但是「尊重自主」的醫學倫理規範又明顯擺在眼前，於是當遇見醫病雙方決策衝突時，專業者往往不理會內心的困惑（例如病人為何會提出不當要求？），直接跳到倫理原則的討論（例如如何同時滿足「尊重自主」與「不傷害」原則），倫理反成為一套不顧現實的規範。如果醫學的「實然」與倫理學的「應然」無法相應，專業倫理規範總是凌駕於實務者內心所感，最後的結局，便是實務歸實務、理論歸理論。這種專業或學術語言對於倫理生活的干擾，逐漸開始引發個人對於臨床敘事問題的關注。

除了醫學倫理的教育與研究之外，筆者也參與醫學中心的醫事糾紛鑑定審查，協助初鑑醫師釐清鑑定案件的內在邏輯。一般認為醫學法律有非常明確的條文規範，但在實務工作中根本不會有所謂的「標準病人」或「標準案例」，臨床情境中的每一位人員、每一個動作細節的微小差異都可能將事件帶向不同的發展方向，每個案例都是獨一無二的故事。在這些醫學人文、醫學倫理，甚至醫學法律的教育與實務中，我們更發現最直接而有效能解決不同資訊與意見糾纏不清的方式，便是引導實務工作者「有意識地回到敘事本身，檢視事件發生的內在邏輯」。這樣的體悟恰好符合當代醫學人文教育的一項結論：「敘事醫學」[1]是促進人性化醫療實踐的最佳解方。

貳、臨床推理

「臨床推理」（clinical reasoning）是臨床醫師推理診斷的機制，臨床醫師照顧病人時，必須運用自身的專業知識以及來自病人的資訊，形成可能疾病診斷的假設，並權衡接續的檢驗與治療之利弊，形成診斷與處置的計畫。這一系列分析、思考與決策的過程即是「臨床推理」。簡單說來，臨床推理過程包含直覺性與分析性雙重思考運作。近 40 年來學界企圖針對推理過程進行深入探討以改進臨床推理的教學，研究發現臨床醫師所採用的「專家型態」與初進臨床的醫學生所使用的「非專家型

---

[1] 敘事醫學主張使醫學實踐結合敘事能力，是近二十年間新興於國際醫學人文教育的重要取向。參見 Rita Charon, "Narrative Medicine: A Model for Empathy, Reflection, Profession, and Trust," *The Journal of the American Medical Association* 286.15(2001): 1897-1902。

態」之間有所不同，這也造成了問題解決效力的差異。[2]

1960 年代的臨床教學主要聚焦在「問題解決」的能力，當時學界認為「問題解決」的能力是一種可以被客觀測量的普遍性技巧，能一致性地應用在不同臨床情境的能力。然而在臨床的教學與研究進展下，學者逐漸發現上述理論有其缺陷：由於臨床問題經常是長時間、系列性的變化，單項問題的解決表現並不代表接續系列問題的解決也會有相同的品質表現，同一位醫師面對患有相同疾病的不同病人，或不同醫師在不同時間面對同一名病人，也都未必會有一致的診斷。這些問題引發了學者對於臨床知識結構的探討。如「認知負荷論」或「病情腳本論」都是探討臨床知識結構代表性學說。「病情腳本論」就提出：有經驗的醫者因擁有豐富「病情腳本」，故能有效提取臨床資訊，快速形成直覺性思考；新手醫師則必須逐步分析臨床情境、整合醫學知識，建構臨床推理的腳本。病情腳本之質與量的差異是新手與專家的最主要區別：專家能辨識不被新手注意的特徵及模式，因此其病情腳本能作為新手學習專業推理的範例。直到現今，醫學教育界發現，高效判斷的專家未必是擁有最多最專業的知識；專家思考的關鍵特徵，反而在於情境性與脈絡性的整體掌握能力。

從臨床推理的研究發展中，我們看見情境脈絡知識對醫學專業的重要性，但是情境脈絡卻是處在高度動態性的變化過程，因此不易以簡易普遍性標準規範。相較於疾病的鑑別診斷，「醫學倫理」更是直接牽涉到人性及價值意義的課題，因此除了「問題解決」的推理知識，醫學倫理更需求具備動態性的情境認知能力。為此醫學倫理的學習教材比起專業學習更需要完整的脈絡展示。

參、生命倫理理論

隨著生物醫學科技的快速發展，醫學倫理在近幾十年間開始產生爆炸性的改變。除了關注生物醫學進步過程中所產生的倫理議題，人們更苦惱於變動的健康政策與醫療實踐所帶來的價值難題。為了解決臨床中迫切的倫理課題，醫學界期待借重倫理學的研究成果，希望發展出能以簡馭繁的倫理學說，以便對臨床瞬息變化帶來指引作用。「生命倫理」（或「生命醫學倫理學」）即是當代醫學與倫理學對話所產生的研究領域，其成員大部分來自哲學及醫學界，此外還包括法律、政治及宗教學者，儼然是一個跨領域的學門。在高度要求決策時效的壓力環境下，Tom L. Beauchamp

---

[2] 參見楊義明主編，《臨床推理：現代觀與教學運用》（臺北：臺灣愛思唯爾，2017）。

與 James F. Childress 在《生命醫學倫理學原則》所提出的原則主義成為最容易上手的分析工具。原則主義運用尊重自主、不傷害、行善、正義等四組基本的「初步原則」[3]指引複雜的倫理推論，並採用融貫理論來衡量各衝突價值背後的原則，相較於古典理論各自堅持特定的倫理價值，折衷的原則主義似乎面面俱到而省卻不同人員的價值爭議，因此廣為醫界所熟悉及引用。

除了《生命醫學倫理學原則》提出的原則主義之外，Jonsen 等人所提出的四主題法（four topics method）亦是臨床人員熟悉的分析工具。Jonsen 本人「對過度繁複的抽象理論探討有所保留」，他認為合適的倫理原則運用，「應該是像病歷寫作一般：有主訴、過去病史、身體理學檢查報告、懷疑病症與治療計畫等類似的邏輯導引的過程，藉此讓臨床人員能夠善用這些原則」[4]。四主題法分別以 1. 醫療適應症（medical indications），2. 病患喜好（patient preferences），3. 生活品質（quality of life），以及 4. 脈絡特徵（contextual features）來概括醫療決策中必須考慮的主題面向。臨床實務中經常使用四主題法搭配原則主義的初步指導原則，並運用「特定化法」（specification）、「平衡法」（balancing）或「決疑論」（casuistry）等方式來處理原則之間的衝突。[5]「分析性醫學倫理學」成為主流學說，理性的作用是平衡各種原則衝突，倫理學的角色則儼然成為輔助臨床道德推論的工具。

肆、病例化的醫學倫理

除了生命倫理理論，醫學倫理教育中另一個重要的範疇是醫學倫理「議題」。為了協助臨床醫師將生命倫理知識應用到日常執業中，加拿大醫學會期刊自 1996 年 7 月至 1998 年 10 月曾連載了 17 篇標題為「臨床生命倫理」的教育性文章，因為文

---

[3] 比徹姆、邱卓思，《生命醫學倫理原則》，李倫等譯（北京：北京大學，2014），頁 vii。作者在前言中指出，為了適應不同讀者的需求，他們修改了此書的結構，在第三到六章闡述了四組基本原則，並在最後兩章新增了對「方法和理論的詳細解釋和辯護」。作者相信「對沒有太多道德背景知識的讀者來說，本修訂版更加通俗易懂」。從這些線索中，我們看見「生命醫學倫理學」必須跨出哲學倫理學內部討論，盡可能瞭解醫學領域的現實運作，才能形成真正有意義的對話。

[4] Albert R. Jonsen, Mark Siegler & William J. Winslade，《臨床倫理學：臨床醫學倫理決策的實務導引》，辛幸珍等譯（臺北：合記出版社，2011），頁 vi。Jonsen 等人將病歷寫作結合於倫理原則討論的構想，使四主題法更能落實於臨床討論。

[5] 參見蔡甫昌編著，《臨床倫理病案討論》（臺北：橘井文化事業公司，2007），頁 61-74。臨床實務中經常使用四主題法搭配原則主義作為倫理推論的指導原則。

章案例多為臨床醫師主筆或主導，再經過哲學、倫理、公衛及法律等專業合作，對於臨床人員而言，從議題開始著手似乎更具體而實用。當這本合集《臨床生命倫理學》[6]被翻譯引進國內之後，幾乎成為國內醫界最有份量的醫學倫理教材。這本書中囊括許多臨床常見議題，如同意、告知、代理決定、守密等，且其創造了一種經典教案格式：每章開篇均以二、三個簡短案例作為引文吸引讀者的注意，緊接著從倫理、法律、政策以及實證性研究等四種觀點加以分析，最後再回到案例作總結，這種起承轉合的結構幾乎成為臨床倫理討論的範本。除此之外，這些案例本身的寫作格式也對醫學倫理教育產生了重大影響：由於這一系列均由臨床醫師所主導或主筆，也設定讀者為醫師或醫療工作者，「因此避免了許多哲學性的語法、用字和論證」，避免一般醫療工作者因內容的「可親性較低」而「阻卻了他們對醫學倫理進一步瞭解的興趣」。換言之，醫學界意識到「醫學倫理」的場域與話語權不應掌握在哲學倫理學者手中。這樣的自覺避免了理論與實務的脫節，確實是值得嘉許。但另一方面，拋開了倫理學包袱的醫學倫理卻可能回到「問題解決」的實用取向，學習臨床倫理的目的就是盡可能確保在關鍵特徵中瞭解議題的應對方式，影響所及，甚至倫理案例的寫作格式幾乎也被打回醫療病歷的原型：

> A 先生 58 歲，為轉移性癌症患者，因敗血症而住院。當醫師和他討論「不施行心肺復甦術」（DNR）醫囑時，他堅持在心臟停止時接受心肺復甦術。[7]

上述範例基本上是一種病歷化的倫理案例格式。為了主題聚焦，刪除所有不與議題直接相關的脈絡，以避免討論偏離原先的設定。例如，上述案例設定在討論臨床應如何因應「不適當的醫療要求」，至於 A 先生的想法和意圖，案例中沒有任何描述，讀者甚至不需要合理化眼前困境的出現。A 先生到底是什麼樣的人？為什麼寧願忍受末期癌症的痛苦而堅持要活下去？他的醫師是什麼樣的醫師？當時抱持什麼想法和他討論「不施行心肺復甦術」？醫師對於 A 先生的堅持有什麼反應？是焦急、氣憤、同情，或根本覺得事不關己？讀者無法在案例中獲得絲毫進一步資訊。

---

[6] Peter A. Singer，《臨床生命倫理學》，蔡甫昌編譯（臺北：財團法人醫院評鑑暨醫療品質策進會，2004）。

[7] Peter A. Singer，《臨床生命倫理學》，蔡甫昌編譯，頁 153。

伍、敘事中見多元他者

「醫學是隱藏著不確定性的科學，也是充滿了可能性的藝術」（奧斯勒醫師，Sir William Osler）。從臨床推理到醫學倫理，我們在醫學教育中發現兩種知識力量的不斷抗衡：即「直覺性」與「分析性」知識的雙重運作。但是百年以來醫學教育強烈受到自然科學典範影響，一面性地倒向實證研究及分析推理，而人性相關的主題，如醫學倫理、醫病溝通及醫學專業素養，在現代教育的分類學下被分割破碎，形成知識、技巧與態度等各自獨立的單面向訓練。人文學之脈絡性與複雜性等學習條件不受重視。以醫學倫理為例，在生物醫學議題的推理訓練中，倫理情感等人性思考成為多餘的插曲。長久以往，人們對於醫學倫理的認知與想像多只侷限醫療兩難議題與醫學倫理原則。

為了平衡醫學教育中只關心問題解決的實用取向，以及醫學倫理日趨僵化的推理形式，我們在醫學大學連續多年開設敘事醫學倫理課程。我們發現經過敘事醫學的課程介入，實習醫學生所創作的敘事文本，均能表現比以往倫理教案更為成熟的人文向度，包括：更能完整地表達個人的倫理體驗、感受多元他者的處境、深化對倫理困境的思考，並表達出人性共同的倫理價值，因而令讀者產生共鳴。

以下謹以《實習醫「聲」》[8]這本案例故事集中的一些片段為例，勾勒出習醫過程不同時份的經典畫面：

【新人】

> 那是個溫暖的早晨，為了趕在 8 點半跟診的我，起了個大早…耀眼的陽光灑在臉上、微熱的風徐徐吹在身上，有什麼能比這樣更幸福呢？做自己喜歡的職業，每日接受醫學知識的洗禮，朝著自己的目標前進，對我而言這種生活再美好不過了。而我完全想不到，自己將面臨一個殘酷的事實[…]這殘酷的事實讓我上了一堂最寶貴的課。〈說不出口的事實，戴肇廷〉

> 查完房後，一夥人回到 station，確認好接下來的醫囑和工作，就各個分頭

---

8 林慧如、王心運編著，《實習醫「聲」：敘事醫學倫理故事集》（高雄：高雄醫學大學，2018）。這本書是醫學生們在實習階段寫下的故事。在這本案例集的導讀中，筆者以各篇故事的精華片段歸納出「醫學人文養成地圖」：下列標題從「新人」、「身份的轉換」、「習題」、「師長」、「受苦的他者」、「情感的連結」到「醫學之美」，則是對醫學人文養成階段的命名。

忙去了，只留下我這個還搞不清楚狀況的 clerk 和老師四目相接。

慘了，該不會老師要電人了吧，我是不是應該要先問個問題，先發制人，但是[⋯]但是，要問什麼啊？！〈3A35-3，王育婍〉

【身份的轉換】

實習醫學生，其實是醫院裡最尷尬的角色。我們身穿白袍，卻沒有執行任何醫療行為的權力以及責任，只是披著學習的外衣，在醫院這個大觀園裡當劉姥姥。我們努力在這個工作場域裡尋找自己的一點存在價值與角色，卻往往鎩羽而歸地退回那個名為討論室的安全地帶。即使只是替老師打個電話聯絡別人，對我們而言都是難得可以讓自己更有參與感的重要事項。〈母與子，周沛蒨〉

有人說我們就像路障一樣，差別就是長了腳，不停在後頭窺探學長姐以及老師在下什麼 order，再偷偷拿出幾乎全新的藥典對照；在病房，充其量也只能說是個記錄員，抄下所有聽到的資訊，要不是躲回討論室查資料，就是跑到 station，找看起來沒那麼兇的學長姐或護理師求救。〈五分鐘的約定，許璟文〉

【習題】

會，沒，事，的，這四個字卡在喉嚨，我沒有說出口，因為，我不知道能不能講，該不該講。狀況看起來好像沒有那麼樂觀，不知道是否會給家屬太多希望。沒事，在此時此刻，成為了過多的希望。〈平靜‧不平靜，王顥蓁〉

回討論室途中，我想過了千百萬種嘗試跟她說明的方法，仍想不到要怎麼跟她說這已經是子宮頸癌末期，平均病人五年存活率不到五成的事實呢？〈說不出口的事實，戴肇廷〉

【師長】

楊把聽診器繞在頸上，面帶微笑。他的溫柔和耐心總是只留給病人。

〈藏，沈治祖〉

醫師頓了一下，嘆了一口氣，說道：「這是最近最麻煩的一個病人，這幾天我們要準備跟她拚了，盡量讓她撐到三十四週，不過我覺得應該很難撐到那時候」。〈乃子平安，葉盛傑〉

最後一天要離站時，我忍不住問了老師，這一行這麼辛苦，她有沒有後悔過。

「婦產科是我的初衷，到現在一直都是」。老師眼神堅定地說。

「當然有時候也是會累啊，會覺得或許我不做還是會有別人來做，應該不是非我不可吧。但是當你想想那些癌症的病人，一聽到自己得癌症，誰不希望馬上開刀，連一天都不想拖啊。或許我在睡覺的同時，他可能根本睡不好，或是一直在哭，他們也在受折磨。想到這些我就寧願自己累一點。這應該說是，醫生的天職吧！」〈五分鐘的約定，許璟文〉

【受苦的他者】

此時，老先生用帶著金色手錶的手，從他那鬆垮不合身的灰色西裝褲口袋中抽出了數小張折得厚厚的紙，有紅色的，白色的，來回用手把它們攤平放在桌上。我瞄了一眼，上面寫著——【離島居民就醫交通補助申請】。

一個年逾八十的老人家，又是容易跌倒的高危險族群，一直以來都是這樣來回高雄和金門來治病。我想像著老先生駝著背，獨自一人扶著拐杖穿梭在機場的人群中；獨自一人坐在診間外度過漫長的等候時間；獨自一人面對病魔和自己逐漸衰老的身體。〈金色手錶，陳康盈〉

一旁一直默默看著的淑惠爸爸，悄悄挪動年邁的身軀，到玻璃窗旁的白牆邊，拿出面紙，偷偷擦掉他歲月歷練的臉龐上的淚珠。他別過頭，背對著玻璃窗，微微低下頭。爸爸在撐起一個家、成為支柱的時候，收起了自己的軟弱還有情緒，可是在看到自己的女兒在裡頭急救時，他的脆弱、他的堅強、他的無計可施形成巨大矛盾。〈平靜‧不平靜，王顥蓁〉

【情感的連結】

才踏出病房外，我就開始想念肉包，非常真心地祈禱他的童年，能少一點曲折和痛苦，希望他能熬過兩年半的療程，前去體驗他豐富又瑰麗的人生旅程。

10EN 的病房有時充滿著笑語，有時也出現讓眾人措手不及的緊急狀況[…]這些小客人來來去去，在他們跌跌撞撞的生命中，時常有特別的白衣朋友們陪伴著。老師和學長坐在電腦前面，又為某個病人的生理數據跟治療方向皺著眉頭討論起來。象徵絕望的癌症發生在他們身上，像是殘忍又令人不能置信的事，但他們是孩子，本身就帶著無限可能，絕望與希望交織成有點矛盾的色彩，把白色的病棟，染成繽紛的遊樂場。〈白色遊樂場，張心惠〉

我有些不自然地撥了撥額邊的頭髮，順勢用白袍袖口抹掉還沒滴出眼眶的眼淚。

不曉得林醫師是否意識到了我正努力地遏止自己可能潰堤的眼淚，他將身體轉回了面對診間螢幕的方向，背對我沒再多說什麼。就在他轉身的一瞬間，我似乎看見了他有些泛紅的眼眶。〈母與子，周沛蒨〉

【醫學之美】

或許對於癌末病人來說，生活中除了治療與追蹤外，也沒有什麼事能讓他們重燃希望，但藉由這樣的方式，可以讓她知道，還有事情還沒完成，她還有一次又一次的追蹤，而她也會惦記著老師對她的關心。這樣一想，我才發現，醫學之所以偉大，不是治療，而是能給人希望。〈五分鐘的約定，許璟文〉

「醫學的美，在於它的不完美」。我永遠記得某個心臟外科的老師說過的這一句話。在醫學生涯中，我們注定要面對數不清的生老病死，對於能夠留下的生命，我們放手一搏地緊緊抓著；對於注定要逝去的，我們也必須坦然地放下。醫學知識的浩瀚，是它的魅力，也是它的無奈。〈金色手錶，陳康盈〉

在實習醫學生寫作的敘事文本中，我們看到臨床倫理並不是單一平面的理性分析過程。每位作者都不只是一名倫理推論者，他同時是倫理的感受者、觀察者及行動者。並且在臨床中相遇的每一位「他者」，不論是病人、家屬、師長或工作夥伴，他們每一位也都同時身兼倫理的感受者、觀察者、推論者及行動者的多重角色。在不受干擾的情況下，人們的敘事原本都包含「直覺性」與「分析性」知識的雙重運作。倫理情境的動態性並不是指單一事件在時間軸上的進程，事實上它更像是印度神話中的帝釋珠網，「重重影現，隱映互彰，重重無盡」。

陸、倫理：多元他者的面容

從臨床推理到醫學倫理，我們看見自然科學典範對醫學教育的深刻影響：除了積極強調實證研究及分析推理，也試圖排除繁複的哲學理論，希望把專業知識簡化為操作型指引。在相同的控制目的下，醫學倫理也不斷簡化方法規則，如此一來，這些實用原則卻消除了倫理學的最重要元素。

事實上這種技術性思維在西方哲學中有其悠久的源流。自蘇格拉底以降，西方哲學一致頌揚理性的能力，並逐步將真理理想建立在首尾一致的同一整體之上。海德格固然致力於克服同一性的存有神學構成，但這仍是侷限於認識層次的反省。列維納斯指出：這種理性概念化的傾向，更嚴重的問題是它削弱了自我遇見他者的震驚，這也是一種倫理的投降，將外在的存有者都置於「同一者」的統治之下。

列維納斯指出，西方哲學中自我與他者的關係，是通過我在自己身上發現的第三項而實現（這第三項可以稱作感覺，在其中客觀性質與主觀感受混淆不清）。[9]通過感覺或概念的「中介」，他者的「外在性」被取消、被收編到自我的感覺性質之中。於是，西方哲學的真理理想就建立在這樣一種自我主義之上，「哲學是一種自我學（egology）」。[10]

然而，就像在實習醫學生的文本中，那個默默拭淚的父親、那個獨自就醫的老先生，以及面臨凶險疾病威脅的小病人，倫理從來不只是一個個「不同類型」的「議題」。「他者的臨顯本身，就在於其用孤兒、寡母、陌生人之面容中的赤貧來懇求

---

[9] Emmanuel Lévinas, *Totality and Infinity: An Essay on Exteriority*, trans. by Alphonso Lingis (Pittsburgh: Duquesne University, 1995), p.42.

[10] Emmanuel Lévinas, *Totality and Infinity: An Essay on Exteriority*, p.44.

我們」。[11]誠如列維納斯所言，他者的在場，永遠具有一種不可把握的特徵。[12]每一個「他者」之於自我、之於「我思」都是陌異性的，因此他能對我的自主性提出質疑。如此說來，倫理從來不應該在一開始就被理解，並且永遠也不可能一勞永逸。「他人保持為無限的超越、無限的陌異，而他的面容——他的臨顯就產生於面容之中，並且此面容求助於我——卻與世界破裂」。[13]

列維納斯一反傳統倫理學與哲學的自我主義，把他者置於倫理學的中心位置上，開拓了一令人耳目一新的「他者的現象學」：[14]「面容通過其拒絕被控制（contained）而呈現出來。在此意義下，他不會被理解（comprehended），就是說，不會被佔有（encompassed）」。[15]由此觀之，對同一的質疑，以及對他者的回應，這些才是倫理學本質的具體落實。醫學既是一門助人專業，醫學倫理更不能遺忘了倫理的本源。

柒、結語

傳統倫理學希望用理性尋求人類的行為準則。現代醫學倫理更希望藉由簡便的議題與原則指引醫療決策。然而，在這種自然科學典範的醫學教育中，醫學生很快就被帶進醫學教育設定的「問題解決模式」中，進入以「疾病為中心」的視角，進而忽略了病人的存在。

另一方面，在實習醫學生的敘事作品中，我們看見醫學生們遇見病人的瞬間，都表現了自我遇見他者的震驚。這是一個重要的時刻，也是 Lévinas 所謂「他者的臨顯」的重要時刻。如同列維納斯所言：他者永遠不會為我們的理性所控制、理解與佔有，他者的出場必然對我的自發性造成質疑，他者的面容才是倫理學的最初起源與最終面貌。

正當現代醫學陷入以「疾病為中心」的邏輯困境中，敘事醫學則致力於恢復醫學的人文深度：透過專注醫療中的敘事，再現臨床中的關鍵細節，使醫病雙方在人性的真實接觸中產生連結。這與列維納斯致力恢復倫理學對他者的責任是相同的努力。在臨床醫病敘事中，病人的脆弱與依賴，將醫療專業者的自我從「笛卡兒式的

---

[11] Emmanuel Lévinas, *Totality and Infinity: An Essay on Exteriority*, p.78.

[12] Emmanuel Lévinas, *Totality and Infinity: An Essay on Exteriority*, p.195.

[13] Emmanuel Lévinas, *Totality and Infinity: An Essay on Exteriority*, p.194.

[14] 莫倫，《現象學導論》（修訂版），蔡錚雲譯（臺北：桂冠圖書公司，2005），頁412。

[15] Emmanuel Lévinas, *Totality and Infinity: An Essay on Exteriority*, p.194.

沈思」中喚醒，病人的面容訴說著醫者倫理責任的重量。如果醫學教育者能把握這個重要時刻，醫學生們就能在其與「主要照顧病人」（primary care）的相遇中看見倫理的啟示：用一個更寬廣的視角看待病人與病痛、病人與醫師的關連，甚至看見自身身為醫者對於病人的責任，亦即，回應病人的要求，這便是醫學「以病人為中心」的最原初的倫理責任。

參考文獻

比徹姆（Tom Beauchamp）、邱卓思（James Childress），《生命醫學倫理原則》，李倫等譯，北京：北京大學，2014（第 5 版）。

林慧如、王心運編著，《實習醫「聲」：敘事醫學倫理故事集》，高雄：高雄醫學大學，2018。

莫倫（Dermot Moran），《現象學導論》（修訂版），蔡錚雲譯，臺北：桂冠圖書公司，2005。

楊義明主編，《臨床推理：現代觀與教學運用》，臺北：臺灣愛思唯爾，2017。

蔡甫昌編著，《臨床倫理病案討論》，臺北：橘井文化事業公司，2007。

Charon, Rita. "Narrative Medicine: A Model for Empathy, Reflection, Profession, and Trust," *The Journal of the American Medical Association* 286.15(2001): 1897-1902.

Charon, Rita. *Narrative Medicine: Honoring the Stories of Illness*. Oxford: Oxford University Press, 2006.

Descartes, René. *Discourse on the Method and Meditations on First Philosophy*. Ed. by David Weissman. London: Yale University, 1996.

Heidegger, Martin. *Beiträge zur Philosophie (Vom Ereignis)*. Ed. by Friedrich-Wilhelm von Herrmann. Frankfurt am Main: Vittorio Klostermann, 1989.

Heidegger, Martin. *Identität und Differenz*. Pfullingen: Neske, 1957.

Husserl, Edmund. *Ideas: General Introduction to Pure Phenomenology*. Trans. by W. R. Boyce Gibson. New York: Collier, 1931.

Jonsen, Albert R., Mark Siegler & William J. Winslade，《臨床倫理學：臨床醫學倫理決策的實務導引》，辛幸珍、許正園、陳汝吟、陳彥元、蔡篤堅譯，臺北：合記出版社，2011。

Lévinas, Emmanuel. *Die Spur des Anderen. Untersuchungen zur Phänomenologie und*

Sozialphilosophie. Ed. by Wolfgang Nikolaus Krewani. Freiburg: Verlag Karl Alber, 1992.

Lévinas, Emmanuel. *Totality and Infinity: An Essay on Exteriority.* Trans. by Alphonso Lingis. Pittsburgh: Duquesne University, 1995.

MacIntyre, Alasdair C. *After Virtue: A Study in Moral Theory.* United States, University of Notre Dame Press, 2007.

Singer, Peter A.，《臨床生命倫理學》，蔡甫昌編譯，臺北：財團法人醫院評鑑暨醫療品質策進會，2004（初版修訂第三刷）。

作者簡介：

　　林慧如：

　　　　國立臺灣大學哲學所博士

　　　　高雄醫學大學人文與藝術教育中心副教授

　　　　通訊處：807378 高雄市三民區十全一路 100 號

　　　　　　　　高雄醫學大學　濟世大樓 9 樓 CS902

　　　　E-Mail：hjlin@kmu.edu.tw

Narrative Medicine:
Encountering Many Others in the Clinical Narratives

Hui-Ju LIN

Associate Professor, Center for Humanities and Arts Education, Kaohsiung Medical University

Abstract: Medicine is a complex and flexible art of helping others. Subject to various gigantic changes over the last hundred years, medical education has started to follow natural science as its role model, focusing on empirical research and analytical inferences. The conventional knowledge transfer based on a mentor–mentee relationship has become less popular. Traditional education involving only bedside teaching has shifted to two-stage learning comprising classroom and clinical learning stages. Topics related to humanity, such as medical ethics, doctor–patient communication, and medical professionalism, have been fragmented in the contemporary education classification system, resulting in independent and one-dimensional training for knowledge, skills, and attitudes. The traits of humanities in learning, namely contextuality and complexity, are often neglected. In the example of medical ethics, during inference training related to biomedical issues, human thinking, such as thinking involving ethics and emotions, is unnecessary and interfere with the inference process. Human's understanding and imagination of medical ethics have long been limited to medical ethical dilemmas and principles of medical ethics.

To improve upon the current form of inference, which has become increasingly rigid, we have offered a course on narrative medicine for several consecutive years. We observed that the narrative texts produced by medical intern students are all more mature in the humanistic dimensions compared with medical ethics lesson plans. Specifically, in the narrative texts, they more comprehensively describe their own ethical experience, deepen their thinking of ethical dilemmas, and express ethical values shared by all humanities, thus resonating with readers more easily.

Accordingly, clinical narratives prompt learners to explore many others in clinical practices. Narrative medicine is thus a favorable learning paradigm that shifted from disease-centered to patient-centered medicine.

Key Terms: Narrative Medicine, Medical Ethics, Medical Humanities, Many Others

與《雅歌》8:6-7 懇談愛的真諦

關永中

國立臺灣大學哲學系教授

內容摘要：《雅歌》8:6-7 道出全詩的高潮：愛如同戳記，蓋在愛人心坎，以印証彼此的相屬。愛情堅定如同死亡，兩者皆吻合在不再為自己保留什麼。愛之誠摯、不因死亡而消逝；它如同最強烈的火焰，不因洪水的沖擊而熄滅。愛情無價，不能用家財交換。惟情比金堅，至死不渝。

關鍵詞：愛、印璽、死亡、火焰、洪流、財富

舊約《雅歌》8:6-7 是耳熟能詳的名句，被詮釋家和哲人所一再討論，因為《雅歌》在此直截地對愛之本質作出禮讚：

> 求你將我放在心上如印記，帶在你臂上如戳記，因為愛情如死之堅強，嫉恨如陰間之殘忍，所發的電光是火焰的電光，是耶和華的烈焰。愛情，眾水不能息滅，大水也不能淹沒。若有人拿家中所有的財寶要換愛情，就全被藐視。（和合本）

我們可方便地用以下四個重點來體會：
壹、印璽與戳記
貳、妒愛與生死
參、烈焰與洪流
肆、真愛與家財

壹、印璽與戳記

思高本把《雅歌》8:6 作如此的翻譯：「請將我有如印璽，放在你的心上；有如印璽，放在你肩上」。「印璽」同一字出現兩次，以凸顯述說者對此辭的重視。凡雕刻在石頭、或金屬的印章，乃是用來標示財產權或擁有權。按希伯來原文：「你心上」、與「你肩上」，字尾屬陽性，以反映說話者是佳偶，聆聽者是愛郎。女孩子在表示：我們彼此相屬，彼此擁有，請您把我如同戳記般烙印在您心中，如同印璽般攜帶在您肩上，讓我好與您身心合一。個人印記即是自己身份的宣示，平時把印章繫在頸項、或綁在臂膊，必要時拿出來作為個人身份的証明。若須傳遞緊急訊息而未能親自前往者，便會讓親信攜帶著自己印章來傳訊，以取信於收信者。印璽就是那確立一己身份的信物。女子謂自己如同印記烙印在愛人心上，即同時意謂：我心有所屬，我屬於您；以及您也屬於我，我們彼此相屬，身心合成一體。換言之，女子要他把她的愛當作是一個可見的記號，以確立彼此相屬的身份地位；她要求愛者把她心意當作為一個隨身攜帶的印璽，一個他是已婚的身份証明，以在眾人前識別出她與他之為一體，互為融合。

借用馬賽爾的心得：[1]「我屬於你」一語，並不意謂自我約化為被剝削的對象，而意謂自我獻托；我把自己奉獻給你，這並非說：我成為你的奴隸、或成為你的擁有物。它真正的意義是：我自由地把自己交於你手上，我以交付於你作為我個人自由的最好體現，即我透過交付，反而成就了我更充沛的自由。作為回應，我也盼望「你屬於我」；這也並不意謂著你是我的擁有物，可任由我處置；所應意謂的是：我歡迎你成為我的分享者，不單分享我的外在事工，也分享我的內在心境，甚至分享我的「所是」與「所應是」，分享我個體的豐富蘊藏，與我一切的一切。換言之，我不單只奉獻我所擁有的事物（What I Have），我更是奉獻我自己的整個存有（What I Am），那獨一無二的個我自身（Ipseity）。馬賽爾尚在其《形上日記》寫道：愛的奉獻，意謂著愛者把自己連同整個造化奉獻給所愛的你。[2]

茲借用艾朗賽的話作結語：「印記是指某件事情被決定下來。一個人起草了法

---

[1] Gabriel Marcel, *Creative Fidelity*, trans. by Robert Rosthal (New York: Noonday Press, 1964), p.40.

[2] Gabriel Marcel, *Metaphysical Journal*, trans. by Bernard Wall (Chicago: Henry Regnery, 1950; reprinted 1952), pp.158-159, "The lover finds in things the wherewithal to render homage to the beloved. The lover offers the world as well as himself to his mistress: 'All this is yours.'"

律文件，然後蓋上印記，就這樣確定下來了」。[3]愛者就此毫無反悔、始終不渝地立下盟誓，好與其所愛的人進入亙古長存、永久不分的結合中，究極地上溯吾主與其所愛的選民進入永世常在、合一無間的連繫中。

貳、妒愛與生死

繼而，我們來到了全首詩最頂峰的句子：

和合本譯為「愛情如死之堅強，嫉恨如陰間之殘忍」。

思高本譯為「愛情猛如死亡，妒愛頑如陰府」。

楊森（Jenson）謂：「這兩行詩是希伯來詩歌中的經典傑作」。[4]又謂：「在所有的這些經文中，8:6-7 被廣泛地視為《雅歌》的高潮」。[5]為此，彭馬文（M. H. Pope）特別給它們撰寫了二十餘頁的篇幅來詮釋其中的意義，尚且仍覺得意猶未盡。[6]誠然，恰如海德格所提示：真理的面紗由哲人來揭露；但存有的底蘊須由詩人來探測。凡哲學所言之不盡的地帶，須藉由詩歌的導引來傾訴。[7]

這兩行詩彼此平行，互相連接；每一行詩都凸顯了三個重音字，共同構成一份「合掌」型的對句，[8]在其中：

---

[3] 艾朗賽（H. A. Ironside），〈天地情歌——雅歌簡析〉，摩根（C. G. Morgan）等著，《雅歌——從天到地的愛歌》，毛衛東等譯（桃園：提比利亞出版社，2005），頁 91。

[4] 楊森（Robert W. Jenson），《解經講道注釋叢書 18：雅歌》，羅敏珍譯（臺南：台灣教會公報社，2012），頁 133。

[5] 楊森（Robert W. Jenson），《解經講道注釋叢書 18：雅歌》，頁 122。

[6] M. H. Pope, *Song of Songs*, *Anchor Bible*, vol. 7c (New York: Doubleday, 1977), pp.210-229, 668-678. 但卡洛德（G. Lloyd Carr）認為彭馬文（M. H. Pope）註釋得不中肯，因為他只扣緊喪葬典禮作一聯想，並未寫出愛與死亡的究竟義。參閱卡洛德（G. Lloyd Carr），《丁道爾舊約聖經註釋：雅歌》（臺北：校園書房出版社，1994），頁 207-208，note209。為此，我們不準備採用彭馬文的說法。

[7] Cf. Martin Heidegger, *Poetry, Language, Thought*, trans. by Albert Hofstadter (New York: Harper Colophon Books, 1975). Martin Heidegger, *On the Way to Language*, trans. by Peter Hertz (New York: Harper & Row, 1982).

[8] 詩學談對句，有所謂「合掌」，即兩行詩意義重複，例如：李白的「玉樓巢翡翠，金殿鎖鴛鴦」。它有別於杜甫的「五更鼓角聲悲壯，三峽星河影動搖」。對句中意義不重複而各有新意。

> 「愛情」和「嫉恨」相互連貫；
> 「勇猛」與「頑強」互為呼應；
> 「死亡」及「陰間」彼此烘托。

它們組合起來形成排偶，而不出現背反，一起在說明「情比金堅，至死不渝」之理。茲把上述的義蘊作較細緻的分析如下。

一、愛情和嫉恨的互相連貫

兩行詩所凸顯的「愛情」與「嫉恨」二辭，誠然是一體兩面，屬同一個整體的兩個面向，方便地稱為「正面義／the Obverse」與「背面義／the Reverse」。

作為「正面義／the Obverse」，戀人間的熱戀（Eros），意謂著我如此地珍愛你那獨一無二的「個體存有本身」（Being as Ipseity），[9]以至無從再去接納另一個人來代替你，即我現在已再容不下另一個人來作為讓我情定終生的個體；即使你死去，我也不能停止我對你的愛；我也只有在你那不容取代的「存有個體本身」這前提下，喜歡那附屬在你身上的品質（Being as Taleity），[10]如美貌、聰明、才智等。即使你日後音容改變或損毀，也不妨礙我對你原有的愛。

反之，作為「背面義／the Reverse」的「嫉恨」，希伯來文為 qinah，它意謂我對你的愛是如此地熱烈，以至容不下你移情別戀或濫情地讓他人來分享你。「嫉恨」（思高本譯作「妒愛」），就是愛人對所愛者那份排他性的熱烈，即無法容忍他人用偷情奪愛方式來佔有你。固然，愛有多種形式來兌現，例如：君臣之愛、父子之愛、兄弟之愛、朋友之愛；唯獨夫妻之愛有其排他性是其他各種愛所無。[11]父母是如此地愛子女，以至願意他們彼此獨立自主，離他們而去創業；朋友是如此地要好，

---

[9] Ipseity 取意自拉丁文之 *Ipse*，即「如是個體」。Robert Johann, *The Meaning of Love* (Westminster: Newman press, 1959), p.25, "The term of direct love… is loved as being, *ens*, ipseity—it is loved precisely for its proper and incommunicable subsistence."

[10] 附屬性質（Being as Taleity）；Taleity 一字，取意自拉丁文之 *Talis*，即「性質」，有別於那個體整體的存有。Robert Johann, *The Meaning of love*, p.24, "If then, desire is said to be functional and abstractive, what is meant is that it looks to being as taleity." 參閱拙作，《愛、恨、與死亡——一個現代哲學的探索》（臺北：臺灣商務印書館，1997），頁41。

[11] Erich Fromm, *The Art of Loving* (New York: Bantam, 1956), p.46, "Erotic love… is exclusive, but, it loves in the other person all of mankind, all that is alive. It is exclusive only in the sense that I can fuse myself fully and intensely with one person only." 參閱拙作，《愛、恨、與死亡——一個現代哲學的探索》，頁 53-54。

以至歡迎彼此擴充知己的人數來凝聚出更大的友愛團體；唯獨夫妻或戀人關係要求彼此在婚約上貞忠於對方，以至身心一體。

艾朗賽看來說得有理：如果一個丈夫毫不介意其妻與別的男人相處更多，這位丈夫誠然已不再愛他的妻子，夫妻間以身相許之愛情已經消失，[12]充其量只剩下一份親情或友情而已。追溯至終極境界，艾朗賽尚引申地提及十誡中的第一誡：「我耶和華你的神是忌邪的神」。《雅歌》借用男女的相愛來上溯人神間的相愛，神愛世人如此地深切，以致不願看見我們遠離祂的愛，而試圖地在別樣的情感中找尋滿足。[13]

接下來，我們要從「愛」延續至「死亡」這議題。

二、死亡及陰間的彼此烘托

從語源上探討，希伯來文 *môt* 簡潔地被翻譯成「死亡」。它是一個迦南地神祇的名字，他和巴力（Baal）——生殖神——互相較勁。Sheol 可被翻譯為「陰間」或「墳墓」，寓意著死之所歸的境地，被擬人化為貪婪地擄掠人類的權勢。[14]

再從神話學角度作補充：除了死神莫特（*Môt*）和生殖神巴力（Baal）外，尚有瘟疫神瑞薛普（*Rešep*），以及財神瑪門（Mammon）；他們都是烏加利祭祀經文中的重要神祇。希伯來文 *rešep* 原意為「電光／火焰」，位格化而為火光衝天的瘟疫神。Mammon 原義為財產，位格化為財神。[15]

《雅歌》8:6-7 的詩句，牽涉「死亡」、「火焰」、「財富」等辭，行文多少受中東當地神話背景影響而撰述，此點容後討論。

有語源學和神話學作反思起點，我們可進而對「愛」與「死亡」的關連作以下的思索：

（一）從文學、傳說、到現實

歌詠愛情的文學作品多以死亡作為終結，難道這只是情節上的巧弄？

《梁、祝》的化蝶，為何如此賺人熱淚？

---

[12] 艾朗賽，〈天地情歌——雅歌簡析〉，摩根等著，《雅歌——從天到地的愛歌》，頁 94。

[13] 艾朗賽，〈天地情歌——雅歌簡析〉，摩根等著，《雅歌——從天到地的愛歌》，頁 95。何西阿書（*Hosea*）具類似的訊息。

[14] 楊森，《解經講道注釋叢書 18：雅歌》，頁 135。楊森以《雅歌》「愛情如死之堅強」一語，乃詩人浸淫在以色列的宗教神話環境而孕育。

[15] 參卡洛德，《丁道爾舊約聖經註釋：雅歌》，頁 208，note279；楊森，《解經講道注釋叢書 18：雅歌》，頁 136。Dianne Bergant, *The Song of Songs* (Berit Olam, Collegeville, MN: Liturgical Press, 2001), 8:6-7.

沙翁《殉情記》，為何如此叩人心弦？

難道愛的熾烈尚須死亡的催化？難道愛的出神尚須傷逝的伴隨？[16]

傳頌千古的西洋情詩總是吟詠著愛與死亡的環扣，拉丁語系總不忘貼合愛與死亡二辭的相仿。[17]

俄耳甫斯（Orpheus）欲從冥府領回歐律狄刻（Eurydice）的魂魄，卻功敗垂成；[18]

劉晨、阮肇的仙境奇緣和缺別，徒然讓李商隱詠歎：「劉郎已恨蓬山遠，更隔蓬山一萬重」。[19]

真實生活中也有具體鮮明的例子讓人緬懷：

蘇軾《江城子：乙卯正月二十日記夢》一詞，句子讓讀者黯然神傷。[20]

馬賽爾之父為亡妻立碑，用語讓人肝腸寸斷。[21]

這一切讓人採之不竭、言之不盡的花絮與點滴，多少已足夠給我們見証著愛與死亡的連貫。

---

[16] "Death, and its ever present possibility makes love, passionate love, more possible. I wonder if we could love passionately, if ecstasy would be possible at all, if we knew we'd never die." From a letter by Abraham Maslow, written while recuperating from a heart attack. Quoted by Rollo May in Rollo May, *Love and Will* (New York: Norton & Co., 1969; 8th Laurel printing, 1984), p.98.

[17] Rollo May, *Love and Will*, p.101, "The relationship between death and love has an impressive history in literature. In Italian writing, these was the frequent play upon the words *amore*, love, with *morte*, death."

[18] 參閱拙作，《神話與時間》（臺北：臺灣書店，1997），頁 240。Cf. Edith Hamilton, *Mythology* (New York: Mentor Bks., 1953), pp.103-105.

[19] 參閱拙作，《神話與時間》，頁 258。典故出自南北朝宋代劉義慶《幽明錄》；劉晨、阮肇乃東漢人，同入天台山採藥，遇二女子姿容絕妙，遂留住十日，後因掛念家人而下山，赫然發現世上人事已經歷七代時光。李商隱〈無題〉一詩最後二句乃詠歎此事，寓意著愛別離、至死不得相見的哀痛與失落。

[20] 蘇軾愛妻王弗亡故後十年，東坡寫下這首詞：「十年生死兩茫茫，不思量，自難忘。千里孤墳，無處話淒涼。縱使相逢應不識，塵滿面，鬢如霜，夜來幽夢忽還鄉。小軒窗，正梳妝，相顧無言，惟有淚千行。料得年年斷腸處，明月夜，短松崗」。

[21] 馬賽爾之母於 1893 年 11 月 15 日病逝，馬氏之父為其愛妻立碑，刻其銘如下：「鮮花在夢裡園中被摘下，指尖尤晃動著愛意；倩影消失得何其急遽，連帶著昔日的巧笑嫣然。彷若降凡自高天的百合，奈何釋出您輕柔的噓氣？難道我們再無緣吸納，那散發自峭壁的芬芳？惟願您至少醒悟追溯，那通往伊甸幽蔽的一隅，[…]可歎我等雙眸終將落下，困惑著淚痕的未乾」。法文原文及英譯，參閱 Gabriel Marcel, "An Autobiographical Essay," in *The Philosophy of Gabriel Marcel*, ed. by Paul Schilpp & Lewis Hahn (La Salle, Illinois: Open Court, 1984), p.6. 參閱拙作，〈有待補足的靈修方塊——馬賽爾與聖女小德蘭的懇談〉，《新世紀宗教研究》16.4(2018.6): 23-24。

（二）愛與死亡的連貫

真愛不畏懼死亡的考驗，死亡澄清了愛情的貞忠。

為有愛的靈魂而言，死亡並不是一個陌生的領域，在接受死亡當中，戀人只不過是進入他們所熟識的內室而已。[22]

愛與死亡，至少吻合在一個共同點上：那就是——我不再為自己保留什麼！

站在愛的觀點上說：愛就是一份死亡，愛者在忘我的付出中置生死於道外；站在死亡的角度上說：死亡是純愛的構成因素，它使愛的徹底給予成為可能。

傳說希臘古神因確知自己的不死而對愛情感到乏味；[23]反之，凡間兒女卻在熱戀中傷感自身的易逝。[24]

為此，愛之誠摯，經常背負著死亡的陰影；愛之狂喜；往往伴隨著傷逝的暗潮。

愛與死亡，二者如影隨形，相依相生。以致《雅歌》如此地述說：愛情「猛」如死亡、妒愛「頑」如陰府。[25]而主耶穌也慨嘆道：最大的愛、沒有超過為朋友而犧牲性命這種愛（《約翰／若望》15:13）。然而，蠶繭消逝、飛蛾出現，愛情透過死亡而獲得昇華；黑夜退隱，曙光初露，愛者經歷死亡而獲得永恆。以致羅洛梅說：愛是死亡與不朽的交會點。[26]

「愛」、「死亡」、「永恆」並不是三件截然不同的事，而是同一件事實中的三個不同之角度與時分，藉由「猛」與「頑」二辭而露出其端倪。

---

[22] Ladislaus Boros, *The Moment of Truth: Mysterium Mortis* (London: Burns & Oates, 1965; Paperback edition, 2nd impression, 1969), p.47, "The best love-stories end in death, and this is no accident. Love is, of course, and remains the triumph over death, but that is not because it abolishes death, but because it is itself death. Only in death is the total surrender that is love's possible, for only in death can we be exposed completely and without reserve. This is why lovers go so simply and unconcernedly to their death, for they are not entering a strange country; they are going into the inner chamber of love."

[23] Rollo May, *Love and Will*, p.101, "This is one of the reasons, mythologically speaking, why the love affairs among the immortal gods on Mt. Olympus are so insipid and boring. The loves of Zeus and Juno are completely uninteresting until they involve a mortal, …"

[24] Rollo May, *Love and Will*, p.100, "In common human experience, this relationship between death and love is perhaps most clear to people when they have children. A man may have thought very little about death—and prided himself on his 'bravery'—until he becomes a father. Then he finds in his love for his children an experience of vulnerability to death: …"

[25] 這是思高本對《雅歌》8:6 的翻譯；被強調的地方出自筆者；思高本對「猛」與「頑」的譯出較貼近原文意義。此點容後討論。

[26] Rollo May, *Love and Will*, p.101, "Love is not only enriched by our sense of mortality but constituted by it. Love is the cross-fertilization of mortality and immortality."

三、勇猛與頑強的互為呼應

有關《雅歌》8:6 名句「愛情猛如死亡，妒愛頑如陰府」；「猛」，希伯來文 *'az*，在《雅歌》只一次地出現在此處，但卻常在舊約其他地方展露，意謂著勇猛忠烈，奮不顧身。按卡洛德詮釋：「*'az* 指無法抵抗的攻擊者，或不會動搖的防衛者」。[27]（例：士 14:18；民 13:28）換言之，若要愛者進攻，他會無堅不摧；若要愛者防衛，他會不動如山；他會鞠躬盡瘁，死而後已。

至於「頑」一辭，希伯來文為 *qašeh*，思高本及 NIV 譯作「頑（強）」，和合本譯為「殘忍」，JB 譯為「無情」。此辭也只此一次地出現在這裡；但在舊約卻出現約 34 次，一般意謂「堅硬」、「頑固」，相對著「柔軟」或「軟弱」而凸顯「不屈服」，為此，思高本和 NIV 的譯法比較貼切。[28]

「猛」與「頑」二辭綜合起來，至少彰顯了愛的兩重義：其一是，愛意謂著義無反顧、視死如歸：如前述，愛與死亡的共同點在於不再為自己保留什麼。其二是，愛克勝死亡、化作不朽：愛是如此地堅定不屈，以致持續綿延，連死亡陰府也無法駕馭她，反而被她克服。

《雅歌》8:6-7 接續下來的話足夠可以對第二重義作出印証。

參、烈焰與洪流

和合本譯：「所發的電光，是火焰的電光，是耶和華的烈焰。愛情，眾水不能息滅，大水也不能淹沒」。（8:6-7）

其意是：愛火猛烈，尤勝於洪水；愛情不絕，尤勝於死亡的下限。

換言之，愛禁得起死亡的考驗而永續長存。

有關和合本「火焰的電光（希伯來文 *rešep*），是耶和華的烈焰（希伯來文 *šalhebetyâ*）」。語辭譯法有其可商榷的餘地；按專家們的見解，約可分辨三個面向，方便地被稱為：

邏輯面 / Logical Aspect

文本面 / Textual Aspect

---

[27] 卡洛德，《丁道爾舊約聖經註釋：雅歌》，頁 209。
[28] 同上註。

圓融面 / Synthetic Aspect

茲分述如下。

一、邏輯面 / Logical Aspect——推至極致，愛源於神

有部份人士認為，《雅歌》全詩就唯一、只此一次地在這裡出現「耶和華」的名號，以收畫龍點睛之效，藉此提示一切的愛根源自上主。

例1：戴德生（J. Hudson Taylor）說：「《雅歌》這卷書中出現『耶和華』這個字句的只有這一處。但在這裡怎麼能夠省略呢？因為愛是出於神的，神就是愛」。[29]

例2：巴拿巴說：「我絕對相信『耶和華的烈焰』是指著神說的。[…]因為《雅歌》8:6-7 節說的是很極端的愛」。[30]

二、文本面 / Textual Aspect——原文並未直截提到神

另有部份人士認為，《雅歌》全詩並沒有直接提及神的名字，8:6-7 此處所提及的只是愛火的極度地激爆。

例1：大衛‧鮑森（David Pawson）說：「聖經有兩卷書完全沒提到神，《雅歌》是其中一卷（另一卷是以斯帖記）。這卷書[…]對男女之間的性愛描述生動」。[31]

例2：摩爾登（Richard G. Moulton）說：「許多道學先生，唸了《雅歌》那愛情到了白熱的境地而發出的愛辭，不禁戰慄震恐。所以冷硬地用不相干的註解來解說它。正如《詩經》中的許多情詩，給歷來的儒者們解釋作恆念君王的愛國詩，一般地失去了詩的原有意義」。[32]

三、圓融面 / Synthetic Aspaect——愛情詩篇、納入正典

究其實，邏輯面與文本面，兩者雖各有所本，卻並不互相衝突，彼此可融合為一，而構成一個周延的看法。

---

[29] 戴德生，〈與基督聖潔的聯合與交通〉，摩根等著，《雅歌——從天到地的愛歌》，頁 483。
[30] 巴拿巴，〈雅歌默想〉，摩根等著，《雅歌——從天到地的愛歌》，頁 541。
[31] 大衛‧鮑森（David Pawson），《舊約縱覽》，劉如菁、許惠珺譯（臺北：米迦勒傳播，2016），頁 541。
[32] 摩爾登，〈雅歌文學分析〉，摩根等著，《雅歌——從天到地的愛歌》，頁 133。

誠然，《雅歌》因為被放入舊約正典而足以讓我們溯本追源地觸及神，但人可因而忘卻它是昇華自凡間情詩，所吟詠的盡是男女情愛，其中說不盡靈肉纏綿，道不盡悲歡離合，藉此讓我們瞥見人神相戀的究竟。

卡洛德就從釋經觀點作較周延的闡述，他解釋道：[33]「電光 / rešep」一辭，可當作動詞使用，NIV、NEB 遂譯為「爆出」。至於「耶和華的烈焰 / šalhebetyâ」一語，雖然和合、思高、JB、ASV 等譯本將這希伯來字的最後一個音節當作是神的名字「耶和華 / 雅威」，藉此寓意「愛火源於上主」，不過，這樣的譯法並不利於申述希伯來文一個慣常的用法：它慣常被用來呼喚出一個「最」義（Superlative Sense）、終極義，如「至大至剛」、「最為崇高」等義；即有理由把 šalhebetyâ 譯為「最猛烈的火焰」（RSV）、「至強大的火焰」（NIV）、「比任何火焰更屬害」（NEB）；換言之，其上文下語所欲帶出的意義是：愛火一旦「爆出」，則至為強烈，甚至連「洪流 / mayîm」也不能將它息滅，連「江河 / nᵉhārôt」也不能將它沖去；也就是說，愛情不屈不撓，連死亡也不能將它泯滅，連陰府也不能將它牽制，相應著馬賽爾的名句——去愛一個人，就等於對他說：您永遠不會死。[34]

肆、真愛與家財

《雅歌》8:7 接續下來的句子是：

> 若有人拿家中所有的財寶要換愛情，就全被藐視。（和合本）

卡洛德評：「這後半節經文比較不像詩歌體，許多釋經學者認為它是後期添加的，或是訛誤的片斷被增補在第 7 節」。[35]

姑勿論它是否為後來添加的抑或被誤置的，到底它反映了中東古代一系列神話背景。如前述，猶太民族熟悉近東地區鄰近文化的傳說，聽聞週遭所拜敬的死神莫特（môt）、生殖神巴力（Baal）、瘟疫神瑞薛普（Rešep）、和財神瑪門（Mammon）。《以賽亞》（Isaiah）28:15, 18、43:2、49:14-16 有提供如此神祇之名；即使財神瑪門（Mammon, Mammona）並未在希伯來聖經中直截被提及，到底在舊約希臘文（次）

---

[33] 卡洛德，《丁道爾舊約聖經註釋：雅歌》，頁 209-210。內文較為曲折，茲以較簡潔方式代為撮要。

[34] Gabriel Marcel, "La mort de demain," in *Les trois pièces* (Paris: Plon, 1931), p.161.

[35] 卡洛德，《丁道爾舊約聖經註釋：雅歌》，頁 210。

《德訓篇》（*Ecclesiasticus*）42:9 出現，在 *Targum* 及後期猶太著作上也瞥見；新約中，耶穌教訓我們不能同時事奉兩個主人，並將錢財位格化（cf. 瑪太 6:24；路加 16:9-13）。

為此，當「財富」一辭出現在《雅歌》8:7 之中，我們會自然地聯想到這神譜所蘊含的一串牽連——生與死的糾纏、繁殖與瘟疫的爭鬥、真愛與財富的對峙。附帶值得一提的是：七十賢士譯本（LXX）把「全副財產」譯作「整個生命」；[36]閱讀起來，起初叫人錯愕，但細想之下，到底不至於太令人感到詫異，因為世人「視財如命」者多得很，兩者置換而糾纏不清者，仍是浮世現象。

總之，《雅歌》所欲標榜的是：即使「所欲有甚於生者，所惡有甚於死者，」[37]「利」不能與「義」相提並論，「愛」不容與「財」互相比擬。愛情無價，無法用金錢來購買；所能用物質交換的就不是愛情本身，愛的本質在於珍惜愛者那獨一無二、不容取代的「個體存有 / Being as Ipseity」，其他依附在這唯一個體的屬性總有消失的一天，不論聰明才智、容顏俊俏、家財萬貫，都不能與「真愛」的永恆不朽相比較。能超越死亡門限的是「愛」。而不是「財」。我們作為靈智者，乃藉著愛來塑造更成全的團體，以愈發像似並冥合那至愛的終極根源。而至於無窮之世。金錢本身並非邪惡，但終究不能把它帶回天鄉，人更不應成為它的奴隸。凡以財神瑪門為偶像者，就無從徹底參透愛的真諦；人儘管賺得全世界，喪靈，何益！

至此，我們可適時地把思高、和合、NIV、NEB、RSV、JB 等譯本加以整理，以及參閱眾專家見解綜合起來，而把《雅歌》8:6-7 原文重譯如下：

> 請將我有如戳記，蓋在你的心上，
> 　　有如印璽，放在你的肩上；
> 因為愛情猛如死亡，
> 　　妒愛頑如陰府。
> 電光爆出，愛火熊熊，
> 　　比任何火焰更猛烈，
> 洪流不能將它熄滅，
> 江河不能將它沖去。
> 如有人獻出全副家產想購買愛情，
> 　　必受人輕視！

---

[36] 同上註。
[37] 借用《孟子‧告子上 10》「魚，我所欲也」一篇之文句。

謹以此文敬獻　清松兄賢伉儷，

願吾儕之愛，超出生死，

融貫師友，

達於永恆。

主曆 2019 年 7 月 11 日

於輔仁大學

參考文獻

卡洛德（G. Lloyd Carr），《丁道爾舊約聖經註釋：雅歌》，臺北：校園書房出版社，1994。

楊森（Robert W. Jenson），《解經講道注釋叢書 18：雅歌》，羅敏珍譯，臺南：台灣教會公報社，2012。

摩根（C. G. Morgan）等著，《雅歌——從天到地的愛歌》，毛衛東等譯，桃園：提比利亞出版社，2005。

大衛‧鮑森（David Pawson），《舊約縱覽》，劉如菁、許惠珺譯，臺北：米迦勒傳播，2016。

關永中，〈有待補足的靈修方塊——馬賽爾與聖女小德蘭的懇談〉，《新世紀宗教研究》16.4(2018.6): 23-24。

關永中，《神話與時間》，臺北：臺灣書店，1997。

關永中，《愛、恨、與死亡——一個現代哲學的探索》，臺北：臺灣商務印書館，1997。

Bergant, Dianne. *The Song of Songs.* Berit, Collegeville, MN: Litargical Press, 2001.

Boros, Ladislaus. *The Moment of Truth: Mysterium Mortis.* London: Burns & Oates, 1965. Paperback edition, 2nd impression, 1969.

Fromm, Erich. *The Art of Loving.* New York: Bantam, 1956.

Hamilton, Edith. *Mythology.* New York: Mentor Bks., 1953.

Heidegger, Martin. *On the Way to Language.* Trans. by Peter Hertz. New York: Harper & Row, 1982.

Heidegger, Martin. *Poetry, Language, Thought.* Trans. by Albert Hofstadter. New York: Harper Colophon Bks., 1975.

Johann, Robert. *The Meaning of Love*. Westminster: Newman Press, 1959.

Marcel, Gabriel. "An Autobiographical Essay," in *The Philosophy of Gabriel Marcel*. Ed. by Paul Schilpp & Lewis Hahn. La Salle, Illinois: Open Court, 1984.

Marcel, Gabriel. "La mort de demain," in *Les trois pièce*. Paris: Plon, 1931.

Marcel, Gabriel. *Creative Fidelity*. Trans. by Robert Rosthal. New York: Noonday Press, 1964.

Marcel, Gabriel. *Metaphysical Journal*. Trans. by Bernard Wall. Chicago: Henry Regnery, 1950; reprinted 1952.

May, Rollo. *Love and Will*. New York: Norton & Co., 1969. 8th Laurel printing, 1984.

Pope, M. H. *Song of Songs, Anchor Bible*. Vol.7c. New York: Doubleday, 1977.

聖經譯本簡寫：

JB—Jerusalem Bible, 1966.

NEB—New English Bible, 1970.

NIV—New International Version, 1978

RSV—Revised Standard Version, 1952, [2]1971.

和合本—聖經公會，1991 再版。

思高本—思高聖經學會，1968，1972 再版。

作者簡介：

關永中：

比利時魯汶大學神學、哲學博士

臺灣大學哲學系教授

通訊處：10617 臺北市大安區羅斯福路四段 1 號　臺灣大學哲學系

E-Mail：carlokwan@ntu.edu.tw

A Dialogue with *The Song of Songs* 8:6-7 on Love

Carlo KWAN

Professor, Department of Philosophy, National Taiwan University

Abstract: *The Song of Songs* reaches its climax in chapter 8, verses 6 and 7, emphasizing the fact that love, being stronger than death, is comparable to a blazing flame which no strong torrents can extinguish. Love is so valuable that it is not even purchasable by any earthly riches.

Key Terms: Words: Love, Seal, Death, Flame, Torrents, Riches

論臺灣新士林哲學對中西哲學會通的探索
——以沈清松教授的「跨文化哲學」建構的策略為例[*]

周曉瑩

黑龍江大學哲學學院副教授

內容摘要：世界範圍內的全球化已經成為當今社會的共識，國家之間的政治、經濟相互依存，民族之間的文化、價值觀彼此溝通。中國哲學的發展，乃至世界任何一項人文學科的進步都不得不與異質文化相交融，這是時代精神的反映，也是歷史發展的要求。在此背景下，中西哲學之間的會通是學界無法規避的問題，也是未來哲學進一步發展必須經歷之階段。沈清松教授作為臺灣新士林哲學的代表人物之一，在上述大背景下，提出建構不同於以往單純比較中西哲學優劣、同異的「跨文化哲學」。他主張超越主體哲學的弊端，邁向多元他者，但仍不必放棄主體。「跨文化哲學」不僅是解決中西哲學對話的問題，而是建立在新人類生活基礎上的一種可普化的、被廣泛認同且能解開人類普遍困惑的新哲學。本文試圖追問「跨文化哲學」建構的立場、特點和價值。

關鍵詞：沈清松、跨文化哲學、多元他者、對比哲學、外推

　　20 世紀九〇年沈清松教授提出「跨文化哲學」（intercultural Philosophy）的建構策略，這是其「對比哲學」在科技與人文、傳統與現代之後的又一實踐向度，旨在刨除異質文明間的壁壘與歧視、宰制與對立。他嘗試促動異質文明自本民族文化的「靈根自植」出發，懷揣慷慨之德走向多元他者，在平等互動、真誠尊重的前提下，通過和諧的外推達至彼此豐富，相互成就，以構建健康的跨文化交談模式。沈教授提出的「跨文化哲學」建構策略不僅應用於哲學與哲學、哲學與宗教、宗教與宗教之間的差

---

[*] 本文係 2017 年度黑龍江省普通本科高等學校青年創新人才培養計畫項目《中國語境下中西哲學會通範式之省思》階段性成果，項目編號為 UNPYSCT-2017130。本文係中央編譯局哲學社會科學研究委託項目《中西哲學會通史研究及其現代反思》階段性成果，項目編號為 16CGWT19。

異對話，還涉及科際間整合的溝通策略。本文因篇幅有限，僅從哲學領域展開討論。

壹、「跨文化哲學」（Intercultural Philosophy）的建構策略

沈教授認為，當今世界正處於「一個跨越界域的歷史進程，在此過程中，人的欲望、內在關聯性與可普性在整個地球上實現出來，並在現今與不久的將來體現為擴張至全世界的市場、跨國際的政治秩序和文化的全球在地化（glocalism）」。[1]在此背景下，各個異質文明間的比較與對話更加頻繁、緊密。但讓人感到遺憾的是，目前世界範圍內仍存在著宰制性思維，異質文化間的交談受東方主義和國族主義的影響，正處於西方文明為主導的文化霸權之中。沈教授嘗試建構的跨文化哲學意圖打破異質文化之間的壁壘與歧視，宰制與對立，在多元文化的立場中進行互動與交談。所謂「多元文化」「應意含著尊重文化認同和文化差異[…]更應意味著不同文化傳統經由彼此的差異與互補，達到『相互豐富』，進而共同尋求可普化的成分」。[2]

一、「跨文化哲學」的前提——「對比哲學」

「對比哲學」是「跨文化哲學」建構的必要前提。沈教授認為，以往僅揭示同異的比較哲學研究雖然對瓦解學術宰制有所裨益，但無法真正促進對話雙方的自我理解和相互豐富。所以以「對比」（contrast）強調的是「是指一種在不同事物，甚或不同哲學傳統之間的差異性和互補性富於張力的構成，以及連續性和斷續性的交互律動與辯證發展，最終將導向不同事物或哲學傳統之間真正的相互豐富」。[3]「對比哲學」的特點在於：其一，在比較同異的過程中，也看到雙方的互補性，並最終走向對比雙方彼此的豐富和提升；其二，將對比雙方置於同時性和貫時性的辯證互動之中，既考慮整體結構對比，也顧及時空動態對比；其三，強調辯證運動正反兩個方面的共同力量。

二、「跨文化哲學」的策略之一——「語言習取」

所謂「語言習取」（language appropriation）「就是去學習並使用其他文化族群和

---

[1] 沈清松，《跨文化哲學論》（北京：人民出版社，2014），頁 3。
[2] 沈清松，《跨文化哲學論》，頁 4。
[3] 沈清松，《跨文化哲學論》，頁 6。

哲學傳統的語言，或者是其他文化族群和哲學傳統能夠理解的語言」。[4]沈教授採用維特根斯坦的觀點認為，不同語言背後隱含著不同的生活形式，學習語言的過程意味著走入不同的世界。

　　從表層看，語言是溝通的必備條件，人們通過語言傳遞思想、表達意願並由此促成交往領域的文明世界。從深層看，語言是在一個民族生活經驗、思維方式和文明樣態的傳承中積澱而成，反過來又影響該民族形成新的生活經驗、思維方式和文明樣態。由此，「語言習取」的意義不僅僅是傳遞思想、表達意願，更重要的是，思想、意願背後隱藏的、真實的意義世界。如果沒有意義世界的理解，無法談及語言溝通的精準與圓滿。

三、「跨文化哲學」的策略之二——「外推」

　　所謂「外推」（strangification），「意指一種走出自我封閉，走向多元他者的行動，從自己熟悉的圈子走向陌生的外人，從一種文化脈絡走向另一種文化脈絡」。[5]

　　「外推」包含三個步驟：第一個步驟為「語言的外推」，「就是把自己的哲學與文化傳統中的論述或語言翻譯成其他哲學與文化傳統的論述或語言，或其他傳統所能夠瞭解的語言，看它是否能借此獲得理解或因此反而變得荒謬」。[6]第二個步驟為「實踐的外推」，「我們可以把某一種文化脈絡中的哲學理念或文化價值／表達方式，從其原先的文化脈絡或實踐組織中抽出，移入到另一文化或組織脈絡中，看看它在新的脈絡中是否仍然是可理解／可行，或是不能適應新的脈絡，反而變得無效」。[7]第三個步驟為「本體的外推」，強調「從一個微世界、文化世界或宗教世界出發，經由對於實在本身的直接接觸或經由終極實在的開顯的迂迴，進入到另一個微世界、文化世界或宗教世界」。[8]

---

[4] 沈清松，《跨文化哲學論》，頁 8。
[5] 同上註。
[6] 沈清松，《跨文化哲學論》，頁 17。
[7] 同上註。
[8] 沈清松，《跨文化哲學論》，頁 18。

四、「跨文化哲學」的現實舉例——「省思利瑪竇來華開啟的相互外推策略」[9]

沈清松在《士林哲學與中國哲學》一書分析道：義大利耶穌會士利瑪竇與初期來華的耶穌會士們將亞里士多德引入中華，並將孔子與「四書」介紹給西歐。中西文明通過「語言習取」和「語言的外推」的策略，在經典上做以譯介與會通，肇始了中華新士林哲學。以此為基礎，「他們將西方流行的靈魂論，轉成中國的人性論[⋯]耶穌會士們主張德行倫理學，視德行乃對欲望的壓制，頗類似朱熹所謂『去人欲而存天理』」。[10]此即為「實踐的外推」。最後，在本體層面，他們「用理性方式證明天主存在，並用實體的天主觀來與朱熹的『理』、道家的『無』、佛家的『空』論辯」[11]但由於雙方未能分享彼此對終極真實的體驗與感懷，在本體層面未能成就更為深入的外推與共鳴。由此，沈清松遺憾的表示，當時耶穌會受文藝復興開啟的重視理性與主體性精神的影響，忽視了終極實在的面向，沒有在宗教奧妙體會與感懷處加以外推，殊甚可惜。

貳、多元他者、慷慨外推與天主教精神
——「跨文化哲學」的理論特點

2018 年 8 月《哲學動態》發表了一篇題為〈中國哲學研究的世界視野與未來趨向〉的文章，文中杜維明、安樂哲、劉笑敢等中國哲學研究領域的代表性學者針對跨文化語境下中國哲學的發展展開討論。他們普遍認識到在跨文化交談的過程中，異質文明之間存在著壁壘與歧視、宰制與對立，這正是沈教授所憂慮並主張「跨文化哲學」建構的現實背景。在這種不平等的語境下，學者們首要面對的問題在於，如何糾正異質文明間的壁壘與歧視、宰制與對立？沈教授提出來「多元他者」和「對比哲學」的概念予以應對。所謂「他者」，原本是後現代主義者反對主體性膨脹和二元對立思維的概念，主張人應該走向他者、關懷他者以糾正主體性哲學帶來的桎梏。沈教授進一步發展了「他者」的概念，一方面，他將他者的範疇擴展至他人、自然和超越界；另一

---

[9] 沈清松，《士林哲學與中國哲學》（北京：商務印書館，2018），頁 341。
[10] 沈清松，《士林哲學與中國哲學》，頁 342。
[11] 沈清松，《士林哲學與中國哲學》，頁 342。

方面，他重點強調多元，即肯定每一個他者的差異、價值、不可化約和獨一無二。更重要的是，他強調的「多元他者」並不是後現代主義者所主張的哲學抽象物，而是將其置於具體的存有論當中予以考量。他認為人即是生在具體的多元他者之中，並被多元他者型塑著，對多元他者負有責任。這個時候，自我不再被純粹且絕對的主體性封閉而成為不斷與多元他者相互感應、彼此關聯的「形成中的自我」（self-in-the making）。多元意味著對異質他者價值的尊重和認可，對自我與他者之間二元對立局面的糾正。正因如此，「對比哲學」才得以展開，並強調尊重差異，但不一較高低；在差異中互補，達致彼此的豐富與提升。在世俗人文主義和二元對立思維的影響下，西方強勢文明從未真正將異質文化納入平等對話、開放融合、協商共贏的合作範疇，甚至將異質文明作為可忽略、可宰制的對立面，以凸顯和鞏固自我的強勢地位。但沈教授提出的「多元他者」概念啟示著世界上任何一種文明都無法孤立存在，都成就於、臨在於與多元他者的互動之中。正是多元他者的存在，才建立起差異精彩的世界，才構成可不斷豐富提升的自我。尊重多元他者的差異，肯定多元他者的價值，認可多元他者的獨一無二，始終感應並關聯著多元他者的存在，認識到多元他者對自我的成就將成為未來異質文明間對話的基本前提。

隨著全球化進程日益加快，跨文化交談越發頻繁、緊密，學者們面對的第二個重要問題在於，如何開展異質文明間的對話？沈教授提出「外推」。「外推」其實是一個雙向的互動概念。沈教授主張主體自覺、主動的走出自我、走向多元他者，這其中蘊含了無私、無求、無絲毫優越感、善意分享的慷慨之德，沈教授將它命之為「主動的慷慨」。作為「外推」的對象，交談的另一方也要認真的傾聽，積極的接納，慷慨的開放，無私的關懷，這是「被動的慷慨」。無論是「主動的慷慨」亦或是「被動的慷慨」都是「慷慨」精神的體現，都是超越主體間相互性的無私贈與，是主體自覺打破自我封閉的局限，自發走向多元他者，並在外推中達至彼此豐富的內在精神動力。從存有論的角度來看，沈清松認為，「每一存有物都是存在於多元他者之中，彼此具有動態關係」。[12]「正是因為人與多元他者是存在於動態關係存有論處境，才會欲望多元他者，並導向彼此，彼此傳達，彼此交談」。[13]所以，「外推」內在的「慷慨」精神是建立在多元且動態關聯的存有學基礎之上。在此存有論的背景之下，人生命中原初的欲望從根本處即是「指向他人、他物，其原初動向是走出自我封閉，走向多元他者，可見其富於某種原初慷慨，而不是自私的」。[14]原初的欲望始終是指向善的，

---

[12] 沈清松，《跨文化哲學論》，頁 54。
[13] 同上註。
[14] 沈清松，《跨文化哲學論》，頁 63。

可欲亦是善，但當它指向所界定的對象時，自我才因所欲自身的限定性造成不同程度的自我封閉、甚或變得自私。所以，異質文明在開展對話時，應自覺走出自我封閉，面向多元他者進行慷慨的外推。

事實上，如果我們回顧臺灣新士林哲學的發展脈絡，就不難發現沈教授對「多元他者」和「慷慨外推」的理論闡釋正是受臺灣新士林學派一貫秉承的天主教精神影響。雖然在理論建構上，沈清松哲學承襲西方中世紀以來存有學體系的思維，也頗受中國傳統哲學的啟發，但核心價值仍然是以天主教精神為主導取向。在臺灣新士林哲學發展史上，無論是于斌、羅光還是李震，都注重將哲學脈絡置於對他者的開放之中。于斌提出「三知論」強調人對他者、對萬物、對天都秉持一種開放的精神。羅光主張人的生命不斷擴充至他人、萬物直至上帝，在愛中達至圓融。李震認為萬物由上帝創造，人的心靈始終指向上帝，人沐浴在上帝的愛中，最終與萬物和他者在愛中共融。上述理論都體現著天主教走向他者的倫理要求、開放的人文主義和對真善美的價值追求。所以，雖然有學者認為沈清松已不是純粹意義上的士林哲學家，但他的哲學思想一直延續著臺灣新士林學派以天主教精神為價值取向的傳統，天主教精神也成為「跨文化哲學」最鮮明的理論特點。

參、「跨文化哲學」的理論啟示與價值

跨文化交談如今已成為全球範圍內各異質文明所必須面對的重要課題。中國文化如何面對世界各地域文化，尤其是西方強勢文化；中國哲學如何與世界哲學平等對話，如何為全球化背景下人類共同面臨的生存困境提供建設性意見，這些都是迫切需要解決的現實理論問題。而這些問題的答案，我們或許可以在沈教授提出的「跨文化哲學」中得到啟示。

一、喚醒中華文化的跨文化自覺

讓我們首先回到「跨文化哲學」的策略之一——「外推」。「外推」的宗旨之一在於挖掘並分享自我的可普化部分。在沈教授看來，語言層面的可描述、可傳達、可理解；實踐層面的可接納、可運作、可適應；本體層面的可分享、可領悟、可體驗是證成一種文明是否具有可普化性和跨文化價值的重要標尺。

這啟示我們：其一，未來中國哲學，乃至中國文化必須尋找到適切的自我表達方

式，通過「語言外推」達至跨文化領域內的可描述、可傳達和可理解。這是跨文化交談中至關重要的一步，是溝通的起點，互通的關鍵。「語言外推」的成敗決定了跨文化交談的可能和成效。在此我們需要特別注意的是，除了語言本身潛含的文化複雜性之外，我們還需考慮東方主義（Orientalism）和國族主義在「語言外推」中的負面影響。即我們在翻譯的過程中要充分聯繫本民族文化傳統，站在歷史和現實的角度準確表達文化概念或符號的真正內涵，而不是直接套用異質文明看似「相仿」的概念予以替代。

其二，未來中國哲學應注重關注全球化背景下人類共同面臨的生存困境，並努力嘗試為全人類提供有益的思想資源。無論是西方哲學還是中國哲學都是人對世界的自問自答。儘管在過去，這答案千差萬別，但伴隨著全球一體化的進程，不同民族、不同文化、不同背景的人們正在生活世界中走向趨同。全球化交往實踐的縱向發展、人類生存面臨的共同困惑、跨文化可普性價值觀的更新訴求都為世界範圍內異質文明間對話，尤其是跨文化哲學的建構提供了新的可能和要求。以往由於時空的障礙，文化間的差異性十分突出，民族特色較為鮮明。但在今天，這種特色和差異性正在被地球網路化、經濟一體化、信息共享化、價值趨同化所消解，而且消解的速度越來越快。有一個很簡單的證明方式就是我們越來越能接受異質文化的價值觀，並不自覺的運用在生活中。人的欲望、態度、困惑正在不自覺的趨向一致。換句話說，現代科技的發展一方面在不斷促進世界範圍內各領域的全球化進程，消解各異質文明間的差異性；另一方面也正在某個層面，面向全人類構建著一個新的、同一的實踐世界。各異質文明間雖然仍存在著歷史性的、結構性的差異，但在未來的科技世界中，這種差異的影響將逐漸降低，人類或許在某個層面將形成一個整體的實踐脈絡。比如，現在全球範圍內正面臨的生態環境危機。在這種前提下，跨文化哲學不僅僅是異質文明間哲學的對話問題，而是在世界範圍內建構一種具有普遍意義、立基人類新生活、富含實踐價值、容納差異文明的新哲學的問題。這種跨文化哲學將以一種普遍性的方式詮釋人類對世界的理解，並對人類在新文明中的生存困惑予以解答。因此，未來中國哲學的發展必須建立在全球化的大背景之下，不拘泥於自我原初的實踐，在人類共同的實踐脈絡之中貢獻普遍可接納、可運作、可適應的有益思考。

二、促進健康的跨文化語境

在現階段的跨文化交談中有一個亟待解決的問題在於中國文化以何種姿態面對世界各地域文化，關於此問題的回答進而還將影響到中國哲學以何種姿態參與世界哲

學的對話交談，而要想回答上述問題，我們首先要解決中國文化或中國哲學如何認識自身的問題。

眾所周知，一部中國近代史就是一部中國傳統文化破碎史。曾經萬邦來朝、四夷賓服的泱泱大國淪為支離破碎、滿目瘡痍的屈辱之地。國家的衰敗、異族的侵略、主權的淪喪讓傳統文化淪為眾矢之的，一時間傳統文化成為阻礙中華民族實現現代化的罪魁禍首。知識份子奮起而救國，四處尋求國家崛起、民族復興的路徑方法，由此將一部中國近現代思想史演繹成一部積極消解西方文化、主動吸收西方文化的中西思想會通史。歷史在不自覺中將西方文化等同於現代化、將西方文明等同於發達文明，將傳統文化等同於封建落後，將中華文明等同於衰落文明。那麼西方文化是不是真的具有獨一無二的權威，能代表全部的現代性呢？答案顯然是否定的，越來越多的學者認識到，西方文化自身並不是完滿的，否則就不會出現現代性危機。現代性不是西方的現代性，各種不同類型的文化都可以產生屬己的現代性。由此，我們站在「多元他者」和「對比哲學」的立場上，重新審視傳統文化，可以得出兩個結論：其一，尊重每一種文化的差異、價值、不可化約和獨一無二，對本民族傳統文化保有自知和自信；其二，取消對文化價值的高低判斷，在對話與會通中彼此汲取、彼此豐富。這就是說，在跨文化語境下，中國文化或中國哲學首先要正視、尊重自身價值，以獨立、自信的「多元他者」姿態面向其他異質文化和哲學。

其次，我們還要討論如何平衡跨文化交談中的可普化性和特殊性。沈教授在「外推」理論中強調文化的可普化性以證成其自身的跨文化價值。我認為此處應進一步詳細說明：一方面，異質文化雖然各有不同，但都包含了某些人類共通的終極價值，比如人類都追求真善美的正向意義。這部分內容實際上無須再做過多可普化的「外推」努力，只是在差異的表達中達成人類共同契合的理解。另一方面，健康的跨文化交談應在異質文化的特殊性中分享其可普化的部分。所謂特殊性，意味著異質文化間的差異與獨有。真正需要「外推」的應是異質文化中具有特殊性，且對人類存在具有共同價值的文化因素。因為導引我們走向多元他者的動力並不是發現他者與我們相同，而是探索彼此之間的差異以豐富原初的自我。進一步說，異質文化中可普化的特殊性部分恰恰是跨文化交談中的重要對話要素，是保有多元他者豐富性和差異性的重要內容。在跨文化交談中，異質文化應珍視並分享具有普遍價值的特殊性文化理念、符號和脈絡，用可普化的方式向多元他者傳達，並為解決全球化背景下人類共同面臨的生存困境提供獨特性資源。

最後，我們依然要將眼光拉回到跨文化交談的現實境遇。儘管無論是政治家還是文化學者都在呼籲異質文化間的平等對話，但現實的跨文化交談中依然存在著壁壘與

歧視、宰制與對立。真正的跨文化交談現實是，一方面，當我們真誠、慷慨的走向多元他者，他者不一定認真的傾聽，積極的接納，慷慨的開放，無私的關懷。比如西方國家一直宣傳的中國威脅論，再比如在歐洲和美國的圖書館裡，介紹中國哲學社會科學的文獻非常稀少。另一方面，當我們認真的傾聽，積極的接納，慷慨的向多元他者開放時，我們可能正陷入文化侵略、價值同化的陷阱之中。跨文化交談不是僅停留在思想界，它將直接對世界範圍內的政治格局產生影響，而政治不是倫理、更不是慈善，政治是利益的較量，所以未來跨文化交談的深入開展，跨文化哲學的建構策略都必須考慮到世界政治格局的現狀和趨勢。在這個意義上，沈教授提出的「跨文化哲學」建構策略在理論層面具有深刻的啟示價值，他將主體置於多元且動態關聯的存有學基礎之上，從人性存有論的角度探尋跨文化哲學內在的動力與基礎。在沈教授看來，生命原初的欲望即是無私慷慨的走向多元他者。在人與外在共構並動態關聯的背後，早已有一種具有倫理價值的慷慨之德作為形上和實踐基礎。因此，在利益較量的世界中，主體應自覺檢省原初善的欲望是否被外在的追逐對象所封閉，而主動慷慨地走向多元他者，重新將自我置於與多元他者動態關聯的關係之中。這樣，沈教授所主張的「跨文化哲學」建構策略就超越了政治利益的藩籬，而顯示出超乎其上的理論思考。

肆、結語

全球化是世界範圍內的必然趨勢，也是無法逃避、無法停止、無法逆轉的現實境遇。在這種大勢所趨下，沈教授提出「跨文化哲學」的建構策略實屬哲學方法論意義上的有益創見。他對中華文化現實境遇的敏銳把握，對跨文化交談現狀的準確理解都表明他作為哲學學者的洞見與智慧。在跨文化語境下，必須要糾正主體性的弊端以刨除異質文明間的壁壘與歧視、宰制與對立。他嘗試在「對比哲學」的視野下取消文化價值的高低判斷，將異質文明置於平等對話的基礎上彼此豐富、互相成就，促動異質文明自本民族文化的「靈根自植」出發，懷揣慷慨之德走向多元他者，並肯定每一個他者的差異、價值、不可化約和獨一無二。他設想的「語言習取」和「外推」策略預計了跨文化交談中可能遇到的困難，涵蓋了語言、實踐和本體層面，為跨文化哲學建構提供了具體方法和有益借鑒。

「跨文化哲學」的理論特點在於：無論是「多元他者」，還是「慷慨外推」所體現出來的走向他者的倫理要求、開放的人文主義和對真善美的價值追求都是沈教授對臺灣新士林學派天主教精神的傳承。

我們從「跨文化哲學」的建構策略中反思中國哲學乃至中國文化的跨文化立場可以得出如下啟示：

其一，未來中國哲學，乃至中國文化必須尋找到適切的自我表達方式，通過「語言外推」達至跨文化領域內的可描述、可傳達和可理解。

其二，未來中國哲學應注重關注全球化背景下人類共同面臨的生存困境，並努力嘗試為全人類提供有益的思想資源。

其三，中國文化或中國哲學要正視、尊重自身價值，以獨立、自信的「多元他者」姿態面向其他異質文化和哲學。

參考文獻

何佳瑞編，《臺灣士林哲學理論發展》，新北：輔大書坊，2015。

沈清松，《士林哲學與中國哲學》，北京：商務印書館，2018。

沈清松，《沈清松自選集》，濟南：山東教育出版社，2005。

沈清松，《從利瑪竇到海德格爾》，上海：華東師範大學出版社，2016。

沈清松，《跨文化哲學論》，北京：人民出版社，2014。

耿開君，《中國士林哲學導論》，哈爾濱：黑龍江人民出版社，2013。

樊志輝，《臺灣新士林哲學研究》，哈爾濱：黑龍江人民出版社，2014。

作者簡介：

周曉瑩：

黑龍江大學中國哲學博士

黑龍江大學哲學學院副教授

通訊處：150080 哈爾濱市南崗區學府路 74 號

黑龍江大學匯文樓哲學學院 923 室

E-Mail：123436248@qq.com

On the Exploration of Chinese and Western Philosophical Communication by the Taiwan's Neo-Scholasticism—Taking Professor Vincent Shen's "Intercultural Philosophy" as an Example

Xiaoying ZHOU

Associate Professor, College of Philosophy, Heilongjiang University, China

Abstract: Globalization in the world has become the consensus of today's society. The politics and economy among countries interdepend and the nations communicate with each other their culture and values. The development of Chinese philosophy, and even the progress of any humanities in the world, has to blend with heterogeneous culture. This is a reflection of the spirit of the age and a requirement for historical development. In this context, the communication between Chinese and Western philosophy is a problem that the academic circles have to confront, and it is also a stage that must be experienced in the further development of future philosophy. As one of the representative figures of Taiwan's Neo-Scholasticism, Professor Vincent Shen proposed to construct a "intercultural Philosophy" that is different from the previous ones in comparing the advantages and disadvantages or the similarity and difference of Chinese and Western philosophy. He advocates transcending the shortcomings of the subjective philosophy and moving toward the multiple others, but still not giving up the subject. "Intercultural Philosophy" is not only a solution to the dialogue between Chinese and Western philosophy, but a new philosophy that is based on the new life of human beings, is widely recognized and can solve the universal confusion of human beings. This article attempts to question the position, characteristics, obstacles and values of the construction of "intercultural Philosophy".

Key Terms: Vincent Shen, Intercultural Philosophy, Multiple Others (Many Others), Contrast Philosophy, Strangification

當代中華新士林哲學視域中的「宗教交談」論述
——以沈清松先生「相互外推」模式為核心的展開[*]

李彥儀

國立中央大學哲學研究所助理教授

內容摘要：「宗教交談」（inter-religious dialogue）是全球化時代的
人類文明的重要議題之一。沈清松先生以「當代中華新士林哲學」
（Contemporary Chinese Neo-Scholasticism）作為論述視域，以走出
自我封閉的主體並邁向多元他者的思索與實踐為理論主軸，提出以
「相互外推」作為基礎的「宗教交談」模式，為「宗教交談」開啟
不同的理解視野與實踐之道。

　　本文將透過天主教神學家保羅‧尼特對西方基督宗教神學與宗教
交談模式的觀察與討論，並對比尼特的模式，指出先生「相互外推」
宗教交談模式的特色與睿見。有別於西方以基督宗教神學為背景，
環繞著各宗教「真理」宣稱，各宗教型態的異同與彼此教義、概念
的澄清與諸概念之間對比融通的可能性、「宗教交談」之所以可能
的外在條件與交談的目的等議題的建構或倡議的種種模式，先生的
「相互外推」模式為這些向外求索的種種向度與條件指出人的本然
善性或人性內在的動力作為其內在基礎，並由此而論人的「相互性」
以及「存在相關性」，進而幫助我們考慮宗教之間的「相互性」與
「存在相關性」，且以之作為「宗教交談」的底蘊。此本然善性也
是人之所以能在相互外推的過程中時時自反內省之基礎，或有助於
緩解在宗教交談過程中所產生的真理宣稱、教義爭論等問題。不過，
就宗教領域信仰層次而言，先生所理解的「終極真實」及其提出的
「多元他者」概念或有進一步發展的可能性。

關鍵詞：沈清松、宗教交談、保羅‧尼特、相互外推、當代中華新
士林哲學

---

[*] 筆者曾先在「邁向多元他者——當代中華新士林哲學及其未來展望學術研討會暨沈清松教授
七秩冥誕追思紀念會」（新北：輔仁大學哲學系、天主教學術研究院主辦，2019 年 7 月 10-11
日）中報告本文初稿，後投稿並發表於《哲學與文化》。目前版本則由筆者研究助理國立
中央大學哲學研究所博士生陳志杰先生協助校對潤飾，在此致謝。

壹、前言

「宗教交談」（inter-religious dialogue）是當前全球化時代人類文明互動交流的重要議題之一，中外學者思想家對此議題多有探討，並分別就著自己的宗教或文化傳統，環繞著各宗教裡的「真理」宣稱，各宗教之間的型態異同與彼此教義、概念之間對比融通的可能性、「宗教交談」之所以可能的外在條件與交談的目的等，從不同的角度提出種種「宗教交談」的模式。比如，英國宗教哲學家暨神學家約翰・希克（John Hick, 1922-2012）透過他面對宗教多元現象所提出的「唯一實在自身（Real an sich）、在不同文化傳統之中的經驗表述與共同救恩論轉化結構」之宗教多元假設（pluralistic hypothesis）[1]作為思索「宗教交談」的架構。又比如，作為當代新儒家第三代代表人物之一的劉述先先生（1934-2016）藉由他對宋明新儒家「理一分殊」命題的現代詮釋，思考宗教多元論述、各信仰傳統的對話與全球倫理議題。[2]不過，也有學者藉著探討「宗教交談」的種種條件或前提，反思宗教交談的可能性。比如美國比較神學家 Catherine Cornille（1961-）便透過檢視「宗教交談」過程中的「謙遜」（humility）、「委身」（commitment）、「互聯」（interconnection）、「同理」（empathy）等必要條件與唯一充分條件「寬待」（hospitality）來探討「宗教交談」可能遇到的挑戰。[3]作為中西宗教激盪、會通與交談哲學成果的「當代中華新士林哲學」（Contemporary Chinese Neo-Scholasticism），在「宗教交談」方面有豐富的經驗，亦嘗試為當前「宗教交談」提出思考方向。

---

[1] 詳細論述，請參考 John Hick 的代表作：*An Interpretation of Religion: Human Responses to the Transcendent* (New York: Palgrave Macmillan, 2004)。先生亦曾扼要介紹希克的宗教多元論，請參考：沈清松，《跨文化哲學與宗教》（臺北：五南圖書出版公司，2012），頁 198-199。

[2] 劉述先，《全球倫理與宗教對話》（新北：立緒文化事業公司，2001），頁 21-22、161-171。

[3] 在 Cornille 的討論中，"hospitality"意指一種面對宗教差異與宗教他者時將他們也視作真理的可能來源的開放與接受態度，並且承認自己對真理認知的侷限性（Catherine Cornille, *The Im-possibility of Interreligious Dialogue*, New York: Crossroad, 2008, pp.177-178）。筆者以為其中有「寬以待人」的涵義，因而，在此脈絡中，筆者姑且將之譯作「寬待」。附帶一提，先生順著列維納斯（E. Levinas）和德里達（J. Derrida）的思路而將"hospitality"譯為「好客」，並視之為「被動的慷慨」，意指「一種接待他人的慷慨，透過任憑自由的款待他們，仔細聆聽他們，使陌生人和多元他者能感覺到宛如在家，並且自由自在」。這有別於「主動的慷慨」（也就是本文涉及的「（原初）慷慨」），它指的是「一種美德和行動，藉之我們走出自己的熟悉圈和自我封閉，走向陌生人，走向多元他者，而且不帶絲毫優越感地，拿出我們最好的價值、思想和論述，作為不求回報的禮物，來豐富多元他者在實際上、知識上和精神上的生活」。請參考：沈清松，《跨文化哲學與宗教》，頁 388-389。

「當代中華新士林哲學」源自意大利耶穌會士利瑪竇（Matteo Ricci, 1552-1610）來華所開啟的「中華新士林哲學」（Chinese Neo-Scholasticism）。利瑪竇於 1583 年抵達廣東肇慶，並和其他耶穌會士們帶來西方的科學、哲學與天主教，對當時的中國思想帶來新的挑戰，同時他和其他傳教士們嘗試透過系統翻譯亞里斯多德及文藝復興時期科音布拉學院（Coimbra College）的評註本，與中國哲學交談，特別嘗試融合先秦儒學。[4]其後，以于斌（1901-1978）、羅光（1911-2004）、李震（1929-）為重要代表人物的「當代中華新士林哲學」可以說接續了利瑪竇以來的傳統，並融通 20 世紀以來的西方思潮，包括梅西耶樞機（Cardinal Mercier, 1851-1926）、吉爾松（Etienne Gilson, 1884-1978）、馬里旦（Jacques Maritain, 1882-1973）、馬雷夏（Joseph Marechal, 1878-1944）、拉納（Karl Rahner, 1904-1984）、羅納根（Bernard Lonergan, 1904-1984）等人的新士林哲學，體現走出自我封閉主體並邁向「多元他者」的思索與實踐。[5]沈清松先生（1949-2018）承繼此一思路，生前致力建構並發展「對比」（contrast）哲學與「外推」（strangification）理論。他融中、西方傳統裡的理論資糧為一爐而冶之，並藉以思索人類在其生活從「現代性」轉向「後現代」的過程中，以及在「全球化」的動態發展脈絡下所須面對與回應的種種問題。

沈先生論述立基於天主教與儒家關於人性之善的神學與義理，取資於懷德海（A. N. Whitehead）的哲學與中國哲學裡儒家《易經》與道家（諸如老子《道德經》）的思想，建立「對比哲學」方法學理論並致力於其實踐。[6]在西方文化方面，除了古希臘哲學（比如亞里斯多德）之外，亦兼採現象學、詮釋學、結構主義、後現代思潮、建構實在論等，並在儒家的「恕」或「推己及人」的概念、道家老子「既得其母，以知其子」的觀念等基礎上，推展維也納大學華爾納（Fritz G. Wallner, 1945-）「建構實在論」（Constructive Realism）的「外推」（Verfremdung, strangification）理論基礎，提出包含「語言外推」（linguistic strangification）、「實踐外推」（pragmatic strangification）與「本體外推」（ontological strangification）三個層次的「外推」思想及「語言習取」（language appropriate）策略。

先生復得益於儒家的「五倫」、道家的「萬物」與佛教的「眾生」等觀念，藉以反思西方後現代思想家諸如列維納斯（Emmanuel Levinas, 1906-1995）、德勒芝

---

[4] 沈清松，《跨文化哲學與宗教》，頁 218-219；《士林哲學與中國哲學》（北京：商務印書館，2018），頁 341-342。

[5] 沈清松，《跨文化哲學與宗教》，頁 221。

[6] 可參考沈清松，《傳統的再生》（臺北：業強出版社，1992），第七章「自現代返回根源──對比哲學與易經思想」。

（Gilles Deleuze, 1925-1995）、德希達（Jacques Derrida, 1930-2004）等哲學家的「他者」（the Other）概念的限制，進而提出「多元他者」（many others/multiple others）的概念。[7]先生透過他的「對比」哲學、「外推」及「語言習取」策略與「多元他者」概念，探討人類本身欲望的根源與展現、情感與情意的發展、生命意義的追尋探索、各大傳統經典文本的詮釋與重構、資訊與科技發展及人文精神的融通、中華現代性、跨文化哲學、宗教間的會通與交談、全球倫理的可能性，乃至人格教育學[8]等領域裡的重要議題。我們可以在先生諸如《傳統的再生》（1992）、*Confucianism, Taoism and Constructive Realism*（1994）、《解除世界魔咒》（1998）、《對比、外推與交談》（2002）、《大學理念與外推精神》（2004）、《跨文化哲學與宗教》（2012）、《從利瑪竇到海德格：跨文化脈絡下的中西哲學互動》（2014）、《返本開新論儒學》（2017）、《士林哲學與中國哲學》（2018）《建構實在論：中西哲學的中介》（與華爾納合撰）（2018）等著作中，看到這些關懷和其中呈現的跨文化視野。

進一步說，先生倡導「當代中華新士林哲學」精神，以跨文化作為論述視域，將他以人性內在的動力——或說，源於人性之善的原初欲望——並且從這內在動力或原初欲望系統性開展而出的「對比」、「外推」、「多元他者」以及「全球化」的論述架構應用在「宗教交談」之上，指出「宗教交談」應以「相互外推」作為基礎。先生的「宗教交談」模式，實有別於西方以基督宗教神學為背景，環繞著各宗教「真理」宣稱，各宗教之間的型態異同與彼此教義、概念的澄清與諸概念之間對比融通的可能性、「宗教交談」之所以可能的外在條件與交談的目的等議題的建構或倡議之種種「宗教交談」理論模式。對比之下，或許可以說，先生的模式至少為這些向外求索的種種向度與條件指出了人性內在的動力，由此而說人的「相互性」以及「存在相關性」，進而論宗教交談之間的「相互性」與「存在相關性」。

為凸顯先生以「相互外推」為基礎的「宗教交談」模式之特色，筆者將以天主教神學家保羅·尼特（Paul F. Knitter, 1939-）的觀察、分類及其自身的主張作為「對比」參照架構。筆者之所以選擇尼特的論述，除了因為他的天主教神學背景，還考慮到他既為當前主要的西方基督宗教神學與宗教交談模式提出相對清晰而有助於吾人掌握特色的分類架構，也透過反思這些論述的可能缺失，同時兼採它們的優點，

---

[7] 沈清松，《跨文化哲學與宗教》，頁 30-32、74。須得一提的是，先生關於「多元他者」與「外推」的討論，散見於他的著作裡，筆者在這篇文章裡只是徵引其一、二，並非全豹。

[8] 先生對「人格教育」的討論，請參考：沈清松，〈全球化脈絡下的人格教育：視野與結構、動力與發展〉，《市北教育學刊》59(2018): 3-46；沈清松，〈全球化脈絡下的人格教育：動力與發展——生命成長與人格陶成〉，《市北教育學刊》59(2018): 65-104。

進而提出自己的模式。[9]就此而言，在宗教信仰背景上，尼特與先生之間具有某種相似性與對比性；而尼特對種種宗教交談模式的述評，恰可指出這些模式的主要關懷與特點。與包含尼特的倡議在內的模式做一對比，或能藉以呈現先生「相互外推」宗教交談模式的特色，並略論其睿見。

以下，筆者將首先介紹沈清松先生「對比哲學」、「外推策略」與「多元他者」的思想，藉以呈現其「相互外推」之「宗教交談」模式的理論基礎。接著，筆者透過將先生提出的模式與尼特對基督宗教神學視野中的「宗教交談」的討論以及尼特自身的關懷與模式之間的對比，凸顯先生「宗教交談」的特色與睿見。

---

[9] 在面對宗教多元現象議題上，不同立場的基督宗教神學家紛紛嘗試提出不同的理解模式，並據以思索「宗教交談」議題。比如睿思（Alan Race）提出在宗教多元論述中著名而極富爭議的宗教神學的排他論（exclusivism）、兼容論（inclusivism）與多元論（pluralism）模式，並為諸多神學家與宗教學家採納。睿思的老師約翰．希克便以之作為他探討宗教多元論時的立論參照依據。後自由主義神學家林貝克（George Lindbeck, 1923-2018）在他《教義的本質：後自由主義時代裡的宗教與神學》（*The Nature of Doctrine: Religion and Theology in a Postliberal Age*）一書提出三種神學模式。第一種是認知（cognitivist）模式，這個模式重視宗教的各種認知層面（cognitive aspects）與強調教會教義對客觀實在的真理宣稱或教導命題所發揮的作用。第二種是「經驗——表現模式」（experiential-expressive model），側重探討宗教經驗及其外在表現。第三種則是「文化——語言」（cultural-linguistic）或規約（regulative）、規則（rule）模式，強調語詞對宗教經驗的影響。受到這些神學立場與交談模式的影響，在漢語語境裡也出現了種種反思與分類。比如王志成在《和平的渴望：當代宗教對話理論》一書以「宗教對話的哲學之道」、「宗教對話的跨文化之道」、「宗教對話的後自由主義神學之道」、「宗教對話的倫理實踐之道」、「宗教對話的非／反實在論之道」，分別討論希克、潘尼卡、林貝克、尼特、庫比特（Don Cupitt）的立場，最後再以「走向一種整合的宗教對話之道」予以綜論。張志剛與黃勇也分別討論宗教排他論、兼容論、多元論（張志剛亦談到尼特，並稱之為「宗教實踐論」）的優劣，黃勇同時嘗試在反思並綜合希克與海姆（Mark Heim）宗教多元論之優劣的基礎上，提出以「世界上的宗教傳統各不相同而不相互孤立，它們相互聯繫而沒有共同本質」為基調，以「不把對話的任何特定結果看成是終極的或理想的」為重要特徵，而能促使各宗教之間相互學習與相互教導之新的宗教多元論和宗教對話模式。前述西方基督宗教神學立場與相應的交談模式，都成為尼特在他前後幾部探討宗教神學的著作中（著作名稱詳下文）檢視探討的對象，尼特本人也在此反思基礎上提出自己的模式（詳下文）。王志成、張志剛的模式基本上可被納入尼特的分類架構之中。而黃勇所提出的新模式所涉及的關懷，亦可納入尼特的反思與論述裡。除了尼特及其著作之外，以上所提到的人物及其論述，請分別參考：Alan Race, *Christians and Religious Pluralism: Patterns in the Christian Theology of Religions* (London: SCM Press, 1983)；George Lindbeck, *The Nature of Doctrine: Religion and Theology in a Postliberal Age* (Louisville: Westminster John Knox Press, 1984), pp.18-41；王志成，《和平的渴望：當代宗教對話理論》（北京：宗教文化出版社，2003）；張志剛，《宗教哲學研究》（北京：中國人民大學出版社，2009），第五章；黃勇，《全球化時代的宗教》（臺北：臺大出版中心，2011），第壹章。

貳、沈清松先生「相互外推」宗教交談模式的理論基礎

隨著人們面對時代的變化與挑戰的不同回應，「宗教交談」可能被賦予不同的內涵與實踐方式。沈清松先生以「全球化」脈絡作為他的思考背景，立基於他的「對比」哲學、人性本然之善與原初慷慨、「外推」和「語言習取」策略，與「多元他者」概念，藉以思索「宗教交談」的可能性，並認為「宗教或哲學的交談應該建立在相互外推的基礎上」。[10]

先生在評論哈特（Michael Hart, 1960-）與涅格利（Antonio Negri, 1933-）的《全球統治》（*Empire*）一書時，提出他對「全球化」的定義：「一個跨越國家與區域疆域的歷史過程，以全球為範圍來實現人的欲望、可普性與存在的相關性，在目前表現為全球的自由市場、超越民族國家的政治秩序，以及文化的全球在地化」。[11]「全球化」的歷程又可以進一步展現為「不斷跨越界域與重整界域的對比」、「邁向他者與主體重申的動態對比」與「外推與內省的動態對比」，[12]於其中，人的欲望是全球化的人性論與心理學基礎，「可普性」或「可普化性」（universalizability）[13]乃全球化的認識論基礎，而「存在的相關性」則是全球化的存有論或本體論基礎。[14]

綜觀先生的思想，可推知先生以「人的本然善性」作為他論述人的欲望基礎，他認為這是儒家、道家、佛教與基督宗教在教義哲理上基本通同之處。先生指出，基督宗教所主張的人性論，仍是人性本善，原罪說則是指出人本有的善性受限於其有限性從而隨時可能導致自我封閉。儒家肯定人的先驗善性，但也有墮落與變質的傾向，而道家正是對此可能的自我封閉以及隨之而來的墮落與變質提出批判。[15]至於佛教的解脫與人的自覺，也假定人的內在本性是純粹而善的，自覺乃人的內在善

---

[10] 沈清松，《跨文化哲學與宗教》，頁 29。

[11] 沈清松，〈書評：麥可‧哈特、涅格利《全球統治》〉，《哲學與文化》31.6[361](2004.6): 109-112。該文擴充後又收錄在先生《跨文化哲學與宗教》一書中，成為該書第五章的前半部。

[12] 沈清松，〈全球化脈絡下的人格教育：視野與結構、動力與發展〉，《市北教育學刊》59(1018): 9-12。

[13] 先生在不同的文章裡，或使用「可普性」，或使用「可普化性」。筆者在本文則隨順原徵引文獻與討論脈絡交錯使用這兩個詞。

[14] 沈清松，《跨文化哲學與宗教》，頁 101。

[15] 沈清松，《傳統的再生》，第六章。

性之實現，這也是後來中國大乘佛學所發展的「佛性」概念。[16]凡此都可說是人性本然的動力或本心，或「能欲的欲望」。[17]

就「人的欲望」之實現而言，先生進一步將之區分為「能欲」或「能欲的欲望」（desiring desire）、「可欲的欲望」（desirable desire）及「所欲」或「所欲的欲望」（desired desire）三層。[18]根據先生的說明，「能欲」是先驗的，是可欲的欲望與「所欲」或 want、need 的基礎。[19]「能欲」是一原初欲望、是原初慷慨，也是一動力。由「能欲」出發，才有動力指向「可欲之善」，[20]或說，「能欲」是由一可欲者（the desirable）所引動的。[21]進一步說，這是一個走出自我封限而邁向善的過程，不過，這個過程也能因為其所界定的對象或「所欲的欲望」的限定，而在人的努力獲取以及享有該對象的時候，使人變成自我封閉與自私。[22]這個動力也是人之尋求意義的原初內在動能，此一動力並不固定，卻可透過不同層度的可普化（universalizable）形式的表象（諸如非語言形式的身體動作與手勢、語言形式的、書寫形式的）發展出各種形式的意義，又超越任何特殊形式的展現。它是人性原本先具的一種體現於身體之中的無私欲望，作為指向他人、他物以形成意義的動力。由於人的原初欲望會不斷走向各種他者，所以這個過程是一個越來越複雜的互動溝通與建立意義的過程。[23]先生並認為，無論就邏輯上或存在上來看，人都必須有一無私的慷慨，從自我

---

16 沈清松，《對比、外推與交談》（臺北，五南圖書出版公司，2002），頁490-491。先生另一說法是指儒家的「德性」、道家的「德」及佛教的「三善根」。請參考：沈清松，〈論安身立命：追求意義的欲望及其開展〉（臺北：時英出版社，2018），頁188。

17 沈清松，〈論安身立命：追求意義的欲望及其開展〉，收錄於沈清松、華爾納，《建構實在論：中西哲學的中介》（臺北：時英出版社，2018），頁188-189。

18 見沈清松，〈論安身立命：追求意義的欲望及其開展〉，收錄於沈清松、華爾納，《建構實在論：中西哲學的中介》，頁186-187。

19 謝林德、汪履維、沈清松、但昭偉、林建福等，〈全球化脈絡下的人格教育：視野與結構【回應與討論】〉，《市北教育學刊》59(2018): 56。

20 沈清松，〈全球化脈絡下的人格教育：視野與結構、動力與發展〉，《市北教育學刊》59(2018): 8, 18。

21 我參考先生在其他著作上的說明而有此補充。請見：Vincent Shen, "Confucian Philosophical Foundations for Moral Education in an Era of Advanced Technology," in *Confucianism Reconsidered: Insights for American and Chinese Education in the Twenty-First Century*, ed. by Xiufeng Liu & Wen Ma (New York: SUNY, 2018), p.210.

22 沈清松，《跨文化哲學與宗教》，頁81；〈全球化脈絡下的人格教育：視野與結構、動力與發展〉，《市北教育學刊》59(2018): 18。

23 沈清松，《跨文化哲學與宗教》，頁81、209。

走出，走向對方，才會進一步與對方形成相互性或互為主體性的尊重與交換。[24]

在先生看來，與前述過程相關的是「可普性」，或說，前述過程就是一個「可普化」的動態過程。先生並不認為存在純粹的「普遍性」（universality），我們「有的只是不斷跨越界限、個別性與特殊性，邁向更大的「可普化性」，可由更多人接受與分享，提升某一真理宣稱（truth claim）到更大範圍、更高層度的有效性」。[25]先生曾提到：「我區別了『普遍性』與『可普化性』。儘管我們仍然可將普遍性當成是人的理想，但我不接受在具體與歷史世界之中有任何絕對／靜態的普遍性理念，我們在其中具有的是開放的、漸次的、擴充的與進程中的『可普化性』」。[26]而使這種「可普化性」成為可能的內在動力，此即人內在不斷指向「多元他者」的欲望。[27]

在先生的論述裡，「多元他者」不僅是指「別人與別物」，還包括多元的他人、自然界與超越界。「多元他人」包括每個人生命中存在的重要他者、周遭的人乃至遠方的陌生人。自然界的「多元他者」指的是自然環境中的萬物，而超越界的多元他者則包含可能是上帝、佛、阿拉、老天爺或「不知名的神」等「神明」或超越者。[28]而「人的欲望」之指向「多元他者」預設了人與萬物之間的「存在相關性」。這也就是說，人的存在與自我實現是與他人、萬物乃至整個自然宇宙的歷程息息相關。人與萬物及整個大自然之間構成了一個相互依存的網絡。[29]

先生更以「外推」一詞將人不斷從自我走出、邁向多元他者的過程概念化，而在這個不斷「外推」的過程中又存在著「自我」與「多元他者」的對比張力，既有差異又有互補、既有斷裂又有連續，人便是在這個過程中形成自己主體。由於這個過程是一個不斷的外推、對比的動態歷程，所以這樣的主體也是一個形成中的自主的主體，[30]或說，是一個「形成中的自我」（self-in-the-making）。[31]不過，先生也

---

[24] 沈清松，〈全球化脈絡下的人格教育：視野與結構、動力與發展〉，《市北教育學刊》59(2018): 18。

[25] 沈清松，〈全球化脈絡下的人格教育：視野與結構、動力與發展〉，《市北教育學刊》59(2018): 9。

[26] 沈清松、華爾納，《建構實在論：中西哲學的中介》，頁 225-226。

[27] 沈清松、華爾納，《建構實在論：中西哲學的中介》，頁 9。

[28] 沈清松，《跨文化哲學與宗教》，頁 213-214。

[29] 沈清松，〈全球化脈絡下的人格教育：視野與結構、動力與發展〉，《市北教育學刊》59(2018): 26。

[30] 沈清松，〈全球化脈絡下的人格教育：視野與結構、動力與發展〉，《市北教育學刊》59(2018): 37。

[31] 沈清松，〈全球化脈絡下的人格教育：動力與發展——生命成長與人格陶成〉，《市北教育學刊》59(2018): 88。

提到，人在不斷「外推」的過程中，也要回到內在自省，達成自覺，避免讓自己在「外推」的過程中逐物而不返，失去了自我。[32]

「外推」源自「對比」。先生「對比」哲學之「對比」，指的是「同與異、配合與分歧、採取距離與共同隸屬之間的交互運作，使得處在這種關係的種種因素呈現於同一現象之場，並隸屬於同一個演進的韻律」。[33]先生認為，在中西方哲學之中都有「對比」哲學的理論淵源。在中國哲學裡，《易經》是「對比」哲學的主要源淵，其中「太極」圖像與「一陰一陽之謂道」的對立動態辯證發展便體現了一種對比哲學。而在西方哲學裡，諸如柏拉圖與亞里斯多德的「類比」、中世紀的尼古拉·古薩（Nicolas de Cusa, 1401-1464）的「對立的協調」（concordia oppositorum）與黑格爾（Georg Wilhelm Friedrich Hegel, 1770-1831）的辯證法，都可看作是「對比」哲學的西方理論淵源。[34]

「對比敦促外推」，[35]正是各元素或各方之間的差異又互補、斷裂又連續等，使得它們能夠超越自身的封限而走向多元他者，從自身熟悉的圈子邁向陌生的外人。[36]先生更進一步提出「外推」的幾個步驟與層次。首先是「語言外推」：我們可將某一論述、價值或某一文化群體的文化表述翻譯為另一個文化群體能夠理解的語言。如果在翻譯之後，它可以被理解並且可被接受，那麼，它就具有「可普化」的有效性。否則，它的有效性只侷限在它自己的世界之中，而由於自身論述、價值、表述或信念的侷限性，它有必要執行自我規準的反思。其次是「實踐外推」：如果我們把某一論述、價值、表述或信念從它的原初社會與實踐的脈絡之中抽出，再將其放入另一個社會與實踐的脈絡裡之後仍舊有效，那麼，這意味著它是可普化的，並且具有一種並不侷限在它自身原初脈絡中的有效性。如果在這個重新脈絡化之後，它變得無效，也就是這種外推行動是失敗的，那麼，必須就著其限制而進行反思或自我批判。第三步是「本體外推」：當某一論述／價值／表述或信念，透過對實在自身經驗的迂迴之後，能為人所理解甚至共享——比如對其他人們、自然甚或是「終極真實」[37]的直接經驗，可以相當有助於不同的科學微世界（學科或研究方

---

[32] 沈清松，〈全球化脈絡下的人格教育：視野與結構、動力與發展〉，《市北教育學刊》59(2018): 11-12。

[33] 沈清松，《對比、外推與交談》，頁 26。

[34] 沈清松，《對比、外推與交談》，頁 28-32。

[35] 沈清松，《跨文化哲學與宗教》，頁 17。

[36] 見前揭書。

[37] 先生在不同的文章裡，或使用「終極實在」，或使用「終極真實」，兩者指的都是宗教信仰裡的超越者。為求行文一致，筆者在本文統一使用「終極真實」。

案）、文化世界與宗教世界的相互理解。[38]在這個過程中，「語言外推」最為基本，因而「語言的習取」頗為重要，它指的是「學習其他學科或文化群體的語言，並為己所用，藉以自我走出，進行外推」。[39]

先生根據前述思路，重新理解與詮釋人類歷史上的「宗教交談」事件，並指出「相互外推」是「宗教交談」的基礎。比如，他認為佛教進入中國時採取的「格義」，便是一個「語言外推」和「語言習取」的過程。在面對「終極真實」之際，佛教的「緣起性空」儘管未必符合儒家的「誠」和道家的「無」，但他們對「終極真實」的體驗仍有其相似性與互補性，從而可以視為「本體的外推」。[40]此外，在「對比哲學」視野下，先生亦試著指出各宗教傳統之間可會通之處，以作為「宗教交談」的基礎。比如，基督宗教的超越「救恩」與佛救的內在「覺悟」的教義，就其源自對人類痛苦的共同關懷而言，是彼此可以相互濟補的。[41]而聖多瑪斯的自然法原則與老子的天道觀儘管在「終極真實」的位格與非位格性、天道與自然法的適用範圍及其性質等的理解不盡相同，但它們都富含「終極真實」本身的慷慨或無條件的贈與，同時在人類行為的承負說方面有相通之處，是以彼此有會通的可能。[42]先生也透過這三個層次的外推，反思利瑪竇等耶穌會教士來華時遇到的種種問題。[43]此外，在外推的架構之下，人們追求的應當是透過「宗教交談」而尋得的可普化倫理，而非「普遍倫理」。[44]

先生在〈公共領域中宗教交談的方法論檢討與展望〉一文中，以三層次的「相互外推」為架構，納入哈伯瑪斯（Jürgen Habermas, 1929-）與泰勒（Charles Taylor, 1931-）的考慮，而提出在公共領域交談的三個層次：第一層乃諸多宗教間彼此交談，但交談者不必要納入反宗教人士與無信仰者；第二層涉及諸多宗教與非宗教人士及無神論與反宗教人士共同關切的公共議題的交談，第三層則將包含「宗教語言」在內的語言翻譯為彼此可理解、甚至共同可理解的語言來討論無關宗教的公共議題。[45]不過，

---

[38] 沈清松，《跨文化哲學與宗教》，頁 25-28。
[39] 沈清松，《對比、外推與交談》，頁 21。
[40] 沈清松，《對比、外推與交談》，頁 516-517；《跨文化哲學與宗教》，頁 27。
[41] 沈清松，《對比、外推與交談》，第二十章。
[42] 沈清松，《跨文化哲學與宗教》，第十一章。
[43] 相關例示，請參考：沈清松，《士林哲學與中國哲學》，第十一章；或《從利瑪竇到海德格：跨文化脈絡下的中西哲學互動》（臺北：商務印書館，2014）一書。
[44] 沈清松，《對比、外推與交談》，第十九章第三節至第五節。
[45] 沈清松，〈公共領域中宗教交談的方法論檢討與展望〉，《哲學與文化》44.4[515](2017.4): 18-20。

先生也於文中再次提醒，「外推必須與『內省』並行。因為，若僅外推而不內省，則會自我異化；若僅內省而不外推，則會傾向自我封閉」。[46]

參、沈清松先生「相互外推」宗教交談模式之特色與睿見

「宗教交談」預設了宗教自我與宗教他者，其中主要觸及宗教自我對自身的認識與對宗教他者的認識的問題，同時也牽涉宗教自我與宗教他者之間彼此如何相處共存的議題，[47]或說，是一彼此之間的「存在相關性」的議題。西方宗教學之父菲特烈希・馬克斯・穆勒（Friedrich Max Müller, 1823-1900）在《宗教科學導論》（*Introduction to the Science of Religion*）中援引德國文豪歌德（Johann Wolfgang von Goethe, 1749-1832）的「只懂一種語言的人，不懂任何語言」此一弔詭之論，藉以指出「只懂一種宗教的人，不懂任何宗教」。穆勒解釋道，這不是說諸如荷馬與莎士比亞等偉大詩人不懂自己的語言，而是說，他們雖相當嫻熟於自身的語言，但未經比較，卻無法得知希臘文之為希臘文，或英語之為英語的特出之處。同樣地，只懂一種宗教的人，或者只生活在一種宗教傳統裡的人，儘管他可能相當熟悉於該宗教傳統的精神內涵及各種相關的要素與向度，但實際上他並不知道自己所屬的宗教傳統之特性。[48]這便很好地說明宗教自我對自身的深入而真實的認識，其實是需要透過對宗教他者的認識以及隨之而來的宗教自我與宗教他者的「對比」才有可能。這個過程更需要宗教自我與宗教他者各自走出自我並走向彼此的「外推」。然而，這既可能是一「交談」，透過交談讓彼此相互理解，從而使得交談的兩造更加認識自身的過程，但它也可能走向彼此的兩造對各自自我越感迷惘，或者各自自我膨脹，而相互衝突、傾軋乃至相互毀滅的鬥爭。

「宗教交談」更多是源於並觸及關於「真理」（truth）宣稱的爭議。若存在所謂的「真理」，那麼，誰或誰的傳統是「真理」的掌握者或擁有者？如果真的存在不同的宗教傳統，但各自又有不同的「真理」宣稱，那麼，如何理解這多元紛呈的

---

[46] 沈清松，〈公共領域中宗教交談的方法論檢討與展望〉，《哲學與文化》44.4[515](2017.4): 18。

[47] 亦可參考：Paul Knitter, *Introducing Theologies of Religions* (New York: Orbis Books, 2002), pp.1-2; Leonard Swidler, *The Age of Global Dialogue* (Eugene, OR: Pickwick, 2016), pp.120-130。

[48] F. Max. Müller, *Introduction to the Science of Religion* (London: Longmans, Green and Co., 2005), pp.12-13.

「真理」宣稱？究竟是歸根究柢只有一種「真理」宣稱是真實的？或者不同的「真理」宣稱其實是對同一「真理」的不同表述？即便它們真的都是對同一「真理」的不同表述，那麼，這些表述之間又有著甚麼樣的關係？是互補？是有優劣之別？甚至，其實真的存在多元的真理或不同的「真理」？因著這種種不同的「真理」態度，在基督宗教傳統中，遂產生面對宗教多元現象時的不同宗教神學（Theologies of Religions），從而產生了種種相應的「宗教交談」模式。[49]或說，論者嘗試以不同的架構來為這些神學取徑與宗教交談模式分類，並討論它們的利弊得失。

筆者在此茲以天主教神學家保羅·尼特的觀察、分類及其主張為例，並將先生的宗教交談模式及相關觀念與之對比，藉以凸顯先生「相互外推」模式的特色與睿見。

尼特先後在《沒有其他的名？一個對基督宗教看待世界宗教的各種態度之批判考察》（*No Other Names? A Critical Survey of Christian Attitudes Toward the World Religions*, 1985）、《一個地球，許多宗教：眾多信仰之間的交談與全球責任》（*One Earth Many Religions: Multifaith Dialogue and Global Responsibility*, 1995）、《耶穌與其他的名：基督宣教與全球責任》（*Jesus and the Other Names: Christian Mission and Global Responsibility*, 1996）與《諸宗教神學導論》（*Introducing Theologies of Religions*, 2002）等著作中，一方面檢視較為人所知的「宗教交談」模式，另一方面也提出自己的模式，並藉以反思這些對話模式可能存在的問題。

尼特在《一個地球，許多宗教》一書中採取睿思（Alan Race, 1951- ）排他論、兼容論與多元論的分類架構，來呈現各種宗教神學面對宗教多元現象時的預設與態度，並且嘗試提出他的「相互關聯的和全球責任的交談模式」（correlational and globally responsible model for dialogue）。[50]尼特後來在《諸宗教神學導論》裡使用「某一宗教之特殊性」與「各宗教之普遍有效性」之間的翹翹板平衡（balance of the teeter-totter）為喻，分別以「取代模式」（The Replacement Model: "Only One True Religion"）、「成全模式」（The Fulfillment Model: "The One Fulfills the Many"）、「共同模式」（The Mutuality Model: "Many True Religions Called to Dialogue"）與「接受模式」（The Acceptance Model: "Many True Religions: So Be It"）等模式，為既有的各

---

[49] 睿思更將這兩者看作是基督宗教面對世界上的宗教多元現象時的雙軌（twin tracks）。請參看 Alan Race, *Interfaith Encounter: The Twin Tracks of Theology and Dialogue* (London: SCM Press, 2001) 一書的討論。

[50] Paul Knitter, *One Earth Many Religions: Multifaith Dialogue and Global Responsibility* (New York: Orbis Books, 1995), chapter 2.

種宗教神學提出更細緻的分類，同時討論各模式在面對宗教多元現象時的睿識與問題。[51]

根據尼特的討論，「取代模式」的主要觀點是基督宗教要取代其他所有宗教，而這個模式又可分為「完全取代」（total replacement）與「部分取代」（partial replacement）兩類。前一類認為其他宗教若有任何價值的話，也是暫時性的（provisional），最終仍為基督宗教所接管（take over）。其代表包括基本教義／福音派的基督徒（Fundamental / Evangelical Christians）與卡爾·巴特（Karl Barth, 1886-1928），後一類則認為儘管天主／上帝在其他宗教之中臨在，但在其他宗教之中沒有救恩，其代表主要是新福音派教徒（New Evangelicals）的立場。[52]在尼特看來，這個模式的問題有二：第一，以《聖經》當作看待其他宗教的唯一資源可能產生之對宗教他者的狹隘觀點。第二，從其他宗教觀點的角度來看耶穌是唯一救主的教義可能也會產生各種問題。[53]

「成全模式」旨在肯定基督宗教之外的其他宗教也有天主／上帝的啟示與恩典，因而所有宗教都是邁向「救恩」的預備道路。不過，天主或上帝是在耶穌中臨在，所以最終仍須基督宗教來完成、補充或成全其他宗教的救恩。這類模式的代表包括諸如拉納（Karl Rahner, 1904-1984）「匿名的基督徒」（Anonymous Christian）與天主教在梵二大公會議（1962-1964）後的立場，而梵二會議在《教會對非基督宗教態度宣言》（*Nostra Aetate*）中的觀點，更是基督宗教與其他宗教之間關係的一個突破或歷史性的「里程碑」（historic milestone）。[54]然而，在尼特看來，這個模式的問題在於：他們真的允許交談嗎？他們自己委身的真理就必然是唯一真實的嗎？

---

[51] 王志成在他翻譯之尼特的 *Introducing Theologies of Religions* 簡體中文譯本〈譯者序〉裡提到，他最初是以「諸宗教之神學導論」作為這本書的譯名，後來譯作「宗教神學導論」，而在綜合各方意見後決定採用「宗教對話模式」。筆者在本文裡仍直接翻譯原著書名，理由在於筆者認為這本書主要仍是從各種基督宗教神學對待宗教多元現象的態度談起，而後才討論相應的「宗教交談」模式。餘請詳見：保羅·尼特，《宗教對話模式》，王志成譯（北京：中國人民大學出版社，2003），譯者序。又，王志成在書中將"The Mutuality Model"譯作「互益模式」，但筆者認為，尼特的討論似乎是要凸顯被他放在這個模式裡的三種神學立場的「存異求同」傾向，並尋求宗教之間的共同處作為交談的起點，而mutuality 在相互關係或相互性之外、也的確有「共同」的意思，所以，筆者在本文裡把這個模式譯作「共同模式」。

[52] 請詳參：Paul Knitter, *Introducing Theologies of Religions* (New York: Orbis Books, 2002), chapters 1-2。

[53] Paul Knitter, *Introducing Theologies of Religions*, chapter 3.

[54] Paul Knitter, *Introducing Theologies of Religions*, chapters 4-5.

耶穌的特殊性似乎比天主之愛的普遍性還重要。[55]

「共同模式」的要旨為天主的普遍之愛與在其他宗教裡的臨在。在尼特看來，這個模式必須回答三個問題，即：一、基督徒如何與其他宗教的人們進行更真誠的交談？ 二、我們如何創造一個平等相待的交談競賽場（a level playing field）？以及三、我們如何更清楚理解對將用以支持交談的耶穌之獨特性？尼特將這個交談模式再分為三類，分別是：一、以希克為代表的「哲學—歷史之橋」（philosophical- historical bridge），主張有唯一的超越實在者與對此實在者不同的文化表達，以及類似的由自我中心轉向實在者中心的轉化之路。二、以潘尼卡（Raimon Panikkar, 1918-2010）為代表的「宗教—神祕之橋」（religious-mystical bridge）（或神秘—先知之橋 [the mystical and the prophetical bridge]），主張一個神—人—宇宙統一體（A Divine-Human-Cosmic Unity）的宇宙—神—人共融的（cosmotheandric）神祕經驗與各宗教間的彼此相互豐富。三、以尼特本人為代表的「倫理—實踐之橋」（ethical-practical bridge），主張以解決普遍存在的苦難作為宗教之間相互對待與交談的共同基礎，同時強調行動優先於交談，且認為我們需要一個全球倫理。[56]在尼特看來，這個模式的問題在於：一方面，於其中可能隱含著為了尋找交談共同之處與制定交談規則所導致的某種帝國主義，另一方面可能也會因為真理觀念過於寬泛或多樣而導致相對主義。而且，這個模式提出的耶穌作為真正但非唯一的形象之解釋，可能與傳統對耶穌的理解之間是有所斷裂的。[57]

「接受模式」在面對宗教多元現象時強調接受所有信仰的真正差異，從而在尼特看來，這個模式可能在宗教的特殊性與各宗教的普遍有效性這方面掌握了最恰當的平衡。這個模式又可分為三類。第一類以林貝克的後自由主義神學為代表，他們從文化—語言角度出發看待宗教傳統的形成，並認為各宗教之間並沒有共同的基礎，從而宗教之間以好鄰居策略（a good neighbor policy），互不干擾即可。第二類以海姆為代表，他們認為每個宗教都有自己的目的與「救恩」之道，如基督教徒與上帝合一與佛教徒證得涅槃，都是各自的目標，而正是因為這些差異與不同的救恩才更有助於交談。第三類則是克隆尼（Francis X. Clooney, 1950-）與斐德烈克（James Fredericks）的比較神學（Comparative Theology），他們認為通過其他宗教才能更好理解自己的宗教，並從交談中產生神學。[58]然而，尼特認為，這個模式的問題在於：

[55] Paul Knitter, *Introducing Theologies of Religions*, chapter 6.

[56] Paul Knitter, *Introducing Theologies of Religions*, chapters 7-8.

[57] Paul Knitter, *Introducing Theologies of Religions*, chapter 9.

[58] Paul Knitter, *Introducing Theologies of Religions*, chapters 10-11.

「語言」是否成為我們的監獄從而使得我們有彼此孤立、落入真理自足於各自所屬之傳統的「相對主義」？或導致主張吾人只能用自己的宗教語言表達信仰，從而外人無法明白我們的宗教之「信仰主義」（Fideism）的危險？各種救恩是否真有助於拯救我們的世界？有許多絕對者本身是否意味著其實沒有絕對者？比較神學真能擺脫某種神學視野與信念嗎？[59]

　　總的來說，在尼特看來，這些交談模式基本上關切的問題主要在於宗教教義的真實性與有效性問題，或者簡言之，是關乎「真理」宣稱的問題，但這點往往會使得宗教之間的真正交談成為不可能。[60]儘管尼特也將自己的觀點納入「共同模式」並視之為宗教交談的「倫理—實踐之橋」，但他其實是在重視多元宗教及其差異，並認同克隆尼等人的「比較神學」關於交談先於神學的主張，且批判性繼承孔漢思（Hans Küng, 1928-）與史威德勒（Leonard Swidler, 1929-）的「全球倫理普世宣言」（Universal Declaration of Global Ethics）之精神的基礎上，[61]提出他的「相互關聯的和全球責任的交談模式」。其中，「相互關聯」的旨趣在於：宗教間與民族間的交談對人類與這個星球的存亡來說是極為關鍵的。宗教間的交談除了能夠繼續探詢真理的豐富性之外，也能讓彼此更有效合作以消弭人類與生態的苦難（sufferings）。[62]而這些苦難便是「全球責任」（global responsibility），從而是宗教交談的共同基礎，或說是各宗教間可開啟交談的契機。[63]這些苦難包括因貧窮而造成的身體苦難、因濫用所造成的地球苦難、因受害所造成的精神苦難、因暴力而造成的苦難。[64]尼特提醒我們，地球是我們與神聖者（the Sacred）相遇的共同場域，從而，在世界之外並無救恩。[65]而生態與人類的福祉（與救恩）（Eco- human well- being [soteria]）則作為宗教真理的一項普遍規準。[66]至於具體的交談步驟或序階，則在於各宗教信徒們對蒙受苦難者感到「同情」（compassion）、並因著能對他們處境的感同身受而「改變」（conversion），從而與他們一同努力，同時與不同的宗教人士「合作」

---

[59] Paul Knitter, *Introducing Theologies of Religions*, chapter 12.

[60] 可參考：Paul Knitter, *One Earth Many Religions*, pp.23-28。尼特在《諸宗教神學導論》提出的則是貧窮（poverty）、傷害（victimization）、暴力（violence）、父權（patriarchy）等人類苦難以及地球與地球上生物的種種苦難，請參考：Knitter, *Introducing Theologies of Religions*, pp.137-138。

[61] Paul Knitter, *One Earth Many Religions*, pp.67-70.

[62] Paul Knitter, *One Earth Many Religions*, p.29.

[63] Paul Knitter, *One Earth Many Religions*, pp.54-58,79-80.

[64] Paul Knitter, *One Earth Many Religions*, pp.58-67.

[65] Paul Knitter, *One Earth Many Religions*, pp.112-113.

[66] Paul Knitter, *One Earth Many Religions*, chapter 7.

（collaboration），並因此能對彼此的定位與任務有所「理解」（comprehension）。對尼特而言，這是一種解放性的（liberative）交談方式，讓這些人可以從苦難中被解放出來。[67]

或許可以說，尼特所檢視的各種宗教交談模式主要是就單一宗教的神學立場出發來看待其他「宗教」，如此才會有「真理」宣稱之爭、宗教的獨特性與各宗教的普遍有效性、「救恩」是「一」或「多」之論，乃至有關於「終極真實」的性質的爭辯。這裡預設的是單一宗教從自我走出，卻未必真的允許其他「宗教」也從其自身走出，進而產生交談與相互理解，於是在對待「宗教他者」的態度上，就可能仍舊產生唯我獨尊，或將自我圖像投射至他者身上，或以自己有限的角度論列他者的形象，甚至在尊重差異的大纛之下轉而成為一種旁觀漠視。即便尼特以多元論為立場提出的倫理－實踐模式，建議將人類與全球的苦難當作宗教交談的基礎，但恐怕也未必確實能夠讓所有的宗教傳統真的以這些苦難作為起點，從而展開相互理解與扶持。而他主張用以判斷真理的「生態－人類福祉」恐怕也有過度抽象的疑慮。[68]此外，儘管尼特為宗教多元論的主要代表人物，但他始終是從作為一位天主教神學家的角度出發來面對、思考宗教多元現象與宗教交談的問題。

對比之下，沈清松先生以天主教信仰為起點，融攝中西方傳統裡的重要思想，並從跨文化的視野論述「相互外推」模式，為我們呈現一個看待「宗教交談」的不同視野。

先生秉承當代中華新士林哲學的精神與底蘊，就中西方宗教文化傳統之間可會通之處提出以「相互外推」為基礎的「宗教交談」模式。先生首先透過「對比」儒、佛、道、與基督宗教的人性論，從本體論層次肯定了人性本然之善，此本然之善為一原初的動力或能欲的欲望。此一原初動力或能欲的欲望是人人皆有的，從而也是人與人之間走出自我、走向彼此的可能，由此而說人與人之間的「相互性」，而此一相互性又恰恰預設了人與人的「存在相關性」。

若將各宗教傳統及其彼此之間的關係放在這套理路與架構來考慮，那麼，「宗教交談」基本上是宗教自我與宗教他者或宗教領域裡的「多元他者」之間的交談。各宗教因著原初的動力或能欲的欲望走出自我即是一個「外推」的過程，宗教之間走向彼此也就是「相互外推」的過程。在先生所提的宗教交談過程中「相互外推」

---

[67] Paul Knitter, *One Earth Many Religions*, pp.140-144.

[68] 生態——人類福祉可能過度抽象的問題，請參考 Cornille, *The Im-possibility of Interreligious Dialogue*, p.202。尼特自己也提到論者對他這類諸如生態——人類福祉、正義等概念用語的不確定性之批評。請見：Paul Knitter, *Introducing Theologies of Religions*, pp.162-164.

的三個層次，基本上涵攝一般宗教交談過程中會涉及的不同宗教傳統之間在語言、概念、教義等轉換時的因應之道、道德論述與價值觀的再脈絡化問題，以及如何表述對「終極真實」的不同理解與體驗的議題。先生的「相互外推」模式除了可避免「取代模式」與「成全模式」視角下看待其他宗教的狹隘觀點與明顯主張唯一真理宣稱所造成的困難之外，也能從跨文化、跨哲學與跨宗教視野，以人的原初善性走向「相互外推」的角度，克服「共同模式」可能隱含的帝國主義，因為這是就人性之中隱含之善的向度與動能而開啟的交談，而非誰為誰制定交談規則或試著提倡某些共同倫理價值觀作為交談基礎，此一共通的人的本然善性也可避免「相對主義」的問題。而對耶穌形象的理解，亦可能在語言、實踐與本體等三個層次的「相互外推」中得到妥適處理。此外，這三個層次中的語言相互外推或可緩解「接受模式」中因為強調「語言」優先性所造成的孤立主義、相對主義與信仰主義所造成的危險，「實踐外推」與「本體外推」可緩解各宗教傳統對「終極真實」的爭議。此一跨文化視野下的「相互外推」模式，或也能減少比較神學可能終究難以擺脫某種神學視野與信念的質疑。

而若再從先生整個「相互外推」模式的理論基礎來看，正是因為宗教間的相互性與存在相關性，在宗教交談的各宗教，不斷透過彼此「對比」與相互外推，因而對自我與他者能有更深刻、更恰當的認識與理解，也因此都是「形成中的宗教」（Religion in the Making）。[69]而在此過程中，宗教信仰是「一種將自己內在精神中最真誠的部分揭露出來的方式，是一種體驗在人性中本具與開顯的真理的方式，它肯定了人和終極真實或絕對他者的關係，且後者需要人以最深切的內在、最真誠的精神動力的參與，並不受制於不同的教會制度與神聖場所」。[70]於是，在宗教信仰中，「人所須忠誠的是自己與終極真實或絕對他者的關係，以及此一關係所涉的內在真誠性」。[71]

但先生的模式有別於尼特以及尼特所檢視的各種神學立場與交談模式之處，在於其間隱含的人性原初本然之善作為宗教交談的基礎，也就是說，先生的交談模式至少為前述向外求索的種種向度（比如「真理」的普遍性、「救恩」的一與多或有與無）與條件（比如宗教交談的條件、前提或共同基礎），指出人性內在本然之善的動力。進一步說，即便如尼特般主張以人類與地球的苦難作為「宗教交談」的共

---

[69] 此亦為懷德海（Alfred North Whitehead, 1861-1947）一部探討「宗教」之作的書名：*Religion in the Making*，不過，本文此處涵義不必與之相同。

[70] 沈清松，《對比、外推與交談》，頁 481。

[71] 沈清松，《對比、外推與交談》，頁 481-482。

同基礎，但那恐怕也須回溯到各宗教傳統之中人性內在本然之善這股原初動力，方能使人們對苦難的感受有著力之處，或喚醒人們對苦難感受的人性內在根源，從而使得願意致力於解決人類與地球苦難的宗教傳統產生真誠的交談。此外，這人性之中本然的善性亦是內省的根據，可使得「宗教交談」不至於因為定著於種種外推過程而不返，從而使得宗教交談的過程固執於真理宣稱、教義概念的理解與詮釋之爭等問題，卻忘了這些真理與教義等是源於人性內在之善與原初能欲的欲望，它們之所以被提出與建構，原是為了護持、長養這本然之善，使之得到恰當發展。

不過，筆者認為，在先生的「相互外推」宗教交談模式中有兩個相關的概念值得進一步梳理，一是「終極真實」或「超越者」，另一是「多元他者」。在先生的整套論述裡，「終極真實」是人一生中在超越界的「多元他者」，它可能是上帝、佛、阿拉、老天爺或「不知名的神」等「神明」。不過，先生似乎未曾具體討論或指明此一「終極真實」或「超越者」與我們所存在的世界或宇宙之間的關係，也就是說，此超越者與這個世界或宇宙是為一體、超越在這個世界或宇宙之上，或者整個世界或宇宙是超越者的一部分，甚至兩者之間存在其他關係？此外，無論是立基於哪一種立場的交談模式，宗教交談已預設了宗教自我與宗教他者，那麼，在宗教信仰這個層次，先生提出的「多元他者」應該也可以指涉現實中不同的宗教傳統，而不限於超越者或「終極真實」。如果筆者在這方面的理解是恰當的，那麼，如何能在不偏離先生「相互外推」精神及思路的前提下調整這些概念，則或許是未來可以進一步開拓的方向。

肆、結語

本文首先扼要回顧沈清松先生「相互外推」宗教交談模式的論述視域，接著介紹先生「宗教交談」的理論基礎；復次，透過天主教神學家尼特對既有的主要宗教神學與交談模式的檢討，並對比他提出的「相互關聯的與全球責任的」交談模式，凸顯先生「宗教交談」思想的特色與睿見，同時略論先生模式中的「多元他者」的涵義與「終極真實」與我們生存的世界之間的關係，以作為未來進一步探討發展的可能基礎。

先生在〈現代性的探索、形成與超越——中華民國百年哲學發展〉一文中有言：

我國哲學界今後仍然會，且有必要繼續引進西方思潮與研究成果，以及其

他哲學傳統，並精通其哲學論述，這也是參與哲學國際化、進入世界哲學舞臺的必經之路，然而，並沒有必要把他們當作自己的思想甚或代替自己思想。更且，在研究過程中，像分析哲學與歐陸哲學研究，若能用到一些中國哲學或臺灣本土材料，較會受到國際哲學界的重視。如果一味只跟著歐陸或英美腳步討論他們的議題，在國際哲學界看來善雖善矣，然既只跟隨他們腳步，至多也只能是二、三流哲學家。反之若能加入中國哲學或臺灣本土題材討論，甚或抉發我國哲學中的勝義，因而有所創見，則他們反會回頭來向我們學習。[72]

或許正是因為先生的跨文化視野，才得以使他所提出的宗教交談模式不致落入從某一傳統的角度出發來看待其他傳統的困境，同時也使得他的模式能幫助我們從不同的角度或起點重新思考「宗教交談」這項在全球化時代頗為重要的議題。先生的提點與未竟之業，值得有志者繼往開來。

參考文獻

王志成，《和平的渴望：當代宗教對話理論》，北京：宗教文化出版社，2003。

沈清松，〈公共領域中宗教交談的方法論檢討與展望〉，《哲學與文化》44.4[515] (2017.4): 5-24。

沈清松，〈全球化脈絡下的人格教育：動力與發展——生命成長與人格陶成〉，《市北教育學刊》59(2018): 65-104。

沈清松，〈全球化脈絡下的人格教育：視野與結構、動力與發展〉，《市北教育學刊》59(2018): 3-46。

沈清松，〈書評：麥可·哈特、涅格利《全球統治》〉，《哲學與文化》31.6[361](2004.6): 109-112。

沈清松，《士林哲學與中國哲學》，北京：商務印書館，2018。

沈清松，《從利瑪竇到海德格：跨文化脈絡下的中西哲學互動》，臺北：臺灣商務印書館，2014。

沈清松，《傳統的再生》，臺北：業強出版社，1992。

---

[72] 沈清松，《跨文化哲學與宗教》，頁322。

沈清松，《跨文化哲學與宗教》，臺北：五南圖書出版公司，2012。

沈清松，《對比、外推與交談》，臺北：五南圖書出版公司，2002。

沈清松、華爾納，《建構實在論：中西哲學的中介》，臺北：時英出版社，2018。

保羅‧尼特，《宗教對話模式》，王志成譯，北京：中國人民大學出版社，2003。

張志剛，《宗教哲學研究》，北京：中國人民大學出版社，2009（增訂版）。

黃勇，《全球化時代的宗教》，臺北：臺大出版中心，2001。

謝林德、汪履維、沈清松、但昭偉、林建福，〈全球化脈絡下的人格教育：視野與結構【回應與討論】〉，《市北教育學刊》59(2018): 47-64。

Cornille, Catherine. *The Im-possibility of Interreligious Dialogue*. New York: Crossroad, 2008.

Hick, John. *An Interpretation of Religion: Human Responses to the Transcendent*. New York: Palgrave Macmillan, 2004.

Knitter, Paul. *Introducing Theologies of Religions*. New York: Orbis Books, 2002.

Knitter, Paul. *One Earth Many Religions: Multifaith Dialogue and Global Responsibility*. New York: Orbis Books, 1995.

Lindbeck, George. *The Nature of Doctrine: Religion and Theology in a Postliberal Age*. Louisville: Westminster John Knox Press, 1984.

Müller, F. Max. *Introduction to the Science of Religion*. Elibron Classics Series. London: Longmans, Green and Co., 2005.

Race, Alan. *Christians and Religious Pluralism: Patterns in the Christian Theology of Religions*. London: SCM Press, 1983.

Shen, Vincent. "Confucian Philosophical Foundations for Moral Education in an Era of Advanced Technology," in *Confucianism Reconsidered: Insights for American and Chinese Education in the Twenty-First Century* Ed. by Xiufeng Liu & Wen Ma. New York: SUNY, 2018.

Swilder, Leonard. *The Age of Global Dialogue*. Eugene, OR: Pickwick, 2016.

作者簡介：

李彥儀：

國立政治大學哲學博士、英國伯明罕大學神學與宗教學博士

國立中央大學哲學研究所助理教授

通訊處：320317 桃園縣中壢市中大路 300 號 文學三館 LS-302

國立中央大學哲學研究所

E-Mail：austen0329@yahoo.com.tw

Discourse on "Interreligious Dialogue" in the Perspective of Contemporary Chinese Neo-Scholasticism: An Approach Based on Prof. Vincent Shen's Model of "Mutual Strangification"

Yen-Yi LEE

Assistant Professor, Graduate Institute of Philosophy, National Central University

Abstract: "Inter-religious dialogue" is one of the most significant issues of human civilization in the global era. Against the background of Contemporary Chinese Neo-Scholasticism, by taking consideration and practice of the transformation of subject from its self-enclosedness toward interacting with "many others" as the main theoretical axis, Prof. Vincent Shen proposed an alternative model of "mutual strangification" for interreligious dialogue.

This paper aims to present the characteristics and the insight of Prof. Shen's "mutual strangification" model for interreligious dialogue through comparing it with both models for interreligious dialogue that have been classified and discussed by the Roman Catholic theologian Paul Knitter and also with Knitter's own theory. This paper argues that, unlike those models that have been established in the tradition of Christian theology focusing on the "truth claim," the clarification of the core notions, indoctrinations and the possibilities for their mutual translatability of different religions as well as their similarities and dissimilarities and on the external conditions for interreligious dialogue, Prof. Shen's model highlights the original transcendental goodness or the innate motive force within human nature as the inner foundation for the aforementioned aspects and takes it as the ontological basis for "human reciprocity" and "human interconnectedness." This reading of interreligous dialogue may help us to rethink the reciprocity and interconnectedness among religions. Moreover, the original transcendental goodness or the innate motive force within human nature is understood as the key for self-reflection in the process of mutual strangification and it may thus enable us to reconcile the complications of the truth claim and religious indoctrination in the religious dialogue. However, Prof. Shen's conceptions of "Ultimate Reality" and "many others" in the field of and in the practice of religious faith might need further development.

Key Terms: Contemporary Chinese Neo-Scholasticism, Interreligious Dialogue, Paul Knitter, Mutual Strangification, Vincent Shen

守候上帝的存有之思：海德格與神學[*]

賴賢宗

國立臺北大學中國文學系教授暨東西哲學與詮釋學研究中心主任

內容摘要：筆者此文探討以海德格的守候上帝的存有之思及其影響的先驗多瑪斯主義而走向當代跨文化溝通的神學。海德格《給人文主義者的信》說：「神聖者的本質只有從存有的真理的思達到。神性的本質只有從神聖者的本質才可以思。在神性的本質的照耀下才能思，能說上帝這個詞要指稱的是什麼」。本文對於在海德格哲學與神學思想的背景下發展出的一些神學家思想作了歷史性與意義上承續的整理與闡釋。拉納（Karl Rahner, 1904-1984）提出需有「人的存有結構的基本存有學先驗條件」，發展出先驗神學。在歷史中，人的先驗主體在其超越性的發問中，傾聽到的並不一定是基督教的上帝的神聖傳言（聖言）而是其他宗教的教義。在此，拉納提出「匿名基督徒」觀念，這牽涉到「多宗教的神學」的問題。布特曼（Rudolf Bultmann, 1884-1976）是最早把海德格的前期哲學思想運用到神學中的神學家。奧特（Heinrich Ott）則最早把後期海德格思想運用到神學。

本文闡釋海德格的存有之思以及他所影響的當代神學，以釐清東西方的跨文化溝通的神學的基本課題的相關背景，所指向的論題乃是主要在於闡釋存有思想的曲折道路最後如何通達無自無的澄明而守候最後的神，如此可以到達與亞洲哲學、亞洲神學溝通的場域，用以闡明沈清松教授在多元的他者關於存有與神的問題之洞見的相關思想背景。沈清松教授對於海德格的存有思想的獨到詮釋乃是未來的東西哲學對話與宗教交談的一座豐碑，筆者在本文的「海德格的存有之思如何是守候上帝之思」一節之中分為四點加以闡釋並闡明其連貫性與整體性。

關鍵詞：海德格、拉納、神學、神性、神聖者

---

[*] 本文原題為「海德格的等候上帝的思：走向當代跨文化溝通的神學」，發表於「邁向多元他者——當代中華新士林哲學及其未來展望學術研討會暨沈清松教授七秩冥誕追思紀念會」，新北：輔仁大學哲學系、天主教學術研究院主辦，2019 年 7 月 10-11 日。今稿經過大量修改與補充。賴賢宗記於 2020 年 8 月 20 日，臺灣新北市。

壹、導論

沈清松教授推展中華新士林哲學研究，被喻作「臺灣新士林哲學」代表之一，其治學內容的核心內容在西方哲學方面為新多瑪斯主義與當代現象學、詮釋學（海德格、呂格爾），以及文化理論例如結構主義、符號學、科學哲學等。而不侷限在士林哲學之一般框架中，他更融攝懷德海形上學與呂格爾詮釋學等當代哲學，並且對於當代文化的問題進行哲學反思。

沈教授著作等身，沈清松教授的代表作分為三類。第一類著作是哲學學術論著，例如《從利瑪竇到海德格》、《士林哲學與中國哲學》、《物理之後》、《現代哲學論衡》、《呂格爾》等書可以見出他的核心哲學思想。第二類是文化批評：例如《為現代文化把脈》、《解除世界魔咒》、《臺灣精神與文化發展》、《傳統的再生》等書是他對於當代文化的問題進行的批判與反思。第三類是對比、外推與交談的方法論並進行跨文化的哲學溝通以作為範例：例如《對比、外推與交談》、《跨文化哲學與宗教》等書。

沈清松教授學貫中西，早年主張「對比」，例如中國與西洋、傳統與現代、科技與人文、理解與批判、現代與後現代之「對比」，乃至於《現代哲學論衡》一書所說的西方哲學傳統之中的對比，例如〈現象學與詮釋學之對比〉、〈哈柏瑪斯與波柏之對比〉。早在寫於 1976 年的〈現象學與詮釋學之對比〉之中，沈教授就闡釋他的方法論：

> 思想的比對是思想的創造之前奏。觀兩種思想之同與不同，恰足以顯示思想與思想之間的對照和會通。所謂對照，乃指思想與思想由於彼此的差異所呈現的距離，而所謂的會通，乃指它們在接近點上表現出彼此的統一性，而共同隸屬於一更高之水平。分殊與統一之辯證前進，正是存有的創造過程的模式。[1]

此中已經可以見出沈教授的對比、外推與交談的方法論的雛型。

而沈清松教授所謂的分殊與統一之辯證前進乃是存有的創造過程的模式在中國哲學上的淵源則是生生之德的中國哲學，尤其是方東美所進行的中國哲學的精神之本體詮釋。方東美是沈清松的碩士論文的指導教授。沈教授〈方東美的生生哲學要略〉

---

[1] 沈清松，《現代哲學論衡》（臺北，黎明文化事業公司，1985），頁 313。

說：「蓬勃大有創造之歷程，始為乾元之發動，創造之滋始。其成也，則構成一彼是相因，旁通統貫之系統」。[2]

沈教授晚近著述《從利瑪竇到海德格》、《士林哲學與中國哲學》、《對比、外推與交談》、《跨文化哲學與宗教》[3]諸書著力於「外推」，探索主體性之動力根源，主體性的動力還必須「外推」而放在互為主體際、人與超越界的關係中加以探索，作為跨文化交流與宗教對談的方法。將此前所著重的「對比」詮釋推向他者、推向超越，故有多元他者之說法。沈清松教授對於海德格的存有思想的獨到詮釋乃是未來的東西哲學對話與宗教交談的一座豐碑，筆者在本文的「海德格的存有之思如何是守候上帝之思」一節之中就此分為四點加以闡釋，涉及同一與差異、存有的律動、四方、物論與終末論等課題，並闡明其連貫性與整體性。

沈教授的哲學立場為先驗多瑪斯主義，此殆無疑義，但是他自己在這方面並沒有著作專書，而先驗多瑪斯主義受到海德格《存有與時間》及其早期宗教現象學的重大影響，晚期海德格存有思想與東亞道家與禪展開跨文化的溝通，所以探討先驗多瑪斯主義對於沈教授所極為關心的跨文化哲學（intercultural philosophy）具有重大意義。「對比」和「外推」的跨文化溝通與跨宗教溝通的課題可能與先驗多瑪斯主義對於康德的先驗哲學的重新表述為先驗方法（超驗方法）在論題上具有密切關係，而對於「先驗」（Transzendental）此一詮釋與「先驗方法」（Transzendentale Methode）的運用則與海德格對於康德的先驗哲學進行基本存有學方式的詮釋有關，沈教授《從利瑪竇到海德格》對此頗有闡述，此書引言：「本書所關心的是中、西兩方文明自從西方現代性開始形成以來，彼此核心思想的互動、互譯和對談；我主要是從跨文化哲學（intercultural philosophy）的角度來探討」。[4]此中所說的彼此核心思想的互動、互譯和對談顯然來自哲學詮釋學以及海德格的此有詮釋學對於康德的先驗哲學的巧妙轉化，而這個轉化在後來的拉納的基本神學等等之中加以繼承與發揮。尤其是沈教授闡釋他所說的外推的第三步乃是本體的外推，本體就是海德格所說的存有，可以見出沈教授本體的外推與海德格存有思想的關係。他說：

> 外推的第三步，是「本體的外推」。藉此我們從一個微世界、文化世界或宗
> 教世界出發，經由對於實在本身的直接接觸或經由終極實在的開顯的迂迴，

---

[2] 沈清松，《現代哲學論衡》，頁 489。

[3] 沈清松，《從利瑪竇到海德格》（臺北：臺灣商務印書館，2014）；《士林哲學與中國哲學》（上海：商務印書館，2018）；《跨文化哲學與宗教》（臺北：五南圖書出版公司，2012）。

[4] 沈清松，〈引言〉，《從利瑪竇到海德格》。

> 進入到另一個微世界、文化世界、宗教世界。尤其當在該傳統中具有某種
> 宗教向度之時，或者當人們進行宗教間的對話時，這一階段的外推就顯得
> 特別重要。如果對話者本身沒有參與終極實在的體驗，宗教交談往往會流
> 於膚淺表面。[5]

由此可以見出沈教授本體的外推與海德格存有思想的關係。本文對於在海德格哲學與
神學思想的背景下發展出的一些神學家思想作了歷史性與意義上承續的整理與闡釋。
關於此一論題，筆者首先列出宗教哲學在 20 世紀的爭議與創新發展的三個方向，如
下：

第一　從康德的實踐理性批判、設準理論出發（上升之道）：
　　　從實踐理性、設準理論做為界限概念出發：(1) 新康德學派
　　　從設準理論做為指示概念出發：(2) 利奇爾主義
第二　從「上帝之道」或「希望」出發的下降之道：
　　　(1) 上帝之道神學：巴特的上帝之道神學、辯證神學及其影響。
　　　(2) 希望神學：Joergen Moltmann
第三　從先驗方法論出發：方法論的重塑，上升之道與下降之道之交涉與迴環：
　　　(1) 海德格的存有思想、本成（Ereignis）與最後的神
　　　(2) 新多瑪斯主義與先驗多瑪斯主義

海德格《給人文主義者的信》說：

> 神聖者的本質只有從存有的真理的思達到。神性的本質只有從神聖者的本
> 質才可以思。在神性的本質的照耀下才能思，能說上帝這個詞要指稱的是
> 什麼。[…]而如果存有的敞開的東西沒有被照亮而且在存有的澄明中臨近
> 人的話，那麼此一神聖者的向度甚至只作為向度還是封閉著的。

　　布特曼（Rudolf Bultmann, 1884-1976）是最早把海德格的前期哲學思想運用到神
學中的神學家。奧特則最早把後期海德格思想運用到神學。拉納（Karl Rahner）首先
贊成海德格對康德的批評：康德的認知範疇只能在客觀知識的認識論論域中運用」，
從而拉納提出需有「人的存有結構的基本存有學先驗條件」，發展出先驗神學。在歷
史中，人的先驗主體在其超越性的發問中，傾聽到的並不一定是基督教的上帝的神聖

---

[5] 沈清松，〈引言〉，《從利瑪竇到海德格》。

傳言（聖言）而是其他宗教的教義。在此，拉納提出「匿名基督徒」觀念，這牽涉到「多宗教的神學」的問題。

本文闡釋受到海德格影響的當代神學，並關連到海德格早期的《宗教生活的現象學》以及他在《哲學獻集》所探討的最後的神，以釐清跨文化溝通的神學的基本課題，用以釐清沈清松教授在多元的他者關於存有與神的問題之思想背景。

筆者此文探討以海德格守候上帝的存有之思及其影響的先驗多瑪斯主義而走向當代跨文化溝通的神學。以此紀念我就讀臺灣大學哲學系時候的詮釋學課程的老師沈清松教授，老老師於 2019 年順化大寧，安息主懷，沈老師的學問已經豐富了中國哲學的當代詮釋以及開啟了當代跨文化溝通的神學，生生不息。

貳、存有之思與神學：海德格、布特曼、奧特

海德格對宗教的看法有前後兩期的差別。早期海德格和馬堡大學的神學家互相影響。早期海德格拒絕傳統形上學，和辯證神學拒絕自由派神學有一平行的關係，互相影響。但不宜據此說：早期海德格和辯證神學一樣拒絕上昇之道（人向上帝之道或人向存有之道），否則難以解釋《存有與時間》的整個工作，而這裡的可能性是通過拉納的先驗神學以及運用基本存有學而創立的基本神學才得以完成。但是，晚期的海德格走得更遠。對於此一論題，最近的研究專書有張靜宜的《海德格爾的最後之神》。[6]

晚期海德格日益清楚於「神性（Gottheit）—神聖者（Heiligen）—最後之神（der letzte Gott）」的架構。他此時的主軸是「存有之思」作為「詩之思」，「存有之思」作為「守候上帝之思」乃是守候最後的神。晚期海德格認為「存有就在近處」，而人早已遺忘，存有即開顯即遮蔽，根源性的存有具有不斷返回根源的遮蔽（遮蔽自身），這個不斷返回根源的遮蔽自身此乃是奧秘。而「最後的神」（最後的上帝）因此也在天地人神的本成（Erignis）之中，就在近處。詩人傾聽言、跟隨言，把神聖者和神性帶到近處。

海德格的「存有之思」並非如同劉小楓所說的單純的「期待上帝之思」。而應該是說「存有之思」是一種海德格所說的「林間空地」（Lichtung、澄明），是天、地、有死者與神明的四大（das Geviert），乃是在神聖者的向度中靜默守候上帝之光的「詩之思」。存有之思是澄明，是天、地、有死者、神明的四大，四大是 Gegend，思如詩，

---

[6] 張靜宜，《海德格爾的最後之神》，上海同濟大學哲學博士論文（2019）。

思想者詩性棲居在天、地、有死者、神明的四大之境域之中，海德格在此吸收了否定神學與荷德林等人的詩與詩學，也和東亞的禪宗與老莊道家進行思想對話，預備了下個階段的東西跨文化溝通的宗教對話。沈清松教授在〈西方形上學之超越與海德格的存有觀〉一文闡釋海德格所強調的被動性（passivity）與離據深淵 Abgrund 與禪宗道家的對話：

> 他的存有思想強調人的精神的自由空靈[⋯]一如密契經驗中所強調的被動性（passivity）[⋯]，無住於本，擺脫基礎，探入深淵[⋯]此種想法不但為西方人展開了新領域，而且在某種意義上可以說銜接上東方的尤其是禪宗和道家的思想趣味。[7]

沈清松教授在〈西方形上學之超越與海德格的存有觀〉一文闡釋詩性棲居在天、地、有死者、神明的四大：「海德格認為居存就是在於『護存大地，接受蒼天，引領人類，等帶神明』。天地人神四相合一，成為海德格心目中的事物的結構[⋯]詩意的居存，旨在凝聚四相，展現存有」。[8]沈教授這裡所說的四相就是一般所說的四大（四方、四方域）。海德格的「存有之思」通往最後的神，首先是具有無自無與否定神學之性格的「神性（Gottheit）」，其次是具有神聖位格的神聖者（Heiligen），最後所通達的最後的神乃是詩性的思想者在天、地、有死者與神明的四大（das Geviert）境域中所遭逢的「澄明」（Lichtung，林間空地）之終極。

一、海德格：靜默守候上帝的存有之思[9]

關於海德格討論「諸神（Götter）—神性（Gottheit）—神聖者（Heiligen）—最後之神（der letzte Gott）—本成（Erignis）」。海德格在《給人文主義者的信》說：

> 神聖者的本質只有從存有的真理的思達到。神性的本質只有從神聖者的本質才可以思。在神性的本質的照耀下才能思、能說上帝這個詞要指稱的是什麼。[⋯]如果人偏不首先思入那個問題。此處要注意的是：那個問題指神聖者的本質只有在其中才能被追問的此一向度。此處要注意的是：此一向度指存有的真理的思的話，究竟當今世界歷史的人要怎樣才能？往夠哪怕

---

7 沈清松，《物理之後：形上學的發展》（臺北：牛頓出版社，1987），頁 374。
8 沈清松，《物理之後：形上學的發展》，頁 378。
9 劉小楓，〈期待上帝的思——海德格與神學（下）〉，《哲學與文化》17.6(1990.6): 508-516。

是嚴肅地嚴格地問一下上帝是臨近了還是離去了呢？此一向度也就是神聖者的向度，而如果存有的敞開的東西沒有被照亮而且在存有的澄明（Lichtung）中臨近人的話，那麼此一神聖者的向度甚至只作為向度還是封閉著的。[10]

如果能抵達存有的近旁，神聖者的白晝即將破曉。在神聖者的新的開端中，上帝和諸神的出現如何重新開始？神聖者才是神性的本質空間，而神性本身又只為諸神和上帝維持神聖者的向度。場域已經如同林中空地而恬然澄明（Lichtung）而在真理中被靜默體認之時，神聖者才出現。海德格《給人文主義者的信》說：

> 如果能抵達存有的近旁，就要決斷：上帝是否及如何不露面。黑夜是否及如何滯留。神聖者的白晝是否以及如何破曉。在神聖者的開端中，上帝和諸神的出現是否及如何重新開始。但神聖者才是神性的本質空間，而神性本身又只為諸神和上帝維持這一向度；這個神聖者只有當存有本身在此以前並已有長期準備而已經恬然澄明且已被在其真理中體認時才出現。只有這樣才能從存有中開始克服無家可歸的痛苦，在此無家可歸狀態中，不僅人們，而且連人的本質都惶然迷惑。[11]

二、海德格的存有之思如何是守候上帝之思

海德格的存有之思在最後是被確認為本成（Erignis）而走向最後之神（der letzte Gott）。如此，存有之思就可被恰當地被稱之為守候上帝的思。事實上，這與海德格的只有一位上帝能救度我們的臨終遺言是相吻合的。[12]

海德格在尖銳抨擊形上學的存有神學構成的時候又給自己所闡釋的存有蒙上一層位格化和神性化的聖光。結果，當有人把海德格的存有與上帝等同起來時，絕非無緣無故和毫無根據的。[13]

此處要注意的是：(1)「從能思能問上帝的問題到最後的神猶有神聖者與神性之

---

[10] 海德格，《給人文主義者的信》（上海：商務印書館，1963），頁 122。相關討論參見劉小楓，《走向十字架上的真理》（上海：三聯書店，1994），頁 272。

[11] 海德格，《給人文主義者的信》，頁 110-111。相關討論參見劉小楓，《走向十字架上的真理》，頁 279。

[12] 劉小楓，《走向十字架上的真理》，頁 280。

[13] 劉小楓，《走向十字架上的真理》，頁 281。

隔」與「海德格將存有與上帝等同起來」二者是矛盾的。海德格的存有之思如果一定通向神學、上帝的課題，那麼，他和久松真一等人進行的東西方的跨文化對話的意義又如何解釋？

(2) 或許比研判海德格的存有之思是守候上帝之思此一繁難的問題更重要的是如下兩個問題：海德格的詮釋學現象學、早期的實存分析和晚期的存有之思是如何被後來的神學家（如拉納、布特曼、奧特）所運用。馬堡時期的海德格與神學家的關係及互相影響為何？

底下是海德格具體的說及存有之思和守候上帝之思：

> 神性和諸神都居於神聖者之向度之下。海德格特過此一向度中將神性（Gottheit）、諸神（Götter）此二者和上帝（Gott）區別開來。在海德格那裡，上帝的課題應該是以最後之神（der letzte Gott）來提出，最後之神也不可能與神聖者劃等號。神聖者僅只是神性的本質空間，而神性又不過是諸神活動所普遍涉及的向度。但人與諸神的婚禮需要詩人為媒，詩人（真正的詩人）吟詠的是歌中之歌、存有的詩歌，吟唱就是此有（Gesang ist Dasein），存有在人的近旁。[14]

在闡釋特拉克爾的詩時，海德格指出：

> 作詩是指：跟隨說，亦即跟隨那孤寂的精神所勸說的悅耳之聲。作詩在成為傾聽意義上的說之前，在很長的時間裡只是一種傾聽。孤寂使他的傾聽早已得到了悅耳之聲，藉此，這悅耳之聲就響徹了它那在其中反復披露著的說。宗教之夜，神聖藍光的月光般的冷貫穿在所有的看和說中。

在這些言說的悅耳之聲中，詩人將上帝作為躲避顛狂者的追逐而藏身於其中的發光的景象顯示出來。[15]

海德格解釋荷德林的詩：「在詩中，去命名的意思是：讓至高無上者在語言中顯露，而非僅僅告知他的居處——澄明和神聖」[16]，「上帝的言說是勸說，它為了人指明

---

[14] 劉小楓，《走向十字架上的真理》，頁 282。

[15] 劉小楓，《走向十字架上的真理》，頁 283。Martin Heidegger, *Unterwegs zur Sprache* (Pfullingen: Günther Neske, 1959), pp.115, 118.

[16] Martin Heidegger, *Erläuterungen zu Hölderlins Dichtung* (Frankfurt am Main: Klostermann, 1956). 劉小楓，《走向十字架上的真理》，頁 283。

了一個更寧靜的本質，並且通過這種勸說召喚人進入適應，使他從早先的沒落中復活」。[17]

此處要注意的是：這些詩論說到了「存有之思」和「守候上帝之思」，但沒有引用〈物〉、〈時間與存有〉中關於天地人神（上天、大地、有死者、神明）四方的闡釋。沈清松在此處則補充了這方面關於四大（四方）的討論，沈清松教授在〈西方形上學之超越與海德格的存有觀〉闡釋特拉克爾的冬天的傍晚一詩之後，他說：

> 海德格最喜引用賀德齡之語：「人之居也，如詩」[…]。海德格認為居存就是在於「護存大地，接受蒼天，引領人類，等帶神明」。天地人神四相合一，成為海德格心目中的事物的結構[…]彰顯存有，凝聚四相，建立如詩之居存空間。[18]

沈教授這裡所說的四相就是一般所說的四大（四方、四方域）。海德格的天地人神四方（Geviert）和老子所說的四大（天地道人）[19]的親緣性，學界討論甚多，不必在此再多說明。「更寧靜的本質」讓我們想到老子所說的「致虛極，守靜篤」。而「使他從早先的沒落中復活」乃是老子在同一章中所說的「復命」（歸根復命）。[20]

筆者闡釋如下：第一，作詩是指：跟隨說。作詩是去成為傾聽意義上的說，在此說之前，卻已傾聽了很久。但是此處並未說「存有之思」就直接是「守候上帝之思」，「存有之思」如何成為「守候上帝之思」？這個問題依賴於「諸神（Götter）—神性（Gottheit）—神聖者（Heiligen）—最後之神（der letzte Gott）—本成（Erignis）」的展開。

第二，詩是一命名的活動，詩讓至高無上者在語言中顯露，詩是澄明，詩是神聖者的活動經由詩人靈感而作詩。在此一作詩之中，人由神性而接近於存有的真理的思，也接近最後之神。

第三，詩人將上帝發光的景象顯示出來，躲避顛狂者的追逐。這裡所說的顛狂者是指傳統形上學的遺忘存有，在人類文化中顯現的則是工具理性過度膨脹而產生的宰制與異化。

---

[17] Martin Heidegger, *Unterwegs zur Sprache*, p.124. 劉小楓，《走向十字架上的真理》，頁 283。
[18] 沈清松，《物理之後：形上學的發展》，頁 373-374。
[19] 《道德經》第二十五章：「道大，天大，地大，王亦大。域中有四大，而王居其一焉。人法地，地法天，天法道，道法自然」。
[20] 《道德經》第十六章：「致虛極，守靜篤。萬物並作，吾以觀復。夫物芸芸，各復歸其根。歸根曰靜，是曰復命。復命曰常，知常曰明」。

第二與第三都顯示：「詩」作為「存有之思」把至高無上者（上帝之光）在語言中顯露，這裡指的是澄明和神聖者。另一方面，「守候上帝之思」是一種具有基督福音的希望的「守候」，此是海德格的「澄明」、「詩之思顯露上帝之光」的基本情調。海德格說的守候在德文之中是 warten，具有靜心等待、耐心等待、看顧照料的意思，warten 永遠不是等候（erwarten），因為「等候」早已把它自己關聯於對象即被表象者，落入於表象性的形上學，即是是哲學史中的關於上帝存在的理性證明都還是落入於表象性的形上學。等候（erwarten）超人的力量意志（Wille zur Macht）也還是落入於表象性的形上學。而守候（warten）則是沒有表象性的對象的，否則就落入一種表象性的形上學。[21]守候（warten）可以說是在天地人神的澄明家園中的靜默守候，守候（warten）是無意欲的（Nicht-Wollen）而在泰然自在（Gelassenheit）中才得以呈現的。

因此，海德格的「存有之思」的道路是以無（das Nicht）為泰然自在（Gelassenheit）的靜觀來「守候上帝之思」。「存有之思」是一種「澄明」（Lichtung），是一種「在神聖者的向度中顯露上帝之光」的「詩之思」。以無為靜觀來「守候上帝之思」，令人想到老子的有無玄同的觀無觀有觀道的功夫。「夫物芸芸」而觀有，「各復歸其根。歸根曰靜」乃是觀無，乃至於觀道的功夫境界，「是曰復命」。觀道復命而常明，「復命曰常，知常曰明」。

海德格 1936-1938 年的《哲學獻集：論本成》（《哲學論稿》/ *Beiträge zur Philosophie. Vom Ereignis*）[22]全書分成 281 個小節分成八個部分。除了第一部分前瞻（Vorblick）和總結性的存有（Seyn），海德格把餘下的六個部分稱之為六個關節（Fuge），只是說這種關係不是一種體系意義上的前赴後繼，這六個關節「迴響、傳送、跳躍、建基、將來者、最後之神」環環相扣迴旋不已而構成海德格意義上的存有歷史觀，最後所指向的乃是最後之神。

過去的哲學（從蘇格拉底、柏拉圖到黑格爾、尼采）是第一個開端，形成表象性的形上學。現在要實行另一個開端的思想，達到一種人的此有、自然、超越界的廣大和諧，神需要降臨，人需要上升。

西方的傳統形而上學追問存有者之中的存有（Sein des Seienden）和存有者之為存有者的最普遍特徵（die allgemeinsten Eigenschaften des Seienden als Seiendes），從而把存有理解為存有者性（存有者的普遍性）。《哲學獻集：論本成》則探討存有歷史的另一開端（der andere Anfang），存有現在不再基於存有者的存有者性來理解，而是

---

[21] Martin Heidegger, *Gelassenheit*, p.42.

[22] Martin Heidegger, *Beiträge zur Philosophie. Vom Ereignis* (Frankfurt am Main: Klostermann, 1989). 初次出版於 1989 年，原作於 1936-1938 年。

從它根源的存在化（aus seiner ursprünglichen Wesung）來加以理解。存有如何存在化（Wie west das Seyn）是另一個開端（der andere Anfang）的思想的根本問題（Grundfrage）。對此，海德格在《哲學論稿》中的回答是 Das Seyn als das Ereignis（存有作為本成）。從而，《哲學獻集：論本成》所說的本成之中的轉向就是從第一個開端（der erste Anfang）轉折到另一個開端（der andere Anfang），從過去的西方哲學第一個開端走向未來的哲學的另一個開端，從存有的遺忘轉向到存有的真理。甚且，存有歷史的另一開端包含了第一開端，存有作為本成（Das Seyn als das Ereignis）。本成的轉折（Kehre des Ereignisses）就包含於本成之中。[23]

海德格說：「在一個方向上，開裂在上帝之需要方面有其原初的和最廣的尺幅；而在另一個方向上則處於人（對於存有）的歸屬狀態中。在這裡本質性現身的乃是上帝之降臨與被建基於此在中的人的上升」。[24]

海德格在關於《物》的演講中第一次公開闡釋「天地人神」為一種四方的鏡像的映射遊戲。這種遊戲出於轉讓過程的合抱而使四方中的每一方都與其他每一方互攝互入。[25]

晚期海德格思想之路：本成的轉折是存有自身和思想在即顯即隱之中的共同隸屬：《哲學獻集》、《同一與差異》、〈時間與存有〉。以下圖來表示：

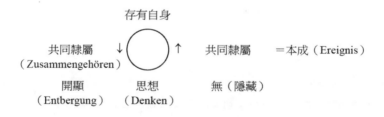

圖 1 晚期海德格思想之路

---

[23] 賴賢宗，《海德格爾與禪道的跨文化溝通》（北京：宗教文化出版社，2007），頁 29。

[24] Martin Heidegger, *Beiträge zur Philosophie. Vom Ereignis*, p.296。

[25] 張靜宜，〈第五章：從上帝之死到最後的神〉，《海德格的最後之神》，上海同濟大學哲學博士論文（2019）。

圖 2 老子的有無玄同

（比較於圖 1，此二圖顯示老子和海德格思想的親緣性）

　　沈清松教授對於海德格思想的深度闡釋奠定了東西哲學對話與宗教交談的里程碑，此中值得特別注意的是下列四點。第一點，海德格《同一與差異》討論同（共同隸屬）、差異本身與老子的有無玄同之對比，此為存有思想與道論之交會。第二點，沈教授關於「存有的律動」的說法與老子的道生的本體宇宙論的下迴向之對比，此中蘊含了東西哲學交談的可能性。第三點，海德格的「四方」與老子的四大的對比與交談。上天、大地、有死者、神明（四方）關聯於物的存有結構並且由此涉及了「最後的神」，在老子則是「人法地，地法天，天法道，道法自然」的境界論與上迴向。第四點，人詩意地棲居在大地上，在天地神人四方之中，靜默守候最後的神，物物化，世界世界化，本成本成化，這些海德格的密語要放在天地神人四方之中以及對於最後的神的靜默守候之中才能有比較恰當的體會，此乃是海德格的當代神學的終末論（Eshatologie），沈清松教授已經隱然掌握了此中訣竅。

　　首先，沈教授〈西方形上學之超越與海德格的存有觀〉一文的「存有與存有者的差異之太和」以及「思考存有與（思想之）人的共隸與同現」[26]之說法相通於、類似於老子的「有無玄同」以及莊子的「太和」。這裡所說的「共隸」是德文的 Zusammengehörung，直譯為共同隸屬，其意義乃是存有與思想者的共同隸屬，從而從主體哲學與表象形上學脫離出來。而「同現」則是海德格晚期思想的核心辭 Ereignis 的中譯，一般將 Ereignis 翻譯為「本成」（倪梁康）、「發生」，沈教授將海德格《同一與差異》之中的 Ereignis 翻譯為「同現」，而且在存有與思想者的共同隸屬的脈絡之中來闡釋之，顯然是參照了老子所說的有無玄同的同（《道德經》第一章）以及「同於道者，道亦樂得之」。海德格用同現（Ereignis）一詞來稱呼存有，海德格關於巴門尼德斯的名言 to gar auto noein estin tekai einai，一般翻譯為思想與存有是合一的，沈教授以中文闡釋為「同實際上是思想也是存有」，思想者透過無、無自無，從而能夠從表象形上學之中超越出去，自由敞開自己，在澄明之中通達同現（Ereignis）。沈教

---

[26] 沈清松，《物理之後：形上學的發展》，頁 368。

授說海德格之「對存有的非形上學思考，必須一方面思考存有與存有者的差異之太和，另一方面亦須思考存有與（思想之）人的共隸與同現，總之，思想原始太和。[…]海德格志在思考此一純粹關係，思考原始殊化之同」。[27]沈教授以「太和」這一概念來闡釋海德格的《同一與差異》之中的存有與思想者的同（共同隸屬）與此中的差異化活動，「太和」出自莊子《天運篇》的「調理四時，太和萬物」。《道德經》也有「萬物負陰而抱陽，沖氣以為和」以及得一抱一的「太一」之說，此亦即太和。沈教授在其闡釋之中已經隱然掌握到了海德格《同一與差異》與老子的「有無玄同」的類似性，也用了莊子的「太和」一詞來闡釋海德格所說的同一之中的差異自身，但是沈教授並沒有就此一對比真正加以展開。其原因可能是他並沒有真正重視無、無自無的課題，他重視的是海德格所說的語言是存有的屋宇，而非同樣是海德格所強調的無是存有的面紗。沈教授〈西方形上學之超越與海德格的存有觀〉一文都沒有談到無、無自無的海德格存有思想的發生轉折之重要課題，沈文中唯一出現了無的討論正是在存有的語言之中來加以闡釋，「字之所短少之處，無物能是」（斯德凡・喬治的詩），沈文此處說語言（存有的語言）能賦予事物以存有，因此，不是透過無、無自無的面紗而窺探存有，透過無的超越而邁入到存有的律動，因此，沈教授沒有進行海德格《同一與差異》語老子的有無玄同之詮釋會通，乃是可以理解的。以沈教授《對比、外推與交談》的跨文化交談的方法論來說，他所要達到的是東西哲學的「對比」中的異中有同以及更重的是同中有異，並基於對於終極實在的共同關懷而去「外推」來達到同情的理解與互相的尊重之「交談」。筆者繼承師說，而更發掘無、無自無的超存有學（Meontologie）在海德格思想以及他與老莊的對話之重要性，推進了此一東西哲學之對比、外推與交談。

筆者幾次為文闡釋海德格的存有思想與老子闡釋的有無玄同的道家思想具有相通性，以及闡釋海德格討論的存有學差異的差異自身乃是一個差異化的活動，後來莊子闡釋作為道化的物化。甚至於筆者對於海德格的思想轉折（Kehre）乃是存有自身的轉折的說法，[28]也是來自於沈教授所說的「由於回轉，返回存有的真理，因而發現存有本身之開顯與遮蔽，和由此必然產生的遺忘」。[29]

其次，沈教授關於「存有的律動」的說法早於吳汝鈞所說的存有動力並且啟發了我關於存有動力的本體詮釋（Ontodynamik），沈教授說海德格「他更追溯其源，指出

---

[27] 同上註。

[28] 賴賢宗，《佛教詮釋學》（北京：北京大學出版社，2009）；《道家詮釋學》（北京：北京大學出版社，2009）。

[29] 沈清松，《物理之後：形上學的發展》，頁 366。

開顯與遮蔽之源乃在於存有的律動。存有凡有所開顯，便有所遮蔽，存有乃透過此二者的對比而運行的」。[30]此處之說法相通於老子所說的「知其黑，守其白」，老子此語被引用於海德格《甚麼是真理》的草稿之中，以及「有無相生」與「萬物生於有，有生於無」以及有與無「二者同出而異名」。在老子哲學之中，「存有的律動」（道的動力）最顯明的表達在於《老子》第四十二章「道生一，一生二，二生三，三生萬物」，其中的一生二在老子詮釋史之中具有各種不同的說法，不管是解釋為陰陽或是有無，都和沈教授所說的存有乃透過凡有所開顯，便有所遮蔽此二者的對比而運行的，是一致的。[31]這裡值得關注的是「對比」一詞，存有乃透過有與無或說是開顯與遮蔽二者的對比而運行，沈教授晚年所揭示的對比的方法論以及多元的他者之論者，在於其老師方東美所闡釋的「旁通統貫」的中國哲學的精神，以及方先生在會通原始道家、原始儒家哲學上的努力，沈教授並且也延續了方先生的中西哲學對話與宗教交談上的努力，筆者的相關詮釋也是延續此一方相與論旨。在本體詮釋學的方向之中最早提出「存有的律動」的學者應該是德國班堡學派的貝克教授（Heinrich Beck），貝克提出所謂的「本體詮釋學」（Onto-Hermeneutik）探討存有動力、存有的律動=而其闡釋的觀點在於三的辯證（Triadik）。[32]但是援引海德格所說的存有的真理之即開顯即遮蔽，而通達於老子所說的有無玄同來運用「存有的律動」一詞的則是沈清松教授。如前文所說，沈教授以「太和」這一概念來闡釋海德格的《同一與差異》之中的存有與思想者的同（共同隸屬），在此更進一步要闡釋的是在太和之中的差異化活動，也就是《同一與差異》在闡釋同（同一）之外，也要深入於差異化的活動自身，沈教授說「海氏所謂的差異本身，就是殊化的根源，也就是存有者的存有和存有者的原始和解（Austrag）。吾人稱之為太和。它正是同一與差異的共同隸屬」[33]，此說在莊子的莊周夢蝶的境界之中得到共鳴，夢與覺之間同一而「此二者必有分矣，此之謂物化」。

　　復次，沈教授關於將海德格的「四方」（四大：上天、大地、有死者、神明）四方）關聯於物的存有結構並且由此探討了「最後的神」，從而具有當代神學的終末論（Eshatologie）的意趣。沈清松教授在〈西方形上學之超越與海德格的存有觀〉闡釋在四方（四大）境域之中闡釋物的存有結構，猶如所闡釋的《老子》第二十五章「人

---

30 同上註。

31 〈老子莊子哲學的「人法」與「道生」〉，收於賴賢宗，《海德格存有思想之道》（臺北：國立臺北大學人文學院東西哲學與詮釋學研究中心，2017）。

32 貝克（Heinrich Beck）、史米貝（Gisela Schmirber）編，《世界文化會通之下的世界和平》，《「三的辯證與存有力動」學術叢刊》第九冊，頁 354-355。

33 沈清松，《物理之後：形上學的發展》，頁 367。

法」所體驗到的四大的境界。筆者另文闡述「人法地，地法天，天法道，道法自然」也是為人透過實踐功夫而逐步回返於道的上迴向歷程。而老子》第四十二章「道生一，一生二，二生三，三生萬物」乃是下迴向，可以稱之為「道生」的本體宇宙論。在上迴向與下迴向之中的場域就是「四方」（四大），此有在此澄明，歷經神明與神聖者而通達「最後的神」。筆者採用的是方東美與高懷民所說的上迴向、下迴向、上下雙迴向而重新加以發揮以闡釋沈教授此處的洞見。[34]

最後，人之居也，如詩，關於最後的神以及當代神學的終末論（Eshatologie），沈教授說：「海德格最喜引用賀德齡之語：『人之居也，如詩』[…]。海德格認為居存就是在於『護存大地，接受蒼天，引領人類，等帶神明』。天地人神四相合一，成為海德格心目中的事物的結構」。[35]人之居也，如詩。人詩意地棲居在四大之中，四大之境域世界世界化與其中的物物化，本成發生。對於沈教授而言，海德格所闡釋的特拉克爾的〈冬天的傍晚〉一詩具有當代神學的終局論之涵義。沈教授說「第二節顯示出在外跋涉的人返回家門的過程。[…]這花樹就是人所鍾愛的世界，就在這抵家門的時刻，她綜合了天地人神，乃浮現了一世界」。[36]《聖經》馬太福音所說的「願你的旨意行在地上，如同行在天上」，以及主再來的時候將要重新造成新天新地。《聖經》啟示錄第 21 章，信徒最後的永恆居所被形容為「新天新地」。馬太福音又說主再來的時候是不知道的，所以人需要時刻警醒（馬太福音 24:36, 42，25:1-13）。海德格早期的宗教現象學之中，從生命現象學的觀點重新闡釋了聖經這些經文之中所討論的時間性。

沈教授此處對於海德格詩論的闡釋具有當代神學的終局論的涵義。正如筆者在另文中所闡釋，此一涵義的重要性在於與老子的四大與道生之思想的連接，在道生之下迴向與人法之上迴向之中，顯化為四大的境域，此一人法地、法天、更法道以及四大對於人而言乃是境界論，而在上下迴向之中則是場所論。在此一場所之中，人實行觀有觀無觀道的功夫，呈現法地、法天、更法道的境界，在此一工夫境界之中，每一物都是道化，本來現成，莊子稱之為物化，老子稱之為道法自然。而海德格的話語中則是物物化，世界世界化，本成本成化。[37]

---

[34] 〈老子莊子哲學的「人法」與「道生」〉，收於賴賢宗，《海德格存有思想之道》。

[35] 沈清松，《物理之後：形上學的發展》，頁 373-374。

[36] 沈清松，《物理之後：形上學的發展》，頁 371。

[37] 賴賢宗，《海德格存有思想之道》。賴賢宗，〈老子莊子哲學的人法與道生〉，發表於第七屆新子學國際學術研討會，2018 年 11 月，會議舉辦地點：華東師大。賴賢宗，〈海德格爾與莊子〉，發表於 2018 年中國哲學會「中國哲學與哲學在臺灣」學術研討會，2018 年 10 月 27-28 日，雲林科技大學。

　　雖然筆者幾次為文闡釋海德格的存有思想與老子的道家思想所具有的類似性、相通性，但是這些闡釋都受到筆者的大學時代的形上學與詮釋學的授課老師沈清松教授的影響，正如上文所舉出的四點。將以上的要點加以圖示如下：

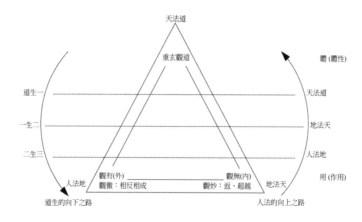

圖 3　法地法天法道、觀有觀無與上下迴向

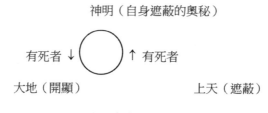

圖 4　海德格的四方

三、海德格論「形上學」與「神學」

　　海德格力圖中止西方的傳統形上學的遺忘存有，與此類似，他也力圖中止西方的傳統神學的遺忘上帝，海德格《同一與差異》：「誰要從神學所由之生長起來的傳統中去領會神學。不管是基督教信仰的神學還是哲學神學，那麼，今天最好在思的領域內對上帝沉默」。[38]他又說：「對（作為第一推動因的）上帝，人們既不能祈禱，也不

---

[38]　劉小楓，《走向十字架上的真理》，頁266。Martin Heidegger, *Identität und Differenz* (Pfullingen: Guenther Neske, 1957), p.51.

能為之獻身。在第一推動因面前，人們既不能出於羞愧而下跪，也不能在這種上帝面前載歌載舞」。[39]

海德格《尼采》批判了哲學家的上帝：「一個必須讓人去證明其自身的存在的上帝，最終不過是一位說不上有神性的上帝，對這種上帝存在的證明其結果與瀆神沒有二致」。[40]海德格又說：「不得不拋棄哲學家的上帝和第一推動因的上帝的無神之思，也許離神性的上帝更近」。[41]

海德格《走向語言的途中》說：

> 特拉克爾的詩是否表述了，並且在何種程度上以及在何種意義上表述了基督教的教義；這位詩人是以什麼方式成為基督徒的；這裡，基督教的、基督徒、基督教義指的究竟是什麼，這些問題都是一些根本的問題。[…]對上述問題還需要深思，對於這種深思，無論是形上學神學的概念，還是教會神學的概念都是不夠的。[42]

海德格《甚麼是形上學》闡釋回到形上學的基礎：

> 因此，存有學帶有神學的性質不僅是由於希臘形上學後來被基督教的教義神學所所採納和改變，而且也由於存有者作為存有者自始就顯示其自身的那種方式。正由於存有者的這種無蔽使基督教神學能夠吸收希臘哲學。[43]

此處要注意的是：

(1)「存有者作為存有者自始就顯示其自身的無蔽的方式」是海德格所說的「存有之思」的早期形態，晚期海德格則重視存有之思為一「即遮蔽即開顯」，乃為「本成」（Ereignis），因此是 Gelassenheit（泰然自在），這讓吾人想到「有無玄同」（道家）以及「緣起性空」（佛學）。這裡可見出道家以及禪佛學與海德格比較的可能性。

(2) 這裡的「存有之思」仍未走到「存有自身之思」，仍在早中期海德格問「存有的真理」的階段。所以，海德格認為這裡的「存有之思」可被基督教神學在未來吸收。

---

[39] Martin Heidegger, *Identität und Differenz*, p.64.
[40] Martin Heidegger, *Nietzsche* (Pfullingen: Günther Neske, 1959), p.76. 劉小楓，《走向十字架上的真理》，頁 264。
[41] Martin Heidegger, *Nietzsche*, p.71. 劉小楓，《走向十字架上的真理》，頁 265。
[42] 劉小楓，《走向十字架上的真理》，頁 267。Martin Heidegger, *Unterwegs zur Sprache*, p.76.
[43] 劉小楓，《走向十字架上的真理》，頁 260。Martin Heidegger, *Was ist Metaphysik, Wegmarken* (Frankfurt am Main: Klostermann, 1960), p.20.

這應也是海德格在馬堡時期的立場，而和晚期海德格有一些不同。

（3）「拋棄哲學家的上帝和第一推動因的上帝的無神之思，也許離神性的上帝更近」。這是海德格對於哲學家的上帝的主要思想。對於「無神之思」的批評以及神性的上帝的新思想，這和朋霍華的神死亡的神學何其類似。劉小楓則認為「存有之思」仍是海德格思想的中間站，上帝才是其終站，這種強調把海德格的「拋棄哲學家的上帝」看成是和巴特的辯證神學的「否定人向上帝之道」一樣。

劉小楓把海德格的「拋棄哲學家的上帝」看成和巴特的辯證神學的「否定人向上帝之道」一樣，若然，那是否要否定整個《存有與時間》。《存有與時間》不正是「人向存有的意義之道」的「向上之路」嗎？晚期海德格雖然強調一種下降之道，但並未完全否定早期的向上之道，而是將之包含於其中，將此有的詮釋學作為一種內在的轉折而包含在晚期存有思想的本成之中，其實是這是盤旋昇降的迴旋之道（轉折，Kehre），乃是在林中空地的明明滅滅（即遮蔽即開顯）之中的敞開著的澄明。海德格的「拋棄哲學家的上帝」、「拋棄傳統形上學」和巴特的辯證神學的「否定人向上帝之道」，還是有所不同的。

不過，雖然批評了哲學家的上帝，海德格並沒有因此截然排除哲學與神學的關係。這或許因為，神學畢竟是人的言說。曾參與了當時著名的辯證神學家圖勒伊生的學術報告的討論。大體上說來，海德格對神學和哲學的關係的見解，與卡爾·巴特的見解取得了一致。[44]

此處要注意的是：如何理解海德格對神學和哲學的關係的見解與卡爾·巴特的見解取得了一致？參考巴特論神學與哲學的關係，基督教與其他宗教的關係：這就以一種尖銳的形式，提出了神學與哲學關係的問題，巴特毫不妥協地否認哲學或其他宗教擁有對上帝的真正認識。然而對理性和哲學，巴特並不想表現出完全否定的態度。像聖安瑟倫一樣，巴特承認一種 fides quaerens intellectum（追求理智的信仰），在信仰領路的地方，理性跟隨其後。

四、海德格與神學

（一）海德格與否定神學[45]

由法國詮釋學家呂格爾（Paul Ricouer）論海德格哲學與神學的關係來加以考察，

---

[44] 劉小楓編，孫周興等譯，《海德格爾與神學》（香港：香港漢語基督教文化研究所，1998），頁 286-287。

[45] 劉小楓，《走向十字架上的真理》，頁 277。

呂格爾顯然深領海德格的用意，他責備布特曼沒有完全按海德格的「道路」（Weg）走下去。為了利用海德格的「存有問題」，布特曼選擇另外走了捷徑，沒有去繞行存有問題的那條漫長的彎路。[46]當然，正如呂格爾所說，神學並非一定要走海德格的存有的思想的遶行之道路不可，它亦可以走神學本來自己的路。阿奎那、路德、巴特都走通過神學自己的路。在此也可以說，人離被釘十字架的上帝比人離存有更為接近。只是，呂格爾闡釋說：神學如果走海德格的存有之思的道路，就必須順沿著此一道路而走到底，如同海德格用比喻所說的通往林中空地（Lichtung）的黑森林之中的諸多道路並不一定其終局都能夠通達到此一敞開（Offenheit）的自由之地。這些道路更漫長，更需要耐心，明明滅滅，蜿蜒稀微，在依據哲學的中立的存有論人類學以及依據在聖經的上帝面前所做的生存決斷之間，不會有更短更便捷的道路存在。但是，卻有存有之思這一漫長的道路存在，沉思存有的漫長的道路存在。呂格爾的見解或許可以幫助我們更好地理解海德格放棄一般神學的基本心情，以及海德格的存有之思及其關聯到的最後的神的實際情況。[47]

此處要注意的是：劉小楓引用呂格爾論海德格哲學與神學的關係的論述雖然很長，[48]但是意思很簡單，亦即海德格的存有之思是一條漫長之路，它不如被釘十字架的上帝離人更為接近。此一存有之思的漫長道路首先是此有詮釋學闡明時間性作為存有意義的開顯的先驗界域，開啟了拉納、布特曼的當代神學詮釋進路。其次是深入到即開顯及遮蔽的存有的真理，探討了無、無自無，深入到存有奧秘的更深處，在此進行了與否定神學與東亞道家禪宗的對話。奧特（Heinrich Ott）的神學詮釋吸收了晚期海德格一部分的存有思想，顯示了西方神學所能接受海德格思想的程度及進行與亞洲宗教對話而建立跨宗教的神學的指標。但是，晚期海德格的存有思想說存有就在我們近旁。不只是透過無自無來領略存有的真理，而且藉此而走向四方（天地人神），通過本成的四方與澄明，通達最後的神。以晚期海德格的存有思想來說，通達最後的神仍然有賴於吾人在本成的四方與澄明之中，靜默守候。但是以東亞哲學來看，這些都可以說是存有就在我們近旁，終極實在、最後的神，乃是功夫境界之中的當下即是。

在 1954 年與手塚富雄（Tezuka）教授的對話中，海德格承認了他的存有思想的神學來源，他說「倘若沒有這一神學來源，我就絕不會踏上思想的道路，而來源始終是未來」。[49]海德格說「來源始終是未來」是說要回到思想的另一個開端來重啟人類的

---

46 劉小楓，《走向十字架上的真理》，頁 271。
47 劉小楓，《走向十字架上的真理》，頁 272-273。
48 劉小楓，《走向十字架上的真理》，頁 271-273。
49 海德格，《在通向語言的途中》，孫周興等譯（北京：商務印書館，2013），頁 95。

未來，而此中的「踏上思想的道路」是指他的存有思想的道路也是與東亞哲學對話之道路。海德格思想的神學來源是庫薩、艾科哈特等人的否定神學以及謝林關於否定神學的相關闡釋。海德格用無來解構西方傳統形上學，除了以東亞思想為印證之外，否定神學對海德格的影響相當明顯。從歐洲的哲學傳統來看，海德格延續了謝林等人的否定神學的這個非主流的小傳統。[50]筆者曾經有專文探討海德格思想的否定神學來源，請讀者參照之。[51]

（二）布特曼（Bultmann, 1884-1976）

布特曼的神學人類學轉向與海德格的哲學思想具有明顯的關聯。海德格也正是馬堡大學任教期間（1923-1926）大體上創作了《存有與時間》，延續了其在《宗教生活現象學》中所提出的實際生活體驗是走向哲學之路的出發點，對個體實際生活時間性的分析是領悟此在（Dasein）和理解《存有與時間》整體思想的決定性維度。

從 1923 年開始，海德格曾經與布特曼共同在馬堡大學執教。1925 年布特曼在其《言說上帝意味著什麼？》中提出，神學不應該形而上學地言說、思辨上帝及其概念，而是要在生命體驗實際的信心以生存體驗中來傳揚上帝之道，對信心與生命實存的體會和詮釋就是真正的上帝之道。在《存有與時間》中，海德格基於時間性對此在作生存論分析，兩人不約而同地將哲學和神學建基和立足於人的實際生活之生命體驗。布特曼神學建基於信心的生存，海德格哲學建基於操心（Sorge）的生存，可見這種影響是兩人相互之間的。

令人感到興趣的是，海德格《存有與時間》的原型是在馬堡神學協會的一次報告，而且根據嘉達瑪所說，海德格的激進做法以自己的方式也涉及神學。神學家布特曼很快採納了海德格的此一進路與生存分析，因為，在這位著名的馬堡神學家看來，《存有與時間》與神學之間是可以相調適的。這就更激化了如下問題：從此在通向神聖者的路，在海德格那裡是否可行，以及如果神學家們追隨海德格《存有與時間》的討論，在神學之思上究竟能走的多遠？[52]

海德格《存有與時間》的哲學思想成了布特曼神學思想的重要佐證，布特曼由此

---

[50] 張靜宜，《海德格的最後之神》，上海同濟大學哲學博士論文（2019），第三章。勞赫·胡恩（Lore Hühn）著，龐昕譯，〈海德格爾與謝林的哲學對話〉，《社會科學家》12[248]（2017.12）: 27-33。

[51] 賴賢宗，〈形上學的根本問題與道家思想：在海德格、謝林、尼采的思想脈絡之中〉，《湖北社會科學》9(2009): 122-126。賴賢宗，〈海德格的謝林詮釋及其與老子思想之交涉〉，收於《海德格存有思想之道》。

[52] 劉小楓，《走向十字架上的真理》，頁 267-268。John Macquarrie, *Twentieth-Century Religious Thought* (Lexington: Ulan Press, 2012), p.362.

也拉開了與巴特辯證神學的距離。張旭指出海德格的實存體驗的進路強化了布特曼對客觀性範疇的歷史性以及新康德主義的各種宗教先驗的批判性立場，推進了他從赫爾曼那裡學到的從信心出發、通過信心、並回到信心仰的神學詮釋進路。"[53]

（三）奧特（Heinrich Ott, 1929-2013）[54]

1. 從海德格到奧特

當代著名的神學家奧特是布特曼的學生亦是卡爾‧巴特的學生和教席繼承人，在其神學的道路上，奧特曾積極追隨海德格神學。奧特的神學思想在很大程度上是以海德格思想為基礎。布特曼是最早把海德格的前期哲學思想運用到神學中的神學家。奧特則是最早把後期海德格思想運用到神學中的當代神學家。奧特的闡釋可作為當代神學接納海德格的存有思想可以達到何種程度的指標。[55]在奧特看來，廣為流行的對海德格的兩種界定都是錯誤的：第一種錯誤的觀點認為，海德格是「存在主義」神學家。第二種錯誤的觀點認為，海德格是一種「存有神秘論者」。[56]劉小楓以奧特的現象學方法論說兩種對海德格哲學的誤解，並沒有足夠的清楚。

2. 奧特的方法論

要獲得對現象本身的直觀，要求一種特殊的方法——看。從哲學上講，這種「看」即是現象學的方法——現象學的直觀，即走向事物本身。在奧特看來，神學應採納的首先是這種走向事物本身的方法。[57]

此處要注意的是：這裡所謂的「看」即是現象學的方法，劉的敘述並不明晰。「看」該是本體詮釋學意義的「看」。要從海德格在《存有與時間》導論對「現象」一語的詮解做起。但是奧特所著重的海德格晚期哲學如何與此相連？

海德格的核心問題一直是存有的意義的問題，即追問存有本身的意義。因此，正如奧特所曾指出的，早期海德格思想所說的此在分析不過是展開存有問題的一個必要的方法論上的步驟，這與存在主義毫不相干，海德格已經在《給人文主義者的信》闡明他自己不是沙特所說的存在主義。晚期海德格更多地轉向與過去的詩人和先蘇期哲人以及否定神學的對話。對不可言說和不可定義的存有本身，作為存有者的此有應以什麼方式在本真的存有中言說存有。在奧特看來，這樣的晚期海德格的存有之思也

---

[53] 張旭，《上帝死了，神學何為？》（北京：中國人民大學出版社，2010），頁 94。
[54] 劉小楓，《走向十字架上的真理》，頁 268-271。
[55] 劉小楓，《走向十字架上的真理》，頁 268。
[56] 同上註。
[57] 劉小楓，《走向十字架上的真理》，頁 269。

與存有論的神秘論無關。[58]

此處要注意的是：這裡劉小楓以「看」的方法學及晚期的語言轉向來說明海德格格並非「存在主義」和「存有論的神秘論」。但劉的敘述不清。大意應為：早期的海德格的存在分析，是為了追問存有本身的意義，並非止於人的存在性而已，因此並非「存在主義」。再者，晚期則蘊含了語言的面向，因此與純認神秘直觀的「存有論的神秘論」不同。

3. 奧特神學通往何處

奧特早期的著作《思想與存有》（*Denken und Sein*）力圖調和巴特與布特曼的彼此大相徑庭的神學的詮釋學。奧特宣稱，他在海德格的後期著作中找到了調和這兩種旨趣的方式，特別是海德格的傾聽存有的聲音這一教導。最為真實的一種思想，就是沉思，就是諦聽存有的聲音之沉思。[59]

神學要理解上帝，須從上帝的子民的生存入手，而要解釋人的生存，又需要人先領悟上帝的存在。這裡所見的迴環是一個詮釋學的循環呢？抑或是神學的悖論？奧特看清楚了這一點：按照海德格的詮釋學現象學的思想道路，嚴肅對待自身的任務的基督教神學不得不在此具有一些自相矛盾。[60]

奧特重要的作品還有《對不可言說者的言說》、《上帝》、《實在與信仰》以及《信仰與回答》。《上帝》有中譯本。

奧特神學強調海德格現象學方法在神學上的應用，因此，「諦聽存有的聲音」變成最重要的。奧特認為此可調和巴特與布特曼。奧特的「諦聽存有的聲音」和拉納的「傾聽聖言」在表面上看來是大同小異，但是其不同的是奧特標明自己的神學是來自晚期的海德格神學，並用以調合巴特與布特曼，這些顯然都不是拉納的「傾聽聖言」的神學的目標。拉納也會說他的「傾聽聖言」的聖言是基督，而非存有之思，他對於早期海的海德格的基本存有學之說法只是取為我用，借用期語詞而建立了基本神學，二者的根本論旨有所不同。拉納對於循行存有之思去找上帝是沒有興趣的。而對於晚期海德格思想所發展出來的關於最後的神、神性、諸神與神聖者的討論，這些是結合否定神學、無（無自無）、澄明（Lichtung）的論題而發產了在靜默中守候上帝的存有之思，這些是沒有落入拉納的「傾聽聖言」的基本神學的視野之中的。奧特的闡釋則可作為當代神學接納晚期海德格的存有思想可以達到何種程度的指標。

---

[58] 同上註。

[59] John Macquarrie, *Twentieth-Century Religious Thought*, p.394.

[60] 劉小楓，《走向十字架上的真理》，頁 271-273。

參、新多瑪斯主義與先驗多瑪斯主義

一、祁爾松（Gilson, 1884-1978）

馬奎利（Macquarrie）闡釋說形上問題是不可避免的，我們就必須超越康德，返回到聖多瑪斯·阿奎那那裡，他說：

> 祁爾松認為，現代哲學的真正創始人是康德而不是笛卡兒。因為，笛卡兒（即使未曾意識到）仍然是在經院哲學觀念的框架內進行工作，而康德卻通過對形上學之可能性發起猛攻，標誌著同過去的真正決裂。由此，我們進入了實證主義的時代。然而按照祁爾松的觀點，形上問題是不可避免的，而且我們不得不對之作出某種回答，即使我們這樣做時是隱而不顯的。然而，如果我們希望作出正確的回答，我們就必須超越康德，返回到聖多瑪斯·阿奎那那裡，研究一下他對問題的解答。[61]

新多瑪斯主義的先驅布連塔諾（Franz Brentano）力求返回康德和德意志觀念論之前的時代。[62]形上學的問題就是存有的問題，這當然是經院哲學的標準答案。祁爾松「每一件具體的存在著的物，其存在都依賴於一個純粹的存有實現。它最終的一個詞是上帝就是那終極的存有實現」。[63]

此處要注意的是：祁爾松高揚了康德哲學的重要性。但是，祁爾松只看到康德對思辨形上學的攻擊，而未及注意康德的道德神學。祁爾松強調的是「必須超越康德，返回到聖多瑪斯·阿奎那那裡」。但是，祁爾松還沒有達到「先驗多瑪斯主義」對康德先驗哲學進行重新詮釋的思想界域。

祁爾松的「上帝就是那終極的存有實現」，這和海德格的存有思想有其相通處，這是後來的「先驗多瑪斯主義」受到海德格啟發的契合之處。

---

[61] John Macquarrie, *Twentieth-Century Religious Thought*, p.286.
[62] John Macquarrie, *Twentieth-Century Religious Thought*, p.227.
[63] John Macquarrie, *Twentieth-Century Religious Thought*, p.287.

二、先驗多瑪斯主義

（一）瑪爾雷夏（Joseph Maréchal, 1878-1944）作為「先驗多瑪斯主義」（超驗多瑪斯主義）的先驅

瑪爾雷夏開始與康德先驗哲學對話，他是「先驗多瑪斯主義」（超驗多瑪斯主義）的先驅：在與康德的先驗哲學的對話中，瑪爾雷夏發展了聖多瑪斯的思想。在這樣作的時候，他是把注意力轉向了理智活動。這就導致了「先驗多瑪斯主義」一辭的某種程度的二義性。[64]

關於「先驗多瑪斯主義」一辭的二義性：瑪爾雷夏說：

> 這就導致了「先驗多瑪斯主義」一辭的某種程度的二義性[…]不幸許多使用這個詞的人似乎並未意識到這種二義性，就先驗多瑪斯主義像康德哲學一樣探究理解與認識的條件而言，它是一種先驗的哲學；但是就他認識到人心中有一種明顯的性質，所以人不斷地超越出自身而言，它又是一種關於超越的哲學。這種超越之所往，就是上帝。

> 經過這樣的描述，人們就可以發現，「先驗多瑪斯主義」和這一節所討過的馬克思主義和存在主義，至少有某種密切的關係，因為，人類能自我超越的特色，正是這兩種哲學中最基本的東西。[…]存在主義因素似乎和新多瑪斯主義融合在一起，我想柯瑞特（Emerich Coreth）就是如此。[65]

此處要注意的是：「先驗多瑪斯主義」一詞的「先驗」（Transcendental）和「超越」（Transcendence）二義性，亦即：「先驗」（康德：主體的先天形式做為知識的條件的）和「超越」（人不斷自我超越的特色），還需進一步的展開。這是「先驗多瑪斯主義」最主要的問題。

把「先驗」理解為「超越」（此有的人不斷自我超越的能力）來自海德格《時間與存有》一書，Extasis 的解說為「走出自己」，並以之作為此有的「存在性」的基本特色。海德格將「先驗」解釋為「超越」在後期哲學之中雖然脫離了「先驗」、「先驗哲學」的語言脈絡但是仍然以存有的真理、澄明（Lichtung）、自由而加以持續性的討論。

經過海德格的詮釋學現象學的詮釋，康德先驗哲學的先驗概念與先驗方法在當代

---

[64] John Macquarrie, *Twentieth-Century Religious Thought*, p.388.

[65] John Macquarrie, *Twentieth-Century Religious Thought*, pp.321, 388.

多瑪斯主義得以重新發展，筆者另文之中曾經闡述環繞於康德先驗方法的此一討論。筆者曾經闡釋新多瑪斯學派洛慈（Johannes B. Lotz）、慕克（Otto Muck）和柯瑞特（Emerich Coreth）等人所進行的康德與多瑪斯哲學的比較研究，再討論先驗多瑪斯學派對康德的「先驗」（Transzendental）和「先驗方法」（Transzendentale Methode）的創新詮釋，此一先驗方法之詮釋是採取海德格的詮釋學現象學的詮釋進路，進一步討論海德格和柯瑞特關於先驗方法的當代討論。柯瑞特融合新多瑪斯主義與海德格哲學。洛內根（Bernard Lonergan, 1904-1984）可視為這個哲學對話的方向（多瑪斯哲學與康德先驗哲學的對話）的完成。[66]

（二）卡爾‧拉納（Karl Rahner, 1904-1984）：[67]建構基本神學

如果實際生活經驗是走向哲學之路的出發點，那麼實際生活經驗會不會也是走向神學之路的出發點？海德格意識到，在原初的基督教信仰經驗中，基督再臨作為歷史性事件（Geschehnis）源自一種原初的、個體化時間性。即上帝的恩典時刻基於個體的實際宗教生活經驗。恩典時刻毫無預兆，不能被預期，就像小偷光臨一樣。從而，海德格把實際生活經驗的時間性和歷史性從哲學的維度推向了神學的維度，影響了卡爾‧拉納從人做為此在（Dasein）的實存條件闡釋之基本存有論來重新建構基本神學。只有在這種不能預期、時刻準備的時間性中，個體才擁有他自己本真的信仰（信、望、愛）。

海德格在 1927 年的《現象學與神學》中，又把這一思想明確為「信仰乃是人類此在（Dasein）的一種生存方式」。這種生存方式並非在此在中或是通過此在自發地生發出來，而必須是從個體所信仰的上帝而來。對於基督教信仰來說，作為信仰啟示出來的東西，同時作為啟示又被信仰出來的存有者，就是被釘在十字架上的上帝。啟示和信仰必須是相互、相向且同時在場的，即上帝與人必須同時在場，影響了卡爾‧拉納之基本神學。耶穌在十字架上的受難（Kreuzigung）及其全部內涵乃是針對每一個信徒的歷史性事件（Geschehnis）。沒有個體的信仰，上帝的啟示就不存在。在 1936 年《哲學獻集》中，我們將能看到，海德格又進一步把這一思想發展為「天地人神」四方。這一思想與巴特的觀點有所不同，巴特的上帝是全能的、相異的，完全獨立於個體之外，並且不以個體的意志而存在。

瑪爾雷夏說：「卡爾‧拉納把信仰描述為整個的人對於上帝信息的贊同。在這樣作的時候，拉納或隱或顯的利用外在於神學本身的哲學觀念。上帝是整個世界的前提，

---

[66] 賴賢宗，〈拉納和康德論「先驗」：先驗多瑪斯主義的「先驗神學的人類學」之路〉，南華大學，世界宗教學研討會（2001 年 4 月）。
[67] 同上註。

世界只是作為一個整體才指明上帝」。[68]

《世界中的精神》主要問題和出發點：這部題為《世界中的精神》的拉納的成名著討論聖多瑪斯・阿奎那和康德的知識論的哲學專著，奠定了拉納的先驗神學的基礎，確定了其神學的基本架構。基本問題就是：人在一感性的有限存在的世界中何以可能認識到超感性的無限存在的精神。

知識論討論的是人對世界中的存有者的認識如何可能的問題，如此的知識論是哲學的基本題域。但是，另一方面，就知識論的古老形態來看，認識論又主要是討論人對精神、理念、世界之本質的認識如何可能的問題。在神學中，這種知識論就成為討論人認識上帝如何可能。拉納選擇聖多瑪斯・阿奎那並結合康德的先驗方法、海德格的此有的詮釋學做為其首要的研究對象，不是出於隨意。正是在阿奎那那裡，關於終極認識的形上學為神學大廈奠定了堅實的基礎，並結合康德的先驗方法的重新解釋，主要是海德格的此有詮釋學。強調知識論的這兩種定向（對於世界中的存有者的認識，或是對於超越的認識的先驗方法）的差異是十分重要的。[69]

拉納寫道：「這隱藏就是存有論的開啟，存有之開啟把人置於上帝的面前。而人轉向（conversio）進入這個有限的世界的此時此地，又使上帝成為遙遠不可知的不可知者」。

對多瑪斯知識論的解釋，在多大程度上帶有海德格哲學的痕印。重要的是：卡爾・拉納不僅由此恰當的解決了上帝既在世界之外（彼岸）又在世界之內（此岸）的悖論，而且確立了人在此世的存有與上帝的一種存有論的關聯。這一關聯的開啟只依賴人在存有論上的發問。

此處要注意的是：

(1)「知識論的兩種定向的差異」很重要。然而，康德的哲學該是人在知識論上無法認知上帝，因為這裡所謂知識論是只人的理論理性。康德反對的思辨的形上學。康德認為：道德底形上學是可能的。人在實踐理性上，仍能有上帝存在做為實踐理性設準以及自由意志作為的存在的事實，而且在此具有對上帝之國的「希望」。那麼，上帝的隱藏對康德而言就仍是有所開啟。

(2) 拉納對多瑪斯知識論的解釋，在多大程度上帶有海德格哲學的痕印，多瑪斯和海德格對康德先驗哲學的解釋，兩者間需要重新解釋，重檢原典。拉納討論「這隱藏就是存有論的開啟」和「這一關聯的開啟只賴於人在存有論上的發問」。「發問呈現

---

[68] John Macquarrie, *Twentieth-Century Religious Thought*, pp.293-294.

[69] 劉小楓，《走向十字架上的真理》，頁302。

為一超越性活動」，[70]這和先驗多瑪斯主義理解先驗為超越（自我超越）有關。「先驗多瑪斯主義」一辭具有二義性」。但拉納進一步提出「人傾聽奧祕的條件」，拉納以為「作為主體的人的認知結構中對神聖傳言有一個先驗的保握或前理解」。[71]

神聖之言的傾聽者——實存條件的提出。拉納闡明：當人的主體在發問中傾聽到上帝的傳言。這一點為人類歷史所證明，這就表明作為主體的人在他的知識結構中對神聖傳言具有先驗的把握或前理解（Vor-Verstehen）。

在康德之後，《純粹理性批判》一直被視為對天主教傳統神學的衝擊，此中，拉納首先贊成海德格對康德的批評：康德的認知範疇只能在客觀知識的認識論論域中運用，而無法就用於對人的實存本身的認識域，如要認識人的存在本身，就需要另一截然不同的先驗範疇或說是實存的先驗條件。即人的實存結構的基本存有學。拉納以為，正是從這些實存的先驗條件出發，可以究明人傾聽神聖傳言的能力。

拉納進一步提出，實際上，康德的先驗哲學是未完成的先驗論，因為康德事實上承認人有超越認知的本然衝動（《實踐理性批判》），只是，從自然理性進入超越就是悖繆。但是，如果我們並不把自然理性視作進達超越之路，而是把它視為人之主體傾聽超越之言的可能性條件。那麼，自然神學的探討就並未失效。[72]

此處要注意的是：「拉納首先贊成海德格對康德的批評：康德的認知範疇只能在客觀知識的認識論論域中運用」，從而拉納提出需有另一類的實存範疇，意即「人存有結構的基本存有學範疇」。但是，拉納、海德格的提議會不會說是對「範疇」概念的誤用呢？因為，在康德哲學中，範疇是屬於「知性」的範圍。另一方面，康德對「道德的無上令式」和「審美合目的性原理」也仿造範疇表做了質、量、模態、關係的四個方面的考察，可不可因此以把康德的「道德的無上令式」和「審美合目的性原理」當做一種所謂的「實存範疇」。依康德的「道德的無上令式」乃是決定根據，正和拉納的「實存範疇」一樣，是指向上帝的存在的。

拉納認為「康德的先驗哲學是未完成的先驗論，因為康德事實上承認人有超越認知的本然衝動」。這個批評，是過於忽視康德的第二批判、第三批判了。此中應有另種的康德詮釋之可能性存在。

拉納論「人的傾聽神聖之言的先驗可能性條件」：人的傾聽神聖之言的先驗可能性條件是什麼？拉納著重闡明了兩項先驗規定：其一，人的理智本性先驗地擁有趨向

---

[70] 「人在存有論上的發問」，另見劉小楓，《走向十字架上的真理》，頁 305 以下。
John Macquarrie, *Twentieth-Century Religious Thought*, pp.321, 388.

[71] 劉小楓，《走向十字架上的真理》，頁306。

[72] 劉小楓編，孫周興等譯，《海德格爾與神學》，頁 306。

普遍存在的超越性。一切知識都得在以「是」（此處要注意的是：存有做為繫辭，如康德所說）來表達的存有整體之背景中發生，可見，人的理智本性先驗地擁有趨向普遍存在的超越性的可能。其二，自我敞開是人的先驗本質。就人的存有論範疇來看，人之實存本質乃是一個先驗的敞開結構，亦即人之自我敞開是人的先驗本質。這個自我敞開的實存結構，也就是人轉向並傾聽神聖奧秘的先驗內在可能性。在此一先驗神學的基礎上，拉納建立了一種出色的基督教人類學。[73]

此處要注意的是：劉小楓此處關淤「人的傾聽神聖之言的先驗可能性條件」論述並不明確清晰。必須復按拉納原點重新釐清。關於「人的傾聽神聖之言的先驗可能性條件」，分為兩個環節：

首先是一個預備，就一般知識的認識論的對「人的傾聽神聖之言的先驗可能性條件」而言的在一般知識論的主體中的預備。在此，人之一般經驗知識是發生在「是」的界域，借此而得以表達。所以「人的理智本性先驗地擁有趨向普遍存在的超越性的可能」。

其二，就本體論而言，人的「自我敞開的實存結構」，就是人轉向並傾聽神聖奧秘的先驗內在可能性」。此乃拉納的解答。拉納認為，此「人的傾聽神聖之言的先驗可能性條件」已在人類歷史中得到證明。拉納：「當人的主體在發問中傾聽到上帝的傳言。這一點為人類歷史所證明，這就表明作為主體的人的認知結構中對神聖傳言有一個先驗的把握或前理解」。

問題是：在歷史中，人的主體在發問中，傾聽到的並不一定是基督教的上帝的神聖傳言。在此，拉納提出「匿名基督徒」觀念。但問題是：如何說明非基督教歷史的人在發問中傾聽到的神聖傳言可以是基督教的神聖傳言，這又牽涉到「大公神學」課題，或說是「多宗教的神學」的問題。在此，馬奎利（Macquqrrie）認為孔漢思（Hans Küng）比拉納更有悟性和辯證性。

關於上帝的信仰經驗：[74]「這種精神存在必得通過去往該處（Woraufhin）的經驗敞開自身。Woraufhin（去往該處）此一德語具有「橫向縱超」的意思。這種「去往該處」的經驗感乃是上帝認識的先天可能性。拉納闡釋說信仰作為精神主體的動力本身就蘊含著希望的力量，即希望最近地、直接地達到人類存在之道途中要去往的超越所在，精神性的信仰主體之去往該處，並非是其永遠漸近的運動之尚不存在之力量，而是其實際可達到的超越場所。[75]此處要注意的是：「去往該處」（Woraufhin）之中的

---

[73] 劉小楓編，孫周興等譯，《海德格爾與神學》，頁 306-307。

[74] 劉小楓編，孫周興等譯，《海德格爾與神學》，頁 309-316。

[75] 劉小楓編，孫周興等譯，《海德格爾與神學》，頁 314。

Wo（該處）與 auf（向上超越）與 hin（到往）和海德格的基本存有學的在世存有（In-der-Welt-sein. Being-in-the-world）三個環節的實存分析有關，也就是 Welt（過去，境遇感）與 In（未來，理解與投現）以及 Sein（存有、存有的意義，現在，言說）。人的此有的背負過去、面向未來是橫向的活動，而在當下現在的活動之中的言說活動又詮釋出縱向的超越，活出這樣的關於上帝的信仰行動。所以可以說 Woraufhin（去往該處）或是在世存有（In-der-Welt-sein）的信仰行動具有「橫向縱超」的意思。

拉納說「作為精神主體的動力本身就蘊含著希望的力量」，這和康德的「倫理神學」，由《實踐理性批判》「應然」到《判斷力批判》下半部「希望」的轉移，有異曲同功之妙。莫特曼（Jürgen Moltmann）及其他人的論述值得參考。

拉納的先驗神學人類學：從下而上的基督學在拉納來說，就是「先驗的人類學」，他剛好與從上而下的基督學——上帝降身為人相遇，相遇之處即是耶穌基督的生、死、復活。先驗地存在於每個人身上的基督理念之可能性，成為基督教神學的根基或前提之一。[76]

此處要注意的是：此處的拉納的「從下而上的基督學」和「與從上而下的基督學」和康德哲學中「從實踐理性、設準理論出發的上升之道」和「從上帝之道或希望出發的下降之道」的迴環是一致的。至此，拉納神學的基本論述已經完成。

羅馬天主教神學在愛德華·施雷貝克（Edward Schillebeeckx）的神學之中已經出現我們在拉納那裡看到的同樣的人類學傾向。[77]艾彌爾·布龍納（Emil Brunner）乃是上帝之道神學的另一位大將，他在 1889-1966 寫出了闡釋「基督教的人類學」和「基督教的倫理學」的重要著作，分別為《反叛中的人》（*Man in Revolt*）一書闡釋「基督教的人類學」以及闡明「基督教的倫理學」的《神聖的命令》（*The Divine Imperative*）一書。[78]

肆、論拉納神學與巴特神學

拉納神學經過方法學的重述，同時發展了從「上帝之道」或「希望」出發的下降之道和從「上帝之道」或「希望」出發的下降之道。

在新康德主義、利奇爾主義、巴特神學、拉納神學的四種宗教哲學或神學由不同

---

[76] 劉小楓，《走向十字架上的真理》，頁 317 以下。

[77] John Macquarrie, *Twentieth-Century Religious Thought*, p.403.

[78] John Macquarrie, *Twentieth-Century Religious Thought*, p.326.

方向之中。新康德主義、巴特神學皆執於一偏，或說是各自表達了其激進的、澈底性的一面，其特點則是維持了上帝課題的純淨度。

利奇爾主義和拉納神學則從綜述了兩端，同時處理了「上升之道」和「下降之道」，顯示出其對哲學、神學問題的處裡的統整性，之所以如此，乃因拉納神學的伴隨著方法論的革新，此方法論的革新必需溯源於海德格。

利奇爾主義則是把握了康德宗教哲學本具有的兩面性，尤其是把握了康德哲學由「應然問題」到「希望問題」的內在運動，結合到他們做為神學家對基督教啟示真理的宣講的態度，所以也能同時處理了「上升之道」和「下降之道」，顯示出其對哲學、神學問題的處裡的統整性。

和新教、天主教配合的發展康德宗教哲學的發展方向：

康德素來被認為是受到新教影響的哲學家。利奇爾主義、巴特神學的新教哲學、神學是康德在新教中的繼承人，巴特神學偏重於「下降之道」。利奇爾主義則同時注重「上升之道」和「下降之道」二者。天主教神學、宗教哲學是聖多瑪斯的傳統，因此，天主教神學的基要派只重視以天主為主的「下降之道」，並以此偏重拒絕了康德哲學的衝擊。但本世紀以來，新多瑪斯主義在方法論上也接受康德的先驗哲學的影響，並力求超越之道。尤其是當代偉大的天主教神學家、宗教哲學家拉納，他的天主教神學、宗教哲學，一方面在《世界中的精神》中是直接繼成了海德格對於康德的先驗哲學的基本存有學的解釋，另外的一些作品也接受了期海德格哲學的影響，因此，拉納的先驗多瑪斯主義做為當代天主教神學的系統性的完成，同時注重「上升之道」和「下降之道」二者加以統整。

關於巴特神學之不同名稱和圍繞於巴特神學的一些爭論。巴特神學具有不同名稱：上帝之道神學（theology of the word）、宣道神學（kerygmatic theology）、辯證神學（dialectical theology）、危機神學（crisis theology）、神學實證主義、新正統主義（neo-orthodoxy），這些名稱顯示了這裡所討論的問題。[79]圍繞於巴特神學的一些爭論：上帝之道神學遭到了「基要主義者」的嚴厲批評。上帝之道神學遭到了基要主義者的嚴厲批評，因為它把上帝之道說成活著的肉身化的上帝之道，也就是耶穌基督，聖經中的人類話語確實為他作了見證，但是卻不能完全表達出神的道之完美。[80]

---

[79] John Macquarrie, *Twentieth-Century Religious Thought*, pp.318-319.

[80] John Macquarrie, *Twentieth-Century Religious Thought*, p.320.

伍、巴特（Karl Barth, 1886-1968）的上帝之道神學、辯證神學及其影響

卡爾・巴特與海德格都闡釋人與上帝之間的無限距離的課題。巴特與海德格兩人都認為人就是此世的人（此有），永遠在大地上。海德格的"Dasein"和巴特的"Dransein"的確具有異曲（詞）同工之妙。

晚期海德格則走向存有思想的轉折之道，存有雖然是奧祕但是就在人的近旁，雖然神聖者也是如此，但是因為神聖者，使得上帝比存有距離人更為隱秘。巴特則指出，人與上帝的鴻溝是無限的，上帝是絕對的他者。海德格對上帝的課題非常關心但是也批評哲學家以理性想要的批評上帝的觀念，巴特堅持只有上帝能談論自己。他們兩人都對封閉式的人文主義加以嚴厲的批判，也都否認別人貼在他們身上的存在主義標籤。

巴特對於自由派神學的批判具有重大意義，維持了上帝課題的純淨度。巴特之後，20世紀基督教神學的第二場運動是以布特曼（Rudolf Bultmann, 1884-1976）為代表的生存神學的崛起。布特曼師從過巴特，曾作為辯證神學的一員對於自由神學加以批判。布特曼、拉納、蒂利希等人都深受克爾凱郭爾的存在主義或海德格的存有思想之中的此有的詮釋學之影響，他們不僅強調上帝之道作為基督教神學的根本任務，而且強調上帝之道在人的信仰中與人的相遇，因此，他們要求在辯證神學的上帝之道的純淨化與轉折之後，再進一步實現人類此有諦聽上帝之道的條件。[81]

陸、結論

沈教授之本體的外推與海德格存有思想具有密切關係。筆者本文對於在海德格哲學與神學思想的背景下發展出的一些神學家思想作了歷史性與意義上承續的整理與闡釋。此文的用意是闡釋沈清松教授的哲學思想其對比、外推與交談方式可能和先驗多瑪斯主義的拉納等人的思想有近似之處，但是目前所完成的只在於拉納等20世紀先驗多瑪斯主義以及與之相關的神學家的思想之闡釋，所以藉這些神學與海德格的關係，特別是與筆者強調出的上帝、神聖者、神性、存有的關係，嘗試闡揚沈教授的思想可能給吾人未來從事東西宗教對話的啟示。筆者順著海德格影響的脈絡來探討拉納

---

[81] 張旭，《上帝死了，神學何為？》，頁94。

等人的先驗多瑪斯主義，展開晚期海德格關於「諸神（Götter）—神性（Gottheit）—神聖者（Heiligen）—最後之神（der letzte Gott）—本成（Erignis）」的討論。海德格的存有的思想道路之開展過程之中始終守候（warten）上帝，或是他《哲學獻集》所說的最後的神。早期海德格從宗教現象學開始他的存有之道路，最後他創建了詮釋學現象學闡揚基本存有論，影響了當代神學家布特曼、拉納等人。布特曼、拉納走的乃是神學的直路，而海德格則是繞路、繞行存有思想之道路來守候（warten）上帝。

沈清松教授對於海德格的存有思想的獨到詮釋乃是未來的東西哲學對話與宗教交談的一座豐碑，筆者在本文的「海德格的存有之思如何是守候上帝之思」一節之中，就此闡釋四點。第一點，海德格闡釋同一與差異與老子的有無玄同的道論之共鳴。第二點，沈教授關於「存有的律動」的說法蘊含了此一說法與老子的道生的本體宇宙論的下迴向之交談的可能性。第三點，海德格的「四方」與老子的四大的對比與交談得深層意義。沈教授闡釋了上天、大地、有死者、神明（四方）關聯於物的存有結構並且由此涉及了海德格的「最後的神」的課題，吾人以為此一共鳴在老子則是「人法地，地法天，天法道，道法自然」的境界論與其層層向上所呈現的上迴向。第四點，人詩意地棲居在大地上，在天地神人的四方域之中，靜默守候最後的神，此乃是海德格的當代神學的終末論（Eshatologie），物物化，世界世界化，本成本成化在天地神人四方之中，靜默守候最後的神，沈清松教授已經隱然掌握了此中的關鍵。

早期海德格從詮釋學現象學的觀點來闡揚基本存有論，也有宗教現象學與神學的著作與講學，影響了布特曼、拉納、蒂利希、奧特、希克（John Hick）等重要的神學家。布特曼、拉納、蒂利希、奧圖的神學進路都是本體詮釋學的進路而也影響了東西方的跨宗教對話。雖然海德格與老子莊子的對話已經成為哲學界流行的討論項目[82]，但是晚期海德格闡釋「諸神（Götter）—神性（Gottheit）—神聖者（Heiligen）—存有的真理的思—最後之神（der letzte Gott）—本成（Erignis）」則較少人討論，忽略了其中所包含的豐富的東西方的跨宗教對話之思想內容。吾人在此中所需要的乃是沈教授所說的「本體外推」。誠如沈教授《從利瑪竇到海德格》所說的「在本體外推的層面，A 應致力於經由實在本身的迂迴，如對人、對某一社會群體、對自然或終極實在的親身體驗，進入 B 的微世界、文化世界或宗教世界。同時，B 也應該努力經由實在本身的迂迴，進入 A 的微世界、文化世界或宗教世界。在以上透過相互外推以達至相互豐富的基本想法下，我們可以進一步討論「中」與「西」的概念的歷史形成」。[83]

---

[82] 鍾振宇，《道家與海德格》（臺北：文津出版社，2010）。
[83] 沈清松，〈引言〉，《從利瑪竇到海德格》。

沈教授的哲學立場為先驗多瑪斯主義，此殆無疑義，可惜的是他自己在這方面並沒有專書，筆者認為沈清松教授的對比、外推與交談的方法論和拉納等人的先驗多瑪斯主義的哲學家的許多想法很接近，但是其中的深意並沒有特別加以展開」。

晚期海德格的存有思想之道路更為曲折婉蜒，通過無、無自無，從存有的意義，轉折到即開顯及遮蔽之存有的真理，並在這裡遭遇了東亞的禪宗道家而有所會通。從他的《哲學獻集》、《物》、《田野之道路上的對話》等作品之中，可以說存有思想之道路通過無意欲（Nicht-Wollen）而在泰然自在（Gelassenheit）之中最後通達天地人神四方的澄明家園，詩性棲居在大地上，靜默守候（warten），守候最後的神。有了上述理解才能展開海德格《給人文主義者的信》關於「諸神（Götter）—神性（Gottheit）—神聖者（Heiligen）—最後之神（der letzte Gott）—本成（Erignis）」的討論。奧特神學雖然吸納了晚期海德德的存有思想，但是仍然受限於其自身的歐洲立場而有待開拓。京都學派的哲學家西谷啟治、久松真一、上田閒照、花岡永子等人則是立足於另一端的東亞哲學的立場來通過海德格的存有思想而嘗試進行東西方的宗教對話、哲學會通，同樣也受限於其日本東洋哲學的立場而有待開拓。

沈清松教授所提倡的對比、多元的他者，以及發揮他所擅長的海德格哲學、先驗多瑪斯主義而有的東西方的宗教對話，未來尚大有可為。雖然禪宗道家的參禪行道都是道可道非常道，名可名非常名，但是歷史上也有繞路說禪。海德格的存有思想的道路的循行開展也頗為曲折婉蜒，但是早期海德格的存有思想是啟悟於宗教現象學之中的時間與上帝臨在的問題，晚期海德格的存有思想是通過無、無自無而通達四方之澄明場域而在此守候最後的神，所以可以說這是海德格的存有思想在「繞路說上帝」（最後的神）。當代神學的發展可以不走海德格的存有思想的曲折道路，而以新時代的方法論來直接展開當代神學，直面當代人的上帝。但是，當代神學的發展也可以走上海德格的存有思想的曲折道路而和亞洲哲學、亞洲神學有更真實的對話與會通。而這個對於繞路說禪而言也是一種開拓，具有當代禪文化的重大意義，亞洲的思想家們應該繼承方東美、沈清松、西谷啟治、久松真一、上田閒照、花岡永子的作為而從事更深入的開拓。

筆者以此文紀念安息主懷的沈清松老師，也祈願東西方跨宗教對話的神學能夠在未來更加彰顯與弘揚。筆者此文寫的匆忙，缺點甚多，期望再來改進。運用拉納等人的先驗多瑪斯主義與海德格來闡釋中國哲學，筆者著有〈天台佛教詮釋學的人間佛教

論〉[84]等文，關於海德格存有思想與東亞哲學的對話，也請讀者參看筆者的《道家佛教詮釋學》（北京大學出版社）以及《海德格存有思想之道》[85]中〈海德格的謝林詮釋及其與老子思想之交涉〉、〈海德格與老莊的器論與物論〉諸篇文章。

參考文獻

沈清松，《士林哲學與中國哲學》，上海：商務印書館，2018。

沈清松，《物理之後：形上學的發展》，臺北：牛頓出版社，1987。

沈清松，《從利瑪竇到海德格》，臺北：臺灣商務印書館，2014。

沈清松，《現代哲學論衡》，臺北：黎明文化事業公司，1985。

沈清松，《跨文化哲學與宗教》，臺北：五南圖書出版公司，2012。

海德格，《在通向語言的途中》，孫周興等譯，北京：商務印書館，2013。

海德格，《給人文主義者的信》，上海：商務印書館，1963。

張旭，《上帝死了，神學何為？》，北京：中國人民大學出版社，2010。

張靜宜，《海德格爾的最後之神》，上海同濟大學哲學博士論文，2019。

勞赫‧胡恩（Lore Hühn），〈海德格爾與謝林的哲學對話〉，龐昕譯，《社會科學家》12[248](2017.12): 27-33。

劉小楓，〈期待上帝的思——海德格與神學（下）〉，《哲學與文化》17.6(1990.6): 508-516。

劉小楓，《走向十字架上的真理》，上海：三聯書店，1994。

劉小楓編，孫周興等譯，《海德格爾與神學》，香港：香港漢語基督教文化研究所，1998。

賴賢宗，〈天臺佛教詮釋學的人間佛教論〉，收於《天國、淨土與人間：耶佛對話與社會關懷》，賴品超、學愚主編，北京：中華書局，2008，頁268-297。

賴賢宗，《佛教詮釋學》，北京：北京大學出版社，2009。

賴賢宗，《海德格存有思想之道》，臺北：國立臺北大學人文學院東西哲學與詮釋學研究中心，2017。

---

[84] 賴賢宗，〈天台佛教詮釋學的人間佛教論〉，收於《天國、淨土與人間：耶佛對話與社會關懷》，賴品超、學愚主編（北京：中華書局，2008），頁268-297。

[85] 賴賢宗，《海德格存有思想之道》（臺北：國立臺北大學人文學院東西哲學與詮釋學研究中心，2017）。

賴賢宗，《海德格爾與禪道的跨文化溝通》，北京，宗教文化出版社，2007。

賴賢宗，《道家詮釋學》，北京：北京大學出版社，2009。

鍾振宇，《道家與海德格》，臺北：文津出版社，2010。

Heidegger, Martin. *Nietzsche*. Pfullingen: Günther Neske, 1959.

Heidegger, Martin. *Identität und Differenz*. Pfullingen: Günther Neske, 1957.

Heidegger, Martin. *Beiträge zur Philosophie. Vom Ereignis*. Frankfurt am Main: Klostermann, 1989.

Macquarrie, John. *Twentieth-Century Religious Thought*. Lexington: Ulan Press, 2012.

作者簡介：

　　賴賢宗：

　　　　德國慕尼黑大學哲學博士、國立臺灣大學哲學博士

　　　　國立臺北大學中國文學系教授暨東西哲學與詮釋學研究中心主任

　　　　通訊處：23741 新北市三峽區大學路 151 號 國立臺北大學中國文學系

　　　　E-Mail：laishenchon@yahoo.com.tw

Waiting for God in the Thinking of Being: Heidegger and Theology

Shen-chon LAI

Professor, Department of Chinese Language and Literature, National Taipei University

Abstract: This article tackles the question about the Thought in Expectation of God-Heidegger' and his impact on Theology. Heidegger discusses the inner-relationship of Götter (諸神) — Gottheit (神性) — (神聖者) (Heiligen) — 存有的真理的思 — 最後之神 (der letzte Gott) — 本成 (Erignis) and illuminates the foundation of traditional theology. Heidegger's re-examination impacts on theologist in the new age like K. Raher, Heinrich Ott. It opens a new horizon of the theology of intercultural communication. My article exposits Heidegger's interpretation of this possibility of this theology of intercultural communication and its impact on K. Raher, Heinrich Ott. Professor Vincent Shen, a globally respected philosopher and popular teacher, died peacefully on November 14, 2018. His publication focus on interreligious dialogue and cross-cultural translations of non-Western philosophical texts to contemporary questions such like aesthetics, cosmology, spirituality, education. My article follows and promotes Professor Vincent Shen's investigation.

Key Terms: God, Heidegger, K. Raher, Vincent Shen, Being

道教重玄學與佛教中觀學間的對比與交談：
以成玄英與吉藏之方法論為例[*]

洪嘉琳
中國文化大學哲學系助理教授

內容摘要：學界公認重玄學之思維方法，不僅承襲了老莊之道家傳統，更深刻地受到佛教中觀學所發展的四句論法之影響；至於影響來源，或以為為印度之龍樹，或以為為中國之吉藏。本文旨在以重玄學之大家——成玄英——之重玄方法為例，借助沈清松之對比哲學，考察成玄英如何融攝佛教中觀學之語言乃至思維模式，與對方進行交談與溝通，以檢視此交談能否豐富道教義學上的內涵。本文首先對比吉藏與龍樹《中論》的四句論法，以明其於佛教中觀學內部的發展；其次以成玄英著作中的重玄方法為主，對比其與《老子》、《莊子》、向郭注中涉及雙遣雙非之處，以期辨明重玄方法對於道家傳統之繼承或創新。最後根據以上二節所得，對比吉藏的四句論法與成玄英的重玄方法，並以重玄學為主，考察其與佛學之間的交談。

關鍵詞：重玄學、中觀學、對比哲學、成玄英、吉藏、沈清松

壹、前言

重玄學乃中國道教義學中的哲學思潮，其大致發展於南北朝，而成熟於隋唐時期，最盛行的時間大約為公元 7 世紀前期。「重玄」一語取自《老子》之「玄之又玄」（1 章）；[1]此標誌了其思維特色，在於不滯留於任一刻之觀點或境界，強調要

---

[*] 感謝鄧敦民教授、鄭鈞瑋教授，以及兩位匿名審查人之寶貴意見與細心指正，使本文更臻完善。另，本文之初稿曾於「道與德研討會——知識與價值的建構」（2019.5.31）及「邁向多元他者——當代中華新士林哲學及其未來展望學術研討會暨沈清松教授七秩冥誕追思紀念會」（2019.7.11）中發表；於此感謝與會諸賢所提供的意見與指正。本文若有疏漏不足之處，皆屬筆者之責。

[1] 本文所引用之《老子》版本，概出自王弼注，樓宇烈校釋，《老子道德經注校釋》（北京：中華書局，2008）；以下不另附注。

不斷地自我超越，以致終極之境界。一般認為重玄學之思維方法，除了承自於《老子》之「玄之又玄」、「損之又損」（48 章），以及玄學「遣之又遣」（向秀與郭象《莊子》注，以下簡稱為「向郭注」）等觀點外，[2]更融攝了佛教中觀學（Madhyamaka）之四句論法（catuṣkoṭika），其中尤以中國之中觀學（Chinese Madhyamaka）為直接的影響來源。[3]本文意在進行道教重玄學「玄之又玄」的思維方法（以下簡稱為「重玄方法」）與佛教中觀學之四句論法間的對比，藉此考察重玄學與中觀學之間的交談現象。就道教的重玄學而言，本文將聚焦於其代表人物成玄英（ca. 601-690）之《道德

---

[2] 如藤原高男，〈孫登「老子」注考〉，《漢文學會會報》20(1961): 26；Livia Kohn, *Daoist Mystical Philosophy: The Scripture of Western Ascension* (Magdalena: Three Pines Press, 2007), pp.182-183；Robert H. Sharf, *Coming to Terms with Chinese Buddhism: A Reading of the Treasure Store Treatise* (Honolulu: University of Hawai'i Press, 2002), pp.61, 65；周雅清，《成玄英思想研究》（臺北：新文豐出版公司 2003），頁 76；戴璉璋，《玄智、玄理與文化發展》（臺北：中研院文哲所，2000），頁 357-359 等等。其中，Kohn 更認為重玄學亦承襲了《莊子》之「兼忘」（〈天運〉）（Livia Kohn, *Daoist Mystical Philosophy: The Scripture of Western Ascension*, pp.182-183）；唯此點並不明顯，且成玄英於其注疏中，亦未就「兼忘」發揮重玄思想，故此淵源且聊備一說。

[3] 據《集古今佛道論衡》所載，於玄奘奉旨梵譯《道德經》時（647 CE），成玄英曾參與其間，並大量引用佛教中觀學《中論》、《百論》之用語來詮釋《老子》。（T52: 386b-387b）成玄英之熟稔中觀學之情形，於此可見一斑。（事又見《續高僧傳・譯經篇》[T50: 455b-c]；特此感謝匿名審查人所提供之材料與建議。）本文所引佛教經典，如《集古今佛道論衡》、《阿含經》、《中論》等等，除非另注明特殊情況，多出自《大正新脩大藏經》；包含由新文豐出版社印行之書面版本（1983 修訂一版），以及由中華電子佛典協會所發行之電子版本（CBETA）。於引用《大正新脩大藏經》之時，依學界例，將《大正新脩大藏經》略稱為「T」。於 T 後之阿拉伯數字，表所引《大正新脩大藏經》之冊數；另於頁數之後之「a」、「b」、「c」，分別表該頁之「上」、「中」、「下」欄。如作「T50: 636a-637c」，即表示「《大正新脩大藏經》第 50 冊（卷），頁 636 上欄至頁 637 下欄」。
另，注意到重玄思潮與佛學之間高度相似者，如 Livia Kohn, *Daoist Mystical Philosophy: The Scripture of Western Ascension*, pp.184-188；Livia Kohn & Russell Kirkland, "Daoism in the Tang (618-907)," in *Daoism Handbook*, ed. by Livia Kohn (Boston and Leiden: Brill, 2004), pp.340, 344, 366-367；Shiyi Yu, *Reading the Chuang-tzu in the T'ang Dynasty: The Commentary of Ch'eng Hsüan-ying (fl. 631-652)* (New York: Peter Lang Publishing, 2000), pp.123-162；蒙文通輯校，《道書輯校十種》（成都：巴蜀書社，2001），頁 359-363；Robert H. Sharf, *Coming to Terms with Chinese Buddhism: A Reading of the Treasure Store Treatise*, pp.61-71、Friederike Assandri, *Beyond the Daode Jing: Twofold Mystery in Tang Daoism* (Magdalena: Three Pines Press, 2009), pp.1-4, 85-105 等。具體指出其間之差異者，如周雅清，《成玄英思想研究》，頁 103-142；黃國清，〈成玄英《莊子注疏》的中道觀〉，《鵝湖月刊》27.2(2001): 40-42；鄭燦山，〈唐初道士成玄英「重玄」的思維模式――以《老子義疏》為討論核心〉，《國文學報》50(2011): 164 等等。其中，Sharf 與 Kohn 都認為中國中觀學代表之一――三論宗的吉藏――對重玄學有直接而深刻的影響，見 Robert H. Sharf, *Coming to Terms with Chinese Buddhism: A Reading of the Treasure Store Treatise*, pp.64-65；Livia Kohn, *Daoist Mystical Philosophy: The Scripture of Western Ascension*, pp.184-185。

經開題序訣義疏》及《莊子疏》（以下將分別簡稱為《老子疏》、《莊子疏》）；[4]
就中觀學而言，則以被認為對重玄學有直接影響的三論宗大師吉藏（549-623）之思
想為主。

本文之研究方法，乃承襲自沈清松（1949-2018）所提出的對比哲學及敦促交談
的外推策略（strangification）。對比哲學作為一種研究方法，可用以探討、比較不同
傳統、文化、脈絡下的思想，並從中得出研究對象彼此之可普化性，乃至雙方之間
可相互豐富之處，從而提供研究者可資借鑒的觀點及省思。沈氏所謂之「對比」
（contrast），是指「一種在不同事物，甚或不同哲學傳統之間的差異性和互補性富
於張力的構成，以及連續性與斷續性的交互律動與辯證發展，最終將導向不同事物
或哲學傳統之間真正的相互豐富」。[5]其所謂對比，又可分為結構對比（structural
contrast）與動態對比（dynamic contrast）：結構對比是共時性的（synchronic），而
動態對比是貫時性的（diachronic）；結構對比旨在關注某一時刻，出現於研究者經
驗中的現象之全體因素，彼此之間「既差異又相關」、「既對立又互補」；當它們
出現於同一經驗之場時，便「形成了一個有結構的整體」。而動態對比則是加入時
間軸，關注事物運動、個人或群體的歷史，其「前後的環節既連續又斷裂的辯證互
動歷程」。所謂「斷裂」，乃謂新環節有其新穎性、原創性；所謂「連續」，則是指
新環節仍然保有前一環節的某些因素。[6]

除了關心不同思想體系之間的異同外，對比哲學更著意於其間的外推與交談歷
程；亦即，一思想體系如何面對、回應另一思想體系，乃至其如何與之交談。於此，
本文援用自沈氏的「外推」，乃意味著一思想體系，是否或如何於語言層面、實踐
層面及本體層面上，將自己的思想推廣或推及另一思想體系。

細論之，沈氏將外推策略分為三個步驟：語言外推、實踐外推、本體外推。語
言外推首先預設了語言之習取，如重玄學思想家學習中國佛學之用語，或使用佛教
人士可以理解之語言，來充實道教義學本身的論述。於重玄學盛行之隋唐年間，佛
教已完成梵語中譯的工作；而重玄學思想家之對於佛學之習取、外推或交談，主要
是在中國境內、與中國佛教人士以漢語進行溝通，因而此處所謂之「語言」，並非

---

[4] 本文所標之成玄英之生卒年，乃依據強昱，《從魏晉玄學到初唐重玄學》（上海：上海文化
出版社，2002），頁 212-214。

[5] 沈清松，《跨文化哲學與宗教》（臺北：五南圖書出版公司，2012），頁 13。沈氏對於對比
哲學最完整的建構與說明，可參見沈清松，《現代哲學論衡》（臺北：黎明文化事業公司，
1994），第一章。

[6] 以上關於結構對比與動態對比的說明，參見沈清松，《現代哲學論衡》，頁 7-8；《跨文化哲
學與宗教》，頁 14-15。

指中文與梵文等異域之間的語言交換，而是指同為中文、但分屬不同宗教傳統、文化圈之間的術語或用語。

外推策略的第二步驟為實踐外推；意指將「某一文化脈絡中的哲學理念或文化價值／表達方法，從其原先的文化脈絡或實踐組織中抽出，移入到另一文化或組織脈絡中，看看它在新的脈絡中是否仍然是可理解／可行」的。[7]以重玄學與佛學之交涉為例，吾人可以試著觀察，前者在思維方法上，是否、或如何融攝後者，而融攝之後的新模型，是否能對自身之義理與實踐，提供可普化之說明，又是否具有能令後者理解之空間。

外推策略的第三步驟為本體外推；此一層次之外推涉及對話者自身對於終極實在的體驗。沈氏認為，若自身對於終極實在之體驗確實是終極的話，此體驗當有可普化性及可分享性。[8]就重玄學與佛學之交涉而言，此部分的外推是否能成立，當是最為可議的。學界對於重玄學思想家——如成玄英——於大量援用佛教語言後，是否仍留有道教自身的終極義理之問題，歷來見解分歧；本文願能就其思維方式的部分提出考察。

以上沈氏之言「外推」，著意於某一思想主體如何向外擴展自身的影響力。然本文認為，交談涉及至少雙方主體；就受影響的一方而言，其有意識地接受（perceive）、吸收乃至轉化由他者而來的影響，應也能以此外推策略的三層面來考察。唯於接受者角度而言，或許不宜再稱為外推。本文姑且稱之為「融攝」。就此而言，本文將以重玄學為主體，考察其如何融攝佛教中觀學之語言乃至思維模式，與對方進行交談與溝通，以檢視此交談是否能豐富自己道教義學上的內涵。

於對比重玄方法與吉藏的四句論法之前，本文認為有必要先釐清其雙方各自對其傳統之傳承與創新：亦即，在道教義學的內在脈絡下，重玄學是否、或如何有意識地承襲老莊或玄學的思維方法，又是否提出反省；而在佛教中觀學的義理沿革上，吉藏是否、或如何有意識地傳承龍樹（Nāgārjuna, ca. 150-250）《中論》（Mūlamadhyamakakārikā，以下或簡稱為 MMK）所使用的四句論法，又是否對其提出反思。換言之，本文將先以對比哲學中的動態對比，分析考察雙方各自是否對自身傳統既有的方法論進行繼承與創新。於釐清彼此之傳承與發展後，我們才能比較清楚地看出，成玄英等重玄學家所受之中觀學影響，究竟是否來自於吉藏，抑或來自於中觀始祖龍樹？且此所謂來自佛學之影響，是否果如 Sharf 或 Kohn 等所言，大量滲透到重玄學之中，以至

---

[7] 沈清松，《跨文化哲學與宗教》，頁 26。
[8] 沈清松，《跨文化哲學與宗教》，頁 27。

於重玄方法其實只是中觀四句論法之變體？

由是，本文首先將對比吉藏與龍樹《中論》的四句論法，以明其於佛教中觀學內部的發展；其次，本文將以成玄英著作中的重玄方法為主，對比其與《老子》、《莊子》、向郭注中涉及雙遣、雙非之處，以期辨明重玄方法對於道家傳統之繼承或創新。其後，本文將根據以上二節所得，對比吉藏的四句論法與成玄英的重玄方法，並以重玄學為主，考察其與佛學之間的交談。

貳、吉藏與龍樹四句論法之對比

一、所謂「四句論法」

漢語所謂「四句」，譯自梵文之「*catuṣkoṭi*」；其中「*koṭi*」意為角落，因而 *catuṣkoṭi(ka)* 經常被英譯為 four-cornered (logic)，字意為四角（邏輯），意在窮盡一命題之四種——同時也是全部——的邏輯可能性；[9] 此四種邏輯可能性分別為：

---

[9] "*catuṣkoṭi(ka)*" 主要有以下幾種英譯：(1) "tetralemma"、(2) "four alternatives"、(3) "four-cornered (logic)"。稱其為 "tetralemma" 者，主要是將四句理解為四個命題句，因此可以將四種邏輯可能性分別寫為：設有一主語 S，則：I. S 為 A；II. S 為 $\bar{A}$；III. S 既是 A 也是 $\bar{A}$；IV. S 既不是 A 也不是 $\bar{A}$。而 "four alternatives" 或 "four-cornered (logic)" 之翻譯，則容許將四句理解為一個命題的四個邏輯值，亦即：設有一命題 P，則：I. 肯定；II. 否定；III. 既肯定又否定；IV. 既不肯定也不否定。

譯為(1)者，如 Jay L. Garfield & Graham Priest, "Nāgārjuna and the Limits of Thought," *Philosophy East and West* 53.1(2003)。譯為(2)者，如 K. N. Jayatilleke, *Early Buddhist Theory of Knowledge* (London and New York: Routledge, 2008)；Alex Wayman, "Who Understands the Four Alternatives of the Buddhist Texts?," *Philosophy East and West* 27.1(1977): 3-21。譯為(3)者，如 Kenneth K. Inada, *Nāgārjuna: A Translation of his Mūlamadhyamakakārikā with an Introductory Essay* (Delhi: Sri Satguru Publications, 1993)；David J. Kalupahana, *Mūlamadhyamakakārikā of Nāgārjuna: The Philosophy of the Middle Way: Introduction, Sanskrit Text, English Translation and Annotation* (Delhi: Motilal Banarsidass Publishers, 1991)等等。

對於龍樹四句之討論較完整的介紹與討論，可參考 D. Seyfort Ruegg. "The Uses of the Four Positions of the Catuṣkoṭi and the Problem of the Description of Reality in Mahāyāna Buddhism," in *Buddhism: Critical Concepts* in *Religious Studies*, Vol.4, ed. by Paul Williams (London/New York: Routledge, 2005), pp.246-252 (Originally published in *Journal of Indian Philosophy* 5.1/2 (1977): 1-71)。

    I. 肯定

    II. 否定

    III. 既肯定又否定；可視為 I 與 II 之結合，亦可視為否定 I 與 II 之間互斥
        的關係（either...or）。

    IV. 既不肯定又不否定（neither...nor）；可視為 III 的否定，亦可視為 I 之
        否定與 II 之否定的結合。

以此四種邏輯可能性窮盡一命題之用法，於原始佛教經典即已有之；如《阿含經》中常可見四句形式的詰問或論辯。[10]由於龍樹於《中論》中大量使用四句形式，後世普遍認為四句乃中觀學之特色之一。於中國佛學中著意發揮四句形式的，也是中觀學；其中尤以吉藏為然。吉藏不僅大量使用四句、以四句為依據來揚佛抑老，更敷演《阿含經》及《中論》之原始四句至四重四句（詳後）。若說奠定四句為哲學議題的是龍樹，則吉藏可以說是發揚四句的重要人物。然而，吉藏運用四句並不表示他以四句為尊。就吉藏所關心的破邪顯正之修行或思想方法而言，佛學最主要的旨趣，當在於使修行者達到「無得」之境界，而真理必然是「超茲四句」、「絕四句」的。或許正因如此，吉藏一方面大量運用四句，一方面又對四句論法提出反省，從而衍生出四重四句的論法。為了說明吉藏對於龍樹四句之創造或反省，以下本文將先介紹龍樹之四句，進而再解釋吉藏於四句上提出的方法論上的反省與發明，從而辨明吉藏四句論法之特點所在，以茲進行其與重玄學方法論之對比。

二、龍樹《中論》中的四句

龍樹《中論》中最典型的四句，出現在《中論》第十八品〈觀法品〉第八偈（以下簡稱 *MMK* 18.8）：

> 一切實非實，亦實亦非實，
>
> *Sarvaṃ tathyaṃ na vā tathyaṃ tathyaṃ cātathyam eva ca,*
>
> (Everything is such, not such, both such and not such,)

---

10 如《中阿含經》：「異學梵志即便問曰：[…]如來終、如來不終、如來終不終、如來亦非終
    亦非不終耶？」（T01: 803c）即為四句之例。

非實非非實，是名諸佛法。（T30: 24a）

naivātathyaṃ naiva tathyam etad buddhānuśāsanam.

(and neither such and not such: this is the Buddha's admonition.)[11]

其中最後一句「是名諸佛法」，乃說明前述皆為佛陀說法之用；其餘的部分即為四句，其基本形式為：

I. 肯定：一切是　真實的（*tathyam*）

II. 否定：一切是　非真實的

III. 雙照：一切是　真實又非真實的（既是真實的，也是非真實的）

IV. 雙非：一切是　非真實又非非真實的（既不是真實的，也不是非真實的）[12]

　　一般來說，對一個命題而言，四種邏輯可能性之中，必然有一個、也只能一個可能性成立。[13]然而，此偈似乎是說佛陀在說法時，四種邏輯可能性都會運用到；換言之，此四句中的每一個可能性都是被認可的。反之，《中論》乃至《阿含經》另有一些四句是被全盤否定的，如《中論・觀涅槃品》言：「一切法空故，何有邊無邊，亦邊亦無邊，非有非無邊？」（*MMK* 25.22, T30: 36a）於此，「有邊」、「無邊」、「亦邊亦無邊」及「非有非無邊」四種邏輯可能性皆被否定了；換言之，沒有

---

[11] 本文所引用之《中論》為鳩摩羅什之譯本（T30, no.1564）；以下除有特殊情況外，不另附注。此處所引之梵文及英譯，取自 David J. Kalupahana, *Mūlamadhyamakakārikā of Nāgārjuna*, p.269。

[12] 楊惠南將 *MMK* 18.8 所代表的四句稱為「真實四句」，指每一句皆有同一概念（如「實」）的四句。相對於真實四句者，為「擬似四句」，指各句所包含之概念有所出入、不能化約為同一概念之四句；如《中論・觀因緣品》：「諸法不自生，亦不從他生，不共不無因，是故知無生」。（*MMK* 1.3; T30: 2b）由於本文聚焦於中觀與重玄學在方法論上之對比，而後者缺乏擬似四句之例，因此本文不擬針對擬似四句之例進行介紹或探討。上述真實四句與擬似四句之分別，見楊惠南，《龍樹與中觀哲學》（臺北：東大圖書公司，1988），頁 133-139。

[13] 於此情況下，四句之關係為選言的（disjunctive）亦即，當其中一個可能性為真時（如「一切是實」），其他的可能性都為假。持此見者，如 K. N. Jayatilleke, "The Logic of Four Alternatives," *Philosophy East and West* 17.1(1967): 70-71；Alex Wayman, "Who Understands the Four Alternatives of the Buddhist Texts?," *Philosophy East and West* 27.1(1977): 6；Richard H. Robinson, "Some Logical Aspects of Nāgārjuna's System," *Philosophy East and West* 6.4(1957): 301 等等。

一個可能性是成立的。[14]

　　對於四句全盤肯定的情形，學者們認為這表示佛陀是應機隨教的，因而會在不同時刻、針對不同根器之對象，靈活運用四句，來達到對治、教化的目的；此外，由於四句之中，後一句往往是以否定前一句的方式呈現出來的，古來亦有不少學者認為四句展現的是層層進階的歷程，而 IV 作為最後一層，乃最接近究竟真理之階段，或者說，是佛陀教化最有智慧之佛弟子時所用的說法。[15]由於《中論》之中，四句全盤否定之例遠多於肯定之例，學者們認為此現象表示，龍樹意在說明最高的真理是無法透過語言或分別見呈現的，因而真理必然、也必須超越具分別性格的語言。[16]換言之，全盤否定四句，旨在超越四句。由此觀之，《中論》中之四句，一方面在四句之內即有後者否定前者之情形；另一方面，《中論》亦不時以否定的方式來超越四句，以顯示真理之超越性格。

三、吉藏之四句

　　對於《中論》以否定來超越四句、以透顯真理的方式，吉藏將之發揮得淋漓盡致。楊惠南認為此現象牽涉到吉藏對真理的看法，及其隨之而來的方法論。[17]要言之，吉藏認為中觀學之三論（《中論》、《百論》、《十二門論》）之宗旨在於破邪顯正：破除了錯誤的見解之後，正確的佛法真理自會顯現；而「在邪若去，正亦不留」

---

[14] 有些學者根據此一現象，認為四句應屬連言（conjunctive）的系統；如 Nakamura Hajime (中村元), "Buddhist Logic Expounded by Means of Symbolic Logic," *Journal of Indian and Buddhist Studies* 7.1(1958): 384。

[15] 持此觀點者，古如青目（《中論註》，T30: 25a-b）；清辨（《般若燈論釋》，T30: 108a6-b2）；月稱（《淨明句論》）；近如 Richard H. Robinson, "Some Logical Aspects of Nāgārjuna's System," *Philosophy East and West* 6.4(1957): 56；梶山雄一、上山春平，《空の論理（中觀）》（東京：角川書店，1973-1974），頁 119-120；D. Seyfort Reugg, "The Uses of the Four Positions of the *Catuṣkoṭi* and the Problem of the Description of Reality in Mahāyāna Buddhism," in *Buddhism: Critical Concepts in Religious Studies*, Vol.4, pp.217-218 等等。
另有學者認為現存鳩摩羅什隨譯《中論》之青目釋之作者——青目——可能即是月稱或提婆，但學界仍對此見有爭議。可參見：J. Takakusu (高楠順次郎), "1. Notes on Chinese Buddhist Books," *Journal of the Royal Asiatic Society of Great Britain & Ireland* 35.1(1903.): 181-183，及釋惠敏，〈梵本《中論頌‧月稱註》（淨明句論）研究序論〉，《華崗佛學學報》7(1984): 329-354。

[16] 如 D. Seyfort Ruegg, "The Uses of the Four Positions of the Catuṣkoṭi and the Problem of the Description of Reality in Mahāyāna Buddhism," in *Buddhism: Critical Concepts in Religious Studies*, Vol.4, p.220。

[17] 見楊惠南，《吉藏》，第三章，頁 113-141。

（T42: 16a），於破除邪見之後，不必另立一個所謂「正確的主張」。若有所立，即是有所得；既有所得，便是滯留於某種執著；唯有達到一無所得之境界，才是最終之宗旨。[18]此處所謂之「破除」，就吉藏所提倡的方法而言，即是以否定的方式不斷超越前一階段的見解或主張（某種「得」）。此一否定、超越的精神，落實於其四句論法上，便開展出多重的四句觀。

楊惠南指出，吉藏發展出四重的四句，分別為：單四句、複四句、重複四句、豎深（鑒深）四句。[19]此四重四句可見於吉藏之《淨名玄論》與《維摩經義疏》；前者早出而較繁複，後者論及四句時，格式較為嚴整。吉藏於說明此等四句時，咸以「有」、「無」作為前述 I 與 II 之概念項。所謂單四句，即龍樹《中論》中所使用的四句；其基本形式為：

I. 肯定：有 (*A*)

II. 否定：無 (*Ā*)

III. 雙照：亦有亦無 (both *A and Ā*)

IV. 雙非：非有非無 (neither *A* nor *Ā*)[20]

複四句則是作為單四句的後設語言，以單四句為對象語言而進行否定或超越：

一者，有有、有無，名之為有。

二者，無有、無無，目之為無。

三者，亦有有、有無，亦無有、無無，為亦有亦無。

四，非有有、有無，非無有、無無，名非有、非無。[21]

其中，「有有」與「有無」之「有」與「無」即為單四句之「有」與「無」，因

---

18 Ming-Wood Liu (廖明活), *Madhyamaka Thought in China* (Leiden/New York/Köln: E. J. Brill, 1994), pp.99-110；廖明活，《中國佛教思想述要》（臺北：臺灣商務印書館，2006），頁193-198。

19 最後一個四句，於《淨名玄論》中作「鑒深四句」，而於《維摩經義疏》作「豎深四句」；為行文方便起見，後文將一律以「豎深四句」為稱。楊惠南對於吉藏單四句、複四句、重複四句、豎深四句之分析，詳見楊惠南，《吉藏》（臺北：東大圖書公司，2012），頁 120-130。

20 吉藏云：「一有、二無、三亦有亦無、四非有非無；此為單四句也」。可見於《淨名玄論》（T38: 855c）。

21 楊惠南以「對象語言」、「後設語言」之分別，來說明吉藏四重四句之間的關系；見楊惠南，《吉藏》，頁 120-130。此處吉藏引文，見《淨名玄論》（T38: 858a），又見於《維摩經義疏》（T38: 913a）。

而，若將單四句之「有」、「無」以 A、$\bar{A}$ 來表示，而以 B 來表示此處有 A、有 $\bar{A}$ 之「有」的話，複四句可以表示如下：

    I. 肯定：B（有 A、$\bar{A}$）

    II. 否定：$-B$（無 A、$\bar{A}$）

    III. 雙照：亦 B 亦$-B$（既有 A、$\bar{A}$ 又無 A、$\bar{A}$）

    IV. 雙非：非 B 非$-B$（既非有 A、$\bar{A}$，又非無 A、$\bar{A}$）

重複四句同樣以「有」、「無」為概念項，而將其描述與否定的單位換成「複四句」：

> 次明重複四句：總上（複明）〔明複〕四句，皆名為有。所以然者，有此四句，故悉名為有。次無此四句，名之為無。亦有四句、亦無四句，為亦有亦無。非有四句、非無四句，為非有非無。（《維摩經義疏》，T38: 913a）[22]

如是，重複四句乃作為後設語言來超越複四句，正如複四句之作為後設語言來超越單四句。如此層層否定、層層超越之後，吉藏又擔憂惑者仍然認為「窈冥之內有妙理存焉」（《維摩經義疏》，T38: 913a），因而又提出豎深四句，作為否定、超越重複四句之用：

> 次明豎深四句：初階絕單四句。次門絕複四句。第三絕重複四句。雖復次第漸深，而惑者終謂，窈冥之內有妙理存焉，則名為有；若無此妙理，則名為無；亦有此理、亦無此理，名為亦有亦無；非有此理非無此理，為非有非無。若然者。猶墮四門之內，何有絕四之宗？故知生心動念，即便是魔；若（壞）〔懷〕無所寄，方為法爾」。（《維摩經義疏》，T38: 913a）

就引文觀之，豎深四句固然是用以否定、超越重複四句的，但其並非表達最高或最終真理之方法，因為它仍然墮於四句——亦即言詮或思慮——之中。而吉藏認為真理必然是超越語言、思慮的，因而是「絕四句」的。若單就此四重四句來看，很容易認為此四句論法之架構也是依循著四句的模式的；但後三重四句中的基本概念項，其實是其前一重四句全體；因而，以上四重四句之間的關係，當如下圖所示：

---

[22] 複四句亦見於《淨名玄論》，唯於 II 中用以否定 I 之用詞為「絕」而非「無」。

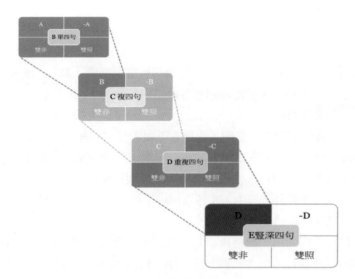

圖一 吉藏四重四句關係圖

　　當後一重四句將前一重四句為描述對象後，又統一以「有」、「無」來描述、乃至開展該重四句。然而後一重四句並不僅止於以後設的方式來描述前一重四句，其更意在以否定之或來超越前一重四句；此即吉藏於豎深四句中所謂之「絕」。

　　於《淨名玄論》及《維摩經義疏》中，吉藏在闡述此四重四句之後，更進而提出絕四句、四句絕、一句絕、絕一假有等四重辯證。簡言之，「絕四句」謂「雖復洞絕，而宛然四句」（T38: 858b; T38: 913a）；亦即，雖然前文不斷地否定、超越了重重四句，但佛法落實於教化眾生之用時，仍然需要使用到如四句之類的言語。就此意義而言，絕四句可以視為對於四句論法乃至言詮之肯定。然其後吉藏又認為必須超越此教學上之四句，而提出「四句絕」，意謂「雖說四句而常是絕言」（T38: 913b），強調不能執著於四句等言詮，而須知前述宛然之四句，只是宛然、不能視為實有的。如是而進展到下一層的「一句絕」，即以「假有」來取代前述繁複的重重四句，又以四句形式來觀察「假有」之概念項，由是提出假有乃：(1)不可定有、(2)不可定無、(3)不可定亦有亦無、(4)不可定非有非無。簡言之，但持「假有」之概念，即可說明事物皆不落入「有」、「無」等四句邏輯關係。最後的「絕一假有」則是更進一步否定、超越前述之「假有」概念，提出「假有」不過是為了教化眾生所使用的概念，因而只是世俗諦之用；而真諦（勝義諦）乃超越概念的，因而必須超越前項之「假有」。

四、對比龍樹與吉藏之四句論法

綜觀上述所論吉藏之四句論法，其可分為「理」、「教」等二面向：本文前述所謂四重四句屬於「理」的面向，而本文所謂四重辯證則屬「教」之面向。以下謹分就「理」、「教」二面向來對比龍樹與吉藏之四句論法。

（一）「理」之層面

首先，於論述或使用四句之時，龍樹並不限於使用「有」、「無」二語，而是將任何其欲討論之概念代入四句的模式中，一一加以分析或論述。吉藏則多以「有」、「無」等用語來指稱任何可代入的概念項，並進而以更抽象的「有」、「無」來建構其四重四句。成玄英於著作中，亦經常使用「有」、「無」來應用四句論法，未嘗不可說是受吉藏影響所致。

再者，龍樹之四句中，雖然後一句對於前一句總有否定之意味，但四句既然是論述一命題的四種邏輯可能性，則彼此之間可以是共時性地展開四種可能性；換言之，可以是結構對比式的，而未必是動態對比的、辯證的（dialectic）。[23]於吉藏之架構下，龍樹《中論》所使用的四句只是單四句，亦即最初階的四句。以吉藏的四重四句來看，龍樹之四句也是不能執著、是要被超越之對象，因而學人應進一步地以複四句乃至豎深四句重重超越之。一如楊惠南所言，吉藏的四重四句中，後一重總是將前一重視為對象語言，而以後設的角度來對前一重四句進行描述、否定、超越。因而，吉藏之四重四句是辯證的。然而，之所以說吉藏之四句帶有辯證之意味，乃就其多重四句之間的關係而言；至於其每一重四句內部彼此之間，卻未必是辯證的。

其次，若是帶著吉藏辯證式的四句論法，回頭來看龍樹《中論》的四句的話，可以發現，雖然四句彼此之間是選言的關係，但由於《中論》中的四句，不是被全面肯定（如 MMK 18.8）就是被全盤否定（如 MMK 25.22）；而此對於四句肯定或否定之態度，毋寧是後設的。換言之，《中論》中所使用到的四句，本身已成為對象語言，而另有一層後設語言來描述四句，言其有（即肯定）或無（即否定）；對照於吉藏之四重四句，則可以說，《中論》中已有吉藏複四句中的前二者：有此四句、無此四句。然而僅止於此；龍樹並未進一步對（單）四句推衍出如吉藏之四重四句。或許由於吉藏強調至道「超四句」、「離百非」，其發展出多重四句，來闡釋佛教於理、教二面向上的四句論法。但對於龍樹而言，真理之不落言詮，只一句不落二邊的中道即可解決；如 MMK 25.22 之四句，即楊氏所謂之「否定的真實四句」，乃

---

23 關於龍樹《中論》是否用了辯證法的討論，可參見楊惠南，《龍樹與中觀哲學》，頁91-129。

對四句之描述或論述作全盤否定；換言之，否定四句即已是一種「超四句」的表現。於此亦可以說，吉藏著意繼承了龍樹的否定的真實四句，而加以發揚光大，以至於衍生出四重四句，以突顯出否定真實四句的辯證色彩。

（二）「教」之層面

龍樹認為，凡是言詮，便不得不呈現分別相——如有、無、亦有亦無、非有非無等分別。而呈分別相的語言是無法表達最高真理的；如 MMK 25.22 等否定的真實四句所示，可以說，四句皆不能表達最高真理。然而，就 MMK 18.8 所呈現的肯定的真實四句觀之，四句作為描述、分析事物或道理之言論，無一不是教化眾生之用。此點也反映在《中論・觀法品》第六偈（MMK 18.6）上。鳩摩羅什將此偈譯為：「諸佛或說我，或說於無我；諸法實相中，無我無非我」。（T30: 24a）就此譯本觀之，似乎可以將 MMK 18.6 判定為否定的真實四句中的一環；藏譯本則近似於波羅頗蜜多羅的漢譯本，其末二句為：「諸佛又說：『我、無我俱無。』」今存之梵本則意為：「諸佛或說我，或說於無我，亦說既無我亦無無我」。[24]依此梵、藏等版本，則本偈亦可謂包含了肯定的真實四句的形式。無論 MMK 18.6 為肯定或否定的真實四句，至少其前二句均明白指出，諸佛的確會以假說的形式而有所言說；而無論是說「我」或「無我」或其他，無非是教化眾生的方法之一。由此觀之，雖然真理無法以言詮來呈現，但於教化眾生之時，一方面不得不使用言詮；另一方面，則必須靈活運用語言，不令眾生對真理之理解落入分別相之中。換言之，無論是肯定或否定的

---

[24] 梵文本作："*Ātmety api prajnapitam anātmety api deśitam, buddhair nātmā na cānātmā kaścid ity api deśitam.*"（引自 Kalupahana, *Mūlamadhyamakakārikā of Nāgārjuna: The Philosophy of the Middle Way: Introduction, Sanskrit Text, English Translation and Annotation*, p.267）。本文此處之中文翻譯，引自洪嘉琳，〈論《中論・觀法品》之「無我」說〉，《天問》丁亥卷(2008): 300；對於 MMK 18.6 梵文及藏譯之分析，詳見洪嘉琳，〈論《中論・觀法品》之「無我」說〉，《天問》丁亥卷(2008): 297-300。波羅頗蜜多羅的漢譯為：「為彼說有我，亦說於無我；諸佛所證法，不說我無我」。（《般若燈論釋・觀法品》，T30: 106c）對此頌最後二句翻譯之歧見，亦可見於 Jay L. Garfield, *The Fundamental Wisdom of the Middle Way: Nāgārjuna's Mūlamadhyamakakārikā*, translation and commentary by Jay L. Garfield (New York: Oxford University Press, 1995) 及 Kalupahana, *Mūlamadhyamakakārikā of Nāgārjuna: The Philosophy of the Middle Way: Introduction, Sanskrit Text, English Translation and Annotation*。前者譯為"By the Buddhas, as well as the Doctrine of neither self nor nonself." (Jay L. Garfield, *The Fundamental Wisdom of the Middle Way: Nāgārjuna's Mūlamadhyamakakārikā*, p.49)，後者則譯為："At the same time, they have not spoken of something as the self or as the non-self." (David J. Kalupahana, *Mūlamadhyamakakārikā of Nāgārjuna*, p.267)。

真實四句，都顯示龍樹對言語之看法，呈現出一種不能說與不得不說之對比張力。[25]

前文所述吉藏從「絕四句」到「絕一假有」之四重辯證部分，與其說是說明真理之不可言詮性，不如說是重在四句於言教上之應用：其中，「絕四句」與「四句絕」說明了四句之於教化眾生的必要性；而「一句絕」與「絕一假有」則擺脫四句言論，單以「假有」之應用與否定（即所謂「絕」），來闡述眾生必須藉著世俗諦之言說教化而有悟道之機，又須明白，於真諦上，言詮不能代表或取代真理。其對於四句等言詮之觀點，一方面與龍樹有異曲同工之妙；另一方面，吉藏似乎更著意於以辯證的性格來取消、破除學人對言教之執滯，因而其言論不會如 *MMK* 18.8 一般，以肯定之意味作結。此點或可謂為吉藏對龍樹四句論法之調整。

參、重玄方法對於道家傳統之繼承或創新

成玄英之所以被認為受吉藏等中觀學之影響，其來有自。首先，其明顯使用了佛教術語及概念來詮釋道教經典，並建構道教義學。其次，其所使用的思辨方法或模式，頗類於般若學或中觀學一流，尤以前述之四句論法為然。再者，吉藏曾以是否絕於四句為標準，來頌揚佛陀之道，而貶抑老子之「道」。[26]而成玄英於其《莊子疏》中，除了以四句論法來重構、詮釋《莊子》外，更明確地主張，老莊之道乃「絕四句」、「離百非」；此舉乃針對吉藏等佛子之批評，自不在話下。於成英著作中，最能具體而微地反映此三現象之處，在於其對《莊子·齊物論》「類與不類」段落的疏解。以下本節將先介紹、說明成玄英的重玄方法，再對比成玄英對《莊子》「類與不類」段落之疏，與《莊子》文句及向郭注，以突顯成疏之異於所襲道家傳統之處。

---

[25] 關於《中論》對於真理之不可說與必須說之間的張力，可參見林建德，《道與空性：老子與龍樹的哲學對話》（臺北：法鼓文化，2013），第二章，頁 55-142。

[26] 語見吉藏《三論玄義》：
問：伯陽之道，道曰太虛；牟尼之道，道稱無相。理源既一，則萬流並同。什肇抑揚乃諂於佛。
答：伯陽之道，道指虛無；牟尼之道，道超四句。淺深既懸，體何由一？蓋是子佞於道，非余諂佛。
問：牟尼之道，道為真諦，而體絕百非；伯陽之道，道曰杳冥，理超四句。彌驗體一，奚有淺深？
答：九流統攝，七略該含，唯辨有無，未明絕四。若言老教亦辨雙非，蓋以砂糅金，同盜牛之論。（T45: 2a）

一、成玄英《老子疏》中之重玄方法

成玄英對於重玄方法最精闢的說明，見於其《老子疏·1章》中；[27]針對《老子》文本之「同謂之玄」，成玄英云：

> 玄者深遠之義，亦是不滯之名。有無二心，徼妙兩觀，源乎一道，同出異名，異名一道，謂之深遠。深遠之玄，理歸無滯：既不滯有，亦不滯無；二俱不滯，故謂之玄。

繼而對於《老子》之「玄之又玄」，成玄英疏云：

> 有欲之人，唯滯於有；無欲之士，又滯於無；故說一玄，以遣雙執。又恐行者滯於此玄，今說又玄，更袪後病。既而非但不滯於滯，亦乃不滯於不滯；此則遣之又遣，故曰玄之又玄。[28]

據此可以推論，至少在其注疏《老子》時，成玄英所認為的重玄方法可以圖示如下：

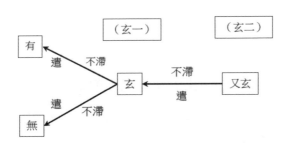

圖二：玄之又玄

其次再看成玄英對於《老子》48 章「損之又損之，以至於無為」之疏：

> 為學之人，執於有欲；為道之士，又滯無為。雖復深淺不同，而二俱有患。今欲袪此兩執，故有再損之文。既而前損損有，後損損無；二偏雙遣，以

---

[27] 對於成玄英《老子疏·1章》，鄭燦山有相當深入的分析與討論。見鄭燦山，〈唐初道士成玄英「重玄」的思維模式——以《老子義疏》為討論核心〉，《國文學報》50(2011): 29-56。
[28] 以上引文，見蒙文通輯校，《道書輯校十種》，頁 377。

至於一中之無為也。（蒙文通 2001：473）

此文與 1 章疏略有出入之處，在於成玄英認為「有」與「無」之間有著深淺之差異；因而於遣有與遣無之間，區分出前後之層次，即第一個「損之」乃遣有（以下稱為「損一」），而第二個「損之」為遣無（以下稱為「損二」）。有無俱遣，即為「一中之無為」；換言之，本章疏最後所達到的階段，只到了一章疏之「玄一」，亦即有無雙遣之階段。因而，我們不妨將 48 章疏的內容，納入一章疏的架構，圖示如下：

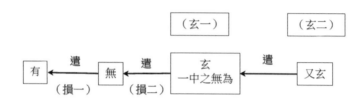

圖三：玄之又玄與損之又損之

據此，於損一之階段，可以說是遣有以至無；於損二之階段，則又遣無以至於「玄」（一章疏）；此時有無俱遣，又可謂之「一中之無為」（48 章疏）。繼而又遣此「玄／一中之無為」，稱為「又玄」。

二、成玄英《莊子疏》中重玄方法之基本模式

對比於前述中觀學之四句論法，此處《老子疏》之重玄方法中之「玄一」階段，既然定位為有無俱遣，換句話說，亦不妨稱為「非有非無」。而於《莊子疏》中，成玄英確實開始以「非有非無」一語來指稱《老子疏》之「一中」，即有無俱遣之階段；如《莊子疏・知北遊》中，針對《莊子》引用《老子・48 章》「損之又損之以至於無為」之處，成玄英云：「既而前損有、後損無；有無雙遣，以至於非有非無之無為也」。[29] 兩相對照起來，可知成玄英以「非有非無」視作前述之「玄／一中」，因而為圖三所示之第三項，而非中觀學四句中之第四項（IV）。

若以上文圖三之架構來看，則成玄英之「四句」，或許可以定位為：(1)有、(2)

---

[29] 本文所引用成玄英《莊子疏》之文本，均出自郭慶藩撰，王孝魚點校，《莊子集釋》（北京：中華書局，2004）；以下除非例外，不另附注出版項。

無、(3)非有非無、(4)「又玄」等四層。對於此第(4)階段，成玄英往往逕於(3)上加一個「非」字，以示對於(3)之否定與超越。如於《莊子疏・逍遙遊》中，將「堯[…]往見四子藐姑射之山」之「四子」，詳述為：「四子者，四德也：一本，二跡，三非本非跡，四非非本跡也」。此處前三階段皆與(1)~(3)雷同，而(4)則展現出其構作四句之模式，即以「非」、「遣」前一階段來開展四句。換言之，此處之「非本非跡」，完整地說，應為「非『非本非跡』」。圖三中之「又玄」階段，若以「有」、「無」為內容，完整形式應為「非『非有非無』」，以成玄英之慣例，則應可轉寫為「非非有無」。由是，圖三可轉寫如下：

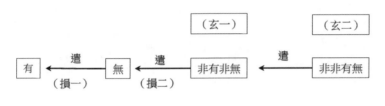

圖四：重玄與四句

一旦此模式明確了，亦可明白成玄英《莊子疏・大宗師》注解「參寥」時所謂的「三絕」為何。所謂三絕，成玄英云：

> 參，三也。寥，絕也。一者絕有，二者絕無，三者非有非無，故謂之三絕也。夫玄冥之境，雖妙未極，故至乎三絕，方造重玄也。

於此，「絕有」即「遣有」（損一）、「絕無」即「遣無」（損二）；此處第三部分值得存疑。根據上文之討論，成玄英之「遣無」，本身便已達致「非有非無」，如何又另立一個「非有非無」？再者，若只到「非有非無」為止，則不出於本文圖四所謂之「玄一」階段，亦即《老子疏》中的第一個「玄」，尚未達到「又玄」，因而也就不能說是「至乎三絕，方造重玄」。若對比於前文曾論及之文本，成玄英此處之第三個絕，當為「絕非有非無」，亦即本文圖四之「玄二」階段：「非非有無」。[30]值得注意的是，成玄英於此階段上又加上一層後設的反省，謂「三絕之外」：

> 夫道，超此四句，離彼百非，名言道斷，心知處滅，雖復三絕，未窮其妙。
> 而三絕之外，道之根本；（而）〔所〕謂重玄之域，眾妙之門。意亦難得

---

30 周雅清亦將第三階段判讀為「絕非有非無」。見周雅清，《成玄英思想研究》，頁84-85。

而差言之矣。（《莊子‧大宗師》「疑始」疏）

所謂道超四句、離百非，於此疏文中意味著道乃言語與思慮之所不能及（「名言道斷，心知處滅」）。[31]因而，「三絕之外」，應再進一步超越「非非有無」之言詮範圍中換言之，連「非非有無」都是要超越的對象。若將此三絕之說配上前文之圖，則可以表示如下：

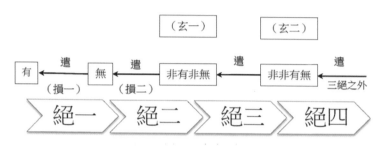

圖五：重玄、四句與三絕

三、成玄英《莊子疏》之「四句」：成玄英、郭象與《莊子》之對比

於上述《莊子疏‧大宗師》之引文中，亦可看出成玄英不僅運用了佛學術語（如「名言道斷，心知處滅」），且更著意強調，老莊之道乃超四句、離百非的；充分顯示出其欲與佛家對話、交談之意。而上述引文更有隱約有著四階段、四步驟之意味。那麼，成玄英所謂之「四句」，是否有所承襲於道家義理之處，又是否與中觀學的四句論法一致呢？前文曾言成玄英於其《莊子疏》中，乃以四句論法來重構、詮釋《莊子》，且主張老莊之道乃「絕四句」、「離百非」，意在針對吉藏等佛子之批評。於《莊子疏》中，最能具體而微地反映此現象之處，在於其對《莊子‧齊物論》「類與不類」段的疏解。以下本文將對比成玄英對《莊子》「類與不類」段落之疏，與《莊子》文句及向郭注，以突顯成疏之異於所襲道家傳統之處。

為求行文方便，於對比三家意見之前，將先以表格的形式附上三家文本之對照。於文本引用之際，將依向郭注與成玄英疏之意，分為三個小段落：第一段，向郭注與成疏皆視為遣之又遣原則之說明；第二段及第三段，二家咸以為此一原則之例證；其中，第二段以時間為例，第三段以事物為例。由於成玄英疏最近似於中觀學四句

---

[31] 同意亦可參見於《莊子疏‧山木》，成玄英云：「道者，四句所不能得，百非所不能詮」。

之處，出現在第三段，下文亦將著重於第三段進行對比。

（一）「類與不類」段落——第一段之三家文本及分析

表一：「類與不類」段落——第一段

《莊子》文本	向郭注	成玄英疏
今且有言於此，	今以言無是非，	類者，輩徒相似之類也。但群生愚迷，滯是滯非。 今論乃欲反彼世情，破茲迷執，故假且說無是無非，則用為真道。
不知其與是類乎？其與是不類乎？	則不知其與言有者，類乎不類乎？	
類與不類，相與為類，則與彼無以異矣	欲謂之類，則我以無為是，而彼以無為非，斯不類矣。然此雖是非不同，亦固未免於有是非也，則與彼類矣。故曰類與不類又相與為類，則與彼無以異也。	是故復言相與為類，此則遣於無是無非也。
	然則將大不類，莫若無心：既遣是非，又遣其遣。遣之又遣之以至於無遣，然後無遣無不遣而是非自去矣。	既而遣之又遣，方至重玄也。

於「類與不類」段落之前的〈齊物論〉文本，乃在討論各人皆有各自所認為的是非及成就。此段落則開始反省自己之言論，是否也與其所質疑的對象相同，也是一家之言罷了。對於第一段之《莊子》文本，成疏與向郭注意見一致，均以「是非」為焦點，來說明此段之意。值得注意的是：

一，向郭注於此明確提出「遣之又遣」的辯證原則，以此為遣去是非最終極的方法；此方法具體而言，又可以分為三步驟：1-(1)遣是非、1-(2)遣其遣、1-(3)無遣，此即前文所謂「無心」之境界，謂「是非自去」之意。

二，成疏除了遵循著向郭注的「遣之又遣」原則外，更著意以「滯是滯非」與「無是無非」為對比，點出此處之所以反駁是非，不過是為了對治眾生而有的暫時之說；此說與佛家相類。而對比於向郭注，成疏中顯示出的層次，包含了：1-(0)滯是滯非、1-(1)無是無非、1-(2)遣於無是無非、1-(3)遣之又遣，至於重玄。

（二）「類與不類」段落——第二段之三家文本及分析

表二：「類與不類」段落——第二段

《莊子》文本	向注郭	成玄英疏
有始也者	有始則有終	此假設疑問，以明至道無始無終，此遣於始終也
有未始有始也者	謂無終始而一死生	未始，猶未曾也。此又假問，有未曾有始終不。此遣於無始終也
有未始有夫未始有始也者	夫一之者，未若不一而自齊，斯又忘其一也	此又假問，有未曾有始也者。斯則遣於〔無〕無始無終也[32]

　　於此，向郭注對於《莊子》文本之詮釋略有出入：《莊子》之層次但以「始」為標的，而向郭注增添了「終」；於是，第二層對「始」之質疑或否定，便成了對始終之否定，由是而成了「無始終」。向郭進而以「一死生」來詮釋其所謂「無終始」，因而下一步便為對此「一」之超越與否定。換言之，向郭注詮釋之模式，乃依循著前述第一段之原則，只是將前文之「是非」代換為「始終」。

　　成疏一方面遵循著向郭注之詮釋模式，而將向郭注之「一死生」換成「無始（無）終」；另一方面，則將《莊子》、向郭注的第一層「始」或「始終」視為對始（終）之質疑，因而，成疏之第一層即「遣始終」。對照之下，則對於《莊子》之第二段，向郭注與成疏之否定或超越步驟，分別為：

表三：三家第二段之比較表

	莊子	向郭注	成玄英疏
2-(0)	始	始終	（始終）
2-(1)	未始有始	一死生／無始終	遣於始終
2-(2)	未始有夫未始有始	忘其一（死生／無始終）	遣於無始終
2-(3)			遣於〔無〕無始無終

　　據此可知，成玄英在 2-(2)所謂的「無始無終」，即是 2-(1)階段之「遣於始終」；

---

[32] 現存成疏作「遣於無始無終」，則文義上與前一句的疏文無別，因而義理不洽。依據後文，即第三段疏文的重玄原則及行文規律來看，筆者以為此處當補上一「無」字，在整體上較符合成玄英對「類與不類」段落之詮釋。周雅清亦認為此處文本有問題，並建議依成玄英的重玄結構，將第三句「遣於無始無終」更改為「遣於非有始非無始」（見周雅清，《成玄英思想研究》，頁133-134，注2）。本文依據文本的最小改動原則，建議補一「無」字即可。

因此，成玄英疏在此例上的超越階段，亦可改寫為：2-(1)無始無終、2-(2)遣於無始無終、2-(3)遣於〔無〕無始無終。

(三)「類與不類」段落——第三段之三家文本及分析

表四：「類與不類」段落——第三段

《莊子》文本	向注郭	成玄英疏
有有也者	有有則美惡是非具也	夫萬象森羅，悉皆虛幻，故標此有，明即以有體空。此句遣有也
有無也者	有無而未知無無也，則是非好惡猶未離懷	假問有此無不。今明非但即不有，亦乃無即不無。此句遣於無也
有未始有無也者	知無無矣，而猶未能無知	假問有未曾有無不。此句遣非
有未始有夫未始有無也者	此都忘其知也，爾乃俄然始了無耳。	假問有未曾未曾有無不。此句遣非非無也。
俄而有無矣，而未知有無之果孰有孰無也	了無，則天地萬物，彼我是非，豁然確斯也。	而自淺之深，從麁入妙，始乎有有，終乎非無。是知離百非，超四句，明矣。 前言始終，此則明時；今言有無，此則辯法；唯時與法，皆虛靜者也。 前從有無之跡入非非有無之本，今從非非有無之體出有無之用。 而言俄者，明即體即用，俄爾之間，蓋非賒遠也。 夫玄道窈冥，真宗微妙。 故俄而用，則非有無而有無； 用而體，則有無非有無也。 是以有無不定，體用無恆，誰能決定無耶？誰能決定有耶？ 此又就有無之用明非非有非無之體者也。

本段三家之見解值得深究；尤其是成疏明顯使用了佛家思想，乃至言及「離百非，超四句」一語。

就《莊子》文本來看，前二階段「有有」、「有無」，雖然可以視為「有『有』與『無』」、亦即有一組相對概念之意，但從後文層層推進之模式觀之，或許此二階段，實乃以後者否定、超越前者之意。若然，則《莊子》此段文本當包含五個階段：

3-(0)有、3-(1)無、3-(2)未始有無、3-(3)未始有夫未始有無、3-(4)俄而有無矣，而未知有無之果孰有孰無。

其中，3-(0)~3-(3)可對比於「類與不類」第一段與第二段，每一階段都是對前一階段之質疑、否定或超越。若將 3-(4) 之「俄而」與前文的「未始」對照觀之，則 3-(4)可視為作者於層層質疑、否定、超越之後，對於此後議論時所使用的「有」、「無」進行根本性的質疑，而最終並未設下一個確定的答案，也因此呈現出「有」、「無」之不可定執之觀點。

向郭注將《莊子》「有有」中第二個「有」代換為「是非」；換言之，其將「有有」視為「類與不類」段落之前的對話對象之意見，亦即文本先前針對的「有是非」之見解。因而，第二階段的「有無」，意指提出「類與不類」段落之作者第一個意見，亦即「無是非」；於此，向郭注反省，此見解仍懷有是非之心。其次的二個階段，依著向郭注遣之又遣的原則，分別為「知無無」與「無知」；正面地說，則為：3-(2)猶有是非好惡之心，以及 3-(3)都忘其知，即忘懷是非好惡之心；最後 3-(4)可以說，當人忘懷是非好惡之心，而達到「了無」之境界，反而可以確定彼我、是非之分別。

成玄英疏與前二者最大的相異之處，在於其第一步即將《莊子》之「有」讀為「遣有」；亦即否定「有」之意。換言之，成疏雖然對照著本文，也有五個階段，但若以彼此描述之內容觀之，包含《莊子》正面提到「有」在內，實際上有六個階段：

表五：三家第三段之比較表

	莊子	向郭注	成疏	
3-(0)	有	有 是非	（有）	（有）
3-(1)	無	無 是非	遣有	＝無
3-(2)	未始有無	知 無無（是非）	遣無	＝非有非無
3-(3.1)	未始有夫 未始有無	無知（無無 是非）	遣非（無）	＝非 非有非無
3-(3.2)			遣非 非無	＝ 非 非 非有非無
3-(4)	俄而有無矣	了無	前從有無之跡入非非有無之本 今從非非有無之體出有無之用	

就描述或否定之內容觀之，成玄英疏其實較《莊子》與向郭注多了一個階段，亦即，在 3-(4) 之前多了一層對 3-(3) 之否定與超越；本文標誌為 3-(3.2)。若分別論之：

3-(0)：成玄英略過《莊子》與向郭注之「有」，其正好是成玄英在「類與不類」

第一段（1-(0)）中所說的「滯是滯非」之階段。

3-(1)：成玄英所謂「遣有」，就後文「假問有此無不」一語，可知「遣有」即「無」。

3-(2)：此處所謂「遣無」，成玄英謂：「今明非但有即不有，亦乃無即不無。從文意觀之，「遣無」已包含「遣有」，亦即有無雙遣之階段。換言之，正是前文所論成玄英《老子疏》、《莊子疏》中的「非有非無」，也正是前文圖五中的「玄一」或「絕二」階段。

3-(3.1)：此處之「遣非」，其意不明確。若以下一階段 3-(3.2)「遣非非無」來看，此處之被否定項——「非」——當為「非無」；若從最後一個階段 3-(4)來看，整個遣之又遣的過程，最後止於「非非有無之本」或「非非有無之體」，則 3-(3.2)的「非無」，其實是 3-(4)的「非有無」，亦即「非有非無」。因而，此處之「遣非」，完整地說，應為「遣非有非無」，即對「非有非無」的否定與超越。至此，乃本文圖五的「絕三」階段而達到「玄二」之層次。

3-(3.2)：透過上述之討論，可以知道此階段之「遣非非無」，乃對前一階段「遣非有非無」之否定與超越。此階段正是前文所謂「三絕之外」，亦即對「玄二」之否定與超越，因此為本文圖五之「絕四」階段。以成玄英念茲在茲的道超四句的觀點來看，此階段可以說正展示了「絕四句」或「超四句」之層次。

3-(4)《莊子》文本之「俄而有無矣」，成玄英將之詮釋為從本降跡或由體發用之意。以其疏文觀之，堪稱為本或體之道，乃超越有無或非有非無的；由道顯發或具像化的萬物或功用，則呈現有無之相。而成玄英以《莊子》之「俄而」來闡發其於道物關係之見解，亦即本與跡、體與用相去不遠，因而謂之「即體即用」。可以說，經過上述層層辯證、回溯超越有無之道之後，此階段則回過頭來，說明道物之關係。

行文至此，應可全盤檢視成玄英在重玄方法乃至四句論法上，對道家傳統之繼承與創新之所在。

首先，成玄英於《老子疏》與《莊子疏》中，無論是在說明重玄方法或建構四句論法時，總是嚴謹地遵循著《老子》「玄之又玄」、「損之又損」以及向郭注「遣之又遣」之模式，以後項對前項進行否定與超越；因而，其重玄方法或四句論法，總是以辯證的方式開展的。

其次，成玄英在注解《莊子》之「參寥」時，有意地將此語轉化為「三絕」之意，並分別以「有」、「無」、「非有非無」作為三個被否定項，以備後文說明道乃超四句、離百非的；此詮釋可謂成玄英獨特之發明，不見於《莊子》文本，於此可見成玄英欲與佛學交談、對話之企圖。類似的企圖亦可見於上述其對《莊子・逍遙遊》之「四子」之詮釋：其一方面遵循向郭注之方向，以「四子」視為虛設之人物，另一方面又擴而充之，以其四句之模式，將「四子」具體地分說為本、跡、非本非跡、非非本跡等四者。

再者，對於「類與不類」段落，成玄英固然嚴守著《莊子》文本層層質疑之意，以及向郭注「遣之又遣」的原則，致力於層層超越前一階段；另一方面，則將《莊子》及向郭注之用語，轉換成整齊的有、無、非有非無等等，以構作出堪與中觀學匹敵的有無四句。

由是，吾人可以說，成玄英之重玄方法及四句論法，最關鍵的原則與方法乃承襲自道家傳統的；而其方法異於道家傳統之部分，則是因應佛學或中觀學之挑戰所作的創新。因而，或許可以說，成玄英等重玄學思想家，於回應佛家在思想上之挑戰時，不僅習取了佛學之語言，也在某種程度上，在自家的傳統中融攝了佛學哲學理念或表達方法；此堪比沈氏所謂「實踐外推」之層次。本文將於下一節深入探討之。

肆、成玄英之重玄方法與中觀學四句論法之對話與交談

根據前文之討論，此處乃可進而由成玄英與中觀學四句論法之對比結果，來探討重玄學對中觀學四句論法之習取，並從中檢視道教義學與中觀學之交談現象。

一，根據成玄英於「類與不類」第三段之詮釋觀之，其所呈現之四句毋寧有兩層：（一）有、無、非有非無、非非有無（即非「非有非無」），如前述所引《莊子疏・逍遙遊》之例，或如本文圖四所示；然其中第一個階段「有」，其實並未出現於其文本中。（二）遣有、遣無、遣非有非無、遣非非有無。此進程一方面可視為以「遣」為層次的四句開展，即前文圖五下方的「絕一」以至「絕四」；另一方面，亦可視為對前述（一）之有無四句的否定與超越。就此而言，或許可以說其乃近似於吉藏複四句中所展現的對單四句之否定與超越。然而，由於成玄英不如吉藏那般，透過多重四句對前一重四句進行否定與超越，最多僅止於對有無四句之否定（即圖五之絕四階段），因而，成玄英之四句，毋寧說更接近龍樹《中論》的否定的真實

四句。

　　二，無論是上述哪一層「四句」，皆與中觀學之四句有相異之處：一則，其第三句並非「亦有亦無」，而將中觀學之第四句轉為第三句。[33]二則，成玄英之四句論法顯然為一層一層的否定與超越，因而是辯證的、動態對比式的。而龍樹所使用的真實四句，以及吉藏各重四句之內的四句，乃呈現一命題的四種邏輯可能性，因而可視為具有四個端點的靜態對比，未必是動態對比式之辯證發展。[34]

　　三，中觀學四句中之第三句——（III）雙照——，雖然不在成玄英之四句中，卻以「即體即用」、「即本即跡」之形式出現於 3-(4)。[35]於此，雙照成為對道物關係之描述，乃至對得道者在體道與發用之間動態之掌握。由此觀之，成玄英之所以跳過中觀學的第三句（III），逕以第四句（IV）的雙非作為其所構作之第三句，應非出於對中觀學四句論法之誤解，而是有意地依循著道家既有的重玄方法，來構作出符合道教義學傳統之四句。此外，「即體即用」等之對反概念的雙照句，雖然與中觀學四句中的第三句（III）類同，卻自有道家淵源；如《老子》之「有無相生」（2章）、「物壯則老」（30章）、「萬物負陰而抱陽」（42章）等等，或是《莊子》的「方生方死，方死方生，方可方不可，方不可方可」、「因是因非，因非因是」（〈齊物論〉）等等，皆為其例。若前述的層層否定與超越，是就修行者之修養工夫而言，則此處以雙照句說明道物關係或聖人境界，不妨說，雙照乃是修養之後的成果：一方面，體道者體認了非有非無之道，與呈有相、無相的萬物之間相即不離的關係；另一方面，體道者也能於發用之際，靈活自在地周旋於有無之間。此觀點既有道家之傳承，亦可相通於佛教之言聖者能雙照空有、乃至佛陀說法能靈活運用四句等見解。

---

[33] 此點已由黃國清（〈成玄英《莊子注疏》的中道觀〉，《鵝湖月刊》27.2(2001): 41）、周雅清（《成玄英思想研究》，頁101）分辨澄清。

[34] 如本文論及吉藏之小節所述，於吉藏的四重四句中，唯有在後一重四句對前一重四句進行否定與超越時，才呈現動態對比之現象；在各重四句之內，則未必有動態對比或辯證發展。

[35] 鄭燦山認為，成玄英《老子疏·第一章》所顯示的「重玄之道」，包含了「深遠之玄」與「不滯之玄」二個面向；其中「深遠之玄」表示道是亦有亦無的。若然，則重玄之道也包含了中觀學的雙照句（III）。見鄭燦山，〈唐初道士成玄英「重玄」的思維模式——以《老子義疏》為討論核心〉，《國文學報》50(2011): 45。然而，就其所用的文本「有無二心、徼妙兩觀，源乎一道」。（成玄英《老子疏·1章》）觀之，筆者竊以為此未必是指有、無為道之相。再者，若以成玄英《莊子疏》言及道之文本觀之，除了言道為「超四句」之外，成玄英往往以「非有非無」言道。因而，與其說成玄英認為道是亦有亦無的，不如說他比較傾向將道理解為非有非無的。

　　若以沈氏所倡之外推策略（或本文所謂的融攝策略）來考察重玄學與佛學之間的交談，則可以說：成玄英於交談之際，落實了語言與實踐層面上的融攝。就語言層面的融攝而言，誠如 Sharf 等多位學者已指出的，於重玄學或成玄英之著作中，屢屢可見佛學術語；而成玄英亦經常使用佛學緣起性空之概念，來解釋《老子》或《莊子》之思想。如前所引之「類與不類」段落，其第三段便以「以有體空」來闡發其「遣有」之詮釋；此見既非《莊子》文本之意，亦非向郭之意，顯然為融攝般若佛學後之結果。而其所謂道「超茲四句、離彼百非」等語，亦可顯見成玄英乃直接以吉藏等佛學家之術語，來回應後者對道家義理之批判。又如成玄英屢屢以「非有非無」等用語，來重新詮釋《老子》、《莊子》等經典內涵，此間之用心，無非意圖以佛學用語來與佛學家進行對話與交談。

　　就實踐層面的融攝——哲學理念或表達方法之面向——而言，成玄英對於四句之習取與重構，可謂此面向之最佳例子：就重玄學對佛學之融攝而言，成玄英以中觀學之四句來豐富重玄方法原有的架構，使道家傳統中的「玄之又玄」、「遣之又遣」擴充至「遣非非有無」的地步。再者，其於注解中，多以「本跡」、「有無」等對反語詞來調整道家典籍原有的語彙，突顯出道家典籍可詮釋為四句之處，亦充分顯示出其欲與佛學家對話之用心。然交談與對話，亦不必減損自身的主體性：成玄英於習取中觀學四句論法時，顯然十分謹慎地處理了佛學與重玄學在本體論上之歧異，以致其刻意跳過中觀學之 III（雙照句），而一貫以層層超越、重重辯證進行其四句之構作。至於雙照句，則留待詮釋道物關係或聖人境界之用。單以四句論法來看，固然可以說成玄英與中觀學之四句似是而非，但其間之差異，卻正可以看見成玄英之堅持所在。

　　最後，就本體層面之外推或融攝而言，重玄學固然與中觀學相似，都認為至高的真理或道是不可言喻的，但重玄學畢竟沒有放棄自家傳統的道論以迎合中觀學性空之思想。[36]甚至在透過重重辯證、修養之後，成玄英也不會同意吉藏的「無得正觀」之說法；反之，成玄英會認為體道者之境界，是要能自在周旋於有無之間來發用，亦即以其境界來善待萬物的。換言之，雙方在本體外推之層面上，唯一的相通處，或許僅在於至高真理之超越言語之類的主張；而不在道物關係之類的見解上。由以上論述亦可看出，為了與佛學交談，成玄英固然於道家文獻的詮釋中，運用了佛學

36　當然，中觀學內部對於性空的看法也非單一而無歧異的；如龍樹與吉藏對於空或最高真理之看法便有歧異（可參見楊惠南，《吉藏》第三章所論）。但無論是何種觀點，重玄學之最終形上依據，畢竟是以道之存有為主的。成玄英在這一點上，不僅立場鮮明，也不曾因與佛學交談之故，便將道變身為如來藏或阿賴耶識之類的心識存在。

術語，乃至構作出類似中觀學四句之模式，但此「佛學化」之舉，還不至於完全犧牲道家自身的脈絡。從而，成玄英一方面透過微調用語、嚴整重玄方法步驟來與佛教中觀學進行交談，強調老子之道亦是「超四句」、「離百非」的；另一方面，卻不至於走向徹底唯空的本體論，而是堅持存有論之道、辯證式的重玄思維，乃至即體即用的聖人境界。可以說，成玄英在道家自家脈絡下，盡可能地在語言與實踐層面與佛學進行溝通與交談；對於思想史上佛道會通的現象，當有其歷史貢獻。

據此，亦不妨側論中觀學於四句論法上，對道教義學的三層外推結果。首先，中觀學最成功之處在於語言外推；成玄英著作多處運用佛學語詞即為例證。

其次，以四句論法為例，中觀學對重玄學未能達到徹底的實踐外推；而此面向又可分為兩個層面來談：一，龍樹的真實四句、或吉藏各重四句內部，既然是一命題的四種（所有）邏輯可能性的展示，則彼此之間未必是辯證式的關係。如本文所分析之重玄方法乃至成玄英的四句論法觀之，成玄英所使用的方法，卻一貫為辯證式的；而且亦缺乏中觀學雙照之句式。因此，成玄英與中觀學之四句論法，在性質上有著詮釋空間的差異。二，成玄英所構作之四句，雖然只及於龍樹之否定的真實四句，而未如吉藏發展成多重四句，但成玄英在四句論法上的辯證性格，卻未必沒有受到吉藏的啟發。尤其是當吉藏一方面大肆發揚絕四句、四句絕之際，又以是否超四句作為判定佛道教理優劣之標準之一，其於四句論法之主張，應不至於對成玄英等重玄學家毫無影響。若成玄英等人曾經參考過吉藏之主張，卻未沿襲其重重四句時，或許是有意識地抉擇之結果。以成玄英之重玄方法來看，吉藏自複四句乃至絕一假有等階段，其實都是遣之又遣的歷程，最後抵達非言默所能及之真理。以方法論而言，或許「遣之又遣」、「超四句」便已道盡其間奧妙，毋須贅言。無論成玄英未採取多重四句的理由為何，中觀學對重玄學於四句論法上的實踐外推，畢竟是不夠徹底的。

最後，於本體外推上，中觀學與重玄學皆認為至高真理乃不可言詮的；至於何為最高真理或最終的實在，道教與佛教之歧見，恐怕便不是中觀學與重玄學能解決的了。

參考文獻

一、漢語佛教典籍

高楠順次郎等編纂，大藏經刊行會出版，《大正新脩大藏經》，臺北：新文豐出版
　　社，1983（修訂一版）。簡稱為「T」。

瞿曇僧伽提婆譯，《中阿含經》，T01。

龍樹，《中論》（附青目釋），鳩摩羅什譯，T30。

偈本龍樹、釋論分別明，《般若燈論釋》，波羅頗蜜多羅譯，T30。

吉藏，《淨名玄論》，T38。

吉藏，《維摩經義疏》，T38。

吉藏，《三論玄義》，T45。

道宣，《續高僧傳》，T50。

道宣，《集古今佛道論衡》，T52。

二、中／日／西文文獻

三枝充悳，《中論偈頌総覧》，東京：第三文明社，1985。

王弼注，樓宇烈校釋，《老子道德經注校釋》，北京：中華書局，2008。

沈清松，《現代哲學論衡》，臺北：黎明文化事業公司，1994。

沈清松，《跨文化哲學與宗教》，臺北：五南圖書出版公司，2012。

周雅清，《成玄英思想研究》，臺北：新文豐出版公司，2003。

林建德，《道與空性：老子與龍樹的哲學對話》，臺北：法鼓文化，2013。

洪嘉琳，〈論《中論·觀法品》之「無我」說〉，《天問》丁亥卷(2008): 293-305。

強昱，《從魏晉玄學到初唐重玄學》，上海：上海文化出版社，2002。

梶山雄一、上山春平，《空の論理（中觀）》，東京：角川書店，1973-1974。

郭慶藩撰，王孝魚點校，《莊子集釋》，北京：中華書局，2004。

黃國清，〈成玄英《莊子注疏》的中道觀〉，《鵝湖月刊》27.2(2001): 36-44。

楊惠南，《吉藏》，臺北：東大圖書公司，2012（二版）。

楊惠南，《龍樹與中觀哲學》，臺北：東大圖書公司，1988。

廖明活，《中國佛教思想述要》，臺北：臺灣商務印書館，2006。

蒙文通輯校，《道書輯校十種》，成都：巴蜀書社，2001。

鄭燦山，〈唐初道士成玄英「重玄」的思維模式——以《老子義疏》為討論核心〉，《國文學報》50(2011): 29-56。

鄭燦山，〈唐道士成玄英的重玄思想與道佛融通——以其老子疏為討論核心〉，《臺北大學中文學報》創刊號(2006): 151-178。

戴璉璋，《玄智、玄理與文化發展》，臺北：中央研究院中國文哲研究所，2000。

藤原高男，〈孫登「老子」注考〉，《漢文學會會報》20(1961): 19-32。

釋惠敏，〈梵本《中論頌·月稱註》（淨明句論）研究序論〉，《華崗佛學學報》7(1984): 329-354。

Assandri, Friederike. *Beyond the Daode Jing: Twofold Mystery in Tang Daoism*. Magdalena: Three Pines Press, 2009.

Garfield, Jay L. & Graham Priest. "Nāgārjuna and the Limits of Thought," *Philosophy East and West* 53.1(2003): 1-21.

Garfield, Jay L. *The Fundamental Wisdom of the Middle Way: Nāgārjuna's Mūlamadhyamakakārikā*. Translation and commentary by Jay L. Garfield. New York: Oxford University Press, 1995.

Inada, Kenneth K. *Nāgārjuna: A Translation of his Mūlamadhyamakakārikā with an Introductory Essay*. Delhi: Sri Satguru Publications, 1993.

Jayatilleke, K. N. "The Logic of Four Alternatives," *Philosophy East and West* 17.1(1967): 69-83.

Jayatilleke, K. N. *Early Buddhist Theory of Knowledge*. London and New York: Routledge, 2008.

Kalupahana, David J. *Mūlamadhyamakakārikā of Nāgārjuna: The Philosophy of the Middle Way: Introduction, Sanskrit Text, English Translation and Annotation*. Delhi: Motilal Banarsidass Publishers, 1991.

Kohn, Livia & Russell Kirkland. "Daoism in the Tang (618-907)," in *Daoism Handbook*. Ed. by Livia Kohn. Boston and Leiden: Brill, 2004.

Kohn, Livia. *Daoist Mystical Philosophy: The Scripture of Western Ascension*. Magdalena: Three Pines Press, 2007.

Liu, Ming-Wood (廖明活). *Madhyamaka Thought in China*. Leiden/New York/Köln: E. J. Brill, 1994.

Nakamura Hajime (中村元). "Buddhist Logic Expounded by Means of Symbolic Logic," *Journal of Indian and Buddhist Studies* 7.1(1958): 395-375.

Robinson, Richard H. "Some Logical Aspects of Nāgārjuna's System," *Philosophy East and West* 6.4(1957): 291-308.

Robinson, Richard H. *Early Mādhyamika in India and China*. Madison/Milwaukee/London: The University of Wisconsin Press, 1967.

Ruegg, D. Seyfort. "The Uses of the Four Positions of the *Catuṣkoṭi* and the Problem of the Description of Reality in Mahāyāna Buddhism," in *Buddhism: Critical Concepts in Religious Studies*. Vol.4. Ed. by Paul Williams. London/New York: Routledge, 2005, pp.213-276. Originally published in *Journal of Indian Philosophy* 5:1/2(1977): 1-71.

Sharf, Robert H. *Coming to Terms with Chinese Buddhism: A Reading of the Treasure Store Treatise*. Honolulu: University of Hawai'i Press, 2002.

Takakusu, J. (高楠順次郎). "1. Notes on Chinese Buddhist Books," *Journal of the Royal Asiatic Society of Great Britain & Ireland* 35.1(1903): 181-183.

Wayman, Alex. "Who Understands the Four Alternatives of the Buddhist Texts?," *Philosophy East and West* 27.1(1977): 3-21.

Yu, Shiyi. *Reading the Chuang-tzu in the T'ang Dynasty: The Commentary of Ch'eng Hsüan-ying (fl. 631-652)*. New York: Peter Lang Publishing, 2000.

作者簡介：

洪嘉琳：

臺灣大學哲學博士

中國文化大學哲學系助理教授

通訊處：11114 臺北市陽明山華岡路 55 號　中國文化大學哲學系

E-Mail：c.lynne.hong@gmail.com

Contrast and Communication between Daoist Chongxuanxue and Buddhist Madhyamaka: Cheng Xuanying and Jizang's Methodologies as a Case Study

Chia-Lynne HONG

Assistant Professor, Department of Philosophy, Chinese Culture University

Abstract: Chongxuanxue, The Study of Twofold Mystery, is a philosophical current within religious Daoism which ingeniously integrates the reasoning methodologies of the Daoist and Buddhist traditions, or more specifically for the latter, Buddhist Madhyamika *catuṣkoṭi(ka)*. Inspired by the philosophy of contrast devised by Vincent Shen, this paper aims at investigating how Cheng Xuanying, the most representative Chongxuan thinker, communicates with Jizang, a Chinese Buddhist scholar who further developed *catuṣkoṭi(ka)*, on the subject of reasoning methodology. In this paper, I first determine the way in which Jizang appropriated and developed Nāgārjuna's *catuṣkoṭi(ka)*. Second, I trace the influence in Cheng Xuanying's work by comparing his Chongxuan methodology with the methodology of negation found in the Zhuangzi and its Xiang-Guo commentary. Finally, having established the positions of Jizang and Cheng Xuanying within their own respective traditions, I put into contrast their reasoning methodologies, with a particular emphasis on how Cheng responds to Jizang's critique of Daoism.

Key Terms: Chongxuanxue (The Study of Twofold Mystery), Madhyamaka, The Philosophy of Contrast, Cheng Xuanying, Jizang, Vincent Shen

從對比與外推來理解明末中西自然哲學的遭遇

徐光台

國立清華大學通識教育中心榮譽教授

內容摘要：先秦或古希臘時期，中西已發展出各自不同的「自然」概念與自然哲學傳統。明末利瑪竇（Matteo Ricci, 1552-1610）等耶穌會士將西學慷慨外推入華，使中西兩種不同的「自然」概念與自然哲學傳統產生遭遇。相對於西方著重解說結構的自然哲學，從亞里斯多德（Aristotle, 384-322 B.C.）經笛卡兒（Renè Descartes, 1596-1650）到牛頓（Isaac Newton, 1642-1727）經歷科學革命的淵遠流長傳統，筆者認為中國有其源自陰陽五行傳統的氣的自然哲學，譬如，朱熹（1130-1200）的自然哲學就是最好的例證之一。本文採用沈清松先生的對比與外推概念，來理解明末中西兩種迥然不同的「自然」概念與自然哲學傳統的相遇，重建中國氣的自然哲學的一些特性，並選擇某些問題來對比中西兩種不同的自然哲學傳統，以豐富吾人對氣的自然哲學傳統之認識。

關鍵詞：沈清松、對比與外推、自然概念、中西自然哲學對比、明末、利瑪竇、朱熹

壹、前言

中西有各自不同的文化與自然知識傳統。明末利瑪竇（Matteo Ricci, 1552-1610）等耶穌會士將西學慷慨外推入華，使兩種自然知識傳統產生遭遇，成為近世東西偉大的相遇中重要的一環。裴德生（Willard J. Peterson）指出，利瑪竇《乾坤體義》傳入亞里斯多德（Aristotle, 384-322 B.C.）自然哲學（natural philosophy），其中亞里斯多德自然哲學四元素說的氣（air）與中國五行之氣（qi）遭遇。[1]從科學史的角度來看，明末亞里斯多德自然哲學傳統與中國氣的自然哲學傳統間的遭遇，值得理解

---

[1] Willard J. Peterson, "Western Natural Philosophy Published in Late Ming China," *Proceedings of the American Philosophical Society* 117.4(1973.8): 295-322.

與研究。

　　儘管傳統中國未鑄造「自然哲學」一詞，從事比較哲學與宗教，長期關切科際與文化發展的沈清松教授，對建構實在論（constructive realism）提出修正與詮釋，將其針對科際整合的知識論策略，外推到生活世界或文化世界，認為明末耶穌會士入華進行文化交流是一種慷慨外推（strangification），預設「語言獲取」（language appropriation）。[2]並著重「對比互補」與「慷慨外推」以及「相互豐富」等哲學理念，從而考察中西哲人如何跨越文化差異，彼此互動交談，開展出跨文化哲學與文化和宗教交流。[3]筆者認為對比與外推概念在視域與觀點方面，有助在歷史的迂迴中重建吾人對明末中西自然知識傳統遭遇的認識，因此本文擬用來理解明末中西兩種迥然不同的「自然」概念與自然哲學傳統的相遇，並重建中國氣的自然哲學的一些特性。

　　以下先介紹與分析中西兩種迥然不同的「自然」概念傳統。其次處理從亞里斯多德經笛卡兒（Renè Descartes, 1596-1650）到牛頓（Isaac Newton, 1642-1727）的西方自然哲學傳統，反映從亞里斯多德就著重解說的結構，埋下日後革命的伏筆。第四節聚焦在近四十年來參照西方自然哲學下有關中國自然哲學的一些見解，朱熹（1130-1200）就是源自陰陽五行傳統的氣的自然哲學最好的例證之一。第五節舉例說明中西兩種「自然」概念與自然哲學傳統在明末耶穌會作品中遭遇。第六節試圖重建中國氣的自然哲學的一些特性。最後則選擇某些問題來對比中西兩種不同的自然哲學傳統，以豐富吾人對氣的自然哲學傳統之認識。

貳、中西兩種迥然不同的「自然」概念傳統

　　在人類文明史中，「自然」不是一個單純的概念，[4]而是極常見卻含混的。[5]過去

---

[2] 華爾納（Fritz Wallner），《建構實在論》，王榮麟、王超群合譯，沈清松審訂（臺北：五南圖書出版公司，1998）。沈清松，《從利瑪竇到海德格：跨文化脈絡下的中西哲學互動》（臺北：臺灣商務印書館，2014）。關於「語言獲取」（language appropriation），本文將其調整為「語言學取」、「語言襲取」或「語言挪用」，以符合明末耶穌會士將西學外推入華，進行文化交流與對話的脈絡。

[3] 沈清松，《對比、外推與交談》（臺北：五南圖書出版公司，2002）。

[4] 沈清松，《對比、外推與交談》，頁 202。R. G. Collingwood, *The Idea of Nature* (Oxford: Clarendon Press, 1986).

[5] 楊儒賓，〈導論——追尋一個不怎麼自然發生的概念之足跡〉，收於氏編，《自然概念史論》（臺北：臺灣大學出版中心，2014），頁 iii。

的研究反映先秦或古希臘中西具有不同的「自然」概念傳統。

一、中國的「自然」概念傳統

中國的「自然」概念傳統可回溯到《老子》有五處提到「自然」，[6]其中最重要的是「道法自然」。道是萬物之自性的存有整體，「道法自然」顯示道以自然而然的方式生成萬物，道遍布於萬物，道內在於萬物且成就萬物，也就是「輔萬物之自然」。[7]相對於「他然」，「自然」是狀詞或副詞，指萬物自然而然。沿襲《老子》開啟的「自然」傳統，莊子重萬物「自己而然」，氣化中的自生自成。而後道教中的才性自然、道性自然，宋代理學中的天道自然。簡言之，傳統中國有其自然概念史，在此「自其本然」之意下，中國哲學發展出其自然觀。[8]

二、古希臘的「自然」概念傳統

古希臘泰利斯（Thales, ca. 634-ca. 546）起始自然的發現（discovery of nature），將「自然」與「超自然」加以區別，拒絕以超自然的原因或理由來說明自然現象。[9]在《自然的觀念》（*The Idea of Nature*）一書中，柯林伍德（R. G. Collingwood, 1889-1943）將古希臘的自然觀念分為愛奧尼亞學派、畢哥拉斯學派與亞里斯多德三章，愛奧尼亞學派追問構成現象變化背後的物質性本原（arche），畢哥拉斯學派關切數的原理，[10]亞里斯多德則在《物理學》首卷中對先前問題的爭議進行回顧。[11]

三、亞里斯多德的「自然」概念

亞里斯多德在《物理學》第二卷首章偏重大地周遭事物的「自然」概念，介紹

---

[6] 王卡點校，《老子道德經河上公章句》（北京：中華書局，1993），頁 69、94、102-103、196、251。

[7] 楊儒賓，〈導論——追尋一個不怎麼自然發生的概念之足跡〉，收於楊儒賓編，《自然概念史論》，頁 v。

[8] 沈清松，《對比、外推與交談》，頁 210-215。

[9] G. E. R. Lloyd, *Early Greek Science: Thales to Aristotle* (New York/London: W. W. Norton, 1970), pp.8-9.

[10] R. G. Collingwood, *The Idea of Nature*, part I.

[11] Aristotle, *Physics*, bk.1, in *The Complete Works of Aristotle: The Revised Oxford Translation*, ed. by Jonathan Barnes (Princeton: Princeton University Press, 1984), v.1, pp.315-328.

「由於自然」而存在的事物，包括動物植物與由土、水、氣、火構成的單純物體，具有內在運動或靜止的原理，驅使它們朝向某些地點運動或靜止。其次，他從「合乎自然」切入，將「由於自然」而存在的事物納入，也將那些由於自身而屬於自然的屬性納入，如火與氣向上，土與水向下。接著從質料來反映自身具有運動或變化原理的物體中，作為載體的原始質料即是自然。最後，內在於自然事物中的形式原理，使它長成它所趨向長成的事物，因此，它的形式就是自然。

在《論天》中，亞里斯多德著重對天體的討論，認為宇宙是永存的（eternal），對其中的天體進行專門的討論。依此，亞里斯多德的「自然」，不但包括動物、植物與由土、水、氣、火構成的單純物體，還有以太構成的天體。

綜言之，中西從先秦或古希臘對「自然」就有不同的概念與取向。18 世紀初日本安藤昌益（1703-1762）詮釋的「自然」，賦予作為「自然界」的新義。[12] 19 世紀入華傳教士將「自然」的新義引入中國。[13]本文稍後將舉例反映明末耶穌會士將西學外推入華時，中西兩種不同的「自然」概念已產生遭遇。

參、從亞里斯多德經笛卡兒到牛頓
淵遠流長的西方自然哲學傳統

古希臘出現「自然」（phusis）與「哲學」（philosophía）兩個語詞，[14]並產生自然哲學。亞里斯多德自然哲學雖是質性的（qualitative），[15]卻著重解說的結構（explanatory structure），埋下日後革命的伏筆。中世紀後期興起的大學中，亞里斯多德自然哲學是博雅教育不可或缺的課程。1570 年代起陸續出現一些異例（anomaly），迫使亞里斯多德自然哲學面臨危機，直到笛卡兒《哲學原理》（1644）提出其系統的自然哲學，通過漩渦理論中粒子間機械式的碰撞與運動，取代亞里斯多德自然哲學，成為新的典範（paradigm），不過笛卡兒自然哲學仍是質性的。相對而言，由於超距的引力（gravitation）則被視為奧秘的（occult），迫使牛頓效法伽利略（Galileo Galilei, 1564-1642）在《兩門新科學》中採用數學的定義與公設來處理自

---

[12] 陳瑋芬，〈日本「自然」概念考辨〉，收楊儒賓編，《自然概念史論》，頁 262、281-285。

[13] 林淑娟，〈新「自然」考〉，收楊儒賓編，《自然概念史論》，頁 301-344。

[14] F. E. Peters, *Greek Philosophical Terms: A Historical Lexicon* (New York: New York University Press, 1967), pp.156-160.

[15] 所謂質性的（qualititative）亞里斯多德自然哲學，係指其中缺乏數或量方面的討論或研究。

由落體與拋體運動，《自然哲學的數學原理》（1687）也以數學的定義與公設方式來處理其運動定律，並批判笛卡兒處理物體在充滿物質的漩渦中運動，難以符合刻卜勒（Johannes Kepler, 1571-1630）的行星定律。

一、質性的亞里斯多德自然哲學傳統

在先蘇格拉底與柏拉圖（Plato, 422-347 B.C.）自然哲學[16]基礎上，亞里斯多德提出一個延續兩千年的系統性自然哲學傳統。

基於柏拉圖《蒂邁歐篇》提出兩個圓球式宇宙論（two-sphere model of the cosmos），[17]亞里斯多德在《論天》中將地圓說建立在月偏食的經驗與論證之上。[18]宇宙為一個同心圓球式結構，地球靜止位於宇宙的中心，分為以地心為中心的天域（celestial area）與地球領域（terrestrial area），以月天為分界。月亮天、水星天、金星天、太陽天、火星天、木星天、土星天與恆星天等八重天構成天域，其中日月五星與恆星繞地球運轉。天域中的星體由永恆不變、不毀不滅的以太構成，被認為是完美的球體，繞著地心進行等速圓周運動。地球領域內萬物皆由土、水、氣、火四元素構成，不斷生成與毀滅。土最重，其次是水，二者自然運動是朝向地球中心的直線運動，回到其理想的自然位置；火最輕，氣次輕，二者自然運動則是離開地球中心的直線運動，回到它們的理想自然位置。此外，他以質料因、形式因、動力因與目的因來解說運動或變化。[19]

亞里斯多德自然哲學有多本專著，包括總論的《物理學》（*Physics*），專論宇宙的《論天》（*On the Heavens*），討論靈魂與心理的《論靈魂》（*On the Soul*），月天以下變化的《氣象學》（*Meteorology*），月天以下生成毀壞的《論生成與毀壞》（*On Generation and Corruptio*n）等。他在《分析後篇》（*Posterior Analytics*）提出適用於自然哲學的科學理念（Idea of Science），科學的知識不是只知事實，還要知其原因

---

[16] G. E. R. Lloyd, "Plato as a Natural Scientist," *The Journal of Hellenic Studies* 88(1968): 78-92.

[17] David C. Lindberg, *The Beginnings of Western Science: The European Scientific Tradition in Philosophical, Religious, and Institutional Context, 600 B.C. to A.D. 1450* (Chicago and London: The University of Chicago Press, 1992), pp.42-43.

[18] David C. Lindberg, *The Beginnings of Western Science*, p.58. Aristotle, *On the Heavens*, 287a30-287b4, 297b14-298a8, in *The Complete Works of Aristotle: The Revised Oxford Translation*, ed. by Jonathan Barnes, v.1, pp.474, 488-489.

[19] David C. Lindberg, *The Beginnings of Western Science*, ch.3.

為何如此。[20]高可格（Stephen Gaukroger）以西方早期的物理學與哲學為例，反映亞里斯多德以一種具有演繹結構的解說來處理運動與變化。[21]簡言之，自然哲學係從原理加前提來解說現象，是一種有結構的解說。

由於太陽的照射與月球的影響，地球領域內由土、水、氣、火構成的萬物會產生動態的運動或變化。亞里斯多德採自然主義式的思維（naturalistic thinking），解說月天以下的變化，在《氣象學》（Meteorology）中，以土、水、氣、火的自然運動原理來解說包括大氣現象在內的地球領域現象。例如，亞里斯多德將彗星列入月天以下地球領域的大氣常象處理，以熱乾燥氣（hot and dry exhalation）依自然運動原理接近火域而點燃來加以解說（見圖一）。[22]

圖一　亞里斯多德《氣象學》傳統中的彗星

根據舊約《聖經·創世記》，造物主在六天內創世，祂創造的「自然」（Nature），其中不但分化物理世界的穹蒼，還創生動物、植物與人。〈創世記〉提供另一認識造物主的方式，通過祂的作品（work）——「自然」——來認識祂，稱為自然神學（natural theology）。於是，亞里斯多德宇宙論與《聖經·創世記》結合，成為基督教義化亞里斯多德宇宙論（Christianized Aristotelian cosmology），在亞里斯多德的八重天之上，加上基督神學意義的水晶天（caelum chrystallinum）、宗動天（primum

---

[20] Stephen Gaukroger, *Explanatory Structures: A Study of Concepts of Explanation in Early Physics and Philosophy* (Atlantic Highlands, N.J.: Humanities Press, 1978), p.85. James A. Weisheipl, "The Nature, Scope, and Classification of the Sciences," in *Science in the Middle Ages*, ed. by David Lindberg (Chicago/London: University of Chicago Press, 1978), pp.467-468.

[21] Stephen Gaukroger, *Explanatory Structures: A Study of Concepts of Explanation in Early Physics and Philosophy*.

[22] Aristotle, *Meterology*, bk.1, ch.7, 344b20-25, in *The Complete Works of Aristotle: The Revised Oxford Translation*, ed. by Jonathan Barnes, v.1., p.563. David C. Lindberg, *The Beginnings of Western Science*, p.252.

mobile）與永靜天（caelum empyreum）（見圖二）。[23]永靜天就是天堂，13 世紀時被視為是上帝、天使與受福者所在處。[24]在基督教義化亞里斯多德宇宙論中，原先亞里斯多德處理事物間因果的四因說，被分為一類是鄰近事物間的鄰近因（immediate cause），另一類則回溯到最初或最遙遠的（remotest）的第一因（first cause），以及依最初目的來造物的目的因或最終因（final cause）。

利瑪竇在羅馬學院的老師丁先生（Christopher Clavius, 1538-1612），撰寫《沙氏天球論評釋》，其中十一重天宇宙論「十一重天圖」，反映基督教義化亞里斯多德宇宙論，將兩個圓球式宇宙論的八重天，結合《聖經・創世紀》而增加水晶天、宗動天與永靜天（見圖三）。[25]

圖二　基督教義化下亞里斯多德宇宙論　　圖三　《沙氏天球論評釋》「十一重天圖」

二、從諸多異例到笛卡兒《哲學原理》

中世紀大學的教育，在授課上採取通過找出有利與不利於文本內容的辯駁（disputatio）來訓練學生，在尊重權威的歷史背景下，對亞里斯多德自然哲學相當滿意，只進行細微的修正。直到 1572 年，仙后座（constellation Cassiopeia）出現一顆新星（nova），在天域長達一年半時間非常耀眼，挑戰亞里斯多德主張天域星體

---

[23] Petrus Apianus, *Cosmographia* (Antverpiae: Apud Ioannem Withagium, 1564), folio 3 recto.

[24] Edward Grant, *Planets, Stars, & Orbs: The Medieval Cosmos, 1200-1687* (Cambridge: Cambridge University Press, 1996), pp.371-373.

[25] Christopher Clavius, *In sphaeram Ioannis de Sacro Bosco commentarivs* (Romae: Ex Officina Dominici Basae, 1581), p.71.

是不毀不滅、不增不減的見解。翌年，第谷（Tycho Brahe, 1546-1601）為此異例撰寫一本專書。[26]相對於亞里斯多德自然哲學認為彗星是月天以下的大氣現象，1577 年 11 月天空出現一顆非常閃亮的彗星，第谷與刻卜勒日後在杜賓根大學的老師麥斯特林（Michael Maestlin, 1550-1631）都發現它出現在月天以上的位置，因此成為挑戰亞里斯多德自然哲學的關鍵異例，造成亞里斯多德自然哲學的危機。[27]

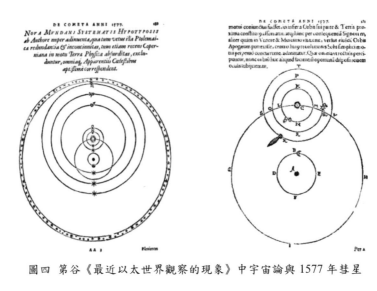

圖四　第谷《最近以太世界觀察的現象》中宇宙論與 1577 年彗星

　　1577 年彗星出現在月天以上這個事實，使亞里斯多德自然哲學無法為其彗星見解自圓其說，第谷在 1588 年出版《最近以太世界觀察的現象》，提出一個與基督教義化亞里斯多德地心說宇宙論不同，也與哥白尼（Nicolaus Copernicus, 1473-1543）日心說宇宙論相異的折衷，仍將地球安置於宇宙中心靜止不動，以符合《聖經》記載，月亮、太陽與恆星繞地球運轉，彗星與行星則繞日運轉。由於運轉軌道交叉，乃將原先亞里斯多德的固態以太天球殼，改為流質的。[28]（見圖四）於是，出現亞里斯多德地心說宇宙論、哥白尼日心說宇宙論與第谷折衷宇宙論三者間的競爭。

　　17 世紀前半陸續出現更多的異例與新發現，1600 年吉爾伯特（William Gilbert,

[26] Tycho Brahe, *De Nova Stella* (Hafniae: Impressit Lavrentivs Benedictj, 1573).

[27] Thomas Kuhn, *The Structure of Scientific Revolutions* (Chicago: University of Chicago Press, 1970).

[28] Tycho Brahe, *De mundi aetherei recentioribus phaenomenis liber secundus* (excudi primum coeptus Vraniburgi. Aft Pragae Bohemiae absolutus, Prostat Francofurti apud Godefridum Tampachium, 1610), p.191.

1544-1603）出版《磁石論》，指出地球是個大磁球，將奧秘的磁力帶入經驗或實驗研究。[29] 1604 年刻卜勒在蛇夫座（constellation Ophiuchus）發現另一顆超新星。1609-1610 年伽利略運用他改良的望遠鏡，觀察月球表面，推論它像地表一樣是崎嶇不平的，不是一個完美的天體。發現木星的四顆衛星，以及銀河有無數多的恆星。1610年下半，觀察到金星像月球一樣有完整的相位變化，以及火星附近有兩個小耳朵。1613 年觀察太陽表面黑子的變化，不是一個完美的天體。上述異例與新發現，不斷削弱亞里斯多德自然哲學的信賴度，相對地，提升學者對哥白尼日心說宇宙論的嘗試與接納。

伽利略因推廣哥白尼日心說宇宙論，於 1632-1633 年再次遭受宗教裁判廷審判，支持哥白尼日心說宇宙論的笛卡兒，在聽到伽利略遭受居家監禁後，停止正準備出版的《論世界》，轉而在《方法導論》（1637）中尋求其自然哲學的神學與形上學基礎。

1644 年出版的《哲學原理》是本概括性的大學教科書，計畫取代亞里斯多德自然哲學。第二部份第 24 條談到「運動」的既定意義時，指出：「運動一詞通常的意義，是指物體靠行動從一個位置移到另一位置。對我而言，運動是位置的改變」。[30]第 25 條給「運動」最嚴格的意義。「如果我們根據物質的真理，而不是一般用法，來考慮該如何理解運動，我們可以這麼說：一個物體或物質的一部份之運動，指的是它從緊靠著它且被視為靜止的鄰近物體，轉移到其他物體附近」。[31]第三部份討論可見的宇宙，為發揚哥白尼日心說，與避免像伽利略般遭受審判和譴責，笛卡兒在第 28 條中，將「運動」最嚴格的意義應用到地球上，強調：「嚴格說來地球並不在運動，相對行星以外而言，儘管行星們皆為天際物質帶著轉。[…]我們使用『運動』一詞最嚴格的意義，並符合事物的真理，那麼靜止是相對鄰近其他物體，運動只是與鄰近其他物體的即刻接觸時，從鄰近其他物體轉換到一物體」。[32]根據此一定義，笛卡兒認為即使地球在繞著太陽旋轉的漩渦中，可是地球卻未從與緊靠著它且被視為靜止的鄰近物體，轉移到其他物體附近，所以算不上在運動。[33]

專論地球的第四部份提出一個假設的地球發展史，成為地球理論的先驅者。1600

---

[29] William Gilbert, *De Magnete* (London: Peter Short, 1600).

[30] Renè Descartes, *Principles of Philosophy*, trans. with explanatory notes by Valentine Rodger Miller & Reese P. Miller (Dordrecht: D. Reidel, 1983), p.50.

[31] Renè Descartes, *Principles of Philosophy*, p.51.

[32] Renè Descartes, *Principles of Philosophy*, pp.94-95.

[33] 此一見解得靈感似乎來自 fixed stars 間的位置關係是固定不變的。

年吉伯特提出磁的現象，視磁之於物，有如靈魂之於身體，採用某種超自然的方式來解說磁現象。在《哲學原理》中，笛卡兒以機械用語來說明磁，用漩渦轉動會產生螺旋形狀可前後吻合的粒子，通過磁石與鐵的微細孔道，來說明磁力。[34]

整體而言，《哲學原理》不在發掘新的科學事實與現象，旨在對已知現象提出機械哲學的解說。如笛卡兒強調「在此論集中，無一自然現象被忽略」。[35]他盡其可能地針對個別現象提出不同的假設來加以解說。

三、牛頓《自然哲學的哲學原理》

1661 年 6 月牛頓就讀劍橋大學三一學院，當時笛卡兒《哲學原理》已逐漸取代亞里斯多德自然哲學。牛頓廣泛閱讀新科學的作品，大學筆記《哲學上的一些問題》記載笛卡兒《哲學原理》。

17 世紀後半，不論亞里斯多德或笛卡兒自然哲學，都認為在物理上產生接觸的情況下，物體才會受到他物力量改變運動，而將隔段距離物體間的相互吸引視為某種奧祕。因此，物體間遠距的引力難以解說，成為牛頓在學術上的困境。

伽利略在生前的最後一本著作《兩門新科學》中，為避開未能說服人的自然哲學解說，改採數學式的定義、公理、定理來呈現新學說。牛頓在《自然哲學的數學原理》（ *Mathematical Principles of Natural Philosophy*, 1687）中，[36]也採取「定義」、「運動的公理或定律」、「定理」、「命題」等數學推論的形式進行，完全避開物理解說的難題。因此，不像笛卡兒《哲學原理》強調物理解說，《自然哲學的數學原理》的重點是現象間的數學關係，將太陽系中行星繞日運動的物理原因存而不論。

《自然哲學的數學原理》第一部份證明與距離平方成反比的向心力，合於刻卜勒行星運動定律。第二部份處理物體在流體介質中的運動，證明行星合於刻卜勒運動定律，卻非由笛卡兒的漩渦物質所攜帶。第三部份的總釋中，明確地指出笛卡兒漩渦理論遭遇許多困難。例如，彗星遵循刻卜勒行星運動相同的律則，這是漩渦理論無法解說的。強調一個符合刻卜勒定律的太陽系，不可能出自笛卡兒混沌的機械運動所能產生的，僅能出自一位聰慧萬能的造物主在創世時賦予的。

---

[34] Renè Descartes, *Principles of Philosophy*, pp.246ff, plate XXII.

[35] Renè Descartes, *Principles of Philosophy*, pp.282-283.

[36] Isaac Newton, *The Principia: Mathematical Principles of Natural Philosophy*, a new translation by I. B. Cohen & Anne Whitman, preceded by A Guide to Newton's *Principia* by I. B. Cohen (Berkeley: University of California Press, 1999).

18 世紀前半，牛頓與笛卡兒自然哲學形成兩大競爭理論。在 1734 年出版的《哲學書簡》（*Lettres Philosophiques / Philosophical Letters*）中，提倡牛頓學說的伏爾泰（F. Voltaire, 1694-1778），在第十四書簡中比較笛卡兒與牛頓，描述他在巴黎與倫敦所經歷兩種不同的（自然）哲學。[37]

> 一個初到倫敦的法國人，發現這裡的哲學與其他事物〔和法國〕很不一樣。他所離開的世界是充實的（full）；此處他發現世界是空洞的（empty）。巴黎人眼中的世界是由微妙物質的漩渦（vortices）所組成的；倫敦人卻不是這麼想。對法國人來說，月亮的壓力造成了海水的潮汐；英國人認為重力將海水拉向月亮。[…]在巴黎時，地球被畫成像瓜狀；在倫敦，地球的兩極是扁平的。

最後，從地球的形狀、月球的運動與哈雷彗星的重返等三方面檢驗下，顯示牛頓的自然哲學優於笛卡兒的自然哲學而勝出。

肆、近四十年來參照西方自然哲學下 有關中國自然哲學的一些見解

傳統中國未鑄造「自然哲學」一詞，近四十年來學者從多個側面借用西方「自然哲學」來對照中國傳統自然知識或思想。1982 年 10 月中國科學院《自然辯證法通訊》雜誌社在成都舉辦「中國近代科學技術落後原因」學術討論會，會後出版專書，范岱年的序點到「古代的自然科學（包括中國的和希臘的）與自然哲學交織在一起」。[38]黃暉借用西方自然哲學來說明王充（27-ca. 100）不贊成當時流行天人同類的「目的論」，認為加上氣，使其自然哲學與古代自然哲學有所不同。[39]鄭文光（1929-2003）探討中國天文學源流時，有章著眼於「自然哲學與天文學」，認為中國古代

---

[37] F. Voltaire, *Philosophical Letters*, trans. with an introduction by Ernest Dilworth (Indianapolis: Bobbs-Merrill, 1961), p.60.

[38] 范岱年，〈序〉，中國科學院《自然辯證法通訊》雜誌社編，《傳統科學與文化——中國近代科學落後的原因》（西安：陝西科學技術出版社，1983）。

[39] 黃暉，〈王充的論衡〉，收入氏撰，《論衡校釋》（臺北：臺灣商務印書館，1983），頁1305。

已建立一個獨特的自然哲學體系，陰陽是一對最基本的範疇。[40]亦有將《周易》與自然哲學加以關聯者。例如，李零在《死生有命，富貴在天：《周易》的自然哲學》中，對《周易》經傳中蘊含的陰陽對立、五行循環的自然哲學加以闡述。[41]

在中國哲學史或思想史中，氣被視為是一個與天、道、理、心、性等同觀的主要範疇。[42]過去研究氣的思想，產生「氣論」、「理氣論」、「理本論」、「氣本論」與「自然氣本論」等語詞和頗多討論，[43]認為至少有兩種氣學。[44]氣的問題與儒學、道家和佛教有密切的關聯，也與醫療、身體觀、氣功、文學、藝術、風水、占星、政治和軍事有關。

朱熹（1130-1200）自然知識或思想常被研究，徐剛在 2002 年出版《朱熹自然哲學思想論稿》緒論中提到：

> 自然哲學有著漫長的歷史，是中西方一門古老而常新的學科，是哲學研究的一個重要領域。[…]人們逐漸認識到，自然辯證法即是馬克思主義的自然哲學，自然觀上升到哲學的高度就是自然哲學。[45]

此書不但從易學、宇宙天文、氣象物候、時間、環境倫理、生命等哲學思想來略述朱熹自然哲學思想，還在第五章〈朱熹自然哲學與西方自然哲學的比較研究〉中，分別將朱熹與柏拉圖、康德、黑格爾、萊布尼茲、李約瑟進行比較。

1978 年日本學者山田慶兒出版《朱子の自然學》，序章中以「忘れられた自然學者（被遺忘的自然學者）」為副標題，稱朱熹為「中國最大の思想家」，還提到「朱子の自然哲學」與「中國の自然哲學」各一次。[46]在《古代東亞哲學與科技文化：

---

[40] 鄭文光，《中國天文學源流》（臺北：萬卷樓圖書公司，2000），第 9 章。

[41] 李零，《死生有命，富貴在天：《周易》的自然哲學》（香港：香港中文大學出版社，2012）。

[42] 張立文，〈獻給讀者〉，蔡方鹿等著，《氣》（北京：中國人民大學出版社，1990），頁 II。

[43] 李存山，《中國氣論探源與發微》（北京：中國社會科學出版社，1990）。曾振宇，《中國氣論哲學研究》（濟南：山東大學出版社，2001）。陳福濱專題主編，《中國哲學氣論專題》，《哲學與文化》33.8[387](2006.8)。劉又銘，《理在氣中——羅欽順、王廷相、顧炎武、戴震氣本論研究》（臺北：五南圖書出版公司，2000）。劉又銘，〈明清儒家自然氣本論的哲學典範〉，《國立政治大學哲學學報》22(2009.7): 1-36。

[44] 楊儒賓，〈兩種氣學，兩種儒學〉，《臺灣東亞文明研究學刊》3.2(2006.12): 1-39。

[45] 徐剛，《朱熹自然哲學思想論稿》（福州：福建教育出版社，2002），頁 1。

[46] 山田慶兒，〈序章：忘れられた自然學者〉，《朱子の自然學》（東京：岩波書店，1978），頁 1-2。

山田慶兒論文集》〈自序〉（1994）中，山田慶兒明白表示：

> 自從事中國科學史研究以來，始終吸引著我的中心性主題有[⋯]傳
> 統性的自然哲學與科學思想中所展現的思考方法，或稱之為概念
> 與思想的框架。[47]

> 此處所云傳統性自然哲學，是起源於中國的氣的哲學，或亦可稱之為陰陽
> 的哲學。這種哲學始於中國古代的道家，不久即被以儒家為首的諸學派所
> 吸收，成為中國哲學的共通分母。[48]

　　簡言之，山田慶兒認為東亞傳統性自然哲學源自中國氣的哲學，他在朱熹的自
然知識與中國醫學上落實此一見解，前者為《朱子の自然學》，後者則是《氣の自
然像》[49]。

　　2000 年韓國學者金永植（Yung Sik Kim）出版《朱熹的自然哲學》（*The Natural
Philosophy of Chu Hsi (1130-1200)*），[50]以自然哲學來統稱朱熹的自然知識。此書有七
章介紹「朱熹自然哲學的基本概念」（Basic Concepts of Chu Hsi's Natural Philosophy），
並有一章比較朱熹的自然知識與西方科學傳統。相對於 13 世紀歐洲大學亞里斯多德
自然哲學的運動與變化，朱熹談到物質、運動與變化，認為物質皆由氣組成，視運動
與變化為氣的自然過程，理所當然的現象，將所見現象當作具體的經驗事實接受，未
探究其細節與原理。質言之，金永植認為朱熹缺乏抽象性與理論性的思考和論辯。[51]

　　上述借用西方「自然哲學」來表達朱熹自然知識的研究，引起筆者對下列問題
的好奇：在朱熹討論自然知識的背後，先前是否已存在氣的自然哲學？朱熹理氣說
是否豐富此一氣的自然哲學傳統？中國是否有一個隨著時代演變的氣的自然哲學傳
統？相對西方自然哲學，中國氣的自然哲學傳統有何特性呢？過去對氣的研究雖有
相當多面向的探討，似乎缺乏一個統整性概念架構的思索與探討，吾人該如何著手
去探討上述問題？筆者認為明末耶穌會士將西學慷慨外推入華，不但涉及中西自然

---

[47] 山田慶兒，〈自序〉，《古代東亞哲學與科技文化：山田慶兒論文集》（瀋陽：遼寧教育
出版社，1996），頁 1。

[48] 山田慶兒，〈傳統性自然哲學的思考方法〉，《古代東亞哲學與科技文化：山田慶兒論文
集》，頁 1。

[49] 山田慶兒，《氣の自然像》（東京：岩波書店，2002）。

[50] Yung Sik Kim, *The Natural Philosophy of Chu Hsi (1130-1200)* (Philadelphia: American
Philosophical Society, 2000).

[51] Yung Sik Kim, *The Natural Philosophy of Chu Hsi (1130-1200)*, ch.13.

哲學的歷史遭遇，還可回到遭遇的歷史脈絡中檢視在哪些具體問題上產生「衝激／回應」，更能從「語言獲取」來重建各自所源自的傳統，有助於通過某些問題的對比進行研究，或可開啟一條重建中國氣的自然哲學傳統之路。

伍、中西兩種「自然」概念與自然哲學傳統在明末耶穌會作品中遭遇

明末利瑪竇等耶穌會士通過「語言獲取」（language appropriation），跨文化將西學慷慨外推入華，使中西自然哲學遭遇。本節將「語言獲取」視狀況略為調整為「語言學取」、「語言襲取」或「語言挪用」，並舉例來呈現基督教義化下亞里斯多德自然哲學與中國氣（qi）的自然哲學傳統的遭遇。

一、基督教義化下亞里斯多德自然哲學與中國氣（qi）的自然哲學在利瑪竇《天主實義》（1603）遭遇

入華耶穌會士通過對中文「天主」一詞的「語言學取」加以挪用，反映在羅明堅（Michele Ruggieri, 1543-1607）《天主實錄》（1584）與利瑪竇《天主實義》（1603）二書，以及諸多傳播基督教義的中文書名中。

《天主實義》首篇為了推論天主始制天地萬物，並主宰安養之，從因果或始終推理的觀點，主張天主是最遙遠的第一因，祂是無始無終。萬物皆由天主創生，其中鳥獸草木雖始自天主，而後則代代生滅，所以是有始有終。至於天主所創的天地鬼神及人之靈魂，被認為是永存的，所以是有始無終。

> 中士曰：萬物既有所生之始，先生謂之天主，敢問此天主由誰生歟？西士曰：天主之稱，謂物之原，如謂有所由生，則非天主也。物之有始有終者，鳥獸草木是也；有始無終者，天地鬼神及人之靈魂是也。天主則無始無終，而為萬物始焉，為萬物根柢焉。無天主則無物矣。物由天主生，天主無所由生也。[52]

---

[52] 明・利瑪竇，《天主實義》，收入李之藻編，《天學初函》第 1 冊（臺北：臺灣學生書局，1965），頁 389。

利瑪竇還襲取朱熹理學的「所以然」，加以挪用，將亞里斯多德四因說以四種所以然的方式傳入。依據鄰近因與遙遠因或第一因的區分，造物主或天主乃成為「所以然之初所以然」。

> 試論物之所以然有四焉。四者維何？有作者，有模者，有質者，有為者。
> 夫作者，造其物而施之為物也；模者，狀其物置之於本倫，別之於他類也；
> 質者，物之本來體質，所以受模者也；為者，定物之所向所用也。[…]至
> 論作與為之所以然，又有近遠公私之別。公遠者，大也；近私者，其小也。
> 天主為物之所以然，至公至大；而其餘之所以然，近私且小。[…]天主固
> 無上至大之所以然也，故吾古儒以為所以然之初所以然。[53]

回到人的靈魂問題，中國古人主張天地萬物皆由氣所生成，其中精氣為魂，濁氣為魄。朱熹認為人死後，魂氣會歸天，形魄則在地面冷卻。[54]然而根據基督教義化下亞里斯多德自然哲學，個人的靈魂是天主賦予的，行善去惡者死後可升天堂。

> 釋氏未生，天主教人已有其說，修道者後世必登天堂受無窮之樂，免墮地
> 獄受不息之殃，故知人之精靈常生不滅。[55]

此外，利瑪竇還學取「格物窮理」，改以士林哲學重新界定「格物窮理」，加以挪用。

> 若太極者，止解以所謂理，則不能為天地萬物之原矣。蓋禮亦依賴之類，
> 自不能立，曷立他物哉？中國文人學士講論理者，只謂有二端：或在人心，
> 或在事物。事物之情，合乎人心之理，則事物方謂真實焉。人心能窮彼在
> 物之理，而盡其知，則謂之格物焉。據此兩端，則理固依賴，奚得為物原
> 乎？二者皆在物後，而後豈先者之原？[56]

針對當時流行於中國的兩種宋明理學的格物窮理見解：王學的「理在人心」與朱學的「理在事物」，利瑪竇採用亞里斯多德《範疇論》中實體與其屬性，將實體

53 明‧利瑪竇，《天主實義》，收入李之藻編，《天學初函》第 1 冊，頁 390-392。
54 宋‧黎靖德編，王星賢點校，《朱子語類》（北京：中華書局，1999），卷 3，〈鬼神〉，頁 37。
55 利瑪竇，《天主實義》，頁 439。
56 利瑪竇，《天主實義》，頁 407。

譯為自立者，屬性則為依賴者，[57]並以士林哲學批判理不能為物之原。

二、《乾坤體義‧四元行論》中兩種自然哲學傳統的遭遇與辯駁

《乾坤體義》有一節〈四元行論〉，反映利瑪竇用基督教義化亞里斯多德自然哲學，在「語言學取」方面，襲取五行的「行」，將其與四元素的「元」加以結合，成為「四元行」，並主張「當初造物者欲創作萬物於寰宇，先渾沌造四行，然後因其情勢布之於本處矣」後，[58]就以對話與辯駁方式聚焦於以亞里斯多德自然哲學四元素說來挑戰中國氣的自然哲學的陰陽五行說。其中有些值得注意的歷史論述。

首先，相對於陰陽五行說，宋代邵雍（1011-1077）《皇極經世》提出以地之四象或四體水火土石來取代五行的重大轉變，出現一個以四取代五的小傳統，它為利瑪竇提供預先的背景，容許利瑪竇在 17 世紀初加以借用或挪用。其次，在建立四象與五行關係時，邵雍之子邵伯溫（1057-1134）對《皇極經世》的註解，使他成為首位用「體／用」類比，並結合先天與後天，還運用《尚書‧洪範》為歷史證據，表示五行晚於四體出現。第三，通過學習儒家經典，與章潢（1527-1608)和其弟子的討論，加上教導中國士人學習西方自然哲學，利瑪竇可能從《性理大全》引用邵伯溫的註解，得知過去對五行說的批判，以及四體與五行間的辯駁，有助於他建立對五行說的批判，以及完成以四取代五的跨文化的借用或挪用。第四，在《乾坤體義》中，利瑪竇將四元素界定為四元行，以四行挑戰五行，起始了西學與中學在意理上的競爭。他主張「四行為體、五行為用」與「四行為原、五行為流」，以亞里斯多德自然哲學的四元素為體與為源，中國氣的自然哲學中的五行為用與為流，顯示「西學為體，中學為用」與「西學為源，中學為流」。簡言之，早在 17 世紀初利瑪竇已成為首位開啟西學與中學間「體／用」與「源／流」的爭戰者，比 17 世紀上半的西學中源來得早，遑論 19 世紀後半的「中學為體，西學為用」。[59]

三、兩種「自然」概念傳統在《天主實義續篇》遭遇

關於實在的氣是自然而成複雜的天地萬物與人，龐迪我（Didace de Pantoja, 1571-

---

[57] 見「物宗類圖」。利瑪竇，《天主實義》，頁 462。

[58] 明‧利瑪竇輯，明‧畢懋康演，《乾坤體義》（日本神戶市立博物館藏明萬曆刻本），卷上，〈四元行論〉，頁 10b。

[59] Kuang-Tai Hsu, "Four-Elements as *Ti* and Five-Phases as *Yong*: The Historical Development from Shao Yong's *Huangji jingshi* to Matteo Ricci's *Qiankun tiyi*," *EASTM* 27(2007): 13-62.

1618）《天主實義續篇》有段對話，對此不以為然，而以造物主為造其然者。

> 或曰：物皆自然而成。曰：何謂自然？若謂物各自造其然，孰不欲成造美
> 好。而顧有頑蠢陋劣者，且既能自造其然，必也亦能存護其然，何又漸滋
> 衰弱，至老死滅凶耶？見嘉篇文字，必意高才之士撰述之。或曰：自然若
> 是，不待文人撰述，誰以為妄言耶？見天地萬物之全備豔美，則宜越陟於
> 物上，因而追求全智全能至仁至尊之物主，以致其敬愛，斯則修善之實學
> 也。因物之全備嘉美，特云自然而忘造其然者；特樂其用，而不索造為我
> 用者，冥頑莫大矣。[60]

引文內容一方面反映始自《老子》「道法自然」的傳統，天地萬物皆自然而成；另一方面，則是基督教義化亞里斯多德的自然哲學中的全能造物主，將美善的目的實現在祂所創造的作品——「自然」——之中。

根據上述分析，筆者認為明末將基督教義化下亞里斯多德自然哲學外推入華的耶穌會士，在與氣有關的中國自然哲學遭遇中，曾在不同的問題上產生調適、翻譯、折衷、比較、對比、競爭、批判、辯駁與取代。筆者認為吾人可藉此機會來重建中國氣的自然哲學的一些特性。

陸、重建中國氣的自然哲學的一些特性

相對西方自然哲學而言，中國氣的自然哲學有何特性呢？本節將通過近代中西文明的遭遇與衝撞來分析氣的自然哲學之一些特性。

一、氣實在論

傳統中國相信天地、萬物與人皆由氣（qi）構成，其間的一切變化皆出自氣的運動。依此，氣的自然哲學一項最基本見解就是視氣為構成整個宇宙中天地、萬物與人的最基本的實在或存有，這是一種氣實在論（realism of *qi*）。《老子》主張由道生渾沌未分的氣，是為「道生一」。此一渾沌未分的氣分化為陰陽二氣，是為「一

---

60 明·龐迪我，《天主實義續編》，收入吳相湘編，《天主教東傳文獻續編》第1冊（臺北：臺灣學生書局，1986），頁11b-12a（總118-119）。

生二」。在陰陽二氣的交互作用下，生成天地與其間的人，這是「二生三」，進而生萬物。

建構實在論（constructive realism）主張有兩種實在，一為實在本身（reality itself），另一為建構的實在（constructed reality）。由於實在本身無法被理解，吾人係經由建構的實在來聯繫實在本身。不同於古希臘物質主義者對構成世界與萬物提出多元建構的實在見解，氣實在論以道與氣為建構的實在。

二、自然氣論

相對於結合亞里斯多德自然哲學與基督宗教自然神學中造物主創造的「自然」，中國傳統視氣（qi）為宇宙間一切事物發生、生成與發展的總根源，天地、萬物與人皆由氣自然生成，筆者稱其為「自然氣論」（natural qism），這點與中國的「自然」傳統相當契合。

至於實在的氣是如何「自然而然」生成天地、萬物與人，過去視此為理所當然，自然而成，沒有詳細的說明與細節。因此，其中涉及的因果過程不明。這點或許反映中國傳統自然知識的一項缺憾，當然也造成明末以來中西雙方對話或論辯上的困難。

三、二分的氣

過去處理氣造成人事活動或自然現象變化時，常將氣予以二分。在陰氣與陽氣區分以外，氣可分為「未成形的」與「成形的」。前者是不斷運動的、極細微的「未成形的」氣，難以直接察知；後者凝聚成可見的形質。此外氣可分為輕或清，重或濁。輕清的精氣上揚，形成天上的星辰、大氣現象，重濁的氣則聚於下，凝結為大為地。[61]

氣亦可分為正氣與偏氣，前者包括浩然之氣、和氣、中和之氣、秀氣，後者含括雜氣、厲氣、誖氣、沴氣、戾氣、毒氣等有害之氣。相對於西方源自造物主所創的存有之大鏈，可依其存有層級的高下或等級排成一直行，[62]自然氣論似乎未將萬物依其氣稟之分殊而排成一直行。朱熹將人與動物加以二分，人得到的是正而通的精

---

[61] 漢·劉安撰，《淮南子》（臺北：中華書局，1981），頁 79-80。

[62] Arthur O. Lovejoy, *The Great Chain of Being: A Study of the History of An Idea* (New York: Harper, 1960).

氣，動物為偏氣。[63]另一方面，在醫療方面，將人體疾病歸因於偏氣或不正之雜氣或毒氣。吳有性《瘟疫論》中將瘟疫的原因歸於疫氣。[64]

四、通天地一氣

不像亞里斯多德兩個圓球式宇宙論，將宇宙二分為天域與地球領域，天域的星光卻可進入地球領域，造成對地球領域的實質物理影響，地球領域的土水氣火無法通達天域。基於關聯式思維（association thinking），氣的自然哲學強調通天地一氣，氣流通於天地之間。天與在地面的人之間通過氣的運動與變化來聯繫，輕清的精氣上揚，形成天上的星辰、大氣現象，地表上的人氣可上升至天星所在，干預星體之正常運行，產生星占異象。

五、人氣與中國的星占異象

在氣的自然哲學中，充塞與流通於天地之間的氣，人氣是其中重要的一環。古代軍國政治體制特別注重對某些特殊的人氣進行望氣。唐李淳風（602-670）《乙巳占》記錄一些特殊的人氣。戰爭攸關國之存亡，因此在兩軍交戰前，雙方聚集大量人馬，相信其上方會反映一些與戰爭勝敗有關的人氣，如將軍氣、戰敗氣、城上氣等。[65]

在五行相生與相剋以外，還有一種與朝政密切關連的五行相沴之氣，它是種有害的人氣，簡稱為沴氣，可升至星際，對天星產生影響，造成星占異象，為氣的自然哲學產生天人感應提供理論依據。此一見解與漢代今文經對《尚書·洪範》的注疏關聯密切，特別是洪範九疇中提到治國大法第二項「敬用五事」。[66]在《尚書大傳》中，伏勝（260-161 B.C.）認為君主不修朝政，貌之不恭、言之不從、視之不明、聽之不聰或思之不睿，就是不敬用五事，將分別導致金木互沴，水火互沴，金、木、水、火沴土等五行之沴氣。最嚴重的是君主五事皆不修時，「下人伐上之痾時，則

---

[63] 黎靖德編，《朱子語類》，卷 4，〈性理 1·人物之性、氣質之性〉，頁 65。

[64] 明·吳有性，《瘟疫論》，收入《景印文淵閣四庫全書》第 779 冊（臺北：臺灣商務印書館，1983），卷下，頁 2b、4a-b（總 32-33）。

[65] 唐·李淳風，《乙巳占》（臺北：新文豐出版社，1987），卷 9。

[66] 漢·孔安國傳，唐·孔穎達疏，《尚書正義》（李學勤主編《十三經注疏》之二）（北京：北京大學出版社，1999），卷 12，〈洪範第六〉，頁 299、303-305。

有日月亂行，星辰逆行」。[67]在《洪範五行傳》中，劉向（77-76 B.C.）亦認為「此五行沴天」。[68]宋代王觀國（fl. 1140）《學林》中有一節論〈沴〉，記載類似看法。當君主「五事皆失」時，產生第六種沴氣。[69]

這種與朝廷政治和其倫理密切關連的五行相沴之氣，前五種沴氣產生的結果記載在《春秋》中的五種異象：雨木冰，九鼎震，亡冰，大雨、大雪、雨雹，地震、山崩。[70]第六種沴氣造成星占中的「日月亂行，星辰逆行」的星變，乃是《周禮》中眡祲氏與保章氏負責觀察的星占異象，也是司馬遷（135- ca. 87 B.C.）《史記‧天官書》反映出中國傳統占星思想。[71]

由於成形之象皆是由氣凝聚而成的，朝廷政治失德，當君主五事皆不修時，五行沴天之氣上達星際，產生《史記‧天官書》記載的星變異象，構成中國傳統文化占星氣的根據。其中提到西漢初年占星者王朔，以日旁雲氣為人君的象徵，來占驗其吉兇，[72]因此《史記‧天官書》係建立在氣的自然哲學之上。五行沴天之氣由地面上達星際，影響行星正常運行，失去秩序，產生彗星類的妖星。

> 其失次舍以下，進而東北，三月生天棓，長四丈，末兌。進而東南，三月生彗星，長二丈，類彗。退而西北，三月生天欃，長四丈，末兌。退而西南，三月生天槍，長數丈，兩頭兌。[73]

質言之，根據氣的自然哲學，人事活動於地表所匯聚的沴氣，上達星際，干擾天星運行，為星占、分野與占候等理論中天星與地表相應提供自然哲學的基礎。

---

[67] 漢‧伏勝，《尚書大傳》（板橋：藝文印書館，1970），卷下，〈鴻範五行傳〉，頁 1a-2b。

[68] 漢‧劉向，《洪範五行傳》（板橋：藝文印書館，1971），頁 48a。

[69] 宋‧王觀國，《學林》，收入《景印文淵閣四庫全書》第 851 冊，卷 4，〈沴〉，頁 106。

[70] 「金沴木則木氣病，《春秋》書雨木冰，太室屋壞之類是也。木沴金則金氣病，周威烈王九鼎震之類是也。水沴火則火氣病，《春秋》書凶冰之類是也。火沴水則水氣病，《春秋》書大雨雪、大雨雹之類是也。金、木、水、火沴土，則土氣病，《春秋》書地震、山崩之類是也」。同上註。

[71] 劉韶軍，〈《史記‧天官書》簡介〉，收於劉韶軍編著，《古代占星術注評》（北京：北京師範大學出版社，1992），頁 11-14。

[72] 「王朔所候，決于日旁。日旁雲氣，人主象。皆如其形以占」。漢‧司馬遷，《史記》（北京：中華書局，1974），卷 27，〈天官書第五〉，頁 1338。

[73] 漢‧司馬遷，《史記》，卷 27，〈天官書第五〉，頁 1316。

六、容許傳說與奇異並存

冰雹為另一個例子，關於它的形成有三種不同的說法，反映氣的自然哲學下容許包括傳說與奇異在內的其他說法並存。

首先，它是朝廷政治和其倫理密切關連的五行相沴之氣中，火沴水產生的災異。[74] 朱熹以氣的自然哲學為發生冰雹的理論基礎，陰陽不和產生戾氣曀霾。飛雹出自陰陽邪惡不正之氣所致的戾氣。[75] 程頤（1034-1108）認為「雹是陰陽相搏之氣，乃是沴氣。聖人在上，無雹。雖有，不為災」。[76] 換言之，聖者在朝時，產生的人氣不會使陰陽相搏之氣為災。

其次，中國的龍是水龍，傳說龍在天上飛行時，鱗下的水生成與挾帶著冰雹。當兩條龍打鬥時，原先挾在鱗下的雹失控則紛紛落下。第三，宋代產生「蜥蜴生雹」的傳說，不但涉及張載（1022-1077）和邵雍，程頤與朱熹都肯定「蜥蜴生雹」的奇異之理。[77]

簡言之，在上述三種有關冰雹生成的不同說法中，除了以五行相沴之氣中的火沴水產生的冰雹災異以外，龍鱗生雹與蜥蜴生雹皆屬傳說或奇異，反映氣的自然哲學較為寬鬆的特色，容許包括傳說或奇異在內的其他說法與其並存。

柒、結語：通過外推來看中西自然哲學傳統的對比

明末西學東漸，使中西兩種不同「科學本質」的自然知識傳統大規模的遭遇，造成的挑戰、衝激與對照，以及士人的回應，深值注意、思索與研究。本節擬結合前一節研究，對中國氣的自然哲學與基督教義化亞里斯多德自然哲學進行以下一些對比，在歷史迂迴中通過慷慨外推與相互對比，或可豐富吾人對氣的自然哲學傳統之認識。

---

[74] 「火干水夏雹」。漢・董仲舒，《春秋繁露》（臺北：中華書局，1984），卷 14，〈治亂五行第六十二〉，頁 1a；卷 14，〈五行五事第六十四〉，頁 2a-4a。

[75] 「『和而散，則為霜、雪、雨、露；不和而散，則為戾氣曀霾。』戾氣，飛雹之類；曀霾，黃霧之類；皆陰陽邪惡不正之氣，所以雹冰穢濁，或青黑色」。黎靖德編，《朱子語類》，卷 99，〈張子書二〉，頁 2535。

[76] 宋・程顥、程頤，《二程全書》（臺北：中華書局，1986），卷 1，遺書 18，頁 41b。

[77] 徐光台，〈西學傳入與明末自然知識考據學：以熊明遇論冰雹為例〉，《清華學報》37.2 (2007.12): 117-157。

一、思維方式的不同

中西兩種自然哲學在思維方式迥然不同，古代中國偏向關聯性思維，古希臘發展出自然主義式思維來探討自然。

氣的自然哲學偏重關聯性思維。氣不但構成萬物與其變化，流通於天地間，成為天地和人之間變化的聯繫。地表上人事活動產生的人氣，無論是個人的氣或集體匯聚的氣，匯聚造成地表、上方或星際某些特殊氣象，如天子氣、戰爭的軍氣，以及君主施政不循治國大法，造成五行相沴之氣沴天，成為星占異象。

相對地，先蘇格拉底時期泰利斯追問自然現象變化的本原、原因或原理，他開啟了一種以自然為對象的思維方式，在所研究的諸多現象之中，而不是在它們之外，找尋其本原或原理，稱為自然主義式思維。

二、對自然的興趣迥然不同

好奇是古希臘人對自然研究的動力，泰利斯開啟了一種以自然為對象的自然主義式思維方式，在所研究的諸多現象範圍內，找尋其本原或原理。

相對地，金永植發現朱熹對自然知識的興趣並不濃厚，他討論自然現象的目的在用以解說一些道德與社會問題。筆者在第六節處理人氣與中國星占異象，出自漢代經學家對《尚書・洪範》提到治國大法第二項「敬用五事」的注疏。伏勝認為君主不修朝政，貌之不恭、言之不從、視之不明、聽之不聰或思之不睿，就是不敬用五事，將分別導致金木互沴，水火互沴，金、木、水、火沴土等五行之沴氣。最嚴重的是君主五事皆不修時，也就是五事皆失時，產生五行之氣沴天，造成星占異象，這是一種與朝廷政治和其倫理密切關連的五行相沴之氣。

通過關聯性思維將朝廷政治活動與自然異象間建立關聯，關切的重心在政治和其倫理，而不是自然，因此中國傳統星占或占候不是就自然現象為焦點進行的討論。

三、兩種迥然不同的占星學

中西有各自的星占或占星傳統。中國氣的自然哲學主張朝廷施政不敬用五事，最嚴重的是君主五事皆不修時，也就是五事皆失時，產生五行之氣沴天，這種由地表升至星際的沴氣造成星占異象，《史記・天官書》是一本典範之作。

相對地，根據亞里斯多德自然哲學，包括氣（air）在內的四元素運動與變化只

發生在月下的地球領域，不可能上達星域。因此只有天域的天星對大地產生影響，而不允許地表之氣升至月天以上影響或干擾星行。由於只有天星對地球領域的影響，所以要能算出天星相對於地球的位置，才能基於此來談天星對地球領域的影響。因此，數學天文學或「星位學」（astronomy）亦成為西方「星體對地（球）的影響學」（astrology）的重要基礎。

在亞里斯多德自然哲學的宇宙論與數學天文學的「星位學」的基礎上，將先前數世紀包括古埃及等的星占思想納入，托勒密（Claudius Ptolemy, ca. 100-ca. 170）《四書》（*Tetrabiblos*）形成一本反映出天際星體對地域影響的範作。[78]此書是四卷關於星體對地球影響的著作，內容包括天體對整體地球上物理環境的一般星占學，以及可能繼承王位的孩子在母體內受孕或誕生的特定時刻，星體對個人特殊影響的生辰星占學，並請數學天文學家繪製命宮圖。

綜言之，我們對氣的自然哲學中的氣（qi）與亞里斯多德自然哲學中的氣（air）做一比較，二者的活動範圍與功能迥然不同。依據氣的自然哲學，氣充塞於天地，沴氣可上達星際，造成星占異象。在亞里斯多德自然哲學中，氣（air）只是四元素之一，存在月下的地球領域，不可能上達星際的天域。因此，西方星占學只有天星對地球領域的影響，沒有地氣對天星的影響，遑論五行之沴氣會上及星域而沴天。

四、對自然現象的解說取向與結構

中國氣的自然哲學與亞里斯多德自然哲學是兩個相當不同的自然哲學傳統，二者在解說取向與結構方面蘊含著科學革命是否可能的差異。

知識或科學分類也是亞里斯多德對人類學術的重大貢獻之一。他將知識或科學分為理論科學、實踐科學。理論科學分為自然哲學、數學（包括天文學）、形上學三門。自然哲學從自然運動原理來解說現象的變化，數學天文學採用幾何模型來處理天域中星體在視運動下的位置。涉及人的實踐學科有政治學、經濟學與倫理學。此外，還有生產性的學科（productive arts），包括邏輯與醫學等。[79]依此，他將研究自然的理論科學與人事活動的實踐科學區分為不同性質的科學，使自然研究獨立於政治與倫理研究以外。

---

[78] Claudius Ptolemy, *Tetrabiblos*, ed. and trans. by F. E. Robbins (Cambridge, Mass.: Harvard University Press, 1998).

[79] James A. Weisheipl, "The Nature, Scope, and Classification of the Sciences," in *Science in the Middle Ages*, ed. by David Lindberg, pp.467-468.

科學的知識，不是只知事實，還要知其原因為何如此。在《分析後篇》（*Posterior Analytics*）中，亞里斯多德提出其科學理念，科學是種從原理、公設、定義或假設來解說現象或結論，就像數學中的演繹證明一般，是一種必然為真的知識。[80]高可格認為亞里斯多德以一種具有演繹結構的解說來處理運動與變化。正是因為這種解說結構，在《氣象學》中，亞里斯多德認為地球表面的乾燥氣自然上升，接近火際時被點燃，來說明彗星在地球領域的形成，將其納入大氣現象中可解說的常象之一。受過亞里斯多德自然哲學的訓練，1577 年彗星出現時，第谷與麥斯特林等人對它進行「理論蘊含的觀察」，發現它與地球間距離超過月與地，位於月上由以太構成的天域。[81]當它不符亞里斯多德自然哲學解說後，乃成為一個異例，造成亞里斯多德自然哲學的危機，促使第谷在 1588 年提出一個折衷的宇宙論。因此，彗星成為西方近代科學革命中一個關鍵的議題。直到提出新的原理或「典範」加以解說，產生科學革命。

相對地，始自《老子》「道法自然」的「自然」概念，認為天地萬物與人皆自然而然生成。萬曆五年（1577）的彗星出現在中國星占異象的脈絡中，被視為是張居正在父喪後，萬曆皇帝奪情，使其未返江陵奔喪守墓，認為這是君臣施政不當下，五行之氣沴天，產生的星占異象。[82]

相對於亞里斯多德自然哲學在科學理念與解說結構方面蘊含革命，中國氣的自然哲學的焦點不在自然現象，而在政治與倫理。它在解說方面缺乏明確一致的結構，同時它容許不同情境下的不同說法，也容許臆測與傳說等不同說法並存，使傳統自然知識成為多個來源的混合或雜揉，缺乏自我批評與討論的機制，似乎從未被系統的質疑或挑戰過。因此，筆者認為它不蘊含革命的可能性。

參考文獻

漢・孔安國傳，唐・孔穎達疏，《尚書正義》（李學勤主編《十三經注疏》之二），
　　北京：北京大學出版社，1999。

---

[80] Aristotle, *Posterior Analytics*, chs.2-5, in *The Complete Works of Aristotle: The Revised Oxford Translation*, ed. by Jonathan Barnes, vol.1, pp.115-120.

[81] Clarisse Doris Hellman, *The Comet of 1577: Its Place in the History of Astronomy* (New York: AMS Press, 1971).

[82] 徐光台，〈異象與常象：明萬曆年間西方彗星見解對士人的衝激〉，《清華學報》39.4 (2009.12): 529-566。

漢・司馬遷，《史記》，北京：中華書局，1974。

漢・伏勝，《尚書大傳》，板橋：藝文印書館，1970。

漢・董仲舒，《春秋繁露》，臺北：中華書局，1984。

漢・劉安撰，《淮南子》，臺北：中華書局，1981。

唐・李淳風，《乙巳占》，臺北：新文豐出版社，1987。

宋・王觀國，《學林》，收入《景印文淵閣四庫全書》第 851 冊，臺北：臺灣商務印書館，1983。

宋・程顥、程頤，《二程全書》，臺北：中華書局，1986。

宋・黎靖德編，王星賢點校，《朱子語類》，北京：中華書局，1999。

明・利瑪竇，《天主實義》，收入明・李之藻編，《天學初函》第 1 冊，臺北：臺灣學生書局，1965。

明・利瑪竇輯，明・畢懋康演，《乾坤體義》，日本神戶市立博物館藏明萬曆刻本。

明・吳有性，《瘟疫論》，收入《景印文淵閣四庫全書》第 779 冊，臺北：臺灣商務印書館，1983。

明・龐迪我，《天主實義續編》，收入吳相湘編，《天主教東傳文獻續編》第 1 冊，臺北：臺灣學生書局，1986。

山田慶兒，《朱子の自然學》，東京：岩波書店，1978。

山田慶兒，《古代東亞哲學與科技文化：山田慶兒論文集》，瀋陽：遼寧教育出版社，1996。

山田慶兒，《氣の自然像》，東京：岩波書店，2002。

中國科學院《自然辯證法通訊》雜誌社編，《傳統科學與文化——中國近代科學落後的原因》，西安：陝西科學技術出版社，1983。

王卡點校，《老子道德經河上公章句》，北京：中華書局，1993。

李存山，《中國氣論探源與發微》，北京：中國社會科學出版社，1990。

李零，《死生有命，富貴在天：《周易》的自然哲學》，香港：香港中文大學出版社，2012。

沈清松，《對比、外推與交談》，臺北：五南圖書出版公司，2002。

沈清松，《從利瑪竇到海德格：跨文化脈絡下的中西哲學互動》，臺北：臺灣商務印書館，2014。

徐光台，〈西學傳入與明末自然知識考據學：以熊明遇論冰雹為例〉，《清華學報》37.2(2007.12): 117-157。

徐光台，〈異象與常象：明萬曆年間西方彗星見解對士人的衝激〉，《清華學報》39.4(2009.12): 529-566。

徐剛，《朱熹自然哲學思想論稿》，福州：福建教育出版社，2002。

陳福濱專題主編，《中國哲學氣論專題》，《哲學與文化》33.8[387](2006.8)。

曾振宇，《中國氣論哲學研究》，濟南：山東大學出版社，2001。

華爾納（Fritz Wallner），《建構實在論》，王榮麟、王超群譯，沈清松審訂，臺北：五南圖書出版公司，1998。

黃暉，《論衡校釋》，臺北：臺灣商務印書館，1983。

楊儒賓，〈兩種氣學，兩種儒學〉，《臺灣東亞文明研究學刊》3.2[6](2006.12): 1-39。

楊儒賓編，《自然概念史論》，臺北：臺灣大學出版中心，2014。

劉又銘，《理在氣中——羅欽順、王廷相、顧炎武、戴震氣本論研究》，臺北：五南圖書出版公司，2000。

劉又銘，〈明清儒家自然氣本論的哲學典範〉，《國立政治大學哲學學報》22(2009.7): 1-36。

劉韶軍編著，《古代占星術注評》，北京：北京師範大學出版社，1992。

蔡方鹿等著，《氣》，北京：中國人民大學出版社，1990。

鄭文光，《中國天文學源流》，臺北：萬卷樓圖書公司，2000。

Apianus, Petrus. *Cosmographia*. Antverpiae: Apud Ioannem Withagium, 1564.

Aristotle. *The Complete Works of Aristotle: The Revised Oxford Translation*. Ed. by Jonathan Barnes. Princeton: Princeton University Press, 1984.

Brahe, Tycho. *De Nova Stella*. Hafniae: Impressit Lavrentivs Benedictj, 1573.

Brahe, Tycho. *De mundi aetherei recentioribus phaenomenis liber secundus*. Excudi primum coeptus Vraniburgi. Aft Pragae Bohemiae absolutus, Prostat Francofurti apud Godefridum Tampachium, 1610.

Clavius, Christopher. *In sphaeram Ioannis de Sacro Bosco commentarivs*. Romae: Ex Officina Dominici Basae, 1581.

Collingwood, R. G. *The Idea of Nature*. Oxford: Clarendon Press, 1986.

Descartes, Renè. *Principles of Philosophy*, Trans. with explanatory notes by Valentine Rodger Miller & Reese P. Miller. Dordrecht: D. Reidel, 1983.

Gaukroger, Stephen. *Explanatory Structures: A Study of Concepts of Explanation in Early Physics and Philosophy*. Atlantic Highlands, N.J.: Humanities Press, 1978.

Gilbert, William. *De Magnete*. London: Peter Short, 1600.

Grant, Edward. *Planets, Stars, & Orbs: The Medieval Cosmos, 1200-1687*. Cambridge: Cambridge University Press, 1996.

Hellman, Clarisse Doris. *The Comet of 1577: Its Place in the History of Astronomy*. New York: AMS Press, 1971.

Hsu, Kuang-Tai. "Four-Elements as *Ti* and Five-Phases as *Yong*: The Historical Development from Shao Yong's *Huangji jingshi* to Matteo Ricci's *Qiankun tiyi*," *EASTM* 27(2007): 13-62.

Kim, Yung Sik. *The Natural Philosophy of Chu Hsi (1130-1200)*. Philadelphia: American Philosophical Society, 2000.

Kuhn, Thomas. *The Structure of Scientific Revolutions*. Chicago: University of Chicago Press, 1970.

Lindberg, David C. *The Beginnings of Western Science: The European Scientific Tradition in Philosophical, Religious, and Institutional Context, 600 B.C. to A.D. 1450*. Chicago and London: The University of Chicago Press, 1992.

Lloyd, G. E. R. "Plato as a Natural Scientist," *The Journal of Hellenic Studies* 88(1968): 78-92.

Lloyd, G. E. R. *Early Greek Science: Thales to Aristotle*. New York/London: W. W. Norton, 1970.

Lovejoy, Arthur O. *The Great Chain of Being: A Study of the History of an Idea*. New York: Harper, 1960.

Newton, Isaac. *The Principia: Mathematical Principles of Natural Philosophy*. A New Translation by I. B. Cohen & Anne Whitman. Preceded by A Guide to Newton's *Principia* by I. B. Cohen. Berkeley: University of California Press, 1999.

Peters, F. E. *Greek Philosophical Terms: A Historical Lexicon*. New York: New York University Press, 1967.

Peterson, Willard J. "Western Natural Philosophy Published in Late Ming China," *Proceedings of the American Philosophical Society* 117.4(1973.8): 295-322.

Ptolemy, Claudius. *Tetrabiblos*. Ed. and trans. by F. E. Robbins. Cambridge, Mass.: Harvard University Press, 1998.

Voltaire, F. *Philosophical Letters*. Trans. with an introduction by Ernest Dilworth. Indianapolis: Bobbs-Merrill, 1961.

Weisheipl, James A. "The Nature, Scope, and Classification of the Sciences," in *Science in the Middle Ages*. Ed. by David Lindberg. Chicago/London: University of Chicago Press, 1978, pp.461-482.

作者簡介：

徐光台：

美國奧克拉荷馬大學科學史系博士

國立清華大學通識教育中心榮譽教授

通訊處：30013 新竹市光復路二段 101 號 清華大學通識教育中心

E-Mail：kthsu@mx.nthu.edu.tw

Understanding the Encounter of Natural Philosophy between China and the West in Late Ming from the Viewpoint of Contrast and Strangification

Kuang-Tai HSU

Emeritus Professor, Center for General Education, National Tsing Hua University

Abstract: In the pre-Qin or ancient Greek period, China and the West have developed different civilizations, conceptions or ideas of 'nature', and scientific traditions. Matteo Ricci (1552-1610) and other Jesuit missionaries came to China in late Ming, their transmission of western learning into China was a process of generous strangification, the author finds that Chinese and western conceptions of "nature" have encountered with each other. In contrast with western tradition of natural philosophy which has at least gone through twice scientific revolutions from Aristotle (384-322 B.C.) through René Descartes (1596-1650) to Isaac Newton (1642-1727), the author considers that there is a Chinese tradition of natural philosophy of Qi with Yin-Yang and five phases (wu xing 五行), in which the natural philosophy of Chu Hsi (1130-1200) is a good example. This paper adopts Vincent Shen's idea of contrast and strangification to understand the encounter of natural philosophy between China and the West in late Ming as well as to reconstruct some essential characteristics of Chinese natural philosophy of Qi, in order to enrich our understanding of Chinese tradition of natural philosophy of Qi.

Key Terms: Vincent Shen, Contrast and Strangification, Conception of Nature, Contrast of Natural Philosophy between China and the West, Late Ming, Matteo Ricci, Zhu Xi

儒家民本思想與現代民主思想的比較
——兼述沈清松先生的《傳統的再生》 *

陳運星

國立屏東大學文化創意產業學系副教授

內容摘要：儒家文化沒有發展出現代憲政民主的政治制度與科學研究方法，這是五四運動以來，中國知識份子鄙棄自己傳統儒家思想的最重要原因。本文主要是論述中國儒家「民本」思想與西方「民主」思想，並比較二者之異同，試圖從先秦儒學，經宋明理學，到清代考據儒學，直到當代新儒學，整理、分析並耙梳出儒家「民本」的脈絡，以及「民主」之可能開展精神方向與實踐方法，希望透過創造性的詮釋與批判性的繼承，能給予儒家政治文化重新再生之契機。當然，本文也兼述沈清松先生的《傳統的再生》一書中所闡揚的「再生」的隱喻意涵，期盼再度喚醒中國人珍視儒家思想而予以發揚光大。

關鍵詞：儒家文化、民本、民主、沈清松、傳統的再生

壹、前言

2019 年 5 月 4 日，是「五四運動」一百週年紀念日。

「五四運動」或「五四事件」是指 1919 年 5 月 4 日發生在中華民國北洋政府統治下的京兆地方，一場以青年學生為主的學生運動，以及包括公民、市民和工商人士參與的示威遊行、請願、罷課、罷工和暴力對抗政府等多形式的行動，事件起因是在第一次世界大戰結束後舉行的巴黎和會中，列強將戰敗國德國在山東的權益轉讓給日本的「山東問題」（《對華二十一條要求》）。一般的看法，「五四精神」是指中國知識界和青年學生反思及批判華夏傳統文化，追隨「德先生」（民主 Democracy）和「賽先生」（科學 Science），探索強國之路的新文化運動。

孔孟儒家思想是中國傳統文化中值得珍惜的思想寶藏之一，然而，這個在封建

* 作者特別感謝兩位匿名審查人的詳細審查與寶貴意見。

帝制時代強調「民本」政治思想的源頭活水，在 21 世紀的今天，隨著社會變遷下選舉制度的民主浪潮，國際社會裡的大部分國家普遍地施行「憲政民主政治」的思想與制度，而漸漸地被世人揚棄而失去了自覺，以致於闇然不彰。

傳統儒學的內聖外王之道及修齊治平的政治主張，在身處於 21 世紀全球民主化與民主鞏固的時代，是否仍然具有強度說服力？當代新儒家們所主張「民主開出論」、「開出新外王」，是怎樣的重新的詮釋與建構？[1]儒學與民主的「接榫」工程有那些契機榫頭？如何接軌達致？這是長久浩大的民主建構工程，不是一蹴可幾的。[2]本文探討的面向主要是初步地比較儒家民本思想與西方民主思想的異同，尤其是思想淵源與本質特色。

貳、儒家民本思想之脈絡與特色

一、傳統儒家的分類

關於「儒家」的理解，有的學者把儒家了解成為儒家的理想與精神；有的學者則把儒家了解成為傳統的典章制度與意識形態。[3]例如，以儒家權威主義解釋中國政治文化而成名的政治學者裴魯恂（Lucian Pye），和強調儒家為官方意識形態的哈佛大學漢學家費正清（John King Fairbank）。又如漢學家白樂日（Etienne Balazs）就指出：如果對中國上下數千年的歷史作一鳥瞰，則會發現中國社會存在一持久不變的特徵，那就是「官僚體制」。[4]

為什麼造成「儒家」過去成為官方意識形態的地位呢？陳榮灼認為：董仲舒倡議之獨尊儒術、罷黜百家，從表面上看，做為一種官方哲學，使儒家取得獨一無二的尊崇地位，但另一方面卻使儒家本身慢慢走上僵化的道路。[5]這種官學發展，一直到南宋朱熹正式完成，孫隆基認為這是促使中國社會文化成為一「超穩定性系統的

---

[1] 陳運星，《當代新儒學民主觀之研究》，國立政治大學中山人文社會科學研究所博士論文（1996）。

[2] 陳運星，〈當代新儒學與現代民主政治的「接榫」問題探究〉，《思與言》42.3(2004.9): 163-216。

[3] 劉述先，〈論儒家理想與中國現實的互動關係〉，收錄於《當代新儒學論文集·外王篇》（臺北：文津出版社，1991），頁 1。

[4] 艾蒂安·白樂日（Etienne Balazs），《中國的文明與官僚主義》，黃沫譯（臺北：久大文化公司，1992），頁 19-21。

[5] 陳榮灼，《「現代」與「後現代」之間》（臺北：時報文化公司，1992），頁 136。

深層結構」的主因。[6]史華慈（Benjamin Schwartz）指出這個「深層結構」包括神聖空間與王權人物兩方面：即在社會的最頂點，有一個「神聖的空間」（sacred space），由某一特定人物來代表「王權」，也就是所謂「政教合一」。[7]

劉述先認為，「儒家傳統」可區分為三個不同卻又緊密關聯的傳統，分別為：[8]

（一）「精神的儒家」：這是自孔孟以降，程朱、陸王，以至於當代新儒家一脈相承的「大傳統」，亦即宋明儒者所謂的「道統」。

（二）「政治化的儒家」：這是指漢代董仲舒獨尊儒術以來，掛著儒家的招牌，其實卻是揉合了道、法、陰陽、雜家，而成為支持傳統皇權之主導意理，通常稱為「政統」，其實卻是牟宗三先生所謂的「治統」。

（三）「民間的儒家」：這是在前述兩種傳統的影響下的「小傳統」，廣大的中國人民長期累積下來的心理習慣與行為模式。它們通常都不是浮在意識層面上的某種自覺的主張，必須要經過研究者的詮釋，才能彰顯出來。

二、儒家的「民本」的脈絡

在本段中，筆者試圖從先秦儒學，經宋明理學，到清代考據儒學，直到當代新儒學，整理、分析並耙梳出儒家「民本」的脈絡。

（一）儒家民本思想的濫觴

儒家的民本思想，濫觴於商周，形成於春秋戰國。進入君主專制社會後，隨著帝制國家統治階級和廣大人民之間的衝突起伏，民本思想隨之提起造成社會波動，從中可以看出一個規律性的現象：大凡一次大的抗暴舉動之後，必然出現民本思想在理論上的新高漲，迫使新的統治者在實踐上採取「與民休息」政策，導致生產力的恢復和發展、人口的繁衍、經濟和文化的繁榮，從而出現一個盛世；在盛世中，

---

[6] 孫隆基，《中國文化的深層結構》（臺北：唐山出版社，1990），頁 9-11。

[7] 史華慈（Benjamin Schwartz），〈中國政治思想的深層結構〉，收於余英時等著，《中國歷史轉型時期的知識份子》（臺北：聯經出版事業公司，1993），頁 23-26。

[8] 劉述先，〈毛澤東對中國傳統文化繼承之分析〉，《當代中國哲學論（人物篇）》（美國：八方文化公司，1995）。劉述先，〈儒學的理想與實際——近時東亞發展之成就與限制之反醒〉，「儒家思想在現代東亞」國際研討會，臺北：中央研究院文哲所主辦，1999 年 7 月 6-8 日。劉述先，〈論當代新儒家的轉形與展望〉，《哲學雜誌》31(2000.1): 24-37。

在深宮中長大的統治者忘乎所以，淡化或根本拋棄「民為邦本」的思想，從而迫使人民揭竿而起，[…]如此循環往復，不斷推動中國社會的發展，代表性的是：1. 秦末抗暴風潮－第一次民本思想高潮→文景之治；2. 隋末抗暴風潮－第二次民本思想高潮→貞觀之治；3. 明末抗暴風潮－第三次民本思想高潮→康乾盛世。[9]

「民本論」相對於「君本論」，其實在中國歷史上，兩者的爭辯幾乎沒有中斷過。《詩》曰：「溥天之下，莫非王土；率土之濱，莫非王臣」。（《小雅‧北山》）可為「君本論」的代表語句。

（二）先秦儒家的民本思想

先秦時期，「民為邦本」觀念作為一種思想體系，其形成始於孔子。孔子的一系列論述成為儒家民本思想的雛型。在與魯哀公的一次談話中，孔子說：「丘聞之，君者，舟也。庶人者，水也。水則載舟，水則覆舟」。（《荀子‧哀公》）可見孔子認為：人民如水一般，可擁戴君王如載舟，亦可推翻君王如覆舟。最後，孔子民本思想的落腳處，是建設一個「老者安之，朋友信之，少者懷之」（《論語‧公冶長》）的理想社會，其典範就是《禮記‧禮運篇》的大同世界。

先秦時期儒家民本思想集大成者，當推孟子。在講到「民」與「君」的關係時，他說：「民為貴，社稷次之，君為輕。是故得乎丘民而為天子，得乎天子為諸侯，得乎諸侯為大夫」。（《孟子‧盡心下》）孟子之闡明如下：

首先，民心向背決定國家的興亡，孟子說：「暴其民甚，則身弒國亡；不甚，則身危國削。名之曰『幽厲』，雖孝子慈孫，百世不能改也」。又說：「桀紂之失天下也，失其民也；失其民者，失其心也。得天下有道，得其民，斯得天下矣」。（《孟子‧離婁上》）前者孟子指出周幽王、周厲王是兩個暴虐之君，殘暴人民太甚，遭到人民強烈反對，落得喪身亡國的可悲下場；後者孟子指出夏桀、商紂由於喪失了民心，導致了亡國失天下的悲劇；相反地，「湯執中，立賢無方。文王視民如傷，望道而未之見。武王不泄邇，不忘遠」。（《離婁下》）商湯地七十里、周地方百里之所以能興起而有天下，是因為他們重視人民，因而得到人民擁護。

其次，人民是統一天下的決定力量。當梁惠王問孟子孰能統一天下時，他答曰：「不嗜殺人者能一之」。「如有不嗜殺人者，則天下之民皆引領而望之矣。誠如是也，民歸之，猶水之就下，沛然誰能禦之？」（《孟子‧梁惠王上》）孟子說：「民之歸仁也，猶水之就下，獸之走曠也」。（《離婁上》）、「行仁政而王，莫之能禦也」。（《孟子‧公孫丑上》）可見，「不嗜殺人者」指的是「行仁政而王」的仁

---

[9] 陳增輝，〈儒家民本思想綱要〉，《孔孟月刊》36.2(1997.10): 4-16。

君，只有施行仁政，人心歸向，才能統一天下。

（三）宋明理學的民本思想

兩宋時期，民本思想的代表人物是朱熹。朱熹通過注釋《四書》和大量封事、奏箚等，闡述了自己的民本思想。在注釋《孟子》「天子不能以天下與人」時，他說：「天下者天下人之天下，非一人之私有故也」。（《孟子集注》卷九）他明確提出「國以民為本」，指出：「蓋國以民為本，社稷亦為民而立，而君之尊，又繫於二者之存，故其輕重如此」。（《孟子集注》卷十四）在注釋《孟子》「得乎丘民而為天子」時，朱熹指出：「丘民，田野之民，至微賤也。然得其心，則天下歸之」。（《孟子集注》卷十四）由此，他得出結論：「王道以得民心為本」（《孟子集注》卷一）。朱熹認為真正「得民心」，必須做到以下四點：1. 愛民如子、2. 取信於民、3. 與民同樂、4. 富民為本。為了做到富民，必須堅持以農為、使民以時、省刑薄賦、興修水利、保護耕牛等。朱熹的民本思想與其思想《四書集注》一樣，影響中國政治界、思想界達七百年之久。他的民本思想，對於黃宗羲以至近代啟蒙思想家，都產生過深刻的影響。

毋庸諱言，宋儒重於發明內聖之學，使外王之學一度失色。但一些卓識之儒很快洞察了空談之流弊，奮起而匡正之。像陳亮、葉適、王夫之、黃宗羲、顧炎武、龔自珍等人，大講經世之學，使內聖與外王更自覺地統一起來。[10]

（四）清代考據儒學的民本思想

到了明末清初時期，民本思想的代表人物是黃宗羲。黃宗羲於順治十八年完成了《明夷待訪錄》，更加發揚了民本思想，其主要內容如下：

首先，闡發了君為民設的思想。黃宗羲指出：「古者以天下為主，君為客，凡君之所畢世而經營者，為天下也」。（《原君》）這裡的「天下為主」，即指人民是天下的主人、政治的主體；「君為客」，是指君主畢生經營都是為了兆人萬姓謀利去害。然而三代以後，情況完全相反了，黃宗羲指出：「今也以君為主，天下為客，凡天下之無地而得安寧者，為君也」。（《原君》）現在，原本以千萬倍之勤勞、使天下受其利的「君」，「視天下人民為人君橐中之私物」，把「四方之勞擾，民生之憔悴」視為「纖芥之疾」（《原臣》）。這樣，黃宗羲把孟子的「民貴君輕」論發揚光大為「君客民主論」；進而又把孟子「聞誅一夫」說，發展為「暴君放伐論」，以除「天下之大害」了。這裡，實際上發出了伐君革命的吶喊。

其次，闡發了臣為民設的思想。黃宗羲說：「天下不能一人而治，則設官以治

---

[10] 朱嵐，〈儒家內聖外王學說簡論〉，《孔孟月刊》34.7(1996.3): 8-13。

之，是官者，分身之君之」。（《置相》）臣是「分身之君」，他們與君一起共議天下大事，其具體操作過程是：「每日便殿議政，天子南面，宰相、六卿、諫官東西面以次坐。其執事皆用士人。凡章奏進呈，六科給事中主之；給事中以白宰相，宰相以白天子，同議可否。天子批紅；天子不能盡，則宰相批之，下六部施行」。（《置相》）這種君臣每日共議天下大政的做法，體現出君臣之間的關係是平等的「師友」關係。所以，黃宗羲指出：臣「出而仕於君也，[…]以天下為事，則君之師友也」。（《原臣》）可是，三代以後情況完全不同了，臣不再是為民而設而是「臣為君而設」了，大臣們認為「君分吾以天下而後治之，君授吾以人民而牧之，視天下人民為人君橐中之私物。今以四方之勞擾，民生之憔悴，足以危吾君也，不得不講治之牧之之術；苟無繫於社稷之存亡，則四方之勞擾，民生之憔悴，雖有誠臣，亦以為纖芥之疾也」。（《原臣》）由於大臣們自己認為，自己是「為君而設」的，他的使命是「為君」，不是「為天下」；是「為一姓」，不是「為萬民」。

復次，為了使君、臣真正成為人民的公僕，必須從政治上、經濟上採取一系列措施：第一，政治上，必須實行輿論監督和法制約束。關於輿論監督，黃宗羲繼承「子產不毀鄉校」的思想，主張「公其非是於學校」，「必使治天下之具皆出於學校」；第二，經濟上，必須實行按戶授田和工商皆本，黃宗羲譴責明代的土地和賦稅制度是「亂世苟且之術」（《田制》一），他主張「每戶授田五十畝」，全國授田多餘者，「以聽富民之所占」（《田制》二），賦稅則「授田之民，以什一為則；未授之田，以二十一為則；其戶口則以為出兵養之賦，國用自無不足。又何事於暴稅乎！」（《田制》三）只有這樣，才能「遂民之生，使其繁庶」（《田制》二）。黃宗羲一反農本商末的傳統思想，提出了工商皆本的思想。他說：「世儒不察，以工商為末，妄議抑之；夫工固聖王之所欲來，商又使其願出於途者，蓋皆本也」。（《財計》三）

總之，黃宗羲承繼並發展了孔孟以來儒家傳統的民本思想，成為儒家民本思想的集大成者，已經接近於西方近代「主權在民」的思想，對後世有著重要的影響。清末維新志士梁啟超、譚嗣同等，都深受《明夷待訪錄》的影響。

（五）當代新儒家的民主思想

在 1958 年的元旦，由張君勱、唐君毅、牟宗三、徐復觀共同聯署，發表於香港《民主評論》的一篇「宣言」：〈中國文化與世界——我們對中國學術研究及中國文化與世界文化前途之共同認識〉中，認為：「『視作中華民族之客觀的普遍的精神生命之表現』來看，須肯定承認中國文化之活的生命之存在，而這『活的客觀的普遍的精神生命』的核心，在中國人之思想或哲學中，此乃指中國文化的性質——

『一本性』」。[11]〈宣言〉發表的動機，是為了要向世界人士澄清，中國歷史文化的精神生命。這種精神生命，就是中國文化中的倫理道德與宗教精神：強調天人合一與義理、心性之學。

〈宣言〉承認，中國歷史文化中缺乏西方近代的民主制度，然而我們卻不能說，中國政治發展的內在要求不傾向於民主制度的建立，更不能說中國文化中沒有民主思想的種子。中國歷史上的君主制度與西方君主專制迥然不同，因為中國古代的政治思想就已經以民意代表天命，所以「奉天承命」的人君，必須對民意表示尊重。同時史官的秉筆直書也會使人君的行為多少有些顧忌。中國政治的發展，後來又出現了代表知識分子的宰相制度，諍諫君主的御史制度，以及提拔知識分子從政的徵辟制度、選舉制度、科舉制度。這些制度，都可以使君主的權力受到一些限制。只是這些制度的建立是否受到尊重，還是要看君主本人的道德情操如何而定。

〈宣言〉強調，中國傳統文化中儒、道兩家的政治思想，都希望國君不要濫用權力，應該「無為而治，為政以德」，這是對君主的一種道德期望。儒家更進一步推崇堯舜禪讓和湯武革命的事蹟，明白指出「天下非一人之天下，而是天下人的天下」，認為以人民的好惡作為施政的標竿，乃是從孔孟到黃梨洲一脈相傳的思想理路。不過，儒家並沒有建立法治的構想，導致君位的更迭，全憑個人的好惡，於是產生群雄並起打天下的局面。然而儒家肯定「天下非一人之天下」、「民之所好好之」，相信「人人皆可以為堯舜」，這種天下為公和人格平等的思想，就是民主政治的源頭活水。[12]

這篇由唐君毅、牟宗三、徐復觀、張君勱四位先生共同簽署，1958 年發表在《民主評論》著名的〈為中國文化敬告世界人士宣言〉，表達了當代新儒家的共同理想及期望，成為當代新儒家的代表宣言，當代新儒家立場由此確立。

筆者認為：從這篇〈宣言〉中，可以隱約地看出他們對道統與政統、儒家文化與政治變遷的基本看法，亦即儒家文化大一統常道的終極歸趨，是可以不受時代大動脈變遷的影響。但是，傳統儒家「民本政治」思想，在經過今日「民主政治」時代潮流的巨大變遷之洗禮後，其道統與政統、儒家文化與政治變遷的互動關係及影

---

11 這篇〈宣言〉，由張君勱、唐君毅、牟宗三、徐復觀共同聯署，全名是〈中國文化與世界——我們對中國學術研究及中國文化與世界文化前途之共同認識〉，收於唐君毅，《中華人文與當今世界（下）》（臺北：臺灣學生書局，1980），頁 876-877。
12 陳正堂，〈新儒家「民主開出說」平議〉，《哲學與文化》26.6(1999.6): 518-536。

響層面，就有待進一步地討論當代新儒學與現代民主政治的「接榫」問題。[13]

參、現代民主政治的思想與本質

一、西方民主思想的淵源

英國是世界上實施現代民主政治最早的國家（內閣制），有「憲法母國」之稱；而美國是世界上實施成文憲法與憲政民主政治最早的國家（總統制），在美國國家檔案館裡擺設的〈獨立宣言〉、〈美國憲法草案〉、〈人權法案〉，這三者可說是人類進步文明的重要力量之泉源。[14]影響著這三件自由、民主、人權重要文本的哲學家，主要是洛克、盧梭、孟德斯鳩三人。

（一）洛克

英國哲學家約翰‧洛克（John Locke, 1632-1704），在《政府二論》（*Two Treatises of Government*）中，主張政府只有在取得被統治者的「同意」，並且保障人民擁有生命、自由、和財產的自然權利時，其統治才有正當性，在此同意基礎上，社會契約才會成立，如果缺乏了這種同意基礎，那麼人民便有推翻政府的權利。約翰‧洛克將國家權力分為立法權、行政權和對外的和戰權，並主張立法權與行政權的分立，行政權與對外權的統一；立法權是國家最高權力。

洛克強調個人是一切權利與義務的唯一真正之主體，他在第八章〈政治社會的起源〉，說：「人，生而自由、平等和獨立。沒有他自己的同意，任何人都不能被他人的政治權力所驅逐與剝奪。這是通過與其他人達成協議，加入並團結成一個社區，來為他們提供舒適，安全和和平的生活，彼此之間，安全地享受他們的財產，並且對任何不屬於他們的財產有更大的安全保障」。[15]

洛克主張每個人都擁有自然權利，政府的責任在於保護人民的權利，除了個人的權利也須尊重他人的同等權利，包括尊重他人經過勞動而獲得的財產權，然而政府的統治必須經過被統治者的「同意」，亦即通過人民行使同意權之同意（例如現代民主政治的選舉制度，政府領導人通過多數人或過半數人民投票的同意而當選），

---

13 陳運星，〈當代新儒學與現代民主政治的「接榫」問題探究〉，《思與言》42.3(2004.9): 163-216。

14 陳運星，《生活中的法律：法院裁判書之案例教學法》（臺北：元照出版公司，2008），頁 7。

15 John Locke, *Two Treatises of Government* (London: Printed for Thomas Tegg, 1823), p.146. Online: http://www.yorku.ca/comninel/courses/3025pdf/Locke.pdf (Retrieved 2019.5.27).

這樣的統治才具備法律體制下的正當性，因此政府只是人民所委託的代理人，當代理人背叛了人民時，政府就應該被解散，當立定的法律被違反或是代理人濫用權力時，一個政府便是背叛了其人民，當政府被宣告解散後，人民便有權再建立一個新的政府，以對抗舊政府的不正當權威，這種情況可以稱為「革命」。

《政府論》上篇，洛克針對羅伯特·費尼默爵士（Robert Filmer）的擁護專制王權的代表性著作《君權論》（*Patriarcha*），提出反駁。費尼默以聖經為根據論證君王統治權來自亞當，而亞當又是上帝所命世界萬物的最早支配者。洛克有效地駁斥了費尼默的「君權神授」主張，一方面指出父權不等於政治統治權，統治者須經被治者的同意，掌握父權者未必經過人民的同意，另一方面質疑歷史變動頻繁，如何推定現行統治者乃亞當之後嗣？可見，洛克主張政府的權威只能建立在被統治者擁有的同意基礎之上，並且支持社會契約論，洛克社會契約論的重要意義是反駁了統治權出於天命的傳統說法。

《政府論》下篇，洛克則試圖替英國光榮革命辯護甚至是在呼喚一場革命，他提出了一套正當政府的理論，並且主張當政府違反這個理論時，人們就有權推翻其政權。洛克還巧妙的暗示讀者當時英國的詹姆斯二世已經違反了這個理論。洛克由自然狀態、自然法、自然權利之界說，逐步推論出政治社會的本質，認為人類成立政府乃是為了保障先天不可侵犯的權利，為了確保此宗旨，政府權威必須分成三部分：立法、行政與對外的和戰權。

洛克為了防止人性的權力欲望，所提出的政府權力分立的主張，可以說是自由民主體制的金科玉律。因為自由主義普遍懷疑權力過度集中的不良後果，寧可藉由憲政規範和分權制衡來削弱政府的能力，也不願意坐視萬能政府的產生。英國艾克頓爵士（John Acton, 1834-1902）說：「權力使人腐化，絕對的權力使人絕對地腐化」。[16] 這種自由主義式的謹慎態度，固然使民主政治（Democracy）不容易產生英明的政治領袖、聖人，卻也防止了民粹主義（populism）的危機。

洛克的思想對於後代政治哲學的發展產生巨大影響，被廣泛視為是啟蒙時代最具影響力的思想家和自由主義者。洛克的著作影響了伏爾泰和盧梭，許多蘇格蘭啟蒙運動思想家，和美國的開國元勳，諸如麻薩諸塞州的約翰·亞當斯、賓夕法尼亞州的班傑明·富蘭克林、維吉尼亞州的湯瑪斯·傑佛遜，其政府論與社會契約論具體反映在《美國獨立宣言》內容中。

---

[16] 「權力使人腐化，絕對的權力使人絕對地腐化」。（All power tends to corrupt, and absolute power corrupts absolutely.）這句名言，是英國阿克頓爵士（John Dalberg Acton）在 1887 年 4 月寫給 Bishop Mandell Creighton 信中所說的話，後來被人們廣為引用。

（二）孟德斯鳩

現代民主政治的行政、立法、司法「三權分立理論」，是法國思想家孟德斯鳩（Montesquieu, 1689-1755）所創新的，洛克當時將國家權力分為立法權、行政權和對外的和戰權，尚未有司法獨立之論議。

孟德斯鳩打破「君權神授」的觀點，認為人民應享有宗教和政治自由，並認為決定「法的精神」和「法的內容」是每個國家至關重要的事情，保證法治的手段是「三權分立」，即立法權、行政權和司法權分屬於三個不同的國家機關，三者相互制約、權力均衡（check and balance）。「三權分立說」對於 1787 年的《美國憲法》、1791 年的《法國憲法》的制定產生重大的影響，它完全否定了當時法國社會的三個基石：教會、國會和貴族。

孟德斯鳩的《論法的精神》（法語 De l'esprit des lois），嚴復最早中文譯作《法意》。他將政治體系分為三類：共和制、君主制及專制。共和制會隨著不同國家、習俗而有所改變，對普通平民較為開放的便是民主共和，採取菁英取向的便是貴族共和，而君主制與專制的不同取決於有無「制衡力量」，即貴族、教士等，如果有制衡力量便是君主制度；若沒有制衡力量便是專制。

孟德斯鳩認為在這些政治體制背後有一套「原則」存在，這套「原則」會驅動人民來支持該政權並為其效力。以民主共和而言，此原則是崇尚德性，將公共利益置於個人之上；以君主制而言，此原則是熱愛榮譽，對更高位階、特權的渴望；以專制政體而言，此原則是對統治者的恐懼。[17]一個政治體系如果缺乏支撐的原則，孟德斯鳩認為它便無法長久存在，舉例來說，英國在內戰之後（1642-1651）無法維持共和國的存在，便是因為這個社會缺乏對於德性的崇尚。

（三）盧梭

法國哲學家尚-雅克·盧梭（Jean-Jacques Rousseau, 1712-1778）在《社會契約論》（法語 Du contrat social ou Principes du droit politique）第一章第一卷，這第一本書的主題（Sujet de ce premier Livre），開宗明義說到：「人是生而自由的，但卻無往

---

[17] Montesquieu, *De l'esprit des lois* (Nourse, 1772), LIVRE III. Des principes des trois gouvernemens, pp.22-34; LIVRE XI. Des loix qui forment la liberté politique, dans son rapport avec la constitution, pp.188-230. Online: https://fr.wikisource.org/wiki/De_l%E2%80%99esprit_des_lois_(%C3%A9d._Nourse)/Texte_entier#CHAPITRE_VI._Comment_on_suppl%C3%A9e_%C3%A0_la_vertu_dans_le_gouvernement_monarchique (Retrieved 2019.5.28).

不在枷鎖之中。自以為是其他一切的主人的人，反而比其他一切更是奴隸」。[18]盧梭「人是生而自由的」這一命題，跟洛克一樣，是針對費尼默王權專制論者的「人是生而不自由的」或「沒有人是生而自由的」命題而發的。[19]

盧梭相信，一個理想的社會建立於人與人之間而不是人與政府之間的契約關係。與約翰·洛克一樣，盧梭認為政府的權力來自被統治者的認可。盧梭聲稱，一個完美的社會是由人民的「一般的普遍意志」（Volonté Générale）所控制的，他建議由公民團體組成的代議機構作為立法者，通過討論來產生一般的、普遍的公共意志。

社會契約論主要是探究是否存在合法的政治權威，盧梭認為政治權威在人們的自然狀態中並不存在，人雖是生而自由的，但卻在生活在枷鎖中，所以我們需要一個社會契約，在社會契約中，每一個人都把自身的一切權力交給公共，受「一般的普遍意志」的最高指揮，放棄天然自由，而獲取契約自由；在參與政治的過程中，只有每個人同等地放棄全部天然自由，轉讓給整個集體，人類才能得到平等的契約自由。

盧梭闡明政府必須分成三個部分：主權者代表公共意志，這個意志必須有益於全社會；由主權者授權的行政官員來實現這一意志；最後，必須有形成這一意志的公民群體。他相信，國家應保持較小的規模，把更多的權利留給人民，讓政府更有效率。人民應該在政府中承擔活躍的角色，人民根據個人意志投票產生公共意志。如果主權者走向公共意志的反面，那麼社會契約就遭到破壞；人民有權決定和變更政府形式和執政者的權力，包括用起義的手段推翻違反契約的統治者。

盧梭《社會契約論》中「主權在民」的思想，是現代民主制度的基礎，深刻地影響了美國的《獨立宣言》和法國的《人權宣言》以及美國、法國的《憲法》。

二、西方民主的本質與特色

（一）西方的民主概念意涵及變遷

「民主」是什麼？18 世紀以前人人都有一個清楚的概念，且幾乎沒有人喜歡它，

---

[18] Jean-Jacques Rousseau, *Du contrat social ou Principes du droit politique*, in *Collection complète des oeuvres*, vol.1 (Genève, 1780-1789), p.190. Online: https://www.rousseauonline.ch/ Text/du-contrat-social-ou-principes-du-droit-politique.php (Retrieved 2019.5.27).

[19] 盧梭（Jean-Jacques Rousseau），《社會契約論》，何兆武譯（臺北：臺灣商務印書館，2003），頁 2。

但現在的情形卻剛好顛倒過來，幾乎人人都喜歡它，卻不再有清楚的概念。[20]的確，民主一詞已被政客與媒體所濫用，[21]而變成像「萬歲」（hurrah）一樣的字眼，[22]幾乎沒有人敢公然反對它。

今天，沒有人不宣稱自己是民主主義者，沒有國家放棄民主的頭銜，沒有政權不斷言大眾的支持是其合法性的基礎。[23]雖然民主已然發展成一「神聖」的符號，但其實質意義卻日愈被混淆，甚至被濫用，一般的普羅大眾很難分辨民主主義（Democracy）與民粹主義（populism）的區別。

以 21 世紀的世界發展趨勢來看，自由主義國家、社會主義國家或共產主義國家，甚至於第三世界國家，都宣稱自己是民主國家，具有統治的正當性。「民主政治」已變成一個普遍的金字招牌，人們對其加上讚譽之義，這也許是積極發展的成就，但是在泛泛美名下也有其消極的影響，是不容忽視的：即犧牲了民主自身（the thing in itself）的本質。早在 1939 年，艾略特（Thomas Stearns Eliot）就曾寫道：「當一個名詞已經普遍神聖化，如『民主政治』現在就是如此，在意義上，它指太多的物自身，我曾懷疑它是否意指任何東西」。[24]筆者須指出的：當艾略特表示其憂慮時，民主政治在若干國家中還是一個受輕視的名詞，今天，很顯然地民主政治已是時代潮流所趨，普遍為人們所接受，但卻可能演變成濫用民主的情形，使得民主的理想與現實有一段落差，所謂譽之所在謗亦隨之。筆者認為：事實上，高談人民者不一定是親民、愛民的，在現實環境中，儘是有人把理想的人民奉為偶像，而輕視真實存在的人民。[25]換句話說，高談民主者不一定具有民主素養、民主精神的，在現實的選舉制度下，儘是有人把勝選當作唯一的考量，而輕視「民主政治」的本質與「主權在民」的真諦。

"Democracy"，原是一個希臘字，一直到美國獨立革命與法國大革命時代才變成普遍通用的英文字。魏克理（Weekly）在《古語與現代語》（*Words Ancient and Modern*）裡寫道：「直到法國大革命，『民主』才不再只是一個文學字眼，而成為政治字彙

---

[20] Keith Graham, *The Battle of Democracy: Conflict, Consensus and the Individual* (Brighton: Wheatsheaf Books, 1986), p.1.

[21] Frank Bealey, *Democracy in the Contemporary State* (Oxford: Clarendon Press, 1988), p.1.

[22] Barry Hoden, *Understanding Liberal Democracy* (Oxford: Philip Allan, 1988), p.2.

[23] 恩格爾（Alan Engel）等著，《意識型態與現代政治》，張明貴譯（臺北：桂冠圖書公司，1981），頁 277。

[24] 這句話轉引自薩托利（Giovanni Sartori），《民主原理》，淦克超譯（臺北：幼獅文化公司，1971），頁 8。

[25] 陳運星，《當代新儒學民主觀之研究》，頁 9。

的一部分」。[26]在古希臘城邦（polis）時代，民主是指一種政體，原意是「由人民治理」，在此政體中，較窮的人們（demos）以其自身的利益來運用權力對抗富人及貴族的利益。然而，"demos"是一個變化不定、歧義甚多的字，其中包括「人民全體」，更精確的說法應該是「公民體」（citizen-body），以及「普通百姓」（下層階級）。古希臘時期的城邦，較不像今日人們所謂的 city-state（城市邦國）如新加坡，較像是 city-community（城市共同體），每個古希臘人都歸屬於特定社會整體的一份子，須參與城市共同體的日常生活，被嵌入社會之中，因此，公領域與私領域較無明確的分野。[27]

今天，我們已習慣於使用「大眾」（the masses）來替代「人民」（the people），那是由於隨著中古時期政治秩序的塌臺，加上近兩百年來民主的迅速進展及社區漸形消失所激起的劇烈變化，所導致的深刻轉變。柯恩豪瑟（Willian Cornhauser），在其《大眾社會的政治》（*The Politics of Mass Society*）一書中，就寫道：「成為大眾社會（mass society）的特色之心理的典型，對於自由民主制度沒有提供什麼支助。[…]如此，大眾人便易受大眾運動的鼓舞，以冷漠態度或蠻幹方式來克服那伴隨著自我疏遠的焦慮」。[28]

事實上，筆者必須指出：大眾人是孤立的、暴露的，其行為往往趨向於極端，他們在政治角力過程中不是蠻幹式的反應就是抱持冷漠的態度，尤其是一個大眾社會易受「卡理斯瑪」（Charisma）型的領袖所操縱。或許字源學的民主政治，用今天的名詞來看應稱為「大眾政治」（massocrazia or massocracy）。弔詭的是，現代政治學者將民主視為一個理想，認為公民應該理性地面對投票的選擇，然而實際上，他們卻集中注意力於民主選舉過程中的非理性因素，有些學者甚至主張與其選擇危害政體安定的群眾狂熱，倒不如高度的政治冷漠。

（二）西方的民主政治真諦

民主制度起源於 2500 年前古希臘，希臘雅典的直接民主，並不能引起希臘思想家的青睞。希臘大哲柏拉圖及亞里士多德，對當時民主制度的批評多於讚賞。希臘城邦的沒落，帶來民主思想的衰落。經過中古漫長的神權與封建時代，到 17、18 世紀霍布士（Hobbes）、洛克（Locke）、盧梭（Rousseau），民主思想才再度復興。

---

[26] 轉引自威廉士（Raymond Williams），《文化與社會》，彭淮棟譯（臺北：聯經出版事業公司，1963），頁 xiv。

[27] Giovanni Sartori, *The Theory of Democracy Revisited* (New Jersey: Chatham House Publishers, 1987), pp.278-284.

[28] 這段話轉引自薩托利（Giovanni Sartori），《民主原理》，頁 22。

19世紀傑弗遜（Jefferson）、林肯（Lincoln）、彌爾（Mill）、托克維爾（Tocqueville）等人的著作，給民主思想的討論更見蓬勃，杜賓（Durbin）、戴勞（A. Dahl）、林賽（A. D. Lindsay）、柏加（E. Barker）、杜威（Dewey）等人，對民主理論作了新的發展。[29]

在民主的眾多涵義中，「主權在民」（popular sovereignty），可說是最具關鍵性的，這也是民主政治的真諦所在。[30]其最簡要的意義，即是「人民當家做主」、「人民作頭家」，例如，英儒浦萊士（James Bryce）說：「民主政治的真正意義是指用投票表示主權意志的全民統治」。[31]又如，蘭尼（Austin Ranney）對民主政治所下的定義是指「一種依照人民主權、政治平等、大眾咨商及多數統治等原則而組織的政府類型」。[32]他並且認為：人民主權原則是民主政治觀念的核心，其他三個原則皆為其邏輯上所推衍而得的。

傳統上，了解民主的本質可以有兩個不同的進路：一為規範性（normative）的了解，一為經驗性（empirical）的了解，前者是關注於民主的基本理念或價值；後者則關注於在政治現實上的民主類型，如希臘雅典之直接民主與現代代議制民主之別；如美國總統制、瑞士合議制和英國內閣制之別。[33]因此，民主的定義基本上可分為兩類，即規範的或理念的定義（Normative or Ideal Definition），與運作的或制度的定義（Operational or Institutional Definition），意思是說有些人理解民主是通過民主的基本理念或原理，有些人則通過實際的運作或實際的制度來了解。當然也有些人合二者來理解民主的意義。[34]單有某些運作程序，比如選舉、投票、議會，並不一定就是民主；當然沒有一定的運作程序，民主理念不能落實，也沒有民主可言。但落在運作或制度的層面說，很多時是須視乎具體情況而伸縮改變，或建立新的運作機制。然而，一些制度如多黨制或兩黨制、公民投票、三權分立、基本人權如言論、出版、

---

[29] Mostafa Rejai, *Democracy—The Contemporary Theories* (N. Y. :Atherton Press, 1967), pp.1-47.

[30] 參考浦薛鳳，《現代西洋政治思潮》（臺北：正中書局，1990），頁41-49。這種「人民主權說」有別於以前的主權在君王的「君主主權說」（monarchical sovereignty）與主權在議會的「國家主權說」（national sovereignty）的理念。

[31] James Bryce, *Modern Democracies* (New York: The Macmillan Company,1924), 1: iv.

[32] Austin Ranney, *The Governing of Men* (Illinois: The Dryden Press, 1975), p.307.

[33] Leslie Lipson, *The Democratic Civilization* (N. Y.: Oxford University Press, 1964), pp.480-513.

[34] 根據 Mostafa Rejai 的討論，其所謂之 Ideological Definition 可被列入 Ideal Definition 一類，其所謂 Empirical Definition 則可被列入 Operational Definition 一類。見 Mostafa Rejai, *Democracy—The Contemporary Theories*, pp.23-47。

新聞等自由及法律之前人人平等的保障等，是民主制度所不可或缺的。[35]

一般說來，狹義的民主是指國家主權屬於全國人民，國家施政以民意為準則，公民享有選舉、罷免、創制、複決、公民投票等權利；廣義的民主除指國家主權屬於人民全體外，還包括下列原則：一、政府的權力來自人民的同意，二、民主政治必須是法治的，三、政府制度和官員受人民控制，四、公平合理的選舉，五、人民權利和自由依法保障，六、國家福利為全國人民共有共享，七、政黨政治：勝選的政黨為執政黨以實現政見，敗選的政黨為在野黨以監督政府。[36]

政治學者鄒文海認為民主可從兩方面來看：一、從人民方面來看，民主既不是人民親治，也不是呈現民主內涵的委任代表制或政權輪替，而是最普遍一般的選舉制。二、從統治者方面來看，民主就是負責任。[37]鄒先生說：「責任二字，可以說是近代代議民主的主要精神」。「代議主義的主要精神，在享實際治能者必負政治責任」。且極力主張說：「兩黨政治為代議民主最健全的基礎」。[38]因為人民的選票和責任政治的培養必須依靠政黨政治的良性發展，而一個健全的政黨政治方能解決民主制度所帶來的治道問題。

基於以上關於民主概念與民主政治本質的討論，筆者認為：民主政治要能走向良好的發展道路，有賴人民高度的民主素養及政黨政治的良性互動，然而要達到此一民主境地，則須培養出一個獨立自主的公民社會（civil society），發展出高尚的公民文化與強大的公共輿論來監督政府與政黨，以制衡國家機器的不當干涉與非法介入，這是貫徹民主政治與政黨責任政治的基本條件。

---

[35] 劉國強，〈儒家思想與民主政治的一些反思〉，《儒學的現代意義》（臺北：鵝湖出版社，2001），頁116。

[36] 羅志淵主編，《雲五社會科學大辭典》第三冊《政治學》（臺北：臺灣商務印書館，1989），頁86-87，陳治世撰〈民主〉一詞。

[37] 許雅棠，《民治與民主之間——試論 Sartori、鄒文海、孫中山思考 Democracy 的困境》，（臺北：唐山出版社，1992），頁47-51。

[38] 此三段引文，分別見於鄒文海，《代議政治》（臺北：帕米爾書局，1988），頁9、126、50。政黨政治要發生良好的效果，必須具備兩個起碼的要件：一、執政黨容忍在野黨的批評，並保障其合法的地位和權利；二、政黨於同一選區中最好祇有兩、三黨競爭，如果政黨林立同時競選，則政局勢難穩定且政府更迭頻繁，不能有長遠的施政計劃。總之，民主政治不能沒有政黨，但不應有太多的大黨，且政黨必須有容忍異己的精神。

肆、儒家民本與憲政民主的比較
——兼述沈清松《傳統的再生》

一、沈清松《傳統的再生》儒家思想與民主政治的比較

沈清松先生治學嚴謹，學貫中西，著作等身，文采注重載德載道，總以「社會文化工作者」自居，推動東西哲學與文化整合工作，殫精竭慮，深受學生們的愛戴與學術界的敬重。

沈清松先生的學思轉折與體系建構，大約可區分為三個階段：一、對比哲學與對比方法（method of contrast）的思索與發展（1980-1990），二、外推（strangification）策略的提出與擴充到宗教交談的領域（1991-2000），三、透過跨文化哲學的脈絡，慷慨外推，邁向多元他者（many others）（2000-2018）。[39]筆者就讀政大博士班期間，受業於沈先生，對於沈先生對比方法與外推策略的思想與著作，接觸與思考較多，至於邁向多元他者的觀念與著作，則是近來自行閱讀的。因此，本文主要是根據沈清松先生所著的《傳統的再生》一書，來思考儒家民本思想與西方民主思想的異同。

沈清松先生在《傳統的再生》一書中，第四章〈儒家思想與民主政治〉[40]（本章的內容也收錄在 2017 年 10 月出版的《返本開新論儒學：沈清松學術論集》[41]中），提到了民主思想的真諦，有三個基本原理：一、個人為價值與權利之主體，二、制度的合理性與客觀性，三、理性的討論與制度的修改。

沈先生說：

> 就民主而言，其原理在於：（1）重視個人，以個人為價值與權利之主體；（2）眾多個人經由合理和客觀的制度形成社會，並在其中進行互動；（3）制度若傷及個人的價值與權利，便須經過理性的討論，予以修改，而非全面予以否定或推翻。[42]

這段引文，沈先生在《追尋人生的意義：自我、社會與價值觀》一書中的〈民

---

39 周明泉，〈慷慨外推、邁向多元他者的沈清松教授〉，《漢學研究通訊》38.1(2019.2): 35-42。

40 沈清松，《傳統的再生》（臺北：業強出版社，1992），頁 84-104。

41 沈清松，《返本開新論儒學：沈清松學術論集》（貴州：孔學堂書局，2017），頁 128-141。

42 沈清松，《傳統的再生》，頁 86。

主的要義〉一文，更精簡與淺顯的表述：（1）尊重每一個人，（2）合理、客觀的制度，（3）透過討論修改制度。[43]

沈清松先生總結儒家思想與民主政治，說：

> 原始儒家思想與現代民主原理彼此是可以互濟互補的。我們現代人應把握
> 原始儒家思想的神隨，改其缺失， 在觀念上和實踐上體現民主的真諦，
> 並以自家原有的原始儒家精神來超越現代民主的困境，合兩者之長，棄兩
> 者之短，建立一個後現代的中國民主社會。[44]

根據上述的討論，筆者相當贊成沈先生所說的「原始儒家思想與現代民主原理彼此是可以互濟互補的」。

二、儒家民本思想與西方民主思想的比較

綜上所述，儒家民本思想與西方民主思想，正如沈清松先生所說的可以互濟互補，二者有共通性。但是，二者之間仍然有相當大的差異性，筆者粗淺的分析如下：

（一）儒家民本與西方民主的共通點

筆者認為，儒家民本思想與西方民主思想，共通點是：

1. 二者皆重視道德，認為道德是人類行為的生活準則與社會規範，儒家講究仁政與王道，西方追求自由意志與正義公理；

2. 二者皆認為維持國家安定與社會秩序，有賴於人民的民心向背，儒家強調水能載舟亦能覆舟，西方主張社會契約與革命理論；

3. 二者皆是為了增進人民的福祉，儒家提出民貴君輕、以民為本，西方主張自由人權、以民為主。

（二）儒家民本與西方民主的差異點

筆者認為，客觀地檢視一下儒家民本思想與西方民主思想，發現其中的差異與分野：

1. 道德性質上

儒家民本思想傾向於內在道德心靈的成就；而西方民主思想傾向於外在道德行為的成就，學者一般都認為「法律乃是最低限度的道德要求」。

---

[43] 沈清松，《追尋人生的意義：自我、社會與價值觀》（臺灣：臺灣書店，1996），頁203-211。

[44] 沈清松，《傳統的再生》，頁101。

　　沈清松先生認為，孔子所尊重的個人價值與尊嚴，乃在於個人可以達致的道德成就，因此道德成就而相稱於某種政治地位，藉以服務人群，實現政治理想。但是對個人生而有之的權利，則並未加以重視。換言之，孔子所重視的是每個個人的可完美性（perfectibility），而不在於他的個體性（individuality）。[45]儒家此種主張人人向道德至善努力的思想，強調道德上的民主。然而，現代化歷程中政治的民主不僅要尊重個人的價值與尊嚴，且須尊重其其他個體存在的權利。最低限度的個體性，是政治民主的基本肯定，儒家民本思想若要適切地發展出政治上的民主體制，尚須重視此最低限度的個體性。[46]

　　長久以來，儒家思想始終未能劃清倫理道德與政治權力（或人民權利）的界限，深層意識裡隱陷於道德語言的討論，因此，朱學勤才會認為當代新儒家是「老內聖開不出新外王」。[47]一般來說，自由主義者認為民主自由是以「制度」，而非以「道德」為基礎的。這與當代新儒家的觀點恰恰相反。綜合兩造的觀點，筆者認為：民主要兼顧「制度」基礎與「道德」基礎，方不致於有所偏廢。[48]換言之，民主要兼顧外在客觀政治制度與內在心靈道德層面，因為，假設一個國家的人民普遍道德低落，人心向惡潮湧、向下沈淪，這種情況下民主選舉機制所當選的領導人及所呈現的社會氛圍，令人擔憂。當代儒學家唐君毅先生在《人生之體驗》一書中，說到「樂觀恆建基於悲觀，人生之智慧，恆起於自對人生無明一面之感慨」。又說：「真正的自尊，出於自己對於自己向上精神之自覺，自覺自己之向上精神通於無盡之價值理想」，[49]這種提倡人類向上提昇「向上精神之自覺」，是有助於民主政治發展的。我們若以現今西方政治文化的概念，來探討儒家「民本」政治思想的內容與特色，將會發現儒家民本思想中的「道德因素」，例如忠恕孝悌之道，根植於人性，通貫於社會，對促進民主政治發展具有助力作用。[50]

2. 權力主體上

　　儒家民本思想的人民，傾向於集體主義的政治主體，但仍是「主權在君王」的思想侷限；而西方民主思想的人民，傾向於個體主義的政治主體，尤其是「主權在民」思想貢獻巨大，即使是「主權在議會」的代議政治，也是以個人權利與義務為

---

45 沈清松，《傳統的再生》，頁 91。
46 沈清松，《傳統的再生》，頁 93。
47 朱學勤，〈老內聖開不出新外王——評新儒家之政治哲學〉，《二十一世紀》9(1992.2): 119。
48 陳運星，《當代新儒學民主觀之研究》，頁 109-110。
49 唐君毅，《人生之體驗》（臺北：臺灣學生書局，1985），頁 23-24、70。
50 陳運星，〈從民本到民主：儒家政治文化的再生〉，《中山人文社會科學期刊》12.2(2004.12): 87-112。

政治主體。沈清松先生認為：民主的第一個原理就在於尊重個人價值與權利，此種意義之民主屬「洛克模式」，有別於共產國家所謂「社會主義民主」所採行的「盧梭模式」。[51]

儒家民本思想對於歷史上的帝制時代，無法發揮應有的影響力，對皇權無法發揮抗衡作用，即使有宰相、御史、言官制度也頂多是產生輿論譴責而已；而西方自由、民主、人權思想對於歷史上的美國獨立運動與法國大革命，發揮極大的影響力，展現在 1776 年的《美國獨立宣言》和 1789 年法國大革命的《人權和公民權宣言》的具體內容中。

儒家政治文化沒有開出定期化、以民意為依歸的政治權力轉移的法制化工程。「政權和平轉移」的客觀法制化，是現代民主政治與選舉投票的精髓所在，也是政黨政治的擅場意義所在，不論是總統制或內閣制的民主國家皆然，以避免政治動盪與軍事政變之流血衝突。這一部分，中國人應該要努力的吸收西方民主政治的發展經驗，以免在現代社會的民主發展過程中，走上了太多的叉路或冤枉路，而付出了太多的社會成本。[52]

3. 政治制度上

儒家民本思想在政治制度與政權更替規範上，往往無皇權濫權的制衡力量的明文規定，只能期待「聖君賢相」的出現，而且「聖君賢相」無確切的標準可循，其適用的時空條件因當事人而不一；而西方民主思想在政治制度與政權更替規範上，有憲法「三權分立」的制衡力量的明文規定，尤其透過選舉、罷免、公民投票等「主權在民」的投票方法得以展現出人民的「同意」與「公共意志」，有確切的標準程度可循，其自由、民主、人權的適用的有效性限定於憲法所指涉的範圍。換句話說，西方民主思想與精神落實於憲法之中，如美國憲法、法國憲法、中華民國憲法等成文法典中，「憲政民主」是民主體制的基礎，憲政是在規範統治者權力的運作與被統治者權利的保障，是代議民主的基礎，其作用在於防止政府權力的濫用，保障公民的自由和權利。

前述 1958 年唐君毅、牟宗三、徐復觀、張君勱四位當代新儒家共同簽署的〈宣言〉，肯定儒家思想文化具有「本內聖而開新外王」的「一本性」內在必然性，認為中國應當會依其文化之內在要求，由心性的「道德主體」伸展出民主的「政治主體」與科學的「知識主體」。換個角度來講，筆者認為：（1）〈宣言〉已承認就制

---

[51] 沈清松，《傳統的再生》，頁 86。

[52] 陳運星，〈儒家政治文化與民主發展〉，《朝陽學報》7(2002.6): 189-205。

度層面而言，中國傳統文化所包含的「民本種子」並無發展出民主政治制度的因果必然性；然而就精神層面言，肯定儒學可能開出民主科學的「實踐的必然性」，亦即道德主體在其自我實踐的過程中將同時展現為政治主體與知識主體。（2）就民主政治而言，長久以來，由於傳統儒家特重內聖心性之探究而忽略外王事功之探討，著重道德主體之闡揚而忽略政治主體之建立，所以未能發展出現代意義的主權在民理論與三權分立的政治制度。[53]

4. 法律制度上

儒家民本思想在帝制時代的法律制度上，甚少發揮個人權利的保障功能，所謂「刑不上大夫、禮不下庶民」，朝廷雖有《唐律疏議》、《宋律（宋刑統）》、《大明律集解附例》、《大清律例》及吏、戶、禮、兵、刑、工等六部法曹規律，發揮了國家統治與社會秩序的穩定作用，但整個國家政治機器與運作，仍是以維護皇權為標的，法律只是皇權的延伸；而西方民主思想在經過歷史重大事件如美國獨立運動與法國大革命，法律已經具備保障人權的強制性功能，現今中華民國臺灣的法律制度的規範如《六法全書》都是繼受法、繼承外來法，不管是繼受歐洲大陸法系或英美海洋法系，上述的帝制法律，全部都揚棄。

不過，一直到現在，尚有許多人對「權威」感覺不安，在其意識形態下仍留存著「對法律不滿」的陰影，並用各種行動或示威遊行或集會抗議來與法律對抗。英國當代法理學家羅伊德（Dennis Lloyd）認為：「把法律當作人類社會不完美狀況下必要的罪惡」，[54]這一種觀念經常為人們提倡著，在可見的未來仍將持續下去。雖然如此，我們也必須承認：「即使在形態最為簡單的社會中，若干規則體系也有其必要性」，一個失序或脫序的社會，甚至於無政府狀態下的社會，並不為大多數群居的人類所樂見，亦不符合人類生活的福祉。法律對人類社會生活條件之重要性，誠如拉丁語諺所說的：「有社會必有法律，有法律必有生活要件」，換句話說，我們要在社會中生活，就必須要學習並遵守法律，才會有幸福的人生。[55]

5. 社會結構上

儒家民本思想在帝制時代的社會結構上，呈現一種前述第二節所謂的「超穩定性系統的深層結構」，這種超穩定結構往往是一元化社會結構，以皇帝（天子）為

---

[53] 陳運星，《當代新儒學民主觀之研究》，頁 36-38。
[54] 丹尼斯·羅伊德（Dennis Lloyd），《法律的理念》，張茂柏譯（臺北：聯經出版社，1986），頁 1-2、15。
[55] 陳運星主編，《當設計遇上法律：智慧財產權的對話》（臺北：五南圖書出版公司，2017），頁 3。

核心、鞏固王權為目的的政教合一體系；而西方民主思想在現今科技時代的社會結構上，呈現一種「創造性的多元結構」，這種創造性結構不再是一元化社會結構，而是以人民為核心、人權保障為職志的政教分離體系。

沈清松先生在《現代哲學論衡》一書中的〈五四以來文化發展的檢討與展望〉，提到行動問題——民主的基本條件，他說：「有關行動的方面，除了科技本土化以外，在社會行動上，中國要走上民主的道路，這是一個基本的肯定，不過，民主有個基本的條件，就是建立一種和諧的多元化社會結構」。[56]

沈清松先生說：

> 中國所需要的民主社會應是一個創造性的多元社會：就是一方面尊重多元，但是另一方面多元中的各分子又須體會彼此的共同隸屬性，皆為中國文化裡面的一員，都在為中國的命運而奮鬥，這樣就會發生一種創造性的綜合作用。一方面社會是多元的，其中每一個單元都有適當的位置，在結構中受到尊重；但是同時他們集合起來又產生一個燦爛的綜合。先秦諸子百家的時代，就是一個這樣的綜合。並不是只有遵奉一個道統，而是大家都能暢所欲言；但是，各家集合起來，又能形成一個完美的綜合體。創造性的多元社會才是真正的民主之路。[57]

沈先生這段話，「中國所需要的民主社會應是一個創造性的多元社會」、「創造性的多元社會才是真正的民主之路」，說得既中肯又務實。

伍、結論

到如今，西方思想文化所蘊釀發展出來的民主政治制度與科學研究方法，中國大陸從傳統先秦儒學之「民本思想」到當代新儒學之「開新外王」，都還沒能完善開發出來，這是近代中國知識份子，從 1919 年五四運動以來，鄙視與摒棄自己傳統儒家思想與文化的最重要因素。筆者認為，應給儒家政治哲學中的民本思想予以「適當的定位」，因為儒家學說不可能解決現代民主政治中社會上的所有問題，可是我們應該找到對儒家民本思想作創造性的現代詮釋的條件下，它對今日民主社會在哪些

---

[56] 沈清松，《現代哲學論衡》（臺北：黎明文化事業公司，1986），頁 484。
[57] 沈清松，《現代哲學論衡》，頁 485。

方面可以發起重要作用。[58]例如，上述當代儒學家唐君毅先生所提倡人類「向上精神之自覺」，是有助於民主政治發展的向上提昇。

當代新儒家的「三代四群」（劉述先所提出）中，張君勱、唐君毅、徐復觀、牟宗三，主張「本內聖而開新外王」，復返儒家心性學之根本，吸收西方的科學、哲學與民主政治，展開智性的領域，重建中國人文精神；並且主張「三統開出說」，即傳統儒學如何從「道統」之繼往開來與「學統」之推陳出新，進而達到「政統」之民主實踐，這是當代新儒家的重要使命。綜合上述的討論，筆者認為：如何使得「當代新儒學的再生」與「中國現代化的需求」二者之間，獲致充份的調和與溝通的橋樑，甚至於建構出一整套的「有中國儒家特色」的民主政治新體系，仍是需要有志之士共同傳承與齊力修辦的。

沈清松先生在其主編的《中華現代性的探索：檢討與展望》一書中的〈導論：從西方現代性到中華現代性的探索與展望〉提到：

> 對於中華現代性的展望，既不能只一廂情願的主觀願景的表達，而絲毫不顧世局，另方面也不能只如鸚鵡學人言語，絲毫沒有顧及自己的歷史性與創造性。相反的，我們必須兼顧世局的現況以及自家的文化資源，勇於創造。也因此，中華文化要能形成自己的現代性，一方面要能對西方現代性進行棄劣揚優的工作，另一方面又要能對自己的傳統文化進行繼承與創新的工作。當前中華文化正處於全球化的過程中，這同時也是世界文明正由現代性轉往後現代的時期，一方面充滿了新的可能性，另一方面，也面對了更多新的挑戰。[59]

上述沈先生所說的「我們必須兼顧世局的現況以及自家的文化資源，勇於創造」、「一方面要能對西方現代性進行棄劣揚優的工作，另一方面又要能對自己的傳統文化進行繼承與創新的工作」，筆者相當認同。面對未來的全球化國際情勢的挑戰，中國的知識份子若能建構並實踐出古典儒家思想與現代民主原理互濟互補的創新之路，活化儒家文化資源，真正地做到創造性的詮釋與批判性的繼承，相信嶄新的、現代化的、自家本土性的「有中國儒家特色」民主政治新體系，將會是內聖與外王分別

---

[58] 陳運星，〈從民本到民主：儒家政治文化的再生〉，《中山人文社會科學期刊》12.2(2004.12): 92-94。

[59] 沈清松主編，《中華現代性的探索：檢討與展望》（臺北：政大出版社，2013），頁 xviii-xix。

開出「兩路進行」、使內聖與外王「互為主體」、而且是「中西互為體用」的民主科學現代化道路。[60]

參考文獻

丹尼斯‧羅伊德（Dennis Lloyd），《法律的理念》，張茂柏譯，臺北：聯經出版社，1986。

史華慈（Benjamin Schwartz），〈中國政治思想的深層結構〉，收於余英時等著，《中國歷史轉型時期的知識份子》，臺北：聯經出版事業公司，1993。

朱嵐，〈儒家內聖外王學說簡論〉，《孔孟月刊》34.7(1996.3): 8-13。

朱學勤，〈老內聖開不出新外王——評新儒家之政治哲學〉，《二十一世紀》9(1992.2): 119。

艾蒂安‧白樂日（Etienne Balazs），《中國的文明與官僚主義》，黃沬譯，臺北：久大文化公司，1992。

沈清松，《中華現代性的探索：檢討與展望》，臺北：政大出版社，2013。

沈清松，《返本開新論儒學：沈清松學術論集》，貴州：孔學堂書局，2017。

沈清松，《追尋人生的意義：自我、社會與價值觀》，臺北：臺灣書店，1996。

沈清松，《現代哲學論衡》，臺北：黎明文化事業公司，1986。

沈清松，《傳統的再生》，臺北：業強出版社，1992。

周明泉，〈慷慨外推、邁向多元他者的沈清松教授〉，《漢學研究通訊》38.1(2019.2): 35-42。

威廉士（Raymond Williams），《文化與社會》，彭淮棟譯，臺北：聯經出版事業公司，1963。

唐君毅，《人生之體驗》，臺北：臺灣學生書局，1985。

孫隆基，《中國文化的深層結構》，臺北：唐山出版社，1990。

恩格爾（Alan Engel）等著，《意識型態與現代政治》，張明貴譯，臺北：桂冠圖書公司，1981。

浦薛鳳，《現代西洋政治思潮》，臺北：正中書局，1990。

張君勱、唐君毅、牟宗三、徐復觀，〈中國文化與世界——我們對中國學術研究及

---

60 陳運星，《當代新儒學民主觀之研究》，頁210。

中國文化與世界文化前途之共同認識〉，收於唐君毅，《中華人文與當今世界（下）》，臺北：臺灣學生書局，1980。

許雅棠，《民治與民主之間——試論 Sartori、鄒文海、孫中山思考 Democracy 的困境》，臺北：唐山出版社，1992。

陳正堂，〈新儒家「民主開出說」平議〉，《哲學與文化》26.6(1999.6): 518-536。

陳運星，〈從民本到民主：儒家政治文化的再生〉，《中山人文社會科學期刊》12.2(2004.12): 87-112。

陳運星，〈當代新儒學與現代民主政治的「接榫」問題探究〉，《思與言》42.3(2004.9): 163-216。

陳運星，〈儒家政治文化與民主發展〉，《朝陽學報》7(2002.6): 189-205。

陳運星，《當代新儒學民主觀之研究》，國立政治大學中山人文社會科學研究所博士論文，1996。

陳運星，《當設計遇上法律：智慧財產權的對話》，臺北：五南圖書出版公司，2017。

陳運星，《生活中的法律：法院裁判書之案例教學法》，臺北：元照出版公司，2008。

陳榮灼，《「現代」與「後現代」之間》，臺北：時報文化公司，1992。

陳增輝，〈儒家民本思想綱要〉，《孔孟月刊》36.2(1997.10): 4-16。

鄒文海，《代議政治》，臺北：帕米爾書局，1988。

劉述先，〈毛澤東對中國傳統文化繼承之分析〉，《當代中國哲學論（人物篇）》，美國：八方文化公司，1995。

劉述先，〈論當代新儒家的轉形與展望〉，《哲學雜誌》31(2000.1): 24-37。

劉述先，〈論儒家理想與中國現實的互動關係〉，收錄於《當代新儒學論文集‧外王篇》，臺北：文津出版社，1991。

劉述先，〈儒學的理想與實際——近時東亞發展之成就與限制之反省〉，「儒家思想在現代東亞」國際研討會，臺北：中央研究院文哲所主辦，1999 年 7 月 6-8 日。

劉國強，《儒學的現代意義》，臺北：鵝湖出版社，2001。

盧梭（Jean-Jacques Rousseau），《社會契約論》，何兆武譯，臺北：臺灣商務印書館，2003。

薩托利（Giovanni Sartori），《民主原理》，淦克超譯，臺北：幼獅文化公司，1971。

羅志淵，《雲五社會科學大辭典》第三冊《政治學》，臺北：臺灣商務印書館，1989。

Bryce, James. *Modern Democracies*. 2 vols. New York: The Macmillan Company, 1924.

Frank, Bealey. *Democracy in the Contemporary State*. Oxford: Clarendon Press, 1988.

Graham, Keith. *The Battle of Democracy: Conflict, Consensus and the Individual*. Brighton:

Wheatsheaf Books, 1986.

Hoden, Barry. *Understanding Liberal Democracy*. Oxford: Philip Allan, 1988.

Lipson, Leslie. *The Democratic Civilization*, New York: Oxford University Press, 1964.

Locke, John. *Two Treatises of Government*. London: Printed for Thomas Tegg, 1823.

Montesquieu. *De l'esprit des lois*. Nourse, 1772. https://fr.wikisource.org/wiki/De_l%E2%80%99esprit_des_lois_(%C3%A9d._Nourse)/Texte_entier (Retrieved 2019.5.28).

Ranney, Austin. *The Governing of Men*. Illinois: The Dryden Press, 1975.

Rejai, Mostafa. *Democracy－The Contemporary Theories*. N. Y.: Atherton Press, 1967.

Rousseau, Jean-Jacques. *Du contrat social ou Principes du droit politique*. In *Collection complète des oeuvres*. Genève, 1780-1789.

Sartori, Giovanni. *The Theory of Democracy Revisited*. New Jersey: Chatham House Publishers, 1987.

作者簡介：

陳運星：

國立政治大學國家發展研究所博士

國立屏東大學文化創意產業學系副教授

通訊處：90003 屏東市民生路 4-18 號 民生校區教學科技館 2 樓

國立屏東大學文化創意產業學系

E-Mail：yschen@mail.nptu.edu.tw

Comparison between The Confucian People-Centered Governance and Modern Democracy: With Discussion on *Rebirth of Tradition* by Vincent Shen

Yun-Shing CHEN

Associate Professor, Department of Cultural and Creative Industries,
National Pingtung University

Abstract: Modern democracy has not evolved from Confucianism, and it has resulted in the abandonment on traditional Confucianism since the May Fourth Movement in 1919. This article discusses on the comparison between the Confucian people-centered thought and Western democracy. The author analyzes the concepts of Confucian people-centered governance (in contrary to democracy, which is people-powered governance) and its possible practices on democratic politics. Through reviewing its evolution from traditional Confucianism, neo-Confucianism to contemporary new Confucianism, the author aims to find a path for the rebirth of the Confucian political tradition by elucidating the tradition creatively and inheriting it with criticism. The article also discusses the meaning of "rebirth" from *Rebirth of Tradition* by Vincent Shen, to call for a reappraisal of Confucianism.

Key Terms: Confucianism, Confucian People-Centered Governance, Democracy, Vincent Shen, Rebirth of Tradition

苦難與神聖他者：
從約伯記談神義論之體系性與文化際詮釋學轉向[*]

陸敬忠

國立中央大學哲學研究所特聘教授兼所長

國立中央大學詮釋學與文化際哲學研究中心主任

內容摘要：苦難，惡與邪，亦即世界或人類生活中的消極現象及負面因素，始終是宗教經驗的基本主題。在有神論或一神論宗教中，它被稱為所謂的「神義論」，誠然是猶太基督教聖經和神學的重要主題。從聖經神學的角度來看，《約伯記》尤其成為有關該主題的主要文本。在本文中，傳統的神義論首先將被表述為一個悖論綜結，而在經典性的解決方案概念則會被系統地，類型學地描述出來。然後，本文應著重強調約伯記關於神義論之聖經神學轉向：從上帝之為絕對超越的神聖他者轉為神聖你者之為對話者以及受苦者本身之視域轉向，從而最終對神義論—悖論綜結的解決方法進行新的體系性乃至文化際的詮釋學芻議。

關鍵詞：苦難、神聖他者、神義論、約伯、體系性、文化際、詮釋學

> 「我從前風聞有你，現在親眼看見你」。
>
> ——約伯記四十二章六節，和合本聖經
>
> 僅以拙文紀念恩師在天之靈

　　苦難，惡與邪，即世界或人類生活的消極現象乃至要素，始終是宗教經驗的基本主題，在某些情況下或對於某些人（如呂格爾）而言，甚至被認為是宗教意識的

[*] 本文乃筆者執行國科會三年期跨校整合型計畫案【東西方哲學之宗教向度（貳）：神學，人性，實踐】子計畫案〈密諦論，辯證法，詮釋學：從體系性哲思經德意志神哲學至宗教際對話〉（科技部計畫編號：108-2410-H-008-018-MY2）之初步成果底發表。本文經由兩位專業匿名評審先進於語言、形式與內容方面的細心與珍貴的指教，並已盡力於本文篇幅與主題範圍內所能為修訂之，特此致謝。

動機或原因。[1]對此問題之解決、解消、解脫乃至救贖即使不是宗教最核心議題，也起碼是其基本任務之一。在有神論或一神論宗教中，此問題被專稱化為所謂神義論（Theodizee），此乃是源自萊布尼茲的特殊術語，但是自從古典希臘及希臘化哲學出現以來，其便為哲思難題。[2]它當然也是猶太—基督宗教之聖經及神學的本質性主題之一。從聖經神學之角度而言，約伯記則是該主題的主要文本。在本文中，首先會將傳統的神義論表述為一種弔詭之綜結體（Paradox-Komplex），並且系統化地及類型化地概述神哲思想史中的經典性解決方案。接著，本文將凸顯《約伯記》中關於此神義論議題之聖經神學性轉向，從而揭示對此神義論弔詭綜結之嶄新的體系性—文化際性—神學性解決構思之論述。

壹、神義論弔詭綜結之系統學與其經典性解決方案之類型學

神義論問題可以兩種方式系統地表達：一種是以弔詭綜結呈現，另一種是以矛盾推論之形式表述。[3]

首先，可以就關涉上帝之三種屬性而言以一種弔詭而綜結的方式來陳述神義論問題：

一則，上帝若存在，其乃是最完善存有者（Ens Perfectissimum），從此本質定義而言既是全能，全知與全能的，另則，世界上存在著邪，惡或苦。於是便有以下六個弔詭或悖論變體：

1. 上帝與**預知**邪惡，而且上帝**願意**消除邪惡卻**無法**做到，則上帝是無所不知和

---

1 例參 John Bowker, *Problems of Suffering in Religions of the World* (Cambridge: Cambridge University Press, 1970)；亦參 Carsten Colpe und Wilhelm Schmidt-Biggemann (hrsg.), *Das Böse. Eine historische Phänomenologie des Unerklärlichen*, 2. Aufl. (Frankfurt a. M.: Suhrkamp, 1993)。

2 Gottfried Wilhelm Leibniz, *Essais De Théodicée Sur La Bonté De Dieu, La Liberté De L'Homme Et L'Origine Du Mal* (Amsterdam: Troyel, 1710). Epikur, "Fragment 374," in: *Epicurea*, hrsg. von H. Usener (Nachdruck: Stuttgart, 1966). Cf. art.: "Theodizee," in: *Historisches Wörterbuch der Philosophie*, Bd.10, hrsg. von J. Ritter und K. Gründer (Basel: Schwabe & Co AG, 1990), pp.1066-1073, esp. p.1066. 亦參 art.: "Theodizee," in: *Die Religion in Geschichte und Gegenwart*, Bd.7, hrsg. von Kurt Galling (Tübingen: J. C. B. Mohr, 1962), pp.739-747, esp. pp.741-742。

3 關於系統性（systematic）與體系性（systemic）之差異在於：前者強調乃可從一根本原理推導出的總體之為系統（system），其合理性推導便為系統性所在。後者強調一體系（原文亦為 system）之整體與個體間，整體與其脈絡間以及個體間的關聯及互動，此則為體系性。

全然善良的，但不是全能的。

2. 上帝**預知**邪惡，但**不願**或**無法**消除它，則上帝雖是全知的，卻既不全善也不是全能的。

3. 上帝**預知**邪惡，也**能夠**將其消除，但**不願**如此行，則上帝雖是全知與全能的，卻非全善。

4. 上帝**願意**並且**能夠**消除邪惡，但並**不預知**之，則上帝雖是全能與全善的，卻並非全知的。

5. 上帝**能夠**消除邪惡，但既**不預知**之也**不願**為之，則上帝雖是全能的，卻不是全知與全善的。

6. 上帝**願意**消除邪惡，但是既**不預知**知亦**無能**為之，則上帝雖是全善的，卻非全知亦非全能的。

以及第七種最糟情況：

7. 上帝不預知邪惡，也不願意更無法消除之，則上帝既非全知，亦非全善良無更非全能。[4]

原則上，只要上帝缺乏任何一種神聖的品質，則根據其本質定義，上帝便不再是上帝，因此上帝不存在。

這整個神義論之悖論綜結可以簡化為以下矛盾推論：

1. 上帝存在，而且在世界中有邪惡。

2. 若上帝存在並且（就其本質言）是全能的，則他可以防止邪惡。

3. 若世界中有邪惡存在，則上帝無法阻止邪惡。

4. 根據 1.上帝存在並且世界中存在著邪惡，然後依據 2.上帝可以阻止邪惡，而就 3.而言他卻無法阻止邪惡，因此產生矛盾。

5. 如是，前提 1.有矛盾問題：或者上帝不存在，或者世界上沒有邪惡，或者及無上帝亦無邪惡存在。

6. 然而，在現實中或在經驗中，世界上有邪惡，所以上帝不存在。

---

[4] 參 wikipaedia art.: "Theodizee", https://de.wikipedia.org/wiki/Theodizee (Retrieved 2020.4.5)。

在此論證中，上帝的其他品質，例如全善與全知，可以替換全能，並導致相應的矛盾，即上帝不存在之結論。[5]當然，在西方哲學史或神學史中，對於此類神義論問題之各種機智的解決方案不絕於耳。[6]由於如前言所述，苦難，邪或惡之問題乃宗教經驗乃至意識的普遍議題及基本動機，因此，本文將在文化際乃至宗教際脈絡下至少就種子思想而言亦論及漢語哲學或宗教，即儒家，道家與佛家之相關理念或想法。

基本上就解決方案種子思想而言可區分為兩種基本向度，即哲學的或對稱的（symmetrisch，意即在問題與答案之間，難題與解決方案之間）以及神學的或非對稱的（asymmetrisch）。再次尚可依據解決方案的性質區分三種基本類型：融貫（kohärent），折衷（kompromissiv）和對反（konträr）類型。

在這些基本向度及基本類型之間當然沒有固定的限界，而是流動的相交和光譜的差異。

I. 哲學——融貫性的或系統內在性的基本類型

在思想史中一直有一種試圖以哲學性、融貫性的，甚至是理性上可以理解的方式來解決神義論的問題，以使世界上的邪惡及苦難並不與上帝的本質及存在不一致，而是讓雙方盡一切可能而明智的方式系統內在性地共存。

I.1 形上學原型

基於傳統上、特別是從古希臘哲學所生發的形上學而產生的解決方案又有三種次類型：存有論，宇宙論者及辯證論者。

I.1.1. 存有（本體）論次類型

所謂的缺乏理論（Privationstheorie）標記著本體論次類型：邪或惡只是善的缺如，此則本源於存有之缺乏乃至缺陷。就義理脈絡而言此思想起源於柏拉圖主義，

5　參上引文獻。亦參 Armin Kreiner, *Gott im Leid. Zur Stichhaltigkeit der Theodizee-Argumente.* 2. Aufl. (Freiburg u. a.: Herder, 1998), pp.17-27。

6　參上引書。亦參 Gerhard Streminger, *Gottes Güte und die Übel der Welt. Das Theodizeeproblem* (Tübingen: Mohr, 1992); Armin Kreiner, *Gott im Leid. Zur Stichhaltigkeit der Theodizee-Argumente.* 2. Aufl.; Paul Weingartner (Hrsg.), *Das Problem des Übels in der Welt. Vom interdisziplinären Standpunkt* (Frankfurt am Main/Bern u.a.: Peter Lang, 2005)。

奧古斯丁與托馬斯則是這種神義論之神哲學代表。[7]以撒‧盧里亞（Isaak Luria）提出的 Tzimtzum 概念則可稱為猶太式神義論的、甚至是其密諦主義的缺乏理論。[8]

I.1.2. 宇宙論次類型

世義論（Kosmodizee）是則宇宙學次類型之範型。此進路試圖在整體內理解否性或負面性質。此論述在西方思想的創發者原本是新柏拉圖主義的普羅丁（Plotin）以及近代理性主義者萊布尼茲（Leibniz）之為 Theodizee 一詞的發明者，尼采則通過克服善惡對反之觀點條件性，為在宇宙中的生命之美學進行證成。[9]總體而言，這種宇宙論解決方案的概念可以標示為整體論（Holismus）。[10]

I.1.3. 辯證論次類型

這是存有論與宇宙學次類型或缺乏論與整體論之進一步反思，發展及綜合。

如果將善與邪或惡置於一整體內理解之，從而將所謂的缺乏轉思或轉化為否定或負面性，則善或正性與惡或負性乃在對比關係中相對立者，終究會形成一種在整體脈絡中的辯證張力、關係及互動。在漢語哲學中，就此議題而言，道家同時是本體論與宇宙論的次類型所在，更主要是辯證論之典型。[11]因為本體論上最基原者（das Ursprünglichste）不僅是直接性及未限定性，且是一切的可能性，卻又不是任何事物而否定自身，[12]並且因此在宇宙論中發展成萬事萬物之轉化，又再次否定此萬有，從而並顯示其自身之為無限性或即迴返其自身。[13]所謂無，亦即自行否定或所謂物極必

---

[7] Augustinus, *De natura boni* 4. Cf. Hermann Häring, *Die Macht des Bösen. Das Erbe Augustins* (Zürich, 1979), pp.34-35. 亦參 Rolf Schönberger, "Die Existenz des Nichtigen," *Die Wirklichkeit des Bösen*, hrsg. von Friedrich Hermanni und Peter Koslowski (München: Wilhelm Fink, 1998), pp.15-47, esp. pp.17-18。參 wikipaedia art.: "Privation", https://de.wikipedia.org/wiki/Privation_ (Philosophie) (Retrieved 2020.4.5)。

[8] 參 wikipaedia art.: "Isaak Luria", https://de.wikipedia.org/wiki/Isaak_Luria (Retrieved 2020.4.5)。

[9] Friedrich Nietzsche, *Unzeitgemäße Betrachtungen, David Strauss der Bekenner und der Schriftsteller*, KSA 1, hrsg. von Giogia Colli (München: de Gruyter, 1988), p.197. 參 art.: "Kosmodizee", in: *Historisches Wörterbuch der Philosophie*, Bd.4, p.1143；亦參 wikipaedia art.: "Kosmodizee", https://de.wikipedia.org/wiki/Kosmodizee (Retrieved 2020.4.5)。

[10] 此種整體論尚非體系論（Systemics），因為如註 4 所揭示，後者強調整體與個體間，整體與其脈絡間以及個體間如位格際的關聯及互動。至於萊布尼茲與尼采之理論固然大異其趣（例如前者之形上學為有神論，而後者不但反有神論，也反形上學本身，固然後者整體論仍有宇宙論形上學色彩），但就其皆主張負性因素在整體中的必要性或存在價值而言，皆為整體論者。

[11] 參《老子》42 章。

[12] 參《老子》40 章。

[13] 參《老子》25 章。

反亦即在極端時轉變為其對立者之為一種迴返辯證法（Reversions-Dialektik），均為所謂道之基本本體論原理。[14]因此，道作為一切事物的本體論基礎及動力，本身即是虛無，否定或這些萬有之潛能。道之為孕育萬有的陰之為負性或潛能以及之為產生它們的陽之為正性或實現，或即陰陽間的辯證法效應出萬事萬物之起源。就此面向而言，所謂的邪惡或看似邪惡者只是宇宙的必要（反）原理或基本潛能，而正負之間的辯證性平衡及互補抑或兩者間的辯證性循環便代表乃至表現出道。

I.2. （德意志）觀念論原型

形上學及觀念論兩原型之間的區別首先在於其出發點乃至立場：前者以存有論為基礎，後者則是從精神論出發。此則亦需要考慮三種次類型：

I.2.1. 靈魂造就之次類型

這又被稱為愛任紐神義論（Irenäische Theodizee）。[15]靈魂的靈性進化需要身體或心理的受苦遭難。此理論遂需預設靈魂以及與此相關聯的自由意志。在東方以及漢語哲學與宗教、例如佛學/教及儒家中這種對於苦與惡之解釋的次類乃非常典型者，尤其是在後者，因為儒家對於苦與惡之原因或起源並無明顯的形上學或觀念論式的論述如佛教者，而僅是訴諸於無位格性的、自然性或即宇宙論性的天命，身體的苦或心理的惡遂被視為良心或心性的必要鍛鍊或教化。[16]因為這種教化是道德的、乃至社會政治的、以及終極而言形上學的發展之實質基礎。[17]即使是源自古印度的佛教，根據四聖諦（catvāri āryasatyāni）之基本主張，也就宗教本體論而言起源於對生活脈絡中的苦難所深感的慈悲，雖然此苦難被非存有學而是緣起論地理解為發生於三種心靈之毒（mūla）——貪婪或慾望（貪），仇恨（憎）以及妄想或無知（痴）。基此，佛教將涅槃或解脫（nirvāṇa）之為精神發展基本目標定為終極智慧，它通過所謂的八重正道或方式（āryāṣṭāṅgamārga）或統整為所謂的三無漏學（śikṣā）來實現。這種靈性教化過程當然與其輪迴之基本教義相關聯。[18]

I.2.2. 逆反論（Perversion）之次類型

自從馬丁路德（Martin Luther）的《宗教改革》以來，神義論之問題已被扭轉，即 稱義的問題不再針對上帝，而是針對人自己，而且只有來自上帝的信心與信仰才

---

[14] 參《老子》40 章；亦參 1 及 25 章。

[15] 參 Charles Taliaferro, in: The Stanford Encyclopedia of Philosophy, https://plato.stanford.edu/；亦參 wikipaedia art.: "Theodizee", https://de.wikipedia.org/wiki/Theodizee (Retrieved 2020.4.5)。

[16] 參《孟子‧告子下》。

[17] 參《大學》。

[18] 參 wikipaedia art.: "Theodizee", https://de.wikipedia.org/wiki/Theodizee (Retrieved 2020.4.5)。

能使人在上帝面前稱義。[19]在此脈絡下，可回溯至奧古斯丁之自由意志論作為邪惡之起源或原因。康德及德意志觀念論中諸如謝林（Schelling）者均持守此種邪惡之為逆反或變態理論，[20]而神學家潘霍華（Bonhoeffer）亦是其當代之倡導者。[21]

I.2.3. 過程或進程之次類型

若將個人脈絡經由苦難而經歷精神性昇華歷程轉移至世界歷史之脈絡，並且將人性精神之逆反變態轉化為歷史發展中的否定性來理解，遂可得黑格爾式的客體性精神之過程或進程之為世界歷史之神義論之子類型。[22]而其更現代，更實在論的形式是由懷海德（Whitehead）的過程哲學（Process philosophy）以及基於此的過程神學所提供，在此理論中自由的抉擇對世界之自我創造過程之原創力乃是積極的。[23]

II. 神學——對反性的或系統超越性的基本類型

在此基本上又可分為三種原型，而這有與其所關懷的神學旨趣有關。

II.1. 教義神學原型

正如路德所提出稱義問題之翻轉所已表明：神義論之提問本身就顛倒或至少扭曲事理。就神義論之激進教義神學思想提出無解之解決方案而言，卡爾・巴特（Karl Barth）及其關於邪惡乃「不可能的可能性」（unmöglicher Möglichkeit）之悖論概念，便是一範式。[24]此論述於哲學方面的先行者康德則早已展示其對信仰之認識論性不

---

[19] 參 art.: "Theodizee," in: *Die Religion in Geschichte und Gegenwart*, Bd.7, p.742.

[20] 參 Jörg Noller, *Theorien des Bösen zur Einführung* (Hamburg: Junius, 2017), pp.13-19; also wikipaedia art.: "Das Böse", https://de.wikipedia.org/wiki/Das_B%C3%B6se (Retrieved 2020.4.5).

[21] 參 Jing-Jong Luh, "Sein, Subjekt und Akt—Gott der philosophischen Trinität—ein kritisch-hermeneutischer Dialog zwischen dem deutschen Idealsimus und der ethischen Theologie Bonhoeffers," in: *Christus und Welt: Bonhoeffer und Sino-Theologie*, ed. by Clifford Green and Thomas Tseng (Chung-Li: Chung Yuan Christian University, 2008), pp.145-209.

[22] 參 G. W. F. Hegel, *Vorlesung über die Philosophie der Geschichte: Einleitung*. Bd.11, hrsg. von Hermann Glockner (Stuttgart: Friedrich Frommann Verlag (Günther Holzboog), 1961)；also art.: "Theodizee", in: *Historisches Wörterbuch der Philosophie*, Bd.10, 1069.

[23] 參 Alfred N. Whitehead, David R. Griffin and Donald W. Sherburne (eds.), *Process and Reality* (New York: Macmillan, 1929; corr. ed., New York: The Free Press, 1978)；參 John Cobb and David Griffin, *Process Theology: An Introductory Exposition* (Philadelphia: Westminster Press, 1976)；亦參 David R. Griffin, God, *Power, and Evil: A Process Theodicy* (Louisville: Westminster John Knox Press, 2004)。

[24] 參 Karl Barth, *Die Kirchliche Dogmatik* (im folgenden: KD), Bd. IV/1 (Zürich: Theologischer Verlag, 1959), p.203。

可知論以及其對對自然神學的系統性徹底批判。[25]在天主教神學方面，漢斯‧庫恩（Hans Kuhn）則以神義論為自大僭越（Anmaßung）而回拒之。[26]就系統神學之角度而言，則可由救贖論及末世論來解消乃至解決，例如通過耶穌基督之救贖事件，亦即其道成肉身化身，被釘十字架與復活，以及其於末世之再臨等。[27]

II.2. 聖經神學原型

聖經正典本身基於宗教改革之唯獨聖經原則而被視為神義論之原典所在：舊約中的約伯書幾乎被當成神義論之教科書來被研讀與詮釋。聖經相關的基調為：一則上帝之全能可以創造並影響一切，此亦包含負面或否性者（例如 Jes 45:7, Am 3:6, Hi 42:6; Röm 11:8）而這使上帝的意志無法完全被人理解或洞見（例如 2 Mos 4:21 , 9:2, 14:4-7, Hi 42:3; Röm 9:14-18），另則該否性者卻能在信仰及生命之道中顯現其意義與價值（例 Hi 42:5, Ps 78:34, Röm8:28）。[28]

II.3. 實踐神學原型

一方面教義神學傾向於以信（心）仰為主的反（非）理性解決方案，另方面聖經神學則常介於詮釋學差異的辯證張力中，實踐神學遂走出第三條路：或者將愛任紐式靈魂造就之神義論轉型為成聖過程，或者從路德神學角度而言在神的旨意或其所設立目的下轉化為信仰重塑過程。[29]約伯之敘事遂亦被如是解讀。在伊斯蘭教中也採用類似模式，即邪惡被理解為真主之考驗。

III. 折衷基本類型

從哲學，世界觀或宗教神學而言，有兩種折衷的原型，即二元論或相對論。

---

[25] 參 Immanuel Kant, *Critik der reinen Vernunft*. Riga: 1781, *Kritik der reinen Vernunft* (Hamburg: Meiner Verlag, 1998), esp. "Transzendentale Dialektik: Ideal der reinen Vernunft: Kritik der rationalen Theologie, insbesondere der Gottesbeweise"; "Über das Misslingen aller philosophischen Versuche in der Theodizee" (1791), in: I. Kant, AA VIII: Abhandlungen nach 1781, pp.253-271。

[26] 參 Hans Küng, *Christ sein, Hans Küng Sämtliche Werke*, Bd.8 (Freiburg im Breisgau: Herder, 2016), pp.520-531, 357；亦參 wikipaedia art.: "Theodizee", https://de.wikipedia.org/wiki/Theodizee (Retrieved 2020.4.5)。

[27] 參 art.: "Theodizee", in: *Die Religion in Geschichte und Gegenwart*, Bd.7, pp.745-747。

[28] 參 wikipaedia art.: "Theodizee", https://de.wikipedia.org/wiki/Theodizee (Retrieved 2020.4.5)。

[29] 實踐神學原型與東方儒家及佛家靈魂造就之次類型就實踐學意義而言雖極相似，但前者因為預設為有神論乃至一神論，所以終極而言其實踐或修行乃神人間位格際關係者，後者則完全無須此向度。

III.1. 二元論或雙重對偶原型

宗教性的二元論原型源自古代伊朗的瑣羅亞斯德教（Zoroastrismus）。爾後在基督宗教之興起，正是處於猶太教的絕對一神論及諾思底與摩尼教的二元論之間的競爭脈絡中。漢語文化中的陰與陽之對偶常被理解為二元論，然而，如前所述，在道家思想中，陰與陽在應回溯於道或交相動態化為道之辯證法。這種原型的策略在於，惡與善一樣被承認為世界之基原（ἀρχή）亦即基本原理，世界中的邪惡與苦難應便可被追溯至前者而非後者。這種善惡二元論經常被聯繫於宇宙生成論、宇宙論或認識論上的精神物質二元論。

III.2. 相對論原型

從哲學神學觀之，將上帝之屬性策略性地相對化，以避免對於上帝存在之否定。這意味著，或者在相對於世界的自行發展或人類的自由決定上限制上帝之全能或全知，或者在相較於上帝之公義或因人類自由而產生的不公義時，上帝全善受到限縮等。[30]

原則上，必須提出以下的問題：一方面，在神義論之提問或表述中確實存在著不可避免的矛盾，另一方面，各種解決方案或進路間豈不會相互關聯，互動連結乃至於一總體脈絡中整合嗎？約伯敘事又可以提供什麼樣的啟示或啟發？

貳、「我從前風聞有你，現在親眼看見你」：
約伯的轉向之為上帝對神義論的之啟示？

約伯記無疑已經成為關於神義論問題的聖經教科文本，這不僅是在智慧文學中如此，而且是就聖經整體而言亦然。在此，我先提出一種智慧文學之兩種傳統或至少兩重線索論，不過此論文中之主題範圍限制下不能就聖經研究之向度申論之，而只是在神學哲學向度內運用之。其中第一種是由詩篇（Psalms），所羅門箴言（Proverbs）及所羅門雅歌（Hoheslied）所構成，另一種則為約伯記及傳道書（Ecclesiastes）所形成，前一種智慧傳統乃適用於王子及貴族之宮廷禮儀式教育亦即關於宗教祈禱，倫理行為及浪漫詩歌等教化範疇，但另一種則是關於界限處境及彼岸乃至出世或隱士主義（Jenseitseremitismus）的神學性啟發。前者可能與與祭師階級相關聯，或繼承摩西五經之申命神學傳統，後者則似乎源自先知乃至流浪（巡

---

30 參前引文獻。

迴）傳道者，並開啟全新的智慧神學。由於這兩條智慧神學之線索乃至傳統之起點與觀點相當不同，因此第一條可稱為系統內在性者（一般性猶太傳統），第二條則為系統超越性者。如是，若將約伯（尤其是第 42 章）與傳道書通觀，便會突然出現一種關於超然神之觀點。[31]

傳道書開宗明義地指出：

> 我專心用智慧尋求、查究天下所做的一切事，乃知神叫世人所經練的是極重的勞苦。我見日光之下所做的一切事，都是虛空，都是捕風。[…]我心裡議論說：我得了大智慧，勝過我以前在耶路撒冷的眾人，而且我心中多經歷智慧和知識的事。我又專心察明智慧、狂妄，和愚昧，乃知這也是捕風。因為多有智慧，就多有愁煩；加增知識的，就加增憂傷。（傳道書 1:13-18）

在此非常清楚地顯示出兩重智慧論：一種是被反思的、終究虛空的眾人智慧或世間智慧，一種是進行反思的大智慧或超然智慧。作為中華哲學家或漢語神學家，幾乎會以為在此關於乃至出於上帝的大智慧是道家甚至佛家者！然而當吾人更深層省思時，便會發現獨特的猶太教基督教思想本質。

首先，在此呈現出雙重智慧向度：一種人性的，世俗的或系統內在的，以及另一種神性的，神聖的或系統超越的向度，這似乎可以分別對應於佛學的真理之兩層次或二諦論（梵文：*satya*）。「世俗」的，「常規」的或「暫時」的（*saṃvṛti*，世俗）真相以及「神聖」的，「原真」的或「終極」的（*paramārtha*，勝義）真相。世俗的智慧或申命神學強調行為與結果之符應關聯（或即業行與報應之因果關係），或者服從及不服從律法之效果乃相應的祝福及懲罰之後果。根據佛教徒的洞見，所有這些因果關係最終僅是「被條件制約的起源」（梵語：*pratītya-samutpāda*；緣起），即某種由（巴利語：*tanha*）及無知（巴利語：*avijjā*）乃至痛苦（梵語：*duḥkha*）或自我（*upādāna*）之因果關係（巴力語：*tanha*），然後陷入轉世之輪迴中（梵語：*saṃsāra*）。傳道書中神性或神聖的智慧將俗世中所有活動或勞動及其智慧視為虛榮與虛無，即如道家之無或佛教的空。就佛家而言，對上述生命及苦難之因果關係或因緣法之洞察亦即關於俗世虛空之體悟，便意味著從輪迴轉世之循環中覺醒（*bodhi*，菩提）與解放（梵文：*vimukti*），從道家而言，這意味著對所有事物進行超然性之達

---

[31] 在此系統超越性者（system-transcendent）乃超越世俗乃至世界之系統的向度及觀點，而在此進路中的神觀便會出現超然神（transcendent God）觀念。

觀（〈齊物論〉）遂是通往自由地遊戲於世間而不陷於其中之道（〈逍遙遊〉）。

然而，若所有邪惡與苦難均可以因緣法來解釋，亦即所有惡均有其自身的成因，那就不再需要神義論！具體而言：我今生的所有痛苦與災難乃罪有應得而應自身負責，因這均是我前生業行或所種因之報應或後果。但正是在道家由其是佛家之系統超越向度中出現一種新的悖論：超越凡世系統之思維與觀點形成對世界與人類萬物及事件之無所不包的、超然神性的觀點以及無所不知的理悟，因此擁有此種超然觀點者，會變得超然神性者並因此在自身中絕對內在而不再需要一位超越此自身的他者上帝。真正的佛教家同時也是一種真正的無神論。在當代新儒家思想中，將此種超越性弔詭地稱為內在超越性。[32]

約伯之敘事顯然以另一種方式呈現超然神性智慧向度。首先，《約伯記》一書本身實已充滿文學風格張力以及神學議題爭議：

1. 簡短的神話性乃至悲劇性散文敘事之為開場白（第1-2章）：超越凡世之向度或上帝與撒但之間的天庭事件被揭示為約伯所受邪惡苦難之真正原因。

2. 位居中央、長篇大論又頗具詩意風格的蘇格拉底—柏拉圖式的問答辯證式對話（第3章至第27章）[33]：三位約伯朋友從第一種系統內在性的世間智慧傳統出發以罪行與苦難之因果關係對約伯事件進行解釋乃至責難，約伯則企圖自我證成或捍衛自己的清白與無罪。

3. 所謂上帝的智慧之歌（第28章）：轉向至第二種超然神性智慧傳統或系統超越性向度。

4. 三篇獨白或約伯與上帝之對話：約伯向上帝提問解釋問題（第29-31章），以利戶嘗試以上帝的角度進行解釋第約32-37章），接著是上帝之話語或論述（divine discourses，約38:1-41）亦即與上帝之密諦性會遇或即上帝之直接啟示，以及約伯對上帝的回應約42:1-6）。

5. 簡短的散文敘事性結局(約42:7-17)，這次是好萊塢風格的「幸福結局」(Happy ende)。

---

[32] 例參 Fabian Heube, "Immanente Transzendenz im Spannungsfeld von europäischer Sinologie, kritischer Theorie und zeitgenössischem Konfuzianismus," *Polylog* 26(2011): 91-114。

[33] E. W. Bullinger 指出約伯記有 329 個問句（題）。參 E. W. Bullinger, *Figures of Speech*, (London: Eyre & Spottiswoode, 1898), p.994。

關於似乎為該書中心之對話的詮釋，研究及討論很甚多，我則只以智慧路線的轉折點即所謂的神聖論述（38:1-42:6），尤其是約伯之回應之為密諦性表述（約 42:5）出發，重新省思宗教哲學或神學之神義論底悖論綜結。

在第 28 章第 28 節中詩意的智慧真言：「敬畏主就是智慧；遠離惡便是聰明」。這正可理解為兩條智慧路線的交叉點或十字路口，然後那三篇獨白或神聖論述才會生發。此處的智慧真言與所羅門《箴言》中的相似（箴 1:7：「敬畏耶和華是知識的開端；愚妄人藐視智慧和訓誨」），但卻又有所不同：在《箴言》中，知識與智慧實為同義詞，而愚妄則是其相反詞。然而，在《約伯記》中關於上帝的智慧詠中，「智慧」主要指涉著超越的神聖向度者，其對立面為邪惡，在此人類的知識則僅限於世界系統內在的向度。因而，在此實明確地宣示著真理之兩種向度。而且由於上帝似乎未直接回答約伯關於其不公義的苦難狀態之解釋問題，而是對約伯提出顯然完全不同向度的修辭式提問，知識問題如「誰用無知的言語使我的旨意暗昧不明？」（約 38:2）及公義證成之基本問題如：「『強辯的豈可與全能者爭論嗎？與神辯駁的可以回答這些吧！』[…]你豈可廢棄我所擬定的？豈可定我有罪，好顯自己為義嗎？」（約 40:2, 8）而上帝的自我回應似乎僅是關於自然知識或世界創造的第一向度者。在此神聖論述脈絡下，約伯最終回答上帝說：

> 我知道你萬事都能作，你的旨意不能攔阻。誰用無知的言語使你的旨意隱藏呢？我所說的是我不明白的；這些事太奇妙是我不知道的。求你聽我，我要說話；我問你，求你指示我。我從前風聞有你，現在親眼看見你。因此我厭惡自己（自己或作我的言語），在塵土和爐灰中懊悔」。（約 42:2-6）

因此，關於知識問題，約伯完全承認上帝之全能與全知；就公義問題而言，他則呈現面對上帝的本真見解以及愧對上帝的完全懺悔，悔改乃至認罪。關於第一個問題與其回答，吾人仍可如下理解為：即使在第一層系統內在的智慧或真理向度中，上帝之全能與全知性也超出人類的認知能力與範圍，亦即不僅就創造世界之如何問題（How）而言，也就其為何之問題（Why）即其意義與目的而言。[34]這意味著上帝所創造世界乃一自身為整體性的，但又祂開放的互動體系，是一種我們賴以生存與生活而永無法超越之而思想與言說的體系。但是，關於第二個問題及其回應，確實是種奧謎（Enigma），一種令人敬畏又嚮往的密諦（Mysterium Tremendum et Fascinans）！

---

[34] 關於上帝涉及創造之言說，參 Klaus Kühlwein, *Schöpfung ohne Sinn?* (Düsseldorf: Patmos, 2003)。

約伯的眼睛究竟看見誰？眾所周知，獨一神教如猶太教及後來的伊斯蘭教的基本信條之一：本真的上帝無法為人眼所見，或者人類根本不應該對上帝進行視覺式的描繪或形塑。約伯所見僅是一種神秘的幻象乃至密契的異象嗎？而約伯眼見上帝後，為何會懺悔乃至認罪呢？

我將約伯此種從第一種系統內在性的亦即知識系統性的向度到第二種系統超越向度之轉變稱之為體系性的轉向（systemic turn）[35]：一種從自我中心主義的觀點、立場、視域、脈絡乃至思維方式、生活意義、生命目的等（「我從前風聞有你」）轉向與上帝之直接而真實的關係（「現在親眼看見你」），這是你與我之關係，正如Buber 所揭示者。[36]救贖是一種神人位格際關係之恢復，或者是從被異化的乃至扭曲的關係獲得釋放。就此而言，整體論的解決構思與位格際關係之觀念必須互補乃至融合，這是體系性思想的基本特徵。

參、神義論思路與觀點的體系性轉向

猶太教—基督教信仰關於人之創造與罪惡底聖經詮釋學呈現為一種由上帝形象（Imagio Dei）至人類（Adam）自我神化之墮落事件。Imagio Dei 是神與人之間或人對神之間的本真的位格際關係，而罪惡則是經由人性之自我神化而異化的神人關係。從神學詮釋學而言，聖經關於所謂原罪之生化事件以及繼之而起的苦難之生成並非被表述為錯誤行為及其懲罰性後果的因果關係，而是被呈現為經由人之神化所發生上帝、人及自然世界之間的體系性整體關係之破裂或毀壞。

這或許也是約伯敘事之前史性的、縱使不是實然史性的歷史脈絡：一種雅威信仰之史前狀態，在其中亞伯拉罕之敘事及其一神宗教尚未存在或至少尚未登上宗教文化史台面，因此，眼見上帝尚不是絕對的禁忌？

即便如此，此類違反猶太正統神學之文本後來仍被接受而納入猶太教聖典中的事實仍並非理所當然。既然上帝，人與世界之間的體系性相聯互動關係被異化乃至破壞，約伯當然首先只能耳聞關於上帝的傳聞，但如今上帝已經顯明，即使祂所創造的自然世界也可說是充滿暴力乃至苦難之類的消極元素而似乎不完善，但這卻仍

---

[35] 系統內在性的亦即知識系統性的向度並非我與他的關係，而使從自我主體論出發者，而你與我之關係乃位格際關係，亦即關係取向，而非主體論取向，所以非自我之消融而是轉為你我位格際的關聯互動。

[36] Martin Buber, *Ich und Du* (Stuttgart: Reclam 2008).

然意其義，價值及目標仍在上帝所允許乃至設想的生成發展中，類似於道家對道與陰陽之間辯證關係或動態歷程底理解，只不過在後者並無前者所開示的位格際關係。約伯之理解，亦即他絕無法完全理解在創造中所生發的一切，但他仍然相信上帝以及上帝對於此仍有負性元素的世界以及其中存在的、生活的、有時是受苦的人賦予意義，價值及目的，而這並不是理性官能的客觀知識，而是位格際信任，亦即信仰之眼。

從這種體系性的轉向而言，神義論之弔詭綜結及其解決方案或構思將被重新思索。神義論弔詭綜結的系統性問題主要在於：人類思維後設性地基於人類自我中心觀點，從上帝或其絕對積極或正面屬性（如全能，全知或全善）被假定為 Aρχή 出發，以便系統地及邏輯地由此 Aρχή 推演出世界，據此，世界（中）的負面現實或否性元素，例如邪，惡及苦難便會被表述為與前述上帝的積極性相互矛盾或對立。

因此，神義論之弔詭綜結可以系統地追溯到上帝之積極性本質或正面屬性與世界之消極性元素或負面事實之間的 Aρχή-矛盾，這也被理解為邏輯式矛盾。然而，這不是純粹的形式邏輯性謬誤亦即 A≠-A 者，因為上帝本與世界不等同或不相同（G≠W），所以前者之正性與後者之否性本來就會不同，而不會形成 A≠-A 式的矛盾。只有在泛神論之預設（上帝等同於世界，G＝W）下才能在此神義論問題中前者之正性與後者之否性形成形式邏輯式矛盾（G≠-W）。根本問題實在於 Aρχή 哲學，亦即基原或玄元原理哲學，在神義論中這世界或在其中的邪惡必須是從其玄元原理即上帝或其全能等本質屬性以系統式演繹法推論而得的必然結果，而此又以這世界上真實地存在著邪惡為前提。而在此前提下另一種 Aρχή 則在上帝之相反向度被預設著或玄思著：邪惡或一般而言世界中的否性元素或負面因素被視為一種反面 Aρχή，亦即一種宇宙之事實性基本元素而終亦被理解成一種絕對性者。

此外，除了這種對反面的、否性的 Aρχή 之前理解之外，在德意志密諦論或德意志觀念論或漢語道家中也辯證地理解或整體性地對化之。我認為，神義論之弔詭綜結之體系性解決構思即涵括著對該兩 Aρχή 對立思維之消解，此則最起碼涉及以下三點：第一，關於上帝的觀念，第二，關於上帝與世界的關係，第三，關於世界觀，而這三點正是體系性地相關互動的。

首先，上帝不應再以古典希臘哲學的方式構想為世界之 Aρχή，而應先回歸猶太教之上帝觀念，亦即創造世界與人類，與人類建立及維持盟約，給並予人類救贖之上帝，此則於基督宗教信仰中繼而被理解為體系性的即三位一體性者，亦即集創造者，締盟者救贖者於一身的上帝。上帝作為 Aρχή 的形而上學範式可分為兩種模式：柏拉圖式的上帝觀念乃具有真與美之為其特性的至善者，以及亞里士多德式的上帝

觀念則是以完美存有及終極實在為其屬性的不動之動者或第一因。但是，兩者均是基於理智或理性而被理解，至善之如太陽只能通過作為精神眼睛的理性（nous）才能被窺見，[37]而不動之動者（πρῶτον κινοῦν ἀκίνητον）本身變是 noesis noeseos。[38]

哲學的上帝作為 Aϱχή 與神學的上帝作為創造者，主與救主之間的差異，體現在系統式邏輯性與體系式歷史性之間，形式邏輯式語言與宗教語言性之間，符應論式真相概念與體系性真理詮釋學之間的差異或對比。在第一種差異中，前者在上帝作為 Aϱχή 如第一因及其與世界作為其結果之間的關連乃邏輯式或因果式的必然者，後者上帝之為創造者與其所創造的世界之間乃是創造性的，位格性及位格際性的，以及歷史性的關係。萊布尼茲關於現實世界之為所有可能世界中最佳可能世界之神義論見證上述兩者的綜合之可能性：一則指出這種最佳可能世界之邏輯必要性；另則最佳可能世界之觀念揭示現實世界之歷史發展並以該最佳可能世界作為其發展目的。無論如何，對神義論學弔詭之形式邏輯解決方案實為片面的而不適合於這種對上帝之理解。尤有甚者，若於創造事件中凸顯上帝之創造自由，其神性精神之位格以及其於歷史中的精神行動，則神義論問題將獲得比傳統論述更新的，或至少迥異的觀點。上帝之創造性顯示於其原創性意志：將世界創發成一種本身便是原創性的，充滿神思的，自給自足而又自主性者。此特別是顯明在人之為上帝形象上，而從奧古斯丁的神義論解決方案可窺見，對自由意志之強調誠然是猶太教及後來的基督宗教之神學遺產。上帝創造具有位格性的世界與人類，以至於其位格性發展以及其間乃至於其與上帝間的位格際關係具本質重要性。基於此，對於神義論而言，位格與關係之觀點乃不可避免。也正因為如此，上帝使時間性，尤其是歷史性對於世界與人類之存在產生本質乃至實質意義。如是，神義論之過程模型遂也適用於此。

其次，關於形式邏輯語言與神聖宗教語言之間的差異或不和諧。前者不僅表現在從 Aϱχή 演繹出世界之系統邏輯推論中，而且表現在命題結構諸如主詞—繫詞—謂詞及其本體論意義等邏輯形式問題中：從形式邏輯而言，主詞屬於或蘊含於謂詞之集合，而從本體論而言，至少就亞里士多德形上學而言，則剛好是相反的，亦即是謂詞性範疇或所謂屬性隸屬於主詞之為實體。正如黑格爾在所謂玄思性語句論（Lehre von spekulativem Satz）等所批評者，命題之表述形式不能表達玄思性真理，

---

[37] Plato, *Politeia*, 507b-509b.
[38] Aristoteles. *Metapysik* XII, 1072 a f.

因此它不適用於神學或神學表現形式。[39]因此，關於神是否存在以及神是全能，全知與全善等神義論弔詭綜結之諸基本命題實不適合作為神學論述或表達。表述邏輯基本上不適合表達神學論述，因此也不適用於神義論議題，正如形式邏輯之同一律與（不可違反）矛盾律等基設原理不足以呈現神學敘事之旨趣。在宗教之神聖語言中，尤其例如在聖經中，主要使用位格際語言行動，歷史敘事，對話，詩歌以及象徵語言等來進行上帝言說以及有關上帝之言說底呈現，亦即神學。全能者乃指稱上帝之名，此並不只是指涉其抽象屬性，而是指上帝乃世界及人類之創造者，與其立約之主，尤其是其救主。而這毫無疑問地乃與其仁慈、恩典及聖愛有關，尤其是其於世界的歷史作為中所啟示者，亦即在傳統神學上被理解為所謂的救恩史。如是，其全知不僅表示其對歷史之預知，而且更意味著其關乎個人及整體人類之各種事件中的具體智慧，亦即道成肉身的三位一體上帝之為賜予律法的聖父，帶來福音的聖子，以及作為保惠師的聖靈（παράκλητος）！如是，上帝並非具有三種或三種以上孤立的抽象屬性，例如全能，全善或全知，即使後者被宣稱為本質性地隸屬於前者之存有或實體；上帝之位格性特質如全能意志或全知理性以及位格際特質如其仁（善）與（聖）愛，原本便相互關聯與互動，亦即在一種體系性的關係與動力中。上帝以其位格際的愛作為創造者，立約者及救贖者在世界、歷史及人間行動，其參與性的智慧體現為摩西五經及四福音書之啟示，而且通過其辯證性的權能使其聖愛與智慧實現於宇宙之為體系。上帝透過自願性地自身缺如而空出虛無，並從中創造出存有及一切，在其中遂隱藏著本體論的否定性與宇宙論的邪惡性。這便使靈魂造就次類型有其遊戲空間：形上學的或自然的邪惡亦即非一神論所理解的命運為心靈教化或精神進化預備框架。當然，猶太教─基督宗教的上帝則可以從另一個方向上實現其自身之缺如：上帝為人類謙卑自己，並由於與人立約而限制自己，如此益他而損己，於是給人自由更多空間，這則使人暴露於道德性邪惡與存在性苦難之可能世界中，同時上帝為此也釋放更多的恩典。在此便可參考逆反論之次類型。為了反轉人類精

---

[39] 參 G. W. F. Hegel, *Phänomenologie des Geistes*, hrsg. von H. F. Wessels und H. Clairmont (Hamburg: Meiner, 1988); *Gesammelte Werke*, Bd.9, hrsg. von W. Bonsiepen und R. Heede (Hamburg: Meiner, 1980), pp.42-45; *Enzyklopädie der philosophischen Wissenschakft im Grundrisse (1830)*, hrsg. von F. Nicolin und O. Pöggeler (Hamburg: Meiner, 1991), p.62; *Wissenschaft der Logik, Erste Teil: Die objektive Logik. Erster Band. Die Lehre vom Sein (1832)*, *Gesammelte Werke*, Bd.21, hrsg. von F. Hegemann und W. Jaeschke (Hamburg: Meiner, 1984), p.78; *Wissenschaft der Logik. Zweiter Band: Die subjektive Logik. Die Lehre vom Begriff (1816)*, *Gesammelte Werke*, Bd.12, hrsg. von F. Hegemann und W. Jaeschke (Hamburg: Meiner, 1981), p.245.

神為自我中心而對上帝之逆反以及如此使上帝、人類與世界間的整體體系關係之逆反，上帝為人類和世界之救贖以及為使他們從逆反中被釋放而遭受苦難，上帝甚至為使他們得以歸向祂並與祂自己復和而犧牲祂自己。在此方面，辯證或對比模式便有其地位。因此，這種上帝不會有使否定性成為 Αρχή 之二元論的餘地。何況，折衷 r 基本類型中的相對論並未能更圓融地解釋上帝屬性之綜結問題，因為上帝所有位格性及位格際特徵都是相互關聯或互動的，甚至是體系性的。正由於上帝之性格與行動間的這些體系性關聯互動超越人類的理解與理性，因此教義神學之解決方案遂似傾向於無解之道！約伯之眼經由神性論述或上帝啟示所看到的，正是此位超凡的上帝以祂那即使此世界總體也無法領受其超越向度之體系性向約伯之為此世界上的最卑微者底顯現，亦即祂竟然與他對話，以恢復與他的位格際關係！

最後，關於符應論之真理概念與體系性的真理解釋學之間的分歧底省思可作為一種開放性的結語。Αρχή 哲學之結果便是真理符應論：基本或玄元原理被基設為真理之絕對標準或判准，其他一切事物均應根據它來判斷，衡量或與之符應，從形式邏輯而言它可以是同一律或 A＝A，就存有學而言，可以是思想應對應的存有，抑或表述語句所應符應的實在或實體，或者在神學上或特別是就神義論問題而言，則或者是不能忍受這邪惡世界之聖愛上帝，抑或剛好相反：既然世界上有邪惡，則不可能存在著至善的上帝！這種真理概念之基本問題在於：世界中的多樣性，特別是矛盾性如何能與這種同一性或統一性基本原理相相符合？

體系性詮釋學反轉 Αρχή 哲學介於統一性與多元性間的對立或兩極化，轉向體系整體及其內個體或元素間的詮釋學循環。這種詮釋學意識到理解之前結構或即相信真理，只是也意識到只能體系性地理解之。換言之，脈絡中的位格自知永遠無法完全地及完整地把握真理整體，而只能從自身所在的立場或觀點來感受、意識、理解乃至詮釋之，不過他卻可以通過與他者之對話關聯互動地接近之或豐富其理解。

總體而言，可以通過體系性詮釋學與文化際哲思的方式來敘事基督宗教神義論如下：

上帝之為絕對神超越的祂者在創造世界與人類時成為位格際的你者：祂與以其形象創造的因而原創理性的與自由意志的人類之間建立體系性的位格際關係，而且是在這由祂的自我虛空中所創造的世界脈絡中經營此關係。[40]但這意味著上帝願意冒著以下的風險：世界處於偶然（kontingent）狀態或將在沒有其效應的情況下退化，

---

[40] 關於位格性真理亦參多瑪斯在《神學大全》第一集，第十六題，第五節：「天主／上帝就是真理本身」。

而人類則會因著自由可能會逆反這種關係，所謂的罪（Sünde）會由此產生，而這也導致人類之邪（Böse）與惡（Übel）。因此邪或惡乃以潛能地隱涵於這整全的體系中，這遂使創造之正性與邪惡之否性在體系的辯證過程中動態化體系自身，從而道家之宇宙義論可於此以互補方式整合進來。上帝以與人立約這種最具約束力之關係進入歷史並與人類相伴同行。如是，一方面所謂救恩史乃救贖接受上帝盟約之人類的救贖敘事；另一方面在接受上帝自身的犧牲所致人性逆反之反轉而得個人之救贖後，世界內在邪惡之嶄新意義便在於皈依者之靈性造就或靈魂教化歷程因此，以道德教化作為歷史之理想發展基礎的儒家或以靈性演化為生命自苦難解脫方案之佛家與基督宗教之救恩史或靈性成聖進程之間可進行對話，從而使雙方相互充實。基督宗教救恩史的高峰發生在上帝道成肉身即耶穌基督，祂／他的十架犧牲與死裡復活，換言之，絕對他者上帝自己成為祂的他者而在他性世界中受苦，為他者的人而死，但通過復活而超克苦難及死亡而使我們這些相對他者可以與絕對他者進入合一關係。受苦，死亡與復活的上帝是基督宗教的神義論敘事。熱愛他者的上帝雖為絕對神聖而超越的祂者自己卻變成你與我而遭受罪惡與邪惡之苦，祂親身體驗、理解並與每一個受難他者同在。[41]創造生命的上帝，超越而神聖的祂者在十字架上終極地喪失自己亦即其永生之神性以及三一上帝內在永恆位格際關係，[42]這正是任何理由均無法理解的絕對矛盾，但也同時將人類欲想成為上帝之 Aρχή一思維方式一同被釘十字架而被徹底解構！從死裡復活而帶來救贖的上帝賦予仍在遭受苦難及死亡威脅的每位他者以拯救之盼望，這種盼望也與末世論嶄新的創造有關，在其中不再有邪惡及苦難。轉向此基督宗教式的，三位一體性的敘事神學之轉折點則是信仰，唯獨信心（sola fide）！[43]體系性的智慧可以開啟至少兩種不同的真理向度或者觀點，亦即一種

---

[41] 關於受苦的上帝除莫特曼外，亦參如 Walter Groß und Karl-Josef Kuschel, *Ich schaffe Finsternis und Unheil! Ist Gott verantwortlich für das Übel?* (Mainz: Grünewald, 1992), esp. pp.170-213。

[42] 由於基督的神人二性乃合於耶穌一體，而一則其永恆神性與死乃矛盾的，二則永恆神性之神聖性與其死所承載世界（人）之罪惡亦為衝突的，所以耶穌十架之死亦暗示著其神性之剝離，而這又隱涵著其與三一上帝之位格際關係的斷裂。這是十架事件最驚聳與弔詭之處：基督之死亦為上帝之死！但這也為所有神義論之論爭提供最無法抗拒的解決線索：基督與其父上帝承受世界一切的苦難，甚至是超越世界系統內在的苦難：三一上帝的異化！但也因為這異化，世界得以與上帝復和。事實上如前所述，在創造時，人類便成為位格際的你者；而這你之為我在面對上帝時則呈顯出上帝之為祢者。如是，上帝之為神聖他者從一開始便是你我關係，當這關係被罪惡異化為我他關係時，神義論問題才會出現，而其解決自然隱涵而祢我關係之復和。

[43] 關於三位一體性的神義論，例參 Werner Thiede, *Der gekreuzigte Sinn. Eine trinitarische Theodizee* (Gütersloh: Gütersloh Verladshaus, 2007)。

是世間的或系統內在者，以及另一種神聖的或系統超越的他者向度，即使後者本身仍然可以不是神性的，但起碼是體系性的。而這則可與佛教的二諦論對比乃至對話。約伯到底看到誰？體系性的上帝，超越所有世俗的向度或人類的理性來啟示自己之為絕對神聖祂者，但又願意與約伯及我們每位他者進行位格性即位格際交通或對話！到底是什麼樣的眼睛可以親眼見到這位上帝？那種能窺見最矛盾的，最不可能的及最不可思議的他者底信仰之眼！

參考文獻

Aristoteles. *Metapysik* XII. 1072 a f.

Barth, Karl. *Die Kirchliche Dogmatik*. Bd. IV/1. Zürich: Theologischer Verlag, 1959.

Bowker, John. *Problems of Suffering in Religions of the World*. Cambridge: Cambridge University Press, 1970.

Browning, Don. "Theodizee," in: *Historisches Wörterbuch der Philosophie*. Bd.10. Hrsg. von J. Ritter und K. Gründer. Basel: Schwabe & Co AG, 1990, pp.1066-1073.

Browning, Don. "Theodizee," in: *Die Religion in Geschichte und Gegenwart*. Bd.7. Hrsg. von Kurt Galling. Tübingen: J. C. B. Mohr, 1962, pp.739-747.

Buber, Martin. *Ich und Du*. Stuttgart: Reclam, 2008.

Bullinger, E. W. *Figures of speech used in the Bible*. London: Eyre & Spottiswoode, 1898.

Cobb, John and David Griffin. *Process Theology: An Introductory Exposition*. Philadelphia: Westminster Press, 1976.

Groß, Walter und Karl-Josef Kuschel. *Ich schaffe Finsternis und Unheil! Ist Gott verantwortlich für das Übel?*. Mainz: Grünewald, 1992.

Epikur. "Fragment 374," in: *Epicurea*. Hrsg. von H. Usener. Nachdruck: Stuttgart, 1966.

Griffin, David R. *God, Power, and Evil: A Process Theodicy*. Louisville: Westminster John Knox Press, 2004.

Grunder, Karlfried. "Kosmodizee," in *Historisches Wörterbuch der Philosophie*. Bd.4. Basel: Schwabe Verlag, 1976.

Häring, Hermann. *Die Macht des Bösen: Das Erbe Augustins*. Zürich: Benziger, 1979.

Hegel, Georg Wilhelm Friedrich. *Vorlesung über die Philosophie der Geschichte: Einleitung*. Bd.11. Hrsg. von Hermann Glockner. Stuttgart: Friedrich Frommann

Verlag (Günther Holzboog), 1961.

Hegel, Georg Wilhelm Friedrich. *Enzyklopädie der philosophischen Wissenschakft im Grundrisse (1830)*. Hrsg. von F. Nicolin und O. Pöggeler. Hamburg: Meiner, 1991.

Hegel, Georg Wilhelm Friedrich. *Gesammelte Werke*. Bd.9. Hrsg. von W. Bonsiepen und R. Heede. Hamburg: Meiner, 1980.

Hegel, Georg Wilhelm Friedrich. *Phänomenologie des Geistes*. Hrsg. von H. F. Wessels und H. Clairmont. Hamburg: Meiner, 1988.

Hegel, Georg Wilhelm Friedrich. *Wissenschaft der Logik. Zweiter Band: Die subjektive Logik. Die Lehre vom Begriff*. In: *Gesammelte Werke*. Bd.12. Hrsg. von F. Hegemann und W. Jaeschke. Hamburg: Meiner, 1981.

Hegel, Georg Wilhelm Friedrich. *Wissenschaft der Logik, Erste Teil: Die objektive Logik. Erster Band. Die Lehre vom Sein*. In: *Gesammelte Werke*. Bd.21. Hrsg. von F. Hegemann und W. Jaeschke, Hamburg: Meiner, 1984.

Heube, Fabian. "Immanente Transzendenz im Spannungsfeld von europäischer Sinologie, kritischer Theorie und zeitgenössischem Konfuzianismus," *Polylog* 26(2011): 91-114.

Kant, Immanuel. *Kritik der reinen Vernunft*. Hrsg. von Jens Timmermann. Hamburg: Meiner Verlag, 1998.

Kreiner, Armin. *Gott im Leid. Zur Stichhaltigkeit der Theodizee-Argumente*. 2. Aufl. Freiburg u. a.: Herder, 1998.

Kühlwein, Klaus. *Schöpfung ohne Sinn?*. Düsseldorf: Patmos, 2003.

Küng, Hans. *Christ sein, Hans Küng Sämtliche Werke*. Bd.8. Freiburg im Breisgau: Herder, 2016.

Leibniz, Gottfried Wilhelm. *Essais De Théodicée Sur La Bonté De Dieu, La Liberté De L'Homme Et L'Origine Du Mal*. Amsterdam: Troyel, 1710.

Luh, Jing-Jong. "Sein, Subjekt und Akt—Gott der philosophischen Trinität—ein kritisch-hermeneutischer Dialog zwischen dem deutschen Idealsimus und der ethischen Theologie Bonhoeffers," in: *Christus und Welt: Bonhoeffer und Sino-Theologie*. Ed. by Clifford Green and Thomas Tseng. Chung-Li: Chung Yuan Christian University, 2008, pp.145-209.

Nietzsche, Friedrich. *Unzeitgemäße Betrachtungen, David Strauss der Bekenner und der Schriftsteller*. KSA 1. Hrsg. von Giogia Colli. München: de Gruyter, 1988.

Noller, Jörg. *Theorien des Bösen zur Einführung*. Hamburg: Junius, 2017.

Olles, Helmut. *Das Böse. Eine historische Phänomenologie des Unerklärlichen*. 2. Aufl. Hrsg. von Carsten Colpe und Wilhelm Schmidt-Biggemann. Frankfurt a. M: Suhrkamp, 1993.

Plato. *Politeia*. Hrsg. von Otfried Höffe. Berlin: Walter de Gruyter, 2011.

Schönberger, Rolf. "Die Existenz des Nichtigen," *Die Wirklichkeit des Bösen*. Hrsg. von Friedrich Hermanni und Peter Koslowski. München: Wilhelm Fink, 1998, pp.15-47.

Streminger, Gerhard. *Gottes Güte und die Übel der Welt. Das Theodizeeproblem*. Tübingen: Mohr, 1992.

Weingartner, Paul (Hrsg.). *Das Problem des Übels in der Welt. Vom interdisziplinären Standpunkt*. Frankfurt am Main/Bern u.a.: Peter Lang, 2005.

Thiede, Werner. *Der gekreuzigte Sinn. Eine trinitarische Theodizee*. Gütersloh: Gütersloh Verladshaus, 2007.

Whitehead, Alfred N., David R. Griffin and Donald W. Sherburne (Eds.). *Process and Reality*. New York: Free Press, 1978 (corr. ed.).

作者簡介：

　　陸敬忠：

　　　　德國科隆大學哲學研究所博士

　　　　國立中央大學哲學研究所特聘教授兼所長、

　　　　國立中央大學詮釋學與文化際哲學研究中心主任

　　　　通訊處：32001 桃園縣中壢市五權里中大路 300 號　文學三館 LS-320

　　　　E-Mail：luhjjs24@ms27.hinet.net

Suffering and the Divine Other: Systematic and Intercultural Hermeneutical Turn of Theodicy Staring from Job

Jing-Jong LUH

Distinguished Professor and Director of Graduate Institute of Philosophy / Director of Research Centre for Hermeneutics and Intercultural Philosophy, National Central University

Abstract: Suffering, badness or evil, i.e. the negative phenomenon or element of the world or of human life, is a fundamental theme of the religious experience. For some it is the motive or cause of the religious consciousness. The solution or dissolution of it, even salvation from it, then constitutes one of the main tasks, if not the only or central task, of religion in general. In theistic or monotheistic religions, it is referred to as the so-called theodicy, which is indeed a special term of Leibniz, but since classical Greek and Hellenistic philosophy it is a problematic to be philosophized. Of course, it is also an essential subject of the Judeo-Christian Bible and theology. From a biblical-theological perspective, the book of Job especially emerges as the main text concerning this topic. In this paper, the traditional theodicy is first formulated as a paradox complex and the classical solution concepts are systematically and typologically sketched. Then it shall accentuate the biblical-theological turn of the theodicy in Job: the transform of God as the absolute transcendent Divine Other to Holy Thou as dialogue partner, and thus finally initiate a new, systemic-intercultural-hermeneutical examination of the theodicy-paradox complex for its approaches to a solution.

Key Terms: Suffering, The Divine Other, Theodicy, Job, Systemic, Intercultural, Hermeneutics

道的動態認知與形成中的自我
——以先秦「知—道」為中心之論證及其改進[*]

張永超
上海師範大學哲學與法政學院哲學系副教授

內容摘要：對「道」的認知與「自我的形成」存在一種動態相互建構的關係。先秦的「知—道」模型具體表現為：由巫覡通天模式，逐漸形成具有壟斷性和中介性的「知—道」模型；此種模式演進形成「民為神主」——超越性他者的世俗化並且逐步納入君道和世俗政權的輔助性地位，因此「聞道行道」主要是對「君道」輔助性的制度化。由此超越性他者的世俗化，形成的「自我」只具有工具性和輔助性地位。後來利瑪竇採取「吾國天主即華言上帝」的方案固然是一種權益的在地化策略，但是其面臨兩重困境無法迴避：其一、「帝」的大能與「賓於帝」的世俗性；其二、複數之「帝」與多神論語境。因此我們可以嘗試提出「太初有道」與「自我主體性」的自覺建構方案。此一方案基於「平等他者」論述而將不同傳統的經典文本納入共同的人類思想遺產予以考量，因此對於超越性之「道」的探討便不限於儒家文本和中華古經，可以認同《聖經》中「太初有道」為道論重建的新文本。由此形成的「知—道」模型則源自靈性自我的體認和建構自覺，主體性自我的確立與多元他者的關係是基於神聖超越性維度的「愛的關聯」，由此「邁向多元他者」才是一種自我封閉性的走出以及神聖開放性的回歸。

關鍵詞：道、自我、建構

---

[*] 本文為「邁向多元他者——當代中華新士林哲學及其未來展望學術研討會暨沈清松教授七秩冥誕追思紀念會」撰寫，向沈先生致敬之作。文中思路多受益於沈先生思想之啟迪，並嘗試有所推進；沈先生思想以其原文論著為準，本文表述文責自負。本文為國家社科基金「儒家倫理的現代困境及其轉型路徑研究」（20BZX074）及河南高校人文社科基礎研究重大專案「西方近代啟蒙自然法的道德哲學問題與倫理反思研究」（2017-zczd-001）階段性成果，感謝上海師範大學「上海市高峰高原學科項目」資助。

壹、引言：邁向多元他者的一種可能性後果

沈清松先生深懷慷慨之德踐行「愛的誡命」，通過如椽之筆憂患之思，面對現代性困境和後現代迷失，接續歐美大哲之睿智，發掘「前現代」被淡忘的重要思想資源，後來居上有所推進，洞見迭出啟迪士林。由對比而外推，由「他者」而「邁向多元他者」以此來鞏固、規範和重建現代性之積極成果「主體性自我」。

沈先生的「多元他者」包括「自然、他人和超越者」，由此邁向「多元他者」便蘊含了人與自然的友好相處、人與超越者這一終極他者的重要項度，同時也意味著人與人和諧關係的滿全。這是比較理想的「邁向多元他者」之願景。然而在實踐層面，「邁向多元他者」卻更可能是另一種後果：

謝和耐教授在《中國和基督教——中國和歐洲文化之比較》一書中提到：

> 基督教的所有組成部分，即在永恆的靈魂和註定要消失的軀體、上帝的天國與下界、永久和不變的真諦、上帝的觀念與化身的教理之間的對立，所有這一切都更容易被希臘思想的繼承人而不是被遵守完全不同的傳統的中國人所接受。很自然，中國人覺得這些觀念都非常陌生或不可思議。[1]

他在提到利瑪竇的傳教策略時提到：

> 他理解到了首先應該讓中國人學習他們應如何推理思辨的方法，這就是說要學習他們區別本性和偶然、精神的靈魂和物質的身體、創造者和創造物、精神財富和物質財富[…]除此之外，又怎能使人理解基督教的真詮呢？邏輯與教理是不可分割的，而中國人則「似乎是缺乏邏輯」。傳教士們可能沒有想到，他們所認為的「中國人的無能」不僅僅是另外一種文化傳統的標誌，而且也是不同的思想類型和思維方法的標誌。他們從來沒有想到語言的差異可能會於其中起某種作用。[2]

龍華民提到「中國人從不知道與物體有別的精神物，而僅僅在不同程度上知道物質實體」。1607 年熊三拔神父提到「中國人根據他們的哲學原則而從來不知道與

---

[1] 謝和耐，《中國和基督教——中國和歐洲文化之比較》，耿升譯（上海：上海古籍出版社，1991），頁 4。

[2] 謝和耐，《中國和基督教——中國和歐洲文化之比較》，頁 5。

物質不同的精神物[…]因而，他們既不知道上帝、也不懂天使和靈魂」。[3]後來來自英國倫敦會的傳教士也提到「中國人似乎是我所見到和瞭解到的最漠不關心、最冷淡、最無情和最不要宗教的民族。他們全身貫注於這樣的問題：我們將吃什麼？我們將喝什麼？或是我們拿什麼來蔽體？他們留心聽道，聽了以後說，很好。但只到此為止」。[4]

由此如何「邁向」多元他者？在「習取」和「外推」框架下，如何切實實現「邁向多元他者」、實現相互豐潤、自覺重建主體性的理想願景？如何協調「愛的福傳」與「實踐外推」、「邁向他者」與「改造他者」的相互關係？這裡還有很長的路要走。在多元他者中，超越性的「終極他者」是最重要的項目，儘管不同時期不同文本中有不同的「名詞」表述，或為上帝、天主、安拉、真如、道等等，本文嘗試以中國先秦時期對「道」這一超越性他者為例予以展開論證，一方面討論「知—道」與「自我形成」的關係，另一方面也嘗試提出「平等他者」的概念，對於先秦時期的「知—道」模型能有所更新，由此而自覺重建「主體性自我」。

貳、先秦「知—道」模式與「自我形成」

一、巫覡通天：「知—道」的中介性

現有文獻對「絕地天通」的記載並不清楚，無論是時代、起因還是具體內容都有出入，此事最早見於《尚書·呂刑》：

> 若古有訓，蚩尤惟始作亂，延及於平民，罔不寇賊，鴟義奸宄，[5]奪攘矯虔。[…]皇帝哀矜庶戮之不辜，報虐以威，遏絕苗民，無世在下。乃命重黎絕地天通，罔有降格。

蚩尤是苗民的領袖，由本文獻來看發起「絕地天通」的是皇帝即黃帝，而發起的原因在於「蚩尤惟始作亂」民不堪命。在後來的《國語·楚語》中對此事的記載是這樣的因楚昭王對此事不解而諮詢於史官觀射父：

---

3 謝和耐，《中國和基督教——中國和歐洲文化之比較》，頁 296-297。
4 楊格非語，參見顧長聲，《從馬禮遜到司徒雷登——來華新教傳教士評傳》（上海：上海人民出版社，1985），頁 189。
5 鴟（chi）：古書上的鷂鷹；奸宄（jian gui）：壞人，由內而起為奸，有外而起為宄。

> 昭王問於觀射父曰：「《周書》所謂重黎實使天地不通者何也？若無然，民
> 將能登天乎？」對曰：「非此之謂也。古者民神不雜，民之精爽不攜貳者，
> 而又能齊肅衷正，其智能上下必義，其聖能光遠宣朗，其明能光照之，其聰
> 能徹聽之。如是則神明將之，在男曰覡，[6]在女曰巫。[…]顓頊受之，乃命南
> 正重司天以屬神，命火正黎司地以屬民。使復舊常，無相侵瀆，是謂絕地天
> 通。其後三苗復九黎之德，堯復育重黎之後不忘舊者，使復典之」。

很明顯這一記載是說「絕地天通」由顓頊發起，原因是「及少皞[7]之衰也，九黎
亂德，民神雜糅」，這與《尚書》的記載出入很大。學界對此一般將其視為「宗教
改革」事件予以考量，如張踐教授所說「中國歷史上確實存在『絕地天通』的宗教
改革大約無可懷疑」，[8]余敦康先生也說「顓頊『絕地天通』對中國宗教文化的影響，
關鍵在於初步確立了天神崇拜與祖先崇拜的信仰體制，這是後世敬天法祖的宗法性
宗教的濫觴，逐漸演變為華夏族的共同的宗教信仰」。[9]當然，上面所載的「民神雜
糅」或許更符合先民的信仰狀況而「民神不雜」則是後起之事。

問題的關鍵是「人與超越性他者」的關係模型。第一、在「民神雜糅」階段，人
與神（這一終極他者）是可以直接溝通的，但是經歷過「絕地天通」之後，「通天」
便成為一種特權，僅僅是少數人受命之事。第二、對於「顓頊受之，乃命南正重司
天以屬神」，可以看出，政權高於神權之上。此一宗教改革不僅僅是將眾人與神溝
通的權利收回，同時也是將神權納入政權之下。第三、對於巫覡通神或神職人員通
神而言，巫覡和神職人員不具有神性，只是一種通神的媒介。由此可以看出，在「絕
地天通」階段，人與超越他者的關係是壟斷性、中介性兼具，由此而形成的「自我」
是虛位的、不具有「主體性」特質。此種思路一直延續到諸子時代。

二、「民為神主」：超越性他者的世俗化

人神關係的進一步演進則在於人神關係的和解，而且次序上是「民先神後」，「民
為神主」是人神關係的完成，神的地位是輔助性的，「神道設教」是其典型應用。

---

[6] 覡（xi）：男巫師。
[7] 皞（hao）：明亮。
[8] 牟鐘鑒、張踐，《中國宗教通史》（北京：社會科學文獻出版社，2000），頁 85。
[9] 余敦康，〈夏商周三代宗教——中國哲學思想發生的源頭〉，《中國哲學》第 24 輯（瀋陽：
遼寧教育出版社，2002），頁 19。

我們先看一下「民為神主」的記載，有四則材料可參考，分別發生在桓公六年、莊公三十二年、昭公十八年和定西元年：

> 所謂道，**忠於民而信於神也**，上思利民，忠也，祝史正辭，信也，今民餒而君逞欲，祝史矯舉以祭，臣不知其可也，公曰，吾牲牷肥腯，粢盛豐備，何則不信，對曰，**夫民，神之主也**，是以聖王先成民，而後致力於神[⋯]君姑修政而親兄弟之國，庶免於難，隨侯懼而修政，楚不敢伐。（《左傳·桓公六年》）

這裡我們可以看出「忠於民而信於神也」、「夫民，神之主也，是以聖王先成民，而後致力於神」成為後世的某種信條，儘管孔子講「不語怪力亂神」，但是「畏天命」之言還是可以看出人神關係的某種和解。自然，「神」之理解和界定是個極其複雜的問題，在「怪力亂神」語境下，我們看到「人神關係」之對立事例也是有的，比如「**國之將興，明神降之，監其德也；將亡，神又降之，觀其惡也**。[⋯]史囂曰，虢其亡乎，吾聞之**國將興，聽於民，將亡，聽於神**，神聰明正直而壹者也，依人而行，虢多涼德，其何土之能得」。（《左傳·莊公三十二年》）這裡「國之將興，明神降之，監其德也；將亡，神又降之，觀其惡也」突顯了神性的中立。其實隱含了國之興亡的人事依據。

另外，著名的子產所說「天道遠，人道邇」亦可參考：「子產曰，**天道遠，人道邇**，非所及也，何以知之，**灶焉知天道**，是亦多言矣，豈不或信，遂不與，亦不復火」。（《左傳·昭公十八年》）這裡的「天道」，有其獨特語境，類似於巫術滅火，注家曰「瓘：即禳灶所請用的瓘斚玉瓚」。[10]還是一種巫術，子產不信那一套了。另外，定西元年的材料亦可備考：「**宋徵於鬼，宋罪大矣**，且己無辭而抑我，以神誣我也，啟寵納侮，其此之謂矣，必以仲幾為戮，乃執仲幾以歸，三月，歸諸京師」。（《左傳·定西元年》）

總體上人神關係在《左傳》中是得到了某種和解，以一種世俗化的方式「忠於民而信於神也」、「夫民，神之主也，是以聖王先成民，而後致力於神」成為後世信條。然而，若細究的話，這裡存在某種悖論，如同「莊公三十二年」所記載：「國之將興，明神降之，監其德也；將亡，神又降之，觀其惡也」。這裡似乎沒有「神格」的獨立地位，表面上看是人神關係和解，實際上是人對「神」的利用。這是荀子「制天命而用之」的先聲。包括「天視天聽」落實於「民視民聽」也有這個問題，

---

10 郭丹等譯注，《左傳》（北京：中華書局，2012），頁 1857。

無論是「天」還是「民」都沒有話語權，所以出現後世的人神關係格局：神為虛位，權力至上；一方面是眾神林立，另一方面人們又六神無主。王權讓神明作為宣傳道具來神道設教，民眾則照單全收，最後還是無所適從，精神上往往彷徨無定所。

伴隨著神聖性地位的衰落，原先的靈媒—巫覡角色也逐漸遭到冷落、戲弄。可參見韓非子的批評：今巫祝之祝人曰：「使若千秋萬歲」。千秋萬歲之聲聒耳，而一日之壽無徵於人，此人所以簡巫祝也。今世儒者之說人主，不善今之所以為治，而語已治之功；不審官法之事，不察奸邪之情，而皆道上古之傳，譽先王之成功。儒者飾辭曰：「聽吾言則可以霸王」。此說者之巫祝，有度之主不受也。故明主舉實事，去無用；不道仁義者故，不聽學者之言。（《韓非子·顯學》）在此語境下的「聞道」、「行道」均為世俗行政事務的秩序或規範，「知—道」的輔助性地位也逐漸納入行政制度中予以考量。

三、「聞道行道」：「知—道」輔助性的制度化

上述思路經由巫覡、神職人員而「知天道」，逐漸演進為皇權統治下的壟斷模式，隨著世俗化進程，「超越性他者」逐漸淪為「神道設教」的工具，由此形成一種較為穩固的「知—道」模型，比如在《國語》中還出現「吾非瞽史，焉知天道？」的說法：

> 單子曰：「君何患焉！晉將有亂，其君與三郤其當之乎！」魯侯曰：「寡
> 人懼不免于晉，今君曰『將有亂』，敢問天道乎，抑人故也？」對曰：「吾
> 非瞽史，焉知天道？吾見晉君之容，而聽三郤之語矣，殆必禍者也。（《國
> 語·周語下》）

只是這裡我們可以看出，對於治亂禍福的判準已經不依賴於「天道」，而更多回到「君容」、「君德」上來。由此也可以看出「超越性他者」在先秦時期的演進痕跡。然而在孔子所奠基的儒家思想脈絡中，則又重新提出「志於道」、「朝聞道」這一具有超越性氣質的「他者」，此種「道」與「天」相連而與巫覡通「神」明顯不同。此種「知—道」模型典型表現在儒家先秦的集成者荀子的文本中。

首先他談到「心術之患」、「心之蔽」這類似於認識心認知外物時現象與實在的隔膜，但是，語境不同。荀子的語境不在「現象—外物」中而在「學說—王道」中，他說「昔賓孟之蔽者，亂家是也。墨子蔽於用而不知文。宋子蔽於欲而不知得。

慎子蔽於法而不知賢」。（《荀子·解蔽篇》）這些可謂「心之蔽」不明王道而諳於一理。「聖人知心術之患，見蔽塞之禍，故無欲、無惡、無始、無終、無近、無遠、無博、無淺、無古、無今，兼陳萬物而中縣衡焉。是故眾異不得相蔽以亂其倫也」。因此用「道」來均衡、評判是非：「何謂衡？曰：道。故心不可以不知道；心不知道，則不可道，而可非道。[…]故治之要在於知道。人何以知道？曰：心。心何以知？曰：虛壹而靜」。（《荀子·解蔽篇》）因此，我們固然看到「心有徵知」的說法，但是不要誤以為是強調「認識—外物」模式，而是「認識—王道」模式，不是知「物」，而是知「道」，並且進一步要行「道」。

　　與此同時我們也看到「心者，形之君也，而神明之主也，出令而無所受令」。（《荀子·解蔽篇》）「心也者，道之工宰也」。（《荀子·正名篇》）何謂道呢？「道者，何也？曰：君之所道也」。（《荀子·君道篇》）「先王之道，人之隆也，比中而行之，曷謂中？曰：禮義是也。道者，非天之道，非地之道，人之所以道也，君子之所道也」。（《荀子·儒效篇》）那麼，君子所知、所學便是確定的了：「君子之所謂知者，非能遍知人之所知之謂也[…]若夫譎德而定次，量能而授官，使賢不肖皆得其位，能不能皆得其官，萬物得其宜，事變得其應，慎墨不得進其談，惠施、鄧析不敢竄其察，言必當理，事必當務，是然後君子之所長也」。（《荀子·儒效篇》）

　　經由春秋戰國時期的世俗化、實用理性化，逮至戰國晚期，對於超越性他者「道」逐漸納入一種行政體制中來：首先、「知—道」具體表現為對「君道」的學習、認知與輔助；其次、「道」的超越性維度逐漸式微，在特定語境下對其強調也是為了輔助「君道」；另外、此種「知—道」模型在秦漢以後逐漸形成常規。

　　然而這裡的問題在於：第一、超越性他者或以「帝」或以「天」或以「道」之名，但其終極性質及其超越性則是共同的，然而由「天道」而下貫為「君道」，此種「超越性」維度是缺失的，是否可以缺失超越性而維持「君道」的長治久安？第二、自從「絕地天通」之後，由巫覡而史官，神權便處於皇權的籠罩之下；世俗的權力高於神聖性權力，此種政教模式有何種深層影響？後世朝代更迭與世衰道微是否於此有關？第三、從主體性建構角度而言，無論是作為靈媒的通天還是史官的「司天」，主體自立性有限，只是一種中介；後來在「知—君道」模式下只是對此種中介性、輔助性的強化。由此而來的問題便是，在本體存有層面，主體性超越維度的缺乏和自立性的欠缺。所以，此種「知—道」模型的最終問題，倒不在於政教模式或者人神關係，而是對於「人」自身而言，因缺乏超越性維度，其「修身」、「立己」都是在「君道」語境下的輔助性工具，而無法取得獨立的主體性地位。對「道」

的動態認知最終影響主體性的自覺建構，當神聖性、超越性的「天道」逐漸下貫為世俗性、行政性的「君道」，由此而形成的後果是主體性自我的虛位化和工具化。

參、對超越性他者的重建及其檢討——對利瑪竇方案的審視

關於超越性他者的世俗化，在「諸子爭鳴」時期也有挽救性方案，比如《老子》《莊子》文本提出「道」的方案、《墨子》文本提出「天志」的方案。一來這些在秦漢以後處於典章制度外的支流地位，二來「道」具有超越性而無「位格」，固然強調精神性的逍遙與自由，但卻依據於「以道觀之」，主要是一種視角轉換而非主體性自立，而且缺乏善待他者的健動性[11]；「天志」具有「位格」特質，但是其語境則是多神論系統，「天志」與「明鬼」相連，而且在《墨子》的思想體系中最終是服務於「兼愛」、「非攻」和「義政」。這樣與上述儒家的「知—道」模型服務於君道可謂異曲同工。秦漢之後，董仲舒提出的「天人感應」以及宋明時期「以理釋天」終究沒有突破上述窠臼。超越性終極他者始終處於工具性、輔助性地位。此一局面逮至明末清初利瑪竇來華時期，一批耶穌會士及其部分士大夫從「靈性」角度來重新詮釋「人性」，同時，將人性的依據建立在「天主」這一超越性根源之上，這是一種突破。然而，利瑪竇的詮釋路徑則有待反思。

天主教耶穌會士利瑪竇來華傳教所撰的《天主實義》第七篇〈論人性本善，而述天主門士正學〉中給出了明確的說法：「釋此，庶可答子所問人性善否歟？若論厥性之體及情，均為天主所化生，而以理為主，則俱可愛可欲，而本善無惡矣」。（《天主實義·427》）[12]由此可以看出：其一、利瑪竇分善為「良善」和「習善」，他說「性之善，為良善；德之善，為習善。夫良善者，天主原化性命之德」。（《天主實義·435》）他認為儒家的仁義禮智只是「習善」，由此可見同是講「性善」，基督教的性善論因其宗教創生維度而與孟子基於倫理維度不同；其二、利瑪竇明確講人之獨特在於「能推論理者」、「乃所謂人性」而「仁義禮智，在推理之後」。（《天主實義·425》）這是他明確繼承了亞里斯多德「人是理性動物」（《尼各馬

---

[11] 這並不意味道家對於「他者」是不友善的，從《莊子》文本關於「混沌」、「馬蹄」、「海鳥」等論述可以看出他對萬物他者充滿善意，只是此種方式以「消極性」（不干預、不主動）方式表現出來。

[12] 依據版本利瑪竇，《天主實義今注》，梅謙立注，譚傑校勘（北京：商務印書館，2014），頁183。

可倫理學》1098a3）的說法。此種「良善論」提法不僅僅是對儒家人性論的豐富，關鍵在於為「人之為人」提供了一種超越性的依據，包括對人「理性」的強調，最終都追溯到了其神聖淵源「天主」那裡。

但是，利瑪竇基於當時的傳教策略對於「天主」的在地化詮釋，則有待重估。他說「吾國天主，即華言上帝，與道家所塑玄帝、玉皇之像不同。彼不過一人，修居於武當山，俱亦人類耳，人惡得為天帝皇／主耶？」（《天主實義‧103》）「吾天主，乃古經書所稱上帝也」。（《天主實義‧104》）這裡，利瑪竇將基督教天主與道家的玄帝、玉皇區分開來是睿智的、合理的，但是將「天主」與古經書中的「上帝」等同則充滿爭議，甚至說，在今日看來是不圓融的詮釋策略。原因在於：

一、「帝」的大能與「賓於帝」的世俗性

利瑪竇當時的文本依據是《尚書》等古經，但是，由於安陽殷墟的發掘，我們的文本依據可追溯至甲骨卜辭。據陳夢家、徐厚宣等先生的研究帝的功能遍及「風雲雷雨」、「農業收成」、「城邑建築」、「方國征伐」、「人間禍福」、「禍福殷王」、「發號施令」等[13]這些都顯示出「帝」的萬能和威力無處不在。這確實比較接近「至上神」的特質，甚至也具有「位格」。但是，基於文本語境，我們很快看到「至上神」與「祖先神」，「帝」與「王」有著複雜的糾纏關係。

比如通過考察卜辭，關於「王」與「帝」的關係，首要關注的一個人是武丁，因為商代的最高統治者是多稱「王」而不以「帝」稱的，如《殷商史》中所說「由甲骨卜辭看來，從商代後期盤庚遷殷，直到紂辛之滅，十二個最高統治者，已全部稱王。商王始祖契，先公王亥、王恒、王矢和早期的湯、大甲、祖乙，也都以王稱。早期稱王的，雖因史料不足，還看不怎麼清楚。但後期全部稱王，則顯而易見」。[14]但是到武丁時期先王卻有了「帝」的稱號，本來「帝」之觀念早已有之但是以「帝」稱王卻不曾有過，這種情況到武丁時期起了變化，最先「賓於帝」的是湯、大甲、祖乙，因為三者都是「天下盛君」，甲骨文稱他們為「三示」並加以合祭，而在武丁時期卻給予了特別的合祭認為他們可以「賓於帝」，即死後可以配天。天子死後稱帝也見於《大戴禮記‧誥志》、《禮記‧曲禮》，「天子[…]卒葬曰帝」、「天子[…]

---

[13] 詳見胡厚宣，〈殷卜辭中的上帝和王帝〉，《古史考‧神守社稷守卷》（海口：海南出版社，2003），頁149-171；亦可見胡厚宣、胡振宇，《殷商史》（上海：上海人民出版社，2003），頁451-480。

[14] 胡厚宣，胡振宇，《殷商史》，頁78。

崩後，措之廟立之主曰帝」，當然「王帝」不同於「天帝」，這便是「上帝」的由來，原先的「帝」被加上了一個「上」字[15]這樣，王帝和上帝便產生了。本來「王帝」是僅限於去世後的先王的，但是武丁時期有卜辭稱其生父小乙叫父乙帝，祖庚、祖甲時卜辭稱其生父武丁叫帝丁，康丁時卜辭稱其生父叫帝甲，[16]卜辭是混亂的但根據現在認讀的文字確實有這樣的記載，而且我們知道殷末二王在世時就以「帝」稱了，那就是帝乙和帝辛。

另一方面對於祖先神的信仰逐漸加強，甚至祖先崇拜逐漸壓倒了天神崇拜。如胡厚宣所說「殷人以為上帝至上，有無限尊嚴，雖然他的權能很大，舉凡人間的雨水和豐收，以及方國的侵犯和征伐，都由他來掌握，但遇有禱告祈求，則多向先祖行之，請先祖在帝左右轉向上帝祈禱，而絕不敢直接向上帝有所祈求。這便是上帝和王帝的主要分野」。[17]而陳夢家明確指出「祖先崇拜的隆重，祖先崇拜與天神崇拜的逐漸接近、混合，已為以後的中國宗教樹立了規範，即祖先崇拜壓倒了天神崇拜。殷以後的祖先崇拜（特別是表現於喪服的），是與封建的土地財產所有制的分配和繼承相關連的」。[18]這一進程在後繼者周初的「敬德保民」、「民為神主」、以及「神話的歷史化」、世俗化解釋是一脈相承的。這樣就又回到前面提到的「超越性」他者的失落以及王權的制度化形成。

二、複數之「帝」與多神論語境

即便依據利瑪竇當時所採取的《尚書》、《詩經》等古經文本，我們還是當留意，古經表述中「帝」的複數性和其多神論語境。概括的說當時對於天神、地祇、人鬼[19]以及物魅的複雜信仰與基督教的至上神信仰完全不同。楊慶堃教授的「彌漫性宗教信仰」模型更適於解讀中國傳統社會的信仰狀況。[20]在《尚書》中「帝堯」、「帝舜」皆是作為有功德之王這些「人文初祖」的形象出現的，他們是「人王」而非「天

---

15 郭沫若，《中國古代社會研究·青銅時代·十批判書》（石家莊：河北教育出版社，2000），頁307。

16 詳見胡厚宣，〈殷卜辭中的上帝和王帝〉，《古史考·神守社稷守卷》，頁180。

17 胡厚宣，〈殷卜辭中的上帝和王帝〉，《古史考·神守社稷守卷》，頁197。

18 陳夢家，《殷虛卜辭綜述》（北京：中華書局，1988），頁561-562。

19 可參見張踐，《中國古代政教關係史》（北京：中國社會科學出版社，2012），頁149之論述，另可參見：牟鐘鑒、張踐，《中國宗教通史》，第二章「三代機春秋戰國時期的宗教」部分。

20 楊慶堃，《中國社會中的宗教》，范麗珠譯（成都：四川人民出版社，2016）。

神」。之所以如此，與神話的歷史化有關。具體表現為由神而成為人，典型者如傳說中的黃帝被稱為「華夏人文始祖」，而後來子貢向孔子請教「古者黃帝四面」的含義時，孔子則解釋說不是黃帝有四張臉面而是他派四個官員管理國之四方。有學者稱：「深刻的『歷史化』運動，悄悄隱去了這些遠古神祇的動物形體，洗之心，革之面，變之為近古帝王」。[21]這樣形成的結果便是類似於以宙斯為中心的神譜始終沒有建立，而家族主義的觀念則是那麼的強烈，「我們只看見天神或帝王來來往往，忙於創造或繁衍自己的族系——氏族、部落」而「在家族觀念的束縛下，神話的視野，只見族系而不見人類」。[22]

而且上述關於「帝」的說法，在《史記》中以「五帝」的名義予以記錄，因此秦漢以後，關於「帝」的理解就是複數的，「三皇五帝」的說法約定俗成，而且所謂的「帝」只是人王的楷模，並不是「天神」也不具有超越性。相反，具有超越性的「天」、「天命」、「天道」則逐漸納入世俗化理解並且用來服務於人王的行政秩序。甚至「天主」一詞，也是在多神語境中出現的，「天主」只是「八神」之一：

> 於是始皇遂東遊海上，行禮祠名山大川及八神，求僊人羨門之屬。八神將自古而有之，或曰太公以來作之。齊所以為齊，以天齊也。其祀絕莫知起時。八神：一曰天主，[…]二曰地主[…]三曰兵主[…]四曰陰主[…]五曰陽主[…]六曰月主[…]七曰日主[…]八曰四時主。（《史記‧封禪書》）

依照秦漢之際的諸神系統，最貴者為「太一」如《封禪書》所說「天神貴者太一」，但是此「太一」也是多神論語境下的：

> 亳人謬忌奏祠太一方，曰：「天神貴者太一，太一佐曰五帝。古者天子以春秋祭太一東南郊，用太牢，七日，為壇開八通之鬼道」。於是天子令太祝立其祠長安東南郊，常奉祠如忌方。其後人有上書，言「古者天子三年壹用太牢祠神三一：天一、地一、太一」。天子許之，令太祝領祠之於忌太一壇上，如其方。（《史記‧封禪書》）

所以，若嚴格依照古經文本及其詮釋流變，無論用「天主」、「帝」或「太一」在譯名、語境、超越性上，與天主教的 God 都不對應。另外一點值得留意，許多「神」是人立的，只有經過官方許可的神祠才有合法性。所以，從產生依據及其淵源上，

---

21 謝選駿，《空寂的神殿》（成都：四川人民出版社，1987），頁 134。
22 謝選駿，《空寂的神殿》，頁 38。

我們可以看到「民為神主」的另種落實：人封神；這也是王權高於神權的典型體現。

倘若上述語境全然不顧，直接從古經文本入手，不考慮秦漢之後的知識奠基，認為《尚書》中的「帝」就等同於「天主」，此種詮釋方案是無效的，而且具有獨斷論色彩。一方面新出土的文獻不可忽視，二來五經文獻的結集定型恰恰在秦漢以後，第三，後世對於諸神系統的理解恰恰基於秦漢以後的知識譜系。而這些都無法為利瑪竇「吾天主，乃古經書所稱上帝也」。（《天主實義‧104》）提供辯護。由此而來的「主體性重建」因為超越性依據缺弱而難以建立，儘管利瑪竇的人性論確實對部分士大夫精英造成了立論上的影響。[23]其實，若勉強認可利瑪竇的方案，倘若《聖經》中的「天主」就等同於中國古經中的「上帝」，那麼《聖經》的獨特性反而被遮蔽了，甚至可以推論說，依據中華古經就可以接近「天主」；而且耶穌降生前，中國人已經在認識「天主」了——此種詮釋路徑有待重估。儘管利瑪竇當時基於「入鄉隨俗」策略便於士大夫理解，但是，此種在地化策略似乎是不當的。若反觀現代社會中國大量基督徒的出現，固然也有藉助於「天主」等同於「老天爺」等習俗說法，但是，他們對於「天主」的接近、認識，都是通過《聖經》文本而非中華「古經」。甚至可以說，經歷百年前的「新文化運動」（白話文運動）以來，中國人對於中華「古經」已經存在眾多認知障礙，甚至遠不如直接閱讀漢語版《聖經》來的容易。這些都是今日我們重建「超越性他者」時需要考慮的當代語境。

肆、「太初有道」與「自我主體性」的自覺建構

一、「平等他者」與「道」論的新文本

對於利瑪竇策略的深層反省在於，對於「超越性」他者我們當至少自覺分為三個層面，藉助建構實在論的說法，可以分為「語言層面」、「實踐層面」和「本體層面」。傳教士嘗試為尚未認識「天主」的群體傳播福音，這只是在「語言層面」和「實踐層面」，因此考慮到「語言習慣」和「入鄉隨俗」都是必要的，畢竟「語言」和「實際」層面對於當地人來說都有距離，是一種「外在他者」；但是，要留意，在本體層面，人與超越性終極他者之「內在性」優先於「外在性」。而且，也只有認可此本體層面的「人神」內在性，語言層面、實踐層面的外推才是可能的。否則，

---

23 詳見沈清松，〈中華新士林哲學的肇始者：省思利瑪竇來華啟動的相互外推策略〉，《士林哲學與中國哲學》（北京：商務印書館，2018），頁341-388。

前兩者歸於無效。

即便對於語言層面和實踐層面而言，我們當看到與當地人群的語言梳理、實踐歧異這一「外在他者」的同時，還應看到其內在一致性。無論何種語言、何種文本、何種福傳策略，因為本體論層面的內在性，它們與任何群體都有內在一致性，這也是任何外推策略奏效的最終依據。我們當看到「外在他者」的內在性，當看到「他者」與「自我」的親和性。在此基礎上，通過語言習取、福傳策略，才可切實達到對於超越性終極他者的接近和皈依。如此說來，語言層面、實踐層面都建基於「本體論層面」的內在一致性上，這才是根本。因此，文本選擇、語言習取、福傳策略，只處於工具性地位。鑒於此，我們可以提出「平等他者」方案，應逐漸消除內心的「夷夏之辨」，將本族外的語言、文本都視為遙遠的、陌生的外邦「他者」，應慢慢消除此種分別心。

第一、「平等他者」與「文本公有」

倘若語言、文本只是處於工具性地位，最終服務於人與超於性終極他者的接近和皈依，那麼我們當對於不同語言的文本予以重新審視。約定俗成，我們會認為《尚書》等中華古經是「我們」的，而《聖經》等文本則是「他們」的，來自西洋外邦。這似乎是一種先天性的「內外有別」，是一種心中固有的「夷夏之辨」。但是，我們應區分思想內容、文本承載和起源地域。從起源地域而言，確實是外地的；從文本承載而言確實是外邦語言，但是，從思想內容而言則是全人類共享的。尤其是對於超越性終極他者而言，恰恰是超越地域、外邦、語言、種族、膚色而服務共享於全人類的。因此，我們常常因為文本源起地及其呈現方式來評判而忽略了其思想旨歸，這是買櫝還珠的行為。

比如對於漢語本《聖經》而言，我們不可以因其出版地就認為它是「別人的」，這裡應區分開出版地、物權所有以及思想內容。最終我們對於《聖經》的研讀是指向其思想內容而非其出版廠商或者物權所有人。對於《尚書》、《詩經》也同樣如此。因此，對於工具性層面的語言、文本，我們當以「平等他者」視之。無論其源自何種出版廠商、經由誰排版、以何種語言呈現，從「思想內容」角度立論，它們都是我們共享的文本。由此而言，《聖經》是「我們的」，正如同《尚書》是「我們的」一樣。都是我們需要自覺繼承、虔誠研讀的經典文本。自利瑪竇以來至於今天，自覺的在文本和語言層面區分「本有」和「外邦」在我看來是難以成立的。尤其是在今天，全球化語境下，現代媒介不僅讓當代人生活方式共享，同時也讓不同的傳統經典同居。因此，在我們重新審視傳統的時候，不能僅限於某個地域、某一些文本，而應面臨全球化語境下多種傳統共存、不同經典文本共享的的局面，唯此才能

真正成為「現代人」，否則只是淺層次的貌似，深層次的神離。因為傳統共享、經典共享層面依然支離破碎。我們要慢慢學會與不同的他者共存善在，關鍵一點是要與他們秉承的不同傳統和解。

第二、「道」論的新文本

因此，對於「道」論的認知解讀，我們當放開視野，重新盤點我們的傳統遺產，可以發現：不僅《尚書》等「五經」是我們的傳統經典，源自古希臘的哲學傳統、源自古希伯來的宗教傳統都是我們共享傳統的一部分，諸如《理想國》《尼科馬可倫理學》《聖經》《神學大全》等同樣是我們有待於自覺繼承的經典文本。它們是人類思想的共有遺產，是人類精神家園的公有財產，我們要做的不是給他們貼上「外邦」標籤然後再來買進學習，而應直接視為我們理應自覺繼承的先輩思想遺產之一，他們或許以不同的語言呈現，但是，在思想層面，上述經典文本與我們則具有內在一致性。

因此，在重新審視「知—道」模型時，我們便不會限於「絕地天通」或者「聞道行道」，而是會自覺的考量「太初有道、道與神同在、道就是神。這道太初與神同在。萬物是藉著他造的。凡被造的、沒有一樣不是藉著他造的。生命在他裡頭，這生命就是人的光。光照在黑暗裡、黑暗卻不接受光」。（約 1:1-5）這一經典表述。這不是「拿來主義」，而是，這些經典本來就是人類共享的。原有「拿來主義」方案的先天失誤在於，首先將公有經典貼上「番外」標籤，然後我們再「拿來」，問題在於此種心中的「夷夏之辨」貫穿其中，既然認可是「外在他者」，後來的學習拿來，終究難於彌合那種「分別心」帶來的隔膜和鴻溝。我們應該換個視角，以道觀之，人類公有的思想遺產本來就是我們自覺繼承傳統的一部分，拋開「分別心」，隨後之虔誠學習、接近，才是一種「回歸」而非「借用」。若回應上述的利瑪竇策略的話，對於「天主」的認識，理應確立《聖經》的優先地位，甚至區分開「天主」與「帝」的不同語境也是必要的；儘管當時他有著種種權宜考量，但是，從理論辯護有效性上講，我們做出思想內容層面的區分是必要的，同時將《聖經》的文明經典納入共同的人類共享的思想傳統也是必要的，由此基於自身傳統經典文本，[24]來認識「天主」便是一種接近、回歸，而非信一個外邦神。

對「道」的理解以及主體性建構自覺，亦復如是。尤其是在現代化語境下，面對複雜的問題情境，我們不應狹隘的畫地為牢，認為只有某一部分才是我們的傳統；以道觀之，不同的文明經典都是我們的公有傳統；因此對於「自我主體性」的認知

---

[24] 此種理論方案可參考沈清松先生「主體—資源論」表述。

和自覺建構也當以豐富的多元文明這一共享傳統為範圍。這樣我們看到「太初有道」等說法對於上述「超於性他者」之失落，以及「自我」處於中介性、工具性之地位可以得到較好的改進。

二、「知一道」與靈性自我的體認和建構自覺

「太初有道」（約 1:1-5）的經典文本表述為「知一道」模型提供了新的認知路徑，因為「道就是神」，而且經由「道成肉身」（約 1:14）我們看到「知一道」模型具有了一個全新的認知結構。既有超越性本體層面的神聖維度，也有經驗層面的人格範本，而且由此形成的「與多元他者」的關係具有內在一致性。「邁向多元他者」從本體層面體現為一種自我的自覺建構和神聖性回歸。我們看到「耶穌說、我就是道路、真理、生命。若不藉著我、沒有人能到父那裡去」。（約 14:6）而且從人性生成角度，我們看到「人與超於性」的神聖性關聯。

由《創世紀》文本可以看出耶和華神在前六日創造了光、氣、日月星辰、山河大地、草木鳥獸和人。談到草木鳥獸時明確說「各從其類」，而且多次提到「神看著是好的」對其有讚揚和祝福。但是，人是獨特的。因此，人之「異於禽獸者」在於「我們要照著我們的形像、按著我們的樣式造人」（創 1:26）、「神就照著自己的形像造人、乃是照著他的形像造男造女」（創 1:27）。這裡我們可以看出，人之獨特性在於人是「神之肖像」。人的獨特性在第二章「伊甸園」中有了更明確的論述：「有靈的活人」。「耶和華神用地上的塵土造人、將生氣吹在他鼻孔裡、他就成了有靈的活人、名叫亞當」。（創 2:7）由此我們可以看出，對於「人之所以為人」不再僅僅基於倫理層面的「善惡」而是回到「人的神聖性」層面，「靈性」、「理性」優先於「仁義禮智信」，如同利瑪竇所說「仁義禮智，在推理之後」。（《天主實義‧425》）「性之善，為良善；德之善，為習善。夫良善者，天主原化性命之德」。（《天主實義‧435》）。

如果上述論證可以得到辯護的話，我們可以看出：第一、「道」的超越性在新的「道論文本」下得以確立，其依據則不限於此種文本的呈現語言和出版地，而是其思想內容。第二、自我與「道」的關係，不僅是主體與超越性終極他者這一外在項度，關鍵在於「主體性自我」與「超越性他者」存有內在靈性一致的深層項度，這意味著，即便我們藉助不同的語言版本，在精神層面，主體之間、主體與超越者之間也存在深層次的靈性一致關係。第三、由此建構的主體性自我，固然也會在實踐層面參與種種行政輔助，但是，在本體層面，其靈性是獨立的、自主的；而且超

越性他者與世俗社會也會有種種互動共融，但是，超越性他者的神聖性和終極性則不會籠罩在世俗政權之下；相反，因其神聖超越性，則往往可以作為世俗政權的嚮導和異見持有者。第四、基於超越之道建構的主體性自我與多元他者的關係是一種愛的關係，這與超越性他者及其「道成肉身」體現者耶穌基督的新命令有關（約13:34）。

伍、小結：在邁向多元他者中重構自我

主體性自我處於與多元他者的關係中，無論是倫理維度的性善界定還是宗教層面的靈性界定，讓我們看到，最終都要回到人的「行為」評判上來，我們應當注重「行為正當性」之培養、自覺與反省，由此而逐漸形成合乎禮樂秩序、律法、愛的誡命的「穩固品質」，亞里斯多德提到行為建構自覺的條件[25]（《尼各馬可倫理學》1105a30-34），余紀元先生將整個的或完全的德性視為一種「第二本性」，[26]是值得借鑒的說法。此種重構自我的自覺也可以得到心理學理論的支持，比如由德國心理學家保羅‧巴爾特斯提倡並逐漸得到學界認可的「畢生發展理論」就認為「發展是持續終生的」、「發展是多維度、多方向的」、「發展是高度可塑的」、「發展受到多種相互作用的因素影響」。[27]

然而，僅僅從行為入手是不夠的，我們還要看「行為」這一「實踐層面」的「超越性維度」。只有基於神聖性終極他者這一維度的「主體性自我」重建，「實踐層面」、「語言層面」的自我才是有根底的、有靈魂的；惟有靈性的確立，倫理層面的「第二本性」和行為層面的「穩固本質」才是有依託的。而心理學層面的「畢生發展」的「生理、認知、社會性」也惟有建基於「靈性」統一性這一維度之上，「畢生發展」才是整全的。而且，基於超越性他者的主體性自我建構自覺，由此而來的與多元他者的關係，無論是他人、自然、動物、他種文明，方可慢慢建立「愛的關聯」。否則人與多元他者只是陌生的、外在的、邊緣人的關係，若邁向陌生的外在

---

[25] 譯文參照亞里士多德，《尼各馬可倫理學》（注釋導讀本），鄧安慶譯（北京：人民出版社，2010），頁83-84。

[26] 余紀元，《德性之鏡：孔子與亞里士多德的倫理學》，林航譯（北京：中國人民大學出版社，2009），頁237、259。

[27] 參見伯克，《伯克畢生發展心理學》，陳會昌等譯（北京：中國人民大學出版社，2013），頁8-12。

他者，由此帶來的更可能是主體性自我的封閉。只有建基於超越性神聖之「道」這一「愛的光照下」，人與多元他者的關聯才是內在的，邁向多元他者才是一種主體慷慨走出自我封閉性而回歸於開放性超越源頭的行為。

參考文獻

牟鐘鑒、張踐，《中國宗教通史》，北京：社會科學文獻出版社，2000。

伯克，《伯克畢生發展心理學》，陳會昌等譯，北京：中國人民大學出版社，2013。

余紀元，《德性之鏡：孔子與亞里士多德的倫理學》，林航譯，北京：中國人民大學出版社，2009。

余敦康，〈夏商周三代宗教——中國哲學思想發生的源頭〉，《中國哲學》第 24 輯，瀋陽：遼寧教育出版社，2002。

利瑪竇，《天主實義今注》，梅謙立注，譚傑校勘，北京：商務印書館，2014。

沈清松，〈中華新士林哲學的肇始者：省思利瑪竇來華啟動的相互外推策略〉，《士林哲學與中國哲學》，北京：商務印書館，2018。

亞里士多德，《尼各馬可倫理學》（注釋導讀本），鄧安慶譯，北京：人民出版社，2010。

胡厚宣，〈殷卜辭中的上帝和王帝〉，《古史考·神守社稷守卷》，海口：海南出版社，2003。

胡厚宣、胡振宇，《殷商史》，上海：上海人民出版社，2003。

張踐，《中國古代政教關係史》，北京：中國社會科學出版社，2012。

郭丹等譯注，《左傳》，北京：中華書局，2012。

郭沫若，《中國古代社會研究·青銅時代·十批判書》，石家莊：河北教育出版社，2000。

陳夢家，《殷虛卜辭綜述》，北京：中華書局，1988。

楊格非語，參見顧長聲，《從馬禮遜到司徒雷登——來華新教傳教士評傳》，上海：上海人民出版社，1985。

楊慶堃，《中國社會中的宗教》，范麗珠譯，成都：四川人民出版社，2016。

謝和耐，《中國和基督教——中國和歐洲文化之比較》，耿升譯，上海：上海古籍出版社，1991。

謝選駿，《空寂的神殿》，成都：四川人民出版社，1987。

作者簡介：

張永超：

北京大學哲學博士

上海師範大學哲學與法政學院哲學系副教授

通訊處：200234 上海市徐匯區桂林路 100 號

上海師範大學東部文科實驗樓 606 室

E-Mail：zhangyongchao@shnu.edu.cn

The Dynamitic Recognition of Dao and the Self in Constitution: An Argument Based on Pre-Qin "Knowing-Dao" and Its Improvement

Yongchao ZHANG

Associate Professor, Philosophy department, School of philosophy, Law and Political Science, Shanghai Normal University

Abstract: There is a mutual construction relation between the recognition of Dao and the constitution of the self. The "knowing-Dao" mode in Pre-Qin period is manifested in the following: starting from the mode of wizard's access to the Heaven, gradually to the "knowing-Dao" mode with a monopolistic and mediated feature. This mode evolved into the mode "people become the master of God" (the secularization of transcendent others) that gradually assisted rulership and secular regime. Therefore, "knowing and practicing Dao" is mainly an institutionalization of assisting *rulership*, and hence the self constituted in the secularization of transcendent others is only instrumental and auxiliary. Later, Matteo Ricci uploaded that "God in our state is the *shang di* spoken by Chinese", which is no doubt a strategy of expedient localization. Nonetheless, it faces twofold unavoidable dilemmas: first, the great power of *di* and the secularity of "approaching *di*"; second, the multiply *di*s and polytheistic context. Thus, we can attempt to propose a conscious constitution project regarding "Dao in the beginning" and "the subjectivity of the self". This project is based on the discussion of "equal others" and incorporate those texts outside traditional classics into common human thought heritage. The investigation of transcendent Dao will not be limited to Confucian texts and Chinese Classics, but we can rebuild new text for the study of Dao by endorsing the discourse "Dao in the beginning" in *Holy Bible*. This will constitute another "knowing-Dao" mode, which stems from the affirmation of spiritual self and a conscious construction. The establishment of the self with subjectivity and its relation with pluralistic others are based on "the connection of love" on the dimension of holy transcendence. Thus, "stepping toward pluralistic others" is walking out of self-closure and the return of holy openness.

Key Terms: Dao, Self, Constitution

心氣概念思維下孔子定靜工夫還原
——以宋明儒者言說為視野

黃崇修

國立中央大學哲學研究教授

內容摘要：本文以周敦頤《太極圖說》、《通書》以及張載〈中正篇〉之言說為主軸，就「中正仁義而主靜」之實踐形式，試圖還原並建構出孔子定靜工夫之思維結構所在。

首先，筆者為了初步論證《論語》文本中具有中正、仁、義以及無欲概念之存在，於是分別針對〈子路〉〈公冶長〉等文本內容進行爬梳，從而發現文本中的確具有中正及無欲概念之存在。不過由於上述諸概念分散於《論語》各篇，所以筆者進一步透過張載〈中正篇〉之解讀，發現到張載將該篇定靜論述邏輯與〈為政〉交相呼應，從而促成本文向前推展之參考線索。

於是，筆者隨即以〈中正篇〉「強禮然後可與立，不惑然後可與權」之分析，終而發現到「三十而立所對應之禮，四十而不惑所對應之智」就是定靜工夫之原始實踐形式，而該篇隨後出現的「智、仁、勇」以及「中心安仁，無欲而好仁，無畏而惡不仁」命題，事實上就是銜接上「五十知天命所對應之仁」、「六十而耳順所對應之義」，從而形成三十至六十之禮、智、仁、義之工夫實踐邏輯，在此之後再呼應孔子「七十從心所欲，不踰矩」之天人圓滿之中道境界。

關鍵詞：定靜、孔子、中正、仁、無欲

壹、前言

「定靜」工夫的原始語境究竟來自道家或儒家？基本上這是一個不好回答的問題。假如老子出生早於孔子，那麼老子文本中所出現之定靜工夫論述就必然早於《大

學》：「定靜」言說[1]而成為後世定靜論述之本源。反過來說，若老子晚於孔子，那麼只要孔子論述中具有定靜工夫思維結構，於是我們就必須接受定靜工夫之原始語境來自於儒家。然而就目前學術研究成果而言，一般很難相信孔子思維中具有定靜工夫實踐結構。主要是因為綜觀孔子《論語》一書，我們並無法直接由當文本中看到定靜工夫相關之語詞，而定靜工夫在儒學系統中又甚少人清楚它的論述脈絡。因此這個命題或許只是一個無效之假設。

　　不過當我們從孔子〈子路篇〉：「不得中行而與之，必也狂狷乎！」，以及〈為政篇〉：「六十而耳順，七十而從心所欲，不踰矩」。之德業進展輾轉分析而論，似乎可以窺見其中隱含定靜工夫論述邏輯之存在可能。何以言之？筆者注意到，當我們從「人文化成」立場並透過宋儒周敦頤：「聖人之道，定之以中正仁義而主靜（註：無欲故靜）」之定靜工夫說法，便可發現到《論語》除了多處出現周敦頤定止工夫所述及之「仁義」概念之外，孔子「七十而從心所欲，不踰矩」之指涉語境亦與周敦頤無欲故靜之義涵有所類同。更進一步地說，明儒劉蕺山認為天下最逆耳者就是「稱譏憎謗」，因而他認為「六十而耳順」就是「忘毀譽」，於是我們若據此延伸推論，此受譏謗而不動心所蘊含之義涵，廣義上而言就是「定」工夫之境界展現。[2]也就是說，「六十而耳順」似乎可以在劉蕺山的視角下與孟子知言養氣章相對看，而將耳順視為集義不動心之定止工夫實踐結果。

　　當然，除了周敦頤、劉蕺山之外，重視定性問題的張載在《正蒙·三十篇》第十一亦有：「六十盡人物之性，聲入心通。七十與天同德，不思不勉，從容中道」。之說，而此內容說明了孔子六十歲是知人物之性而聲聞不動之完成；至於七十歲則是天人同德，依性中節之從容中道。由此可知，即便孔子本人未直接提出定靜工夫相關語詞，但就宋明儒諸多之詮釋內容來看，孔子之成德境界描述似乎已隱攝了定靜工夫之存在可能。鑑此，本文將以宋明儒對〈為政〉篇之詮釋內容作為討論核心，藉此以還原並彰顯孔子定靜工夫實踐內容及特色之所在。

貳、問題意識及研究方法

　　然而，即便筆者舉證了前述幾則例證以支撐本文假設之有效性，但就實際研究

---

[1] 《大學》：「知止而後有定，定而後能靜，靜而後能安，安而後能慮，慮而後能得」。
[2] 劉宗周，《劉宗周全集》第一冊（杭州：浙江古籍出版社，2012），〈經術一〉，頁264。

而言其仍為一項具挑戰性的工作。鑑此，筆者為避免空穴來風而陷無的放矢之譏，於是嘗試性地根據近年研究宋明儒學定靜工夫的初步成果，客觀地透過「以儒解儒」及「工夫實踐」雙重夾擊模式，針對孔子成聖歷程，進行境界工夫之身體實踐式還原。

當然，或許學者將會進一步提問，在如此眾多之宋明儒者之解說中，筆者將借用何種詮釋文本作為探討主軸？針對此問題，筆者認為本文既然以「定靜」工夫作為研究孔子修養境界之主軸，那麼承襲先秦思想而開宋學之風的周敦頤，他所提出之定靜概念是首先必須被討論的。我們有必要透過他在《太極圖說》（包括《通書》）對於「定之以中正仁義」及「無欲故靜」之工夫論述，以「身體實踐」為文本，認真看待孔子在論述「中正仁義」及「慾望」方面是否真有其工夫實踐上之內在連結。另外將「定性」命題搬上檯面而與明道進行討論之張載，他對於孔子〈為政〉篇的解釋究竟會有怎樣的獨到之處，這也是令我們感到好奇的。至於程朱之說因屬旁系系統故不特別專文討論，不過鑑於明末劉蕺山晚年為防範王學流弊而相對重視「持敬」之姿態，筆者多少會在周敦頤、劉蕺山之相關議題探討中，[3]以程朱之論作為論述背景，藉以投射出孔子〈為政〉篇定靜論述之內涵所在。

另外就詮釋學而言，我們如何由主體交涉中逼顯出詮釋之主體客觀性？這是必須正視的問題。筆者認為從「心」與「氣」兩面向進行輔助性分析應該是一個恰當的路徑。因為當我們從宋明儒者論定靜工夫之際，可以大致看出其中多位儒者具有「氣定」及「心定」之層次區分，而因著此種層次差異的區分，其恰巧可以滿足了我們對孔子工夫境界漸進突破過程中依序探討之可能。比如周敦頤以氣之剛柔善惡達於「中」以定義「性」，從而間接影射出促使此氣達致剛柔之善的內在應有一作為更高層次之性體存在（「性者，剛柔善惡，中也」），[4]至於張載〈太和〉亦有所謂：氣質之性與天地之性之別，而此種區別也提供了一種以心為主體而達到變化氣質「以心帥氣」之實踐形式。也就是經由治氣以顯體之工夫。此外我們沿著歷史發展往下看，到了陽明之處我們更清楚地看到此種心氣關係之論述特性：

3　參見拙著，〈宋明儒對定靜工夫的詮釋理路論周敦頤「內靜外敬」之潛存思維〉，《政治大學哲學學報》41(2019.1)。

4　朱子《通書解》：「此所謂性，以氣稟而言也」。收錄於朱傑人主編，《朱子全書》（上海：上海古籍出版社，2010）。牟宗三與朱子一樣認為此處之性為氣性。不過筆者根據拙著之分析，周敦頤之「中」或「性」只是透過用而顯其體，所以有本體義存在。拙著，〈《太極圖說》「中正」概念之工夫實踐還原——以《管子》中靜形正言說為核心〉《國立臺灣大學哲學論評》56(2018.10): 78-79。

今人存心，只能定得氣。當其寧靜時，亦只是氣寧靜，不可以為未發之中。[5]

眾所周知，修養心性絕對不能遠離於心，但陽明認為當時學者之存心至多只是定得氣，而不能掌握到未發之中。所以陽明又說道：「良知即是未發之中，即是廓然大公、寂然不動之本體」。（《傳習錄》，頁 62。）可見在陽明思維中，只有良知才是未發之中而為寂然不動之本體，而證得此心之本體才是陽明所謂：「定者心之本體，天理也」之「定止」工夫落腳處。因此相對於僅在「寧靜」不交涉事物狀態才能獲得之「氣定」，陽明認為還有一種超越動靜區分之「心定」或「性定」之層次存在。而這樣的觀點便說明了進入本體之「心定」才是定靜工夫之終極目標。

當然，雖說「心定」相較於「氣定」更為根本，不過宋明儒者對於「定氣」工夫也並非全然忽略。比如就整體宋明思想發展史上，與「定氣」對應的靜坐工夫在宋明儒者之間成為一種收攝心思之重要輔助方法。所以朱子、陽明、劉蕺山等人對於靜坐之重視不僅合於伊川：「論性不論氣不備，論氣不論性不明」之理氣並重立場而上接周敦頤「治氣顯體」、「守中篤靜」兩層工夫之實踐可能，對於孟子：「志壹則動氣，氣壹則動志也」。之心（性）、氣互動關係更是間接提供周敦頤兩層工夫之實踐理論基礎。因此心氣關係之切入角度，當是以文獻考證孔子是否具有定靜思維結構之外；另一以「身體文本」作為還原文本深義之充分條件所在。[6]

參、定靜視野下《論語》「中正仁義」概念檢視

順著本文副標題設準而論，周敦頤是首位藉由《太極圖說》而提出定靜工夫之始倡者，因此探討孔子是否也具有定靜思維之際，我們必須順著這個脈絡直接就《論語》文本進行內容比對，期能在客觀之舉證下，找到《論語》文本論述中，確實具有周敦頤「中正仁義」、「無欲故靜」等定靜相關的論述，以初步證成本文預設之可能性。

不過透過筆者初步考察，我們立刻面臨以下兩項待解決之問題：

一、即便《論語》中存在仁義概念，且此兩概念確實可能作為周敦頤仁義概念之源頭，但是《論語》中並未出現「中正」二字，因此就總體而言，在孔子思維中

---

[5] 明・王陽明，《傳習錄》卷 1，《王陽明全集》（上海：上海古籍出版社，1992），頁 13。
[6] 不過此處我們必須說明的是，本文所認知之心或氣存在雖然具有彼此影響之關係，但是兩者之間不是平行存在的關係，而是一種以心為體，氣為用之關係。

是否具有「中正仁義」思維結構之存在可能？此有待進一步討論。

二、周敦頤「主靜」是扣緊「無欲」概念而有顯體之涵義存在，因此《論語》中對於「欲」之相關論述是否也具有相同之論述格局，而不只是停留在〈雍也篇〉：「智者動，仁者靜」之動靜層面的論述而已。

對於第一項之提問，筆者認為若真要論證孔子也具有「中正仁義」思維結構的話，我們首先要證明的是，在孔子的思維裡面「中正」與「中」概念是可以互通的。而事實上當我們對《論語》深入解讀，以下〈子路篇〉之兩條內容可提供重要之線索：

第一條：子曰。不得中行而與之，必也狂狷乎！狂者進取，狷者有所不為也。

第二條：子曰。其身正，不令而行；其身不正，雖令不從。

在第一條言說中，我們看到孔子對於「中行」之強調。狂與狷雖然也是一種德性，但相對於中行，「進取」與「有所不為」就是過與不及而有所缺失。因此若從中行表現為一種不偏不倚之理而有剛柔適中之氣質或行為來看，我們或可從中看到以下周敦頤《通書·師》與〈子路篇〉相通之處。

「性者，剛柔、善惡，中而已矣」。「不達」。曰：「剛善，為義，為直，為斷，為嚴毅，為幹固；惡，為猛，為隘，為強梁。柔善，為慈，為順，為巽；惡，為懦弱，為無斷，為邪佞」。惟中也者，和也，中節也，天下之達道也，聖人之事也。故聖人立教，俾人自易其惡，自至其中而止矣。

根據引文末段「聖人立教，俾人自易其惡，自至其中而止矣」之內容，可知周敦頤以「易惡至中」為聖人立教之宗旨所在，所以這是直接就學者之處事行為上而說，故我們可以推論周敦頤所謂剛惡之「猛」就近似〈子路篇〉之進取；而柔惡之「懦弱」則近於〈子路篇〉之有所不為。[7]於是在此對照分析下，周敦頤此處之「中」具有不偏不倚恰到好處之義，所以文末周敦頤說道：「中也者，和也，中節也，天下之達道也」，這就說明周敦頤之「中」概念是透過剛柔之和來掌握，而這也與〈子路篇〉論中之說法相通。所以朱子於〈通書解〉中說到：「此以得性之止而言也。然其以和為中，與中庸不合。蓋就已發如過不及者而言之，如書所謂『允執厥中』

---

[7] 雖然猛與隘之氣相較於狂與狷而言較偏於惡，但就心氣一元二用角度來看，心之過度進取就會產生猛之氣，同理，過於謹慎有所不為亦可能隱含有氣隘之義。

者也」，筆者認為朱子這樣的解讀，基本上就是順著《書經》「允執厥中」之「中」來理解周敦頤〈師〉的思維脈絡。而此解讀模式，的確也可在〈堯曰篇〉中找到孔子引用《書經》「允執其中」概念之事實。

> 「咨！爾舜！天之曆數在爾躬。<u>允執其中</u>。四海困窮，天祿永終」。舜亦
> 以命禹。

　　如此一來，由於周敦頤《通書》與《論語》皆以不偏不倚詮釋「中」之概念，[8]因此兩者在義理上是可以相貫通的。不過雖說如此，就周敦頤思維結構而言，「中」之概念不僅具有《書經》「允執其中」不偏不倚之義，就筆者研究周敦頤：「動而正曰道，用而和曰德」之義理分析結果，寂然不動之「中」可以因心之「動」或「用」而分別有「中正」與「中和」之延伸性概念存在。[9]所以在《通書・刑》中之「中正、明達、果斷」以及《通書・道第六》之「聖人之道，仁義中正而已矣」（包括《太極圖說》）之「中正」概念，其表面上除了具有至公至正或不偏不倚之義理概念外，我們若將之擺入心性論予以理解，則實可從中萃取出「中為體，正為用」之體用指涉義涵。尤有甚者，當筆者據此心性論義涵進一步還原出其工夫論述形式，則吾人又可往上回溯而銜接上《管子・內業》「中靜形正」之實踐形式結構出來。[10]於是，在此層層遮撥之情況下，最後筆者發現到，當我們探討孔子是否也具「中正」概念思維結構之際，我們最終要確認的不一定是「中正」一詞是否曾在文本中出現，而是《論語》文本中是否確實具有「中靜形正」之實踐思維結構存在。唯有如此，我們才能透過《管子》：「中靜形正，天仁地義淫然自至」之邏輯形式，一方面將《論語》內具之中正與仁義概念連結起來，另一方面藉此以展示出孔子論述中確實有一套中正仁義之定止工夫思維結構存在。

　　慶幸的是，我們在前述〈子路〉篇第二項線索中看到「其身正，不令而行；其身不正，雖令不從」之內容。此處，我們確實可以確認孔子提出以心正為基礎之「身

---

8 關於此處孔子引用「允執其中」概念之詮釋問題，各家有各家之說法，筆者皆予以尊重。不過此處筆者就朱子之思維脈絡及思想史之角度來看，將「允執其中」理解為不偏不倚之義亦有其理據所在。

9 劉蕺山也提到：「周子言中正即中和之別名，中和以性情言，中正以義理言」。劉蕺山，〈年譜上〉，收錄於《劉子全書及遺篇》卷四十（京都：中文出版社，1981），頁913。

10 參照拙著，〈《太極圖說》「中正」概念之工夫實踐還原——以《管子》中靜形正言說為核心〉《國立臺灣大學哲學論評》56(2018.10)。

正」概念存在，而此「身正」概念的確與《管子》「形正」概念類同而可以相通。[11]因此當我們回想前述〈子路篇〉第一項對不偏不倚之「中」義掌握，我們就更可相信《論語》具有「中正」思維結構之存在可能。而值得注意的是，假設我們的推論無誤，那麼我們透過《管子》「中靜形正」之工夫論視角，從中我們可以依稀看到一條由孔子→管子→周敦頤相繼論述「中正仁義」定止工夫之實踐系譜。

當然嚴格地說，上述說法也僅就「身正」與「形正」概念間獲得文獻義理匯通之可能而已。我們是否也能在《論語》文本中找到呈顯〈子路篇〉「中行」義理（或氣質）之工夫論實踐形式才是最根本而切要之處。也就是說，我們必須在沒有太多文獻支持下，以義理分析的方式證成《論語》文本中確實具有「中靜」之工夫實踐結構。鑑此，筆者為避免上述推論只是個人主觀意識建構所形成之孤證，下節將以周敦頤「無欲故靜」立場探討《論語》「中靜」思維之可能，同時順勢銜接上張載〈中正篇〉對此相關議題之發揮。

肆、「棖也慾，焉得剛」之中靜概念還原

承上所述，筆者為了求證《論語》也可能存在「中靜」之思維邏輯，因此在切入探討這個主題之前，筆者認為有必要先對周敦頤「中靜」格局作一簡單之展示。根據筆者先前研究得知，周敦頤《太極圖說》無欲故靜之主靜說不僅可上通於《管子》「去欲則宣，宣則靜」以及「中不靜，心不治」之「中靜」概念，[12]他本人在〈蒙艮第四十〉也透過《蒙》、《艮》兩卦義理之論述，以對中靜治心之概念進行發揮：

> 「山下出泉，」靜而清也。汩則亂，亂不決也。慎哉！其惟「時中」乎！
> 「艮其背，」背非見也。靜則止，止非為也，為不止矣。其道也深乎！

透過引文所謂「靜而清」、「靜則止」、「時中」等說法之掌握，我們很清楚看到，周敦頤的確具有一種以回歸無欲之靜而達「時中」境界之描述，而此境界所代表之意義，便是涵攝「中靜」工夫在此治心成果上所扮演之重要角色，所以《通

---

[11] 甚至我們依此脈絡往下通過周敦頤而至張載〈中正篇〉中，我們也可以看到張載論述中道之後緊接著提出「體正」語詞概念之用心。

[12] 拙著，〈《太極圖說》「中正」概念之工夫實踐還原——以《管子》中靜形正言說為核心〉《國立臺灣大學哲學論評》56(2018.10): 69-76。

書・聖學》第二十提到學聖之要在於「無欲」，其用意便可在此解明。而且周敦頤此種立場，事實上正可視為中正防止「欲動情勝，利害相攻」現象之內在原理說明：

> 民之盛也，欲動情勝，利害相攻，不止則賊滅無倫焉。故得刑以治。情偽微曖，其變千狀。苟非中正、明達、果斷者，不能治也。訟卦曰：「利見大人，」以「剛得中」也。〈刑第三十六〉

也就是說，周敦頤此種借用《訟卦》「剛得中」之義涵，主要在於說明大人之中正德行足以對治人民欲利之害而維護社會正義，而大人之所以能夠具足此處的中正之德，其關鍵因素即在於其內心具有無欲之剛，故能得中止妄而分善惡。於是在此初步理解之下，當我們我們借用劉蕺山「『我未見能見其過而內自訟者』即『未見剛』之說（筆者註：孔子之言）。」[13]詮釋予以對照，便可知道周敦頤此處引用《訟卦》「剛得中」之義理，實際上便是溯源於孔子：「棖也慾，焉得剛？」（論語・公冶長）之論。[14]透過劉蕺山之理解，我們確信了周敦頤或孔子皆明確表現出以「無慾」示「剛」而論「中」之思維。於是因著此種學術思維之承繼，其促使了劉蕺山對「剛」之義涵進行更深入之詮釋。

> 剛不可見，離慾而見剛之體，又試之於慾而見剛之用。「棖也慾」，心為慾膩，何故借此一割，這是不剛處，故曰「棖也慾，焉得剛」。（中略）「剛」字不在氣魄上論。[15]

劉蕺山認為「剛」字不在氣魄上論。之所以強調此句話之用意，或許是因為劉蕺山擔心學者可能會視〈公冶長〉所論之「剛」等同於〈季氏〉的「血氣」之剛，[16]所以劉蕺山在此特別強調「剛」字的本體發用義。因為劉蕺山認為〈公冶長〉所論之剛是透過去私欲過程才能夠掌握到的「本體」之剛，所以「剛得中」也就間接說

---

13 劉蕺山，《劉宗周全集》第一冊，〈經術二：論語學案〉，頁308。
14 程伊川對孔子此語亦有所發揮：「孔子曰：『棖也慾，焉得剛』甚矣慾之害人也。人之為不善，欲誘之也。誘之而弗知則至於天理滅而不知反」。由此可知宋儒已將「慾」與「欲」二字視為同義。《二程集（上）河南程氏遺書卷第二十五》，頁319。
15 劉宗周，《劉宗周全集》第一冊，〈經術二：論語學案〉，頁308。
16 孔子曰：「君子有三戒：少之時，血氣未定，戒之在色；及其壯也，血氣方剛，戒之在鬥；及其老也，血氣既衰，戒之在得」。（《論語・季氏》）

明了，只有「無欲之剛」才可得「中」以中節。[17]於是在此理解下，我們若回過頭將焦點擺在《管子四篇》或《太極圖說》無欲故靜論點予以投射分析，〈公冶長〉文本描述內容中的確具有「中不靜，心不治」之「中靜」概念存在。

> a：剛→中
>
> b：無欲→剛
>
> c：無欲≒靜
>
> d：靜→剛　　因為 d 與 a
>
> e：靜→中

於是透過上述簡單邏輯爬梳，我們發現到周敦頤無欲剛中所蘊含之中靜概念，也可以投射至《論語》文本敘述語境，並且從中發現孔子思維中確實具有「中靜」論述邏輯存在。

當然就思想史發展而言，此中靜概念除了輾轉影響《中庸》、《管子》、《易傳》、《通書》、《太極圖說》之外，是否也可能因著周敦頤定靜工夫命題之外溢效應，間接或直接反應到張載的論述之中？這是值得注意的。張載在《中正篇》提到：

> 中心安仁，無欲而好仁，無畏而惡不仁，天下一人而已，惟責己一身當然爾。

根據拙文對張載《中正篇》之研究成果得知，[18]我們的確可透過周敦頤或《管子》的工夫形式，輾轉看到《中正篇》也具有定靜工夫思維結構存在。而上引文前三句之論述邏輯，事實上就是說明張載具有與周敦頤「中正仁義」定止工夫相同思維之最佳證據所在。何以言之，首先就「好仁」與「惡不仁」部分，我們可以由上引文之隨後敘述得到一些線索：

> 惡不仁，故不善未嘗不知；徒好仁而不惡不仁，則習不察，行不著。是故
> 徒善未必盡義，徒是未必盡仁；好仁而惡不仁，然後盡仁義之道。

---

17 「天體純陽而至健，大易首以剛字贊之。人得之為天德，見所性之純一貞信。性中只有仁義禮智，無所為剛。剛即性體之超然物表，而落在氣質。常為學問之用神，夫子所謂剛者是也」。《劉宗周全集》第一冊，〈經術二：論語學案〉，頁 308。

18 請參照拙著，〈張載〈中正篇〉中正概念之研究――定靜工夫視點下之嘗試性解讀〉，「2018年宋明清儒學的類型與發展 V」學術研討會論文集，中央大學儒學研究中心，2018 年 10 月。

　　由文末兩句可知，張載此處所言之「好仁」與「惡不仁」明顯為一組意義相關而分別對應於仁義概念之言說。也就是說好仁之心對應「仁之道」；惡不仁之心對應「義之道」。同樣地，當我們考察「中心安仁」指涉義涵之際，我們也可由〈中正篇〉開頭第二段所言：「學者中道而立，則有位（註：王夫之解位為仁）以弘之」了解到，凡是學者能夠體現心之寂然不動之中，那麼便可因著此中體之貞定而得其正位之仁以弘之，所以中心安仁之義，事實上已經涵攝了由中正而外推出仁義之思維邏輯存在。[19]順著此思維脈絡，我們繼續往下考察張載下引文對「無欲而好仁」之延伸解釋：

> 君子於天下，達善達不善，<u>無物我之私</u>。循理者共悅之，不循理者共改之。
> 改之者，<u>過雖在人如在己，不忘自訟</u>。

　　在引文內容標橫線處，其中所謂「無物我之私」以及「過雖在人如在己，不忘自訟」之意，在在說明了張載對於無私欲及自訟得剛命題之重視，而透過這樣的分析結果，我們也深深清楚到張載〈中正篇〉的確具有《管子》、《太極圖說》乃自《論語》無欲得中靜之思維形式存在。因此綜合上述中靜與形正之整體探討結果來看，張載的確也具有類似周敦頤：「聖人之道，定之以中正仁義而主靜」之定靜工夫實踐形式。不過，值得注意的是，張載相較於周敦頤，他對定靜工夫實踐內容有更貼近於孔孟論述之言說。比如張載除了引用《中庸》、《孟子》之相關論述之外，他又在定靜工夫之整體結構下提出孔子「四毋說」，其用意無非是想透過四毋說以進一步展開無欲中靜之細部內涵所在。

> 天理一貫，則無意、必、固、我之鑿。意、必、固、我，一物存焉，非誠
> 也；四者盡去，則直養而無害矣。〈中正篇〉

　　張載認為只要有意、必、固、我之其中一項存在，那麼學者之心境就無法達致誠復之狀態，因此上述四者就張載而言，事實上就是阻礙我們涵養天理的主要因素，所以張載於〈中正篇〉進一步說道：「妄去然後得所止，得所止然後得所養而進於大矣。無所感而起，妄也；感而通，誠也；計度而知，昏也；不思而得，素也」。借由強調此句「計度」之涵義，張載點出了學者的思或妄對於體誠合道之重大影響，

19　〈中正篇〉：「無中道而弘，則窮大而失其居，失其居則無地以崇其德，與不及者同，此顏子所以克己研幾，必欲用其極也。未至聖而不已，故仲尼賢其進；未得中而不居，故惜夫未見其止也」。

所以張載強調：

> 意，有思也；必，有待也；固，不化也；我，有方也。四者有一焉，則與
> 天地為不相似。〈中正篇〉

　　張載認為凡具四者之妄者就不能感通而誠，故與天地偽而不能相似。由此看來，張載在周敦頤「無（欲）則誠立」（〈養心亭說〉[20]）的思維之外，更以四毋說帶入其定靜工夫系統裡面結合深化，繼而開展出去妄存誠之天人感通之道。而在此思維脈絡掌握下，我們發現到張載不僅在〈中正篇〉中提出「仲尼絕四，自始學至成德，竭兩端之教也」以強調絕四在始學至成德之重要性，事實上他也在〈三十篇第十一〉重複點出〈中正篇〉定靜思維與《論語・為政》相關之論述內容。

> 無意、必、固，我，然後範圍天地之化，<u>從心而不踰矩</u>。

　　由此可知，張載不僅於〈中正篇〉回應了周敦頤定靜工夫之論述義涵，其更將四毋說置入他的定靜思維結構之中，借此以銜接上〈為政篇〉：「吾十有五而志于學，三十而立，四十而不惑，五十而知天命，六十而耳順，七十而從心所欲，不踰矩」之成德論述。而這樣的思維路徑著實提醒了我們，孔子是否在〈為政篇〉中隱藏了定靜工夫實踐之邏輯可能。

伍、從心氣關係看〈為政篇〉定靜工夫思維結構還原

　　透過張載的解讀，我們發現原本零星分散於《論語》各篇，所謂「中正」、「仁」、「義」、「中靜」等定靜概念或許真有可能存在於〈為政篇〉論述之中。不過雖說如此，我們究竟該當如何合理地去理解這樣的思維路徑，這是我們首先感到疑惑的。鑑此，筆者先就以下張載言說作為討論之開端：

> 志學然後可與適道，強禮然後可與立，不惑然後可與權。博文以集義，集
> 義以正經，正經然後一以貫天下之道。

　　張載於〈中正篇〉中討論完孔子四毋說之後隨即帶入此段話，而這樣的內容編

---

[20] 周敦頤〈養心亭說〉：「養心莫若於寡欲，寡之又寡以至於無，無則誠立」。收錄於周敦頤，《周子通書》（臺北：中華書局，1981）。

排也再度證明了上述筆者之推論。也就是說，張載的確將〈為政篇〉的成德境界擺在定靜工夫實踐結構中看待。因為我們沿著張載文脈進行解讀，的確可以看到引文下橫線所標舉之「志學」「可與立」「不惑」言說與孔子：「吾十有五而志于學，三十而立，四十而不惑」有所對應。另外我們又可進一步透過與下文〈堯曰〉篇之內容比對：

> 不知命，無以為君子也。不知禮，無以立也。不知言，無以知人也。

由此可以掌握到孔子思維中除了將「禮」對應於三十而立；「智」對應於四十而不惑之外，同時也具有將五十知天命設定為君子努力目標之思維存在。因此當我們回想先秦士人普遍以君子作為道德成就之重要指標，便可知道學禮及成智是成就君子之前所需具備之兩項實踐階段。至於如何成就孔子所言之禮與智呢？首先就成禮方面，〈八佾〉中說道：

> 居上不寬，為禮不敬，臨喪不哀，吾何以觀之哉？

而張載〈至當篇第九〉也提到：

> 「敬，禮之輿也」，不敬則禮不行。

> 「恭敬撙節退讓以明禮」，仁之至也，愛道之極也。

由此可知，敬是作為行禮或成禮之根本所在。所以要實踐禮而達到三十而立之目標，「敬」之實踐便是這個階段重要之工夫所在，而此項發現對於本文之工夫論建構而言是非常重要的。因為根據筆者研究周敦頤定靜工夫之際，發現到周敦頤便是以類似《管子‧內業》「守禮莫若敬，守敬莫若靜」之「內靜外敬」實踐模式而建構起他的定靜工夫。也就是說，《管子‧內業》「外敬」可對應於《太極圖說》「定止」；而「內靜」則對應於「主靜」之工夫形式。所以前者是透過敬之涵養中正仁義之理以達到定氣之效果，而後者則是透過〈內業〉「去欲則宣，宣則靜」之無欲故靜之回歸本體工夫以達到中靜之目標。[21]因此，相對於三十而立之敬工夫，周敦頤工夫思維中，應該就具有四十而不惑之無欲中靜存在。《通書‧聖學》說道：

---

21 《管子》內靜外敬之內外概念是就心之動與未動而言。另外關於周敦頤內靜外敬思維研究部分請參考拙著，〈宋明儒對定靜工夫的詮釋理路論周敦頤「內靜外敬」之潛存思維〉，《政治大學哲學學報》41(2019.1): 93-142。

無欲則靜虛、動直，靜虛則明，明則通。

引文中所謂靜虛之明乃至於通，可以說是四十不惑之最具體之境界式詮釋。因為在此脈絡下，當我們引用程伊川：「養心莫善於寡欲，不欲則不惑。所欲不必沉溺，只有所向便是欲」。[22]內容，其中「不欲則不惑」之說便可佐證筆者所論並非空穴來風。換言之，只有無欲之明通才能不惑而知言知是非。因此不論周敦頤或張載的詮釋角度，兩者皆是有其內在之工夫論詮釋理據的。是故，當我們綜合爬梳上述所論，孔子「三十而立，四十而不惑」的確隱含著定靜工夫之論述思維存在。這是值得注意的。

不過，若事實果真如筆者所言，那麼我們當該如何來理解「五十而知天命，六十而耳順，七十而從心所欲，不踰矩」在定靜工夫視野下之義涵所在。針對此問題，我們回到前述張載文本，我們依稀發現〈中正篇〉於討論「志學[⋯]，不惑然後可與權」。內容之後，緊接著提出「智仁勇」以銜接後段「中心安仁，無欲而好仁，無畏而惡不仁」之論述邏輯，而這樣的論述邏輯似乎表現為一種有機的義理結構，於是為了解明此間論述思維所隱藏之深層義涵，筆者認為有必要進一步往上追溯源頭以為線索。《論語・憲問》中說道：

君子道者三，我無能焉：仁者不憂，知者不惑，勇者不懼。

孔子認為君子必須具有智仁勇三種德性。君子一旦有此三達德，便能夠不憂、不惑、不懼。對此三種情緒管理之敘述，由於我們前文中已經掌握到所謂智者不惑，就工夫論而言就是經由欲望之克制上來體現的，而此處克制之慾望主要是就血氣對學者心境所造成之影響而論。也就是說，當我們將視野擺在〈季氏〉：「少之時，血氣未定，戒之在色；及其壯也，血氣方剛，戒之在鬥；」之內容來看，四十不惑之智，就孔子之年齡界定來看，其所要克制轉化的欲望主要還是感官及氣稟之欲而言。

至於仁者不憂則相較於智者不惑更具深層的指涉。因為此種不憂心境可以是「吾欲仁斯仁至矣」，所以不必受制於外在條件影響而可以自己決定的，所以《繫辭傳》詮釋此句為「樂天知命，故不憂」。於是，當我們將仁者之「樂天知命」與前述〈堯曰〉「不知命，無以為君子也」。以五十知天命作為君子之努力目標之論點相對照，便可知四十而「智者不惑」之後，「仁者不憂」即是對應五十知天命的階段了。

---

22 程頤，《伊川先生語一》，收錄於《二程集（上）》（北京：中華書局，1981），頁145。

　　那麼順理而推，「勇者不懼」是否就是六十而耳順之階段呢？對此說法，或許有些學者並不能贊同。因為〈憲問〉：「有德者，必有言。有言者，不必有德。仁者，必有勇。勇者，不必有仁」。若根據此說法，仁者較之智者優位是沒有問題的。不過若根據「勇者，不必有仁」的話，將「勇者不懼」擺在仁者五十知天命之後便顯然義理不通。然而雖說如此，當筆者另外參考〈為政〉「見義不為，無勇也」。之說而將此處之勇理解為集義之勇，那麼「勇者不懼」擺在五十之後而作為仁心社會實踐之外擴完成，於是整個論述邏輯就可以合理貫通了。因為此處六十而耳順之勇就可理解為一種八風吹不動，毀譽不動心的義勇，[23]所以他可以殺生成仁，捨身取義而無所畏懼。

　　至於筆者的推論是否可以尋求到宋代儒者的支持。事實上是可以的。因為我們重新回顧前述〈中正篇〉對「中心安仁，無欲而好仁，無畏而惡不仁」之討論，我們發現到針對此命題所還原之「中靜、仁、義」實踐形式，事實上是緊扣著智、仁、勇命題而發揮的。也就是說，在此工夫論視野投射下，我們可以分析出張載是採用「中靜對應智」「仁對應仁」「義對應勇」模式而立論。因此當我們依著張載中靜而外推仁乃至義的邏輯，張載的確具有四十智者不惑，五十仁者不憂，六十勇者不懼之思維存在。於是當我們將三十而立的部分也一併置入看待，便可發現以下義理邏輯之序列關係出現。

三十而立	四十而不惑	五十而知天命	六十而耳順
體正	中靜（中心安仁）	仁（無欲而好仁）	義（無畏惡不仁）
（禮）	智	仁	勇

　　此外，根據此表內容我們發現到張載思維中，儼然已經具有將孔子三十歲以後之成德過程，建構鋪展為禮→智→仁→義（勇）之工夫實踐內外開闊結構。因此在此思維模式下，我們回過頭來看張載〈中正篇〉對顏淵之描述：

中正然後貫天下之道，（中略）顏子好學不倦，合仁與智，具體聖人，獨未至聖人之止爾。

23　劉蕺山認為：「天下最逆耳的是何物？惟有稱譏憎謗，覺格格中拒，故云『逆耳之言』。耳順是忘毀譽也。或曰：『聖學到晚年，乃僅作如是觀乎？』曰：談何容易！聖學只是凡夫修，盡得凡心，便是聖解」。劉宗周，《劉宗周全集》第一冊，〈經術〉，頁264。

可見張載認為中靜形正之道是作為各種道理之基礎或定止之處。顏淵雖然能夠合仁與智且具有體現聖人氣象之格局，但是因為他還沒達到聖人之止便去世了，所以令孔子感到十分婉惜。而張載之所以認為顏淵尚未得聖人至善之處，其原因乃在於未得中道而不居，所以即便顏淵能夠克己復禮，研機精義但還是無法居位而弘大得所止。

> 學者中道而立，則有位以弘之。無中道而弘，則窮大而失其居，失其居則
> 無地以崇其德，與不及者同，此顏子所以克己研幾，必欲用其極也。未至
> 聖而不已，故仲尼賢其進；未得中而不居，故惜夫未見其止也。

因此就此來看，張載討論顏淵未得中而止的境界，應該已經不是三、四十中靜形正之治血氣階段，而是應該將其境界往前推至七十從心所欲不踰矩之聖人境界才算合理。對此階段，張載《正蒙·三十篇》第十一言道：

> 三十器於禮，非強立之謂也。四十精義致用，時措而不疑。五十窮理盡性，
> 至天之命；然不可自謂之至，故曰知。六十盡人物之性，聲入心通。七十
> 與天同德，不思不勉，從容中道。

根據第一節之研究方法來看，「三十而立」「四十而不惑」乃透過對於人文活動及血氣之克制而達到治血氣之定靜工夫成果，到了五十歲，孔子則以超越外在客觀條件之命限而樂天知命，所以整體心靈境界是完全在天理流行之中而無所不通，不過此階段也只是個人生命回歸天理本體之階段。接下來，孔子不黏滯於形上天道之高度，於是能更自覺地自我坎限於人文世界而毀譽不動心，[24]可知此六十之定已不是王陽明所批判之氣定，而是寂然不動之中，心之本體之定。

最後孔子經過六十聲入心通而人性物性圓融通徹之後，七十歲則能從心所欲不踰矩，達到張載所謂不思不勉，從容中道之境界。這就說明了孔子已從天理掌握下，經由「耳順」之消極性應物描述，轉向「從心所欲」之積極性應物描述，孔子藉此對應之張力以呈顯「不踰矩」之神聖中道義涵。所以此時之靜與四十不惑經由治血氣所獲得之中靜不同層級，因為此階段之中靜是超越心知血氣侷限之後，積極由此

---

[24] 所以錢穆對此成德階段提出：「知天命故不怨天，耳順故不尤人。此心直上達天德，故能從心所欲不踰矩」。之觀點。五十不怨天，說明超越了命限，而六十不尤人說明孔子體認天理後，願意行天道於天下而毀譽不動心。錢穆，《論語新解》，收錄於《錢賓四先生全集》冊三（臺北：聯經出版社，1994），頁38。

中體透發光芒而應物感通中節之靜，所以張載解之為「與天同德」其義即在於此。同理而論，此階段孔子所言之欲已經不是感官或氣稟之私慾，而是隨順著天道生生不息長養萬物之道德情感而發，故能應物時中不踰矩而無入而不自得。

由此可知，我們若從心氣結構來看，[25]孔子〈為政〉篇中的確具有定靜工夫實踐結構存在。而且是一種以五十知天命為中間線，所開展出的雙重定靜工夫型態。也就是說三十至四十歲之間是一種以「中靜形正」治血氣以顯體之定靜工夫模式，此階段主要呈現為一種以理定氣或靜氣定心之模式，所以是一種周敦頤所謂執之復之勉力而為的禮、智階段。直至工夫成熟認理皆真之後，此時五十知仁義禮智皆根於心，所以能求仁得仁樂天知命而不憂，繼而在此盡心知性而知天之路徑下，仁義之理不外求而逆覺自顯。在此之後，由於六十耳順已能仁心朗徹透發而消融外物之擾動，故此時之氣為集義所生而至大至剛，故逆耳之聲入亦能心通而顯其「大定」。然而顯體工夫至此即便難得而高竿，卻因未得中道之止而有顏子之嘆，因此七十從心所欲，不踰矩之境界已經昭示了孔子自五十體認天理後，過二十年功終能天理自在流行而無入而不自得，故此時與天同德不勉而中之境，即是體現寂然中道而大化流行的最高定靜工夫境界所在。因此從工夫論的角度來看，十五志於學之學，即是立志勉學此中正之定靜工夫，而最後在知天命之後終能從心所欲不踰矩而體現天人同德之境界，則可說是定靜工夫圓成無礙之最高呈現。張載開宗明義有言：「中正然後貫天下之道」。其深義概可透過本文對孔子定靜工夫之當代詮釋而獲得應有之解明。

陸、結論

筆者透過對〈子路〉、〈公冶長〉等文本內容進行爬梳，從而發現《論語》文本中的確具有類似中正仁義及無欲等定靜概念存在。不過由於上述諸概念散在於《論語》各篇，因此筆者進一步透過張載〈中正篇〉之解讀，發現到張載將該篇定靜工夫論述邏輯與〈為政〉交相呼應，於是透過此論述路徑，筆者找到了〈為政〉之成德過程在定靜論述之可能。

於是在此層層還原建構中，最後筆者以心氣結構視野，發現到孔子三十至四十

---

25 本文所謂心氣結構是根據《管子·內業》精氣說之觀點，以心氣一元二用之立場看待工夫論述問題。

歲階段是以治氣顯體為主軸之中靜形正定靜型態，而五十至七十歲階段則能直顯本
體而以從容中道之定靜型態為其特色。於是在此義理還原建構下，我們發現到孔子
此二層工夫思維結構，著實影響到宋明儒者討論工夫建構之際「主敬」與「主靜」
工夫之論述發展，也就是說，孔子的定靜工夫模式儼然開放了兩種實踐路線之整全
性可能。

德性進展	十五 志於學	三十 而立	四十 不惑	五十 知天命	六十 耳順	七十從心所 欲不踰矩
德目內涵	中正之道	禮	智	仁	義	中道
工夫進階	立志	形正	中靜	體仁	集義	性天
實踐型態	中靜形正之定靜工夫 （治氣顯體）			從容中道之定靜工夫 （直顯本體）		
生活教育	克己復禮曰仁		不怨天	不尤人		無言之教
實踐目標	成身			成性		

參考文獻

宋・朱熹，《通書解》，朱傑人主編，《朱子全書》，上海：上海古籍出版社，2010。

宋・朱熹，《太極圖說》，朱傑人主編，《朱子全書》，上海：上海古籍出版社，
　　2010。

宋・周敦頤，《通書》，文淵閣《四庫全書》本。

宋・張載，〈中正篇〉，收錄於《張載集》，臺北：頂淵文化事業公司，2004。

宋・程顥、程頤，《二程集》，北京：中華書局，2008。

周・孔丘，《論語》，文淵閣《四庫全書》本。

周・管仲，《管子》，文淵閣《四庫全書》本。

明・王陽明，《傳習錄》，王陽明全集，上海：上海古籍出版社，1992。

明・劉宗周，《劉子全書及遺篇》，京都：中文出版社，1981。

明・劉宗周，《劉宗周全集》，杭州：浙江古籍出版社，2012。

黃崇修，〈《太極圖說》「中正」概念之工夫實踐還原——以《管子》中靜形正言
　　說為核心〉，《國立臺灣大學哲學論評》56(2018.10): 39-87。

黃崇修，〈宋明儒對定靜工夫的詮釋理路論周敦頤「內靜外敬」之潛存思維〉，《政
　　治大學哲學學報》41(2019.1): 93-142。

黃崇修，〈張載「中正」概念研究——定靜工夫視點下之嘗試性解讀〉，《國立臺灣大學哲學論評》57(2019.3): 1-48。

錢穆，《論語新解》，《錢賓四先生全集》，臺北：聯經出版社，1994。

作者簡介：

黃崇修：

東京大學人文社會系研究科東亞思想研究博士

國立中央大學哲學研究所教授

通訊處：32001 桃園中壢區中大路 300 號 國立中央大學哲學研究所

E-Mail：hcs90441@gmail.com

Restoration of Confucius' Dingjing Skill under Mind and Qi Concept and Thought—On Perspectives on Argumentation of Confucian Scholars of Song and Ming Dynasties

Chung-Hsiu HUANG

Professor, Graduate Institute of Philosophy, National Central University

Abstract: The article centers on argumentation in *Annotations to Taijitu* and *Tongshu (Penetrating the Scripture of Change)* of Zhou Dun-Yi and *On Moderation* of Zhang Zai to attempt to restore and construct the thought and structure of Confucius' Dingjing skill in the light of the implementation form of "one settles himself to moderation, benevolence and justice."

First of all, to preliminarily prove the existence of the concepts of moderation, benevolence, justice and having no desire in the texts of *the Analects of Confucius*, the author organized the texts of *Zilu* and *Gongye Chang* and found that the concepts of moderation and having no desire could be found in the texts indeed. However, as the aforementioned concepts scattered in each chapter of *the Analects of Confucius*, the author further interpreted Zhang Zai's *On Moderation* and found that the argumentation and logic of Dingjing in his work corresponded with *Wei Zheng*, thus promoted a hint for the development of the article.

As a result, based on the analysis of "stressing etiquette before one can stand on one's own legs; one can be granted power when he is not confused" in *On Moderation*, the author eventually found that "the etiquette corresponding to the time one is thirty when he establishes his stand, and the wisdom corresponding to the time one is forty when he is not confused" was the original implementation form of the Dingjing skill. "Wisdom, benevolence and bravery" that appeared in the later text and the thesis of "one's mind rests in benevolence, loves benevolence when having no desire and dislikes cruelty without fear" in fact connected to "the benevolence corresponding to the time one is fifty when he knows his destiny" and "the justice corresponding to the time one is sixty when he knows truth in all he hears" which thus formed the implementation logic of etiquette, wisdom, benevolence and justice from the age of thirty to sixty. This once again corresponded to the perfect state of Confucius' middle way in "at seventy, one follows what his heart desires without transgressing what is right."

Key Terms: Dingjing, Confucius, Moderation, Benevolence, Having No Desire

附錄：期刊論文原出版出處

1. 黎建球，〈天主教的愛與融合——紀念沈清松教授七秩冥誕〉，收錄於《沈清松逝世週年紀念專輯——當代中華新士林哲學及其發展專題》，何佳瑞、周明泉主編，《哲學與文化》46.11[546](2019.11): 7-22。

2. 陳德光，〈沈清松教授對天主教思想本位化的貢獻——追述與懇談〉，收錄於《沈清松逝世週年紀念專輯——當代中華新士林哲學及其發展專題》，何佳瑞、周明泉主編，《哲學與文化》46.11[546](2019.11): 23-36。

3. 劉千美，〈慷慨外推與多元他者：沈清松與中華新士林哲學〉，收錄於《沈清松逝世週年紀念專輯——當代中華新士林哲學及其發展專題》，何佳瑞、周明泉主編，《哲學與文化》46.11[546](2019.11): 37-50。

4. 潘小慧，〈德行、多元他者與慷慨——沈清松的倫理學論述〉，收錄於《沈清松逝世週年紀念專輯——當代中華新士林哲學及其發展專題》，何佳瑞、周明泉主編，《哲學與文化》46.11[546](2019.11): 51-65。

5. 何佳瑞，〈初探外推理論超越封閉主體性的當代意義〉，原標題為〈我在多元他者中？多元他者在我中？從士林哲學、西方哲學與中國哲學觀點探討外推理論對封閉主體性的克服〉，收錄於《沈清松逝世週年紀念專輯——當代中華新士林哲學及其發展專題》，何佳瑞、周明泉主編，《哲學與文化》46.11[546](2019.11): 67-88。

6. 周明泉，〈論當代中華新士林哲學的關係存有學之轉向：以沈清松的天主教社會哲學為例〉，收錄於《沈清松逝世週年紀念專輯——當代中華新士林哲學及其發展專題》，何佳瑞、周明泉主編，《哲學與文化》46.11[546](2019.11): 89-107。

7. 鄧元尉，〈沈清松的多元他者與列維納斯的第三者之對比〉，收錄於《沈清松逝世週年紀念專輯——當代中華新士林哲學及其發展專題》，何佳瑞、周明泉主編，《哲學與文化》46.11[546](2019.11): 121-139。

8. 周曉瑩，〈論臺灣新士林哲學對中西哲學會通的探索——以沈清松教授的「跨文化哲學」建構的策略為例〉，收錄於《沈清松逝世週年紀念專輯——當代中華新士林哲學及其發展專題》，何佳瑞、周明泉主編，《哲學與文化》46.11[546](2019.11): 109-119。

9.   李彥儀，〈當代中華新士林哲學視域中的「宗教交談」論述——以沈清松先生「相互外推」模式為核心的展開〉，收錄於《沈清松逝世週年紀念專輯——當代中華新士林哲學及其發展專題》，何佳瑞、周明泉主編，《哲學與文化》46.11[546] (2019.11): 141-163。

10. 洪嘉琳，〈道教重玄學與佛教中觀學間的對比與交談：以成玄英與吉藏之方法論為例〉，《國立政治大學哲學學報》43(2020.01): 69-116。

11. 張永超，〈道的動態認知與形成中的自我——以先秦「知—道」為中心之論證及其改進〉，收錄於《東方哲學》14(2020.12): 76-88。

12. 黃崇修，〈心氣概念思維下孔子定靜工夫還原——以宋明儒者言說為視野〉，收錄於《先秦心氣論述視野下的定靜工夫專題》，黃崇修主編，《哲學與文化》46.8 [543](2019.8): 3-22。

國家圖書館出版品預行編目(CIP)資料

邁向多元他者：當代中華新士林哲學及其發展/黎建球,陳德光, 劉千美,潘小慧,曾慶豹,何佳瑞,周明泉,王佳煌,譚明冉,鄧元尉,林淑芬,林慧如,關永中,周曉瑩,李彥儀,賴賢宗,洪嘉琳,徐光台,陳運星,陸敬忠,張永超,黃崇修著 ; 周明泉主編. -- 初版. -- 新北市 : 輔仁大學出版社, 民 110.02
面 ; 公分. --(輔仁大學研究叢書 ; 229)

ISBN 978-957-8843-66-0(平裝)

1.沈清松 2.學術思想 3.士林哲學 4.文集

142.207   109022150

輔仁大學研究叢書 229

邁向多元他者：當代中華新士林哲學及其發展

主　　編：周明泉

著　　者：黎建球，陳德光，劉千美，潘小慧，曾慶豹，何佳瑞，
　　　　　周明泉，王佳煌，譚明冉，鄧元尉，林淑芬，林慧如，
　　　　　關永中，周曉瑩，李彥儀，賴賢宗，洪嘉琳，徐光台，
　　　　　陳運星，陸敬忠，張永超，黃崇修

執行編輯：盧宣宇

編輯助理：謝怡君

補助單位：于斌樞機主教天主教人才培育基金管理委員會

發行人：江漢聲

出版者：輔仁大學出版社

地　　址：242062 新北市新莊區中正路 510 號

電　　話：(02) 2905-6199

傳　　真：(02) 2905-2170

E-mail：FJCUP@mail.fju.edu.tw

中華民國一一○年二月初版

定　　價：新台幣 500 元

ISBN：978-957-8843-66-0（平裝）